KB146905

프랑스 현대소설사

프랑스 현대소설사

미셸 레몽 지음
김화영 옮김

현대문학

차 례

제1장
발자크 이전의 프랑스 소설

1. 관습적 장르

소설의 사회학

18세기 전체에 걸쳐서 소설이라는 장르는 끊임없이 발전했다. 소설은 그것이 구사할 수 있는 매우 다양한 형식들을 통해서 그 활력을 과시했다. 소설은 연극이나 시가 끌어들이는 데 성공하지 못한 독자 대중을 획득했다. 공인된 그 어떤 작법作法이 따로 있는 것도 아닌 까닭에 표현상의 자유를 마음껏 누릴 수 있었으므로 소설은 다른 고상한 장르들이 각종의 규칙들과 관습들에 얽매여 그냥 방치해둘 수밖에 없었던 모든 양상들을 골고루 다 표현할 수 있었다. 즉 사회적 환경, 시대의 풍속 묘사, 일상생활에서 흔히 만날 수 있는 인물들의 소개 등이 바로 그런 것이다. 이런 면에서 볼 때 소설이라는 장르는 다른 어느 장르보다도 사회의 진화와 밀접한 관계를 맺고 있었다. 그와 동시에 소설은 프랑스인의 감수성이 변화하는 데 있어서 효소와 같은 역할을 하는 정념의 이미지, 행복과 절망을 재현하여 독자들에게 보여줌으로써 그 '위력'을 과시했다. 그런 점에 있어서 루소의 『신 엘로이즈La Nouvelle Héloïse』는 유례가 없는 하나의 현상이었으니 그 작자는 엄청난 인기의 대상일 뿐만 아니라 작중 인물들을 매개로 하여 자기의 동시대 사람들에게 사랑과 예지와 행복의 교훈을 제공했던 것이다. '소설이라는 새로운 제국'이 성립된 것은 바로 이 책과 더불어서였다. 바로 이 책을 효시로 하여 저마다의 세대들은, 르네 포모René Pomeau의 말을 빌리건대, "새로운 스타일의 사랑을 창조함으로써, 감정의 새로운 분위기를 암시함으로써, 삶을 변화시켜줄 것"

을 그들의 소설가들에게 요구하게 되었다.[1] 이번에는 『르네René』, 『아탈라Atala』, 『코린느Corinne』, 『아돌프Adolphe』 등의 소설들도 『인간 희극La Comédie humaine』이 나오기 여러 해 전에 벌써 살고 느끼는 새로운 방식들을 제안하게 되었다. 스탈 부인Mme de Staël, 벵자맹 콩스탕Benjamin Constant, 혹은 샤토브리앙Chateaubriand의 주인공들은 그들의 당혹감을 통해서 프랑스 사회의 격동을 반영함은 물론 벌써 한 세대 전체에게 하나의 목소리를 부여하고 있었다.

또 하나 특기할 만한 사실은 프랑스 대혁명 이후 소설에 맹렬한 흥미를 나타내는 서민대중의 출현이다. 피고-르브렁Pigault-Lebrun과 뒤크레-뒤미닐Ducray-Duminil은 후일 1840년에 생트-뵈브가 '산업문학'이라는 이름으로 지칭하게 되는 류의 소설들을 최초로 대표하는 작가들이었다. 그로부터 20년 후 퐁마르탱Pontmartin은 그것을 '안이한 문학'이라고 명명했다. 피고-르브렁의 통속문학에서 으젠 쉬Eugène Sue, 폴드 콕Paul de Kock, 혹은 프레데릭 술리에Frédéric Soulié의 연재소설에 이르기까지 독자층은 늘어만 갔다. 그러나 벌써, 단 하나의 예만 들어보건대, 뒤크레-뒤미닐의 소설 『쾰리나, 혹은 신비의 아들Coelina ou l'enfant du mystère』은 1798년부터 1825년 사이에 11판을 찍어냈고 100만 부 이상이 팔린 것으로 추정된다. 유치하고 터무니없는 이야기들로 가득 찬 그 모험소설들을 탐독하는 독자들이 그 책에서 얻고자 하는 것은 오직 흥미진진한 오락의 기회일 뿐이라는 사실은 말할 것도 없다. 이쯤 되면 이제는 문학이 아니라는 느낌마저 든다. 그러나 발자크 역시 자신이 누구보다도 먼저 멸시하는 작품, 즉 일상생활의 소모품에 지나지 않는 그런 작품들을 십 년 동안이나 쓰면서 작가수업을 했다는 사실을 잊어서는 안 된다. 그는 바로 흑색소설黑色小說의 방법에서 출발하여 차

---

1) 『신 엘로이즈』, Garnier, 1960, p.24.

츰차츰 하나의 세계를 창조하는 데 성공하게 된 것이었다. 우리는 19세기에 있어서 이런 산업문학이 차지하게 되는 점증하는 중요성에 대하여 여러 차례에 걸쳐 언급하게 될 것이다. 그러나 19세기 초부터 '로마네스크 문학'은 소설이라는 방대한 산업 속에서 한 특수분야의 자리밖에 차지하지 못한다는 사실을 지적해두지 않으면 안 되겠다. 저마다의 세대들은 소설이라는 장르에 대한 시비와 소송을 제기할 때마다 19세기 전체에 걸쳐 한결같이 교양 없는 대중들에게 소모품을 제공하는 지경에까지 전락해버린 듯했던 이 장르의 산업적이고 상업적인 성격을 개탄하는 것을 잊지 않았다. 그러나 소설을 옹호하는 쪽에서는 군색한 장인匠人으로 보잘것없는 작품들을 쓰다가도 나중에는 대가가 된 예를 들어보였고, 또 "기라성 같은 계보에 열하는 예술가들과 원고지 칸만 메꾸는 모험이야기 공장"을 혼동해서는 안 된다고 응수했다.

흑색소설Roman noir

외국에서 유입된 흑색소설은 18세기 말엽에 프랑스에서 놀라운 성공을 거두게 되어 1840년경까지 수많은 번역이 나오고 여러 가지 모작들이 생겨났다. 호레이스 월폴Horace Walpole의 『오트란토의 성Le Château d'Otrante』(1764)은 공포를 흥미의 원천으로 삼은 최초의 책들 중 하나였었으나 오랫동안 독자들의 눈에 띄지 않은 채 있었고, 『이탈리아 사람L'Italien』, 『유돌프의 신비Les Mystères d'Udolphe』 같은 앤 레드클리프Ann Radcliffe의 소설들이 루이스Lewis의 『암브로시오, 혹은 수도승Ambrosio ou le moine』—이 책은 후일 초현실주의자들에 의해서 관심의 대상이 되지만—과 더불어 프랑스에서 가장 두드러진 영향을 끼쳤다. 뒤크레-뒤미닐의 통속소설에서부터 샤를 노디에Charles

Nodier의 『장 스보가르Jean Sbogar』(1818)나 빅토르 위고의 『빅-자르 갈Bug-Jargal』(1818)에 이르는 이 흑색소설의 역사를 설명하기는 매우 어렵다. 그러나 초자연적인 현상들이 개입되는 '유령소설' [2]—가령 앤 레드클리프의 소설—과 무장을 하고 공격한다든가 감금, 원인모를 행방 불명 따위가 흥미의 원천을 이루는 '강도소설'과 범인의 끔찍한 성격, 피와 광기로 점철된 음산한 이야기로 인도하는 범인의 타락한 본능 따위 가 특징인 소설들—1797년에 번역된 루이스의 『수도승Moine』처럼— 과 끝으로, 초자연적인 인물, 혹은 악마와 계약을 맺은 후 잠시 동안이라 도 초자연적인 힘을 얻게 되는 인물이 등장하는 소설 등은 서로 구별할 수 있다. 솔직히 말해서 이런 구분은 인위적인 것이다. 어떠한 소설 속에 위에서 언급한 모든 특징들이 한데 섞여 있는 경우는 흔하다. 예를 들어 서 소설 『수도승』 속에는 피에 젖은 수녀의 초자연적인 출현과 숲속에서 죄없는 여행자들을 노리는 함정 이야기, 사탄과 계약을 맺음으로써 초자 연적인 위력을 부여받은 끔찍한 인물 암브로시오, 어느 수도원의 지하실 에 감금당한 처녀들의 이야기가 뒤섞여 있다.

어쨌든 흑색소설은 박해의 이야기로 된 소설이다. 흥미의 원천은 악당 과 그의 피해자 사이의 관계에 있다. 남자주인공, 악당, 그리고 보호자가 그 중심인물들이다. 범죄자는 흔히 위선자로 되어 있다(『수도승』에 나오 는 암브로시오가 그렇다). 그는 끝에 가서 벌을 받는다. 심판자는 너무 늦게 나타나는 바람에 죄없이 당하는 피해자를 구해내지 못하고 마는 경 우도 있지만 대개는 죄인의 가면을 벗기기에 충분할 만큼 때 맞추어 나 타나준다. 그 옆에는 유령, 해묵은 성, 폭풍, 학대받는 어린아이들 등등 의 판에 박힌 공포 분위기가 19세기 초엽의 그런 모든 소설을 가득 메운 다. 가장 저급한 것으로는 『빅토르, 혹은 숲속의 어린아이Victor ou

---

2) 모리스 바르데슈Maurice Bardèche, 『소설가 발자크Balzac romancier』, 제1장 「1820 년대의 소설 예술」 참조.

L'enfant de la forêt(1796), 『퀼리나, 혹은 신비의 아들』(1798)이 있는데 터무니없는 일화들과 그 이야기들의 이가 맞지 않는 짜임새가 그런 상업주의 문학의 특징이다. 그러나 낭만주의 시대 최대의 소설가들은 흔히 흑색소설의 방법에서 힌트를 얻었다. 위고는 바로 거기서 출발했다. 『빅-자르갈』과 『아이슬란드의 한*Han d'Islande*』은 그의 소설가로서의 첫 습작들이다. 『파리의 노트르담 사원*Notre-Dame de Paris*』, 그리고 훨씬 나중에는 『레 미제라블*Les Misérables*』의 저자가 된 그는 실제로 어린 시절에 읽은 흑색소설들에서 깊은 영향을 받았다. 뒤크레-뒤미닐은 발자크의 첫 스승들 중 한 사람이었다. 적어도 발자크를 깎아내리는 사람들은 즐겨 이 사실을 꼬집었다. 그의 소설 『비라그의 상속녀 *L'Héritière de Birague*』는 앤 레드클리프와 뒤크레-뒤미닐과 피고-르브렁의 혼합이다. 흑색소설이 자취를 감추게 된 것은 1840년경 낭만주의가 쇠퇴하기 시작하면서부터였다. 그러나 통속문학, 특히 그 당시 엄청난 성공을 거두고 있었던 연재소설은 18세기 말엽 이후 그렇게도 유행이었던 이런 모든 소설의 관습들을 적당히 손질해서 다시 이용하게 된다.

연애소설

그 시대의 비평가들은 벌써 흑색소설의 허황된 면과 연애소설의 제반 관습 및 기교를 서로 대립시켜 생각했다. 19세기 초에 매우 널리 퍼졌던 이런 유형의 소설들은 흔히 여성들에 의해서, 여성 독자들을 위해서 쓰여졌다. 코탱 부인Mme Cottin의 『클레르 달브*Claire d'Albe*』, 드 크뤼드네 부인Mme de Krüdener의 『발레리*Valérie*』, 드 수자 부인Mme de Souza의 『샤를과 마리*Charles et Marie*』, 드 샤리에르 부인Mme de Charrière의 『칼리스트*Caliste*』, 특히 스탈 부인Mme de Staël의 『델핀느』, 『코린느』는 그중 가장 훌륭한 예들이다. 그것들은 사실 『베르테르의 슬픔Werther』이나 『신 엘로이즈』의 어렴풋한 모방에 지나지 않는 것이었다. 소설이 미혼 처녀 독자를 위한 것이냐 아니면 젊은 기혼녀 독자를 위한 것이냐에 따라 도덕적 교훈을 주로 다루기도 하고 불륜의 정념을 마음놓고 묘사하기도 했다. 가장 흔한 경우로, 그런 소설들은 아슬아슬한 정념에 사로잡혔으면서도 결국은 반드시 지켜야 할 본분으로 충실하게 돌아오는 예민한 감정의 소유자들을 그려 보였다. 대체로 줄거리의 도식은 거의 한결같다. 두 젊은 남녀가 서로 사랑하면서도 부모의 반대 때문에, 아니면 이미 다른 상대에게 약속된 몸이기 때문에―그렇지 않으면 『델핀느』 속에서 베르농 부인이 저지른 것 같은 농간에 희생되어서―서로 결혼을 하지 못한다는 이야기다. 그런 소설들을 몇 권 읽어보고서 발견하게 되는 놀라운 점은 바로 그것들이 어지간히도 서로 닮은 이야기라는 사실이다. 그 소설들은 모두가 다 같은 틀에다 찍어낸 것 같은 인상을 준다. 똑같이 케케묵은 상황, 똑같이 천편일률적인 인물, 똑같이 관습적인 에피소드들이다. 19세기 초엽에는 소설의 이론도 미학도 없었지만 소설을 꾸미는 관습적 방식들은 주체할 수 없을 만큼 많았다.

소설적 상황

매우 인위적으로 꾸며진 우여곡절 끝에 남자 주인공 쪽에서 사랑하는 여자의 정직성을 의심하게 되었다가, 마침내 어느 날 어떤 일을 계기로 자기의 생각이 잘못이었음을 깨닫고 자신이 선택한 여자가 사랑할 만한 대상으로서 가장 어울리는 인물임을 확신하게 된다는 이야기는 매우 흔하다. 『클레르 달브』나 『발레리』, 『코린느』나 『델핀느』는 한결같이 두 남녀가 명예의 규율과 자신이 지켜야 할 긍지 때문에 서로 사랑하면서도 헤어져야 한다는 이야기를 들려주고 있다. 몇 가지 예를 들어보자. 코탱 부인의 『클레르 달브』에 나오는 여주인공은 투렌느 지방의 영지에서 자기보다 훨씬 연상인 남편과 살고 있는 젊은 여자다. 그들 이웃에는 달브 씨가 옛날에 한 약속 때문에 데려다 키운 고아 청년 프레데릭이 살고 있다. 프레데릭은 곧 클레르에 대하여 연정을 느낀다. 달브 씨의 은혜를 배반하지 않으려고 그는 집을 나가고 클레르는 슬픔을 못 이겨 죽어버린다.

드 크뤼드네 부인이 쓴 『발레리』 속의 상황도 거의 동일하다. 발레리는 베니스 주재 스웨덴 대사인 백작과 결혼을 했다. 그들 곁에는 백작의 양자인 귀스타브 드 리나르가 사는데 『클레르 달브』 속에 나오는 프레데릭과 같은 이유로 떠나버리기로 결심한다. 그러나 중병에 걸리는 것은 그 자신이다. 그리하여 독자는 비장한 탄식이 장장 50쪽에 걸쳐 나열되는 그의 최후를 목격하게 된다. 스탈 부인의 소설에서 델핀느는 젊은 과부로서, 자기 친구인 베르농 부인의 딸인 마틸드에게 결혼지참금을 보조해준다. 마틸드는 레옹스라는 젊은이와 결혼하기로 되어 있다. 그런데 델핀느는 레옹스를 보는 즉시 연정을 느끼고 남자 쪽에서도 마찬가지의 감정을 느낀다. 그러나 간교한 베르농 부인은 무엇보다도 자기의 딸이 잘되기를 바란 나머지 레옹스로 하여금 델핀느의 행실에 대하여 의혹을 품도록 만드는 데 성공한다. 그래서 레옹스는 마틸드와 결혼을 하지만 머지않아 진실을 알게 된다. 그는 일생 동안 불행하고 이룰 수 없는 사랑 때문에 괴로워한다.

주인공들의 초상

주인공들은 참다운 생명이 없으며 그저 보기좋은 실루엣에 지나지 않는다. 그들의 정념은 하나같이 똑같은 최고급 상류사회의 무대장치 속에서 불타오른다. 그래서 모리스 바르데슈Maurice Bardèche는 이런 유형의 허구는 그 결말은 각기 다르지만 언제나 사교계의 인물들 사이에 벌어지는 사랑 이야기라고 규정했는데 맞는 말이다. 유럽에서 가장 아름다운 도시들이 이런 사랑들의 필수적인 무대요 배경이다. 대부분의 경우 남자 주인공은 영국 귀족 출신이다. 그는 외교관이거나 아니면 군대에서 출세할 꿈을 꾸었던 인물이다. 그의 위용은 어딘가 무심하면서도 정열에 넘치는 그 무엇에서 생기는 것인데 그로 인하여 그는 숙명적인 모습을 띠게 된다. 이야기가 진행됨에 따라 우리는 그가 목숨을 바쳐 전투에 임하는 것을 볼 수 있는데 대개 명예롭고 찬란한 모습으로 귀환한다. 위험에 직면하여 그가 보이는 용맹함은 사랑 앞에서 드러내 보이는 약하디약한 면과 비례한다. 그가 사랑하는 여인이 조금만 쌀쌀하게 대해도 그는 벌써 까무러치려고 하는 것이다. 특히 그가 속해 있는 세계는 진정한 삶의 환경이 아니라 그저 막연한 무대장치에 지나지 않는다. 그 인물이 전혀 실감이 나지 않는 존재로 느껴지는 것은 단순히 관습적이고 초보적인 심리 처리에 기인하는 것이다. 주인공이 참다운 어려움에 직면하는 경우란 전혀 없다. 그가 그토록 빈번히 어떤 오해의 희생자가 되는 것은, 사람이라면 누구나 자기 자신이나 타인에 대하여 범하기 쉬운 어떤 오해 때문이 아니라 오로지 어떤 마음씨 나쁜 사람의 속임수 때문이다. 우리가 이런 특징을 구태여 강조하는 것은 그것과의 대조를 통해서 발자크나 스탕달의 공헌한 바가 무엇인가를 보다 잘 이해할 수 있기 때문이다. 발자크나 스탕달 같은 작가들의 사실주의가 지닌 으뜸가는 장점은 바로 인물을 어떤 환경 속에 놓고 보며 그가 대결해야 하는 적의에 찬 힘들과 겨룸으로써 자신을 헤아릴 수 있도록 하는 데 있는 것이다.

관습적인 에피소드

플로베르Flaubert는 엠마 보바리가 처녀시절에 탐독했던 이런 황당무계한 소설들에 대하여 다음과 같이 지적했다.

그것은 오로지, 사랑, 연인, 외떨어진 정자 속에서 학대받아 까무라치는 부인들, 모든 역참마다에서 살해당하는 마부들, 책장을 넘길 때마다 죽음을 당하는 말 떼들, 어두운 숲, 마음의 동요, 맹세, 흐느낌, 눈물, 키스, 달빛 아래의 나룻배, 숲속에서 우짖는 밤꾀꼬리, 사자처럼 용맹하고 영양처럼 부드러우며 그럴 수 없을 만큼 덕망 있고 항상 옷 잘 입고, 그리고 항아리처럼 눈물이 쏟아지는 신사들뿐이었다.[3]

소설의 제조기술들

여기서는 기법이라는 말보다는 '제조기술Procédé'이라는 말이 더 적합하다. 왜냐하면 이 말은 미리부터 그 어떤 특별한 미적 의도를 갖지도 못한 채 소설가들이 흔히 채택하는 관습을 뜻하기 때문이다. 대체로 말해서 행동은 다소간 달라질 수도 있는 일화들이 아무렇게나 연결되어서 이루어진다. 일화들은 무수히 많다. 19세기 초엽의 소설은 일반적으로 매우 길다. 그 당시 책으로 2~3백 페이지의 서너 권, 심지어 다섯 권 정

---

3) 플레이아드판 1권 p.358, 그리고 또 샤토브리앙의 『사후 회고록Mémoires d'Outre-Tombe』 플레이아드판 제1권 p.410(제12책, 제2장) 참조 ; "소설들은 성관들, 영국 귀족들과 귀부인들, 물놀이 장면들, 말 달리기와 무도회와 오페라와 라넬로그를 곁들인 연애 이야기, 그리고 끝없는 수다로 가득 차 있었다. 장면은 머지않아서 이탈리아로 옮겨졌다. 연인들은 무시무시한 위험과 사자들도 마음 약해질 영혼의 고통을 겪으며 알프스를 넘었다⋯⋯."

도로 된 소설들이다. 여러 가지 일화들—흔히 관습적이고, 그 중요성은 일정치 않다—로 된 이야기의 짜임새는 느슨하다. 『델핀느』나 『수도승』을 읽어보면 어떤 대목들은 잘라 내버려도 이야기의 이해나 전체적인 흥미에 있어서 아무런 지장이 없을 것 같은 인상을 받는다. 강력한 극적 구성의 모범을 제시한 것은 월터 스코트Walter Scott의 역사소설들이다. 그의 소설에는 슬기롭고 엄격한 구성으로 인하여 하나하나의 구성 요소가 제자리와 가치를 차지하고 있으며 극적인 흥미의 고른 발전이 이루어진다. 1820년 이후에야 비로소 프랑스에서 영향력을 발휘하게 되는 월터 스코트가 소개되어 공헌하기 이전에는 소설이 유기적인 통일성을 갖지 못했다고 말할 수 있다. 어떤 일화는 허구적인 광채를 더한다는 것 이외에는 아무런 도움이 되지 못하는 기나긴 묘사로 장식되어 있었던 것이다. 많은 경우 대화는 주체할 수 없을 만큼 자리를 크게 차지했다. 그것은 극적인 효과를 전혀 내지 못했다. 나중에 월터 스코트의 소설들에서 찾아보게 되는 것처럼 행동의 진전에 도움을 줄 수 있도록 꼭 필요한 것만을 남긴 속도 있는 대화가 아니라 1820년경까지는 그저 쓸데없는 사항들로 가득 찬 장광설이 고작이었다. 그렇지만 흔히 멜로드라마를 방불케 하는 흑색소설 속에서 때때로 대화가 극적인 긴장을 획득하는 경우도 있다. 또 어떤 흑색소설들 속에서는 우선 어떤 불가사의한 문제—범죄나 행방불명—가 제기된 후 각각의 에피소드가 그 문제를 어떤 식으로 조명해준다는 점을 고려해볼 때 작자가 극적인 진전에 있어서 일종의 통일성을 기하게 된다는 것도 사실이다. 이렇게 해서 일련의 진상규명을 통하여 미지에서 기지既知로 옮겨가게 되었고, 작가들은 1세기 후 훨씬 더 세련되고 숙련된 연구의 대상이 될 효과들을 거기서 얻어내기도 했다.

소설의 이론

모리스 바르데슈는 발자크에 관한 저서의 서두에서 말하기를 19세기 초엽에 있어서는 소설이 너무나도 모순된 성격들을 지닌 것이어서 그 장르를 정의하기가 매우 어렵다고 했다. 그래서 그는 소설의 시학보다는 더 겸손하게 소설을 쓰는 습관과 요령들을 묘사해보겠노라고 말했다. 19세기 초에는 소설의 기법이나 그 장르의 정의에 대한 아무런 진지한 연구도 찾아볼 수 없었다. 그저 서문이나 몇몇 이론서 속에서 소설의 윤리성 문제를 가지고 논하거나 아니면 이야기의 꾸밈새가 허황하다는 것을 개탄하는 정도로 만족했다. 이론적인 글들 중에서는 스탈 부인의 『허구에 관한 시론試論L'Essai sur les fictions』, 사드 백작의 『소설에 대한 생각L'Idée sur le roman』, 밀브와Millevoye의 『오늘날 소설의 풍자 Satire des romans du jour』, 케스네Quesné의 『아돌프와 실베리의 이야기 서문Introduction à l'histoire d'Adolphe et de Silvérie』, 『소설들 Des Romans』이라는 제목이 붙은 당마르탱Dampmartin의 이론서를 인용할 필요가 있다.

이런 이론적인 글들 속에서 가장 먼저 눈에 뜨이는 것은 소설가들이 사용하는 제조기술들에 대한 비평이다. 예를 들어서 십여 페이지의 시詩로 된 『오늘날 소설의 풍자』(1802)에서 밀브와는 흑색소설에 대하여 다음과 같이 신랄하게 공격했다.

> 아니다. 나는 이제 몰리에르와 라신느의 책밖에 읽지 않으리
> 이건 너무해. 오그라든 두뇌의 거대한 자식들인
> 이 한심한 소설들에 나는 싫증이 났네
> 저 감방들, 저 무덤 같은 등불들
> 지옥의 변경에서 도망쳐나온 저 유령들

이 시에 덧붙인 해명문에서 밀브와는 그 '한심한 소설들' ―『암브로시오, 혹은 수도승』, 『유돌프의 신비』, 『그라빌 수도원』―이 "하나같이 똑같고 하나같이 아무것도 닮지 못한 것"이라고 말했다. 그는 또 감히 '역사와 터무니없는 우화들을 한데 섞어놓은' 역사소설, '음탕한 정열들의 구역질나는 무더기'인 사드 백작의 소설들도 공격했다.

1822년 J. S. 케스네는 그 어느 작가도 '소설의 기초를 세우기 위한 구체적인 법칙'을 제시하지 못했음을 아쉬워했다.[4] 그에 의하건대 그토록 큰 성공을 거두고 있는 하나의 장르에 대하여 미학적 연구 하나 변변하게 나온 것이 없다는 사실은 놀라운 일이라는 것이었다. 그래서 그는 '어떤 표시를 보고서, 어떤 특징을 보고서' 우리가 '훌륭한 소설을 알아볼 수 있는지'를 증명해보이겠다고 했다. 그러나 그 역시 의도는 누구보다도 훌륭했으면서도 그 시대의 다른 이론가들과 마찬가지로 평범한 지적들에 그치고 말았다. 그의 지적은 놀랍게도 17세기 극작품들의 머리말들을 연상시키는 것으로서 단순하고 유일한 행동, 성격의 묘사나 사건들의 진전에 있어서의 진실성, 그리고 마지막으로 독자를 즐겁게 해주는 동시에 교육시킨다는 이중의 의도를 권장하고 있었다.

그럼에도 불구하고 어떤 지적들은 흑색소설이나 연애 이야기를 쓴 소설의 한심한 관습과는 거리가 먼 곳으로 인도해 가게 될 장래의 어떤 소설에 대한 희망을 드러내보인 것이었다. 스탈 부인은 "있는 그대로의 삶을 묘사할 수 있는 소설이 (…) 허구의 모든 장르들 중에서도 가장 유용한 것이 될 것이다"라고 단언했다.[5] 한편 케스네는 "훌륭한 소설에는 허

---

4) 『아돌프와 실베리의 이야기 서문Introduction à l'histoire d'Adolphe et de Silvérie』, Paris, Pillet aîné, 1822, p.5.
5) 『허구에 관한 시론L'Essai sur les fictions』, in 『전집Oeuvres』 제1권, Paris, Lefèvre, 1838, p.129.

황된 것은 하나도 없어야 한다"고 쓰면서 소설가들이 사용하고 있는 모든 관습들을 배격했다. 그는 소설이 금세기, 혹은 지난 여러 세기의 풍속을 자연스럽게 그린 그림이 되기를 바랐다.[6] 당마르탱의 경우도 비슷하다. "소설이 사생활의 이야기인데 비해서 역사는 흔히 공적인 생활의 소설에 지나지 않았다는 것을 사람들은 인정했다"고 그는 말했다.[7] 발자크보다 30년 먼저 스탈 부인은—소설 속에서가 아니라 그녀의 이론적인 글 속에서—미래의 소설가들에게 하나의 엄청난 영역을 손가락질해 보여주었는데 그것은 바로 사랑 이외에 인간이 지닌 여러 가지 정념들이었다. "야망, 오만, 인색, 허영은 소설의 가장 중요한 대상이 될 수 있을 것이며, 그런 사건들은 더욱 새로운 것이 될 수 있을 터이고, 그 상황들은 사랑에서 연유된 상황들 못지않게 다양할 것이다"[8]라고 그녀는 말했다.

요컨대 19세기 초엽에 소설에 관한 이론을 쓴 사람들은 그 당시 상태의 소설 장르에 대하여 통탄을 금치 못했으며, 그들은 또 소설이라는 장르가 새로운 영역들을 개척하고 보다 짜임새 있는 구성의 힘을 빌리게 되기를 원했다.

6) 위에 인용한 책, pp.25~26.
7) 『소설들Des Romans』, Paris, Ducauroy, 1803, p.50.
8) 위에 인용한 책, p.140.

2. 삶의 진실

소설의 위기

18세기 동안에는 소설이라는 장르가 자유를 누리게 된 결과 그 시대의 풍속을 그려 보일 수 있는 가능성을 얻었다. 그런데 1800년에서 1820년에 이르기까지, 그러니까 월터 스코트의 영향으로 소설의 '정신esprit'과 '만듦새facture'가 변혁되기 이전에는, 마리보Marivaux에서 레스티브 드 라 브르톤느Restif de la Bretonne에 이르기까지 실천되어 온 현실성과 진실성 쪽으로의 발전이 돌연 정지되어 버린다. 사실성 대신에 관습이 그 자리를 차지하게 되었다. 그렇지만 디드로는 인물이 처한 조건과 환경의 영향을 중요시했었다. 그러나 이제는 작가들이 그 점을 기억하지 못하는 것 같았다. 도대체 소설이란 장르에 있어서 그것이 누린 자유는 힘의 원천이기도 했지만 약점이기도 했다. 많은 사람들이 보기에 소설이란 것은 미학적으로 권위를 갖추지 못한 것으로 여겨졌다. 왜냐하면 시학 속에서는 소설에 대한 언급이 전혀 없었으니까 말이다. 그것은 무법의 장르며 뜨내기의 자식이었다. 소설은 그 특유의 틀과 특수한 방식이 명확하게 결정되어야 비로소 하나의 장르로 공인될 것이다. 현대 소설의 출현은 스탕달과 발자크의 도래를 기다리지 않으면 안 된다. 그러나 그 당시의 가장 우수한 소설들인 『르네』, 『아탈라』, 『코린느』, 『아돌프』, 『오베르만Obermann』이 바로 그 무렵 통용되고 있던 여러 가지 관습을 벗어난 작품들이었다는 것은 벌써 주목할 만한 현상이다. 소설은 샤토브리앙, 스탈 부인, 벵자맹 콩스탕에게 지극히 융통성 있는 수단을 제공했다. 소설은 그들에게 있어서 마음속에 있는 가장 중요한 것을 전달하고자 하는 욕구를 만족시키기에 가장 적합한 '형식'이었으니 샤토브리앙은 그것을 통해서 자기의 감정을 털어놓을 수 있었고, 콩스탕은 자기 심정에 대한 가장 예리한 분석을 할 수 있었다. 이념, 시, 분석은 19세기 초엽에 있어서 소설이라는 장르를 구성하는 가장 중요한 매력이었다.

스탈 부인과 이념의 유혹

『코린느』나『델핀』속에서 찾아볼 수 있는 많은 특성들은 연애소설의 관습에서 온 것이다. 그러나 스탈 부인은 관습적인 틀 속에다가 여러 가지의 사상들을 흘려 넣을 수 있는 방법을 찾아냈다. 오늘날에 와서 보면 스탈 부인은 『르네』 쪽보다는 수자 부인에 더 가까워 보이지만 그 당시에는 그 여자가 쓴 소설들이 샤토브리앙에 필적하는 성공을 거두었다는 사실을 간과해서는 안 된다. 작품의 각 장들을 글로 쓰기 전에 우선 '말로 들려주었던' 스탈 부인은 그 속에다가 그의 뛰어난 임기응변의 핵심적인 요소들을 옮겨놓았다. 그 속에 전개되는 많은 요소들이 군더더기이며 모호하다는 인상을 주는 것이 사실이지만, 우리가 거기서 발견할 수 있는 것은 무엇보다 먼저 모럴리스트로서의 의견들인데, 위대한 프랑스 전통 속에 위치하는 이런 의견들을 한데 모아놓고 보면 무시할 수 없는 '격언'과 '팡세'의 부피를 이룰 만한 것이 된다. 그런 격언들은 인간의 마음이 지닌 복합성과 모순을 부각시켜주는 것이고 보면 흥미가 없는 것도 아니다. 그 같은 '심리학'이 작자에 의하여 추상적인 방식으로 표현되는 것이 아니라 인물들의 '생각'과 '행동' 속에 구체화되려면 물론 여러 해—거의 1세기—를 더 기다리지 않으면 안 될 것이다. 『코린느』속에는 모럴리스트로서의 성찰과 분석 이외에 특히 로마와 이탈리아에 대하여 쓴 매우 무거운 교육적 내용이 상당히 많이 들어 있다. 오늘날에 와서는 읽기 힘든 부분들이지만 그의 동시대 사람들에게는 매혹적인 것들이었다. 30년 후 스탕달은 『파르므 수도원*La Chartreuse de Parme*』 속에 그의 이탈리아 여행 때의 노트들을 삽입하지 않으려고 조심했는데 비해 스탈 부인은 코린느의 이야기 속에 자신의 여행 노트를 서슴지 않고 뒤섞어 놓았다. 로마나 베니스의 들판에 관해서 쓴 대목들에는 때때로 매력적인 데가 없지 않지만 샤토브리앙이나 바레스Barrès의 저 음악적인 세련미나 힘과는 거리가 먼 것이었다.

무엇보다도 19세기가 막을 열 무렵에 스탈 부인은 소설을 여성의 주장을 피력하는 안성맞춤의 수단으로 이용했다. 여성 독자들은 이 같은 불평을 좋아했다.

"자기가 사랑하지 않는 남자와 결혼했을 때 여자의 운명은 끝장난 것이다. 사회는 여성들의 운명 속에 오직 한 가지의 희망밖에 남겨주지 않았는데 복권의 추첨이 끝나면서 가진 복권이 실격이 되고 나면 만사는 끝장인 것이다." 혹은 "재산상의 이해관계에 있어서 법률상 아무런 자격도 갖지 못하는 나이에 무분별하게 맺은 언약이 한 존재의 운명을 영원히 결정하게 되어 그는 다시는 그 언약을 취소할 수도 없는 채 사랑받아 보지도 못하고 죽어가야만 하는 것이다." 1802년에 『델핀느』가 여성의 권리를 주장한 것이라면 『코린느』는 1807년에 천재적인 여성의 권리를 주장한 것이다. 여성이 세상 여론과 사회제도 전체의 희생자라는 생각은 매우 강력하게 주장되었다. 100년 후에도 여전히 소설문학의 소재가 될—폴 부르제Paul Bourget의 『이혼*Un Divorce*』 참조—이혼 문제를 스탈 부인은 벌써부터 제기한 것이다. 『신 엘로이즈』는 이미 시골 여성 독자들에게 깊은 영향을 끼친 바 있다. 스탈 부인의 소설들은 그만한 위력을 행사하지는 못했지만 분명 풍속의 진화에 기여한 바 있다고 볼 수 있다.

소설의 여러 가지 변형들과 샤토브리앙의 초기 이야기들

『르네』와『아탈라』는 원래『나체즈Natchez』에 포함되도록 쓴 것이었다. 샤토브리앙은 1789년에 이미 그 '자연인의 서사시'에 착수했었다. 10여 년 동안 그는 '연구와 독서노트 등의 잡동사니'를 쌓았고, 그 오랜 동안의 작업이 3천 페이지의 방대한 원고에 이르게 되었다. 1800년에 그는 거기서『아탈라』와『르네』라는 두 덩어리를 추려내었다. 1801년에 그는『아탈라』를 발표했다. 이어 1802년에는 그 두 가지 이야기를『기독교의 정수』에 포함시켰다. 『나체즈』에서 그것을 따로 뽑아내었듯이 1805년에 그는 마침내『기독교의 정수』에서 그것을 분리하여 두 권으로 발표했다. 한편『나체즈』는 지나치게 분량이 많은 원고를 추리고 삭제한 후에야 비로소 출간되었다. 그러므로 그는 특별한 규율과 법칙에 따르도록 되어 있는 장르로서 그 소설을 구상한 것이 아니었다. 그가 생각할 때 초기의 이야기들은 어떤 방대한 전체 속에 삽입된 에피소드들에 불과한 것이었으므로 그것을 따로 발표하건 이론적인 책 속에 포함시키건 아무 상관이 없는 일이었다. 더군다나 그 이야기들은 특별히 이야기식의 요소들로만 구성된 것이 아니어서 묘사와 서정적 충동, 인간의 조건에 대한 일반적인 고찰에 자주 자리를 할애하고 있었다. 샤토브리앙은 이야기를 다만 자기 표현의 한 수단이라고만 생각했다. 그는 기독교를 옹호하려는 뜻을 보다 더 실감나는 방식으로 설명하거나 감성의 새로운 형태를 구체화시키기 위하여 이야기의 형식을 이용한 것이다.

서사시의 유혹

샤토브리앙은 그가 초기에 쓴 이야기들을 소설이라고 인정할 생각이

거의 없었으므로, 그 자신이 『아탈라』를 "반쯤은 묘사요 반쯤은 극인, 일종의 시"라고 규정했다.[9] 그는 '서사적épique'이라고 규정해도 무방하다고 생각했을 것이다. 그런데 사실 그는 이 작품에 '가장 고대적인 형식'을 부여하려고 노력하면서 그것을 머리글, 이야기, 끝맺는 글로 삼등분했다고 지적했다. 그리고 또 이야기 자체는 여러 개의 에피소드로 나뉘어졌다. 고전주의적 교양을 물려받은 이 작가가 볼 때 19세기 초의 소설에는 결여되어 있다고 여겨지는 위엄이 그 같은 서사시적 구조에 의하여 이 작품에 회복될 수 있다는 것이었다. '서사시épopée'의 톤 때문에—특히 '인디언 스타일'의 경우—문체에 허식이 많아질 우려가 있는 것이 사실이지만 샤토브리앙은 『나체즈』 속에서 그에 못지않게 만만치 않은 장애, 즉 오로지 사건만을 진술할 경우에 생기게 될 비속한 면 또한 경계하고자 했다. 그렇기 때문에 샤토브리앙은 그의 초기 이야기들을 쓰는 데 있어서 서사시적인 톤에 이르려고 온갖 힘을 다 기울이고자 했다. 그것이 여의치 못할 때는 그는 빛나는 문체나 서정적인 진동에 의하여 이야기의 격을 높였다. 『르네』에서 『순교자들Les Martyrs』에 이르기까지, 『나체즈』에서 『최후의 아벤세라쥬의 모험Dernier Abencérage』에 이르기까지 각각의 작품이 한 단계를 나타내주고 있는 어떤 서열관계를 따져보기란 어렵지 않다. 『순교자들』은 샤토브리앙의 가장 고귀한 야심을 대변하는 산문체 서사시였다. 약간 긴장이 덜한 데가 있는 『아탈라』나 『최후의 아벤세라쥬의 모험』도 이따금씩 서사시적 톤에 도달하곤 한다. 거기에서 작자는 오직 '아름다운 자연'만을 그리고 있는데, 그는 자기가 불러일으키고자 하는 비장감 속에 심미적인 감동의 몫이 곁들여지기를 바랐다. 『나체즈』의 경우, 그 작품이 서로 상이하게 처리된 두 부분으로 구성되어 있다는 사실은 의미심장하다. 전반부는 보다 세심하게 다

---

9) 『아탈라Atala』의 초판 서문.

듬어졌고 신기한 세계, 알레고리, 기원祈願 등을 포함하고 있다. 후반부에서는 샤토브리앙 자신이 지적했듯이, "신기한 세계는 사라지고 스토리가 복잡해지며 인물의 수가 많아진다. 그중 몇몇은 거의 사회의 밑바닥 계층에서 취해졌다. 끝으로 『르네』와 『아탈라』의 스타일 이하로 내려가지는 않으면서도 소설이 시적인 분위기를 대신한다."[10] 그러니까 그는 스토리의 복잡함, 인물들의 '하층성下層性', 인물의 수적 증가 등을 소설의 특성으로 간주한 것이었다. 그는 소설이 서사시의 퇴화된 형태, 혹은 보다 꾸준한 작업을 거쳐서야 비로소 완성할 수 있는 서사시의 '밑그림'이나 초안이라고 본 것이다.

지적 자서전 『르네』

샤토브리앙의 경우 『르네』에서처럼 서술적 산문이 서사시적 톤에 이르지 못할 때는 일종의 시가 되었다. 하여간 그것은 소설 장르의 관습과 상당히 거리가 먼 상태였다. 소설이 숱한 우여곡절의 이야기들로 이루어져 있던 시기에 『아탈라』는 행동의 군더더기 없는 단순성과 이국 정취의 마력적 효과를 통해서 수많은 사람들을 매혹했다. 『르네』를 놓고 우리는 여전히 '행동'이라는 문제를 운위할 수 있을까? 소설적인 요소는 상황에 있는 것이 아니라 인물의 영혼 속에 있었다. 르네는 자신이 겪은 적도 없는 '자기 생애의 갖가지 모험들'이 아니라 '그의 영혼의 은밀한 감정', '마음의 역사'를 이야기하고 있는 것이었다. 샤토브리앙은 갖가지 곡절의 이야기를 하는 데 골몰한 것이 아니라 일종의 지적 자서전을 굵은 획으로 그려 보았다. 장려한 스타일의 광채를 통해서 그는 자기 주인

10) 『나체즈Natchez』의 서문.

공의 번뇌가 만인의 가슴속으로 스며들게 만들었다. 이 짧막한 이야기가 지닌 힘은 윤리적 태도, 그가 그려 보이는 '삶의 스타일'에서 오는 것이다. 이 공상적이며 환멸에 찬 주인공은 세기병의 살아 있는 화신이었다. 소설 『르네』는 『아돌프』처럼 심리적 모험 이야기조차도 아니었다. 그것은 오히려, 바레스가 그의 『자아 예찬*Le Culte du Moi*』에 대하여 사용한 바 있는 표현을 빌리건대, '정신적 회고록'이나 '형이상학적 노트'라고 할 수 있을 것이다. 『르네』에 있어서 세계는 사람이 몸담아 사는 환경, 즉 스탕달, 아니 발자크의 주인공이 맞서서 대결하지 않으면 안 되는 적대적인 힘의 총화가 아니라 다만 유적의 장소에 불과했다. 르네가 그 세계 속의 도처에서 만나는 것은 한계뿐이었다. '끝이 나 있는 것이면 무엇이나 다' 그가 보기에는 아무런 가치도 없는 것이라고 여겨졌다 한들 그것이 그의 잘못이겠는가? 뮈세의 『세기아의 고백*La Confession d'un enfant du siècle*』(1836)이 나오기 전에, 『자아 예찬』, 그리고 『구토*La Nausée*』, 『이방인*L'Etranger*』이 나오기 전에 『르네』는 이미 저마다의 세대가 자신들의 불안의 모습 바로 그 자체라고 여길 수 있었던 저 윤리적 자서전들 중 최초의 것이었다고 할 수 있다. 『르네』는 그 자서전적인 성격으로 인하여 진실의 색채를 지닐 수 있었다. 『기독교의 정수*Génie du Christianisme*』 속에서 샤토브리앙은 그의 비밀을 이렇게 털어놓았다.

위대한 작가들은 그들의 작품 속에서 자기 자신의 이야기를 들려준다는 사실을 우리는 확신한다. 자신의 마음을 다른 사람의 마음인 양 털어놓음으로써 비로소 그 마음을 잘 그려 보일 수 있는 것이다. 천재의 가장 훌륭한 부분은 여러 가지 추억들로 이루어져 있다.

분석소설 『아돌프*Adolphe*』

1816년 뱅자맹 콩스탕은 이미 여러 해 전에 쓴 『아돌프』를 발표했다. 1807년에 그는 자기 자신의 이야기를 소설로 쓰려고 결심하는데, 그가 한 말에 의하면, 불과 보름 만에 원고를 탈고했다고 한다. 그가 항상 이 소설에 대하여 보인 소탈한 태도만큼 놀라운 일도 없을 것이다. 그는 소설가가 아니었고 소설가가 되고자 하지도 않았다. 정치적인 글을 쓰고 자신의 출세에 신경을 쓰고 종교적인 철학서적을 내는 일에 그의 모든 관심이 쏠려 있었던 것이다. 그가 『아돌프』의 재판을 찍게 허락한 것은 오로지 저작권 침해를 방지하기 위한 목적에서였을 뿐이다. 그는 그 책에 대해서 전혀 관심이 없으며 "그 소설에 대해서는 아무런 가치도 인정하지 않는다"고 말했다. 그는 또 자기가 그 일화를 소설로 쓰게 된 것은 순전히 "시골에서 한자리에 모이게 된 두세 사람의 친구들에게 등장인물이 두 사람뿐이고 상황이 항상 동일한 어떤 소설도 흥미를 끌 수 있다는 사실을 설득시켜보겠다는 생각에서였을 뿐"이라고 말했다.[11] 그렇다면 그 책은 그의 삶의 어떤 한 조각임과 동시에 미학적인 내기를 하다가 얻게 된 우연한 성과였을까? 우리는 이 소설이 내면일기로서의 진실들과 예술적으로 꾸민 아름다움의 중간쯤 된다고 보아도 무방하다. 기이한 역설이지만, 작자가 별로 중요시하지 않는 듯한 이 작품은 우리 문학 속에서 가장 순수한 소설 작품들 중 하나로 손꼽히고 있다. 여기서도 다시 한 번, 가에탕 피콩Gaëtan Picon이 지적했듯이 "우리는 현대 소설이 스스로 원하지도 않고 스스로 알지도 못하는 사이에, 하여간 소설적인 상상력과는 정반대되는 곳에서 탄생하는 것을 목격하게 된다."[12]

---

11) 『아돌프*Adolphe*』의 서문.
12) 플레이아드 백과사전, 『세계문학의 역사*Histoire des Littératures*』 제3권, p.105.

『아돌프』에도『르네』에서와 마찬가지로 갖가지 돌발적인 사건들이 배제되어 있다. 19세기 초엽에 프랑스 소설이 관습을 벗어나고 현실성과 진실에 접근할 수 있었던 것은 고백을 통해서였다.『아돌프』역시 서술적인 산문 속에 가득 차 있었던 서정성에 대한 반동으로 씌어진 소설이었던 것이다. 즉 사소설이 분석소설로 되돌아왔다는 말이다. 이 작품은 그 표현의 기품 있는 소박성과 심리적 관찰의 적확성으로 인하여 마담 드 라 파이예트Mme de La Fayette나 쇼데를로 드 라클로Choderlos de Laclos를 연상시켰다. 그것은 또한 스탕달이나 메리메Mérimée의 출현을 예고하는 소설이었다. 이 작품은『클레브 공작부인La Princesse de Clèves』에서 앙드레 지드의『이야기Récits』에 이르는 부류의 전통에 속하는 것으로서 그 허식없는 간결함은 프랑스 소설의 가장 독창적인 체질을 이루게 되는 것이다.『아돌프』에는 소재라고 할 만한 것이 거의 없으므로 흔히 사람들은 이 작품을 단편소설nouvelle이라 부른다. 이것은 연극과 비교한다면 오직 두 사람의 인물만이 등장하는 극인 라신느의『베레니스』에 해당되는 작품이라 할 수 있다.『아돌프』는 어떤 사랑의 단순한 이야기를 내용으로 하는 것이었다. 그 사랑도 곧 '목적'이 되기를 그치고 하나의 '관계'로 변해버리는, 허울뿐인 사랑인데 남자 주인공은 '장래에 얻게 될 자유의 새벽'을 꿈꾸면서도 약한 마음과 연민 때문에 감히 그 관계를 끊어버리지 못하고 있는 것이었다. 바로 여기에서 이 분석소설은 그 특유의 소재를 발견하는 셈이다. 즉 이 소설의 소재는 이 두 인물을 사로잡으면서 곧 서로서로를 갈기갈기 찢어놓게 만드는 감정인 것이다. "인생의 가장 큰 문제는 바로 스스로 자초하는 고통"이라고 지적한 작자이고 보면 이것은 당연한 것이라고 볼 수 있다. 또 "상황이란 별로 중요한 것이 아니고 성격이 소설의 전부다"라고 썼던 이 작가가 복잡한 사건들을 엮어서 이야기를 만들어야 할 까닭이 어디에 있겠는가? 과연 성격caractère은 소설의 전부다. 그 성격의 갖가지 국면들이 얼마나 선명하게 부각되어 있었던가? 르네의 서정적인 충동, 그리고 그의 윤곽을 우주 속에 모호하게 용해되어 있는 것처럼 만들었던 몽상에 비교해볼 때 두 인물 서로가 상대에게 상처를 주도록 만드는 그 예리하고 공격적인 모서리들을 적나라하게 드러내 보이려고 애쓰는 이 소설의 냉혹함은 매우 대조적이다. 작가는 자기가 그려 보이는 상황을 항상 분석에 종속되는 부차적인 것으로 다루었다. 그는 이 같은 상황을 초월하여 특수한 경우로부터 보편적 법칙으로 옮겨감으로써 기꺼이 모럴리스트가 되고자 했다. 『아돌프』에는 얼마나 많은 격언maximes들이 쏟아져 나오는가. 그 격언들이 인간 의식의 복잡한 내용을 선명하게 헤아려낼 때는 또 얼마나 기묘한 현대성을 드러내보이는 것인가. 가령 콩스탕은 이렇게 썼다. "우리는 어찌나 변하기 잘하는 피조물인지 우리가 거짓으로 꾸며 보이는 감정을 마침내는 실제로 느끼게 되고 만다." 또 이렇게 썼다. "인간에게 완벽한 통일성이란 없다. 그 누구도 완전히 솔직하거나 완전히 거짓말쟁이인 법은 거의 없다." 『아돌프』는 자의식이라는 마귀 그 자체. 즉 아돌프는 행동했고 자신을 재판했다. 그런데 벵자맹 콩스탕은 아돌프를 재판하는 것이다. 이 자의식의 거울놀이는 후일 바레스를 매혹시킨 나머지 그는 '그토록 섬세하고 그토록 비참한 자신의 영혼을 아이러니컬하게 감시했다'는 이유 때문에 『아돌프』의 작자를 높이 평가했다.

콩스탕은 그의 『일기Journal』 속에서 이같이 치열한 명철성으로 인하여 만나게 되는 위험에 기꺼이 빠져든다. 명철한 의식은 사건과 인물들을 너무나도 잘 분석한 나머지 그 사건과 인물들을 미세한 관찰의 먼지로 만들어놓게 되는 것이다. 『아돌프』에는 그런 면은 조금도 없다. 이 소설은 완벽한 기교적 성공에 의하여 단번에 독자를 압도한다. 콩스탕은 현실이 그에게 제공하는 풍부하고 다양한 모든 것에 뚜렷한 윤곽을 부여할 수 있었기 때문에 이 작품은 가장 아름다운 소설 중의 하나이다. 그는 엘레노르라는 단 하나의 인물 속에다 스탈 부인, 그리고 샤를로트 드 하르덴베르크Charlotte de Hardenberg에서 빌려온 특징들을 합해 놓았고, 아돌프가 작가 자신이 경험했던 것과 똑같은 상황 속에 놓이지 않도록 조심했다. 엄격한 구성을 통해 하나의 심리적 모험이 거쳐 간 곡선을 그려 보였다. 각 장은 하나의 순간만을 조명하도록 했고 장의 길이가 짧으므로 그 속에서는 가장 중요한 것이 아닌 것은 모두 포기했다. 작자가 진술하는 자질구레한 사정 이야기들은 각기 하나하나의 예로 제시된 것이었고 분석에 필요한 증명이나 점진적인 성격의 요구에 부응하여 동원된 듯한 인상을 주는 것이었다.

3. 장르의 혁신

역사소설

왕정복고시대의 프랑스에서 월터 스코트의 인기는 대단한 것이었다. 그 인기는 1817년부터 일어나기 시작하여 1820년에서 1830년에 이르는 시기에는 그야말로 열광적인 것으로 발전했다. 1830년까지 프랑스에서는 그 어느 작가도 월터 스코트보다 더한 영광을 누린 적이 없었다. 그의 역사소설은 곧 소설 장르의 전반적인 혁신으로 여겨졌다. 1820년대에 빅토르 위고는 이렇게 썼다.

> 월터 스코트의 신작 『수도원 *Le Monastère*』이 곧 나오게 된다는 소식이다. 다행한 일이다. 빨리 써주기 바란다! 우리나라의 모든 이야기꾼들은 졸작 소설을 쓰는 병에 걸린 모양이니까 말이다.

월터 스코트의 소설들은 상상력의 권리를 회복시킴으로써 왕정복고시대 및 제정시대의 퇴색하고 김 빠진 이야기와는 현격한 대조를 이루었다. 방대한 장면들의 묘사, 흥미진진한 인물들의 소개, 『아이반호 *Ivanboé*』의 저 유명한 경기 장면 같은 감동적인 광경의 환기 등, 모든 것이 수많은 독자들을 단숨에 매료시키고 말았다. 발자크가 그의 『인간 희극』의 '서문' 속에서 월터 스코트에 대하여 경의를 표한 사실을 우리는 잘 알고 있다. 그는 월터 스코트의 작품을 통해서 작가 수업을 했던 것이다. 월터 스코트의 작품에서 영감을 얻은 사람은 발자크뿐이 아니었다. 한 세대 전체가 역사소설 쪽으로 관심을 기울였으며 스코트는 그 세대가 모방하고자 한 표본이었다. 발자크가 그의 소설 『사라진 환상*Illusions perdues*』에서 그려 보인 프랑스 문단생활의 풍경 속에서 보면 역사소설이 누린 인기는 1822년 경에 그 절정에 달한 것으로 되어 있다. 발자크 소설의 주인공 뤼시앵 드 뤼방프레는 바로 『샤를 9세의 궁수*L'Archer de Charles IX*』라는 스코트풍의 소설로 성공을 거두고자 하고 있다.

월터 스코트의 공헌

월터 스코트의 소설은 과거를 생생하게 그려내는 그 진실성을 통해서 수많은 독자들을 매혹했다. 그는 독자들로 하여금 역사의 한 시기를 새로이 체험하게 만들었고, 그 시대의 풍속과 신앙을 그려 보였으며, 각기 다른 사회 계층들을 묘사했다. 그는 지금까지 소설 속에서 무시당해왔던 시민계층에 새로운 중요성을 부여했다. 스코트는 무대장치에 각별한 주의를 기울였다. 그는 자기의 인물들의 의상을 묘사하는 데 많은 부분을 할애했다. 요컨대 그는 생생한 색채로 활기에 넘치는 역사의 그림을 그려 보인 것이다. 스코트는 그때까지 소설의 가장 중요한 요소를 이루어왔던 것, 즉 사랑하는 남녀 사이에서 일어나는 갖가지 사연 따위는 뒷전으로 돌려놓았다. 이자벨과 퀘틴 더워드, 레디 로워나와 기사 월프리드의 사랑 같은 것을 초월하여 그는 서로 갈라져서 싸우는 스코틀랜드의 총체적인 모습을 그리고자 했다. 역사는 이제 더 이상 진부한 사랑놀음의 배경이 아니라 책의 주제가 되었고 극적인 흥미의 원동력을 이루었다. 이로 인하여 스토리는 격을 갖추게 되고 새로운 폭을 획득하게 되었다. 그러나 인물들의 감정 또한 루이 메그롱Louis Maigron이 지적한 바와 같이 '너그럽고 공적인 것'으로 변했다. 월터 스코트가 끼친 가장 주목할 만한 공헌의 하나는 바로 이 점, 즉 그의 인물들이 그들이 속해 있는 인간 집단을 대표하게 만들었다는 점이다. 그들은 물론 개인적인 특징을 지니고 있어서 그 모습이 흥미거리로 되기도 했지만 그들은 자기들 시대의 심성과 자기들 종족의 믿음을 구상화해주고 있었다. 『아이반호』에 나오는 세드릭은 그 한 사람만으로도 역사의 한 시기 전체를 대표했다. 그는 가슴속에 울분을 가득 담은 채 노르망디의 침략자에게 패배하고 굴복당한 색슨 족을 육화하고 있었다. 바로 그 월터 스코트에게서 비니와 위고와 발자크는 '전형적 인물'이라는 개념을 발견했다. 고전극에 나오는 인물들처럼 추상적이고 순전히 도덕적이기만 한 인물들이 아니라 그의 개인적인 윤곽에 의해서 독자에게 설득력을 행사하고 동시에 한 시대와 한 나라의 정신을 구체적으로 보여줄 수 있는 인물의 개념 말이다.

이야기의 짜임새 자체에서 이미 월터 스코트의 공헌은 가장 두드러진 것이었다. 여러 가지 일화들을 차례로 이어서 만든 선적인 구성 대신에, 스코트는 일화들이 별 엄격성도 없이 그저 연속되는 것이 아니라 이를테면 하나의 초점으로 한데 집약되며 그 일화 하나하나가 행동의 전개에 보탬이 되는 이야기를 만들어냈다. 요컨대 월터 스코트는 서술적 소설에다가 극적 소설을 대치시켰다고 하겠는데 위고와 발자크는 그것이 지닌 새로움과 흥미를 재빨리 알아차렸다. 소설가는 아주 기본적인 장면들만을 세밀하게 묘사하고 그 장면들을 간결한 서술로 이루어진 몇 개의 장들에 의하여 서로 연결시켰다. 그는 우선 배경을 그리고 난 다음 인물들을 묘사했고, 이렇게 하여 그 '장면tableau'이 짜여지면 개인 및 집단을 움직여서 그 장면에 활기를 불어넣었다. 특히 그는 대화에 가장 큰 중요성을 부여했다. 자연스럽고 귀에 익고 때로는 해학적이지만 행동에 적극적으로 기여하며, 또 연극에서처럼 흔히 행동 그 자체를 이루는 대화, 빈번히 등장인물들은 그들이 주고받는 말을 통해서 자기의 됨됨이를 노출시키므로 분석을 대신하는 대화, 간단히 말해서 극적인 도구로 변한 대화를 그는 가장 중요시했다.

소설가는 가장 중요한 순간들만을 포착하여 진술하고 있으므로 스코트의 소설은 거대한 집단의 덩어리들로 구성되어 있다는 것을 우리는 이해할 수 있다. 그러나 우리는 동시에 작자가 소설 속에서 이야기를 진전시키면 진전시킬수록 사건의 자초지종을 설명할 필요가 없어진다는 것도 이해할 수 있다. 독자가 앞 장들에서 얻은 지식들이 있으므로 점차 그런 설명은 필요가 없어지는 것이다. 드라마의 전체적인 여건이 일단 다 제시되고 나면 스코트의 이야기 구성은 가속화하여 우리는 대단원을 향해서 돌진하게 된다. 소설의 처음에서는 엄청난 전개를 요했던 장면들도 이야기의 끝에 가면 불과 몇 페이지만으로도 충분히 서술될 수 있는 것이다. 이와 같은 점진적인 격앙의 수법은 발자크에게 깊은 인상을 주어서 우리는 『인간 희극』의 수많은 소설들 속에서 이 수법이 원용되고 있음을 볼 수 있다.

『생-마르Cinq-Mars』

프랑스의 역사소설사에 있어서 『생-마르』(1826)는 주목할 가치가 있는 최초의 작품이다. 아주 젊은 시절에 카르디날 드 레츠Cardinal de Retz의 『회상록Mémoires』을 읽었고, 얼마 후에는 월터 스코트의 소설에 심취했던 알프레드 드 비니Alfred de Vigny는 1824년, 루이 13세 치하에서 리슐리외의 야심과 귀족들 간의 싸움을 이야기로 써보고자 했다. 월터 스코트를 본따서 그도 역사적인 주제, 즉 개인적인 정념은 보다 보편적인 집단의 이해관계에 비하여 뒷전으로 밀려나게 된다는 주제를 다루었다. 지방색이 소설 전체에 풍부하게 깔리고 등장인물들은 그들 시대나름의 취향, 감정, 언어를 갖춘 모습으로 소개되었다. 그렇지만 스코트와는 달리 비니는 역사적 인물들을 전면에 내놓음으로써 한 장르가 지닌 난점들을 노출시키는 데 기여했다. 그 장르는 어쩌면 겉보기에만 하나의 장르처럼 보이는 것이었는지도 모른다. 더군다나 그는 실제 역사적 사실에 대하여 그다지 구애를 받지 않은 채 자유롭게 창작을 했고, 한 시대를 재생시키는 것만으로 만족하는 것이 아니라, 인간의 여러 가지 유형들을 창조해보겠다는 야심을 지니고 있었으니 말이다. 그에게는 겉으로 드러난 사실의 정확성보다는 인간 유형들이 지닌 '이상적인 진실'이 더욱 중요했던 것이다. 비니가 역사소설에 대한 자기의 미학을 피력한 것은 1827년에 써서 1833년에 발표한 『예술에 있어서의 진실에 관한 성찰 Réflexions sur la vérité dans l'Art』에서였다. 이 미학은 '각 세기의 모든 진실을 아는 것'과 동시에 '인간의 철학적 스펙터클'을 제공하기 위하여 '중심점을 만들어내 그 주위로 여러 가지 요소들을 선택하고 집약한다'는 것을 목표로 하고 있으므로 다소 앞뒤가 맞지 않는 두서없는 미학이다. 『생-마르』가 한 시대의 연대기와 작자의 의도 사이에서 어느 쪽을 택해야 할지 망설이고 있는 것 같은 인상을 주는 까닭은 바로 거기에 있다. 도대체 그의 재능이 갖고 있는 추상적이고 오만한 성격 때문에 비니는 군중을 살아 움직이게 하는 기술에 있어서 그다지 능란하지 못했다. 흔히 있는 인간들로 하여금 서로 대화를 주고받게 하고 사상事象의 복잡하고 다양한 면을 실감하게 하기 위해서는 보다 더 겉으로 드러나 보이는 친숙감—월터 스코트나 발자크 같은—이 필요했다. 후일 비니는 그의 『일기Journal』 속에서 자기 책의 약점은 '실제 사실들이 지닌 진정한 현실감'의 결핍이었다고 인정했다. 피에르 플로트Pierre Flottes가 지적했듯이, 우리는 『생-마르』를 '한 젊은 시절의 유서'라고 간주하는 것이 마땅하다. 비니는 그의 책 속에서 실망한 젊은 귀족으로서의 비통한 자신의 마음을 고백한 것이었다.[13]

---

13) 『생-마르Cinq-Mars』에 대해서는 카스텍스P.-G. Castex의 『알프레드 드 비니Alfred de Vigny』, Hatier, 『Connaissance des Lettres』, 제3장 참조.

『올빼미 당黨Les Chouans』

가명으로 서명한 젊은 시절의 소설들의 경우 발자크는 매튜린 Maturin, 피고-르브렁에게서 힌트를 얻었다. 1829년 자기의 이름을 서명한 최초의 소설『올빼미 당』을 쓸 때는 월터 스코트에게서 힌트를 얻었다. 그는 1825년에 이미 그 이야기의 일화들을 몇 가지 집필했었고, 1827년에는『그 녀석Le Gars』이라는 제목을 붙인 원고를 하나 만들었는데 그것은 이 이야기에 덧붙일 일러두는 말의 초안이었다. 작자는 월터 스코트에 대하여 자신이 품고 있는 존경의 마음을 분명히 밝혔고, 각 세기의 정신과 천재를 느낄 수 있게 해준 것에 대하여 스코트에게 감사한다고 말했으며, 자기 자신의 경우도 나라의 역사가 그려진 '같은 종류의 그림'을 소개해 보이려는 것이 본래의 의도라고 했다. 그는 자기의 그책이 어떤 방대한 작품의 '첫 번째 토대'라고 소개했다. 실제로 2년 뒤에야 발표된『올빼미 당』의 작자는 그 영국 소설가의 방법을 폭넓게 이용했다. 발자크는 소설을 쓰기 위하여 세밀하게 자료를 수집했고 회고록과 연구논문들을 읽었다. 특히 그는 푸제르 지역의 현장에 가서 사건의 전말에 대하여 문의했고 증언을 청취했으며 현장을 둘러보았다. 그는 다큐멘터리적 방법을 처음으로 시도했다. 그러나 그는 자기가 관찰한 내용을 기록하기보다는 그의 비상한 기억력에 의존했다. 그는 사물과 인간들에 대한 자기의 개인적 경험들 속에서 현실의 복잡다단한 면을 암시할 수 있는 수단을 찾아냈다. 그의 인물묘사나 그밖의 상황묘사에는 재미있는 요소가 많지만 그는 그런 것을 넘어서서 한 지역의 얼에 생명을 불어넣었다. 초장부터 그는 어떤 골짜기를 묘사했고, 지방색 짙은 표현에 주의를 끌도록 했으며, 그곳에 사는 주민들의 심성 깊숙이 파고들었고, 땅의 질을 살펴보았고, 아직도 봉건적인 그곳의 풍습을 관찰했다.『올빼미 당』과 더불어 역사소설은 벌써 사회소설로 변해가고 있었다. 발자크는 스코트에게서 전형적 인물 유형의 개념을 취했다. 어떤 인물의 겉보기에 흥미 있어 보이는 묘사는 흔히 하나의 전형적 성격을 대표하고 있었다. 펠르린 전투 장면에서부터 벌써 반군의 젊은 대장이 입은 옷과 태도에 대한 묘사가 나온다. 그러나 곧 작자는 이렇게 덧붙여 말한다. "그의 꼼꼼하면서도 불같은 정열로 인하여 (…) 이 망명객은 프랑스 귀족의 우아한 표상인 것만 같아 보였다. 그는 자기에게서 서너 발자국 떨어진 곳에서 힘이 용솟음치는 이 공화국의 생생한 이미지를 그대로 나타내 주고 있는 윌로Hulot와 매우 강한 대조를 보이고 있었다."14) 발자크는 이미 역사소설 속에서 '여러 가지 사회적 종種들'을 전형적 인물들의 여러 가지 특징적인 모습으로 구체화하여 그릴 기회를 찾아냈다.

그의 소설은 또한 하나의 아름다운 연애소설이기도 했다. 이 점에 있어서 작자는 월터 스코트의 교훈들을 다소 잊어버리고 있었다. 발자크는 후일 『올빼미 당』을 다시 읽어보고는 한스카 부인Mme Hanska에게 이렇게 술회했다. "이 책 속에서 나라의 모습과 전쟁은 내가 보아도 놀라울 정도로 완벽하고 적확하게 묘사되어 있습니다." 이것은 훌륭한 비평가의 판단이었다.

『샤를 9세 치하의 연대기Chronique du règne de Charles IX』

메리메Mérimée는 1828년에 다만 '샤를 9세 치하 프랑스 국민들의 풍속을 대충 그려 보겠다'고 마음먹었다. 그는 자신이 역사 속에서 좋아하는 것은 오직 '한 시대의 풍속과 성격의 묘사'를 찾아볼 수 있는 일화들뿐이라고 말했다. 그렇기 때문에 그는 비니가 철학의 이름 아래 그렇

---

14) 발자크, 『인간 희극』, 플레이아드판, 제7권, p.795.

게 했던 것과는 반대로 정확성을 기하는 동시에 예술적인 정직성을 존중하는 뜻에서, 역사의 모습을 왜곡하지 않으려고 애를 썼다. 그는 연대기나 회고록 속에서 찾아낸 자질구레한 일화들을 바탕으로 과거를 생생하게 다시 경험하게 할 수 있도록 참을성 있게 노력했다. 그리하여 역사적 현실은 그 속에서 단편적이고 변화무쌍하며 복잡한 방식으로 표현되었다. 그의 말처럼 "너무나도 잘 알려져 있어서 변화시키거나 첨가할 수가 없는 삶"을 살았던 역사적 인물들을 그는 이야기의 전면에 등장시키지 않도록 주의했다. 그의 이 같은 입장으로 인하여 초래된 결과 중의 하나는 줄거리가 거의 없어져버린다는 사실이었다. 그의 붓끝에서 그려진 줄거리는 다양한 장면들을 서로 연결시켜주는 대단찮은 매듭의 역할밖에 하지 못했다. 연대기라는 제목 속의 표현만 보더라도 스코트나 발자크에서처럼 강력하게 추진된 극적 행동은 거기서 기대할 수 없다는 것을 짐작할 수 있었다. 메리메는 그 같은 단편적이고 변덕스러운 기교 때문에 조직적인 묘사와 전신 초상화까지도 포기했다. 그는 이야기의 곳곳에 눈요깃거리의 표시들을 박아놓았고 독자에게 맞대놓고 말을 걸면서 장난삼아 이야기 속에 개입하는 것도 주저하지 않았다. 그는 방대한 관찰을 통해서 독자를 매혹시키는 데 성공했다. 그런 점에서 볼 때 1829년의 디드로Diderot, 르사쥬Lesage, 마리보Marivaux, 그리고 프레보Prévost의 사실적 전통과 관련이 있었다. 메리메와 더불어 역사소설은 장차 사실주의가 무엇을 요구하게 될 것인지를 미리부터 예고하게 된 셈이다.

『파리의 노트르담 사원Notre-Dame de Paris』

1830년에 있어서, 역사소설은 유행하는 소설이다. 아니, 흥미로운 눈요깃거리라든가 다채로움, 난폭한 장면 등 낭만주의 시인이 가장 눈에 띄게 번쩍거리고 요란스러운 작업상의 모든 요소들을 마음껏 쏟아 놓을 수 있는 그런 소설이다. 이런 역사소설의 모델은 손 가까운 곳에 당장이라도 모방할 수 있도록 마련되어 있었고 그 기법 또한 손쉽게 익힐 수 있는 성질의 것이었다. 빅토르 위고 역시 『생-마르』의 작자 못지않게 쉽사리 모방할 수가 있었던 월터 스코트가 바로 그 모델인 것이다.[15]

비니, 메리메, 발자크에 뒤이어 위고도 역사소설에 손을 댔다. 그는 1828년에 벌써 『파리의 노트르담 사원』의 아이디어를 구상해 가지고 있었다.[16] 우리는 그가 대주교관의 도서실에서 15세기 파리에 관한 서적들을 많이 읽었다는 것을 알고 있다. 그 대성당에 관한 그의 소상하고 정열적인 지식이 그러한 현학적 독서 내용과 한데 합쳐졌다. 그는 『퀸틴 더 워드Quentin Durward』 속에서 스코트가 했던 것처럼 한 시대를 되살려내는 작업을 했다. 그렇지만 그는 그 작품이 역사책이 되지 않도록 주의했다. 그는 출판업자에게 이렇게 말했다.

약간의 지식과 의식을 동원하기는 했지만 순전히 개략적으로, 드문드문 15세기의 풍속, 신앙, 법, 예술, 그리고 문명의 상태를 묘사했을 뿐이므로 이 책에서는 아무런 역사적 야심이 없다.[17]

위고는 자기의 소설이 지닌 유일한 장점은 "상상력과 그때그때의 기분과 환상으로 이루어진" 작품이라는 점이라고 말했다.

---

15) 『소설에 관한 반성Réflexions sur le roman』, p.207.
16) 『파리의 노트르담 사원』에 대해서는 바레르 J.-B. Barrère의 『위고Hugo』, Hatier, 『Connaissance des Lettres』, pp.61~67 참조.
17) 바레르 J.-B. Barrère의 위의 책, p.63에서 재인용.

그는 자기 선배들에 비해 자기 나름의 독창성을 보였다. 비니는 리슐리외, 생-마르, 루이 13세를 자기 소설의 주인공으로 삼은 데 비하여 위고는 역사적 인물들이 아니라 그의 상상력에 의하여 만들어진 주인공들을 가장 중요시했다. 더군다나 이 같은 주인공들마저도 노트르담 사원의 위대함에 비해 보면 그 존재 가치가 미약해 보이는 경향이 있다. 스코트의 경우와 마찬가지로 비니나 발자크에 있어서 자기 시대를 대표하는 것은 인물들이다. 그런데 여기서는 대사원이 중세를 요약하고 있다. 작자는 대사원에 강력한 생명을 부여했다. 『파리의 노트르담 사원』과 더불어 역사소설은 중세의 서사시로 변한다. 이 건물의 강력한 생명감, 군중들의 움직임, 한 도시 전체의 광경들은 웅대한 벽화를 이룬다. 티보데는 이렇게 지적한 바 있다.

이 소설이 겨냥하는 바는 그 단순성과 풍부함, 그 서로 뒤얽힌 관계 및 생명감 등으로 볼 때 모든 것이 한눈에 굽어보이는 높은 장소로부터 하나의 도시를 향하여 던지는 눈길과도 유사한 전경적全景的 작품을 시도해보자는 데 있었다. 『파리의 노트르담 사원』은 자기 도시에 매혹당한 한 파리 사람의 도시소설적 색채가 어찌나 농후한지 이 소설은 대사원을 중심으로 건설된 당시의 파리처럼 「파리의 조감도」라는 저 중추적인 장을 중심으로 빽빽하게 응집되어 있는 것 같아 보인다.[18]

기적궁이나 혹은 불한당들의 공격장면이 보여주는 난폭하고 흥미진진한 일면은 대사원을 중심으로 한 하나의 운동 및 군집과 결부되어 있다. 위고는 월터 스코트에 관하여 말하면서 그가 생각하는 이상적 소설은 "극인 동시에 서사시인 것"이라고 했다. 『파리의 노트르담 사원』에서 그

---

18) 위의 책, pp.207~208.

는 한 도시와 대사원에 부여한 소용돌이치는 생명감을 통하여 서사시의 경지에 도달했다. 그러나 인물들의 상징적 성격 또한 거기에 한몫을 했다. 인물들은 추상적인 사상을 구체화시킨 것이다. 콰지모도는 추악함과 선량함을, 클로드 프롤로는 양심과 고행을, 푀뷔스는 어리석은 아름다움을 상징한다. 특히 에스메랄다에 반해버린 이 세 사람의 사내들은 작자가 소설의 머리에 희랍어로 적어넣은 저 '숙명'의 무게에 짓눌리게 되었다. 은밀한 구조로 지은 건축물과 여기저기에 솟은 탑실塔室들 속에 불행과 죽음의 운명을 타고난 저 가련한 존재들을 숨기고 있는 이 성스러운 장소의 광경은 과연 방대한 서사시적 비전이 아닐 수 없다. 동시에 가장 중요한 일화들은 극적인 구조를 만들어낸다. 이 드라마는 상당히 엉뚱한 이야기 줄거리에 그 바탕을 두고 있다. 그러나 드라마는 또한 장-베르트랑 바레르Jean-Bertrand Barrère가 지적했듯이, "시인이 그의 주인공으로 삼은 추상적 이념들의 충격"에서 생겨난 것이기도 하다. 극적인 구성을 갖추었다고 해서 '여담digression'이 끼어들 자리가 없는 것은 아니다. 발자크 역시 그 여담을 즐겨 사용했는데 그것은 여러 가지 명목으로 끼어들어서 분위기를 조성하기도 하고 이야기에 여운을 남기기도 했다.

역사소설과 낭만주의

제정시대 직후에 등장한 역사소설은 낭만주의의 출현과 때를 같이한다. 이 소설이 어느 부분에 있어서 월터 스코트의 영향을 받아 형성된 것은 사실이다. 그러나 낭만주의 시대에 있어서 역사소설의 유행이 월터 스코트의 제 원칙에 따라 발전된 것이라고 생각한다면 잘못이다. 그 영국 소설가의 위대한 점은 역사적 사회적인 큰 흐름을 요약하는 유형들을 생생하게 구현했다는 데 있었다. 그는 서로 뒤얽힌 갈등관계들을 통하여 눈앞에서 형성되고 있는 역사적 현실을 포착하는 데 성공했다. 그가 기법적인 면에서 이바지한 바는 무상으로 얻어진 방법이 아니었다. 그것은 역사의 개념을 뿌리부터 뒤흔들어 놓았다. 풍속과 상황의 묘사, 행동의 극적 성격, 소설에 있어서 대화의 새로운 역할은 위기에 처한 한 시대에 있어서 거대한 역사적 갈등의 제 요소들을 포착하겠다는 야심을 반영하는 것이었다. 특히 대화는, 강력하게 개성화되어 있으면서도, 당대를 주름잡는 권력들을 대표한다고 볼 수 있는 주인공들을 서로 대결시키는 수단이 되었다. 스코트의 인물들은 사건을 마음대로 요리하는 역사적 인물들이 아니라 이를테면 역사적 생성변화의 서로 모순된 화신들이었다.

그와는 반대로, 게오르크 루카치György Lukács의 분석에 의하건대,[19] 알프레드 드 비니와 같은 작가는 『생-마르』의 서문에서 스코트의 그것과는 정반대되는 역사소설의 개념을 드러내 보인다. 그 개념은 왕정복고시대의 역사적 사회적 여건들과 관련이 있는 것일까? 그는 이렇게 말했다. "우리는 모두 다 마치 가장 위대한 것들을 향하여 걸어 나가다가 성년에 이르러 잠시 동안 젊은 시절과 그때의 오류들을 결산해보기 위하여 걸음을 멈춘 것처럼 우리들 자신의 연대기에 모든 관심을 집중시켰다." 비니에게 있어서 역사적인 관심이란 경고와 조심이라는 미덕을 지닌 것으로 여겨졌다. 불행하게도 혁명이라는 결과로 낙착되고 만 과거의 오류들을 분명히 밝혀보자는 것이 그의 목적이었다. 비니는 리슐리외 시대로 거슬러 올라가서 그 오류들을 찾아냈다. 즉, 귀족 계급이 독립성을 상실해버리자 그때부터 자본주의적 부르주아가 그칠 사이 없이 발전했다는 것이 그 점이다. 게오르크 루카치에 따르면 비니에게 있어서 "역사의 장식적인 근대화는 현재의 정치적 윤리적인 한 경향을 알기 쉽게

---

19) 『역사소설Le Roman Historique』, Payot, 1965.

드러내 보이는 데 사용되고 있는" 정도이다. 물론 비니는 중앙집권력과 귀족의 독립성 사이의 갈등을 조명했다. 그러나 그는 이루어져가고 있는 운동을 하나의 발전으로 파악하기는커녕 오류라고 여겼다. 그는 이해하는 것 대신에 판단을 내리고 공격했다. 루카치는 같은 방식으로 빅토르 위고 역시 『파리의 노트르담 사원』을—그리고 『레 미제라블』을—그와 유사한 원칙들에 따라서 구성했다는 것을 증명하고자 했다. 물론 위고는 스코트에게서 그림으로 그려 보이는 듯한 묘사 취미, 군중을 살아 움직이게 만드는 기술, 극적인 구성의 힘, 대화의 기술을 차용했다. 그러나 위고는 스코트가 흔히 성공적으로 실천해 보여주었던 것처럼 서로 투쟁하고 있는 여러 역사적인 세력들을 그려 보이는 것이 아니라 선과 악, 악덕과 덕목 사이의 대결을 굳센 필치로 그려 보인다. 『레 미제라블』에서와 마찬가지로 『파리의 노트르담 사원』에서도 그는 '사회적'인 것에서 '윤리적'인 것으로 옮아간다. 과거를 재구성하는 일은 그의 열띤 상상력을 매혹시킨다. 그는 거기서 미적 즐거움을 발견한다. 불꽃이 타오르는 듯 아름다운 그림에 역사적 성격의 심원한 이해가 대치된다.

위고나 비니와는 정반대되는 메리메는 18세기의 상속자이다. 그는 역사 속에서 그와 월터 스코트를 구별지워주는 두 가지를 발견한다. 그 중하나는 제반 사건들을 그것들의 일상적인 차원에서 그려 보이면서 일화들을 재구성할 때 드러나보이는 그의 상대주의와 경험주의이며 다른 하나는 계몽주의 사상과 결부된 어떤 이데올로기의 하나인 보편적 진리 및 회의주의의 교훈이다. 그는 한 시대의 풍속을 사실주의적인 방식으로 소개하는 데 성공한다. 그러나 그는 하나의 역사적 사건—생 바르텔레미의 밤과 같은—과 개인의 운명 사이의 유기적인 관계를 생생하게 재구성하는 데는 실패했다.

루카치의 분석에 따르건대, 월터 스코트에 있어서는 눈앞에서 이루어지고 있는 역사적 현실의 복합적인 여건들을 포착하는 데 그 목적이 있었던 역사소설이 프랑스 낭만주의 작가들의 손으로 넘어오자 어느 시대에나 다같이 유용한 정치적, 윤리적, 지적 교훈을 제시하는 기회로 변질되고 말았다. 역사성historicité이라고 하는 것도 눈앞의 시사적이고 주관적인 관심을 역사로 위장하는 데 급급한 나머지 그 본래의 의미를 저버렸다.

오직 발자크만이 스코트의 교훈이 지닌 그 모든 깊이를 깨달았다. 『올빼미 당』에서 뿐만 아니라 『인간 희극』 전체에 걸쳐서 그러했다. 스코트는 역사적 생성변화의 원동력이 되는 여러 위기들을 극적으로 재현시키는 데 성공했었다. 발자크는, 대혁명이라는 과거를 구성했던, 그리고 왕정복고 및 7월 왕정이라는 현재를 구성하고 있는 세력간의 역학관계를 그려 보여주게 된다. 그의 위대한 점은 사회의 변혁 속에서 이루어지고 있는 제반 변화과정, 특히 절대왕정파의 복고 기도와 부상하는 자본주의 세력간의 갈등을 간파해냈다는 데 있다. 발자크와 더불어 역사소설은 당대 사회의 묘사를 위하여 자리를 내놓게 되었다. 루카치의 분석에 의한다면, 역사소설은 1848년 혁명이 실패한 후, 즉 역사의식이 무디어져 갈 무렵에 다시 나타나게 되었다. 장차 플로베르는 『살람보Salammbô』 속에서 역사적 서술에다가 면밀한 자료수집이라는 사실주의적 방법을 적용해보겠다고 자처한다. 그는 객관성을 유지하기 위하여 철저한 노력을 기울이므로 역사적 현실 속에서 당대의 이데올로기가 구체적으로 실현된 모습을 찾으려 하는 따위의 낭만주의식 오류를 범할 리는 없다. 그러나 그는 스코트처럼 역사의 일상적인 질감이라든가 등장인물들을 통하여 구체화되어 나타나는 뿌리 깊은 갈등을 재생시키는 데는 별로 신경을 쓰지 않는다. 그는 다큐멘터리 사실주의 방법을 통해서 하나의 꿈을 발전시키게 된다. 부르주아적인 생활의 편협성과 추악한 삶의 압박에서 벗어날 수 있게 해주는 꿈 말이다. 그의 눈에는 역사란 장식적이고 구경거리가 되는 '다른 곳ailleurs'으로 보인다. 그것은 화사한 의상과 무대장치의 세계다. 게오르크 루카치에 따른다면 『살람보』는 산업혁명 시대에 "대도시 중류계급의 처녀들이 느끼는 열망과 히스테리컬한 고민을 장식적인 상징의 차원으로 끌어올린 이미지"라고 보아야 한다. 『살람보』 속에서는 인간의 비극과 정치행동 사이에 아무런 관계가 없는 것이 사실이다. 국민 전체의 삶이 현재를 향하여 점차적으로 전진해 오게 만든 원동력인 갈등들을 되살려내어 그려 보이는 대신 플로베르는 자신이 실제로 몸담고 있는 문명과는 거리가 먼 어떤 문명을 선택한다. 발자크는 스코트의 전통에 따라 '현재'가 갖는 역사적 성격을 생각했는데 비하여 플로베르의 경우 역사는 현재의 포기를 의미한다. 그는 과거를 '환기'할 뿐 그것을 이해하고자 하지 않는다. 그는 과거를 몽상한다. "그에게 있어서 역사는 순전히 사적이고 내면적이며 주관적인 사건들에 배경으로 쓰이는 거대하고 호사스러운 무대장치로 변한다"고 루카치는 말한다.

사실, 이 같은 역사 속으로의 도피는 플로베르 특유의 것이라기보다는 낭만주의의 가장 뿌리깊은 경향들 중 하나에서 유래한다. 한편, 역사소설이 혹시 변증법적인 전개과정과 마주치게 된다면 그때는 과연 진지하게 역사를 반영할 수 있게 될 것인가? 역사소설은 기껏 잘 해봐야 복합적인 현실 및 당대를 지배하고 있는 세력들에 대한 아득하고 개략적인 윤곽을 제공하는 것으로 그치는 것이 아닐까? 스코트는 역사적 생성변화에 대하여 역동적 비전을 지니고 있었으며 그것이 바로 그의 우월성의 기초가 되어주거나 적어도 그를 모방했던 프랑스 소설가들과 비교해볼 때 그의 독창성을 증거해주는 점이라고 루카치는 말했다. 그러나 스코트가 그려 보이려고 노력했던 역사의 온갖 위기들이란 그가 전달하고 있는 것보다 한없이 더 복잡한 것이 아니었을까? 마르크스주의 비평이 역사의 이 같은 극화작업劇化作業을 높이 평가하는 것은 이해할 만한 일이다. 루카치의 여러 가지 분석들을 통해서 우리는 역사소설 특유의 여러 가지 난점을 다시 발견하게 된다. 한편으로는 소설을 만들고자 하면서 다른 한편으로는 역사를 기술하고자 하는 모순된 두 가지 기도를 서로 타협시켜보려는 노력이라는 점에서 역사소설은 하나의 가짜 장르라는 사실 말이다. 어떤 역사적 위기에 대한 진단의 진실성과 재구성의 미적 가치는 별개의 것이다. 어떤 역사적 시기에 대하여 '소설'을 써서 보여주면 역사가는 작가가 현실을 제 마음대로 주물러 놓았다고 비난한다. 반대로 세밀한 역사적 분석을 하기 시작하면 재미난 이야기를 듣게 될 것으로 기대하고 있던 독자는 엉뚱하게도 '역사'와 마주치게 된다. 도대체 역사에 나오는 인물들과 상상으로 만들어낸 인물들을 어떻게 서로 일치시킬 수가 있단 말인가? 소설 속에서는 오직 완전히 허구적인 인물들과 사건들을 그려 보임으로써만 진실에 도달할 수 있다. 그러나 허구적인 것과 사실적인 것의 혼합은 당연히 읽는 이의 기분에 거슬린다. 더군다나 실제로 있었던 일을 소설로 쓴다는 것이 가능한 일일까? 소설은 가능한 것을 살아 있는 것으로 만들 수는 있지만 이미 과거에 실제로 있었던 사실을 현재 살아 있는 것같이 만들지는 못한다. 『살람보』속에서 한 주변적인 문명을 주제로 선택한 플로베르는 과거를 재구성하는 쪽보다는 하나의 가능태를 생생하게 그려 보이는 쪽으로 노력한다. 그는 역사를 배반했다는 점에서, 그리고 이해시키기보다는 오히려 실감나게 만든다는 점에서, 참으로 소설을 다시 찾은 것이라 하겠다.

제2장
현대 소설의 탄생

1. 스탕달의 소설세계

뒤늦게 된 소설가

스탕달은 뒤늦게야 소설가가 되었다. 그는 44세에 『아르망스 Armance』를, 47세에 『적과 흑Le Rouge et le Noir』을 썼다. 『파르므 수 도원La Chartreuse de Parme』은 56세 된 사람의 작품이다. 첫 소설을 쓰기 전에 스탕달은 각종의 작품들을 발표했었다. 『하이든, 모짜르트, 메타즈타지오에 관한 편지Lettres sur Haydn, Mozart et Métastase』 (1814)는 남의 저작을 차용한, 아니 심하게 말해서 베껴쓴 작품이었다. 『이탈리아 회화사Histoire de la peinture en Italie』(1817)의 경우도 마 찬가지였다. 그러나 이 책 속에서는 눈치빠르게 빌려다 쓴 남의 글 사이 사이에 자신의 개인적인 성찰이 삽입되어 있었다. 『로마, 나폴리, 그리 고 피렌체Rome, Naples et Florence』는 앙리 베일Henri Beyle의 세 번 째 저작이지만 스탕달Stendhal이라는 이름으로 서명된 최초의 것으로 서 여행기, '행복의 추구'에 관한 성찰들을 묶은 책이었다. 1822년에 발 표한 『연애론De l'Amour』은 그에게 있어서 가장 귀중한 생각들에 관하 여 쓴 글이다. 그래서 그는 오랫동안 이 책을 그의 주된 저서로 간주했 다. 1823년에 그는 『라신느와 셰익스피어Racine et Shakespeare』로써 명성을 획득했다. 이 책을 읽고서 생트-뵈브Sainte-Beuve는 그에게 '낭만주의의 경기병'이라는 재미있는 이름을 붙여주었다.

이들 작품말고도 그보다 훨씬 후인 1930년경에 앙리 마르티노Henri Martineau의 정성에 힘입어 수많은 작품들이 세상에 나왔다. 즉 『이탈 리아 화파畵派Ecoles italiennes de peintures』, 『이탈리아 단장短章Pages *d'Italie*』, 『정치, 역사잡기雜記*Mélanges de politique et d'His-toire*』, 『문학잡기*Mélanges de Littérature*』는 스탕달의 대단한 지적 활동을 증언해준다. 서한, 영국 잡지들에 기고한 글들, 1801년에서 1823년까지 쓴 『일기*Journal*』, 『신철학*Filosofia Nova*』이라는 제목으로 그가 적어둔 『생각들*Pensees*』은 젊은 시절부터 그가 실천해온 엄청난 분량의 관찰 및 반성의 집성集成이다.

사실 그의 문학적 생애는 특이한 하나의 케이스에 해당된다. 바야흐로 스무 살 때 "세상에 있을 수 있는 최대의 시인"이 되겠다는 목표를 정한 한 청년이 그 목적을 위하여 "인간을 완전히 이해하겠다"고 결심한다. 그는 자기 시대의 몰리에르Molière가 되고자 했다. 15년이 넘도록 극예술은 그의 주된 관심사였다. 『일기』, 『신 철학』, 『서한집*Corre-spondance*』은 그것을 증거한다. 청년시절부터 스탕달은 손에 붓을 들고 몰리에르, 골도니Goldoni, 보마르셰Beaumarchais, 코르네이유Corneille, 알피에리Alfieri, 라신느를 읽으며 그 주석을 단다. 그는 수많은 극작품의 구상노트, 초안, 계획안 등을 남겼다. 그러나 이 방면에 있어서는 모두가 계획에 그치고 말았다. 이 같은 수련은 헛되지 않았다. 후일 소설가가 된 그는 바로 젊은 시절에 쌓아둔 심리학적 노트들의 보고 속에서 귀중한 것들을 얻어내게 된다. "내겐 당장의 진실이 필요하다. 그것들을 다른 기회에 잘 조정해서 쓸 수 있을 것이다"라고 그는 썼다. 그가 마침내 '잘 조정해서 쓰게' 된 분야는 연극이 아니라 소설이다.

스탕달의 소설 개념

스탕달은 소설 장르에 대하여 어떤 형식을 갖춘 이론을 남긴 바 없다. 그렇지만 우리는 그의 서문들, 노트, 편지 등에서 소설예술에 대한 여러 가지 요소들을 찾아볼 수 있다. 하여간 소설의 문제는 끊임없이 그의 관심사가 되어왔다. 그는 소설이 19세기의 위대한 장르가 되어가고 있다는 사실을 놓치지 않고 보았다. 『로마에서의 산책Promenades dans Rome』속에서 그는 이렇게 지적했다.

저속한 사람들을 감동시키는 데 필요불가결한 것이 점잖은 사람들에게는 충격적으로 거슬린다. 그 점 때문에 1834년에는 극劇이 어려움에 부딪히거나 어쩌면 불가능해지는 것이리라. 그러니까 소설이 주도하는 시대(…)

또 그는 『적과 흑』의 어느 한 권 속에다가 이렇게 적어놓았다.

민주주의 때문에 섬세한 것을 이해할 능력이 없는 상스러운 사람들이 극장들마다 가득 차게 되면서부터 나는 소설을 19세기의 극劇이라고 여기게 되었다.

『신 철학』속에서 벌써 그는 극에 대하여 생각하는 가운데 자기 나름의 소설관을 만들어 가지고 있었다. 아마도 『신 엘로이즈』를 염두에 둔 듯하지만, 그는 연극이 현실의 이상화라고 생각하였다.

소설 속에서 작가가 우리에게 제공하는 것은 오직 하나의 선별된 자연에 지나지 않는다. 우리는 소설을 읽고 거기에 의거하여 우리들 나름의 행복의 유형들을 마음속에 만들어 가지게 된다. 소설을 읽고 그것에 견주어 행복을 맛보게 마련인 나이에 이르면 우리는 두 가지 사실에 놀라게 된다. 첫째, 기대했던 감정을 실제로는 전혀 느끼지 못한다는 점이 놀랍고, 둘째 그런 감정을 느낀다 하더라도 그것이 소설 속에 그려져 있는 것과 같은 감정이 아니라는 것이 놀라운 것이다. 그렇지만 소설이란 선별된 자연이라고 생각해보면 그보다 더 당연한 것이 또 어디에 있겠는가?[1]

1년 후 이 속기速記 옹호자는 근시안적인 사실주의의 야심을 일찌감치 무너뜨려버렸다. 스탕달은 말과 행동을 자세하게 기록하는 것의 가치를 거부했다. 반면 그는 어떤 개인의 내면으로 깊숙이 파고들어가 보고, 그의 생각들을 충실하게 그리는 것이 가질 수 있는 의의를 강조했다.

가령 어떤 속기사가 자기 모습을 남의 눈에 띄지 않게 하면서 페티에Pétiet 씨 곁을 하루종일 따라다니면서 그가 하는 모든 말을 받아 적고 그의 모든 행동거지를 다 기록한다고 가정해보자. 그리하여 어떤 뛰어난 배우는 그 대본에 따라 그날 페티에 씨가 한 모든 행동을 그대로 우리에게 재현해보일 수는 있을 것이다. 그러나 페티에 씨가 매우 두드러진 성격의 소유자여서 역시 매우 두드러진 행동을 한 경우가 아니라면 그 광경은 오로지 그를 잘 알고 있는 사람들에게밖에는 흥미거리가 되지 못할 것이다.

같은 날에 있었던 것으로 그보다 훨씬 흥미 있는 대본[台本]이 하나 있을 법한데, 그것은 즉 어떤 신이 있어서, 페티에 씨의 '머릿속'과 '영혼'의 모든 조작, 다시 말해서 그의 생각과 욕망들을 완벽할 만큼 정확하게 기술해주는 경우일 것이다.[2]

스탕달은 예술에 관한 글 속에서, 예술가는 자기의 추억들 가운데서

---

1) 장 프레보Jean Prévost의 『스탕달에 있어서의 창조La Création chez Stendhal』, Mercure de France, 1959, p.87에서 재인용.
2) 같은 책, p.89.

선별을 할 줄 알아야 하고 '각 사물들의 주된 특징'을 그리려고 노력해야 한다고 선언했는데 이것은 텐느Taine의 미학을 예고하는 선별적 이상주의의 표현이다.[3] 그는 자기의 소설들 속에서 보편적이고 의미심장한 특성들을 보여주는 데 인색하지 않았다. 그러나 소설에 대한 그의 이상은 인공적 기교가 가장 많이 제거된 진실이다. "현대 소설은 현실과 닮은 모습을 그려야 한다는 커다란 어려움을 지니고 있다. 그렇게 그리지 못하면 최하급의 문학 독서실의 정기회원 가운데서밖에 독자를 얻지 못하게 된다"고 스탕달은 지적한다.[4] 그의 글 속에서 끊임없이 반복되는 이미지는 거울의 이미지이다. 『적과 흑』 속에서 그는 "소설이란 어떤 길을 따라서 들고 걸어가는 하나의 거울이다"라는 저 유명한 공식이 생—레알Saint-Réal에게서 빌려온 것이라고 했다. 이 경우 그는, 소설이란 오로지 이야기가 전개되어감에 따라 문득문득 나타나는 모든 것을 이를테면 수동적으로 기록한 내용일 뿐이라고 여기고자 하는 듯하다. 소설은 이리하여 하나의 연대기로 정의된다. 소설은 흘러가는 시간을 따라 주인공의 전기를 써나간다는 뜻이 되는 것이다. 스탕달은 '사실성Vrai'의 연구를 허구의 바탕으로 삼고 '인물과 사실'들을 실물 크기로 전사轉寫하고자 했다. 그와 더불어, 미화된 이상주의—연애소설 류의 이상주의—의 거짓과 월터 스코트 류의 역사적 재구성을 외면하는 현대 소설의 탄생이 이미 이루어져가고 있었다. 스탕달은 일반적인 것들에 대하여 경계했고, 자기가 보기에는 역사가들이 너무나 자주 무시하는 듯 여겨지는 '작은 실제 사실'을 중요시했다. 그런 점에서 소설은 역사보다 우월하다고 그는 결론을 내렸다. 1834년 5월 24일의 어떤 기록에서 그는 이렇게 지적했다.

---

3) 조르주 블랭Georges Blin의 『스탕달과 소설의 제 문제Stendhal et les problèmes du roman』, Corti, 1954, pp.26 이후 참조.
4) 조르주 블랭의 위의 책, p.60에서 재인용.

나는 젊은 시절에 일종의 역사라고 할 수 있는 전기들을 썼다. 나는 그것을 후회하고 있다. 가장 큰 일이건 가장 작은 일이건 진실한 것, 적어도 '다소 소상하게 그려놓고 있는 진실성'이란 도달하기가 거의 불가능하게 여겨진다. 드 트라시de Tracy 씨는 내게 오직 소설 속에서만 진실성에 도달할 수 있다고 말하곤 했다. 나는 매일같이, 소설 외의 다른 곳에서는 어디서건 진실성에 이른다는 것은 욕심일 뿐이라는 것을 보게 된다.[5]

『아르망스Armance』

문학적 시사성에서 힌트를 얻은 것이 『아르망스』의 주제다. 1824년에 『우리카Ourika』와 1825년에 『에두아르Edouard』를 발표한 바 있는 뒤라스Duras 공작부인은 『올리비에, 혹은 비밀Olivier ou le secret』이라는 단편을 썼으나 그것을 끝내 출판하지 않은 채 친구들에게 읽어주기만 했다. 주인공 올리비에는 남들에게 차마 털어놓고 말할 수 없는 자신의 성적 불구 때문에 자기가 연모하던 여인을 멀리했다는 내용의 이야기였다. 그러던 차에 문학적 사기행각에 재미를 붙인 타보 드 라 투슈Thabaud de la Touche라는 사람이 1826년에 똑같은 주제를 다룬 소설 『올리비에Olivier』를 익명으로 발표했다. 스탕달은 한 영국 잡지에서 그 사실을 지적했다. 그런 후에 그는 자기도 이런 유희에 손을 대어, 앙리 마르티노 Henri Martineau의 정감 있는 표현을 빌리건대 "자연의 섭리에 따라 어쩔 수 없이 플라톤적 사랑"에 빠지게 된 한 인물의 심리를 연구해보겠다는 생각을 하게 되었다. 『아르망스』에 등장하는 옥타브는 이상한 괴짜

---

5) 조르주 블랭의 위의 책, p.86에서 재인용.

청년이다. 즉 그는 자기의 사촌인 아르망스를 연모하면 할수록 성격이 점점 더 침울해지는 것이다. 그는 어떤 결투 끝에 자기가 죽어가고 있다는 것을 알게 되는 순간에야 비로소 그녀에게 연모의 정을 고백한다. 살아날 가망이 없는 줄 알았다가 기적적으로 치료된 그가 그녀와 결혼하는 것은 오로지 자기가 그 여자의 평판을 위태롭게 만들었기 때문이다. 그리고 결혼한 지 며칠 후에 그는 스스로 목숨을 끊는다.

스탕달은 서문을 통해서 독자에게 예비지식을 제공하지 않았다. 책의 내용이 진전되는 동안에 삽입한 표시들도 어찌나 암시적이고 은밀한 것인지 거의 주목을 끌지 못한 채 지나쳐진다. 어리둥절해진 독자는 주인공이 스스로 연모하는 대상을 포기해버리는 이 실없는 사랑의 이야기를 전혀 이해할 수가 없어진다. 쥘리앵 소렐이 이 세상을 정복하는 데 치열한 만큼이나 옥타브가 이 세상을 도피하려는 노력 또한 치열하다. 이 같은 포기의 주제는 소설적 성격이 결핍된 것일까? 그러나 스탕달은 이중의 대단원을 통해서 이야기의 흥미를 잘 관리하는 데 성공했다. 결혼은 그 사랑의 완성이라고는 할 수 없겠지만 하여간 그것의 종결이다. 그 뒤에 죽음이 사랑의 불가능성을 비극적으로 강조해주게 된다.

사실 이 책만큼 서문을 필요로 하는 책은 없을 것이다. 하여간 주인공을 때로는 난폭한 모습으로, 때로는 과묵한 모습으로, 때로는 우수에 찬 모습으로 또 때로는 엉큼한 모습으로 그려 보이는 스탕달의 그 섬세한 솜씨는 평가할 만하다. 옥타브의 모든 행동들은 막연히 예감은 하면서도 꼬집어 파악할 수 없는 하나의 비밀을 향하여 독자를 몰고 간다. 심리학적인 뉘앙스들은 어느 비평가가 지적한 바와 같이 "사람의 진을 빼놓는 섬세함의 과시"라고 할 수 있다. 옥타브는 아르망스를 점점 더 사랑하면서도 그에게서 멀어지려고 애를 쓴다. 한편 여자 쪽에서는 자기에게 재산이 없기 때문에, 혹은 옥타브가 자기를 피하는 까닭을 잘못 알았기 때문에, 자기의 사랑을 감추려고 한다. 조르주 블랭Georges Blin이 지적했듯이 이야말로 "염치와 오해의 드라마"이며, 양쪽이 서로 사랑은 하면서도 넘어설 수 없는 장애물에 걸려 가망이 없어진 정념의 테마라는 점에서 이 작품은 마담 드 라파이예트의 소설에 비교된 바 있다.

스탕달은 그저 흔하지 않은 하나의 성격을 소개하거나 격정적이면서도 수줍어하는 두 영혼의 대결을 그려 보이려 한 것만은 아니었다. 자기 스스로 말한 바 있듯이 그는 "근래 이삼 년 동안에 실제로 볼 수 있었던 바의 풍속을 그려 보이고자" 노력한 것이다. 책이 출판되었을 때 붙여진 부제, 「1827년 파리의 어떤 살롱의 몇 장면들」은 그 나름의 중요성이 있다. 특수한 심리적 케이스를 제시하면서도 스탕달이 동시에 보여주는 것은 '사랑을 받을 수도, 가정을 이룰 수도 없고, 그 지극히 개인적인 관점에서는 모든 것을 충분히 판별할 만큼 총명한' 한 청년의 눈을 통해서 관찰된 사회였던 것이다. 이런 점에서 스탕달의 소설은, 장 프레보Jean Prévost가 지적한 바와 같이, "흥미 있는 한 가지 디테일에 대해서만이 아니라 총체적인 것들에 대한 새로운 시각"을 제공하는 것이었다.

『적과 흑Le Rouge et le Noir』[6]

창작 경위와 의미

스탕달이 원고의 여백에 적어놓은 노트에 따르건대 그가 『쥘리앵 Julien』을 처음 착상하게 된 것은 1829년 10월 25일 밤에서 26일 사이 마르세유에서였다고 한다. 스탕달은 그곳에서 여러 주일 동안 머물렀는데 그 동안에 소설의 첫 초고를 썼다. 그 초고가 너무 양이 적은 것 같아

---

6) 뒤에 「참고문헌」에서 인용하게 될 연구서적들 외에 우리는 이 대목의 내용을 작성하는 데 있어서 P.-G. 카스텍스의 저서 『적과 흑Le Rouge et le Noir』, S. E. D. E. S., 1967에 크게 힘입은 바 있다.

서 그는 1830년 초부터 파리에서 다시 손질을 하기 시작했다. 『적과 흑』 이라는 결정적인 제목이 나타난 것은 5월이다. 『쥘리앵』의 첫 아이디어 가 떠오른 이후 일 년이 흘러간 뒤인 1830년 11월에 『적과 흑』은 판매되 기 시작했다.

스탕달은 베르테Berthet 사건을 기억했다. 그 재판은 1827년 이제르 현縣 중죄재판소에서 있었다. 베르테는 그르노블 근처 브랑그 마을의 제 철공의 아들이었다. 그는 스무 살 때 그 지방 명사인 미슈 씨의 집 가정 교사가 되었다. 그 다음에 그는 신학교에 들어갔다 나와서 드 코르동 씨 의 집 가정교사가 되었는데 그 주인은 집안에서 있은 애정문제와 관련된 이유 때문에 그를 해고했다. 야망이 수포로 돌아가자 베르테는 성당 안 에서 미슈 부인에게 권총 두 발을 발사했다. 이것은 쥘리앵 소렐의 이야 기 줄거리 그대로다. 그러나 스탕달은 자기 사상의 독창성을 가미하여 이 사건 이야기의 격을 높였다. 실제의 베르테는 쥘리앵과는 정반대되는 인물로 심약하고 불평이 많고 곧 의기소침해지는 성격의 소유자였다. 『생트 헬레나 섬의 일기Mémorial de Sainte-Hélène』를 읽은 내용이 첨 가되어 쥘리앵의 성격은 두드러지게 부각되고 밀도 있게 되었다. 연구가 들은 다른 원천들을 제시하기도 했다. 스탕달은 라파르그Lafargue 사건 에서 힌트를 얻었을 가능성도 있다. 그 인물은 어떤 처녀에게 총격을 가 했는데 재판은 1829년 타르브의 오트-피레네 중죄재판소에서 있었다. 그러나 쥘리앵 소렐은 베르테가 아니듯이 라파르그도 아니다. 마찬가지 로 드 레날 부인은 정확하게 말해서 스탕달이 사귀었던 여자들 중 그 어 느 누구도 상기시키지 않는다. 그는 드 클레브 부인Mme de Clèves에 이어, 『위험한 관계Les Liaisons dangereuses』에 나오는 드 투르벨 부 인, 『신 엘로이즈』의 쥘리에 이어 정숙하면서도 유혹에 못견디는 여인으 로 문학 속에 표현된 가장 감동적인 표상들 중 하나이다. 마틸드 드 라 몰은 알베르트 드 뤼방프레에게서 몇 가지 모습을 빌려온 듯하다. 스탕달은 그 여자를 1828년 말경에 만났는데 그 변덕스러운 성격 때문에 작가는 괴로움을 겪었었다. 마틸드는 또한 스탕달이 알베르트에게서 버림받고 나서 마음의 위로를 구했던 여자 지울리아를 연상시키기도 한다. 어쩌면 마틸드는 마리 드 뇌빌르를 닮은 구석도 있다. 그 여자는 자기의 결혼 상대가 될 수 없는 천민 출신의 한 청년과 런던으로 도망침으로써 1830년 1월 세간을 떠들썩하게 했었다. 스탕달의 생각 속에서 우러난 성격의 마틸드를 이런 모든 모델들이 충분히 '설명'해주지는 못한다. 『적과 흑』은 모델소설roman à clefs이 아니다. 소설가가 실제 삶에서 빌려온 요소들은 그의 창조활동의 출발점에 지나지 않는다. 이 방면에 대한 현학적 연구는 다만 작가의 천재가 어떻게 "그가 소재로 삼은 현실을 찬미하고 변형시킬 수 있었는가"를 이해하는 데 도움을 줄 뿐이다.[7]

스탕달의 소설에는 그의 개인적 경험이 풍부하게 담겨 있다. 물론 저자는 "남의 사생활의 침해가 없도록 하기 위하여" 자신은 베리에르라는 작은 마을을 가공적으로 지어냈으며 "한 번도 가본 적이 없는 브장송 근처에서 그 모든 일이 일어나도록 만들었다"고 미리부터 밝힌 바 있다. 그러나 그는 이 프랑슈-콩테 지방의 배경 속에다가 자신이 직접 보고 사랑했던 풍경들의 기억을 섞어놓았다. 숱한 사랑과 명예의 꿈들은 쥘리앵의 것이 되기 전에 이미 작자 자신의 것이었다. 스탕달은 스스로 이상화하고 순화시켜 생각해왔던 자신의 두 가지 천성적 특징, 즉 감수성과 정력을 쥘리앵의 모습 속에 은밀하게 쏟아넣었다. 그는 서슴지 않고 자기 주인공을 비판하기도 하지만 또한 자신의 열망으로 그에게 생명력을 부여하기도 했다. 실제로 체험된 추억들은 그 자체로서보다는 그것이 구성하게 되는 감동의 원천으로서, 즉 상상력의 원동력이 되어주는 그 원

---

7) 위의 책, p.41.

천으로서 중요성을 가진다.

　쥘리앵 속에 스탕달 자신의 모습이 이입되어 있다는 것은 바로 이
같은 상상력 쪽에서의 설욕이라는 국면에서 보아야 마땅하다. (…) 직
접적인 추억들은 그것이 상상력 쪽에서의 설욕이 보여주는 격정들 가
운데 놓이기 때문에 그것 특유의 은밀하고도 가슴을 에이는 듯한 악센
트를 지니게 된다.[8]

라고 장 프레보는 썼다.

　『적과 흑』 속에는 개인적인 추억과 법원의 『판결록 *La Gazette des tri-
bunaux*』에서 찾아낸 잡보기사 말고도 1830년 연대기에서 빌려온 요소
들이 들어 있다. 이런 역사적 성격을 띤 '말뚝 Pilotis'들은 폴리냐 Poli-
gnac 내각 치하에 씌어진 이 소설에 '진실, 저 매서운 진실'의 악센트를
부여한다. 수도회의 음모, 무력한 자유주의적 야당의 존재, 시골 현의 권
력권 내부에서 목격할 수 있는 치열한 경쟁 등 모두는 쥘리앵의 개인적
모험에 사회적 여운을 첨가한다. 국왕의 방문, 레츠 공작 댁의 무도회,
비밀 쪽지 사건 등은 실제로 일어난 일[9]들을 정확하게 암시하는데 이것
은 이야기에다 우발적인 현실 특유의 무게를 보탠다. '스탕달이 소설의
내용에 살을 붙여서 고쳐 쓰는 동안에 『쥘리앵』이라는 제목을 포기하고
『적과 흑』이라는 수수께끼 같은 제목을 택했다는 사실은 의미심장하다.
우연한 유희로 택한 색깔들일까? 쥘리앵에게 유죄판결을 내리는 법관들
의 법복 색깔인 '적'은 수도회의 '흑'과 대립하는 것일까? 그보다는 오
히려 '적'은 성직 신분을 상징하는 '흑'과 대립하여 군인 신분을 지칭하
는 것으로 보인다. 20년 전 제정시대였다면 쥘리앵은 군인이 되었을 것

---

8) 장 프레보의 위의 책, p.246.
9) P.-G. Castex. 위의 책 참조.

이다. 그리하여 그는 유럽 대륙 전체에 걸쳐서 그가 지닌 고도의 지능과 심성을 한껏 펼쳐볼 수 있었을 것이다. 그런데 지금 그가 몸담아 살고 있는 체제는 그로 하여금 성공을 위하여 이 시대의 지배적 세력의 요구에 응하지 않을 수 없게 만드는 것이다. 『적과 흑』은 실질적인 세계의 가혹함과 대결해야 하는 주인공을 등장시키고 있는 19세기 최초의 소설 중 하나이다. 스탕달의 경우, 상상력 쪽에서의 설욕이란 마음 편한 몽상이 시키는 대로 따라서 사건들을 다듬어내는 것을 의미하지 않는다. 그 상상력은 주인공으로 하여금 모든 기량을 다 발휘하여 일어서게 만들려고 최선를 다하며 최악의 경우 주인공이 패자로서의 고귀한 풍모를 드러내 보이도록 힘을 기울인다. 스탕달은 1821년 1월 4일에 이렇게 썼다. "상상력은 현실의 철칙을 배울 필요가 있다" 발자크보다 먼저, 톨스토이 Tolstoi보다 먼저, 스탕달은 "내면에서 본 영혼에다가, 서정적인 영혼에다가, 현실의 짙은 밀도"를 대립시켰다. 바로 거기에서, 즉 "마음의 시詩와 그 반대인 사회적 관계, 외면적 상황의 우연 등의 산문 사이에 일어나는 갈등"[10] 속에서 현대 소설의 기반을 발견할 수 있다고 헤겔Hegel은 그의 『시학Poétique』 속에서 지적한 바 있다.

풍속 묘사

스탕달은 실제 삶의 관찰에 큰 몫을 할애했다. 발자크가 『사생활의 장면Scènes de la vie privée』에 해당하는 처음 몇 권의 작품들 속에서 그의 사실주의적 소설관을 표현하고 있던 바로 그 무렵에 『적과 흑』은 흑색소설 특유의 엉뚱한 면이나 월터 스코트 풍의 역사적 재구성 따위와는 거리를 유지하기 시작했다. 스탕달의 소설은 실제로 관찰한 사실들에 바탕을 두었고 자기 시대 풍속의 생생한 이미지들을 재현시켰다. 오랫동안

---

10) 장 프레보의 위의 책, p.275.

심리학자나 윤리학자다운 면이 있다고 여겨져왔던 이 작가의 '사실주의'적인 특성을 명백하게 밝힐 수 있었다는 점이야말로 현대의 연구에 의하여 이루어진 공헌들 중 하나이다. 여기서 말하는 사실주의는 공격적인 사실주의로서 이 1830년의 연대기는 하나의 고발장이었다. 소설가가 그 당시 권력층에 대한 쥘리앵의 조롱과 멸시에 동조하고 있는 대목은 한두 군데가 아니다. 스탕달이 그의 주석에서 말했듯이 레날 씨가 '정부 지지파'라면 발르노는 "당시 시골에서 볼 수 있듯이 대담하고 활동적이며 교활하고, 웬만해서는 도무지 모욕감을 느낄 줄 모르며 자기의 교구장敎區長에게 환심을 살 만한 일이면 무슨 짓이든 다 하는 짧은 법복의 제스위트 교도이다."[11] 왜냐하면 그는 수도회에 소속된 인물이기 때문이다. 발르노는 결국 그의 적수의 자리를 빼앗게 된다. 어디서나 수도회가 우선한다. 어디서나 수도회에 소속된 인물들이 승리한다. 브장송에서는 지난 시대의 고위 성직자인 주교가 그의 부주교인 프릴레르의 손아귀에 들어 있다. 수도원 원장인 피라르 신부 역시 카스타네드 신부에게 지배당한다. 쥘리앵은 시골과 파리에서 겪은 그의 모든 경험을 통해서 성직자의 위력이 어떤 것인지를 알아차린다. 그가 볼 때 제정시대의 군인의 명예는 왕정복고시대에 와서 비밀에 싸인 어떤 힘의 은밀한 조종에 의하여 대체된 것으로 여겨진다. 포부르의 귀족 계층으로 말하자면 거기에는 라 몰 후작과 같은 우수한 인물들이 있다. 그러나 또한 자신의 신분 서열에 대한 자만심만 강할 뿐 정신적으로는 빈약하고 심성이 메마른 허수아비들도 있다. '강자들'은 자신들의 지배력을 확보하기 위하여 그 역시 성직자 계층에 의존하거나 아니면 비밀쪽지 사건이 보여주듯이 외국의 힘에 호소한다. 『적과 흑』은 왕정복고 치하의 프랑스 사회를 그린 흥미진진한 풍속화이다. 그러나 확실한 정보 조사와 예리한 관찰력에 힘입어

---

11) 모리스 바르데슈M. Bardèhe의 『소설가 스탕달Stendhal romancier』, La Table Ronde, 1947, p.188에서 재인용.

이 풍속화는 마르티노가 판단한 바와 같이 '흠잡을 데 없는' 것이 되었다.

인물들

레날 부인은 프랑스 소설 속에 등장하는 가장 아름다운 여상女像들 중의 하나이다. 어린 시절에 수녀원에서 큰 그 여자는 아주 젊은 나이에, 사랑하지는 않지만 존경심을 느끼는 한 남자와 결혼을 하게 되었다. 그 여자는 보바리 부인처럼 공상적인 인물이 아니다. 그는 자기가 읽는 책속에서 연애의 격정을 묘사한 대목을 찾아보려고 애쓰지 않는다. 그는 자기의 아이들에게 할 수 있는 모든 사랑을 쏟기 시작했다. 그런데 돌연 쥘리앵을 만나게 되면서 그때까지 평화스러웠던 그의 삶이 뒤흔들려버린다. 그는 정념에 사로잡혀서 사람이 변해버린다. 순정하던 마음은 사라지고 거짓말을 하게 된다. 쥘리앵이 떠나버린 후에 그 여자는 마음의 혼란을 이기지 못하게 되고 곧 자기의 정신적 스승이 이끄는 대로 따라가는 수동적 존재로 변한다. 스탕달은 그 여자에 대하여 빛나는 부각화법浮刻畵法의 필치로 '놀라울 만큼 수줍고 부드러운'(마르티노의 말) 초상화를 남겨놓았다.

그는 레날 부인과 마틸드 드 라 몰 사이의 대조를 보여주려고 했다고 지적한 바 있다. 그는 『적과 흑』에 관하여 쓸 어떤 글의 초안에서 다음과 같은 말을 적어놓았다.

레날 부인은 자신이 아름다운 여자라는 사실을 알지도 못하며, 남편을 이 세상 최초의 남자처럼 생각하고, 그 남편 앞에 가면 몸이 떨리고, 그를 마음속 깊이 사랑하고 있다고 믿으며, 부드럽고 겸손하며, 오직 집안 살림에 모든 정력을 다 바치고, 순결하고 조용하며 하느님을 사랑하여 기도하는 그런 여자들 중의 한 사람이다. 실내복이 우아하다든가 흰 옷을 가장 즐겨 입는다든가 꽃과 숲과 흐르는 물과 노래하는 새를 좋아한다든가, 매력적이며, 요란하게 꾸미는 일이 없으며 슬픔도 즐거움도 모르며, 사랑이 무엇인지를 알지도 못한 채 죽는 그런 여인들 중의 하나라는 것은 구태여 말할 필요조차 없다.[12]

그 여자에 비해볼 때, 미모와 타고난 신분과 재치를 갖추고 있으며 대단한 정념을 쏟을 상대가 나타나주기를 기다리면서 따분해 하고 있는 마틸드 드 라 몰은 화려한 파리 사회에서 목격할 수 있는 바와 같은 '허영에 들뜬 사랑'을 대변한다. 스탕달은 이렇게 말한다.

저자는, 오로지 매일 아침마다 자고 깨면 연인을 잃어버릴 것 같은 기분으로만 남자를 사랑하는 파리 여자의 성격을 대담하게 묘사했다. (…) 이 같은 파리식 사랑의 묘사는 절대적으로 새로운 것이다. 이런 것은 레날 부인의 '자기를 돌보지 않는' 진실하고 단순한 사랑과 두드러진 대조를 보인다. (…) 이런 것이 '머리로 하는 사랑', 즉 파리에서 몇몇 젊은 여인들의 경우에 존재하는 바와 같은 사랑이다.

마틸드는 쥘리앵의 정력에 매혹당한다. 대가문 태생이기에 더욱 북돋아진 그의 상상력으로 인하여 그 여자는 쥘리앵에게서 어떤 대담성을 알아보게 된다. 그런 대담성은 그녀가 살고 있는 세계의 남자들에게서는 더 이상 찾아볼 수 없는 것이다. 그 여자는 쥘리앵이 오직 그녀를 '지배하기' 때문에, 그리고 냉담한 태도로 그녀를 '휘어잡기' 때문에 그를 사랑할 뿐이다. 자기 눈에 남자가 하나의 위험, 하나의 도전으로 보이는 것이 그녀에게는 마음에 거슬리지 않는다.

---

12) 바르데슈의 위의 책 pp.209~210에서 재인용. 『적과 흑』 제2부 제10장에서 쥘리앵은 그와 유사한 표현으로 마틸드와 레날 부인을 서로 비교한다.

쥘리앵은 '고결한' 인물이다. 그가 거쳐가는 대부분의 계층들, 그가 만나는 사람들은 오로지 그에게 멸시해주고 싶은 감정을 불러일으킬 뿐이다. 그는 자신의 '천재'와 그가 처한 '신분적 상황' 사이의 괴리 때문에 괴로워한다. 그는 권력을 손아귀에 넣는 일보다는 자신의 우월성을 확인하는 데 더 관심이 있다. 스탕달은 그에게 모든 타고난 능력을 모자람 없이 갖추어 주었다. 그는 미남이며 키가 후리후리하며 기억력이 뛰어나고 비상한 지적 능력을 갖추었다. 그의 정력이 강한 것 못지않게 감수성도 예민하다. 그는 '정열에 넘치는' 인물이다. 그에게는 항상 매질을 겁내는 어린아이처럼 경계를 늦출 줄 모르는 면이 있다. 그러나 흔히 청년다운 충동에 넘어가버린다. 그는 자신이 선택한 윤리적 세계의 필연성에 혼신의 정력을 바칠 만큼 성실하다. 즉 그는 정력énergie을 신조로 삼고 있다. 나폴레옹은 그의 신이다. 그는 기꺼이 전투적인 용어를 사용한다. 그는 사랑에 있어서도 계산과 그에 뒤따르는 대담한 행동을 통해서 승리를 거둔다. 그는 사람들 가운데서, 적들 가운데서, 전략가가 되고자 한다. 그러나 그가 오로지 시니컬한 속셈에만 골몰한 인간이라고 생각한다면 큰 잘못이다. 그토록 고귀한 모범들을 정해놓고 그들을 따르고자 하는 이 인물은 다른 사람들의 선량한 마음에 쉽사리 감동하며 그들의 준엄함 앞에서는 어찌할 바를 모르는 예민한 영혼의 소유자이다. 쥘리앵 자신 '자기는 쉽게 감동받는 마음'의 소유자라는 것을 인정한다. 그는 셸랑 신부의 너그러운 마음 앞에서 눈물을 흘리고 피라르 사제의 가차없는 시선 앞에서 까무러친다. 쥘리앵은 억지로 마음을 굳게 먹어보아야 소용없다. 그는 돌연한 격정에 휘말려버리는 것이다. 레날 부인과의 관계에 있어서, 행복에 대한 그의 자연스러운 마음의 갈구가 경계심을 밀어내버린다. 자신의 정력을 극도에까지 고조시키기는커녕 즐거움 속으로 빠져 들어가버리는 순간들이 있는 것이다. 그의 마음속의 팡테옹 신전에는 루소Rousseau가 나폴레옹Napoléon과 나란히 모셔져 있다.

끝에 이르러 사형선고를 받은 후 죽음을 기다릴 때, 즉 내기가 마침내 끝나버렸을 때야 비로소 그는 자신의 모습으로 돌아온다. 그는 지금까지 숱한 망상들을 추적해왔다. 레날 부인이 모든 욕구를 충족시켜줄 수도 있었을 것이다. 그는 클라랑스의 행복을 위하여 태어났었다. 풍자적이고 정치적인 소설이 낭만적 사랑의 소설로 끝난다.

　그가 저지른 범죄행위를 어떻게 설명하는 것이 좋을까? 소설가는 쥘리앵이 출세를 하게 되자 비열한 사람으로 변한 것이라고 생각했을까? 그렇지 않다면, 처음에는 쥘리앵에게 고결한 품성을 부여했다가 나중에 가서 그만 앙투안느 베르테로서의 일면이 더 중요하게 부각되도록 만든 것일까? 살인사건은 실제로 일어난 일이다. 그런데 무엇 때문에 그것을 보다 더 있을 법한 것으로 만들려고 애를 썼을까? 무엇 때문에 그 사건이 그냥 잡보기사적 성격을 띠도록 버려두지 않았을까? 이 점에 대해서는 오랫동안 비평가 에밀 파게Emile Faguet의 해석이 가장 설득력 있게 받아들여져 왔었다. 그는 1892년에 이렇게 말했다. "『적과 흑』의 대단원은 상당히 이상하다. 그것은 용납될 수 있는 한계 이상으로 잘못되어 있다." 앙리 마르티노는 그 같은 해석에 반대하고 나섰다. 그는 작가의 심리학적 천재를 높이 평가하면서 스탕달을 옹호했다. 쥘리앵은 이 대목에 와서 일종의 비정상적인 상태에 빠져들게 되었는데, 즉 그가 '거역할 길 없는 충동'에 사로잡혀서 제정신이 아닌 상태인데, 그때의 감정을 분석해서 무엇을 한단 말인가라고 그는 반박했다. 이 미묘한 대목에 관해서 우리는 피에르-조르주 카스텍스의 믿을 만한 분석을 참고할 수 있을 것이다. 그에 따르건대 쥘리앵이 몇 시간만 더 참고 견딜 만한 배짱이 없었다는 것을 이상하게 여기는 파게의 생각은 잘못된 것이다. 라 몰 후작은 끝내 자기의 뜻을 굽히지 않았을 터이니까 말이다. 레날 부인의 편지는 그가 기대하고 있었던 대답이었다. 라 몰 후작은 쥘리앵에게 모든 것을 다 용서해줄 수 있었겠지만 이해관계 때문에 자신의 딸을 유혹하려 한 계획만은 예외였다. 그는 편지의 내용이 내용인지라 그 결혼을 절대로 허락하지 않겠다고 마틸드에게 분명히 말했다. 쥘리앵과 마찬가지로 마틸드도 그 말이 무엇을 뜻하는지 알고 있다. '모두가 허사다'라는 생각이 조종弔鐘처럼 울린다. 그러나 다른 한편으로 생각해볼 때, 쥘리앵의 편집광이니 비정상적인 상태니 어두운 심리니 하는 따위를 거론할 필요가 과연 있는 것일까? 쥘리앵이 한결같이 또렷한 정신상태라는 것을 나타내주는 모든 세세한 대목들을 주목하려고 노력하는 것이 옳다고 여겨진다. 그는 라 몰 후작의 결심을 확실하게 알고 있고 심지어는 자신의 실망을 아이러니로 은폐하는 방법까지 강구한다. 그는 끊임없이 자기가 저지른 범죄를 시인하며, 끊임없이 그 범죄를 사전부터 계획했다고 공언하며, 자신은 당연히 해야 할 복수를 한 것이라고 끝까지 주장한다. 자신의 꿈이 무너지게 되자 그의 마음을 사로잡게 된 것은 복수의 욕구다. 베르테와 라파르그에게서 높이 평가해 마지않았던 그 또렷한 정신상태의 정력을 스탕달이 어찌 쥘리앵에게는 부여하지 않았겠는가? 레날 부인에게 총을 쏨으로써 쥘리앵은 자신의 타고난 숙명의 마지막 한계에까지 간 것이다. 그는 자기 자신의 눈으로 볼 때, 자기가 되기를 원했던 그 영웅이 끝까지 된 것이다. 주어진 상황을 억지로 바꾸어놓지는 못하지만 자기 자신에 대해서 충실하지 않으면 안 되는 것이다.

구성

월터 스코트는 1820년대 프랑스에서 소설의 기법을 쇄신시켜 놓았지만 스탕달은 그의 영향력에서 벗어난다. 그의 소설은 어느 면에서 보아도 스코트로부터 받아들여서 발자크가 계승한 구조를 활용하고 있지 않다. 즉 장소를 묘사하고 인물들을 소개하고 극적 긴장감을 고조시킴으로써 서서히 이야기의 전초적 배경을 설정한 다음 상황의 압력에 의하여 행동이 빠른 속도로 진행되면서 대단원에 이르는 그런 이야기 구조 말이다. 이처럼 계산에 의하여 이야기를 짜나가는 수법만큼 스탕달의 소설 기법과 거리가 먼 것도 없을 것이다. 『적과 흑』의 작자는 자유로운 리듬에 따라 이야기를 전개한다. 그는 여러 가지 일화들이 단순히 앞뒤로 이어져서 만들어지는 구성방법을 택한다. 그는 어떤 위기의 자초지종을 설명하려고 애를 쓰는 것이 아니라 한 일생의 여러 도정들을 차례로 밟아간다. 때때로 각 장의 구분은 다소 우연에 맡겨진 듯한 느낌을 준다. 이야기는 시간의 순서를 따르며 우리는 주인공과 더불어 갖가지 계층들을 거쳐간다. 과연 소설은 '어떤 길을 따라서 들고 지나가는 그 거울'이며, 앞뒤로 이어지는 이 일련의 그림들은 악당소설roman picaresque을 연상시킨다. 단 하나의 질서가 있다면 그것은 점진적인 발견의 질서이다.

장 프레보가 암시했듯이 휴식하는 순간들을 여기저기에 배치하고, 이야기가 전개되는 가운데서도 다양성의 효과를 거두려고 신경을 쓰는 한 이야기꾼이 꾸며놓는 행동과 여담의 대위법 속에서 과연 이야기 구성의 어떤 섬세한 효과를 찾아보려고 노력할 필요가 있는 것일까? 제로니모의 에피소드, 주막집의 선멋장이와 쥘리앵의 다툼, 보브와지 기사의 에피소드 등은 모두 작품의 주제와 무관한 전식前食들이다. 이것은 그저 그때그때 기분내키는 대로 곁들여본 즉흥적 표현들일까? 성격이론에 스토리를 맞춤으로써, 자기가 쓰는 인간 희극을 위하여 이야기를 세련되게 조직해보겠다는 목적에서라면 스탕달은 가치 있는 것이라곤 하나도 만들어내지 못한 셈이다. 그가 성공을 거둔 쪽은 오히려 소설 창작에 있어서 치밀한 계산에 의한 이야기의 짜임새 대신에 훨씬 더 신선한 창의성을 대치시켰다는 점이다. 그 창의성은 흘러가는 시간 속에 자리잡음으로써 보다 살아 있는 어떤 질서에 도달한다. 모리스 바르데슈가 말했듯이 『적과 흑』 속에서 스탕달은 '심지어 행동의 통일성이라는 원리마저도 지키지 않으며' '삶의 단편들을 그저 두서없이 앞뒤로 이어놓고만 있다'고 생각하는 것은 잘못이다. 『적과 흑』 속에는 강력한 총체적 구조가 깔려 있다. 통일성은 항구적인 작중화자가 있다는 데서 오는 것이다. 스탕달은 "한 주인공의 이야기를 하고 있고 그때그때 성취되어가는 하나의 경험을, 소진되어가는 하나의 운명을 묘사하고 있다"[13] 소설은 2부로 구분된다. 각 부는 각기 하나씩의 연애 이야기를 내포하고 있다. 1부의 끝에 쥘리앵이 신학교에 가서 머무는 대목은 그가 지난 시절을 반성하는 묵상의 과정과도 같은 것이다. 2부의 끝에 나오는 감옥의 에피소드는 그가 죽음을 앞에 두고 최후로 마음을 가다듬는 기회를 제공한다. 『적과 흑』은 "전체적인 구상에 있어서의 엄격성" 못지않게 "이야기의 전개에 있어서의 유연성"을 드러내보이고 있다.

쥘리앵의 시점

18세기 상대주의 사상의 영향 하에 성장한 스탕달은 항상 주어진 현실을 어떤 관점에서 바라보느냐라는 문제에 깊은 관심을 가져왔다. 그의 마음에 드는 것은 오직 문학적 형식들뿐이었다. 그 형식은 어떤 특수한 관점에 서서 현실을 볼 수 있게 해주기 때문이었다. 그것이 일기건, 자서전이건, 소설이건 하나의 모노그래피로 구상될 수만 있으면 어느 것이나 무방했다. 3인칭으로 된 소설에 있어서 주인공은 여러 관점들의 중심이 된다. 작자가 보여주는 내용을 독자는 자신도 모르게 작중화자의 관점에다 옮겨놓고 보게 된다. 『적과 흑』에서는 스탕달이 여러 가지 경우에 있어서, 허구적 현실을 오로지 쥘리앵의 관점이 만들어낸 산물로서만 제시하려고 노력한 것이고 보면 독자의 그와 같은 경향은 더욱 당연한 것이 된다.[14] 작자가 특별한 표시를 한 경우도 있지만 거의 언제나, 장 프레보가 지적했듯이, 우리들 독자는 주인공의 영혼 속에 들어앉아 있는 셈이어서 사물과 사건들을 주인공의 눈을 통해서 바라보게 된다. 그밖의 인

---

13) P.-G. Castex, 위의 책 참조.
14) 이 문제들에 대해서는 조르주 블랭의 위의 책 제2부 「장場의 제한」을 참고할 것.

물들은, 그들 의식의 깊숙한 내면을 잠시 들여다보듯이 상기시켜야 할 대목 이외에는 쥘리앵의 눈을 통해서 바라보여진다. 정신이 또렷한 작자는 기껏해야 그들 다른 인물들에 대해 쥘리앵이 내린 진단을 확인해주는 정도가 고작이다. 스탕달은 심지어 여러 군데에서 자신의 의사표시를 삼가고 엄격하게 주인공의 관점만으로 제한할 정도였는데 이런 방법은 이미 1세기를 앞질러 주관적 사실주의Réalisme Subjectif 기법을 예고하는 것이었다. 정경묘사와 인물묘사에 있어서 그는 대개 오로지 쥘리앵이 받아서 지니게 된 '인상들'만을 암시하도록 유의하고 있다.[15] 그리하여 쥘리앵이 다른 일에 골몰할 경우 무대장치의 묘사는 거의 지워져버리거나 정경의 어떠어떠한 국면들만이 번뜩번뜩 스쳐 지나가는 것으로 그치게 된다. 조르주 블랭이 지적했듯이, 스탕달은 유명한 '손을 잡는 장면'을 오직 '젊은 가정교사의 공격적인 의도성'을 통해서만 우리에게 보여주고 있다. 마찬가지로 그는 피라르사제의 '길죽한 얼굴', '죽을 지경으로 창백한 이마', '작고 까만 두 눈'도 오로지 쥘리앵의 눈을 통해서 우리에게 보여주고 있다. 그런 것 모두가 쥘리앵을 몸서리치게 하는 인상들이다. 때때로 인물의 모습을 그려 보일 때, 예를 들어서 보브와지 기사의 모습을 그려 보일 때 인상주의적인 묘사들은 작자 자신이 느낀 내용인 것이 사실이다. 즉 아주 인상적인 단축법은 생-시몽의 묘사술을 연상시키고, 전혀 작중화자의 인상이라고 여겨지지 않으면서도 실루엣들에 강한 생동감을 불어넣고 있는 것이다. 스탕달은 순전히 '눈요깃감pittoresque'으로서의 묘사는 매우 싫어해서 오직 참다운 관심의 대상이 될 만한 것만을 묘사한다. 쥘리앵이 자신의 마음을 사로잡고 있는 일 때

---

15) 그 인상들은 그때그때 상호 모순되는 기분의 변화에 따라 변한다. 예컨대 제2부 제8장에서 마틸드를 보면서 "저 키 커다란 계집애는 어지간히도 불쾌하군! (…)" 했다가 제9장에서 쥘리앵은 이렇게 속으로 생각한다. "정말이지 저 검은 옷 때문에 아름다운 몸매가 한층 더 빛나는군. 여왕의 자태로구나. (…)"

문에 세세한 장식 외에는 관심을 쏟을 여유가 없고 보면 멀리서 그의 눈에 들어오는 브장송 성관에 대해서는 그저 몇 마디의 언급만 하고 지나가는 것이 당연하지 않겠는가? 그러나 일단 주인공에게 세상의 정경을 바라볼 수 있는 마음의 여유가 조금이라도 있을 경우라면 스탕달은 정경묘사를 해보이는 것에 그리 인색하지 않다. 가령 우리는 한 마리의 독수리가 하늘에 원을 그리며 날아가는 모습을 즐겨 묘사하고 있는 스탕달을 볼 수 있다. 그것은 주인공의 몽상과 그의 눈에 보이는 광경 사이에 어떤 상징적인 조응을 느낄 수 있기 때문이다. 그러나 그는 샤토브리앙에서 월터 스코트에 이르는 낭만주의의 여러 양식들 중 하나였던 형식으로서의 묘사는 하지 않는다. 그런 점으로 볼 때 그는 환경이 인물들에게 끼치는 영향이라는 각도에서 묘사의 가치를 주장하고자 한 발자크의 태도와는 반대된다. 스탕달은 우선 주위 환경을 모조리 다 묘사하거나 인물의 전신상을 그리는 일부터 시작하는 것 따위는 삼간다. 그는 인물들이 들어와서 행동을 전개하게 될 일종의 틀과 같은 것으로써 무작정 무대를 세워놓고 보는 일 따위는 피한다. 그는 오직 주인공이 점차적으로 발견해가는 것만을 기록할 뿐이다. 요컨대 그는 '주위 환경milieu'을 결정론적인 총체로 간주하기보다는 지각된 현실들의 연속으로 간주한다.

쥘리앵의 시야는 그의 지각의 '현재'에 제한된다. 그가 형성하는 지평은 공간적일 뿐만 아니라 시간적이기도 하다. 쥘리앵과 더불어 독자는 즉각적인 경험을 자기의 것으로 수용하게 된다. 그는 매순간 자기의 현재의 극점에 위치한다. 주인공의 기대와 독자의 기대가 일치한다. 미래는 언제나 불확실하다. 즉흥성은, 예견을 부정하는 것이므로 아마도 유일하게 참다운 소설적 창조라 하겠는데, 그 즉흥성은 미래에 행운을 맡기는 현재를 선택 영역으로 삼는다. 쥘리앵은 매순간 자신의 미래를 창조한다. 작자가 묘사의 시각을 바꿀 때조차도 여전히 어떤 삶의 흐름을 따르면서 바꾼다. 즉 그는 동시성의 효과를 얻기 위해서 시간의 흐름을 정지시키는 법은 없는 것이다. 현재적 경험의 진정성이 어찌나 강렬한지 쥘리앵은 미처 스스로 그 의미를 깨닫기에 앞서 어떤 장면을 우선 지각하게 된다. 브레-르-오 수도원에서 쥘리앵은 보라색 옷을 입은 어떤 젊은 남자가 거울 앞에서 진지한 모습으로 축복을 내리는 것을 '본다'. "이것은 무엇을 뜻하는 것일까?" 하고 그는 혼자서 생각한다. 그는 뒤늦게야 그 남자가 아그드 주교라는것을 알게 된다. 불경한 이 장면의 밀도는 그것의 의미가 이해되기 전에 먼저 문득 눈에 띄었다는 사실에서 오는 것이다. 쥘리앵이 신학교에 들어가는 장면은 순간순간 주인공의 호기심과 극도로 불안한 심정을 통해서 체험된다. 여러 달에 걸친 세월이 지나고 난 후, 주인공은 밤중에 레날 부인의 창문을 두드린다. 스탕달은 여기서 우리들에게 주관적 사실주의의 훌륭한 모범을 보여주는 기회를 얻는다. 어두컴컴한 가운데 레날 부인은 우선 유리창 저 너머 방 안을 가로질러 다가오는 '흰 그림자'로밖에 보이지 않다가 나중에는 마침내 쥘리앵이 서 있는 창문에 닿아오는 뺨으로 변한다. 여러 군데에서 스탕달의 소설은 영화처럼 전개되고 있다.

내적 독백은 우리들로 하여금 작중화자의 의식과 접하게 하려고 고심하는 그같은 노력의 자연적인 귀결이다. 『적과 흑』에서 내적 독백은 이야기의 결속에 삽입된 여러 개의 짤막짤막한 단편들로 이루어져 있다. 그것은 주인공으로서는 몽상의 기회라기보다는 해명의 도구가 된다. 그것은 즉 일어나고 있는 일의 의미를 이해하려는 노력이라고 볼 수 있다. 그는 내적 독백을 통해서 자기가 느끼는 바에 대하여 놀라움을 표시하며 자기가 해야 할 일에 대하여 자문할 수 있게 되는 것이다.

작자의 개입[16]
스탕달은 때 아니게 개입하여 그의 작중인물들을 자의적으로 조종하고 있다는 인상을 주는 법이 절대로 없다. 그는 인물들을 어떤 규범 속에 묶어 놓거나 미리부터 정해놓은 어떤 성격의 틀 속에 그들을 예속시키기를 삼간다. 그는 이야기의 자연스러운 흐름 속에 은연중 표시를 함으로써 우리로 하여금 주인공의 성격 분석까지는 아니라 하더라도 적어도 쥘리앵에 대한 레날 부인의 모성적인 콤플렉스라든가, 혹은 마틸드를 설명해줄 수 있는 "불감증이 밑바탕에 깔린 피학성"을 진단할 수 있게 해준다.[17] 더 단순한 경우 그 같은 표시들을 통하여 작가는 인물 자신도 의식하지 못하고 있는 것을 독자에게 알려주고자 한다.

소설의 신뢰도는 충분히 높은 것이어서, 소설가는 흔히 어떤 사람의 원고를 보관하는 임무를 맡고 있다가 본래 그대로 독자들에게 발표하는 데 그칠 뿐이라는 식의 18세기 동안에 흔히 사용되었던 각종 술책들을 동원하지 않아도 된다. 스탕달은 『적과 흑』에서 진술된 사실들에 대한 책임을 짐으로써 현대 소설의 기초를 마련했다. 또 한편 그는 자신의 이야기 속에 노골적으로 개입하는 것도 주저하지 않음으로써 스카롱Scarron에서 필딩Fielding, 디드로에서 월터 스코트에 이르는 소설 기교의 해묵은 전통을 되살려낸다. 그러나 이 같은 작자의 개입이 결코 이야기의 신빙도나 인물들의 독자성을 저해하는 것은 아니다. 소설가가 개입하지 않는 것을 원칙으로 수립한 사람은 플로베르인데 그 불편부당의 원칙은 반세기가 넘는 동안 프랑스 소설의 근본을 지배하게 된다. 발자크 역시 자기의 이야기 속에 서슴지 않고 개입한다. 그러나 그의 경우에는 자기가 하고 있는 이야기나 등장시키는 인물에 대하여 자기의 입장이 어떤 것인가를 알려주기 위해서이기보다는 우리에게 여러 가지 정보들을 제공하기 위해서이다. 스탕달의 경우 작가의 개입이 갖는 여러 장점들 중 하나는 찬성 혹은 반대의사를 표시할 수 있게 해준다는 점이다. 눈앞에

16) 이것은 조르주 블랭의 책 제3부의 제목이기도 하다.
17) 조르주 블랭의 위의 책, p.204.

전개되는 광경에 대하여 자신에게는 그 책임이 없다는 것을 분명히 함으로써 작자는 이야기에 더 높은 신빙성을 부여하게 된다.

『뤼시앵 르벤*Lucien Leuwen*』

소설가의 작업

스탕달의 다른 소설들과 마찬가지로 『뤼시앵 르벤』도 우연의 산물이다. 쥘 고티에 부인Mme Jules Gaulthier이 『중위*Le Lieutenant*』라는 제목을 붙인 어떤 소설의 원고를 그에게 맡기면서 감상이 어떤지를 말해달라고 했다. 1834년 5월4일, 스탕달은 치비타-베키아에서 비판과 충고로 가득 찬 편지 한 장을 그 부인에게 보냈다. 그는 '지독하게 고상하고 과장이 심한' 말씨를 비판했고, '모든 것을 대화로 옮겨쓸 것'을 충고했다. 그리고 그는 또 결말이 시시하게 끝나는 것을 한심하게 여겼으며 선멋을 부린 어조에 주의하도록 경고했다. "당신이 내게 편지를 쓸 때처럼 그 이야기를 해보십시오"라고 그는 말했다. 그는 보다 더 정확하게 글을 쓰라고도 했다. "어떤 남자나 여자나 장소를 그릴 때는 실제로 있는 어떤 사람, 어떤 사물을 연상하면서 쓰십시오"—그리고 나서 그는 여자친구의 원고에 '참혹하게 가필하여 더렵혀 놓기' 시작했고 한때는 『중위』를 고쳐 쓸 생각도 했다가 나중에는 자기가 그 주제를 가지고 자신의 영감에 따라 독자적으로 다루어보겠다는 생각을 하게 되었다. 그는 간단한 계획안을 세워보았다. 자기 시대, 사회의 역사와 관련을 가진 어떤 사람 이야기를 쓸 예정이었다. 그는 전체 3부를 계획하여 그중 하나는 시골생활과 낭시에 주둔하고 있는 뤼시앵이 마담 드 샤스텔레에 대하여 느끼는 사랑에 대하여 쓰고 제2부는 그들이 불화로 인하여 헤어지고 난 후, 파리로 와서 은행, 의회, 관청을 무대로 활약하는 뤼시앵을, 그리고 제3부는 로마 대사가 되어 가장 화려한 국제사회에 몸담고 있는 주인공의 모습을 소개하도록 할 생각이었다. 스탕달은 결국 그 계획을 완전히 실천에 옮기지 못했다. 그는 마지막 부를 포기했다. 처음 2부를 끝내고 나서 새로운 환경과 새로운 인물들을 등장시키기에는 너무 늦은 것 같았다.

그의 모든 소설들 가운데서 이것은 그가 가장 많은 공을 들인 작품이었다. 『적과 흑』의 경우와는 달리, 그는 '구도를 짜야' 했고 '이야기하는 방식이 아니라 행동의 적절함을' 생각해야 했다. 그는 약간 과장을 섞어서 『뤼시앵』의 경우 "점차로 발견을 해나가는 방식으로 점진적인 완성"을 기하도록 했다고 말했다. 전해오는 『뤼시앵』의 원고에 의하여 우리는 그 책이 씌어진 과정을 자세하게 추적해볼 수 있다. 그 원고의 여백에는 스탕달의 귀중한 주석들이 달려 있다. 우리는 바로 작업중인 한 소설가의 실험실에 와 있는 셈이다. 그는 늘 그렇듯이 말이 쏟아져 나오는 대로 큰 덩어리의 글들을 써내려갔다. 그런 다음에 그 글을 적당하게 '다듬는' 것이다. "나는 마음 내키는 대로 이야기를 만든 다음 전체 계획을 세운다. 그러지 않고 기억에 의존했다가는 상상력이 죽어버린다 (…)" 마담 드 샤스텔레와의 사랑 이야기에서부터 시작하는 것은 지극히 자연스러운 일이다. "애벌레 속에 우선 척추가 돋아나면 나머지는 그 척추에 의지하여 서게 된다. 이 경우도 마찬가지다. 우선 사랑의 이야기가 있고 나면 다음으로 마치 교향곡에서 하이든이 악절의 종결부를 지연시키듯 그 사랑을 복잡하게 만들고 사랑의 쾌락을 지연시키는 우스꽝스러운 일들이 뒤따라 일어난다."

이런 몇 가지 지적들은 그의 소설 기법을 조명해준다. 그는 이렇게 쓰고 있다. "마담 드 샤스텔레를 그러한 표현으로 등장시키지 말 것. 그가 여주인공이라는 것을 독자들이 간파할지도 모르니까." 스탕달은 인간들과 사건들을 우발적이고 평범한 모습 그대로 보이도록 하고자 한다. 초장부터 갈등관계에 있는 여러 세력들을 열거하고 등장인물들을 소개하며 그들의 신상명세서를 독자에게 공개하는 발자크의 소설 기법과 그 이상 거리가 먼 것도 없을 것이다.

스탕달은 여러 번 소설가는 정확하고 틀린 데가 없도록 글을 쓰고 디테일을 자세히 보여주며, '자질구레한 실제 사실들'을 동원하는 데 있어서 빈약함이 없도록 노력해야 한다고 지적한다. 그는 고티에 부인에게 이렇게 써 보냈다. "절대로 (…) '불타는 정념' 따위의 표현은 쓰지 마십시오. 소설가는 '불타는 정념'을 독자들로 하여금 믿도록 노력해야 하지만 절대로 그런 이름을 붙여서 말하지는 말아야 합니다. 그렇게 한다는 것은 염치없는 짓입니다." 그는 또 이렇게 기록한다. "나는 천박한 소설들에서 볼 수 있는 바처럼, 그는 모성적인 사랑의 감미로운 토로와 어머니의 가슴에서 흘러나오는 그토록 감미로운 충고를 기쁘게 받아들였다라고 말하지 않습니다. 나는 그것 자체를 바로 보여준답니다. 즉 대화로 표현합니다."[18]

또 다른 곳에서는 이렇게 기록했다. "이 작품opus의 특성은 정확한 화학化學이다. 다른 사람들이 모호하고 웅변조의 말로 전달하는 것을 정확하게 묘사한다." 우리는 마르셀 프루스트의 『서간집』 속에서도 그와 비슷한 말을 읽을 수 있다. 그 위대한 소설가는 일반화의 방식을 사용하기를 피한다. 그는 자세한 디테일들을 묘사한다. 그 같은 노력을 통해서야 비로소 작가는 진실해지고 자기 자신의 뜻을 독자로 하여금 믿도록 할 수 있다.

발자크적 소설

르네 브왈레브René Boylesve는 『뤼시앵 르벤』이 스탕달의 가장 발자

---

18) 모리스 바르데슈, 위의 책, p.282에서 재인용.

크적 소설이라고 보았다. 사실 스탕달이 그처럼 정확성을 기하려고 고심한 적은 한 번도 없었다. 그는 그 소설 속에 많은 추억과 자료와 직접적인 증언들을 담았다. 소설을 시골생활과 파리생활로 나누어놓은 것 자체가 발자크가 풍속연구를 그렇게 나누었던 것을 연상시키는 바 없지 않다. 스탕달은 우선, 7월 혁명을 인정하지 않으며 보다 더 나은 세월이 오기를 기다리는 당시의 정통왕조파 사회를 보여주었다. 그리고 나서 파리생활의 장면들을 그렸다. 내무대신인 베즈 백작의 개인 비서인 뤼시앵은 증권파동, 경찰음모, 치사스러운 선거조작 등 그 정권의 어두운 뒷사정을 잘 알 수 있는 위치에 있었다.

그렇지만 이 소설은 여전히 발자크의 경우와는 매우 거리가 멀다. 스탕달의 경우, 부르주아와 귀족들은 조롱과 비판을 받는다. 그들은 어떤 파당에 속해 있으면서 프랑스 사회의 뿌리깊은 운동들에 가담하지 않는다. 물론 스탕달이 근거로 삼는 사실들은 발자크가 사용하는 것들보다더 '진실하다'. 그러나 모리스 바르데슈가 지적했듯이 "『뤼시앵 르벤』과 발자크의 소설 사이에는 소묘와 유화 사이와도 같은 차이가 있다." 발자크는 갈등하는 사회적 세력들에 대한 직관력을 가지고 있었다. 그는한 사회 계층의 충동을 파악하는 능력이 있었다. 스탕달은 신문에 오르내렸던 사건들로 만족했다. 그는 사건들의 깊은 뿌리들을 가려내는 것보다 사건들이 그에게 불러일으키는 감정들을 말하는 데 더욱 신경을 쓴다. 그는 모럴리스트로서 판단을 내린다. 그는 사회학자나 역사가로서 '느끼지' 않는다. 그는 사회적 현실을 파악하지 못한다. 그는 다만 사악하거나 그로테스크한 모습들 만을 눈여겨볼 뿐이다.

고결함과 해학

"어떻게 하면 자기 자신을 존중할 수 있을까?" 장 프레보에 의하면 뤼시앵이 스스로 제기하는 질문은 이런 것이다. 이는 만족한 인간의 윤리적 문제다. 부유하고 어머니에게 사랑받고, 아버지에게 이해받는 뤼시앵은 양심의 모럴을 채택한다. 그와 쥘리앵의 비슷한 점은 '고결함 noblesse'이다. 스탕달의 모든 주인공들처럼 그는 자기를 에워싸고 있는 세계에 대하여 자기는 '이방인'이라고 느낀다. 그는 자기에게 걸맞는 방식으로 살고자 한다. 쥘리앵은 그가 탐하는 것을 얻기 위하여 투쟁한다. 뤼시앵은 오직 자기 몫으로 받은 것에 합당한 인간이 되려고 노력할 뿐이다. 그는 스스로에게 '시험épreuves'을 부과한다. 그는 자기의 가치가 어느 정도인지 알고 싶어한다. 그는 쥘리앵에 비하여 치열함이 덜하다. 그에게는 경계심이나 긴장 같은 것은 없고 '자연스러움'과, 스탕달이 '이탈리아식 해학'이라고 불렀던 자기 자신에 대한 가벼운 조롱이 엿보인다. 익살맞은 어조가 등장하는 것은 『뤼시앵 르벤』과 더불어서이다.

『파르므 수도원 La Chartreuse de Parme』

천재는 부르고 작가는 받아쓴다

스탕달은 『파르므 수도원』을 52일 동안에 써냈다. 그는 받아쓰도록 부르고 쓴 글을 다시 읽어보는 때밖에는 글쓰기를 멈추지 않았다. 돌연 영감이 불꽃처럼 타올랐던 것이다. 이같이 쉽게, 즉흥적으로 글을 쓸 수 있었던 것은 여러 해에 걸친 명상과 작업의 결과였다. 이처럼 다행스럽게도 쉽사리 글을 쓸 수 있었던 이면에는 어린 시절 이래 글쓰는 데 더없는 정열을 바쳐온 56년 간의 이력이 뒷받침되어 있었던 것이다. 『파르므 수도원』을 쓰는 데 있어서 그는 『파르네즈 가문의 위대함의 기원 Origine de la grandeur de la famille Farnèse』이라는 이탈리아 연대기에서 자유로운 영감을 얻어냈고 거기서 등장인물 및 여러 기본적인 소재들을 취하여 작품으로 구성했다. 스탕달은 '1515년의 이탈리아에서 사람들이 행복을 추구할 때의 습관과 관례'를 19세기 초엽의 이탈리아로 옮겨서 그렸다. 16세기의 연대기가 제공하는 캔버스 위에다가 그는 자기 내면의 추억들이 돌연 결정結晶되도록 했다. 즉 실제로 겪은 경험들이 책에서 읽은 사실들과 한 덩어리가 된 것이었다. 피에르 마르티노는 이렇게 지적한다.

그것은 스탕달의 50대의 책이다. 그는 과거와 현재의 모든 경험들을 쏟아 부었다. 죽음이 가까워오고 있었으므로 그는 정열을 다 바쳐 그의 모든 과거를, 그가 실현한 꿈들과 끝내 빛을 못 보고 스러진 꿈들을, 심지어 분명한 의식 속으로 솟아오르지 못했던 꿈까지도 모두 성취하고자 했던 것이다. 열에 들뜬 듯 풍부한 비전, 그 비전을 포착하고 싶은 열화 같은 조바심 (…) 늙어간다는 것에 대한 고통과 과거의 자기를 망각하게 되지나 않을까 하는 두려움이 스탕달을 괴롭혔다. 모든 것을 다 실현하기에는 원하는 것이 너무나 많았다. 그러나 그는 결국 그의 가장 귀중한 책을 써내고야 말았다 (…) 그런데 그 책은 무엇보다도 그의 삶, 아니 삶 그 자체에 대한 찬가다.[19]

엄격한 구성을 하려고 고심했더라면 분명 창작의 리듬이 느려졌을 것이다. 그러나 이번에도 또다시 그는 즉흥적이고 자유로운 상상이 발휘될 수 있는 소설 형식을 택했다. 여러 일화들이 그냥 자연스럽게 이어지도록 함으로써 톤에 있어서 대단한 다양함을 얻을 수 있었고, 그의 말주변이 자유롭게 발휘될 수 있었던 것이다. 발자크는 그에 대하여 모든 찬사

---

19) 앙리 마르티노, 『스탕달의 작품L'oeuvre de Stendhal』에서 재인용.

를 다 아끼지 않으면서도 그에게는 극적인 준비작업이 결여되어 있다고 비판했다. 이에 대하여 스탕달은 대답을 위한 어떤 원고의 초고 속에서 이렇게 응수했다. "내가 빠져들게 된 결함은 용서받을 만한 것이라고 여겨진다. 내가 쓰고 있는 것은 다름 아닌 파브리스의 생애가 아닌가?" 이 자전적인 소설을 쓸 때 그는 그저 갖가지 모험들이 이어지는 대로 붓을 맡기고만 있으면 되는 것이었다. 그 작품 속에서 그는 상상력의 구성을 엄격하게 하는 쪽보다는 톤이 훌륭하게 되도록 하는 쪽에 더 많은 신경을 썼다. 그의 영감은 나폴레옹, 정력, 모험, 사랑, 이탈리아, 젊음 등 그에게 가장 귀중하게 여겨졌던 테마를 중심으로 한 자유로운 변주에 따랐다. "이는 그야말로 영감을 받아쓴 작품이다. (…) 왜냐하면 작자는 마침내 그가 실제로 겪거나 꿈꾸었던 행복의 모든 영상들이 송두리째 쏟아져 들어오도록 문을 활짝 열어놓았기 때문이다"라고 가에탕 피콩은 지적한다.[20]

인물들의 매혹

이 소설은 스탕달이 자신의 속마음이 시키는 대로 다른 존재들과 어울려 살기 위하여 창조해낸 저 상상의 세계다. 그는 그 존재들에게 자신이 가진 최상의 것을 부여했다. 발자크는 스탕달이 『파르므 수도원』에서 총애를 받는 귀부인과 수상宰相이라는 지극히 어려운 형상들을 그려내는 데 성공한 것을 높이 평가했다. 그런 점에서 그는 『파르므 수도원』을 마치 『인간 희극』 중의 한 책이나 되는 것처럼 평가했다. 그리하여 발자크는 모스카라는 인물을 "드 스와죌 씨, 포템킨, 메테르니히에 필적하는 힘의 재능을 가진 인간"으로 보았고 상세베리나를 "몽테스팡 부인, 카트린 드 메디치, 캐더린 2세를 다 합쳐놓은 듯하며, (…) 기막힌 미모 속에

---

20) 위의 책, p.1049.

숨겨진 가장 대담한 정치적 천재이며 가장 폭넓은 여성적 천재"로 보았다. 그러나 모스카는 스탕달의 화신이기도 하다. 그는 그 인물에게 탁월한 냉정함과 은밀한 정념, 산전수전 다 겪은 사람의 지성과 신선한 정신, 국가 지도자의 자질과 미묘한 자기중심주의가 혼합된 모습을 부여했다. 모스카와 상세베리나는 그 격동의 와중에서 유례없는 성격의 엄청난 가능성을 펼쳐보이는 데 그치지 않고 그들이 개입하고 있는 모든 문제들에 대하여 거리를 유지한다. 행복의 추구는 그들의 은밀한 관심사이다. 정념과 유머가 그들을 다른 인물과는 다르게 보이도록 해주고 있다.

클렐리아 콩티는 『파르므 수도원』에서 스탕달의 상상력을 떠나본 적이 없었던, 처음 대할 때는 접근하기 어렵지만 결국에 가서는 정복되고 마는 여인상이다. 파브리스는 어떠한가? 소설가는 그에게 미모와 지성과 용기를, 그러나 무엇보다도 감탄할 만한 행복에의 적성을 부여했다. 그는 그의 참다운 정신적 아들이다. 쥘리앵 소렐에게서도 스탕달은 자신의 모습이 담겨 있음을 인정했다.

> 그는 그의 어둡고 쓰디쓴 몽상이며 야망에 차고 집요한 몽상―사랑의 정복자인 동시에 인간들에 의하여 정복당해버린 인물, 교수형을 당한 천사장이다. 반면 파브리스는 그의 행복한 몽상이다. 그를 통해서 그는 자기가 갖고 싶어 하는 모든 것을 얻는다.[21]

그가 파브리스를 뒤따라 가면서 기울이는 애정은 얼마나 지극한가! 아버지의 애정이다. 스탕달과 파브리스의 관계는 르벤과 뤼시앵의 관계와 상응한다. 고귀하고 뛰어난 스무 살의 아들이 삶의 첫걸음을 내밀도록 보살피는 경험 많은 어른의 애정이다. 소설가 스탕달은 절대로 하느

---

21) 가에탕 피콩, 위의 책, p.1048.

님 아버지가 아니다. 여기서 그는 그냥 아버지일 뿐이다. 발자크와는 얼마나 다른가! 발자크의 아버지다움은 한 존재를 다듬어 만들어보려는 욕구다. 그는 조물주와 같이 처신한다. 그는 어떤 창조의 신화를 구체적으로 보여준다. 발자크는 그의 젊은이들을 위하여, 그들에게 인생을 가르쳐줄 수 있을 만큼 성숙한 인간이 되고자 꿈꾼다. 발자크의 주인공들은 모든 것을 스스로 발견해 나간다. 그들은 너그럽게 미소 짓는 아버지 앞에서 '연습을 한다'. 그들이 이 세계 속에서 자신만만하지 못한 것은 세계가 그들에게 맞는 수준이 아니기 때문이다. 발자크의 경우에 가혹한 것은 세계다. 스탕달의 경우에 멸시에 찬 쪽은 주인공들이다.

정확한 목소리

"『파르므 수도원』을 읽을 때 우리는 무엇보다 먼저 톤이 완벽하다는 생각을 하게 된다"고 모리스 바르데슈는 말했다. 허수아비들로 가득 찬 한 세계에 대한 다정스러운 해학에서 단순한 행복에 대한 절도 있는 서정성으로 옮아가는 톤이 그것이다. 여기서 '자연스러움'은 우아한 정신의 발현이다. 그것은 부분적으로, 이야기꾼이 누리는 자유, 그가 구사하는 가벼운 유머, 가장 마음에서 우러난 것을 표현할 때의 수줍음에서 유래하는 것이다.

작자는 자기가 이야기하는 사건들에 대하여 일종의 거리를 유지한다. 그는 분노를 표시하지 않는다. 가혹한 비판을 하지도 않는다. 『파르므 수도원』은 아마도 그 초년기에 희극시인喜劇詩人이 되고자 했던 일을 기억하는 듯한 차분한 마음을 가진 사람의 작품이다. 그는 웃음을 터뜨리게 만들거나 미소 짓게 한다. 추악하거나 우스꽝스러운 인간들은 허수아비에 지나지 않는다. 스탕달은 독살스럽지 않은 어조로 그들의 사악한 면을 이야기한다. 저열한 성격에 엉큼하고 증오심에 찬 라씨라는 인물조차도 어릿광대에 불과하다. 이런 종류의 인간들에 대해서 파브리스가 욕을 하는 법은 한 번도 없다. 그는 다만 그들을 상대하지 않음으로써 욕 중에도 최고의 욕을 퍼부을 뿐이다. 고상하고 우아하고 행복하고 아름답 지 않은 것이면 무엇이나 다 웃음거리 취급을 받는다. 모스카는 수상首相 놀이를 하고 있기 때문에 정이 가는 인물이다.

『파르므 수도원』 속에서는 작자가 그의 기지를 발휘하면서 도처에 끼 어든다. 저 유명한 워털루 전투장면이 지닌 우수성을 다만 작중화자의 시점에 따라 여러 사건들을 그려 보이는 데 성공했다는 기술상의 장점에 국한시킬 수는 없다. 그 장면의 우수성은 고지식함과 아이러니의 섬세한 혼합에 있다. 스탕달은 우리들을 파브리스의 시각과 동시에 작자의 시각 에 서게 하는 기적을 실현하고 있으며 인간의 천진성이 지닌 우아함과 동시에 어떤 따뜻한 미소에 접하도록 하는 데 성공하고 있다.

『파르므 수도원』에는 잊을 수 없는 행복의 순간들이 있다. 어느 아름 다운 여름날 아침 클렐리아와의 첫 만남, 뱃놀이, 블라네스 사제의 종탑 꼭대기에서 파브리스가 코모의 호수 위로 던지는 눈길, 그가 바라보는 파르네즈 탑루의 숭고한 모습, 클렐리아의 출현, 새들 속의 처녀—이 모 든 거룩한 순간들이 작품을 빛내주고 있다. 그 장면들은 작품의 가장 심 오한 의미들을 말해준다. 대낮의 햇빛과 세계의 아름다움을 앞에 두고 느끼는 천진스러운 경이를.

소설과 자전

1830년 『적과 흑』은 우리들에게 현대 소설의 탄생을 목격하게 한다. 시대 풍속의 정확한 묘사, 세계와 접하면서 자신의 가치를 시험하는 주 인공의 그림, 단단한 전체 구조의 진실과 신빙성을 통해서 압도하는 하 나의 속임수 그림trompe l'oeil으로 세계를 구성하는 방식, 그 모두가 30

년대 발자크의 위대한 성취들을 약간 앞지르고 있었다. 그렇지만 발자크는 여전히 최초의 소설가로 남는다. 처음으로 소설은 그 나름의 야심과 법칙과 요령을 가진 하나의 장르로 그에게 나타난 것이다. 스탕달은 소설이란 그가 자신을 송두리째 바쳐야 할 하나의 장르라기보다는 자기를 표현하는 한 수단이라고 생각했다. 그는 『적과 흑』이나 『파르므 수도원』의 작가에 못지않게 『일기』, 『신 철학』의 작자요, 『사랑』의 비평가였다. 그는 『적과 흑』을 쓴 2년 뒤에 『자기중심주의의 회고Souvenirs d'égotisme』 속에서 1821년에서 1830년까지에 걸친 복고왕정 하에서의 자기의 삶을 이야기했다. 1835년 5월 14일, 『뤼시앵 르벤』의 원고 한 귀퉁이에 그는 이렇게 적었다.

> 만약 이것이 아무 가치도 없는 것이라면 나는 내 일한 성과를 다 잃는 것이 된다. 도미니크의 『회상록』이 더 가치가 있었으리라.

그리하여 『뤼시앵 르벤』을 포기하면서 그는 『앙리 브륄라르의 생애La Vie de Henry Brulard』에서 자신의 추억을 썼다. 그는 거기서 자기의 추억들을 찾아나서는 일에 몰두하여 그의 어린 시절과 청년기를 이야기한다. 그는 『앙리 브륄라르의 생애』를 미완성인 채 남겨두고 『파르므 수도원』을 쓴다. 그의 경우 창조는 자전과 소설, 진실과 허구 사이를 왕래한다.
그는 『앙리 브륄라르의 생애』에서 이렇게 쓰고 있다.

> (…) 진실되다는 것은, 단순하게 진실이 된다는 것은 얼마나 용기를 주는 일인가. 오직 그것만이 뜻있는 것이다.

그에게서는 자기를 위한 변호라고는 보이지 않는다. 『앙리 브륄라르의 생애』에서 그는 자기가 이야기하는 하나하나의 일화의 배경을 복원하고 그의 추억이 담긴 곳의 위치를 세심하게 그려 보이고 심지어는 어떠어떠한 장면이 어떤 시점에 따라 나타나 보였는가를 명확히 하려고 골몰한다. 그는 이런 탐구를 하면서 몇 번이나 자신의 내부에서 과거에 자신이었던 어떤 '타인l'autre'을 발견하는 듯한 느낌을 받는다. 추억과 몽상들은 항상 단단한 어떤 사실의 현실성을 바탕으로 한다. 반대로 소설에서 허구적 현실에 단단함을 부여한 것이 몽상과 추억이다. 그렇다면 스탕달에게는 추억과 허구 사이에 그토록 거리가 있다는 말인가? 그의 허구에는 추억들이 가득 차 있다. 그의 회고록들이 실제로 있었던 것을 말해주고 있다면 허구는 있을 수도 있었던 것을 말해주고 있다고 하겠다. 그러면 그중 어느 것이 자신의 진실에 더 가까운 것일까? 자신을 시험해보지 않고서 어떻게 자신을 알겠는가? 상상력의 경험은 소설가로 하여금, 오직 스스로를 창조함으로써만 자신을 알 수 있는 한 존재의 진실을 포착하게 해준다. 스탕달의 한 권 한 권의 소설 속에서 주인공들의 전기는 그의 가능성들의 전기에 지나지 않는다. "발자크에게는 발자크적인 하나의 세계가 있다면 스탕달에게는 스탕달적인 주인공들이 있을 뿐이다"라고 피에르-조르주 카스텍스는 적절하게 지적했다. 그런데 그 주인공들은 작자의 변형들에 불과하다. 『앙리 브륄라르의 생애』에서 그는 자기 개성의 머나먼 원천들을 추적한 것이라고 한다면 『적과 흑』이나 『파르므 수도원』에서는 자기자신의 삶의 어떤 비밀들을 추적했다고 그는 여러 번 말했다. 소설적 몽상은 그에게는 자기 탐구의 여러 경향들 중 하나였다. 앙리 브륄라르의 자서전이 현대 소설의 전개를 1세기나 앞질러 예고하고 있다는 것은 주목할 만한 일이다. 잃어버린 시간에 대한 탐구며, 자아의 심층과 머나먼 유년기의 추억 속으로의 하강이며, 벌써부터 현재와 과거, 사실과 인상을 교차시키는 방식이며, 시간적 순서보다 추억의 질서에 더욱 충실한 태도며 모두가 프루스트를, 내적 독백과 정서적 회고의 소설가들을, 예고하고 있는 것이다. 그리고 그의 소설들로 말하자면, 그것이 작가에게는 자기 완성의 상상적 경험이었다는 점에서 우리 시대에 매우 널리 퍼져 있는 어떤 유형의 책을 예고한다고 볼 수 있다. 20세기의 수많은 소설들은 바로, 작자의 변형에 지나지 않으며 작가로 하여금 작중인물을 매개로 해서 인간들과 삶에 대한 그의 경험을 털어놓게 해주는 어떤 주인공의 모험들을 서술하고 있는 것이다.

이 점에 있어서 발자크와 스탕달의 대립적 성격은 프랑스 소설의 근본적인 리듬들을 암시해준다. 스탕달의 경우 영감은 그것이 들어앉게 될 '형식' 같은 것에는 전혀 신경을 쓰지 않는 하나의 충동으로서 특히 여러 가지 형식들 중에서도 가장 유연하고 가장 자유로운 형식을 선호한다. 그러나 발자크의 경우, 아니 플로베르—이 두 사람은 참다운 최초의 소설 '장인'이지만—의 경우는 더욱, 가장 중요한 관심거리가 이야기의 내적 조직이다. 그들에게서 '표현'은 무엇보다도 서술의 구조를 통해서만 가능한 것이다. 어떤 우화의 짜임새 그 자체가 어느 정도까지 의미를 생산하느냐가 스탕달과 발자크의 비교를 통해서 제기되는 문제다.

2. 발자크와 한 세계의 창조

천재의 형성기

첫 시도

발자크가 그의 성숙기의 소설들에서 볼 수 있는 그 탄복할 만큼 자유자재한 경지에 곧바로 도달한 것은 아니다. 그는 우선 익명으로, 그리고 대부분 남과 합작으로, 소설들을 쓰기 시작했는데 그 소설들이야말로 그 자신이 누구보다 먼저 타기해 마지않았던 것들이었다. 『올빼미 당Les Chouans』은 1829년에 그가 자신의 이름을 서명해서 발표한 최초의 작품이다. 1820년에 그는 우선 소설이야말로 그의 철학적 종교적 이론들을 설명하는 데 편리한 틀이라고 생각했다. 그러나 『스테니Sténie』와 『팔튀른느Falthurne』는 미완성인 채로 남았다. 그 후 여러 해 동안 그는 그 시대의 취미에 영합하여 매튜린Maturin, 뒤크레-뒤미닐, 피고-르브렁, 앤 래드클리프Ann Radcliffe 등에게서 힌트를 받아 소설을 쓴다. 그는 황당무계한 우여곡절의 이야기를 잔뜩 집어넣고, 피해자와 악한과 구원자의 관계에 바탕을 두어 쓰는 이 장르 특유의 관습을 따른다. 비에이 예글레Vieillerglé와 합작을 함으로써 그런 안이한 경향은 더욱 짙어졌다. 그는 『비라그의 상속녀L'Hértière de Birague』를 발표했지만 자신도 그 작품은 '문학적 음담淫談'이라고 여긴다. 그리고 나서 써낸 것들이 『장 루이, 혹은 다시 찾은 딸Jean-Louis ou la fille retrouvée』, 『클로틸드 드 뤼지냥Clotilde de Lusignan』, 『백주년 혹은 두 베렝겔드Le Centenaire ou les deux Beringheld』, 『아르덴느의 보좌신부Le Vicaire des Ardennes』이다. 1823년에서 1825년에 걸친 기간 동안에 그는 자신이 쓰는 작품들에 좀 더 많은 성의를 기울인 것 같다. 그의 작품을 평한 사람들은 그가 진실성과 사실성 쪽으로 한걸음 진보했고, 엉뚱한 사건들만 늘어놓는 것이 아니라 인간의 정념을 바탕으로 극을 짜나가려고 노력한 흔적이 보인다고 했다. 그러나 1826년에 나온 『반 클로르*Wann Chlore*』까지도 발자크 소설의 공식과는 아직 거리가 먼 것이었다. 발자크는 자기가 청년 시절에 쓴 소설들에 대해서 샹플뢰리Champfleury에게 이렇게 털어 놓았다고 한다.

나는 그저 연습을 해보기 위해서 소설 일곱 권을 썼습니다. 하나는 대화를 연습하려고, 하나는 묘사를 해보려고, 하나는 등장인물들을 한데 모아보려고, 하나는 구성을 연습해보려고 썼습니다.

그러나 문제가 정말 그렇게 간단한 것이었을까? 하여간 초기 소설들을 통해서 그는 소설가로서의 수련을 쌓을 수 있었다. 이제 남은 것은 기술만으로는 충분하지 않다는 사실을 깨닫는 일이었다. 기술상의 경험은 인간적 경험에 부속되는 것이고 천재란 존재 전체를 송두리째 거는 모험이라는 사실을 말이다.

1825년에서 1829년에 걸친 기간 동안 발자크는 소설을 포기하는 듯하다. 그의 전기 연구가들의 말을 들어보면 그는 어떤 불운한 돈벌이 사업에 몰두했다는 것을 알 수 있다. 그런 사업은 그가 현실세계에 눈뜨도록 해주었다는 점에서 의의가 있다. 그와 동시에 그는 역사소설의 영향을 받았다. 『올빼미 당』 이후, 생리적 사랑의 현실과 낭만적 사랑의 순수한 충동 사이의 대립을 다룬 『결혼의 생리학*Physiologie du mariage*』의 성공은 그가 풍속 묘사의 사실주의 쪽으로 방향을 돌리게 되는 데 적지 않게 기여했다. 결혼의 문제는 『사생활의 장면*Scènes de la vie privée*』에서 다루어진 가장 중요한 문제였다. 그런데 『사생활의 장면』은 앙리

모니에의 데생이라든가 혹은 중산층 및 서민의 생활을 포착하는 데 능한 신문기자들의 속도 빠른 크로키라면 미친 듯이 좋아하는 대중들의 열광에 덕을 본 것이라고 할 수도 있다.

『사생활의 장면Scènes de la vie privée』

1830년에 발표된 『사생활의 장면』 속에는 「가정의 평화*La paix du ménage*」, 「소의 무도회*Le Bal de Sceaux*」, 「곱세크*Gobseck*」, 「공놀이 하는 고양이의 집*La Maison du Chat qui pelote*」, 「복수*La Vendetta*」, 「이중생활*Une Double Famille*」 등 여러 개의 콩트들이 포함되어 있다. 흑색소설의 떠들썩한 사건들이나 심리상태의 분석 일변도 따위는 이제 끝났다. 발자크는 이제 막 현실생활을 발견한 것이다. 그는 등장인물들을 사회적 '배경 속에 놓고 묘사했다'. 그는 파리의 첫 이미지들을 소개했다. 곱세크는 여전히 픽세레쿠르(1773~1844, 극작가—옮긴이주)가 그린 보호자를 연상시켰다. 그는 무엇보다도 1830년대의 고리대금업자였다. 발자크는 합법의 테두리 속에서 저질러지는 범죄의 이야기를 들려주고자 했다. 흑색소설에 등장하는 갈등들이 이번에는 물질적인 이익을 위한 적대관계로 변했다. 생-드니 가街의 상인 기욤 씨는 발자크가 신문에 연재한 시평들에서 연습삼아 그려 보았던 1830년대 부르주아들 중 한 사람의 생생한 모습을 갖추고 있었다. 그것은 월터 스코트의 인물들처럼 그의 시대를 대변하는 모습이기도 했다. 발자크는 그러한 해학적이고 생동감 있는 묘사를 초월하여 그의 천재를 발휘해 보였다. 그는 가정생활의 시시콜콜한 구석들을 수없이 그려 보였고 사생활의 극적인 사건을 깊숙이까지 드러내 보였으며 잘못된 결혼의 원인과 결과를 연구했고 돈의 중요성을 간파했다. 그는 인물과 환경의 결합이라는 매듭을 발견했다. 그는 『이중생활』에서 이렇게 썼다.

어떤 격언이 말하듯이 여자란 그녀의 집 대문만 보아도 알 만하다는 것이 사실이라면 아파트는 그의 정신상태를 더욱 충실하게 표현해준다고 할 수 있다.

묘사는 이리하여 성격에 대한 설명이 되었다. 곱세크 같은 인물의 초상에서 발자크는 구경거리로서만 가치가 있는 정확한 묘사에 그치는 것이 아니라 내면의 삶이 순간적으로 표현된 모습을 포착하고자 한다.

이 초기 『장면*Scènes*』들에 등장하는 인물들은 별로 행동을 하지 않는다. 그들은 소설 속의 등장인물이라기보다는 초상화들이다. 1830년의 곱세크에게는 정적靜的인 그 무엇이 있다. 발자크가 후일에 더욱 풍부한 요소들을 추가했을 때야 비로소 그 인물은 살아 움직이는 인물이 되었다. 1832년에 나온 『사생활의 장면』 두 번째 시리즈부터 콩트 작가의 기교가 소설가의 예술로 승격, 발전하게 되는 것을 볼 수 있다. 여자의 모습을 그리건(『30세의 여자*La Femme de trente ans*』, 『버림받은 여자*La Femme abandonnée*』), 법정투쟁의 파란곡절을 이야기하건(『투르의 신부*Le Curé de Tours*』, 『샤베르 대령*Le Colonel Chabert*』), 소설가는 구체적인 시간성이 진한 실감으로 다가오는 바탕 위에 굳건히 발 딛고 있다. 그는 어떤 갈등과 사건을 넘어서서 한 인생의 이야기를 들려주는 것이다.

그는 이야기 속에 구체적인 디테일들을 무수히 끼워 넣는다. 이 점에 있어서 『투르의 신부』는 발자크적 재능이 어떤 것인가를 헤아릴 수 있게 해준다. 소설가는 엄청난 정념情念들을 일상생활이라는 구체성 속에 뿌리내린 모습으로 그려 보였다. 그렇게 함으로써 그는 『사생활의 장면』 첫 번째 시리즈에서 공식화했던 원칙을 1832년에 와서 실제로 적용하게 된 것이었다. 그 원칙이란 이러했다.

이 책의 작자가 생각하기에는, 소설이라는 그리 적절하지 못한 이름
으로 불리워지고 있는 작품들에 있어서 이제부터 가치가 있다고 판단
되는 것은 오직 디테일들뿐이다.

　　『투르의 신부』에서 드라마의 골격을 이루는 것은 바로 디테일들이다.
소설가의 천재는 바로 자질구레한 상황들을 생각해냄으로써 그 속에서
맹렬한 정념들이 구체적으로 드러나 보이도록 하는 일이다.

　　발자크가 소설 전개의 공식을 매듭지은 것은 1832년의 단편소설들에
서였다. 『샤베르 대령』에서 보면 묘사적인 서두에 이어서, 주인공은 자
기가 어떻게 하여 엘로의 전장에서 전우들에게 죽은 것으로 오인된 나머
지 버려지게 되었는가를 설명한다. '과거의 회상retour en arrière'이
이야기의 발단부의 일부를 이루기 시작하면서 과거에 대한 정보를 어느
정도 제공하고 사건의 자초지종을 알려준다. 『투르의 신부』에서는 그 플
래시백이 주된 장면에 요령 있게 통합된다. 즉 비로토라는 인물이 집 문
앞에서 소나기를 피하려고 기다리고 있는 동안 작가는 그가 어떤 사정으
로 해서 그 집에 와서 살게 되었는지를 우리에게 알려주고 그 다음에는
그 인물이 자기가 어떻게 하여 그런 버림받은 처지가 되었는지에 대하여
곰곰이 생각하는 모습을 우리가 볼 수 있게 한다. 이것이 바로 발자크가
"이 부르주아적 드라마의 준비장면avant-scene"이라고 부르는 것이다.
이때부터 그는 '발자크풍의 소설'의 공식을 발견해낸 것이다. '전前'과
'후後'의 대립을 바탕으로 한 1830년대의 이부구성二部構成에 뒤이어,
삼부구성三部構成이 나타난다. 그 삼부구성이란 자초지종을 설명하는 도
입부, 등장인물들이 자기들 생애의 중요한 며칠 동안에 활약하는 모습을
보여주는 이야기의 핵심부, 그리고 끝으로 지금까지 축적된 힘의 도움을
받아 훨씬 더 속도를 빨리하면서 진행되는 극적인 부분으로 구성된 것을
말한다.

『철학적 연구Études philosophiques』

『사생활의 장면』 두 번째 시리즈 이전인 1831년에 발자크는 그의 작품의 관건이 되는 『상어가죽La Peau de Chagrin』을 발표했다. 그리고 나서 그는 「두 가지 꿈Les Deux Rêves」, 「장수의 영약L'Élixir de longue vie」, 「플랑드르의 예수Jésus Christ en Flandre」, 「추방당한 사람들Les Proscrits」, 「알려지지 않은 걸작Le Chef-d'oeuvre inconnu」, 「엘 베르뒤고El Verdugo」, 「저주받은 아이L'Enfant maudit」 등의 콩트와 단편 소설들로 구성된 『철학적 소설, 콩트Romans et Contes philosophiques』를 발표했다. 이렇게 하여 『사생활의 장면』 속에서 보여 준 그 시대의 풍속화에 비하여 인생에 대한 설명을 제시하는 쪽인 반성적인 작품들이 그와 대립적인 위치를 차지하게 되었다.

『상어가죽』의 주인공 라파엘은 어떤 골동품상에서 상어가죽으로 된 부적 하나를 구하게 되었는데 그 부적은 그가 원하는 것을 가질 수 있도록 해주는 위력을 가지고 있다. 그러나 어떤 욕망을 실현하거나 어떤 정념을 만족시킬 때마다 그 상어가죽의 크기가 줄어든다는 사실을 그는 알게 된다. 상어가죽이 줄어들다 못해 결국 없어져버리게 되면 자기도 죽게 된다는 사실을 그는 알고 있다. 이것은 자신의 정력을 소모하면 할수록 그만큼 더 빨리 소모되어버리는 인간 생명의 상징이다. 루이 랑베르는 자신의 생각La pensée을 남용한 나머지 광증에 사로잡히고 만다. 『철학적 콩트』는 사고의 파괴적인 힘을 보여주는 극적인 예들을 모아놓은 것이라고 할 수 있다.

이렇게 하여 『고별L'Adieu』에서는 사회적으로 가장 높이 평가되고 찬양받는 행복이라는 생각pensée이 아내를 벼락처럼 후려치게 된다. (…) 『징집병Le Réquisitionnaire』에서는 한 어머니가 격렬한 모성의 감정 때문에 죽음을 당한다. (…) 『엘 베르뒤고El Verdugo』에서는 왕조라는 관념이 아들로 하여금 도끼를 집어들게 만든다.

라고 펠릭스 다벵Félix Davin은 지적했다.[22] 발자크는 자신의 어떤 미완의 작품 속에서 생각의 해로운 위력에 대하여 이렇게 설명한다.

생각은 모든 파괴적인 동력들 중에서도 가장 격렬한 것이다. 그것이야말로 인간을 멸망시키는 거역할 수 없는 위력이다. (…) 내가 생각 pensée이라는 말을 사용함으로써 의미하는 바가 무엇인지 여러분들은 아는가? 정념, 악덕, 극단적인 고정관념, 고통, 쾌락은 바로 사고의 물살들이다.[23]

라고 그는 썼다. 이러한 글은 『철학적 콩트』 이후에 쓰여진 숱한 소설들에 강력한 조명을 던져준다. 비로토라는 인물은 마치 단검에라도 찔린 듯 청렴이라는 생각에 의해서 죽음을 당하고, 고리오 영감은 정열적인 부성애로 인하여 죽고, 클라에는 과학에 대한 정열로 인한 피해자가 된다. 발자크의 위대한 소설들은 정념의 가공할 만한 파괴력의 모습을 사실주의적인 풍속연구의 테두리 속에 깊이 아로새겨놓게 된다. 『위제니 그랑데』와 『절대의 탐구』는 발자크가 차례로 관심을 기울였던 풍속 묘사와 생각의 표현이라는 그 이중적인 흐름의 통합을 실현한 최초의 소설들이다.

발자크는 1834년에 '유형type'과 '개인individu' 사이의 저 유명한 구별 작업을 이룩했다.

---

22) 『철학적 연구』의 서문, 플레이아드전집 제6권, p.217.
23) P.-G 카스텍스, 『발자크의 단편 및 콩트Nouvelles et Contes de Balzac』, C. D. U., p.5에서 재인용.

나는 당신에게 『풍속 연구』 속에서 감정과 그 감정들의 메커니즘, 삶과 그 삶이 전개되는 모습을 묘사해 보이게 될 것입니다. 『철학적 연구』 속에서는 무엇 때문에 감정이 그런 피해를 야기시키고 삶이 무엇에 그 같은 영향을 끼치게 되는지를 말할 것입니다. (…) 이렇게 하여 『풍속 연구』에서는 인간 유형으로 변화한 개인들을 볼 수 있고 『철학적 연구』에서는 개인을 통해서 본 인간 유형들을 볼 수 있게 됩니다. 그리하여 나는 도처에서 인간 유형을 개인화함으로써 유형에 생명을 부여하고 개인을 유형화함으로써 개인에 생명을 부여하게 됩니다.[24]

라고 발자크는 한스카 부인에게 썼다. 과연 곱세크가 1830년대 고리 대금업자들의 전형인 것처럼 기욤 씨는 생-드니 가 상인의 전형이다. 그들은 둘 다 유형화된 개인들이다. 그와는 반대로 『철학적 연구』에서는 작가는 하나의 '사고idée'에서 출발해 개인적 특징들에 의하여 규정된 한 인물로 그 사고를 육화하여 표현했다. 이기주의의 살아 있는 이미지 그 자체인 페도라Foedora는 개인화된 인간 유형이다. 발자크가 제시한 구별은 그 자체로 놓고 볼 때는 다소 취약한 면이 있다. 그것은 창조의 생생한 현실성을 가려버림으로써 머릿속에서 인위적으로 조립한 것 같다는 인상을 준다. 1833년부터는 발자크의 작품 속에서 '생각pensée' 과 '관찰'이 서로 내밀한 연관를 맺게 되니까 말이다.

발자크의 소설의 공식

『위제니 그랑데』는 황금에 대한 치열한 욕구라는 고정관념에 사로잡힌 한 인물을 그려 보이면서도 동시에 시골 풍속을 소개하고 있다. 『절

24) A. 모르와의 위의 책, pp.224~265에서 재인용.

대의 탐구』의 주인공인 발타자르 클라에는 플랑드르 지방의 엄청난 부를 유산받은 상속자다. 작가는 우리에게 그의 집을 묘사해 보인다. 우리는 그 인물이 그의 가족들과 함께 살아가고 있는 모습을 볼 수 있다. 작가는 이제 더 이상 인간생활의 알레고리 따위를 제시하는 것이 아니다. 그는 일상성이 구체적으로 짜여 있는 틀 속에다가 이야기를 끼워 넣는다. 철학적인 여러 가지 원칙들이 풍속 묘사로부터 태어난 것이기는 하지만 풍속 묘사는 또한 철학적 제 원칙에 그 바탕과 깊이를 제공한다. 이제는 등장인물들이 정념의 파괴력을 상징하고 있는 것이 아니다. 인물들은 구체적인 삶을 통해서 그들 나름의 광적인 정념을 생생하게 체현한다. 그들은 나날의 삶을 통해서 그 정념의 피해를 드러내 보인다. 그들은 광적인 정열로 인하여 당장에 죽음을 당하는 것이 아니라 조금씩 조금씩 침식당하며 무너진다. 소설가가 시간과 함께 흘러가는 구체적 삶의 차원 durée을 발견했기 때문이다. 그리하여 그는 참다운 주인공을 창조해낼 수 있었던 것이다. 그가 우리에게 들려주는 이야기는 '강인하던 인간이 어떤 고정관념에 의하여 속으로 침식당해서 망하는 모습' 바로 그것이다. 이야기의 비장한 흥미는 그 점진적인 파멸에서 생겨난다. 이야기가 지닌 극적인 가치는 정념에 '사로잡힌 인물'과 그 주위의 인물들, 특히 그의 자식들을 서로 대립시키는 '갈등'에 바탕을 두고 있다. 사고의 파괴적인 힘은 자연적인 여러 가지 장애에 부딪치면서 오직 구체적인 삶의 장場 속에서만 전개된다.

『위제니 그랑데』의 구조는 발자크식 구성의 가장 흔한 도식들 중 하나를 보여준다. 그 구조는 이미 『투르의 신부』에서 보여준 구조였다. 즉 처음에 매우 완만하게 전개되는 도입부가 나온 다음 방대한 중심부, 그리고 신속하게 진행되는 극적 국면으로 결말을 맞는 구조 말이다. 소뮈르시市나 그랑데가 사는 집의 묘사는 단순히 눈요깃감만이 아니다. 그것은 이야기의 내용을 이해하는 데 도움이 된다. 플래시백의 수법을 통해서

도입부의 설명은 심화된다. 과거의 이미지와 현재의 이미지를 대조시킴으로써 인물들의 인상이 입체적인 느낌을 갖게 된다. 과거 이야기가 나오면 곧 뒤이어 현재의 이야기가 따라 나온다. 이리하여 인간의 체험된 시간durée이 소설 속에 스며드는 것이다. 모든 과거가 현재 속으로 스며든다. 발자크에게 있어서 현재 사실의 과거적 동기와 미래적 결말을 제시한다는 것은 단순히 상황을 정리하여 설명하거나 행동이 시작되기 전에 주위의 소도구들을 챙겨두는 것만을 뜻하는 것이 아니다. 그것은 독자로 하여금 삶의 현장인 '공간'을 어떠어떠한 모습으로 본따서 만들어 놓게 마련인 삶의 특질을 독자가 익숙하게 느낄 수 있도록 훈련시키는 것이다. 어떤 얼굴의 생김새에 오랜 세월의 무게가 담겨 있듯이 어떤 집의 분위기 속에는 한 일생의 자취가 찍혀 있다.

발자크는 『위제니 그랑데』의 중심부에서 아주 보잘것없는 디테일들에까지도 중요성을 부여하는 데 성공하고 있다. 그랑데는 집안에 온통 공포 분위기를 조성하며 설친다. 늙은 하녀 나농은 갈피를 잡지 못하고 허둥대는 태도를 보임으로써 자기의 사촌을 감싸겠다고 감히 나서는 저 가없은 위제니의 대담성을 상대적으로 더욱 두드러져 보이게 한다. 모리스 바레스는 소설의 소재를 미적으로 배치하는 데 있어서 대조의 효과가 큰 공헌을 하고 있다고 지적했다. 위제니가 달라는 것과 그녀의 아버지 그랑데 영감이 실제로 내주는 양식의 분량 사이의 대립, 구두쇠 영감과 공증인이 서로 나누는 긴장된 대화와 위제니가 상차림을 조절하는 재치 사이의 대립, 빵 덩어리를 꿀꺽꿀꺽 삼켜대는 샤를의 경박한 태도와 그랑데 영감의 검소한 성벽 사이의 대립 등이 그런 것이다. 허구적인 현실은 이 소설 속에서 '행동으로 옮겨지고' 디테일들로 짜여짐으로 해서 구체성을 갖게 된다. 우리들은 "자질구레하고 사소한 것들의 흐름에 의해서 극적인 폭풍 쪽으로" 인도된다고 모리스 바르데슈는 말한다. 그러나 우리는 동시에 그 극劇이 내포하는 의미에로 인도되기도 한다. 즉 위제니와 그의 아버지 사이의 대립에 바탕을 둔 의미 말이다. 위제니는 순결하고 너그러운 영혼의 소유자로서 처음에는 정情의 문제에, 그리고 곧 하늘나라의 문제에 골똘해지는 반면 영감은 이 세상의 재물을 소유하고자 하는 사나운 욕구에 불타고 있고 탐욕에 사로잡혀 있다.

『위제니 그랑데』와 『절대의 탐구』를 비교해보면 우리는 발자크가 『인간 희극』을 구성하면서 번갈아가며 택했던 두 가지 방향, 즉 위기 중심의 소설 쪽과 기나긴 일생을 그리는 소설 쪽 사이의 의미심장한 대립관계를 발견하게 된다. 『위제니 그랑데』에는 겨우 몇 주일밖에 되지 않은 짧은 기간 동안에 걸친 갈등이 그려져 있다. 이 경우 소설의 중심부는 여러 가지의 자질구레한 다툼들을 보여주는데 이 작은 다툼들이 결국은 두 가지 성격 사이의 갈등으로 발전한다. 그와는 반대로 『절대의 탐구』에서 보면 발자크는 완만한 발전 경로를 그려 보인다. 즉 그는 어떤 사람이 늙어가는 모습을 느릿느릿한 속도로 그리는 것이다. 이 경우 소설의 중심부는 노쇠의 여러 가지 단계들로 구성되고 그 노쇠가 차츰차츰 독자를 극적 결말로 이끌어간다. 그러나 발자크가 동원하는 소설의 기법들을 이렇게 몇 마디로 요약 소개한다는 것이 과연 가능한 일일까? 그는 월터 스코트에게서 물려받은 구조의 테두리 안에서 그가 창조한 숱한 인물들이나 갈등적 상황들에 못지않게 많은 형식들을 스스로 고안해내었다. 하여간 그는 1829년에서 1833년 사이의 시기에 그가 생각해낼 수 있는 거의 모든 것을 다 궁리해낸 셈이다. 인물들의 유형, 구조, 그리고 풍속의 관찰과 철학적 성찰의 내밀한 혼합, 인간의 경험적 시간에 바탕을 두고 구체성 속에 짜넣음으로써 구성한 이야기를 극적으로 발전시키는 방식 등 그 모든 것을 그 시기에 다 고안해낸 것이다. 그는 우선 여러 가지 돌발사건들을 한데 엮어 이야기를 짜는 방법을 배웠다. 그리고 나서 그는 풍속을 유심히 관찰하는 동시에 인생의 여러 가지 원칙들을 설명하는 철학자가 되었다. 이제 남은 것이 있다면 여러 인물들이 서로 다른 소설들 속에 반복하여 등장하게 하는 천재적 아이디어에 착안하는 일뿐이었다. 그렇게 되면 바야흐로 자신의 세계를 건설할 수 있게 되는 것이다.

『인간 희극 *LA COMÉDIE HUMAINE*』

『고리오 영감 Le Père Goriot』

방대한 구상 발자크가 인물들의 반복 등장이라는 방법을 처음 조직적으로 사용하기 시작한 것은 『고리오 영감』부터다. 1833년에 그는 마치 계시라도 받은 듯 문득 그런 아이디어를 얻게 되었다. "내게 인사를 하시오. 나는 이제 그야말로 천재가 되려고 하고 있소"라고 가족들에 말해주기 위하여 그는 어느 날 포부르 프와소니에르 지역의 카씨니 가街를 달려갔다. 그 같은 발견은 그의 머릿속에서 조금씩 싹이 터온 것이었다. 펠릭스 다벵은 『풍속 연구』의 서문에서 그것을 이렇게 설명했다.

> 최근에 위대한 한 발자국이 내딛어졌다. 『고리오 영감』 속에서, 그 전에 이미 다른 작품들 속에서 창조된 바 있는 인물들이 다시 등장하는 것을 보고서 대중들은 이 작가의 가장 대담한 의도들 중 한 가지를 알아차리게 되었다. 그것은 바로 허구적인 한 세계 전체에 운동과 생명을 부여함으로써 본래 작중인물의 모델이 되었던 사람들은 이미 죽었거나 잊혀졌는 데도 창조된 등장인물들은 그 허구적 세계 속에 여전히 살아 있도록 하겠다는 의도인 것이다.[25]

『고리오 영감』의 경우 그 책의 초판에서는 23명에 불과했던 '재등장

---

25) 플레이아드 전집, 제6권, p.238.

하는 인물들'의 수가 그 후에 고쳐 쓴 판版들에 오면 50명으로 불어난다. 레스토 공작부인은 이미 『곱세크』에도 등장했던 인물이다. 『버림받은 여인』에서는 노르망디 지방으로 은퇴한 것으로 소개되었던 드 보세앙 부인의 과거가 이 소설 속에서는 소상하게 공개된다. 그리고 또 나중에 나올 다른 작품들 속에 다시 등장하게 될 여러 인물들도 있다. 우선 『인간 희극』 속에서 가장 중요한 인물들 중 하나인 보트랭의 경우가 그렇다. 우리는 그가 『사라진 환상』의 끝에 가서 카를로스 에레라라는 가명으로 나타나는 것을 보게 될 것이고, 그는 또한 『창녀들의 영광과 비참Splendeurs et Misères des courtisanes』 속에서는 쟈크 콜랭이라는 인물이 되어 등장한 것이다. 『상어가죽』에서는 그저 출세한 사내의 모습으로 잠깐 나타날 뿐이었던 라스티냐크가 이 소설 속에서는 이제 청년기의 문턱에 선 모습으로 등장한다. 작품창작의 연대순은 허구적인 인물들의 일생의 연대순과 일치하지는 않는 것이다. 라스티냐크는 그 밖의 많은 소설들, 특히 『뉘싱겐 가家』에 다시 등장하게 될 것이다. 1837년에 발자크가 『사라진 환상』의 서문에서 자신의 소설 창작방식을 설명하기 위하여 예로 들어보인 인물도 바로 라스티냐크다.

> 『고리오 영감』 속에 나오는 라스티냐크 씨처럼 그중 인물이 자기 이력의 중간에서 문득 소설의 끝을 맞게 되는 까닭은 독자 여러분이 그를 『백작부인의 초상Profil de Marquise』, 『금치산L'Interdiction』, 『대은행大銀行La Haute Banque』, 『뉘싱겐 가La Maison Nucingen』, 그리고 끝으로 『상어가죽』에서 다시 만나게 될 터이기 때문이다. (…)[26]

---

26) 위의 책, p.332.

라고 발자크는 말했다.

인물의 재등장은 곧 하나의 체계가 되었다. 발자크는 작품의 재판을 낼 때마다 끊임없이 그 전에 쓴 작품들을 고쳐 써서 『인간 희극』 전체 속에 편입시키곤 했다. 그의 작품 전체는 이리하여 그 특유의 통일성을 갖게 되었다. 작품은 인공적인 전개가 아니라 유기적인 구성의 덕을 보게 되었다. 발자크는 그의 의사, 경찰관들, 집달리들, 자본가들, 바람둥이 여자들, 댄디들, 상인들로 하나의 세계를 구성하는 데 성공했다. 이제는 아주 자질구레한 에피소드도 『인간 희극』 전체라는 조망 속에 놓이게 되었다. 전체의 현실이 부분의 현실보다 우선한다. 수많은 소설가들이 기껏해야 몇몇 이름들을 창조하는 데 그치고 있는 반면 발자크는 전체적 조망의 효과를 얻어낼 수가 있었다. 앙드레 모르와가 탁월하게 지적한 바와 같이 발자크의 작품세계 속에서는 만사가 "어둠에 잠긴 모습으로 우리가 발견하게 되는 실제의 삶 그 자체 속의 현실처럼" 벌어지고 있는 것이다. 드 보세앙 부인은 『버림받은 여인La Femme abandonnée』에서는 고통받는 아름다운 여인의 모습으로 나온다. 반면에 『고리오 영감』에서 보면 귀족 부인다운 긍지와 용기를 과시해 보인다. 그러므로 그 여자의 참다운 진실을 이해하려면 그 두 작품을 다 읽어야 한다. 『금빛 눈의 아가씨La fille aux yeux d'or』에서 드 마르세는 댄디다. 『결혼 계약Le Contrat de mariage』에서는 귀중한 친구다. 우리는 그가 『또 다른 여자 연구Autre Étude de femme』에서 아주 멋진 방식으로 남과 헤어지는 모습을 보게 된다. 그의 참다운 모습은 그러한 서로 다른 이미지들을 서로 비교 대조해봄으로써 비로소 나타난다. 발자크의 그러한 서술방식에 힘입어 우리는 동일한 인물에 대하여 서로 다른 각도에서, 그의 운명의 서로 다른 순간에 포착한 서로 다른 이미지들을 접할 수 있게 되는 것이다. 참다운 인물은 언제나 그가 보여준 수많은 모습들 하나하나를 초월하는 그 이상의 존재다. 발자크는 프루스트 이전에 이미 자기 특유의 방식으로, 바르데슈 씨의 말처럼 상상의 인물의 '삼차원적 세계'를 창조해낸 것이다.

복합적인 구조 우리는 『고리오 영감』이 무엇으로부터 세포분열을 일으 킴으로써 생겨나게 된 것인지를 알고 있다. 그것은 그가 장차의 계획들 을 적어놓은 어떤 노트 속의 기록을 보면 알 수 있다.

> 어떤 선량한 남자가—부르주아적인 하숙집에서 600프랑의 금리金 利 수입으로 살아가는—각기 50,000프랑씩이나 되는 금리 수입을 가지 고 있는 자신의 두 딸을 도와주다가 빈털털이가 되어—개처럼 죽는다.

발자크는 한스카 부인에게 보내는 어떤 편지에서 자기는 "아무리 해 도 바닥나지 않는 어떤 엄청난 인간적 감정"을 그리고 싶었다고 말했다. 그러할진대 처음부터 고리오 영감이라는 인물에다가 책 전체의 무게중 심을 두려는 것이 그의 의도였음은 의심할 나위가 없다. 라스티냐크는 그 끔찍한 드라마를 고통스러운 심정으로 목격하는 명징한 정신의 증인 에 지나지 않는다. 그 최종적인 형태가 갖추어지고 난 뒤에도 이 소설은 여전히 고리오 영감에게 상당한 비중을 할애하고 있다. 독자는 그 영감 의 등장에서부터 죽음까지의 모습을 줄곧 따라가며 보게 되고 작품은 그 의 장례식에서 끝난다. 우리는 '너그럽고도 살인적인 하나의 정념으로 인하여 몰락하는 그의 인간적 운명'이 완결되는 것을 목격하게 된다.

그러나 『고리오 영감』의 이야기는 『위제니 그랑데』나 『절대의 탐구』처 럼 단선적인 것은 아니다. 보트랭과 관련된 에피소드들은 제면업자 고리 오의 저 불행한 정념과는 아무런 관계가 없다. 페르-라셰즈 묘지의 언 덕 위에서 파리를 향하여 도전을 선언하는 라스티냐크의 모습은 그때까 지 전개되어온 이야기의 결론이기도 하지만 동시에 앞으로 남은 미래의 약속이기도 하다. 자신의 딸들 때문에 파산 지경에 이른 한 늙은이의 드

라마는 그것대로 진행하면서 발자크는 다른 한편으로 경찰에 체포된 도형수, 사랑하는 남자에게 버림받은 상류계층 귀부인, 악마에 홀린 듯 야심에 사로잡혀 있는 청년 등의 드라마 또한 아울러 이야기해주고 있다. 소설가는 우리에게 단순한 가정적 드라마만을 이야기하는 것이 아니다. 그는 삶 전체를 다 포괄적으로 그려 보이고자 한다. 그는 한 세계를 송두리째 다 생생하게 체험하도록 만들 역량이 있다고 자부한다. 옛날에 어떤 비평가가 지적했듯이 그는 이야기를 이끌어가면서 잠시라도 망설이는 것 같은 인상을 주는 경우가 한 번도 없다. 오히려 복잡하기 짝이 없는 허구적 현실을 자유자재로 다룬다는 느낌이 짙다. 『고리오 영감』과 더불어 발자크는 어떤 돌연한 영감을 받은 듯 『인간 희극』이라는 방대한 세계를 발견하게 된다. 파리가 그의 눈앞에서 꿈틀거린다. 숱한 인간들의 운명이 보케르 하숙집 속에서 서로 교차한다. 그렇다고 전체 줄거리가 여러 가지의 자질구레한 작은 단위의 이야기들로 조각나서 산만하게 흩어지는 것도 아니다. 드라마의 중심에 라스티냐크가 자리하고 있는 것이다. 그는 고리오 영감의 친구인 동시에 보트랭에게 비호를 받는 인물이며 보세앙 부인이 마음속을 털어놓는 속내 이야기 상대이며 빅토린느 타이유페르 양의 장래 남편 후보감이다. 부성애의 소설이 교양소설로 변하고, 고리오 영감의 고통스러운 죽음에는 인생입문의 이야기가 화답한다.

여러 가지 운명들이 서로 뒤얽힌 이 소설은 발자크적 이야기 구조를 충실하게 따르고 있다. 그러나 동시에 이 작품은 폭넓은 교향악적 조화를 구사한다. 하숙집 묘사에 뒤이어 하숙생들 각자의 생김새가 묘사된다. 하숙집의 하루 생활이 그려지고 나면 중심 부분은 상경한 시골 청년 라스티냐크의 파리생활 입문에 할애된다. 그는 레스토 부인, 보세앙 부인, 뉘싱겐 부인을 차례로 방문한다. 그는 보트랭과 매우 중요한 대화를 나누게 된다. 극적인 부분은 두 개의 중추적인 장면에 집중되어 있다. 즉 보트랭이 체포되고 고리오가 신음하며 죽어가는 장면이 그것이다. 라스티냐크가 소설 속에 항상 등장해 있음으로 해서 이야기는 통일성을 갖게 된다. 고리오는 죽고 보트랭은 체포되지만 실제로 문제의 핵심을 차지하는 것은 라스티냐크의 운명이다.

이야기의 구조도 중요하겠지만 그 문제를 넘어서서 우리는 대조법에 의한 섬세한 구성 방법에도 주목할 필요가 있다. 고리오나 보세앙 부인처럼 고귀하고 무사무욕한 감정에 지배되고 있는 인물들에 비하여 '발 Baal신의 찬미자들', 즉 보트랭과 고리오의 두 딸들은 그와 대립된 인물들이다. 라스티냐크는 그 양자 사이에 위치한다. 그에게서 우리는 출세하고 싶은 욕망과 청년다운 순수함이 한데 섞여 있는 것을 볼 수 있다. 고리오의 죽음과 보세앙 부인의 강요된 은퇴는 사회가 고귀한 감정을 지닌 인간에게 어떤 운명을 마련해주는지를 잘 보여준다. 마찬가지로 보트랭의 체포는 반항아에게 어떤 위험이 기다리고 있는 것인지를 구체적으로 보여준다. 사실 대조의 기법은 발자크의 창조법칙들 중 하나이다. 대조 그 자체가 여러 가지 의미를 담고 있는 것이다. 『고리오 영감』은 사회 현실을 있는 그대로 옮겨놓은 사진이 아니라 뚜렷한 구조와 섬세한 미적 장치의 산물이다. 독자는 서민들이 사는 하숙집을 목격하는가 하면 어느새 쇼세 당탱의 부유한 삶과 보세앙 저택의 호사스러운 광경으로 옮겨간다. 그러나 그 다양한 계층들을 골고루 다 발견하게 되는 인물은 바로 라스티냐크이다. 심지어 그는 이 계층 저 계층으로 옮아다녀보고 싶어한다. 그 다양한 삶의 환경들은 그에게 단순히 프랑스 사회의 서로 다른 계층들로만 보이는 것이 아니다. 그 환경들은 그를 끌어당기는 매혹의 힘이나 혐오감을 불러일으키는 힘들로서 그에게 영향을 끼치는 '가치' 들이다. 보세앙 부인댁에서 그는 '기막힌 부의 광채' 에 눈이 휘둥그래진다. '사치의 감당 못할 매력이 그의 가슴을 물어뜯는다'. '수입이라는 열병이 그를 사로잡고 황금의 갈증으로 목이 메인다'. 그는 찌든 보케르 하숙집에서 밥을 먹으면서도 보세앙 부인댁의 화려했던 무도회를 상기한다. 반면 사교계에서는 '두 자매의 다이아몬드 장신구들 저 밑으로 고리오 영감이 누워 신음하는 초라한 침대가' 눈에 선히 보이는 듯한 느낌을 받는다. 이와 같은 영상의 중첩은 미적인 동시에 의미심장한 부조적浮彫的 효과를 산출한다. 소설의 초입에서 만나게 되는 하숙집 묘사는 단순한 설명만이 아니며 인물과 환경의 상호 영향관계를 표현하는 데만 그 목적이 있는 것도 아니다. 그 묘사는 여기서 음악적인 가치를 지니는 것으로서 마치 교향악에 있어서 처음으로 울리는 현악기의 활소리 같은 역할을 한다.

유명한 등장인물들[27] 앙드레 빌리André Billy가 지적했듯이 자신의 집념을 위하여 자기 딸들을 희생시켰던 '그랑데나 클라에Claës에 대한 대구적對句的 인물'인 고리오 영감은 자기 딸들을 위하여 스스로를 희생한다. 발자크는 고정관념의 살인적인 파괴력이라고 하는 중심 개념에 여전히 충실하다. 발자크는 알La Halle 시장에서 곡물장수를 하는 마레스트의 집에 세들어 살았었는데 과연 소설의 주인공을 그리는 데 있어서 카시니가의 그 집주인에게서 어느 정도 힌트를 얻은 것일까? 문학적 독서의 기억 쪽으로 살펴보면 이 소설은 『리어왕』을 연상시킨다. 사실 발자크는 습작기 때부터 부성애의 힘을 즐겨 다룬 바 있다. 『팔튀른느』가 그렇고 페라귀스Ferragus의 경우가 그렇다. 그런데 고리오는 차원이 다르다. 고리오는 그 자체가 바로 부성애다. 이 인물은 인간을 지배하는 엄청난 힘들의 상징적 형상과도 같은 발자크적 핵심인물들 가운데 열한다. 발자크가 역점을 둔 이 인물의 특성은 어쩌면 이제 막 아버지가 된 자신의 내면 속에 잠재해 있는, 스스로 발견한 자신의 일면인지도 모른다. 라스티

---

27) 이 점에 대해서는 피에르-조르주 카스텍스가 『고리오 영감』에 붙인 「서문」, Garnier, 1963, pp.11~37 참조.

냐크는 파리로 상경한 시골 청년이다. 그는 쥘리앵 소렐을 연상시킨다. 소렐과 마찬가지로 그 역시 자신의 내부에서 '마음의 시'와 산문적인 현실이 충돌을 일으키게 된다는 점에서 현대 소설 특유의 주인공이라 하겠다.[28] 쥘리앵과 마찬가지로 그 역시 그 나이 특유의 우직함, 자신이 지닌 가치에 대한 의식, 투쟁에의 매서운 결의를 지니고 있으며, 마찬가지로 자긍에 상처를 입는 고통을 경험하게 되며 때때로 토막토막의 내적 독백을 통해서 마음속 깊이 숨겨 지닌 생각을 노출시킨다. 그 역시 고향을 떠나 와서 쥘리앵처럼 파리를 정복하고자 한다. 이는 물론 스무 살 적에 세계를 정복하기 위하여 내닫던 젊은 발자크 자신의 이미지이다. 뤼방프레의 실패와 나란히 전개되는 라스티냐크의 성공도 또한 그 시대의 가장 중요한 한 가지 사실의 묘사이다. 쥘리앵 소렐에 뒤이어, 라스티냐크에 뒤이어, 얼마나 많은 젊은이들의 야심이 실패를 맛보았으며 성공의 영광에 이르렀던가! 플로베르의 프레데릭 모로에서부터 바레스의 『뿌리 뽑힌 사람들Les Déracinés』에 이르는 수많은 작중인물들은 바로 피에르 모로가 지적했듯이 19세기 말엽의 『사라진 환상』의 세대들인 것이다! 그리고 소설의 세계 속에서만이 아니라 현실세계 속에서도 권력과 영광을 쟁취하고자 하는 인물들은 또 얼마나 많은가! 현실의 인간들은 이제 머지않아 천재가 제안한 허구를 모방하게 된다.

보트랭은 발자크가 창조한 강력한 인간상들 중 하나이다. 발자크는 그 인물의 모델이 실재해 있었으며 그 인물은 '깜짝 놀랄 만큼 엄청난' 성격의 소유자라고 말했다. 그가 과연 왕정복고 때 경찰의 총수 자리에 오르게 된 옛 도형수 출신의 비도크Vidocq일까? 발자크는 비도크를 만난 적이 있으며 또 우리는 그가 그 인물에 대하여 비상한 흥미를 가지고 있었다는 사실을 알고 있다. 그러나 피에르-조르주 카스텍스는 그들 두

---

28) 피에르-조르주 카스텍스, 『고리오 영감』에 붙인 서문, Garnier, p.21.

사람 사이에는 비슷한 점보다는 다른 점이 더 많다는 것을 밝혀냈다. 보트랭의 반항은 오히려 『라모의 조카Neveu de Rameau』로부터 물려받은 것으로 보인다. 디드로의 소설에 등장하는 그 기이한 인물에게는 삶을 위한 끈질긴 투쟁의 비전, 대범죄와 매력적인 흉악범에 대한 애착, 사회의 위선에 대한 고발, 황금에 대한 극단적 욕심, 오직 강자에게 유리할 뿐인 법에 대한 멸시감 등이 표현되어 있었다. 보트랭이란 인물에게서는 그중 어느 것도 빠진 것이 없다! 레스티브 드 라 브르톤느Restif de La Bretonne의 기억들, 통속소설roman populaire의 잔영, 해적 아르고브 Argow-le-Pirate나 페라귀스의 새로이 분장된 모습 등이 엿보이는 인물이 바로 보트랭이지만 그는 지배욕에 사로잡힌 채 자력과도 같은 힘을 남들에게 유감없이 행사하면서, 파리를 정복하기 위한 발판으로 비밀의 대군을 창설하는 발자크 자신의 육화라고도 할 수 있다.

라스티냐크, 고리오, 혹은 보트랭 같은 인물들의 창조에는 발자크 특유의 그 무엇이 깃들어 있다. 물론 고리오는 부성애, 라스티냐크는 야망, 보트랭은 반항의 화신임에 틀림이 없다. 그러할진대 발자크가 이 같은 인물들을 창조해내는 데 있어서 어떤 모델들로부터 힌트를 얻었는가 하는 문제는 그리 중요한 것이 못된다. 창조의 과정에 있어서는 모델들의 존재가 지워져버리는 순간이 오게 마련이다. 보트랭의 장광설이나 죽어가는 고리오 영감의 독백 속에서 말을 하고 있는 사람은 더 이상 작가 자신이 아니다. 작가는 그의 인물로 변해버린 것이다. 인생의 어떤 시기에 작가 자신이 라스티냐크의 불타는 야심을, 보트랭의 정복욕을 몸소 체험한 바 있다고 지적하는 것만으로는 부족하다. 소설의 창작은 그에게 하나의 상상공간을 열어 보여주게 되는데 그 공간 속에서 그는 글을 쓰면서 스스로 보트랭이 되어보고 라스티냐크나 고리오가 되어보는 것이다. 그는 그 인물들의 언어를 통해서 자신을 표현함으로써 인물들에게 자신의 입심을 부여하려고 애를 쓴다. 그는 자신의 내부에서 반드시 자신의 것만은 아닌 어떤 목소리를 발견해낸다. 여기서 우리는 창조적 천재의 신비와 만나게 된다. 보트랭이 라스티냐크에게 말을 하듯이, 죽어가는 고리오가 비명을 지르듯이 그렇게 한 인물에게 말을 시키는 데 성공하는 순간이야말로 소설적 영감이 절정에 이르는 순간이라고 할 수 있다. 그때 언어는 한 허구적 존재의 심오한 현실에 직접 맥을 대고 있게 된다. 이때 소설가는 일종의 영매에 지나지 않는다. 이런 차원에 이르면 작가는 작중인물들에게 사로잡힌 상태가 된다. 어떤 허구적 현실이 돌연 실체를 지니게 되면서 그 내적 논리에 따라 그 자체의 열화 같은 위력을 행사하면서 전개되는 것이다.

『고리오 영감』의 의미

『고리오 영감』은 보케르 하숙집 장면이 인상적이기는 하지만 묘사적 소설은 아니다. 고리오 영감이나 보트랭 같은 인물이 중요하기는 하지만 그렇다고 이 작품이 몇몇 놀라운 등장인물에 초점을 맞춘 소설만은 아니다. 이 작품은 입문의 소설이다. 한 청년이 이 세상 돌아가는 모습을 발견한다. 그는 자신의 갖가지 욕망을 실현하자면 어떤 행로를 밟아가야 하는지를 알아차리게 된다. 보트랭이 전하는 메시지는 드 보세앙 부인이 그에게 주는 충고와 일치한다. 마지막 숨을 거두며 고리오 영감이 몸부림치다가 문득문득 정신을 차리는 순간에 깨닫는 것도 바로 그 메시지다. 인생은 끔찍한 것이며 세상은 무시무시한 것이다. 이 세상을 지배하는 수단을 손아귀에 넣으려면 오직 정신을 똑바로 차리는 수밖에 없다. 발자크의 사실주의는 본질적으로 세상이라는 무대의 이면을 그려 보이는 일이다. 이 책의 절정을 이루는 장면들 중의 하나는 드 보세앙 부인이 베푸는 야회다. 거기에는 파리에서 가장 휘황찬란한 모든 것이 다 등장한다. 축제의 불빛, 호사스러운 차마, 눈부신 살롱, 아름다운 여인들. 이 화려한 사교계는 드 보세앙 부인이 어떤 방식으로 고통을 당하는지를 보고 싶은 궁금증에 가득 차 있다. 부인 쪽에서도 세상에 대하여 더 이상 아무런 환상도 갖고 있지 않으며 세상 또한 그녀에 대하여 헛된 기대를 하지 않는다. 축제는 마음속의 고통과 추악한 영혼을 가려주는 멋진 무대장치에 불과하다. 마찬가지로, 어느 무도회가 끝난 뒤의 첫 새벽에 고리오 영감의 한 딸이 초라한 거리를 헤매고 다니는 모습을 우리는 목격하게 된다. 최하층 사회에 속해 있는 인물인 보트랭은 무대장치의 뒤쪽을 보여주고 간통이라든가 돈 걱정이라든가 못된 마음씨 등 삶의 진실을 말해주는 인물이다. 고리오 영감은 "이제야 삶이 송두리째 다 보인다. 나는 속았다"고 외치면서 죽는다. 묘지는 진실이 폭발적인 모습으로 나타나기에 적합한 장소다. 모든 것은 그곳에서 끝난다. 페르 라세즈 공동묘지 꼭대기에서 보면 도시는 그 엄청난 규모의 가장행렬을 구경시켜준다. 강한 자들의 법칙은 그걸 마다하지 않는다. 모든 것은 저 어둑어둑한 박명 속에 그 모습을 드러낸다. 세상에는 사회적 철칙이라는 것이 있다. 보다 확실하게 승리하려면 그 철칙에 적응해야 한다. 모든 피상적 눈요깃거리의 재미를 초월하여 발자크적 리얼리즘은 '혹독한 진실'의 노출 바로 그것이다.

『인간 희극La Comédie Humaine』

방대한 구성, 소개된 환경과 계층의 다양성, 재등장하는 인물들의 수 등으로 볼 때『고리오 영감』은 발자크의 작가적 생애에 있어서 결정적인 한 단계를 이루는 것이었다. 이제부터 그의 작품은 상호간의 대립, 구별, 닮음 등의 관계에 의한 자연발생적인 증식작용에서 생겨나게 된다고 말할 수 있다. 이 작품과 저 작품은 서로 화답하는 관계 속에 놓인다. 여러 가지 작품들의 전체적인 원근법은 발자크가 마저 다 실현하지 못한 계획들까지 고려에 넣게 될 때 비로소 더 확실하게 가늠될 수 있다고 모리스 바르데슈는 지적한 바 있다. 스포엘베르슈 드 로방쥘Spoelberch de Lovenjoul은 발자크가 미처 다 쓰지 못한 53권의 소설 제목을 발표했었다. 광기 속으로 빠져버리는 천재『루이 랑베르*Louis Lambert*』에 대하여『천치*Le Crétin*』가 화답하도록 되어 있었고『결혼 계약*Le Contrat de mariage*』에 짝을 이루면서『유산 목록*Inventaire après décès*』이 계획되었지만 그 작품은 끝내 씌어지지 않았다.

발자크가『인간 희극*La Comédie Humaine*』이라는 제목을 정한 것은 1842년이다. 이 제목은 단테의『신곡*La Divine Comédie*』을 상기시킨다. 그 제1권에는 발자크가 그의 의도를 설명한 저 유명한 「머리말*Avant-Propos*」이 실려 있었다. 그는 조르프와 생-틸레르Geoffroy Saint-Hilaire의 이론을 원용했다. 그리하여 인간 유형의 총목록을 작성해 보이겠다고 말했다. 그는 마치 박물학자가 동물계의 종種을 연구하듯이 사회적인 측면에서 인간의 여러 가지 종을 연구할 계획이었다. 이리하여 그는 남자, 여자, 여러 가지 사물 등을 묘사하기에 이르렀다. 그는 개인과 환경 사이의 상호작용을 연구했다. 그리하여 사회적 본질의 복합적인 면을 드러내 보이고자 했다. 그는 자기 시대에 있어서 풍속의 역사가가 되고자 했고 사생활의 역사를 기록하는 사관이 되고자 했다. 그는 한 세대를 대표하는 이삼천 명의 특징적 인상착의를 갖춘 인물들로 이루어진 한 사회 전체를 머릿속에 구상하고 있었다. 그는 그야말로 호적부와 경쟁하기에 이른 것이었다. 그는 귀족, 부르주아 계급, 행정관리 계급, 군대, 금융계, 상업계, 신문계를 묘사했다. 그는 파리와 시골을 연구했다. 그는 사회를 묘사하는 것만으로 만족하지 않고 자신의 정치적 사회적 사상을 표현하고자 했다. 그는 "종교와 절대왕권이라는 두 가지의 영원한 진리의 조명을 받으며 글을 쓴다"고 말했다. 이런 방대한 건축물은 결국 미완상태로 남고 말았다. 그 자체만으로 놓고 보아도『인간 희극』은 압도하는 전체상을 보여준다. 발자크는 그 전체를 여러 부분으로 나누었다. 첫째, 〈풍속 연구Études de moeurs〉는 건축물의 토대를 이룬다. 그 위에다가 〈철학적 연구Études philosophiques〉와 〈분석적 연구Études analytiques〉를 올려놓은 것이다. 그러나 〈분석적 연구〉로는 『결혼의 생리학』 한 권밖에 쓰지 못했다. 〈철학적 연구〉는 한 가지의 핵심적인 직관을 중심으로 조작되었다. 즉 그는 그 연구편에다가 여러 편의 『철학적 콩트』들과 또 『상어가죽』이나 『절대의 탐구』 같은 소설들, 『루이 랑베르』나 『세라피타Séraphita』 같은 신비적 소설들을 배치했다. 〈풍속 연구〉는 가장 광범하게 전개된 부분이었다. 발자크는 그것을 다시 세분했다. 그중 〈사생활의 장면〉은 그가 사실주의 예술로 데뷔한 무렵에 쓴 이야기들인데 거기에는 『베아트릭스Béatrix』, 『모데스트 미뇽Modeste Mignon』, 심지어는 애초에 〈파리생활의 장면〉 속에 분류되어 있었던 『고리오 영감』까지도 포함되었다. 그리고 〈시골생활의 장면〉은 『위제니 그랑데』, 『위르쉴 미루에Ursule Mirouët』 등을 포함한다. 〈파리생활의 장면〉에는 『종형 퐁스Le Cousin Pons』, 『종매 베트La Cousine Bette』, 『창녀들의 영화와 비참』 등이 속한다. 〈정치생활의 장면〉에서 『흑막에 싸인 사건Une Ténébreuse Affaire』은 집정정치 시대를 환기시킨다. 또 『Z 마르카 혹은 아르시의 의원議員Z. Marcas Le Député d'Arcis』 같은 작품은 7월 왕국을 그린 것이었다. 발자크는 또 〈전원생활의 장면〉에다가 『마을의 신부神父Le Curé de village』, 『농민들Les Paysans』, 『골짜기의 백합Le Lys dans la vallée』 등을 배치했다. 그는 〈군대생활의 장면〉을 따로 마련하려고 구상했으나 그 항목에는 겨우 『올빼미 당』과 『사막에서의 정념Une Passion dans le désert』을 넣을 수 있었을 뿐이다.

『인간 희극』의 생-고타르Saint-Gothard

알베르 베갱은 지적하기를

『사라진 환상』과 『창녀들의 영화와 비참』으로 이루어진 한덩어리
의 작품군은 『인간 희극』 중에서도 각별한 위치를 점한다. (…) 이 방
대한 두 권의 소설만 읽어도 발자크 세계의 완전한 이미지를 짐작하기
에 충분하다고 해도 과언은 아닐 것이다.[29]

라고 했다. 우선 재등장하는 인물들의 수가 가장 많은 것이 바로 이 두
권의 소설이다. 이 작품을 쓰는 데는 1836년부터 1847년까지 무려 10
년의 세월이 걸렸고 그 시기는 발자크의 방대한 창작생활 속에서 유별난
자리를 차지한다. 이 작품들은, 특히 여기에다가 『고리오 영감』을 추가
한다면, 그야말로 『인간 희극』이라는 산맥의 주된 능선을 형성한다. 보
트랭 연작은 『고리오 영감』과 더불어 시작된다. 보트랭은 라스티냐크와
함께 시작한 일을 뤼시앵과 성공시킨다. 『사라진 환상』 끝에는 『고리오
영감』의 메아리라고도 볼 수 있는 매우 아름다운 한 장면이 나온다. 그
장면은 몽상적인 깊이를 지닌 어떤 관계에 의하여 그 두 작품을 서로 이
어주고 있다. 카를로스 에레라가 이제 막 길에서 만난 뤼시앵과 더불어
라스티냐크의 시골집 앞을 지나가는 장면이 바로 그것이다. 더군다나
『고리오 영감』에서 『창녀들의 영화와 비참』으로 발전해가는 동안 프랑
스 사회에 대한 조망은 점점 더 크게 확대된다.

발자크의 작품세계 속에 파리의 신화라는 것이 있다고 한다면 그것은
『사라진 환상』 속에 가장 잘 나타난다. 여기에는 정통 왕당파의 살롱이
라든가 다르테즈가 창작에 열을 올리고 있는 가난한 골방이라든가 연극
계, 출판계, 팔레 르와얄의 회랑들 및 푀이이양의 테라스 등에서 목격할
수 있는 저 어이없는 바빌로니아적 광경 묘사라든가 샹젤리제 대로를 기
세등등하게 달리는 마차들의 위용 등 발자크적 파리의 전모가 송두리째

---

29) 『읽고 또 읽은 발자크Balzac lu et relu』, p.169.

다 담겨 있다. 이 요지경 속 같은 파리의 모습, 이 쾌락과 뛰어난 두뇌와 시니시즘의 세계는 소설의 시작과 끝에 그려지고 있는 시골의 단단한 토대 위에 구축되어 있다. 발자크가 이처럼 많은 계층들과 이처럼 많은 인물들을 한꺼번에 보여준 적은 아직까지 한 번도 없었다. 그는 사상과 인물들의 엄청난 매춘행위를 그려 보이고자 노력함으로써 그의 이 벽화와 같은 작품에 웅대한 스케일을 부여하고 있다. 발자크의 재능은 그야말로 유감없이 발휘되고 있다.

> 그 어느 곳에서도 발자크적 천재성의 특성들이, 또 현실을 이해하고 현실을 지배하는 숨은 힘들을 속속들이 꿰뚫어보는 재능이, 그리고 마침내는 그 현실을 하나의 새로운 세계로 재구성하는 능력이 여기서만큼 강한 힘과 순수성으로 나타나 보인 적은 없다.[30]

라고 앙투안 아당은 말한다.

발자크는 일단 어떤 영감이 떠오르기만 하면 비상하게 빠른 속도로 작품을 구상하여 집필해내는 능력을 가지고 있다. 『사라진 환상』의 제1부는 약 20일 동안에 쓰여졌다. 그 다음에 이어지는 각 부도 단숨에 따라 나왔다. 하기야 작가가 이만큼이나 자기 자신의 기질에 맞는 소설을 쓸 수 있는 기회는 아직 한 번도 없었다. 여기서 그는 자신의 마음에 꼭 새겨두었던 주제를 다루게 된 것이다. 그러나 소설가는 현실이 그에게 제공하는 모든 요소들을 그의 상상력의 용광로 속에서 한데 녹였다. 바르쥬통 부인에 대한 뤼시앵의 사랑을 그릴 때에는 조르주 상드와 쥘 상도Jules Sandeau의 사랑을 상기했을 수도 있고 나아가서는 로자드 생-쉬랭Rosa de Saint-Surin 생각을 했을 수도 있고 아니면 딜렉타(Dilecta,

---

30) 『사라진 환상』에 붙인 「서문」, Garnier, 1961, p.31.

베르니 부인)의 영상을 염두에 두었을 수도 있다. 세샤르의 인쇄소를 묘사하고 그 인물의 계획과 연구를 설명하기 위해서는 그저 자신이 직접 겪은 경험을 상기해보는 것만으로도 충분했다. 앙굴렘의 모든 비밀들은 쥘마Zulma가 그에게 일러준 것들이었다. 『파리에 온 시골 위인』에서 그는 '그의 투쟁과 사라져버린 꿈의 시'를 써볼 생각이었다. 파리생활의 비정함 때문에 망해버린 뤼시앵 드 뤼방프레는 쥘 상도일 수도 있고 젊은 쇼드세그Chaudesaigues일 수도 있다. 그리고 동시에 소설가 자신일 수도 있다. 신문계와 문단생활의 묘사는 어떤 설욕의 매서운 악센트를 담고 있다. 팡당과 카발리에의 파산 이후 궁지에 몰린 뤼시앵은 바로 베르데Werdet의 파산 이후의 발자크 자신의 모습이다. 뤼시앵을 흥계의 미궁 속으로 끌어들이는 루스토는 1829년경 아마도 발자크에게 똑같은 짓을 했을 것으로 생각되는 라투쉬Latouche를 생각케 한다. 신문기자로서의 재능을 발휘하여 두각을 드러내고자 하는 욕구, 길고 고생스러운 작가수업, 혹은 발명가로서의 고뇌 등은 발자크 자신도 겪어서 아는 바이다. 다비드 세샤르의 모습으로, 혹은 다르테즈나 뤼시앵의 모습으로 그가 그려 보인 것은 바로 자기 자신의 어떤 얼굴이다. 그는 자신의 내면 속에 잠겨 있는 다양한 가능성들로부터 그런 인물들의 모습을 이끌어낸 것이다.

운명의 시, 『사라진 환상』

프랑스 소설 속에는 『사라진 환상』의 첫머리보다 더 아름다운 것은 없다. 거기에는 다비드와 뤼시앵의 우정 어린 모습이 그려져 있다. 한 사람은 우람하고 단단한 체격이고 다른 한 사람은 여성적이고 가볍다. 두 사람 다 똑같은 심정으로 인생의 여명기에서 그들의 미래를 향하여 내닫는다. 뤼시앵은 사회의 저 높은 계층을 정복하고 싶어 마음이 탄다. 명석한 면은 덜하지만 보다 넓고 보다 깊은 지성을 갖춘 다비드는 고요한 시골생활에 파묻혀 미친 듯이 연구에 몰두한다. 이야기가 복잡하게 진행되는 동안에도 이 서두 부분을 잊어버려서는 절대로 안 된다. 모든 위대한 소설은 이러한 충동으로부터 시작된다. 환상을 깨뜨려버린다든가 희망을 잿더미로 만들어버리는 일은 인생이 맡아 해줄 것이다. 이것이 바로 알랭Alain이 말하는 바 "기대의 소용돌이"와 "실제 현실" 사이의 대조라는 것이다. 환상에서 환멸로의 이러한 변화가 19세기 유럽소설의 큰 축들 중 하나이다.

원래 발자크의 의도는 소박한 것이었다. 『두 사람의 시인Les deux Poètes』이라는 소설 속에서 그는 다만 시골에서 사람들이 자신과 그리고 다른 사람들에 대하여 품게 되는 여러 가지 환상들을 그려 보이고자 했을 따름이었다. 그 원고의 어느 페이지에 붙인 다음과 같은 주석을 보면 그의 작품이 지닌 애초의 의미는 의심할 여지가 없다. "다비드와 에브는 뤼시앵에 대하여 품고 있던 환상을 잃어버리고 만다. 바르주통 부인도 마찬가지다. 뤼시앵도 바르주통 부인에 대해서 그렇다."

발자크는 그러나 곧 그 이야기가 『파리에 온 시골 위인Un Grand Homme de province à Paris』이라는 보다 더 중요한 작품의 도입부에 지나지 않는다는 느낌을 갖는다. 이제부터 『사라진 환상』이라는 제목은 새로운 울림을 갖게 된다. 발자크는 거기서 그가 즐겨 다루는 테마들 중 하나를 다시 만난다. 그것은 곧 뿌리 뽑힌 젊은이의 파리 상경이라는 테마다. 그는 뤼시앵의 성격적인 취약점들과 운명 사이의 은밀한 일치에 역점을 둔다. 한때는 그에게 도움을 주던 요인이 동시에 그를 망쳐놓는 원인이 되고 마는 것이다. 그는 초반의 몇 가지 성공에 그만 혼을 빼앗겨버린 것이다. 지배력을 행사할 수 있는 기반을 마련하자면 라스티냐크처럼 집요한 인내력을 지녀야 한다. 문예동인인 세나클이 정신적인 재기의 기회를 제공했지만, 악덕이 미덕에 대립하듯 다르테즈와 대립적인 관계인 루스토가 신문기자라는 유혹의 거울을 반짝여 보이면서 그를 유인한다. 뤼시앵의 운명은 그가 안이한 삶을 선택하면서부터 꼬이기 시작한다. 그때부터 그는 소용돌이에 휘말린다. 그의 인생은 연속하여 일어나는 사건들의 향방에 따라 제멋대로 왔다갔다한다. 발자크는 그의 이야기에 광란하는 운동감을 부여한다. 여기서 리얼리즘은 자질구레한 여러 가지 정황들이 밀도 있게 짜여지고 연속된 결과로 얻어지는 것으로, 그 자질구레한 여러 가지 정황들이란 따지고 보면 바로 한 인간의 운명을 구성하는 내용인 것이다. 이렇게 되면 단순한 심리분석 이상이다. 작가가 인간의 영혼을 분석해 보이고 있는 것이 아니라 한 일생이 바로 우리의 눈앞에서 만들어지고 있는 것이다. 덧없는 성공의 저 반대편에는 신속하게 내리막을 달리는 쇠퇴 과정이 연이어 전개된다. 발자크는 그 어느 이야기에도 이만큼이나 예외적인 밀도를 부여한 적이 없다.

제3부 『발명가의 고통Les Souffrances de l'inventeur』에서 그는 현대판 베르나르 팔리시Bernard Palissy의 불행을 실감나게 그려 보여준다. "뤼시앵이 파리에서 온갖 실수를 다 저지르는 한편 시골에서 지내는 에브 샤르동과 다비드 세샤르의 삶이 펼쳐 보이는 기막힌 대조를 그리는 것이 목적"이라고 그는 한스카 부인에게 말했다. 뤼시앵의 실패한 운명 다음에 소개되는 것은 다비드의 운명이다. 그에게는 현명한 지혜, 지능, 아내의 사랑 등 부족한 것이 없었다. 그는 목적을 막 달성하려는 순간 그만 포기하지 않을 수 없게 된다. 발자크는 여기서 기막힌 실패의 시를 쓴 것이다. 복잡하기 이를 데 없는 소송 절차에서 술책에 뛰어난 상대들에게 다비드는 패배한 것이다. 그의 꿈 역시 자질구레한 정황들의 무게에 짓눌려 무너진다. 그는 소인배들에게 억눌려 질식해버리는 위대한 사상의 예를 보여준다. 어쩌면 발자크는 그의 인물을 궁극에까지 밀어붙이지 못한 것인지도 모른다. 실패를 경험한 지 십 년 후 다비드의 쓸쓸한 심정을 상상해보는 일은 독자의 몫이다. 발자크의 작품에서 강점은 항상 상상해볼 만한 '후일담des suites'이 있다는 점이다.

『창녀들의 영화와 비참Splendeurs et misères des courtisanes』

소설적인 세계의 매혹 이 책은『사라진 환상』의 속편이라고 할 수 있다. 그것은『고리오 영감』에 대한 메아리와도 같은 응답이다. 발자크가 으젠 쉬Eugène Sue와 경쟁하기 위하여 이 기나긴 소설의 4개 장을 썼다는 것은 널리 알려진 사실이다. "나는 진짜 쉬의 작품과도 같은 소설을 쓰고 있소"라고 그는 한스카 부인에게 보낸 편지에서 말했다. 뤼시앵이 샤랑트 강가에서 자살을 하려다가 실패한 후에 벌어진 사건들은 마치 꿈과도 같은 것들이다. 그리하여 이야기는 흔히 자연스러움이나 진실성, 그럴 법하다는 느낌들을 벗어난 상태에서 전개된다. 창녀와 도형수 사이에서 남의 덕에 얻어먹고 사는 신세인 뤼방프레가 어떻게 프랑스 왕국에서도 최고위층에 속하는 인물의 딸과 결혼하기를 바랄 수 있단 말인가? 보트랭이라는 인물 자신도 여기서는 소설적인 우여곡절의 무게에 짓눌려 별것 아닌 존재로 보일 정도이다. 발자크는 모험에 몸을 던진 인물들과 기녀들의 세계와 같은 프랑스 사회의 전혀 새로운 분야를 답사, 개발하고 있지만 소설의 분위기는 으젠 쉬풍이라고 할 수 있다. 이렇게 하여 발자크는 그가 한번도 완전히 포기한 적은 없었던 부류의 소설에 또다시 손을 댄 셈이다. 그는『13인당黨이야기*Histoire des Treize*』에서의 영감을 되찾은 것이다. 그것은 흑색소설의 또 다른 한 모습이다. 앙드레 모르와는 이 소설이 "낭만적 주제, 멜로드라마적인 터무니없는 이야기, 그리고 진실성 있는 관찰 결과 등이 놀라울 정도로 뒤범벅이 되어 있다"고 말했다.

발자크와 연재소설

생트−뵈브는 1839년에 쓴 유명한 글에서 그가 '산업문학'이라고 부르는 부류의 문학을 호되게 비판했었다. 발자크 시대에는 상업적인 요소가 문학생활에 있어서 무시 못할 위치를 점하기 시작한 것이 사실이다. 1836년에서 1848년 사이에는 연재소설Roman-feuilleton이 점점 크게 유행하게 되는 것을 볼 수 있다. 이 같은 현상은 가격이 저렴한 일간신문들이 생겨나는 것과 관계가 있다. 고객을 끌어들이기 위하여 신문은 그들의 호기심을 자극한다. 1836년부터 《라 프레스La Presse》지 및 《르 시에클Le Siècle》지와 더불어 소설은 그 질에 관한 한 점점 덜 까다로워진 독자들을 상대로 하게 된다. 우선 문학작품들은 서점에 나오기 전에 먼저 연재물로 발표된다. 그런데 1839년부터 작가들은 이 같은 새로운 상황을 유리하게 이용하려는 노력을 했다. 연재물을 토막내어 다음 회에 다시 계속하는 방식은 연재물 매회의 끝에 가서 독자의 기대를 자극하여 또 다음 회를 계속 읽고 싶어 조바심이 나도록 만드는 요령으로 발전했다. 으젠 쉬는 1839년 《라 프레스》지에 『아르튀르Arthur』와 『에르퀼 아르디Hercule Hardi』를 연재한다. 뒤마Dumas는 《르 시에클》지에 『칼라브리아 사람 아당Adam le Calabrais』을 연재한다. 최초의 연재소설다운 연재소설은 1840년에 나온다. 처음에는 그저 몇 회에 나누어 발표하는 단편소설이던 것이 나중에는 끝도 없이 계속되는 이야기들의 기나긴 시리즈로 바뀌게 된다. 술리에Soulié의 『네 자매Les Quatre Sœurs』는 《데바Débats》지에 27회씩이나 연재된다. 뒤마의 『아르망탈의 기사Le Chevalier d'Harmenthal』는 《르 시에클》지에 47회에 걸쳐 연재된다. 으젠 쉬는 이런 경향의 선두주자가 되어 《라 프레스》지에 『마틸드Mathilde』를 89회에 걸쳐 연재하고, 특히 1842~1843년에는 『파리의 신비Mystères de Paris』[31]의 유례없는 성공과 더불어 타의 추종을 불허하는 연재소설의 정상을 차지한다.

발자크는 1836년부터 그의 대부분의 작품들을 책으로 묶어 서점에 내보내기 전에 신문에 발표했다. 그러나 연재소설의 기법이 확연히 드러나게 됨에 따라 그는 실망을 맛보지 않을 수 없게 된다. 이미 소설 『베아트릭스*Béatrix*』와 더불어 그는 독자들의 거부반응에 부딪히게 된다. 그의 소설은 연재소설의 단락 짓는 방식에 적합하지 않을 뿐더러 그의 예술가적 자질은 이런 소설 특유의 우여곡절이 폭포처럼 급전직하를 거듭하며 보여주는 흥미로운 행동에 적응하기가 어렵기 때문이다. 1841년에 그는 큰 신문들에다가 겨우 몇 편의 단편소설들을 실을 수 있었을 뿐이다. 그러나 그는 아직도 『수상쩍은 사건*Une Ténébreuse Affaire*』과 『위르쉴 미루에*Ursule Miroüet*』 덕분에 '연재소설의 거성들' 축에 들어 있었다. 그러나 그는 뒤마와 으젠 쉬의 헤게모니 앞에서 점점 더 열세가 되지 않을 수 없었다. 그는 1843년에 아직도 『오노린느*Honorine*』, 『에스테르, 혹은 늙은 은행가의 사랑*Esther ou les amours d'un vieux banquier*』, 『다비드 세샤르, 혹은 발명가의 고통*David Sechard ou les Souffrances de l'inventeur*』과 더불어 어느 정도의 성공을 거두었다. 그러나 『농민들*Les Paysans*』의 실패를 겪고 난 후, 『창녀들의 영화와 비참』에서 으젠 쉬에 경쟁하려고 노력했음에도 불구하고 그는 승리자가 된 그의 적수들에게 연재소설의 제국을 넘겨주지 않을 수 없는 처지가 되고 말았다.

발자크와 소설 기술

---

31) 신문소설로 가장 크게 성공한 것들을 꼽아보자면 뒤마A. Dumas의 『삼총사*Les Trois Mousquetaires*』(1844), 『몽테-크리스토 백작*Le Comte de Monte-Cristo*』(1844~45), 『이십 년 후*Vingt Ans après*』(1845), 『붉은 집의 기사*Le Chevalier de Maison Rouge*』(1846) 등, 프레데릭 술리에Frédéric Soulié, 『악마의 회고록*Les Mémoires du diable*』(1837~38), 『젊은이가 알았더라면, 늙은이에게 능력이 있었더라면*Si jeunesse savait, si vieillesse pouvait*』(1841~45); 으젠 쉬Eugène Sue의 『파리의 신비*Les Mystères de Paris*』, 『방황하는 유태인*Le Juif errant*』(1844~45), 『서민의 신비*Les Mystères du peuple*』(1849~57); 폴 페발Paul Féval의 『런던의 신비*Les Mystères de Londres*』 등이다.

발자크식의 창조

위대한 작가는 누구나 자신이 타고난 천재의 성질 및 그의 기질상의 요청과 부합하는 어떤 기법에 의존하게 마련이다. 발자크는 19세기에 있어서 최초의 위대한 사실주의 소설가이다. 그러나 작업하는 방식을 보면 그는 모든 면에서 플로베르, 공쿠르 형제, 졸라 등과는 대조적이다. 그는 기록하고 관찰하고 귀를 기울이기는 하지만 조직적인 자료조사와 같은 사전 작업에 골몰하는 법이 전혀 없다. 소설의 재료는 그의 머릿속에 있다. 삶에서 소재를 구해 그것을 상상력에 의하여 증폭시키고 해방시킨다. 그는 혼합방식을 사용하며 여러 갈래들을 뜻밖의 방식으로 얽히게 하고 하숙집 주인 보케르 부인 같은 인물에다가 귀족인 한스카 부인의 특이한 발음방식을 부여하기도 한다. 그는 글을 집필하기 전에 미리부터 계획을 세워놓고 그에 따라 쓰는 것을 좋아하지 않는다. 그는 텍스트의 첫 모습을 갖추는 데 있어서는 적어도 곧 바로 머릿속에 분출하여 떠오르는 큰 덩어리의 생각들을 써놓는다. 그는 몇 주일 동안 정신없이 작업하여 정열적으로 글을 쓴다. 매일 15시간 내지 18시간씩 잇따라 글을 쓰는 그런 시기에는 그의 전 기능이 팽팽하게 긴장되어 있다. "커피가 뱃속으로 흘러들어가자마자, 모든 것이 요동치기 시작한다. 갖가지 생각들이 나폴레옹 대군의 연대들처럼 이동을 시작하고 (⋯) 추억들은 돌격태세로 들이닥친다"고 그는 말한다.[32] 이러한 영감의 불꽃 속에서 모든 것은 백열하는 상태로 달아 올라가지고 각 요소들은 녹아서 새로운 실체로 변모된다. 그때 소설가는 "머릿속으로 수많은 공간들을 거쳐 지나가고" "영감은 그에게 꿈에서나 볼 수 있는 신비스런 환영들 같은, 수많은 변형들을 펼쳐 보인다."[33] 소설이 제대로 모습을 갖추지 못할 경우

---

32) 앙드레 알르망André Allemand에서 재인용, 위에 인용한 책, p.44.
33) 앙드레 알르망, 위의 책, p.56.

에는 발자크는 그 뒤에 이어지는 이야기를 쓰기 위하여 몇 년이라도 기다릴 수 있는 사람이다. 『세자르 비로토*César Birotteau*』나 『베아트릭스』의 경우가 그렇다. 영감이란 그 나름대로 변덕을 부리는 법이다. 그것은 내적 외적으로 이중의 압력을 받으면서 발동된다. 돈이 필요해진다든가 출판사에 약속을 했다든가 빚쟁이에게 언질을 주었다든가 할 경우 그의 능력은 열 배도 더 증가한다. 그런 일들로 인해서 그의 재능이 손상되기는커녕 오히려 그의 천재성이 촉진되었다. 열에 들뜬 사람처럼 글을 써내려간 결과 이야기에는 그 숨찬 속도감이 실려서 표현된다. 그가 경험했거나 하마터면 만날 뻔했던 여러 가지 극적인 체험들이 밀도 짙은 방식으로 그의 내면에서 재생된다. 그는 그런 것들을 감동의 압력을 받는 상태에서 이야기한다. 더군다나 그는 자기가 다루고 있는 주제의 엄청난 규모나 아름다움에 송두리째 휘말려 있다. 그는 항상 자기가 부각시키고자 하는 어떤 '생각idée'에서 출발한다. 그의 소설의 구상은 어떤 인상적인 상황이나 비장한 대조를 요약해주는 몇 마디 말로 시작된다. 그는 인물들이나 상황의 인상적인 특성에 의하여 산출될 효과를 글 쓰는 동안 항상 염두에 둔다. 그러나 그는 또 소설을 집필해 나가는 동안, 심지어는 원고를 교정보는 동안에 자신의 주제 속에서 새로운 깊이를 발견해내기도 하고 자기가 금방 발견한 새로운 테마들을 서로 어울리도록 섞어놓으려고 애쓰기도 한다. 베르나르 귀용Bernard Guyon은 『시골 의사*Médecin de Campagne*』에 관하여 쓴 책에서 발자크식의 창조를 지배하고 있는 그 근본 법칙을 실제 예들을 통해서 현장감 있게 설명해 보여준 바 있다.

흥미로운 정신활동에 있어서 특히 인상적인 것은 그런 정신활동을 통해서 '진실이 창조된다'는 사실이다. 발자크의 상상력은 지성의 움직임과 관련이 있다. 발자크에게 있어서 상상해낸다는 것은 이해한다는 것을 뜻한다. 그는 이야기를 하면서 해명한다. 그는 묘사하면서 설명한다. 그렇기 때문에 그는 하나의 세계를 창조해내는 것이다. 스탕달은 창조할 때도 자기 자신을 떠나는 법이 없다. 그런데 발자크의 작품은 작가가 자기 자신과 맺고 있는 어떤 미묘한 관계에서 생겨나는 것이 아니다. 그의 작품은 그의 지성과 그 지성이 파악하는 사상事象이 서로 합치되면서 생긴 결과인 것이다. 왜냐하면 그에게 있어서 이해한다는 것은 소유한다는 것을 의미하기 때문이다. 그는 보트랭이라는 인물을 통해서 창조하는 능력의 신화적 현상을 그려 보였다. "나는 말이지, 신의 섭리가 맡고 있는 역할을 자임하는 거야" 하고 보트랭은 말한다. 발자크에게 있어서 예술이란 단순히 '표현expression'이 아니라 '인식connaissance'인 것이다. 소설가는 언어라는 매개체를 통해서 세계를 손아귀에 넣고자 한다. 그의 기도는 조물주와 경쟁하고자 하는 분수에 넘친 노력이다. 그는 보트랭이 뤼방프레를 통해서, 고리오 영감이 그의 딸들을 통해서, 곱세크가 그의 황금을 통해서 그러듯이 자신의 주인공들을 통해서 자신이 실현하지 못한 삶을 대신 살게 하는 것이다.

그의 경우 부성애의 신화는 창조 행위의 직관 쪽으로 발전되고 있다. 그는 자기가 생명을 불어넣는 세계 속에서 하느님 아버지인 것이다. 그의 시도는 절대성의 요청과 같은 방식으로 진행된다. 이런 차원에 이르면 소설의 창조는 어떤 형이상학적인 모험인 것이다.

발자크의 인물, 유형과 개인

발자크는 1842년의 『서문L'Avant-propos』에서 '사회적 종種espèces sociales'을 설정함으로써 월터 스코트에게서 물려받은 '대표성이 있는 인물Personnage représentatif'의 개념을 한층 더 심도 있게 발전시켰다고 할 수 있다. "병정, 노동자, 관리, 변호사 (…) 등의 서로간의 차이는 늑대, 사자, 당나귀, 까마귀, 상어 (…) 등을 서로 구별 지어주는 차이 못지 않게 큰 것이기에 소설가는 그러한 여러 가지 사회적 종과 류를 몇

몇 대표성이 있는 인물들 속에 구상화시켜야 한다"는 것이 그의 생각이기 때문이다. 소설가는 '박물학적인naturaliste' 학자가 되는 것이다. 그는 자기 시대의 대표성 있는 인물들에게 생명을 불어넣어 실감나게 만들기만 하면 되는 것이 아니라 세상에 존재하는 사회적인 종과 류만큼이나 많은 여러 가지 인물들을 서로 구분해야 한다. 1842년의 『서문』은 극히 중요한 한 마디 말을 담고 있다. 그것은 월터 스코트의 인물들과 관련이 있다. 그 말은 발자크의 인물들에게도 적용시킬 수 있을 것이다. 그 말은 발자크의 중요한 인물들 속에 가끔 한데 뒤섞여 있는 세 가지 국면을 놀라울 정도로 잘 해명해준다. 그 세 가지 국면이란 바로 사회적 유형, 윤리적 유형, 철학적 유형을 뜻한다. 발자크는 이렇게 쓰고 있다.

이 인물들은 현재의 모습이 투영된 어떤 거대한 영상이라는 조건에서만 비로소 생명을 가진다. 자기들 세기의 오장육부 속에서 잉태되어 그들의 겉모습을 쓰고 꿈틀거리고 있는 저 인간적인 심장 속에는 흔히 어떤 철학이 숨겨져 있다.

『라 라부이외즈La Rabouilleuse』의 브리도는 우선 그의 세기의 '오장육부 속'에서 잉태되었다. 드 모르소프 씨는 망명 귀족이다. 샤베르 대령은 변해버린 세계 속에서 자신이 잉여인간이라고 느끼는 옛날 상이용사다. 또 여러 가지 범주의 점원들은 바로 같은 제목의 소설 속에서 구체화되어 있다. 『사라진 환상』에는 여러 가지 종류의 신문기자들이 나온다. 발자크가 쓴 몇 가지 선언문적인 글을 읽어보면 그의 의도가 의심할 여지없이 확실해진다.

『골동품상Le Cabinet des antiques』은 가난하지만 위대한 이름을 지닌 채 파리로 와서 더러는 도박에 빠져서 (…) 더러는 다행하거나 불행

한 사랑에 빠져서 신세를 망치는 젊은이들의 이야기다. 이 소설에 등
장하는 데스그리뇽 백작은 약삭빠르고 대담하기에 성공을 거두는 또
하나의 상경한 청년인 라스티냐크와 반대되는 인물이다.[34]

라고 그는 지적한다. 그리고 우리는 『사라진 환상』의 서문에서 다음과
같은 말을 읽을 수 있다.

성공을 거두는 라스티냐크의 성격이 실패하는 뤼시앵의 성격과 서
로 겹쳐지는 가운데 우리 시대에 있어서 극히 중요한 한 가지 사실의
그림이 그려져 담기게 될 것이다.[35]

그리고 나서 발자크는 "지난 30년 동안 젊은이들의 비극적인 역사"를
생생하게 보여주는 『인간 희극』의 모든 야심에 찬 젊은이들을 하나씩하
나씩 예로 들고 있다.

"그들의 겉모습 속에서 인간의 심장이 송두리째 꿈틀거리고 있다"라
고 발자크는 말한다. 사회적 유형 위에는 때로 윤리적 유형이 겹쳐진다.
'박물학자'인 소설가는 여러 가지 정념들을 그리는 화가가 된다. 그는
그들에게 어떤 모범적인 밀도를 부여한다. 그는 근본적으로 중요한 것이
못되는 요소들은 제거해버린다. 『종매 베트La Cousine Bette』에서 윌로
는 방탕한 늙은이의 모든 성격을 다 갖추고 있다. 발타자르 클라에는 과
학적 탐구의 정념에 '혼이 뺏겨' 있다. 종매 베트는 매서운 질투의 끔찍
한 화신 바로 그것이다. 고리오는 맹목에 이를 정도의 부성애를 육화하
여 보여주고 있다.

---

34) 초판의 「서문Préface」, 플레이아드판, 제11권, p.365.
35) 『다비드 세샤르』(『사라진 환상』의 제3부)의 뒤몽Dumont판에 붙인 「서문」, 플레이아드
판 제11권, p.342.

인간들뿐만 아니라 삶의 주된 사건들도 몇 가지 유형들로 요약될 수 있다. 모든 삶의 영상 속에는 재현을 통해서 형식화될 수 있는 상황들이 있는데 그것이 바로 전형적인 국면들이다. 내가 가장 정확하게 밝혀보려고 노력해온 것들 중의 하나가 바로 그 전형적 국면이다.[36]

라고 발자크는 말한다. 소설가의 할 일은 사회적 혹은 윤리적 측면에서 전형적인 가치들이 가장 분명하게 나타나는 정황들을 규정하는 일이다. 비로토 같은 상인에게 있어서 파산은 그러한 전형적인 국면들 중 하나이다. 그가 뒤 티예와 대결할 때는 소상인과 큰 은행 사이의 대립이 요약되어 나타난다. 신문을 통해서 여론을 몰고 가는 방식은 신문기자 생활의 전형적인 국면이다. 출판사를 찾아가는 장면은 작가 생활의 특징적인 순간이다. 도형수의 삶에 있어서 의미심장한 에피소드는 체포되는 순간의 장면이다. 인간의 여러 가지 정념들이 노출되는 순간은 바로 그러한 전형적인 국면들이다. 위제니 그랑데나 위르쉴 미루에에게서 사랑이 싹트는 순간은 절대적으로 중요한 순간이다. 숨을 거둘 때의 단말마의 고통이야말로 한 인생의 가장 전형적인 국면이 아니겠는가? 발자크의 작품 속에서 마지막 말이 발설되는 곳에 얼마나 많은 단말마의 고통들이 그려지고 있는가! 드 모르소프 부인의 죽음, 그라슬렝 부인의 죽음, 고리오 영감의 죽음!

발자크의 중요한 인물들 속에는 사실 어떤 철학이 통째로 숨겨져 있는 경우가 많다. 부성애는 고리오 영감으로 하여금 놀라운 말을 하게 만든다. "내가 아버지가 되고 보니 하느님이 뭔지 알겠더군요." 그는 단순히 대혁명 때 치부한 제면업자—사회적 유형—나 자기의 딸들을 끔찍히도

---

36) 1842년의 『서문*Avant-Propos*』, 플레이아드판 제1권, p.14.

사랑하는 아버지—윤리적 유형—만이 아니라 발자크의 신화적 목록 속에서는 일종의 '부성애의 그리스도'이기도 한 것이다. 발자크는 지불기일이 되어도 어음을 지불하지 못하는 한 소상인의 불행 따위에 독자의 관심을 쏟게 할 수는 없으리라는 점에 절망한 나머지 『세자르 비로토』를 여러 해 동안이나 한쪽에 밀쳐 두었었다. 드디어 어느 날 그 인물을 '장사꾼이 지닌 신의의 순교자'로 만들겠다는 아이디어가 떠오르게 될 때까지는 말이다. 그는 처음에는 그 인물에게서 '파리 문명의 희생자'의 모습을 보았고 나중에는 그를 '이제는 찾아보기 어려운 옛날 식의 순수성'의 형상으로 만들었다. 그는 평범한 인물이 돌연 서사시적 인물의 높이로 승격한 경우이다. 그는 드디어 뒤 티예의 어음에 배서하기에 이른다. "뒤 티예는 그 사람의 눈길을 감히 마주 바라다볼 수가 없게 되자 그 순간 암흑의 천사들이 광명의 천사들에 대하여 품어온 저 줄기찬 증오심을 마침내 겉으로 드러내는 것 같았다"라고 발자크는 말한다. 부르주아 풍속소설이 돌연 서사시적 우주 진화론cosmogonie으로 탈바꿈해버리는 것이다. 『고리오 영감』에서 보트랭의 체포는 매우 의미심장한 대목이다. 다채로운 특징에다가 신체가 건장하고, 손재간이 있으며 항상 쾌활하게 노래를 흥얼거리고 말주변이 좋은 그 인물을 우리는 익히 잘 알고 있다. 그런데 그가 체포당한다. 그의 머리와 얼굴은 마치 "지옥의 불에 비쳐진 것처럼 번쩍거린다." 그 사내는 이제 더 이상 "인간이 아니라 타락한 한 나라 전체의 전형"이었다. 체포되는 "그 순간 콜랭은 한 편의 지옥의 시다"라고 발자크는 덧붙여 말한다. "그의 시선은 항상 싸움을 원하는 추락한 천사장의 그것이었다."

소설의 구조

『인간 희극』은 복잡하게 읽힌 한 세계라는 느낌을 주기도 하지만 다른 한편 여러 가지 창작기법들이 무궁무진하고 풍부하게 구사된 작품의 한 모범을 보여주기도 한다. 『사라진 환상』의 다르테즈는 소설가 지망생인 뤼시앵에게 창작기법을 다양하게 변화시키며 글을 쓰라고 충고한다. 한편 발자크는 이렇게 말했다.

　『고리오 영감』, 『사라진 환상』, 『창녀들의 영화와 비참』의 문학적 기법에서 『루이 랑베르』, 『세라피타』, 『상어가죽』의 문학적 기법까지의 거리는 멀다.[37]

　이때 소설가는 소설을 그의 사회적, 정치적, 철학적 사상을 표현하는 데 편리한 하나의 틀로 사용하고 있다. 또 저기서는 마지막 부분의 급격한 진행이 초장의 느리고 자상한 도입부와 서로 대립적인 관계를 이루는 극적 구조를 실현해 보여주고 있다.
　발자크 연구가들은 설명의 편의를 위하여 우선은 발자크의 〈정태적인 방식〉―인물의 초상, 묘사, 도입부의 설명―과 다른 한편 '줄거리 짜임새intrigue'(유산에 대한 탐욕, 소송절차의 조종, 음모) 및 '행동action' (성격의 대립에서 생겨나는)에 바탕을 둔 〈역동적인 방식〉을 차례로 검토하는 것이 상례였다.[38] 그러나 그 두 가지는 서로 연결되어 있다. 소설가는 처음부터 우리에게 이야기의 자초지종을 설명해주었으므로 행동이 전개되는 극적인 부분에서는 간단한 말 한 마디, 조그만 몸짓 하나가 다 그 나름의 의미장을 지니게 된다. 더군다나 발자크의 세계에는 구조의 통일성이 있다. 모든 비평가가 다 발자크의 작품 속에 나타난 환경과 인물 사이의 상호작용을 강조하여 지적했다. 발자크는 곱세크와 그가 사는

---

37) 포레스트H.-U. Forest의 『발자크 소설의 미학L'Esthétique du roman balzacien』, p.42 에서 재인용.
38) 특히 라몽 페르낭데즈Ramon Fernandez의 『발자크Balzac』와 위에 인용한 H.-U.포레스트의 책을 참조할 것.

집에 관하여 이야기하면서 "당신이라면 그게 꼭 바윗덩어리에 붙은 굴 같다고 말했을 것이다"라고 했다. 바위는 바로 굴의 환경으로서 굴과 뗄 수 없는 관계에 놓여 있다. 그는 보케르 부인에 대해서 이렇게 말한다. "그의 인격 전체는 그 하숙집을 말해주고 하숙집은 그의 인물 됨됨이를 말해준다." 아니 그뿐만이 아니다. 묘사로 인하여 행동이 정지되거나 늦어지는 것은 아니다. 묘사 그 자체가 행동을 잠재적으로 내포하며 행동의 물질적인 형상을 구성한다. 드라마는 얼굴 모습 속에 새겨지고 장소 속에 새겨진 다음에야 비로소 모험의 전개 속에서 구체화되는 것이다. 자연의 힘, 그 자체도 인간의 운명에 참가한다. 『골짜기의 백합』에서 펠릭스와 드 모르소프 부인이 산보하는 자연은 그들의 감정의 반영이다. 인물과 환경과 행동 사이에는 일련의 관계가 설정된다. 『페라귀스Ferra-gus』에서는 길거리들이 이야기의 내용과 은밀하게 조화될 수 있는 모습을 갖추고 있다. 보케르 하숙집에서는 가구들이 단순한 '물건들objets' 만이 아니라 '기호signes'로 변한다. 사물들은 그것이 나타내 보여주는 것과 밀접한 관계하에 놓이는 것이다. '법의 칼날이 탐낼 듯한' '짧고 굵은' 목을 가진 미쉬Michu는 『수상쩍은 사건』에서 등장하는 즉시 사형수의 운명을 구체화하여 보여준다.

이처럼 충만한 세계의 유추적인 구조에 대하여 근본적으로 극적인 또 하나의 구조가 대응하고 있다. 물론 그런 구조는 월터 스코트에게서 빌려온 것이라고 말할 수 있고 발자크는 짜임새가 느슨한 서술적 소설에 '극적'인 동시에 '사실주의적'인 보다 밀도 있게 짜진 소설을 대치시켰다고 말할 수도 있다. 그 같은 '극적인' 것에 대한 취향이 연극의 한 영향이라고 볼 수도 있을까? 발자크에게서는 경험적이고 실감나는 시간의 감정Sentiment de la durée과 풍부한 디테일들과 관련된 문자 그대로의 소설적인 효과들이 동원되고 있는 것을 볼 수 있다. 사실 발자크의 세계는 상반된 힘들 사이의 대결로 이루어져 있다. 발자크의 주인공은 성공하건 실패하건 간에 욕망으로 들끓는 인간이다. 그는 자신이 탐내는 것을 얻어내고자 한다. 그는 이 세계와 대결하고 타인들과 갈등관계에 놓여 있다. 이쯤 되고 보면 소설은 이해관계가 맞부딪치는 투쟁과 동시에 여러 가지 정념들의 충돌에 바탕을 두게 된다. 발자크는 빈번히 전쟁술에서 비유를 차용해온다. 그는 결혼계약을, 정찰전 끝에 마침내는 직접적인 충돌에 돌입하는 적대관계와 동일시한다.

투시력을 갖춘 리얼리즘Réalisme Visionnaire

나는 세인들이 발자크를 단순히 사실을 잘 관찰하여 글을 쓰는 작가로 보아 높이 평가하고 있다는 사실에 데하여 놀라움을 금치 못했다. 그러나 내가 보기에는 언제나 그의 장점은 통찰력을 지닌 작가visionnaire라는 데 있다고 여겨졌다. 정열에 찬 비전을 지닌 사람visionnaire passionné이라는 말이다.[39]

라고 보들레르는 그의 유명한 글에서 지적했다. "기록자enregistreur"나 "사진사photograghe"로서 소설가를 규정하는 유치한 관념에 대하여 보들레르는 반기를 들고 나선 것인데, 옳은 일이다. 그러한 비유는 사실 아무런 의미도 없는 것이다. 그 어떤 소설가도 현실을 '복사'한 적은 없다. 소설을 읽거나 쓰는 것은 현실을 그대로 옮겨놓은 등가물과 마주 대한다는 것을 의미하지 않는다. 그것은 담화의 세계로 뚫고 들어가는 일이다. 그러나 보들레르의 이 같은 새로운 정의는 그 이후 약간 학교 교실 냄새가 나는 토론들을 불러일으켰다. 즉 발자크는 관찰자observateur였는가 아니면 비전을 지닌 통찰자visionnaire였는가를 따지는 식의 토론

---

39) 『낭만적 예술L'Art romantique』, 플레이아드판, p.1037.

말이다. 그는 양쪽 다였다. 이렇게 답을 확정지어 놓고서 통찰력을 지닌 리얼리즘에 관해서 이야기해보기로 하자.

발자크는 자신의 소설들을 구체적 디테일들로 이루어진 세계 속에다 설정한다. 그의 주인공들은 현실적인 어려움과 대결한다. 세계는 그들에게 장애물이다. 그들은 자신들을 초월하는 힘들에 의존함으로써만 성공을 거둔다. 발자크의 세계 속에서는 실제 사물들이 지닌 중량감이 느껴지고 있으며 윤리적 정신적 모험은 구체적인 현실 속에 뿌리박고 있다. 텐느는 발자크의 리얼리즘의 참다운 차원을 평가할 줄 알았던 최초의 비평가들 중의 한 사람이다. 그는 이렇게 말했다.

발자크는 우리가 실제로 영위하는 삶을 우리에게 소개해주며 우리의 마음을 사로잡고 있는 현실적 이해관계에 대하여 말한다.[40]

그는 건축가요, 타피스리 제작자요, 재단사요, 동시에 공증인이므로 소설을 시간과 공간의 밖에 위치하는 어떤 인간의 재미있는 허구나 추상적인 분석으로 만들지 않고 하나의 풍속연구가 되게 하였던 것이다. 그는 현실적인 어려움과 씨름하는 현실적인 인간들을 보여주었다. 그의 작품은 전체적인 통일성을 갖추고 있으므로 그는 '갖가지 일들로 짜여진 광대한 천에서 오직 한 가지 사건만 도려내어 재단할 경우' 따로 분리된 소설이 필연적으로 갖게 마련인 결함을 피할 수가 있었다. 발자크는 "전체를 포착했기 때문에 진실을 포착할 수 있었다"고 텐느는 말했다. 그는 인간의 박물학을 기획한 학자였기 때문에 사실주의 소설가가 된 것이다. 그의 작품은 "우리가 인간의 본성에 대하여 얻을 수 있는 문헌들의 가장

---

40) 『비평과 역사에 관한 새로운 시론*Nouveaux Essais de Critique et d'Histoire*』에 실린 어떤 탁월한 논문에서.

큰 보고寶庫다"라고 텐느는 결론을 맺었다.

텐느는 발자크가 돈의 문제에 부여한 각별한 중요성을 감지했다. 고티에 역시 1859년에[41] 이미 그 사실을 강조한 바 있다. 발자크 이전에는 소설이란 그저 '삶의 비참한 현실 밖의 이상적인 세계' 속에서 벌어지는 사랑놀음을 그려 보이는 것이 고작이었다. 그러나 '자신이 사랑하는 여자의 마음을 움직였는지 어떤지 뿐만 아니라 그 여자를 태워다 줄 마차삯이 자기에게 충분히 있는지 어떤지 몰라 조바심하는 남자의 모습을 그려 보일 용기를 가진 작가'가 바로 발자크였다. 고티에는 그것이 바로 "문학에서 가질 수 있는 가장 큰 대담성들 중의 하나"라고 보았다.

발자크는 장 에르베 도나르Jean Herve Donnard가 지적한 바와 같이[42] 자기 시대의 현실에 대한 빈틈없는 이해를 바탕으로 하여 자기의 상상적인 구조를 표현했다. 그가 '민중peuple'에다가 충분할 만큼 중요성을 부여하지 않은 것은 사실이다. 그는 귀족사회를 하는 일 없이 빈둥거리며 지내고 빚을 얻어 쓰며 가문의 이름이나 파는 비생산적인 모습으로 그려 보임으로써 그 계층에 대해서 가혹하지만 올바른 태도를 유지했다. 그는 또 돈 많은 평민의 딸과 결혼하는 귀족들을 보여줌으로써 19세기의 특징적인 사회현상을 놓치지 않고 기록했다. 앙굴렘의 고지대에서 하는 일 없이 빈둥거리며 지내는 계층과 아래쪽 구역에서 열심히 일하며 사는 계층을 대립시켜 그린 것은 프랑스에 있어서의 사회적 세력관계에 대하여 정확하게 진단했다는 점에서 가치를 갖는다. 그랑리외 저택을 그 소유주에게 반환하도록 하기 위한 재판에서 데르빌이 승소하도록 함으로써 발자크는 망명 귀족들에게 그들의 매각되지 않은 재산을 반환시켜 주고자 왕정복고시대 정부가 취했던 조치를 분명히 기록해놓은 셈이다.

---

41) 『오노레 드 발자크Honoré de Balzac』, Paris, 1859.
42) 《『인간 희극』에 있어서의 경제적 사회적 제 현실Les Réalités économiques et sociales dans La Comédie humaine』》, A. Colin, 1961.

새로운 형태의 상행위에 투신하는 비로토를 그려 보임으로써 그는 이미 나폴레옹 치세 때부터 눈길을 끄는 진열장, 효율적인 광고, 합리적인 생산을 모색했던 상인들의 몸부림을 묘사했다. 사업이 보증수표처럼 확실한 전망을 보이고 있음에도 불구하고 대부를 받지 못하여 쓰러지고 마는 비로토의 도산은 고리대금업자들의 시대가 되어버림으로써(발자크는 고리대금업자들에 대하여 지나칠 만큼의 중요성을 부여하지 않는다) 건전한 자금대출 조직이 결여된 왕정복고시대의 현실을 반영해준다. 1837년에 가서야 겨우 라피트가 소기업에게도 혜택을 주는 은행을 열게 된다. 마들렌느 지역에 대한 비로토의 땅 투기는 정확하고 구체적인 역사적 사실에 바탕을 두고 있다. 그가 화장품 제조업과 제지업을 왕정복고시대에 한창 뻗어나가는 두 가지 산업으로 소개한 것은 바로 본 것이다. 쿠엥테가 프랑스의 상원의원이 되고 파리의회 의원인 포피노의 딸과 결혼하는 것은 역사적으로 의미심장한 일이다. 『고용원들Les Employés』에서의 라부르뎅 계획은 유토피아적인 것이 아니다. 『뉘싱겐 가La Maison Nucingen』는 대은행 재벌의 흉계를 노출시켜주며 뉘싱겐은 로칠드를 구체화시켜 보여주는 것이 아니라 우브라르,라피트, 지라르뎅 같은 은행가들에게서 그 특징들을 따오고 있다. 발자크는 그랑데의 경제적 상승을 그려 보임으로써 "그의 분석에 역사가들도 서슴지 않고 인정하는 현실성을 부여했다"고 피에르-조르주 카스텍스는 말했다.[43]

우리는 마르크스가 『인간 희극』을 읽고서 나타낸 지대한 관심을 이해할 만하며 엥겔스가 모든 경제학 원론들에서보다도 발자크의 작품에서 훨씬 더 많은 것을 배웠다고 말한 사실을 알고 있다. 그러나 발자크는 어떠어떠한 분야의 활동을 분석하는 경제학자나 역사가가 아니다. 그는 자기의 세계를 재창조하는 소설가다. 그는 사회를 고발하는 위대한 작가

---

43) 《유럽Europe》지, 1965년 1~2월호, pp.248~249에 실린 연구발표 논문.

다. 그가 그리는 것은 왕정복고시대의 세계다. 그러나, 그것은 그가 자기 눈으로 보고 확대하고 과장하고 극화한 왕정복고시대의 세계다. 그가 불타오르는 정신으로 일하고 있는 한밤의 집필실, 그 고독 속에서는 현실이 어마어마한 비율로 확대된다. 시각은 제2의 눈으로 변한다. 현실세계 속에서 우연적, 우발적이었던 것이 여기서는 기호가 되고 상징이 된다. "예술의 사명은 자연을 그대로 베끼는 것이 아니라 그것을 표현하는 일이다"라고 발자크는 말했다. 그는 예술을 "이상화한 창조" 혹은 "압축된 자연"이라고 정의했다. 발자크의 세계에서는 모든 것이 다 시니피앙이지만 또 모든 것이 다 '구체적인 것의 중량감'을 간직한다. 발자크는 분명 말로가 말했듯이 "결코 세계에 복종하는 것이 아니라 자기가 거기에 대치시킨 것에 세계를 복종시키는" 그런 예술가인 것이다.

3. 조르주 상드George Sand의 이상주의적 소설

조르주 상드의 낭만주의

결혼생활에 실망한 조르주 상드는 1831년 파리로 와서 자리잡는다. 그 무렵은 젊음과 천재가 이제 한창 꽃을 피우는 때였다. 『에르나니*Hernani*』라는 빛나는 명성을 후광처럼 등에 업은 빅토르 위고는 이제 막 『파리의 노트르담*Natre-Dame de Paris*』을 내놓을 참이었고 뮈세는 이제 막 『스페인과 이탈리아의 콩트*Contes d'Espagne et d'Italie*』를 발표했으며 스탕달은 『적과 흑』을, 발자크는 『상어가죽』을 펴냈다. 조르주 상드는 그녀의 명성을 확보해주는 몇몇 소설들을 연속적으로 발표하게 될 것이다. 『앵디아나*Indiana*』는 1832년에 그의 재능을 떠들썩하게 세인들 앞에 알리는 계기가 된다. 『발랑틴*Valentine*』은 엄청난 성공을 거둔다. 조르주 상드는 거기에서 자기가 겪었던 연애담을 그려 보이는 동시에 거기서 맛본 실망을 엿보게 해준다. 그의 소설들은 결혼을 잘못한 한 젊은 여인의 이야기다. 『앵디아나』와 『발랑틴』의 경우가 그렇다. 렐리아 또한 인생의 시련을 겪고 사랑에 실망한 여자다. 소설의 틀을 빌린 이 이야기 속에서 우리는 자신의 마음을 속내 이야기로 털어놓고 있는 작가 자신의 어조를 감지할 수 있다. 작자는 거기에다가 기회 있을 때마다 여성운동적인 측면의 요구를 첨가해놓고 있는데 이것은 스탈 부인의 소설들에서 볼 수 있었던 것의 어떤 메아리라고도 할 수 있으나 보다 덜 지적이고 보다 더 정열적이며 생명감 있는 것이었다. 조르주 상드가 그의 등장인물들을 매개로 하여, 자기가 보기에는 "사회가 고안해낸 것들 중에서도 가장 야만적인 것"이라고 여겨지는 결혼제도에 대하여 공격을 퍼부은 것은 『자크*Jacques*』에서였다. 매서운 요구와 격렬한 감정은 흔히 연애소설의 상황을 상기시키는 소설에다가 강한 악센트를 부여했다. 1830년대에 유행하던 테마들이 나폴레옹 제국시대의 김 빠진 분위기에 양념 구실을 해주었다. 낭만주의 소설의 테마들이 서정시의 테마들과 한데 합쳐지는 것은 인상 깊다. 이 경우 조르주 상드에게 있어서 소설이란 자아를 표현하는 도구에 불과하다. 소설은 그 형식이 자유롭기 때문에 그만큼 더 그런 데 적합해지는 것이다. 윤리적인 이론과 주장 및 서정적인 전개가 매순간 이야기 사이사이에 끼어든다. 『렐리아*Lélia*』는 한 편의 소설이라기보다는 '상당히 느슨한 소설적 이야기를 바탕으로 하여 만든 철학적인 시'라고 하는 편이 어울린다. 조르주 상드의 초기 소설들은 이런 점에서 발자크의 견고한 구조나 스탕달이 소설의 진행에 도입한 엄격함과는 전혀 반대되는 작품들이다.

루소에서 프로망탱Fromentin에 이르는 사소설私小說 roman personnel의 계보 속에서 1830년대 소설들은 이를테면 정념의 절정기에 이른다고 볼 수 있다. 행복과 미덕, 정념과 예지 사이에 위태롭게 유지되어 오던 『신 엘로이즈*La Nouvelle Héloïse*』 특유의 균형이 낭만주의의 고양과 더불어 상실되고 만다. 루소의 인물들은 기껏해야 자살의 '유혹'을, 간통의 유혹을 경험한 것이 고작이었다. 인간은 정념의 폭풍을 원하는 동시에 그것을 두려워했었다. 일상적인 행위, 약속을 충실히 지키는 일, 제도를 존중하는 것 따위에서 행복을 맛보기도 했었다. 그러나 30년대의 낭만주의 소설은 광란하는 정념과 치유할 길 없는 절망의 소설로 변해버렸다. 조르주 상드의 초기 소설 속에는 자살사건이 얼마나 많은가! 『렐리아』의 스테니오는 자신의 불행을 잊기 위하여 암울한 방탕 속에 빠져 있다가 드디어 목숨을 끊는다. 절도를 되찾게 되는 것은 그로부터 한참 뒤 프로망탱의 『도미니크*Dominique*』와 더불어서였다. 정념의 폭풍과 무용한 절망에 뒤이어 실제적인 예지의 교훈이 나타난 것이다. 1832

년 2월 28일자 편지에서 조르주 상드는 『앵디아나』의 주제에 대하여 다음과 같이 말했다.

그 주제는 낭만적인 것도 아니고 미쳐 날뛰는 그 무엇도 아니고 그 저 평범한 삶, 흔히 있을 법한 부르주아적인 모습의 삶에 지나지 않는다. 그러나 불행하게도 그걸 그려 보이는 것이 그 어떤 과장된 모습을 그려 보이는 것보다 훨씬 더 어려운 것이다.

상드가 여기서 인정하고 있는 어려움을 과연 극복했는지는 확실치 않다. 그러나 그의 정념의 소설들이 흑색소설의 광란이나 역사소설의 눈가림식 전개와는 전혀 다른 세계를 개척한 것은 사실이다. 그 천재적인 여자의 증언 속에 담겨 있는 진실한 그 무엇은 당시의 관습을 초월하여 그 소설에 어떤 자연스러운 악센트를 부여한다. 끝으로 예를 들건대, 『발랑틴』에는 연애소설과 병행하여 전원소설적인 요소가 들어 있다. 상드는 처음으로 자기가 태어난 고장을 노래한다. 그는 자신이 그토록 아끼는 검은 계곡에 무대를 설정한다. 그는 시골 귀족들과 농부들의 모습을 그리면서 이미 세련미가 넘치는 재기를 발휘했다. 그녀는 이처럼 그의 전원적 영감이 지닌 최고의 면모를 어느 정도 보여주는가 하면 그와 동시에 그 시대 특유의 다소 초보적인 상징적 표현도 십분 활용하고 있다. 앵디아나는 '억압받은 정념을 표현하는 임무를 맡은 약한 인간'으로서의 실망과 절망을 육화했다. 스테니오는 렐리아에게 이렇게 말했다.

당신은 당신의 미모와 슬픔 그리고 권태와 회의주의를 통해서, 지나치게 생각이 많아서 생긴 고뇌를 의인화해 보이고 있는 것 아닌지요?

『상어가죽』이 이제 멀지 않았음을 알 수 있다. 조르주 상드는 투명하게 드러나는 알레고리와 진실한 관찰 사이에서 망설이고 있는 동시에 감정의 직접적인 토로와 자기 사상의 표현 사이에서 망설이고 있다.

사회소설을 향한 조르주 상드의 발전

조르주 상드도 역시 자기 나름대로 자기가 살았던 세기의 낭랑한 메아리였다. 감정적인 낭만주의의 테마들을 다루고 난 다음 그는 사회적 낭만주의의 테마들도 자기의 것으로 삼아 다루었다. 개인적인 소설이 역사소설의 자리를 차지했던 것과 마찬가지로 1840년경에는 사회소설이 개인소설의 뒤를 이었다. 이 같은 변화 발전은 광범위한 대중을 상대로 하는 연재소설의 출현과 관련이 있다. 으젠 쉬의 『파리의 신비Les Mystères de Paris』는 여러 가지 면에서 일종의 사회소설이었다. 빅토르 위고가 『비참Les Misères』을 쓰기 시작한 것은 40년대였다. 조르주 상드는 그가 받는 직접적인 영향들, 즉 미셸 드 부르주Michel de Bourges, 라 므네 La Mennais, 피에르 르루Pierre Leroux의 영향을 활용함으로써 이러한 새로운 방향으로 접어들었다. 『시몽Simon』에서 그는 그의 주인공에게 미셸 드 부르주의 모습을 부여했으며, 서민들의 너그러운 마음씨와 귀족들의 치사한 관심사를 서로 대립시키면서 그려 보였다. 1836년에 그가 『렐리아』를 개작하면서 등장시킨 안니발 추기경은 『어떤 신자의 말 Paroles d'un croyant』의 작가에게서는 찾아볼 수 없어서 서운했던 대담한 행동들도 마다하지 않는 어떤 라 므네의 모습이라고 할 수 있다. 그의 소설들은 그의 생각과 연달아 분출하는 열정들의 배출구와도 같은 것이었다. 그중에서 가장 끈질긴 열정은 피에르 르루가 그에게 불러 일으켜준 바로 그 열정이었다. 상드는 그에게서 사상적인 스승을 발견할 것이었다. "나는 스승의 철학을 여러 권의 소설 속에서 번역해보려고 노력하며 (…) 부지런히 붓을 놀리는 통속화의 역을 맡은 사람에 불과하다"고 그는 1844년에 말했다. 르루의 이론은 사회적인 동시에 신비주의적이었다. 그는 가난한 계층 사람들의 구원을 보장하고자 했으며 동시에 죽은 자들의 영혼이 살아 있는 인류의 육체에 깃들어 나타난다는 것을 믿었다. 조르주 상드는 우선 『칠현금Les Sept Cordes de la lyre』이나 『콘쉬엘로』같은 신비적 소설들을 썼다. 그 다음에는 『프랑스 일주의 동반자 Le Compagnon du tour de France』, 『앙지보의 방앗간 주인Le Meunier d'Angibault』, 『앙투안느 씨의 죄Le Péché de M.Antoine』에서 피에르 르루의 명백히 사회적인 독트린을 작품화했다.

『칠현금』은 어떤 한 처녀가 혼백들과 이야기를 나누고 우주의 비밀을 터득하게 되는 이야기다. 이 작품의 여러 군데에서 우리는 발자크의 『세라피타』를 상기하게 된다. 이 무렵에 있어서 조르주 상드의 사상이 지닌 모든 열망들을 다 나타내주고 있는 작품은 『콘쉬엘로』이다. 『콘쉬엘로』는 그 속편이라고 할 수 있는 『루돌스타트 백작부인La Comtesse de Rudolstadt』과 더불어 앤 래드클리프의 영향이 여러 가지 면에서 느껴지는 방대한 소설이다. 그러나 신비적 이데올로기, 죽은 사람의 영혼이 산 사람의 육체에 깃드는 것에 대한 신앙, 오의를 터득하는 입문 장면 등은 흑색소설에다가 새로운 차원을 부여했다. 사실 『콘쉬엘로』에는 온갖 것이 다 들어 있다. 그것은 악한 소설, 역사소설인 동시에 신비소설이다. 그 작품은 특히 주인공 콘쉬엘로가 세계를 발견해나가는 일련의 모험들을 그린 이야기이다. 이 작품을 매우 높이 평가한 알랭은 그것이 『빌헬름 마이스터』에 버금가는 교양소설이라고 보았다. 조르주 상드는 거기에서 어떤 유연한 형식을 채용했다. 소설은 그의 손에 들어가면 일련의 서술적 에피소드들이나 철학적, 서정적 전개에 지나지 않는 것이 되고 만다.

신비적 모험의 소설들은 사회개척 소설들의 한갖 서곡에 지나지 않는다. 『프랑스 일주의 동반자』는 그의 최초의 민중문학 연습이다. 그 책의 주인공 피에르 위그넹Pierre Huguenin은 상드가 영감을 받은 책 『동반자 시대의 서書Livre du compagnonnage』의 저자인 아그리콜 페르디기에Agricol Perdiguier를 소설적으로 분장시킨 인물이었다. 원래 목공인 피에르 위그넹은 빌프뢰 성으로 부름을 받아 그곳에서 일하게 되었다. 거기서 귀족 신분의 처녀 이죄가 그 노동자에게 반해버린다. 그리하여 그는 그녀와 결혼한다. 사회적 문제를 다루는 방식 치고는 어지간히도 경박하고 소설적이다. 조르주 상드의 공로는 "참다운 서민적 풍속을 소재로 하여 창조할 수 있는 새로운 문학세계"가 존재한다는 사실을 알아차렸다는 데 있다. 그녀는 책을 써나가는 동안에 수공업을 높이 찬양했으며 친구로서 대등하게 어울려 사는 공동생활의 의식儀式을 그려 보였으며 민중을 찬미했고 노동자들의 착취를 고발했다. 그것은 그녀가 구상했던 방대한 대하소설, 노동에 대한 일대 서사시의 첫 번째 소설이었다. 그러나 그는 대작의 몇몇 부분들밖에 선보이지 못하고 말았다. 그와 같은 시각에서 피에르 앙프Pierre Hamp는 그 다음 세기에 와서 『인간들의 고통La Peine des hommes』을 쓰게 될 것이다.

그러나 상드의 경우에 있어서는 서사시가 연애소설로 변질되고 말았다. 『앙지보의 방앗간 주인』에서 마르셀 드 블랑슈몽은 어떤 열쇠 제조공에게 홀딱 반해버린다. 『앙투안느 씨의 죄』에서는 적절한 시기에 유산이 굴러들어온 덕분에 어떤 젊은 부부가 가장 완벽한 공산주의 체제하의 농업공동사회를 건설할 수 있게 된다. 이런 소설들의 장점은 사회적인 문제에 관해서 무거운 논리를 펴나갔다는 데 있는 것이 아니다. 이런 논리들에서는 그 시대 나름의 냄새를 풍긴다. 이 작품들의 장점은 어떤 민중문학이 서투른 대로나마, 처음으로 싹트는 모습을 보여주었다는 데 있다. 이 작품들은 연재소설로 발표되었음에도 불구하고 문학을 서민 대중에게 침투시키는 데는 전혀 성공하지 못했다. 그러나 억지로 꾸민 듯한 인상이 강하게 드러나고 있으면서도 그 나름대로 민중이 소설 속에 등장하게 되는 첫 계기가 되었다.

조르주 상드와 전원의 영감

전통적으로 전원소설은 사회소설과 대립되는 것으로 간주된다. 그러나 조르주 상드는 어느사이엔가 『앙투안느 씨의 죄』에서 『마魔의 늪La Mare au diable』으로 옮아갔다. 그냥 사회적 이상을 무턱대고 설교하는 것을 그만두게 되자 곧 전원의 이야기 특유의 단순한 세계가 나타나게 된 것이었다. 상드는 1848년 혁명에서 엄청난 실망을 맛보고 난 후에 결정적으로 사회소설에서 멀어졌다. 그는 이야기를 무겁게 만들고 또 시민들의 마음속에 증오심을 뿌려놓을 위험이 있는 사상적 장광설을 포기했다. 이리하여 고요한 생활의 복음서가 원숙기의 미학과 합쳐지게 되었다. 이제는 정신을 진정시켜주고 마음을 감동시킬 필요가 있었다. 『마의 늪』, 『프랑수아 르 샹피François le Champi』, 『작은 파데트La Petite Fadette』에서는 이념적인 객담과 더불어 복잡한 줄거리가 자취를 감추었다. 여기서는 베리 지방의 시골이 묘사되었다기보다는 그 분위기가 환기되어 있다고 말할 수 있다. 상드는 나른한 재치와 고요한 단순성으로 가득한 이야기꾼으로서의 목소리를 찾아냈다. 그는 서민적인 참맛이 배어 있는 어떤 문학적 언어를 만들어내는 데 성공했다. 농부들의 말투가 갖는 매력이 때로는 『대장 나팔수들Les Maîtres Sonneurs』 같은 책에서 서사적인 톤을 갖게 되는가 하면 루소주의적 이상이 어떤 페이지에서는 자연을 숭상하는 어떤 종교의 순수한 음향을 얻어낸다. 『대장 나팔수들』에는 리얼리즘과 풍자와 시가 다 함께 담겨 있다. 거기서는 숲의 신화가 삶의 신비와 만난다. 거기에 나오는 인물 위리엘에게 음악은 자연의 노래와도 같은 것이다.

조르주 상드는 사회주의적인 소설을 포기한 것이지 서민문학을 추구하는 그의 이상을 포기한 것은 아니다. 『마의 늪』, 『프랑수아 르 샹피』, 『작은 파데트』는 『앙지보의 방앗간 주인』이나 『앙투안느 씨의 죄』와 마찬가지로 연재물로 발표되었다. 그는 나름대로 연재소설의 기법들을 활용했다. 사실 그는 그런 기법들을 마스터하고 그걸 자유자재로 활용하고 있다는 인상을 주었으며 으젠 쉬에 대하여 우월감을 가지고 있었다. 그는 수많은 우여곡절과 반전을 거듭함으로써 독자의 흥미를 만족시키려고 애쓰지 않았다. 그는 '인간적인 목가'를 쓰고자 했다. 1851년에 그는 일반 대중들을 위하여 자기 작품들에 삽화를 곁들여 펴내는 신판을 준비하면서 자신의 소설에 대하여 설명하는 글을 썼다. 그가 생각할 때 자신이 살아가는 동안에 반드시 해야 할 의무는 "대부분 서민들을 위하여 쓴 것인 데도 출판업자들이 어리석고 귀족적인 투기 행위로 인하여 오로지 부르주아들만이 읽었던 작품들을 서민의 것으로 만드는 일"이라고 여겼다. 『대장 나팔수들』에서 그는 서민적이고 자연 발생적인 예술을 찬양한다. 그가 영감을 얻어내는 곳도 서민들 쪽이었고 자신의 책을 읽히고자한 것도 서민들 쪽이었다.

조르주 상드의 이상주의적 소설

『마의 늪』에 붙인 서문에서 조르주 상드는 그의 말처럼 "자신들의 주변에 진지한 눈길을 던짐으로써 타락이나 비참을 그려 보이려고 노력하는" 자기 시대의 어떤 작가들과 대비함으로써 자신의 독창적인 면을 강조했다. 아마도 그때 그가 염두에 두고 있었던 작가들은 발자크와 으젠 쉬였을 것이다. 그는 작가가 가장 추악한 현실을 그려 보이는 데 골몰하

는 것을 수긍하지 않는 것은 아니었지만 예술가의 맡은 바 임무는 다른
데 있다고 판단했다. 그는 '극적 효과를 자아내는 악당들' 대신에 '부드
럽고 사랑스러운 모습들'을 그려 보이고자 했다. 그는 실증적인 현실의
탐구를 '이상적인 진실의 모색'으로 대치시켰다. 그가 샤토브리앙의 글
속에서 찾아낸 이 표현은 쓴맛을 제거해버린 거짓투성이의 가짜 세계를
뜻하는 것이 아니었다. 소설가는 자신이 소개하는 현실을 '약간 아름답
게 단장할 수'도 있다는 것은 인정하지만 그는 진실의 밖으로는 한 발자
욱도 벗어나지 않으려고 세심하게 주의했다. 그러나 부드러움과 착한 마
음씨는 그가 볼 때 추악함이나 잔혹함 못지않게 진실된 것으로 여겨졌
다. 그는 인간들 속에 깃들어 있는 온정과 고귀한 마음씨에 충분한 몫을
할애했다.

혁명을 겪고 난 직후 그의 사상은 발전한다. 상드는 '천진무구한 오
락'에 몰두하듯이 전원전설 속으로 피난하게 된다. 그는 '고요와 천진함
과 몽상으로 가득한 어떤 이상세계에 관심을 가짐으로써 상상력의 기분
전환을 제공'하고자 한다. 그때 그는 소설을 어떤 신기한 도피의 수단으
로 간주한다. 현실이 험하고 실망스러운 것이 될수록 허구적으로 지어낸
모험들의 이야기가 제공하는 위안은 더욱 귀중한 것이다. 그렇다고 그가
'감정과 사랑'의 작품에 몸 바치는 자신의 소임을 포기한다는 것은 아니
다. 그러나 그가 보기에 작가는 정치적 참여를 통해서만 자신의 소임을
완수할 수 있는 것은 아니라고 여겼다. 그는 그저 몇 년 단위로가 아니라
몇 십 년, 심지어는 몇 세기의 단위로 생각할 필요가 있다고 느꼈다. 조
르주 상드의 이상주의는 미래로의 도피다. 그에게 있어서 이상이란 오늘
에는 몽상이지만 훗날에는 현실인 것이다. 『신 엘로이즈』와 『폴과 비르
지니*Paul et Virginie*』에서 『대장 나팔수들』에 이르는 소설 계보는 스탕
달과 발자크의 소설과는 대립적이다. 텐느는 그의 소설세계를 가장 적절
하게 규정했다.

이것은 이상적인 세계다. 이상세계의 환상을 고스란이 지탱하기 위해서 작가는 윤곽을 지우고 흐릿하게 하며 흔히 어떤 개개의 모습을 그려 보이는 것이 아니라 보편적인 형체만을 대강 그려 보인다. 그는 디테일을 강조하지 않은 채 그저 지나치는 길에 손가락질해 보인다는 정보로 그칠 뿐 심도 있게 다루는 것을 피한다. 그는 자신이 변호하는 정념이나 자신이 묘사하는 상황의 굵직한 시적 선을 따라갈 뿐, 그 전체적 조화를 깨뜨릴지도 모르는 변칙적 요소들에 눈길을 멈추지 않는다. 이처럼 간략하게 그리는 방식이야말로 모든 이상주의적 예술의 특징이다. 그것이 갖는 단점을 인정하기는 해야겠지만 그 장점도 지적하는 것이 마땅하다. 아마 이런 식으로 만들어낸 모습들은 육체적인 특징이 결여되어 있어서 눈에 잘 들어오지 않을 것이다. 거기에는 살아 있는 것들이 지닌 복합적 성격이나 깊이나 두드러짐이 나타나 있지 않다. 발자크의 말처럼 그것들은 새로이 호적부에 추가 기입되는 존재들이 아니라 (…) 공기와 빛의 세계에 더 가까운 어떤 세계, 욕망과 꿈의 세계에 속하는 존재들이다.

4. 낭만주의와 소설

스탕달, 발자크와 더불어 소설이 하나의 장르로 성립되어 가고 있는 동안 낭만주의 시인들 역시 소설적인 형식을 사용하여 자신의 생각을 표현하는 것을 마다하지 않았다. 30년대에 있어서 생트-뵈브까지는 몰라도 비니나 뮈세의 경우가 바로 그러했다. 그보다 더 나중인 사실주의 시대에 와서도 라마르틴느와 위고는 낭만주의 시대의 소설들을 내놓았다. "낭만주의는 소설에 문학적 격조를 부여했다"고 말할 수 있다. 그리고 여기에 추가하여, 아마도 소설은 연극과 더불어 19세기 인간들에게 즐거움을 맛보게 해줄 가능성이 가장 큰 문학이라는 사실을 지적해둘 필요가 있다. 뒤크레-뒤미닐의 흑색소설들에서 알렉상드르 뒤마, 으젠 쉬, 혹은 프레데릭 술리에Frédéric Soulié의 연재소설들에 이르기까지의 산업문학은 그만두고라도 대혁명 이후 수십 년간 소설의 점증하는 성공은 방대한 독자대중의 출현과 관련이 있다. 19세기 소설의 진화는 사고하고 느끼는 관습상의 변화에만 연유하는 것이 아니고 프랑스 사회의 격동에 맞물려 있으며 단순히 문학적인 것만이 아닌 여러 가지 사회적 관련성을 갖게 된다. 가격이 저렴한 대 신문들의 발전과 관련이 있는 연재소설이 엄청난 신장세를 보이는 때에 대중소설이라는 아이디어가 출현하게 된 것은 주목할 만한 사실이라 하겠다.

낭만주의 작가들에게 있어서 소설은 그들의 변화무쌍한 영감의 탄력을 전혀 방해하지 않는 어떤 유연한 형식을 제공하는 것이었다. 사람들이 모든 구속으로부터 벗어나고 싶어하는 시대를 맞아 소설은 자유라는 특권을 누릴 수 있었다. 낭만주의 시인들은 까다로운 규칙을 요구하지 않는 이 장르에서(역설적으로, 발자크가 바로 그 장르에다가 여러 가지 구조를 고안하여 갖추어주게 되는 바로 그때에) '자기 표현'에 무엇보다도 적합한 도구를 발견하게 되었다. 자신의 경험을 글로 옮겨 적는 자서전으로부터 작가가 생각하는 바의 직접적인 표현에 이르기까지 광범위한 영역에 걸쳐 있는 이 자기 표현은 한걸음 나아가 심층의 꿈에까지 깊숙이 인도해갈 수 있는 것이다.

낭만주의 시대에 있어서는 얼마나 많은 소설들이 기껏해야 작가가 마음속으로 느끼는 고뇌를 여과 과정도 거의 거치지 않은 채 그대로 털어놓는 수준에 머물고 있는 것인가! 가장 객관적인 소설에도 물론 자전적인 몫은 담겨 있다. 그러나 조르주 상드의 초기 소설들에서는 작가의 삶, 그의 마음속의 온갖 충동들이 이야기 줄거리 속에 쏟아져 들어오면서 난데없는 서정적 분출의 계기가 되고 있다. 1836년에 뮈세의 『세기아의 고백La Confession d'un enfant du siècle』은 시 『밤Nuits』의 연작을 쓴 시인의 정념에 넘치는 연애 이야기를 옮겨놓은 것이었다. 물론 뮈세는 단순한 속내 이야기의 차원을 넘어서 한 세대의 증언을 담아놓고자 한 것이 사실이다. 그러나 음울한 질투심에 사로잡혀 사랑하는 여자를 따라다니다가 결국은 그녀가 다른 남자와 행복을 맛볼 수 있도록 놓아주는 그 옥타브라는 인물은 뮈세를 형제인 양 닮았다. 생트-뵈브의 『관능Volupté』에서는 이야기가 아모리라는 주인공의 입을 통해서 전개되고 있으며 사소설적 어조가 스낭쿠르Senancour의 『오베르만Obermann』에서처럼 실제로 겪은 어떤 경험을 적은 내면의 일기나 기록의 어조와 하나가 되고 있다. 『관능』은 생트-뵈브에게 있어서 일종의 고백의 기회였다. 그것은 그가 맛본 실패와 혼란의 소설이었다. 그러나 명철한 분석, 작가가 스스로에 대하여 유지하는 거리 등은 내면의 얽히고 설킨 밀림 속에 한 가닥의 빛을 던져주는 것이었다. 가장 혼란스럽고 모호한 생각들의 뿌리를 가려내고 드러내는 그 각별한 능력을 대하면서 우리는 때때로 프루스트의 소설을 연상하게 된다.

자아를 표현한다는 것은 단순히 자기 마음속의 비밀을 털어놓는 것만이 아니고 삶에 대한 자신의 성찰의 결과를 말하는 것이며 어떤 '경험'이 하나의 '의식'으로 변화하는 과정을 가장 적절하게 전달해줄 수 있는 상징체계를 제안해 보이는 것을 의미했다. 30년대에 비니가 『스텔로 Stello』, 『군대의 예속성과 위대함Servitude et grandeur militaires』, 『다프네Daphné』에서 환멸의 서사시를 썼을 때 그는 그 이야기들에서 자기 자신의 실망과 비관의 이미지를 제시한 것이 아니고 무엇이겠는가? 그는 독자들로 하여금 모든 정신성의 죽음을 목도하게 하였고, 자신의 이상에 고귀한 마음씨로 몸 바치는 사람들, 즉 시인, 군인 혹은 신자에게 사회가 어떤 운명을 할애하고 있는지를 독자들에게 보여주었다. 그의 저서들을 구성하고 있는 이야기들 하나하나는 작자의 경험과 깊은 관련을 가지고 있다. 그것은 그 경험의 철학적 표현이었다. 따지고 보면 비니에게 있어서 소설이란—그걸 소설이라고 할 수 있다면 말이지만—『어느 시인의 일기Journal d'un Poète』의 악센트를 지니고 있었으며 때로는 『운명Destinées』의 메시지와 일치하는 면도 있었다. 그것은 내면의 일기와 시집의 매우 잘 다듬어진 상징의 중간쯤에 위치하는 것이었다.

가에탕 피콩은 이렇게 썼다.

라마르틴느, 뮈세, 비니, 위고의 소설은 시인들의 소설이라고 규정하는 것이 옳다. 실제로 체험한 정념이 갖는 서정성과 표현성이 강한 상징들을 창조해내는 상상력이 낭만적인 시들에서 지배적이듯이 이들 소설에서도 지배적이라는 의미에서, 그 소설은 시인들의 소설이라고 해야 마땅하다.[44]

그런데 낭만적인 이야기를 꿈과 추억과 신화의 경계에까지 인도해 가
는 또 하나의 더욱 은밀한 길이 있었다. 『실비*Sylvie*』와 『오렐리아
Aurélia』처럼 그 어느 것과도 비길 수 없는 시적 이야기들도 여전히 소
설이라고 부를 수 있을까? 오히려 '시적 소설'이라든가 산문시라고 불
러야 옳을지도 모르겠다. 삶과 꿈, 현재와 과거, 추억과 몽상의 대위법에
바탕을 둔 이토록 새로운 구조의 작품 속에는 가장 섬세한 낭만주의의
묘미가 느껴진다. 층을 달리하는 여러 가지 현실의 존재양식, 꿈과 고정
관념의 탐구 등 이런 모든 것은 노디에Nodier에서 네르발Nerval에 이
르기까지 소설의 주변적 영역에서 마치 지하수처럼 흐르다가 보들레르
의 시를 통과하여 훨씬 더 나중에는 알랭-푸르니에Alain-Fournier, 마
르셀 푸르스트Marcel Proust 및 앙드레 브르통André Breton에 이르면
서 찬란한 다발들이 되어 분출하게 된다. 『실비』에서 『대장 몬느*Le
Grand Meaulnes*』로, 『잃어버린 시간을 찾아서』그리고『오렐리아』에
서 『나자*Nadja*』로 이어지는 은밀하고 순수한 계보가 하나 있다. 네르발
의 천재는 그가 벌이고 있는 작업의 척도에 맞는 어떤 형식을 고안해냈
다는 데 있다. 그는 소설이라는 장르의 개념 자체를 초월했다. 『오렐리
아』의 이야기는 이를테면 가장 내밀한 경험을 기록한 일기였으며 꿈의
묘사는 자아의 깊은 심층으로 내려가는 도정의 보고서였으니 그야말로
어떤 정신분석학적 치료의 가치를 지니는 것이었다. 한편『동방 여행
Voyage en Orient』은 르포르타주인 동시에 어떤 점진적인 발견을 그려
보이는 소설이었고 일종의 성배聖杯찾기였으며 빛을 향해 가는 발걸음이
었으며, 결여되어 있다고 느껴지는 어떤 물건이나 존재에 대한 불안한
탐색이었다.

놀라운 사실은 발자크의 소설 구조가, 그리고 나중에는 플로베르의 그

---

44) 위의 책, p.1033.

것이 19세기 전체에 걸쳐 중요한 가치로 통용되었지만 20세기의 가장 독창적인 작품들은 장차 그와는 전혀 다른 원칙에 맞추어 쓰여졌다는 사실이다. 즉 19세기에 시적 혹은 자전적인 텍스트들에서 싹튼 원칙들이 바로 그것이다. 스탕달의 자전적 작품 『앙리 브륄라르*Henry Brulard*』에 보이는 추억들의 추적은 장차 소설 속에서 발전을 보이게 될 여러 가지 면모들을 예고하고 있었다. 샤토브리앙의 경우 『무덤 너머에서의 회상*Mémoires d'Outre-Tombe*』에서 들리는 지바퀴 노랫소리는 이미 정서적 기억이라는 현상과 관련된 시간의 신축자재한 능력을 보여주는 것이었다. 그것은 네르발의 『실비』와 더불어 마르셀 프루스트에게 영감을 준 텍스트들 중 하나였다. 19세기 소설은 낭만주의 시대 때부터 사회생활의 복잡한 양상을 그려 보이고 풍속을 분석해 보일 수 있는 구조들을 고안해내었다. 소설가는 개인과 사회의 대결 양상을 나타내 보였고 삶을 위한 투쟁을 그렸다. 그와 같은 시기에 한편에서는 소설의 주변적 영역에서 자전적이고 시적인 문학의 커다란 하나의 흐름이 실제 체험에 훨씬 더 가까운 경험들을 전달할 수 있는 수단들을 찾아내는 데 성공했다. 소설은 그 기원에서부터 삶에 가까이 접근하기를 원했다. 그런 소설이 의식의 심층적인 삶을 그리기 이전에 사회적 삶의 모습을 세밀하게 검토한다는 것은 자연스러운 일이었다.

제3장
사실주의 소설의 전성기

1. 사실주의의 주변

다양한 진로와 방향들

발자크 사후 십 년 동안 소설계는 단 하나의 걸작밖에 내놓지 못했다. 그것이 『마담 보바리*Madame Bovary*』다. 이 변화무쌍한 시기 동안 얼마나 많은 종류의 경향들이 서로 교차하였으며 얼마나 많은 실험들이 이 장르의 새로운 진로들을 예고했던가! 공쿠르 형제는 신문기자 생활을 통해서 소설가 수업을 하고 있었고 그동안 플로베르는 『마담 보바리』와 『살람보』를 준비하고 있었다. 그때의 작가들은 다양하고도 상호 모순되는 가치들을 물려받고 있었다. 스탕달은 여론 속에서 그에게 걸맞는 지위를 차지하기 시작했다. 그의 전집들이 다시 출판되었고 『아르망스』가 나왔으며 텐느는 그를 "가장 위대한 소설가" 그리고 "우리 세기에 있어서 가장 탁월한 심리학자"로 소개했다. 발자크의 그림자는 프랑스 소설의 머리 위에 떠 있었다. 보수적인 신문들의 문예란은 그를 여전히 연재소설가로 취급하면서 그의 창의력에는 어딘지 좀 도가 지나치고 과열된 면이 있다고 지적했다. 벌써부터 사람들은 그에게서 통찰력 있는 비전의 예술가로서의 모습을 간파해내기도 했지만 무엇보다도 사실주의 소설가로서의 그의 자질에 주목했다. 사진술과도 같은 소설 미학에 충실하고자 하는 사람들은 그가 '실제의 현실세계보다는 오히려 자기의 머릿속에서 상상하는 어떤 세계'를 그려 보였다는 점을 유감스럽게 여기면서도 대개는 그가 소설에 진실성을 부여했다는 점, 소설의 영역을 확장시켰다는 점, 그야말로 '현대 소설'의 아버지요, 호머나 셰익스피어에 맞먹는 어

떤 세계의 창조자라는 점 등을 인정했다. 1858년 텐느는 『인간 희극』이
야말로 "정념에 대한 결정적인 서사시"라면서 찬사를 아끼지 않았으며
개인과 그가 몸담고 있는 환경 사이의 상호작용을 연구함으로써 소설을
현대의 풍속에 관한 방대한 조사작업이 되도록 만들었다는 데 발자크의
공헌이 있음을 인정했다.

　1850년대에는 낭만주의 세대에 속하는 작가들이 아직도 많이 남아 있
었다. 예를 들어서 모니에Monnier 같은 사람이 있겠는데, 그전에 쓴 그
의 작품인 『서민들의 장면Scènes populaires』이 이 무렵에 다시 나왔고,
1857년에는 『조젭 프뤼돔의 회고록Mémoires de Josephe Prudhomme』
을 발표했다. 그의 눈요깃거리 같은 사실주의와 아울러, 다른 한편에서
는 라마르틴느Lamartine와 조르주 상드가 사실주의적인 배려가 엿보인
다고는 결코 말할 수 없는 류의 소설들을 발표하고 있었다. 1849년의
『라파엘Raphaël』과 1852년의 『그라지엘라Graziella』를 통하여 라마르
틴느는 마음속의 감정을 거침없이 쏟아놓았다. 조르주 상드가 『마의 늪』
(1846)에서 『대장 나팔수들Les Maîtres sonneurs』(1853)에 이르는 전원
소설들을 내놓는 시기에 라마르틴느도 때로는 『석공Le Tailleur de pier-
res』이나 『주느비에브Geneviève』 같은 작품에서 일종의 민중주의적인
사실주의와 만나기도 했지만 그 경우에도 그가 내놓은 것은 '소설'이라
기보다는 '시'였다.

　『관능』에서 출발하여 『도미니크Dominique』에 이르는 동안 우리는
괄목할 만한 분석소설의 예라고는 하나도 찾아볼 수가 없다. 반면에 경
우에 따라서 사교적 소설, 이상주의 소설, 혹은 로마네스크한 소설이라
고 부를 수 있는 종류의 소설이 발전되고 있는 현상을 목격할 수가 있다.
이런 소설은 사회적 신분 차이로 야기되는 연인들 사이의 우여곡절을 이
야기하는 내용이다. 『어느 가난한 청년의 이야기Le Roman d'un jeune
homme pauvre』는 1858년에 상당한 성공을 거두었다. 그리고 옥타브

퓌이예Octave Feuillet가 쥘 상도Jules Sandeau와 더불어 제2 제정시대에 다시 유행시킨 소설 전통이 한 가지 있었는데 그것은 세기 초의 연애소설을 계승하면서도 어느 정도까지는 발자크가 그간에 끼친 공헌의 성과를 수용한 것이었다. 퓌이에 다음으로는 앙드레 퇴리에André Theuriet, 빅토르 셰르뷜리에Victor Cherbuliez, 그리고 그들 못지않은 성공을 거두긴 했지만 시원시원한 맛은 그만 못한 조르주 오네Georges Ohnet가 등장하게 된다.

50년대에 초기 소설들을 발표하기 시작한 바르베 도르비이Barbey d'Aurevilly는 어떤 범주로 분류하는 것이 좋을까? 그는 그 무렵에 발자크의 위대함을 가장 잘 알아보고 평가한 사람들 중 하나이다. 그를 말할 때 사실주의 시대에 뒤늦게까지 남아 있는 낭만주의의 잔재라고 한다면 충분한 표현이 못된다. 그는 낭만적인 동시에 사실주의적이다. 그는 현실을 사진처럼 그대로 찍어 보여주어야 한다고 주장하는 유파와 그런 한심한 사람들의 째째하고 꼼꼼한 면을 경멸했지만 자신은 노르망디의 여러 가지 풍경들을 충실하게 환기시키는 데 성공했다. 『마술에 걸린 여자 L'Ensorcelée』에 나오는 레세의 황야는 생 소뵈르 지역의 그것을 그린 것이다. 거기에는 구체적이고 정확한 디테일들을 매우 중요시하는 태도가 깃들어 있어서 그것이 읽는 이의 상상력을 강하게 자극한다. 『결혼한 사제Un prêtre marié』에서는 『마술에 걸린 여자』에서와 마찬가지로 일종의 시골생활 연대기 같은 것을 찾아볼 수 있다. 그러나 거기에는 그가 환기시켜주는 풍경들 전체에 짙게 깔린 일종의 공포 같은 것이 느껴진다. 그리하여 『마술에 걸린 여자』에서 '퍼렁이들Les bleus'이 사제의 붕대를 풀어버리고 피투성이가 된 그의 얼굴에다가 불잉걸을 뿌리는 대목에 이르면 사실주의적 난폭함이 무시무시한 환상의 경지와 합류하고 있다는 느낌을 준다. 사실 바르베 도르비이는 1856~1857년에 《리얼리즘 Réalisme》이라는 잡지를 주관한 뒤랑티Duranty나 1857년에 『리얼리즘』이라는 책을 낸 샹플뢰리Champfleury와는 너무나도 거리가 멀었다. 사실 이 당시에는 '사실주의자들réalistes'의 수에 못지않게 많은 종류의 '사실주의들réalismes'이 존재하고 있었다. 그들 서로서로는 얼마나 판이했던가! 그리고 특히 그들이 주장하는 이론들과 실제로 쓴 작품들은 또 얼마나 판이했던가! 뒤랑티는『앙리에트 제라르의 불행Le Malheur d'Henriette Gérard』(1860)이라든가 1920년에 새로이 발행되기도 했던『멋쟁이 기욤의 대의La Cause du beau Guillaume』와 같이 평가할 만한 소설들을 썼다. 그러나 샹플뢰리가 쓴『몰렝샤르의 시민들Les Bourgeois de Molinchart』과『델테유 교수의 고통Les Souffrances du professeur Delteil』은 이론의 가치가 실제 작가적 가치와는 결코 일치하지 못한다는 사실을 여실히 증명하기에 충분한 것이었다. 그는 발자크의 모범을 따른다고 했지만 결과는 기껏 조야한 환경을 배경으로 해서 눈요깃감의 인물들을 스케치해 보이는 정도에 그치고 말았던 것이다. 발자크와 플로베르가 인간 유형의 일반성을 지향했는 데 비하여 그는 어떤 한 케이스의 특수성에만 집착했다.

후일 졸라Zola는 뒤랑티를 높이 평가했고 심지어, 약간 더 유보적인 태도를 보이기는 하면서도 샹플뢰리 역시 치켜세운다. 그리하여 그는 사실주의와 자연주의의 흐름을 퓌르티에르Furetière에서 디드로에 이르는, 그리고 디드로에서 발자크에 이르는 저 프랑스 전통에 결부시켜 생각하게 된다. 그들은 이와 같은 계보의 맥락을 처음으로 짚어 보이면서 강조한 사람들이었다는 것이다. 그들의 작품은 1850년대에 있어서 공쿠르 형제로부터 졸라로, 플로베르에서 모파상으로 이어지는 프랑스 소설의 산맥 중 그 첫번째 줄기와도 같은 것이었다! 모두들 프랑스 소설의 독창성과 방법론과 그 강한 기질을 얼마나 부러워했던가! 그렇게도 서로 대조적이었던 각종의 노력들에 하나의 단일한 꼬리표를 달아서 묶어 놓는 것은 좀 안이한 발상이다. 그러나 분명 1850년에서 1890년까지 40

년간 소설은 대체로 자연과 인간에 대한 방대한 조사로서 구상되었다고 말할 수는 있다. 그리하여 소설이 하나의 '연구étude'인 한, 결과적으로 이야기의 줄거리나 플롯의 몫은 부차적인 것으로 밀려나게 되었다. 생리학적인 요소를 크게 고려했고 무엇보다도 수수한 서민 계층의 풍속을 즐겨 그렸다. 그리고 개인에 대하여 끼쳐지는 환경의 영향을 보여주고자 했다. 그러나 이런 것들은 일반적인 원칙들에 불과한 것이었고 소설가 개개인은 자신의 기질이 요구하는 바에 따라 그 원칙들을 자기식으로 구체화하여 표현했다.

지난 시대의 소설가 빅토르 위고

『레 미제라블Les Misérables』[1]은 1862년에 나왔다. 이 작품은 폭넓은 대중들에게서 엄청난 성공을 거두었다. 이 작품은 또한 사실주의파 소설가들의 거부반응에 부딪혔다. 플로베르, 공쿠르 형제, 그리고 졸라는 심리적이고 사회적인 '연구'를 소설로 써내고 있는 시대에 현실의 묘사 속에다가 그토록 환상 일변도의 내용을 담아 보인다는 것은 이제 더 이상 적절하지 못하다고 생각했다. 사실주의는 낭만주의와 대립했고 실증주의는 정신주의spiritualisme에 대립했다. 『마담 보바리』와 『제르미니 라세르퇴Germinie Lacerteux』같은 소설들 가운데 문득 나타난 이 작품은 조화를 깨는 '엉뚱한 것'이었다. 그것이 만약 10년이나 15년쯤 전에 발표되었더라면 견식 있는 층에서 보다 나은 환영을 받았을지도 모른다. 그리하여 조르주 상드와 라마르틴느의 소설들이 보여준 공세 속에서 그

---

1) 『레 미제라블』에 대해서는 마리우스-프랑수아 귀야르Marius-François Guyard가 스스로 주석을 달아 펴낸 이 소설의 가르니에Garnier판에 붙인 서문을 참조할 것. 장-베르트랑 바레르의 위에 언급한 책, 그리고 이 소설의 100주년을 기념하여 1962년 스트라스부르 대학교 문과대학이 펴낸 『빅토르 위고 기념문집Hommage à Victor Hugo』을 참조할 것.

나름의 한몫을 했을 것이다. 사실『레 미제라블』에는 플로베르나 공쿠르 형제가 인정하는 것 이상으로 사실주의적 경향이 작용하고 있다. 그러나 위고를 두고 구태여 사실주의적이라고 한다면 그것은 장–베르트랑 바레르Jean-Bertrand Barrère가 지적했듯이 "현저하게 낭만적인 이야기에 신빙성을 부여하기 위하여, 발자크풍으로 쓴" 사실주의였다고 할 수 있다.『레 미제라블』은 20년 뒤늦게 1840년대의 사회소설과 통속소설을 훌륭하게 종합한 작품이었다. 이 작품 속에서 밑바닥 사회의 묘사는 으젠 쉬의 작품에서와 마찬가지로 새로운 사상을 전파하고자 하는 사도로서의 의도와 관련이 있었다. 위고는 역사적인 사건들에 그 나름의 위치를 부여했다.『레 미제라블』에 그려진 워털루 전투는 기법은 다르지만『파르므 수도원』에 그려진 워털루 전투와 서로 경쟁하는 것 같았다. 소설의 격동하는 사건들을 밑바닥 사회 속에 놓고 그림으로써 위고는『파리의 신비』와『창녀들의 영화와 비참』의 가운데 지점쯤에 위치하게 된다. 1828년에 비도크Vidocq의『회고록Mémoires』이 출판된 이래 작중인물로서의 도형수는 소설 및 희곡문학에 빈번히 등장하게 되었다. 우리는 위고의 소설 속에서 어떤 '사회적' 연구와 '철학적' 연구의 요소를 찾아볼 수 있다. 그의 작품에는 발자크의 경우처럼 관찰의 내용과 상상의 내용이 한데 섞여 있다.

『레 미제라블』의 발생과 의미

『레 미제라블』은 어떤 시대에 대한 작품이다. 그러나 동시에 한 인생에 대한 작품이요, 어떤 정신의 '총화'이기도 하다. 위고는 젊은 시절에 『아이슬란드의 한Han d'Islande』(1823),『빅–자르갈』(1826),『사형수 최후의 날Le Dernier Jour d'un condamné』(1829),『파리의 노트르담

사원』(1831), 『클로드 괴*Claude Gueux*』(1834) 등의 소설을 썼었다. 그
는 매우 일찍부터 월터 스코트의 '극적 소설' 의 진가를 충분히 깨달았
다. 그는 그 소설의 한계 또한 알아차리고 있었다. 그는 1824년에 『퀸틴
더워드』에 대하여 이렇게 썼다.

> 월터 스코트의 눈요깃감으로서 아름다운 그러나 산문적인 소설 다
> 음으로 우리 생각으로는 그보다 더 아름답고 더 완전한 것으로 창조해
> 야 할 또 하나의 소설이 있을 것 같다. 그것은 극인 동시에 서사시요,
> 현실이지만 또한 이상이요, 진실되지만 위대한 어떤 소설, 즉 호머에
> 다가 월터 스코트를 새겨 넣은 그런 소설이다.[2]

위고가 이 같은 야심을 실현하는 데는 근 40년이 걸렸다. 1828~1829
년에 그는 이미 그가 쓰고자 하는 책의 기초적인 내용을 생각해두고 있
었다. 어느 존귀한 주교가 거두어 보살핀 도형수의 이야기가 그것이었
다. 그는 여러 해에 걸쳐 그 방대한 책을 쓰기 위한 메모들을 끊임없이
축적했다. 1841년에는 자신이 길거리에서 직접 목격한 어떤 장면을 기
록해두었다. 그때 그는 어떤 창녀가 시달림을 당하는 것을 목격했는데
그 창녀가 장차 작품 속에서 팡틴느라는 인물로 등장하게 된다. 1845년
11월 17일 위고는 소설을 집필하기 시작했지만 1848년의 정치적 격동
으로 인하여 집필이 중단되었다. 1853년에 그는 『레 미제라블*Les
Misérables*』이라는 제목의 작품을 곧 발표할 것임을 예고했다. 그러나
1860년에야 비로소 원고를 다시 읽고 수정하고 또 '작품 전체에 명상과
광명이 스며들도록' 하기 위하여 새로운 내용들을 추가할 수 있었다. 그
리고 나서 그는 작품의 마지막 부분을 집필했다. 이 마지막 집필로 인하

---

2) 마리우스-프랑수아 귀야르, 위의 책에서 재인용.

여 위고가 시원스레 그려 보인 사회적 벽화는 그 전체적인 격과 규모를 갖추게 되었다. 그리하여 이 작품은 계몽주의 철학, 즉 사회로부터 소외된 자의 철학에 그 몫을 부여했다. 그의 소설은 악에서 선으로, 어둠에서 빛으로 옮겨가는 인간 양심의 서사시로 변했다. 이 작품은 또한 반항에 의하여 미래 시대의 효소를 준비하는 민중의 서사시이기도 했다. 위고는 '머릿속의 폭풍'이라는 제목을 붙인 저 유명한 장에서 이렇게 썼다.

비록 단 한 사람에 대해서일 망정, 인간들의 가장 보잘것없는 몫에 대해서일 망정, 인간적 양심의 시를 쓴다는 것은 곧 한 편의 드높고 결정적인 서사시 속에다가 모든 서사시들을 다 녹여서 담는 것이 될 터이다.

그는 또 다른 페이지에서 이렇게 썼다.

독자가 지금 눈앞에 펼쳐놓고 있는 이 책은, 처음부터 끝까지, 그 전체에 있어서나 구석구석의 작은 항목들에 있어서나, 그 흐름이 간헐적이건 예외적이건 단속적이건 관계없이, 악에서 선으로의 행진이며 불의에서 정의로, 거짓에서 진실로, 밤에서 낮으로, 탐욕에서 양심으로, 부패에서 생명으로, 짐승 같은 상태에서 인간적 의무로, 지옥에서 하늘나라로, 허무에서 신에게로 나아가는 발걸음인 것이다. 처음에는 괴물에서 시작했지만 나중에는 천사로 끝맺는다.

소설의 건축적 구성

이 소설은 대사원과도 같이 복잡하게 뒤얽힌 느낌과 질서 바르게 잘 정돈된 면을 함께 갖추고 있다. 수많은 '부분들'은 우선 그 전체로 놓고 볼 때 좀 혼란스럽다는 인상을 준다. 그러나 매우 고상한 조망을 보여주고 있다. 1845년부터 이미 위고는 전체를 철저하게 조직하고자 하는 분명한 의지를 드러내보였다. 그가 메모해둔 내용들을 보면 "어떤 성자 이야기—어떤 남자 이야기—어떤 여자 이야기—어떤 인형 이야기" 등 여러 가지 스토리들을 처음부터 본격적으로 다룰 생각이었음을 알 수 있다. 역사적인 배경을 깔고 그 위에서 비엥브뉘 주교, 장트레장(미래의 장발장), 팡틴느, 코제트 같은 인물들을 살아 움직이게 하고 싶었던 것이다. 그리고 이어서 마리우스가 전면에 나타나 중요한 역을 맡게 되어 있었다. 작품의 소재가 된 이야기가 조화를 이루며 배당되어 있는 전체 5부 가운데서 4개의 부가 각기 등장인물의 이름을 제목으로 삼고 있다. 처음 3개의 부는 차례로 「팡틴느」, 「코제트」, 「마리우스」이고 마지막 제4부는 「장발장」이다. 「팡틴느」는 1815년 10월에서 1823년 말까지의 시기를 독자에게 보여주고, 「코제트」는 1815년 6월에서 1824년 3월까지를, 「마리우스」는 나폴레옹제국 시대에서 1832년 2월까지를 보여준다. 귀야르M. F. Guyard의 말처럼 "이 3개의 부는 주역을 맡은 인물들이 샹브르리 거리의 그 바리케이드를 향하여 나아가 마침내 1832년 6월 5일과 6일 그곳에서 서로 합류하게 되기까지의 과정을 이야기하고 있다." 제4부 「플뤼메 거리의 목가와 생-드니 거리의 서사시」에서부터 위고는 이야기의 모든 가닥들을 모아 한데 합친다. 세 갈래의 느린 준비단계를 거친 다음 돌연 모든 인물들은 이야기의 숨가쁜 리듬에 휘말리게 된다. 단조로운 한가지만의 행동을 길게 펼쳐 보이는 대신에 실감나는 현실 특유의 복잡하게 뒤얽히고 부글부글 끓어오르는 듯한 모습을 '몽타주' 하여 보이고자 하는 이런 시도는 당시로선 유난스러울 만큼 야심적인 것이었다. 마리우스-프랑수아 귀야르가 구체적인 디테일의 예증을 들어가면서 지적했듯이 소설의 각 부는 어떤 '서곡ouverture'으로 시작되고 있으며 그에 이어 이야기와 분석으로 이루어진 여러 개의 장들이 뒤따르고 있다. 어떤 장들은 사건들의 자초지종을 보여주고 또 다른 장들은 '다른 행동, 즉 사람들의 머릿속에서 벌어지는 행동의 여러 단계들'을 환기시켜준다. 「머릿속에 이는 폭풍」에서는 장발장의 양심의 갈등이, 「교구재산 관리인을 만났다는 것의 의미」에서는 마리우스의 정치적 성장과정이, 「편지 이후의 코제트」에서는 코제트의 사랑이 발전하는 과정이, 「탈선한 자베르」에서는 자베르의 어찌할 바를 모르는 마음이 외면적인 행동과 병행하여 그려지면서 일종의 대위법적인 기능을 맡고 있다. 소설 속의 이야기는 외적인 세계와 인간의 내면세계라는 두 가지 측면에서 동시에 진행되고 있다. 요컨대 위고는 겉으로 드러나 보이는 다양성의 면에서나 감추어진 깊이의 면에서나 다같이 소설의 '행동'을 이를테면 감속시킨 상태로 보여주고 있다.

소설과 서사시

위고는 1862년 3월 13일 알베르 라크르와Albert Lacroix에게 보낸 편지에서 이렇게 썼다.

이 책은 드라마를 혼합시켜놓은 역사입니다. 이것은 우리들 세기의 모습이며 광범한 삶의 어느 하루에 실제 사실을 통해 본 인류 전체의 얼굴을 엄청나게 큰 거울에 비춰놓은 것입니다.[3]

위고가 자기 시대의 삶을 그려 보이는 대목대목에는 정확성을 기하려

---

3) 앙리 메쇼닉Henri Meschonnic의 《유럽*Europe*》지 1962년 2~3월호, p.55에 쓴 글에서 재인용.

고 고심한 흔적이 뚜렷하다. "단테는 시를 가지고 지옥을 그려 보였었다. 나는 현실을 가지고 또 하나의 지옥을 그려 보이려고 노력했다"라고 그는 말했다. 그의 소설은 역사의 벽화와 서사시적인 그림 사이를 오가고 있는 모습을 보여준다. 그가 다루고 있는 시대(1815년에서 1832년까지)는 발자크가 소재로 삼았던 시대와 동일하다. 발자크는 포부르 생-제르맹이나 쇼세 당탱의 귀족 혹은 부르주아 계층을 그렸다. 한편 위고는 포부르 생트-앙투안느 지역에 사는 서민들을 그렸다. 팡틴느는 19세기 여성 노동자의 불행한 삶을 보여주는 인물이다. 장발장, 자베르, 가브로슈, 테나르디에는 서민 계층의 대표적인 인물이라기보다는 예외적이고 주변적인 인간군상이다. 그렇기는 하지만 『레 미제라블』에는 발자크의 작품 속에서는 찾아볼래야 찾아볼 수 없는 또 다른 파리, 즉 19세기에 바리케이드를 쌓고 총질을 하던 계층의 파리가 살아 숨쉬고 있다.

위고는 변두리 파리의 모습을 그렸다. 그러나 그는 서민을 상승하는 세력으로서 제시하지 않았다. 그의 진단은 사회학적인 것이 아니라 윤리적이고 철학적인 것이었다. 발자크는 대혁명 이후 부르주아 계급의 상승을 알아차렸다. 반면 위고가 볼 때 서민들의 반항은 현존하는 세력간의 갈등으로 해석되지 않았다. 그것은 기껏해야 '이상을 향한 몸부림'이요, 미래의 낙원을 예고하는 죄갚음의 희생에 지나지 않았다. 그런데 발자크는 오히려 장발장이 어떤 과정을 거쳐서 치부하게 되었느냐 하는 점에 관심이 더 많았다. 위고는 혹독한 싸움을 통해서 부를 획득하는 모습을 보여주는 것이 아니라 돌연 다른 모습으로 변한 장발장을 보여준 것이었다. 그는 주인공의 성공이 아니라 '구원'에 주목했다. 사회적 상승의 이야기 대신에 선을 향해 나아가는 양심의 일대 서사시를 대치시킨 것이었다. 세인들이 생각하는 것보다는 더 사실주의적 요소가 짙은 것이 위고의 소설이지만 거기에는 현실이 갖는 중량감이 결여되어 있다는 느낌을 준다. 발자크의 작품을 읽을 때 느껴지는 것은 바로 그 중량감이다. 발자크에서 위고로 옮겨옴으로써 우리는 물질적 현실의 소설에서 정신적 가치들의 서사시로 이동해온 것이 된다. 위고는 부의 쟁취과정이 아니라 암흑의 세계 속에 비추어지는 광명의 파란곡절을 그리는 데 가장 큰 관심을 기울였다.

그의 주인공들은 소설적으로 매우 힘찬 삶의 모습을 보여준다. 그들은 독자의 정신을 압도하는 힘을 지니고 있다. 아무도 그 인물들이 지닌 '현실성présence' 의 밀도를 부인할 수는 없겠지만 모든 독자가 한결같이 이들에게는 심리적인 섬세함이 결여되어 있음을 개탄하게 된다. 보들레르가 볼 때 그들은 "살아 있는 추상들"이다. 여러 가지 면에서 적절한 비판이라 할 수 있다. 그러나 또 다른 지적들도 있었다.

> 수많은 그의 부차적 인물들은 꼭두각시나 상징이 아니었다. 위고가 창조한 저 구변좋은 가브로슈는 '문학이 창조한 가장 찬탄할 만한 인물들 중 하나요, 절망 속에서 떠오르는 하나의 예외적이고 유쾌한 너그러움의 표상' 이었다. 그리고 '오직 대화에 친밀감을 부여하는 재능, 그 인물 특유의 스타일을 창안해내는 능력' 만이 그토록이나 개연성이 결핍된 행동들로부터 섬세한 뉘앙스들이 생겨나도록 할 수 있었다.[4]

『레 미제라블』을 제대로 음미하기 위해서는 위고가 택한 시각에 위치하여 그것을 평가해야 한다. 위고에게는 그의 고유한 '심리학' 이 있다. 그러나 그 심리학은 우주론적이며 신화적인 성질의 것이다.[5] 인물 하나하나의 내면에는 동물적인 것과 정신적인 것이 섞여 있다. 자베르는 일

---

4) 로베르 리카트Robert Ricatte, 《빅토르 위고 기념문집》 스트라스부르 대학교 문과대학, 1962, p.145.

5) 피에르 알부이Pierre Albouy, 「레 미제라블의 심리학Psychologie des Misérables」, 《유럽Europe》지, 1962년 2~3월호.

종의 이리 비슷한 개이며 앙졸라스는 천사다. 장발장은 사탄인 동시에 그리스도인 인물의 신화를 구체화해 보인다. 그의 내면에서는 빛과 어둠이 대결하고 있다. 개개인의 심리는 한결같이 거대한 어둠을 배경으로 그려진다. 우리는 다음과 같은 위고의 말을 이해할 만하다. "이 책의 가장 으뜸가는 주인공은 무한 바로 그것이다. 인간은 부차적인 존재다." 도형수가 돌연 개종하게 된 과정에 대해서 아무런 설명이 없었다는 사실은 장차 그의 내면에 깃들게 되는 어떤 은총의 신비를 예감케 하는 것이었다.

『레 미제라블』은 실로 기이한 작품이다. "소설이라기보다는 한 편의 시다"라고 보들레르는 말한 바 있다. '한 편의 시처럼 구성한 소설'로서 대개는 특수한 작품들을 위하여 활용하게 마련인 풍부한 요소들(서정적인 감각, 서사적인 감각, 철학적인 감각)이 규정하기 어려운 어떤 방식으로 결합되어 있다는 것이다. 과연 이 작품은 분명 한 편의 소설, 즉 연속적으로 이어지는 사건들의 이야기인 동시에 우리가 결국은 그 존재를 믿게 되는 인물들을 소개하는 작품임에 틀림이 없으면서도 동시에, 위에서 지적된 세 가지 방향을 지향하고 있는 것이다. 행동은 동시에 여러 가지 차원에서 전개된다. 파리의 하수구에서 장발장이 마리우스를 어깨에 떠멘 채 헤매는 대목은 으젠 쉬를 방불케 하는 한 장면이다. 그러나 그것은 또한 십자가를 메고 가는 형극의 길이기도 하다. 장발장에게는 신문 연재소설의 대부인 그 인물과 상통하는 구석이 많다. 그러나 긴 안목으로 보면 그의 내면에는 비엥브뉘 주교가 그에게 전해준 은총이 작용하고 있다는 것을 알 수 있다.

지난 한 세기 동안 『레 미제라블』은 서민들 가운데서 엄청난 성공을 거두었다. 소설사회학은 이런 책이 프랑스인의 심성이 변화하는 데 있어서 어떤 영향을 끼쳤는지에 대해 연구해볼 필요가 있을 것이다. 위고는 매우 드높은 정신주의적 메시지를 전함으로써 자신의 작품을 만인에게 읽히는 데 성공했다. 오랫동안 이 작품을 우습게 여기고자 해왔던 유식한 사람들도 이제는 이 소설에 다시 관심을 나타내기 시작한다.

2. 플로베르 혹은 소설적인 것le romanesque의 역逆

행복한 풍요

플로베르보다 더 조숙한 천재는 없을 것이다. 그는 고등학교 1학년 때
인 1836년에 벌써 글을 쓰고 싶은 강한 충동에 사로잡혔다. 그리하여
그는 온갖 종류의 글들을 연습 삼아 쓰는 동시에 학교 공부뿐만 아니라
엄청난 분량의 문학적 작업을 본격적으로 추진하게 된다. 『바이런 경의
초상*Portrait de Lord Byron*』, 『피렌체에서의 흑사병*La Peste à Flo-
rence*』, 『신중한 자 필립의 비밀*Un Secret de Philippe le Prudent*』, 『10
세기 노르망디의 연대기*Chronique normande du Xe Siècle*』는 그 같은
노력의 결실이다. 수사학급(오늘날 고등학교 졸업반) 말기인 1838년 6
월에 그는 5막극 한 편과 두 개의 단편소설, 그리고 여러 가지 기상奇想
작품들을 마무리한 다음 마침내 『어떤 광인의 회상*Mémoires d'un fou*』
을 탈고한다. 그리고는 1839년에 『스마르*Smarh*』, 1842년에 『11월
Novembre』, 그리고 머지않아 『감정교육*Education sentimentale*』 제1
고와 『성 앙투안느의 유혹*Tentation de saint Antoine*』 제1고를 끝낸
다. 1849년 그는 친구들의 충고에 따라 다른 모든 원고들 중에서도 특히
『성 앙투안느의 유혹』 제1고를 아예 서랍 속 깊숙이 처박아버렸다. 30세
에 그는 많은 작품들을 써놓긴 했지만 아직 그 어느 하나도 발표하지 않
은 채로 또 『마담 보바리』에 착수한다. 이제부터는 오직 엄격하고도 끝
없는 노력의 연속일 뿐이다. 『성 앙투안느의 유혹』이 마지막으로 그리고
가장 탁월하게 표현해주고 있는 젊은 날의 그 행복한 풍요는 이제 영원
히 끝장이다. 작품이 아닌 서한문 속에서나 겨우 그는 자신의 지칠 줄 모

르는 입담을 마음껏 쏟아놓을 수 있을 뿐이었다. 그가 소설 한 권 한 권을 완성하는 데는 각기 5년씩이나 걸렸다. 19세기 말엽이 되어서야, 아니 우리들 시대에 와서야 겨우 그가 젊은 시절에 쓴 그 모든 작품들의 전모가 세상 사람들에게 알려지게 되었다. 그중 어떤 작품은 참으로 감탄할 만한 대목들을 포함하고 있다. 그 작품들은 아직도 그 속에 비장된 아름다움을 속속 열어 보여주기를 그치지 않는다.

플로베르에게 낭만주의적인 구석이 있다고 한다면 그것은 바로 그의 젊은 시절의 작품들 속에서 찾아보아야 할 것이다. '소설화한 자전적 단편들'로 이루어진 『어떤 광인의 회상』(1838)은 플로베르가 르 프와트벵 Le Poittevin에게 말했듯이 "한 영혼의 모습을 송두리째 다" 드러내 보여주는 것이었다. 그는 그 작품 속에서 자신이 경험한 첫사랑의 흥분을 이야기했다. 다름 아닌 저 유명한 트루빌에서의 만남 말이다. 1842년의 『11월』은 보다 더 쓰디쓴 어조로 중학교 시절의 추억, 사랑의 감정 분석, 절망의 고백 등 숱한 내용들을 담고 있다. 『감정교육』 제1고는 수많은 자전적 요소들을 내포한 채로, 루이 베르트랑Louis Bertrand의 말을 빌리건대, "지적인 삶을 그린 그야말로 한 편의 시"로 마무리된다. 그 책에 등장하는 한 주인공은 인생에 상처입은 모습으로나마 플로베르가 갈망하는 이상을 체현하면서 예술 속에서 열광적인 위안을 구하는 것이었다. 『성 앙투안느의 유혹』 제1고는 그의 사상과 꿈의 집대성이었다. 그것은 일종의 대화체 소설로서, 그의 영혼의 모든 목소리들이 차례로 말을 건넨다.

젊은 날에 쓴 이 모든 작품들은 플로베르의 작품이 지니고 있는 깊은 통일성을 헤아려볼 수 있게 해준다는 데 그 장점이 있다. 그는 20세도 되기 전에 이미 장차 자신이 접어들게 될 길들의 모든 지평을 열어놓았던 것이다. 그는 『어떤 광인의 회상』, 『11월』, 그리고 『감정교육』 제1고로써 1869년의 『감정교육』을 미리부터 예고해둔 셈이었다. 또 『스마르』

와 『성 앙투안느의 유혹』 제1고와 더불어, 장차 전 생애에 걸쳐서 그의 마음을 사로잡게 될 저 철학적 연작에 접근하게 되었다. 『서기용書記用 박물학 강의Une leçon d'histoire naturelle genre commic』로써 그는 장차 『부바르와 페퀴셰Bouvard et Pecuchet』로 이어질 풍자적 연작의 첫 윤곽을 기초해놓았다.

수업시대의 결산

이런 첫 습작들을 통해서 그는 소설가로서의 직업적 수업시대를 거칠 수 있었다. 몰개성l'impersonnalité을 지향하는 극도의 조심성이 엿보이기 시작하는 것은 1845년경이었다. 이 무렵에 이미 그는 정밀한 관찰의 이점, 그리고 인간 영혼과 자연 정경 사이의 관계를 발견했었다. 『감정교육』 제1고는 소설가라는 직업에 대한 그의 성찰에 있어서 중요한 한 단계였다. 소설 기술방식에 있어서 연극과 역사소설의 영향을 받아 그는 마침내 분석과 서술 대신에 장면을 대치시키고 묘사, 대화, 분석, 서술의 제 요소들을 적절하게 한데 용해시켜 통일성을 얻기에 이르렀다.

『성 앙투안느의 유혹』 제1고는 친구 부이예Bouihet와 막심 뒤 캉 Maxime Du Camp으로부터 혹평을 받았다. 플로베르는 이런 비판에 굴복했고, 뒤캉의 증언에 의하면 이렇게 혹평을 가한 친구들은 그에게 그런 산만한 주제를 포기하고 방만한 서정성을 걸러내고 발자크에게서 볼 수 있는 것 같은 '좀더 세속적인 주제'를 다루어보라고 충고했다는 것이다. 그리하여 '들라마르 사건 줄거리'를 이야기로 써보라는 충고에 따른 결과 『마담 보바리』가 탄생했다고 한다. 이와 같은 혹평은 몹시 고통스러운 것이긴 했지만 플로베르는 그 혹평에 근거가 있다고 느꼈다. 그는 『마담 보바리』에 착수하면서 자기는 아직까지 아무런 성공도 거두지 못한 상태라는 것을 의식했다. 그가 볼 때『성 앙투안느의 유혹』은 극적인 발전이 불충분하다는 점에서, 그리고 '서정성이라는 암'이 전체를 좀먹고 있다는 점에서 실패작이라 여겨졌다. 그 자신이 보기에도『감정교육』 제1고는 자신의 내면 속에 있는 '분명히 다른 두 인간' 즉 서정성에 홀려 있는 한 사람과 진실을 발굴해내기를 좋아하는 다른 한 사람을 한데 결합하려다가 헛수고만 하고 말았던 작품이라고 생각되었다. 플로베르는 이렇게 덧붙여 말했다. "이제 나는 세 번째 시도를 해보는 중이다. 성공을 하던가 그렇지 못하면 창 밖으로 뛰어내리던가 해야 할 판이다."[6]

플로베르의 독트린

『마담 보바리』는 집필을 끝마치는 데 1851년 9월부터 1856년 5월까지 무려 5년 가까운 세월이 걸렸다. 이토록 오랜 기간에 걸쳐 세심하게 작품을 구성하는 동안에 있어서 플로베르의 작업하는 리듬은『성 앙투안느의 유혹』을 집필할 때와는 판이한 것이었다. "전에는 속도를 내어 달리기만 하던 이 사람이 이번에는 활활 타오르는 듯한 열정과 영감에도 불구하고 기를 쓰며 노력하고 숨가빠하며 허덕이는 모습으로 변하고 말았다"고 마리-잔느 뒤리M. J. Durry는 지적한다.[7] 그가 신경성 질환을 앓게 된 이후 복용하게 된 약 탓이었을까? 가차 없는 비판자 브왈로Boileau와도 같은 친구 부이예의 까다로운 요구에 따르다보니 그리된 것이었을까? 사람들의 추측에 따르면『마담 보바리』는 가혹한 친구들이 플로베르에게 과한 벌과罰課였다고 한다. "주제나 인물이나 모두가 다

---

6) 1852년 7월 16일자 루이즈 콜레Louise Colet에게 보낸 편지, 르네 뒤메닐의『귀스타브 플로베르의 천직La Vocation de Gustave Flaubert』, 갈리마르, 1961, p.211에서 재인용.
7)『플로베르와 미발간의 계획들Flaubert et ses projets inédits』, p.9.

그와는 아무 인연이 없는 것"이었고 보면 그는 내키지 않는 마음으로 마지못해 그 벌과를 실천에 옮기게 된 것이었다. 『마담 보바리』는 단순히 타고난 기질을 극복한 의지의 승리일 뿐만 아니라 "자신이 몸 바치고 있는 예술의 본질과 조건에 대한 한 예술가의 깊은 성찰의 결실"이었다.[8] "나는 많은 경우 비판적이 되곤 한다. 내가 쓰고 있는 소설이 바로 그런 비판적 자질을 더욱 예리하게 조장하는 것이다. 왜냐하면 이건 무엇보다도 비판적인 작품, 아니 어쩌면 해부학적인 작품이기 때문이다."[9] 플로베르는 낭만적인 서정성과는 관계를 끊어버렸다. 그는 "흔히들 영감이라고 부르는 그런 종류의 과열현상"이나 "눈에 보이는 것은 오직 가짜뿐이고 입 밖에 내놓는 것은 헛소리뿐인" 그런 "상상력의 가면무도회"를 경계했다.[10]

과학적 객관성의 작품으로서의 소설

"코르네이유에서 라신느에 이르는 동안에 비극의 내적 논리가 발전되듯이 소설사에 있어서 결정적 시기인 이 50년대, 발자크에서 플로베르에 이르는 동안에는 소설의 내적 논리가 발전되었다고 볼 수 있다"라고 티보데는 지적한다.[11] 『마담 보바리』는 오랜 세월 동안 프랑스 소설의 모델이었다. 발자크는 현대 소설의 아버지였다. 플로베르는 그에게서 물려받은 유산을 정비했다. 그는 세세한 구석까지 진실성이 깃들도록 하려고 크게 고심했다. 발자크는 위대한 상상력을 타고난 세대에 속했다.

---

8) 티보데Thibaudet, 『귀스타브 플로베르Gustave Flaubert』, 갈리마르, 1935, p.78.
9) 티보데의 위의 책, p.83에서 재인용.
10) 티보데의 위의 책, p.77에서 재인용.
11) 위의 책, p.93.

그래서 그는 이를테면 열에 들뜬 것 같은 상태에서 『인간 희극』을 창조했다. 그의 도취한 듯한 격정 다음에 이어진 것은 플로베르의 방법론이었다. 그것은 과학적 방법론이었다. 플로베르는 의사의 아들이었다. 그는 실증철학이 한창 발전되던 시기에 성장했다. 텐느에 앞서서 플로베르는 문학이 자연과학과 생물학의 제 원칙에서 힌트를 얻게 되기를 바랐다. 1857년에 『마담 보바리』와 소설과의 관계는 1864년 클로드 베르나르Claude Bernard의 『실험의학연구 입문Introduction à l'étude de la médecine expérimentale』이 과학에 대하여 갖는 관계와 같은 것이었다. 이 점을 놓치지 않고 간파한 생트-뵈브는 『마담 보바리』가 발표된 직후 이렇게 지적했다. "해부학자, 생태학자 여러분, 도처에서 당신들의 모습이 보인다." 플로베르는 1853년에 이미 이렇게 썼다.

> 문학은 날이 갈수록 더욱더 과학을 닮은 모습을 갖추게 될 것이다. 문학은 무엇보다 '설명적'이 될 것이다. 이 말은 학술적이 된다는 뜻은 아니다. 무엇보다도 그림들을 그려 보여야 한다. 있는 그대로의 본성을 보여주되 감추어져 있는 속과 드러나 있는 겉을 다 그려 보임으로써 완전한 그림을 만들어야 한다.[12]

현대의 '미美'는 '진실'을 다져서 만든 것이어야 한다. 상상력이 만들어낸 기상奇相과 소설적으로 꾸민 거짓은 신뢰를 받을 수 없다. 1852년에 플로베르는 『그라지엘라Graziella』에 등장하는 인물들이 인간의 체취가 풍기는 존재들이 아니라 마네킹들 같다고 개탄했다. 10년 뒤 그는 『레 미제라블』에 대하여 말하면서 "발자크와 디킨즈의 동시대 사람으로서 현실을 그토록이나 그릇되게 그린다는 것은 있을 수 없는 일"이라고

---

12) 루이즈 콜레에게 보낸 편지, 1853년 4월 6일.

비판했다. 그의 생각으로는 소설이란 과학적이어야 한다는 것이었다. 다시 말해서 소설은 "개연성이 있는 일반성의 테두리 속에 머물러 있어야 한다"는 것이었다. 관찰과 자료조사를 통해서 얻은 요소들을 바탕으로 해서 예술가는 미적인 방식으로 구성을 해야 하는데, 이때의 구성은 인위적인 공상에 의존함으로써 금방 부서져버리는 약체가 되지 않도록 실제 삶의 엄격성과 진실성을 두루 갖추어야 한다. 발자크에 뒤이어 플로베르는 정확성을 기하려는 세심한 배려야말로 소설이 나아가야 할 방향이라고 믿었다. 소설가는 글을 쓰기 전에 온갖 종류의 광범위한 조사과정을 거쳐야만 한다. 플로베르는 자료조사를 중요시하는 유파의 최초의 스승이었다.

무감동l'impassibilité의 신조

과학적 관찰의 필연적 귀결은 바로 관찰자의 무감동이다. 『마담 보바리』에 착수한 초기에 이미 플로베르는 이렇게 털어놓았다.

다른 책들을 쓸 때 옷고름을 풀어헤친 채 자유자재였던 만큼 이번 책을 쓰는 동안에는 나는 단추를 꼭꼭 잠그고 기하학적일 만큼 똑바른 선을 따라가려고 노력한다. 따라서 서정성을 배제하고 의사표시를 삼가며 작자의 개성이 드러나지 않도록 한다.[13]

1853년에 그는 이렇게 말했다. "개인적인 감정, 내밀한 느낌, 상대적인 것 따위는 이제 영원히 끝이다." 또한 11월에 그는 "몰개성은 힘의

---

13) 『서한집Correspondance』, 1852년 2월 1일.

표시다"라고 선언했다. 그는 그에 앞선 세대 작가들에 반대하고 나서면서 1857년 12월 12일자 편지에서는 이렇게 지적했다.

> 무슨 말씀! 내가 볼 때 지금까지 작가들은 남의 이야기는 거의 하지 않았다고 생각해요. 소설은 기껏해야 작자의 개성을 제시해 보이는 게 고작이었어요. 좀더 심하게 말하면 소설만이 아니라 문학 전체가 다 그랬어요 어쩌면 두세 사람의 예외가 있을지는 모르겠지만. 그렇지만 정신과학에서도 물리학에서처럼 관찰자 자신은 무감동하게 일을 처리해야 합니다. 그런데 오늘날의 시인은 만사에 대하여, 만인에 대하여 공감을 가져야만 그들을 이해하고 묘사할 수 있다는 겁니다.

무감동을 숭상하는 태도에는 곤충학자와도 같은 조심성이 깃들어 있었다. 소설가는 자연과학자가 동물의 종을 관찰하듯이 인간들을 관찰하겠다는 것이었다. 작가가 개인적인 입장에서 개입하기를 거부하는 것은 곧 진실의 존중을 의미하는 것이었다. 소설가는 현상들의 결정론과 여러 가지 감정들의 자연스러운 연관관계가 지시하는 바에 따르지 않으면 안 된다. 서술된 이야기는 그것 자체로서 충분히 성립될 수 있어야 한다. 소설가가 개입하기를 삼갈수록 그만큼 더 신빙성은 커진다. 오로지 소설적인 여건의 짜임새 그 자체만을 통해서 이해가 가능해져야 마땅하다. 과학적인 배려와 미적인 효율성에서 생겨나는 것이 플로베르의 무감동성이지만 그것은 사실 상상에 의하여 창조된 존재들에 생명을 불어넣어주고 있는 그 어떤 열정의 가면이라고 할 수 있다. 그의 무감동이 '자아'의 피상적인 특수성을 포기하는 목적은 오직 타인의 정념 속으로 보다 더 깊숙이 파고들어가 보자는 데 있다. 여기서 말하는 무감동은 어떤 심원한 범신론과 연관되어 있다. 그것은 어떤 신의 덕목 같은 것을 지니고 있다. 독자들은 소설을 읽으면서 그 속에서 어떤 작자의 모습을 발견하게 되기를 기대했었는데 실제로는 그 속에 있는 어떤 숨은 신神을 본 것 같은 느낌을 갖게 된다.

　나는 종이 위에다 내 마음속의 그 무엇을 기록하는 것이 견딜 수 없을 만큼 싫습니다. 심지어 한 소설가에게는 그 무엇에 관해서건 자신의 의견을 표현할 권리가 없다는 생각까지 듭니다. 어디 하느님이 자신의 의견을 말하던가요?[14]

하고 플로베르는 고백했다. 모든 것을 남김없이 다 이해하고자 하는 열렬한 욕구를 가진 작가는 결국 결론 내리기를 거부하는 태도에 이를 수밖에 없다. 소설가는 스스로 사라져버리기로 결심한다. 스스로의 존재를 감추어버리고자 할 때 그 목적은 오직 도처에 존재하려는 데 있다.

　글을 쓴다는 것은, 다시 말해서 이제는 더 이상 자기 자신이 아니게 되고 마침내 자기의 이야기의 대상인 온갖 피조물들 속을 마음대로 돌아다닐 수 있게 된다는 것은 감미로운 일이다. 예컨대, 오늘 나는 남자인 동시에 여자요, 사랑에 빠진 남자인 동시에 사랑받는 여자가 되어 숲속으로 말을 타고 돌아다녔는데 나는 말이요 나뭇잎이요 바람이요 사람들이 하는 말소리였다.[15]

라고 1853년에 플로베르는 적고 있다.

---

14) 상드G.Sand에게 보낸 편지, 엘렌느 프렐리슈Hélène Freilich, 『『서한집』을 통해 본 플로베르Flaubert d'après sa Correspondance』에서 재인용.
15) 『서한집』, 1853년 11월.

현실성과 아름다움Réalité et Beauté

플로베르는 그 어느 소설가보다도 더 소설을 삶의 진실로 환원시키고자 노력했다. 그 어느 누구보다도 더 그는 소설에다가 한 아름다운 작품의 격조를 부여하고자 열망했다. 플로베르가 겪은 모든 미적 드라마는 사슬의 이 양 끝을 함께 거머쥐고 있고자 한 데서 비롯되는 것이었다. 그는 자질구레한 것들을 통해서 일상생활의 보잘것없는 모습 속을 꿰뚫어 보고자 한 발자크의 노력을 한 걸음 더 밀고 나갔다. 그러면서도 자신이 볼 때 발자크는 아름다움이라는 측면의 요구에 대해 너무나도 신경을 쓰지 않았다고 여겨져 그 점이 몹시 아쉽게 생각되었다.

> 내 생각으로는 소설은 이제 겨우 태어났을 뿐이라고 느껴진다. 소설은 호머를 기다리고 있다. 발자크가 글을 제대로 쓸 줄만 알았던들 얼마나 훌륭한 인물이 되었겠는가.[16]

하고 그는 말했다. 그는 후일 『살람보Salammbô』를 집필하기 시작하면서 자신은 '미美를 통해서 그래서 진실된 것, 생생하게 살아 있는 것'을 그려 보이고자 한다고 술회하게 된다. 『마담 보바리』에 대해서 말하라고 한다면 그는 진실된 것을 통해서 미의 마력적 효과를 얻고자 한다고 했을지도 모른다. 1852년에 이미 그는 자기가 시도하는 작업의 새롭고 특이한 면이 무엇인지를 깨달았다. 즉 "서정과 비속이라는 두 가지 심연 사이에 매달아놓은 한 가닥 머리카락을 딛고 똑바로 걸어가는" 것이 바로 그 작업이었던 것이다.[17] 어느 날 그는 "저속한 대화를 어떻게

---

16) 위의 책, 1852년 12월.
17) 위의 책, 1852년 7월.

174

하면 잘 쓸 수 있는지"를 물었다.[18] 그는 "산문에다가 (산문 그대로, 아주 산문적인 그대로 두어둔 채) 운문의 리듬을 부여하고, 역사나 서사시를 쓰듯이 평범한 삶을 글로 표현"하고자 했다.[19] 이 같은 탐구를 통해서 플로베르는 소설의 가장 어려운 문제들 중 한 가지에 가장 모범적으로 매달렸다. 즉 어떤 예술이 예외적인 인상들이나 보편적 진리가 아니라 그저 보잘것없는 일상의 현실을 표현하겠다고 할 경우에는 곧 스타일의 문제에 부딪혀 고전하게 된다고 하는 것이 바로 그것이었다. 스타일을 찾기 위한 극도의 고통les affres du style이란 플로베르의 경우 현실을 한결같이 고르게 아름다운 실체로 변환시키는 작업의 어려움을 반영하고 있다. 마르셀 프루스트는 후일 발자크의 혼탁한 스타일과 플로베르의 스타일을 상호 대립적인 것으로 놓고 비교했다. 플로베르의 그것은 예술가가 현실에 가하는 일종의 연금술과도 같은 그 무엇이었다. 세인들은 플로베르를 사실주의 소설가로 취급하고자 했지만 그는 현실에 대한 증오심을 품고서 『마담 보바리』를 썼다고 주장했다. 그는 자신의 눈에 보이는 것을 '실제 있는 모습대로가 아니라 변형된 모습으로' 그리고자 했으며 '변신의 욕구에 미친 듯이 사로잡힌' 상태였다고 술회했다. "가장 멋진 실제 사실을 정확하게 서술한다는 것은 나로서는 불가능한 일일 것 같다. 나는 거기다가 다시 더 수를 놓아야 할 테니까 말이다"라고 그는 썼다.[20] 아름다움을 숭상하는 이 같은 태도로 인하여 그는 만년에 이르러 이제 막 태동하는 자연주의의 신조를 부정적인 관점에서 비판하게 된다.

---

18) 위의 책, 1852년 8월.
19) 위의 책, 1853년 1월.
20) 위의 책, 1853년 8월.

『마담 보바리*MADAME BOVARY*』

소설적인 것의 역逆

1857년『마담 보바리』의 발간은 프랑스 소설사에 가장 중요한 사건으로 길이 남는다. 발자크가 사라지고 나자, 보들레르가 지적했듯이 "소설과 관련된 일체의 호기심은 잠잠해져버렸다." 그런데 이 작품은 치밀한 분석, 진실성 있는 묘사, 일종의 정신적 해부를 통해 보여주는 가차 없는 성격 등으로 해서 사람들에게 충격을 주었다. 플로베르는 유파로서의 사실주의와는 거리가 멀었지만 그의 책은 다음 세대 사람들에게는 사실주의 소설의 성서로서 길이 남아 있다. 그는 진실을 중요시하는 데 있어서는 발자크 이상으로 많은 관심을 기울였다. 그는 소설에 눌어붙어 있던 군더더기들을 제거했으며 발자크식의 상황들과 인물들에게서 보이곤 했던 '로마네스크'한(소설적인) 요소들을 없애버렸다. '교묘한 배열'과 '효과의 조합' 따위는 오로지 '자연스러움'을 확보하는 데만 활용했다. 그는 시골의 연대기로부터 빌려온 일화들에서 힌트를 얻었다. 그는 있을 수 있는 가장 저속한 일화, 즉 간통사건을 소재로 골랐다. 그는 무미건조한 소시민 생활의 일상적인 사건들을 통해서 여주인공을 소개했다. 시골의 작은 마을이 인간의 어리석음을 그린 이 코미디의 무대였다. 노르망디 지방의 결혼식, 농사공진회, 그 주일에 한 번씩 이웃 도시의 어느 호텔에서 벌어지는 간통, 반반하지만 보잘것없는 시골 여자의 싫증과 한숨과 열에 들뜬 인사불성 상태,[21] 이런 것이 바로 플로베르가 다루어보겠다고 마음먹은 내용이었다. 그것은 로마네스크한 것과는 완전히 '거꾸로'였다.『드 카모르 씨*M. de Camors*』[22]의 여주인공은 말 위에 몸을 실

---

21) 보들레르,『낭만적 예술』, 플레이아드판, p.1006.
22) 옥타브 푀이에의 소설, 1867.

은 채 달려가서 가파른 절벽 꼭대기에서 몸을 날린다. 그야말로 로마네스크한 방식이다. 그런데 엠마는 너무나도 산문적으로 앞집 약국에 가서 청산가리를 약간 '슬쩍한다'. 발자크의 주인공들은 그들 나름대로 격동에 찬 삶을 보여준다. 그들의 경우에는 실패 속에도 요란스러운 그 무엇이 있다. 그런데 플로베르의 시대는 사람들이 실패한 삶의 한심스러운 단조로움 따위에 한결 더 민감해진 시대였다. 『마담 보바리』는 숙명의 소설이며 주변 사정에 우롱당하는 쩨쩨한 삶의 소설이었다. 르뢰의 교활한 행동과 오메의 의기양양한 득세는 대위법적으로 샤를르와 엠마의 완만한 패배를 강조해주고 있다. 발자크의 세계는 꿈속에서처럼 살아 움직이며 악몽처럼 격동에 차 있어서 마술환등을 연상시키는 세계였다. 거기서는 상상이 삶을 '각색' 하고 그 삶을 현실 속에서보다도 더 아름답거나 더 참담하게 만들어놓는 것이었다. 반면, 플로베르는 기복을 없애버린 모습으로 소개해 보이려고 애를 썼다. 엠마의 갖가지 꿈들은 그녀의 삶의 단조로움을 더욱 뚜렷하게 드러내 보일 뿐이었다. 그 꿈들은 로마네스크한 것에 대한 한갓 조롱에 불과했다.

새로운 구조

플로베르는 어떤 위기의 소설이 아니라 어떤 일생의 소설을 쓴 것이다. 그는 얽히고 설킨 우여곡절의 수많은 갈래들을 늘어놓는 것이 아니라 어떤 한 생애의 에피소드들을 펼쳐 보였다. 월터 스코트에게서 느린 준비단계, 위기, 그리고 대단원이라는 골격을 차용해왔었던 발자크의 뚜렷한 극적 구조 대신에 플로베르는 그림들 혹은 장면들을 단순히 연속적으로 이어놓은 구성방식을 대치시켰다. 모든 것이 하나의 중심으로 집중되는 강력한 효과 대신에 그는 구체적인 체험을 통해서 실감되는 시간의 흐름을 암시해 보였다. 발자크의 극적 구성방식은 강력한 인상의 건축물들을 이룩해놓았다. 그 경우는 단숨에 분출하는 거대한 덩어리들이 모여서 이루어지는 건축물들이었다. 반면 플로베르는 앞서 말한 체험적 시간의 음악적 구성방식이 요구하는 미묘한 조화에 매달리는 편이었다. 소설의 시작에서부터 '어떤 바보의 얼굴처럼 말없는 표정의 깊이'를 지닌 샤를르의 모자는 어떤 한심한 일생을 예고하는 전주곡이었다. 농사공진회 장면은 교향곡의 관현악 편성기법을 소설에 도입시킨 경우였다. 토스트가 어떤 주제의 소묘라고 한다면 용빌은 그 주제를 되받아 심화·발전시킨 것이다. 엠마와 샤를르의 평행선을 이루는 두 가지 꿈들은 불협화음의 가치를 갖는 것이었다. 레옹과의 첫 만남은 로돌프의 품속에 몸을 맡기게 되는 미래의 전주와도 같은 기능을 맡고 있으며 또한 루앙에서 정사를 즐기는 날들을 예고한다. 보비에사르 성관에서의 무도회는 소녀시절의 독서로 인하여 품게 된 꿈들을 구현시켜주는데, 이 화려한 세계의 광경은 마구간에서 젖을 짜던 농가집 딸로서 보낸 어린 시절과는 강한 대조를 보인다. 엠마가 파리에 대해서 품고 있는 신화적인 생각은 실제 삶과 꿈 사이의 대위법으로 구상된 소설 속에서 용빌의 쓸쓸한 현실과 대립되고 있다. 간통을 하러 가는 길에서 여러 차례에 걸쳐 보게 되는 장님은 엠마가 단말마의 고통에 시달리는 마지막 순간에 이르면 어떤 저주의 형상을 갖춘다. 오메의 승리는 엠마의 죽음에 대응된다. 또 라리비에르 박사의 명철함은 샤를르의 명청함을 더욱 두드러져 보이도록 만든다.

예술적 형상화

『마담 보바리』의 원고를 검토해보면 플로베르의 소설이 한갓 '잡보기사'의 차원을 뛰어넘어 얼만큼 '예술 작품'의 경지에 이르며 얼만큼 '문학적 사실'로 승격되는가를 목격할 수 있다.[23] 플로베르는 오랫동안 글

---

23) 피에르 모로, 《문학소식Information littéraire》지, 1957년 5~6월호, p.97.

을 다듬는 작업에 몰두했었다. 그는 여러 대목들을 잘라냈고, 자기 스스로 발견해낸 기발한 표현들을 엄격하게 통제했고, 처음에 길게 풀어서 썼던 것은 그 핵심을 각 문장 속에 압축해 넣으려고 최선을 다했으며, 피에르 모로Pierre Moreau가 지적했듯이[24] 자기가 독서한 내용의 핵심을 지금 쓰고 있는 대목에 편입시켜 넣기도 했다. 플로베르의 사실주의는 어느 면으로 보나 현실을 전사하는 사진술을 본딴 것이 결코 아니다. 그의 사실주의는 참을성 있고 세심한 다듬기 작업의 결실이다.

현실의 변형

1853년에 플로베르는 이렇게 말했다.

시란 외부의 대상들을 인지하는 한 방식에 불과하다. 시는 물질을 여과하고, 물질의 실체를 바꾸어 놓지는 않으면서 그것의 모습을 변화 시키는 특수한 기관器管이다.

플로베르는 엠마 보바리에게 예민한 감성을 부여했다. 그는 자신이 갖추고 있는 '아이러니' 감각을 동원하여 그 여주인공을 마음대로 지배하면서도 자신이 타고난 '서정성'이라는 보물을 그녀에게 부여했다. 우리는 엠마의 그와 같은 자질의 프리즘을 통과하면서 현실이 그 모습을 바꾸게 되는 예를 얼마든지 들어 보일 수가 있을 것이다. 가령, 보비에사르 성관에서 그 여자는 "현재 시간의 섬광과도 같은 광휘"를 민감하게 느낀다. 병에 걸려 자리에 쓰러져 누워 있는 그녀에게 신부가 성체를 배령케 해주자 안방의 커튼이 그녀 주위에서 나른하게 구름처럼 부풀어 오르고 옷장 위에 타고 있는 두 개의 촛불 빛이 그녀의 눈에는 눈부신 영광의 빛

---

24) 위의 책.

과 같아 보였다. 그때 그녀가 머리를 가만히 뒤로 눕히자 허공 속에서 천
사들의 하프 소리가 들려오는 것만 같았고 푸른 하늘 저 높이 황금의 옥
좌 위에 온통 위엄으로 빛나는 하느님 아버지가 올라 앉아서, 그녀를 품
에 안아 오라고 불꽃의 날개를 단 천사들을 손짓하여 땅 위로 내려보내
고 있는 모습이 보이는 것 같았다. 그런 광경은 '찬란한 환영'처럼 그녀
의 기억 속에 남아 있었다. 루앙 시의 묘사는 "뿌연 하늘의 불분명한 밑
자락"에까지 떠오르는 풍경의 전체적 움직임이라든가 "가만히 떠서 움
직이지 않고 있는 거대한 검은 물고기들"과도 같은 그 "섬들"과 더불어
한 폭의 그림으로 다듬어져 있다. 그러나 간통의 쾌락에 혼이 빼앗긴 그
녀의 눈에는 이 해묵은 노르망디의 고도古都가 "터무니없을 만큼 거대한
도회지처럼 보여서 자신은 마치 바빌론으로 발 들여놓은 것만 같이" 느
껴진다. 두 사람이 서로 밀회의 약속을 한 대사원에서 레옹은 그곳이 마
치 무슨 어마어마하게 큰 안방인 것만 같다는 불경스러운 착각에 사로잡
힌다. 플로베르에게는 현실이 환상적 비전에 의하여 변형되는 현상이 나
타나는가 하면 그것은 또 엄격한 관찰의 상세함으로 이어진다. 묘사는
인물의 마음의 상태를 반영한다. 엠마는 눈앞에 펼쳐져 보이는 세계를
자신의 감정으로 채색한다. 플로베르의 사실주의는 이미 일종의 주관적
사실주의였다. 적어도 어떤 암시적 사실주의임에는 틀림이 없었다.

꿈의 몫

어떤 강렬한 순간들은 현실에다가 어떤 마술적인 광채의 후광을 드리
우기에 이른다. 그러나 가장 찬란한 광경은 역시 꿈이 제시해 보이는 광
경이다. 플로베르는 소박한 현실을 그린 이 소설 속에서 그처럼 꿈이 만
들어내는 광경에 중요한 몫을 할애했다. 사실 현실과 꿈 사이의 갈등은
이 책의 근원적인 주제였다. 보바리즘bovarysme이란 자기 자신을 실제
그대로의 자기와 다르게 보고 싶어하는 욕구라고 사람들은 정의한 바 있

다. 플로베르는 바로 그 같은 꿈들을 환기시키는 대목들에서 그의 풍부한 서정과 아이러니의 자질을 마음껏 발휘해 보여주었다. 엠마의 몽상은 때때로 실제 삶이 제시해 보였던 행복의 실마리를 여운처럼 연장하여 보이곤 했다. 그 여자는 '추억이 사물들에 부여하는 저 확대된 기대 지평'과 더불어 상상을 통하여 어떤 장면을 다시 그려봄으로써 그 장면을 재음미하곤 하는데 이런 것을 가능케 하는 것이 바로 몽상이라는 것이다. 많은 경우 몽상은 보상적인 가치를 지닌다. 결혼 다음 날 엠마는 어떤 이상적인 밀월여행을 공상해본다. 신혼의 방에서 그 여자는 출발과, 머나먼 고장들과 장밋빛 대리석으로 지은 대사원들을 꿈꾸며 레몬나무의 향기와 바닷가의 부드럽게 구비 도는 만의 정경을 그려본다. 옹색한 삶 속에서 몽상은 탈출구를 열어주는 것이었다. 플로베르는 이럴 때 자주 간접화법 형식을 활용했다. 반 과거시제는 어떤 의식 내용에 바로 접근할 수 있게 해주는 것이었다. 스탕달의 경우 내적 독백은 마음속 깊은 곳에서 이루어지는 심사숙고의 내용을 전달할 수 있게 해주는 것이었다. 그것은 또렷한 정신상태와 결단의 순간을 의미했다. 그런데 플로베르의 경우에 내적 독백은 반대로 몽상이 전개되는 동안과 일치했다. 그것은 상상의 매혹을 통해서 현실의 부족한 점을 메우고자 애쓰는 어떤 의식의 내용 바로 그것이었다. 이때 꿈에 할애된 몫은 곧 어떤 부재의 비극성을, 성취되지 못한 것의 비참한 빈자리를 손가락질해 보인다고 할 수 있다.

플로베르의 개입

어느 날 플로베르는 술회하기를 자신은 스스로 내세우는 원칙들에도 불구하고 작품 속에다가 자신의 몫을 많이 담아놓았다고 했다. 그의 작품이 우리에게 가장 큰 감동을 주는 것은 '작가가 의도한 것 이상을 우리에게 이야기 해주는' 대목들에서이다. 『마담 보바리』 같은 소설에서 그가 보여준 매우 세심한 배려는 그 속에 작가가 끊임없이 출석해 있다는 사실을 증거해준다.

구성의 세세한 디테일에 의하여, 에피소드들의 선택에 의하여, 그리
고 끝으로 스타일에 의하여 소설가 중에서도 가장 객관적인 이 소설가
는 가장 주관적인 작자 못지않을 만큼 확실하게 자신의 작품에다가 자
신의 이름을 각인해놓았다.

라고 르네 뒤메닐René Dumesnil은 썼다. 『마담 보바리』의 소설화 작업
이야말로 인생이 '이해' 되는 동시에 '시로 변하는' 저 신비로운 경지를
보여주고 있다. 여러 가지 장면들의 처리라든가 그 장면들을 서로 짜맞
추는 방식은 거기에 소개된 현실을 이해 가능한 것으로 만들어준다. 플
로베르는 전형적인 인물들을 그려 보이는 기법을 통하여 현실에 어떤 보
편적인 가치를 부여했다. 1857년에 그는 사람들이 그의 소설의 비밀을
푸는 열쇠를 찾고자 한다는 것을 깨닫자 자기는 "여러 가지 유형들을 제
시해 보이고자" 했다고 털어놓았다. 샤를르, 엠마, 로돌프, 오메는 문학
적 유형다운 모습을 갖추고 있다. 무감동을 원칙으로 삼는다던 소설가는
늙은 하녀의 생김새를 묘사하는 끝부분에 가서 직접 개입함으로써 한 지
엽적인 인물에게도 전형성으로서의 가치를 부여했다. 플로베르는 여주
인공의 생애에 있어서 특징적인 대목들에 주목했다. 교육과정, 결혼, 아
이의 출산, 간통, 죽음의 고통 등이 그것이었다. 그는 주역을 맡은 인물
에게 조명이 집중되도록 하려고 노력했다. 그가 생각할 때 예술이란 하
나의 환상이었다. 여기서 환상이란 사건들의 의미를 이해하게 해주는 기
능을 갖는 것이었다. 설명은 소설가가 직접 개입함으로써가 아니라 사실
들을 한데 묶어 무리지음으로써 가능해지는 것이었다. 설명에는 비판이
추가되었다.

『마담 보바리』의 저자는 인물들 자체를 창조하는 것 못지않게 작자
자신이 그 인물들의 성질에 대하여 가하는 비판을 느낄 수 있도록 하
려고 고심했다. 그 비판이란 바로 인물들의 한심하고 그로테스크한 면
에 대한 비판이었다.

라고 티보데Thibaudet는 말했다. 실제로 제시된 이미지와 암시된 비판
이 이처럼 한결같이 중첩됨으로 인하여 소설은 어떤 입체성을 갖게 된
다.

『마담 보바리』에서 『살람보』로

『마담 보바리』를 완성하자마자 플로베르는 카르타고를 소재로 한 어
떤 또 하나의 소설을 구상했다. 그는 우선 역사 및 고고학 서적을 많이
읽기 시작했다. 그는 『살람보』를 쓰기 위하여 메모를 했고 문헌을 수집
했다. 그는 노르망디 지방의 생활을 소개할 때 보여주었던 것 못지않게
사라져버린 한 세계를 상기시켜주는 작업에서도 구석구석 세심한 배려
를 아끼지 않았다. 사실주의 소설에서 역사소설로 바꿔어도 그의 작업방
법은 여전히 마찬가지였다. 그는 카르타고의 분위기에 보다 실감나게 젖
어보기 위하여 튀니지로 여행을 할 필요를 느꼈다. 그곳으로부터 메모해
가지고 온 노트들을 다 정리해놓은 다음 그는 이렇게 썼다.

내가 들이마신 자연의 모든 정기들이여 내 속에 스며들어라. 그리하
여 그 정기가 내 책 속에서 뿜어 나오거라. 과거의 소생이여 내게로!
내게로! 아름다움을 통해서 여전히 생생하게 살아 있고 진실된 것을
보여주어야 한다.

진실과 아름다움은 언제나 그의 창조의 커다란 두 가지 원칙이었다.

스타일을 위한 저 극단한 고통도 언제나 아름다움을 창조하자는 데 목적이 있었다. 소설가는 세밀한 탐구에 골몰함으로써 고대의 한 세계를 되살려내고자 했다. 라틴문명의 주변적 위치에 머물러, 오리엔트와 아프리카 쪽으로 시선을 돌리고 있던 고대의 한 세계 말이다. 우리는 이 파르나스풍의 소설이 갖추고 있는 엄격한 건축적 구조와 형태적 아름다움 속에서 머나먼 한 세계의 존재를 느낄 수 있다. 이 책은 또한 상징적 의미가 가득한 소설이다. 그것은 시적 몽상이 낳은 작품이었다. 여기에 소개된 여인상은 엠마 보바리의 심리적 현실감을 지닐 수는 없었다. 그 여인상은 매혹하는 힘을 가지고 있었다. 그것은 몽상을 위한 한갓 구실에 불과했다. 그것은 우리에게 말라르메의 에로디아드나 발레리의 젊은 파르크를 상기시킨다.

『감정교육』[25]

한 일생의 소설

플로베르는 1869년 이 걸작 소설을 발표하게 되기 이전엔 줄곧 이 주제를 머리속에서 생각하고 있었다. 그 이전의 수많은 텍스트들은 모두 이 걸작 소설의 초안들이라고도 볼 수 있다. 우리는 최후의 결정고에서 플로베르가 쓴 초기 텍스트들로부터 온 문장들을 발견할 수 있다. 『감정교육』의 첫 번째 원고는 아직 두 번째 원고의 규모나 깊이를 갖추지는 못하고 있지만 그것으로의 어떤 발전을 예고하고 있다.

우리는 『감정교육』에서 자전적인 요소가 큰 몫을 차지하고 있다는 사

---

25) 르네 뒤메닐의 『귀스타브 플로베르의 「감정교육」』*L'Éducation Sentimentale de Gustave Flaubert*, Nizet, 1963. 카스텍스의 『플로베르, 「감정교육」』, *Flaubert, L'Éducation Sentimentale* 참조.

실을 알고 있다. 플로베르는 이 책 속에서 그가 1836년 트루빌에서 조우했던 어떤 여자와의 이야기를 변형시켜 옮겨 놓았다. 또 그는 자신이 실제로 만나 사귀었던 많은 인물들, 그에게 익숙한 장소들, 그가 목격한 사건들을 이야기 속에 삽입시켰다. 막심 뒤 캉은 이렇게 썼다.

> 그는 여기에서 한 시대를, 혹은 그의 말대로 그의 인생의 한 단면을 이야기했다. 여기에 등장하는 인물치고 내가 그 실제 이름을 말하지 못할 인물은 하나도 없다. 나는 그들 모두와 아는 사이였다. 원수 부인에서 바트나 양에 이르기까지, 다름 아닌 플로베르 자신인 프레데릭에서부터 트루빌에서 우연히 만난 낯선 여인이며 다른 환경 속으로 옮겨서 그려진 아르누 부인에 이르기까지 나는 모든 인물들을 실제로 만났었다.

플로베르의 창작기법은 생각보다는 덜 몰개성적인 것이 되었다. 『감정교육』은 어린 시절의 추억을 되살려 놓았다. 주인공 프레데릭이 언젠가는 프랑스의 월터 스코트가 되기를 꿈꾸는 대목을 읽으면서 우리는 뤼시앵 드 뤼방프레를 연상하기도 하지만 그에 못지않게 플로베르의 초기 문학적 시작試作들, 특히 『10세기 노르망디의 연대기』를 연상하게 된다. 『감정교육』에는 그의 삶의 영상이 비쳐져 있다.

삶의 영상, 이는 '성장소설Bildungsroman'이나 인생소설life novel의 프랑스 판이라고도 할 수 있겠다. 그것은 어떤 수업과정을 그린 소설로 청소년기에서 성년으로 옮아가는 과정을 보여준다. 그것은 또한 인생에 입문하면서 맛보는 갖가지 희망과 쓸쓸한 실망을 표현하고 생명 없는 계절들의 무미건조함을 환기하는, 매일매일의 일상적인 사건들로 짜여진다. 아마도 그가 실패한 원인은 바로 여기에 있을지도 모른다. 아직까지 그 어느 소설가도 작가적인 염결성을 이렇게까지 극단으로 밀고 간적은 없었다. '극적으로 꾸민다dramatisation'든가 '로마네스크 romanesque'한 요소를 동원하기를 삼가고 일상성의 한심하고 단조로운 면을 아무런 꾸밈없이 환기해 보임으로써 플로베르의 소설은 자연주의 세대에 커다란 영향력을 행사했다.

한 세대의 결산

플로베르는 단순히 자기 자신의 삶의 기억들만을 활용한 것은 아니다. 그는 자기 시대의 벽화를 그려 보였다. 마리 잔느 뒤리가 출판한 미발표 수첩에서 "우리는 가장 자질구레한 디테일에 이르기까지 한 편의 연애 소설을 또 한 편의 '파리 풍속' 소설과 결합시켜 주는 의도상의 주저와 혼합의 흔적을 알아볼 수가 있다."[26] 플로베르는 또 이렇게 말했다. "보바리 부인은 바로 나다." 거기에 그는 추가할 수도 있었을 것이다. "감정 교육은 바로 나의 시대다"라고 말이다. 사람들은 그의 소설에 대하여 그것이 지닌 문헌적 가치를 충분히 인정했다. 이와 관련해서는 소렐G. Sorel이 한 유명한 말이 있다. "쿠데타가 일어나기 바로 전 시기를 알고자 하는 역사가는 『감정교육』을 소홀히 할 수 없다." 우리는 이 소설을 읽음으로써 1848년경에 제기되었던 대부분의 문제들을 발견할 수 있다. 1848년 혁명을 그린 대목은 그야말로 진정한 역사의 벽화다. 그 그림은 2월 23일과 24일 플로베르 자신이 직접 목격한 장면들과 그가 수집한 문헌들, 그리고 그가 조르주 상드, 바르베스Barbès, 모리스 슐레젱제르 Maurice Schlésinger, 쥘 뒤플랑Jules Duplan에게 요구하여 얻은 증언들로 구성되어 있다. 플로베르는 델로리에, 세네칼, 그리고 뒤사르디에라는 세 인물로 세 가지 유형의 혁명가를 구체화시켜 보여주었다. 델로리에는 분격한 야심가이고, 세네칼은 지배하고자 하는 욕구와 정의감을

---

26) 피에르 모로Pierre Moreau의 위에서 인용한 논문.

동시에 느끼는 인물이며, 정열에 차고 신의 있는 인물인 뒤사르디에는 1848년 혁명정신을 체현해 보이고 있다. 이 세 인물이 결국은 실패의 쓴 맛을 보게끔 되어 있고 그 실패가 프레데릭의 애정적 차원의 실패에 대한 메아리 구실을 한다는 점은 의미심장하다. 델로리에는 시골로 은퇴해 버리고 세네칼은 경찰로 변신하며 뒤사르디에는 12월 2일에 총을 맞고 죽는다. 『감정교육』에는 단순히 역사적 벽화만이 그려진 것은 아니다. 거기에는 한 세대의 파산에 대한 증언이 담겨 있다. 프레데릭은 구체적인 목표도 줏대도 없는 인물이다. 그는 자신에게 주어진 기회를 포착할 줄 몰랐다. 그러나 이 같은 성격적인 결함과 관계없이 그는 어찌할 바를 몰라하는 한 시대의 주인공이었다. 30년이 지난 후 바레스Barrès는 「민족적 에너지의 소설Le Roman de l'énergie nationale」이라는 글 속에서 플로베르의 소설은 모든 에너지에 넘치는 가치들이 사라져가는 모습을 목격시켜준다고 썼다. 플로베르는 잃어버린 세대의 서사시를 그려 보였다. 해체되어 가는 한 세계의 안이함 속에서 길 잃은 한 세대의 서사시를 말이다. 하여간 그는 '자신의 시대가 요구하는, 그의 시대의 예술에 요구되는 완벽하고, 발자크풍이며 파리를 무대로 하는 위대한 소설'을 썼다는 것을 의식하고 있었다. 대재난이 도래하기 전에 그 시대에 교훈이 되어줄 수 있을 그런 소설 말이다. 막심 뒤 캉은 불타고 있는 튈르리 궁을 바라보면서 플로베르에게 이런 말을 했다고 한다. "『감정교육』을 제대로 이해하기만 했던들 이런 일은 일어나지 않았을 텐데."

환멸의 서사시

『감정교육』은 실패의 소설이다. 우리는 이 소설 속에서 한 세대의 파탄과 한 인생이 서서히 와해되어 가는 모습을 목격하게 된다. 60년대의 수많은 소설들이 청소년기의 꿈을 성년에 이르도록 실현하지 못한 주인공들을 기꺼이 그려 보였다. 프로망탱Fromentin의 『도미니크

Dominique』(1863), 막심 뒤 캉의『잃어버린 힘*Les Forces perdues*』, 플로베르의『감정교육』은 낭만주의의 허황한 꿈에 대한 반동적 운동이라는 맥락에서 이해될 수 있다. 그들의 작품 속에는 잃어버린 환상들에서 오는 우울이 다양한 뉘앙스와 잘 배합되어 나타나 있었다. 프로망탱의 주인공은 플로베르의 주인공과 마찬가지로 고등학교 시절에, 자신보다 연상이고 다른 남자와 결혼하기로 되어 있는 한 여자를 만났었다. 그는 그녀를 사랑했지만 희망을 가질 수가 없었다. 머지않아 그는, 함께 나누기는 했지만 결국은 불가능한 것인 그 사랑을 포기했다. 그는 프레데릭 이상으로 자신의 평범함을 의식하고 있었다. 그는 주변 사정에 동요되지 않고, 자신의 꿈이 무너진 폐허 위에다가, 자신의 됨됨이에 어울리는 운명을 구축하려고 노력했다. 그에게 있어서 환상의 상실은 곧 지혜의 시작이었던 것이다. 정념과 명예를 좇는 그 헛된 꿈이 그의 마음속에 남겨놓은 것은 가슴을 찌르는 듯한 우수뿐이었지만 그 우수 덕분에 그는 보다 더 확실하게 성숙에 이를 수가 있었다.

막심 뒤 캉의『잃어버린 힘』은 1866년에 나왔는데『감정교육』과 유사한 주제를 다룬 소설이었다. 플로베르는 그 점을 똑똑히 의식하고 있었다. 그 소설 역시 감정교육의 이야기였고 한심한 실패의 이야기였다. 뒤 캉의 주인공 오라스는 그에게 행복을 가져다줄 것 같은 한 여인을 만났다. 프레데릭은 아르누 부인을 손아귀에 넣지 못했기 때문에 인생을 실패했는데 오라스의 경우에는 만족스럽던 정념이 증오와 질투로 가득찬 광기로 전락하는 바람에 인생을 실패로 마감하고 말았다. 그 인물 역시 프레데릭처럼 여행을 함으로써 실망을 위안받으려 애썼다. 그러나 갖가지 여행을 다 해보았지만 잃어버린 기회들과 유산된 노력들, 그리고 낭비된 정력에 대한 탄식을 금할 길이 없었다.

『도미니크』에서『감정교육』에 이르기까지 이런 소설들을 관류하고 있는 환멸의 주제는 세기병世紀病의 마지막 변종들 중 하나였다. 낭만적인 주인공은 절대에 매혹되어 있었으므로 이 지상의 세계에서 얻을 수 있는 것은 오로지 실망뿐이었다. 르네와 아돌프, 뤼방프레와 아모리는 그 거동이 이 땅 위에 추락한 천사장들의 그것이었다. 생트-뵈브는 그 시대 나름대로 『관능』(1834)에서 낭만주의적인 환상의 파산을 그려 보였다. 주인공 아모리는 프레데릭과 마찬가지로 결단력이 부족한 인물로서 명예를 획득하고자 꿈꾸긴 했지만 명성을 떨칠 수 있는 모든 기회를 놓치고 말았다. 그는 프레데릭처럼 이상적인 사랑과 쾌락적인 사랑, 사교계의 사랑과 순박한 사랑 사이에서 주저했다. 그는 기껏 자신의 패배를 엿보는 일에다가 자기가 지닌 정신적 자질을 모두 다 낭비했던 것이다.

　프레데릭 모로의 실패는 『골짜기의 백합』의 주인공 펠릭스 드 방드네스의 그것과 다를 바 없다. 발자크는 사실 생트-뵈브와 경쟁이라도 하듯이 그 소설 속에서 결혼한 연상의 부인에 대한 한 청년의 사랑을 그렸다. 그는 벌써, 서로 사랑하면서도 만족에는 이르지 못하는 그 정열적인 사랑의 이야기를 썼던 것이다. 이미 이 소설 속에서도, 『관능』의 드 쿠아엥 부인에게와 마찬가지로, 드 모르소프 부인에게는 아들의 병이, 금지된 사랑의 욕망에 빠지지 말라는 하느님의 경고로 느껴졌던 것이다. 그녀와 아르누 부인 사이에는 얼마나 많은 유사점이 있는가! 두 여자는 각자 "두 아이의 어머니이며 (…) 티 없는 사랑으로 사랑받고 또 사랑하는 여인들이다."[27]

　그렇지만 플로베르의 소설과 낭만주의 시대의 그런 소설들은 또한 얼마나 다른가! 지난날의 열정에 이어서 새로이 나타난 것은 아이러니와 신랄한 어조다. 발자크에게는 사랑에 대한 일종의 신비주의 같은 것이 있었는데 그것이 플로베르에게로 오면 조롱의 대상이 되고 만다. 아모리는 종교적인 열광 속에서 위안을 찾았다. 낭만주의 시대에 있어서 종교

---

27) 마리-잔느 뒤리의 위의 책.

는 실패에 대항하는 지고의 구원이 있었다. 그러나 프레데릭 모로에게는 이제 더 이상 아무런 구원도 없었다. 그는 늙어가는 데서 오는 덧없는 평화를 얻었지만 그것은 정념의 꽃을 시들게 하고 감수성을 무디게 하는 평화였다. 그는 오십 대에 이르러 전 같으면 마음을 뒤흔들어 놓았을 일에 대하여 열광할 줄도 모르고 분노할 줄도 모른다. 그의 경우 가장 비극적인 것은 아마도 인생에 실패했다는 사실이 아니라 인생에 실패하고서도 이제는 더 이상 그것이 괴롭게 느껴지지도 않는다는 사실일 것이다. 일상적인 현실에 부대끼면서 온갖 환상들이 하나씩 하나씩 꺼져가면서 깊은 비관주의가 태어난다. 플로베르에게 있어서 명예와 사랑의 꿈은 부르주아적인 삶의 타성 속에 매몰되어버리는 것이었다.

플로베르식 처리

이미 나온 작품들은 또 다른 작품들을 낳는 계기가 된다. 한 예술가는 이미 다루어진 바 있는 주제들에 새로이 손을 댐으로써 자기의 재능이 갖추고 있는 우월성과 독창성을 확인하게 된다. 아마도 플로베르는 자기 시대의 사람들을 위하여 『관능』이나 『골짜기의 백합』을 다시 써보겠다는 생각을 했을 것이다. 1869년에 그는 생트-뵈브가 『감정교육』이 나오는 것을 보지 못하고 죽어버린 것을 애석해 했다. 그는 생트-뵈브를 위하여 그 소설을 썼다고 술회했다. 사람들은 플로베르의 소설에 발자크를 상기시키는 요소들이 많이 있다는 것을 지적했고, 또 그는 "발자크의 경쟁자인 동시에 스승에게서 해방된 제자"였다고 주장한 바 있다.[28] 그의 소설은 그의 세대 나름의 '사라진 환상'이었다. 거기에는 『인간 희극』에 대한 암시들이 담겨 있었다. 델로리에는 프레데릭에게 라스티냐크의 모범을 제시하기도 했다. 프레데릭 역시 처음에는 라스티냐크처럼 그리 화

---

28) 앙드레 비알André Vial, 《문학사Revue d'Histoire littéraire》지, 1948년 4~6월호 참조.

려하지 못한 서민적 하숙집에서 살고 있었다. 뤼시앵 드 뤼방프레와 마찬가지로 그는 문학적인 명성을 얻으려고 꿈꾸었지만 파리 생활 속에 휩쓸려 타락의 길을 걷게 되었다. 그러나 그런 자질구레한 유사점들은 결국 그리 큰 중요성을 갖지는 못한다. 한쪽은 집요한 야심가이고 다른 한쪽은 심약한 성격인, 라스티냐크와 프레데릭을 비교해본다면 우리는 플로베르와 발자크 사이에 가로놓여 있는 깊은 골을 헤아려 볼 수 있다. 라스티냐크가 페르 라셰즈 공동묘지에서 파리를 바라보며 도전의 목소리를 드높일 때 프레데릭은 그 풍경을 바라보면서 따분한 심정이 된다. 발자크의 주인공은 먹이를 공격하는 인간인 데 비하여 플로베르의 주인공은 극도의 쇠약증세를 드러내 보인다. 그는 세월이 흘러가는 대로 방치해둔 채 거기에다가 자신의 마크를 찍어 놓지 못한다. 모든 것을 다 손에 넣을 수 있을 것만 같은 바로 그 시점에 모든 것을 다 잃고 마는 드 뤼방프레의 비극적인 종말에 비하여 프레데릭의 점진적인 침체는 강한 대조를 보인다.

플로베르의 소설 창작기법은 발자크의 그것과는 전혀 다른 어떤 세계관과 관련이 있다. 『마담 보바리』에서보다도 더 여기서는 서로 이어지면서 차례로 나타나는 장면들이 자질구레한 상황들로 분쇄되어 가루가 되어버리는 인생의 모습을 실감나게 해준다. 『마담 보바리』의 에피소드들은 전형적인 국면들을 제시해 보여주는 것이었다. 그 에피소드들은 집중적으로 던져지는 조명의 도움을 받고 있었다. 예술가는 흔히 '투시도법의 트릭'을 사용하여 그 작품에 하나의 정점이 두드러져 보이게 만들어서 그 작품이 '피라미드' 모양을 갖추도록 하는데 『감정교육』의 에피소드들은 그냥 앞뒤로 이어져 소개될 뿐 그런 투시도법의 트릭을 활용하지 않고 있다.[29]

---

29) 『서한집 *Correspondance*』, 1879년 7월.

플로베르의 성실성은 극단에까지 이르러 너무나 기교에 충실한 나머지 기교가 없어지는 경지를 보여준다. 갖가지 교섭에 또 다른 교섭이 이어지고, 갖가지 방문들에는 또 다른 방문이 이어지고, 갖가지 대화들에는 또 다른 대화가 그렇게 이어진다. 이건 마치 감겨 있는 영화 필름이 펴지면서 전개되는 것 같다. 아르누 씨 댁에서의 만찬, 알함브라에서의 야회, 생-클루에서의 축제, 가면무도회와 같이 이제 곧 무슨 행동의 계기가 만들어질 것만 같은 느낌을 주는, 다른 것보다 더 중요한 에피소드들이 없는 것은 아니다. 그러나 결정적인 일이라곤 전혀 일어나지 않는다. 『마담 보바리』에서는 이른바 '소설적'인 요소가 조롱의 대상이 되고 있지만 『감정교육』에서는 그런 요소가 아예 없다. 소설은 소설적인 요소의 부재에서 그 힘을 얻어내고 있다. 소설은 흔히 실제 현실 속에서 일어나고 있는 것이라는 느낌을 준다. 아무 일도 일어나지 않는, 오직 인생이 흘러 지나갈 뿐인 그런 현실 속이라는 인상 말이다. 프레데릭은 당브뢰즈 씨 부부 덕분에 성공을 하려면 할 수도 있었을 것이고 아르누 부인을 유혹하고, 순진하고 어린 처녀 로크 양과 결혼할 수도 있었을 것이다. 모든 것이 실제로 겪을 가능성이 있는 모험과 실제로 벌어질 수 있는 극적 사건들의 실마리를 충분히 가지고 있다. 발자크 소설의 극적인 대결에다가 플로베르는 아무런 결말도 얻지 못하는 분산과 해체의 비극을 대치시켰다. 그는 가능한 여러 가지 소설들의 역逆을 써 보인 것이다. 그는 자기가 하는 시도가 어떤 점에서 독창적인가를 분명히 의식하고 있었다. 즉 그 독창성이란 바로 극적 사건이 없다는 데 있었다. 바로 이런 점에서 그는 장차 자연주의 소설가들에게 그토록 대단한 매혹의 힘을 끼칠 수 있었다. 자연주의 소설가들의 노력은, 적어도 이론상으로는, '소설에서 모험적 사건을 제거하는' 데 집중되어 있었던 것이다.

소설의 구성방식

『감정교육』은 오랫동안 일체의 고의적인 구성이 결핍된 소설의 전형으로 알려져 있었다. 진실성을 존중하려는 배려 때문에 인공적인 조직성을 배제하는 것이 옳다고 주장하는 사람들에게 폴 부르제Paul Bourget는, 소설은 예술작품이며 구성이야말로 예술작품의 으뜸가는 지표라고 응수했다. 플로베르는 공쿠르 형제에게 말하기를 "소설의 스토리나 모험 가득 찬 사건이란 별로 중요한 것이 아니어서 자기는 오직 어떤 색채나 뉘앙스를 표현하려고 애쓸 뿐"이라고 했다. 그러나 이야기를 꾸며내는 일에 대하여 그는 실제 주장보다는 더 많은 관심을 쏟고 있었다. 그의 책의 여러 가지 초고들을 보면 '이야기를 지어내고 종합하고 구성하기 위한 고생스러운 작업'이 잘 드러나 있다. 『감정교육』의 구성은 스토리의 우여곡절을 짜맞추는 데 바탕을 둔 것이 아니라 주제들의 상호 얼크러짐에 바탕을 두고 있었다. 소설의 도입부에 나타나는 물 위로 미끄러져 가는 배의 테마는 이 소설의 핵심인 실제 체험적 시간의 느린 흐름을 예고하는 서곡과도 같다. 겉으로 드러난 스토리의 밑바탕에는 프레데릭이 전개해 보여주는 수많은 노력과 교섭들 전체에 걸쳐 한 장면에서 다른 장면으로 이어지는 상호 조응, 대조, 새로운 환기 등 일련의 매우 미묘한 대위법적 건축술이 깔려 있다. 알함브라에서의 야회는 팔레 르와얄에서의 야회를 상기시킨다. 생-클루에서의 축제는 아르누 씨 댁에서의 첫 만찬을 기억나게 한다. 파리에서 노장으로 돌아가는 여행에 대하여 노장에서 파리로 다시 돌아오는 여행이 화답한다. 파리에 처음 올라와 지낼 무렵 프레데릭이 처음으로 찾아간 것은 당브뢰즈 댁이었다. 그러나 후일 그가 가장 먼저 찾아가는 것은 아르누 부인이다. 당브뢰즈 부인, 아르누 부인, 로자네트, 그리고 어린 로크 양은 프레데릭의 네 가지 유혹이다. 우리는 그 여자들이 차례차례로 자취를 감추었다가 더 집요한 모습으로 다시 나타나는 것을 볼 수 있다. 그가 마리 아르누에게서 맛본 실망에 대하여 로자네트에게서 그가 맛본 실패가 화답한다. 로크 양과 결혼하기 위하여 돌아와 있는 노장으로 세 통의 편지가 와서 그의 마음을 뒤흔들어 놓는다. 이 세 통의 편지는 각기 사교계에서의 성공, 손쉬운 사랑, 그리고 이상적인 사랑이라는 세 가지의 유혹을 새삼스레 자극한다. 평론가들은 전체를 고전적인 3부로 나누어 놓은 이 소설의 구성방식의 중요성과 이상하게도 3이라는 숫자가 자주 반복하여 나타나는 현상을 지적한 바 있다.[30] 그러나 한 가지가 다른 한 가지를 환기하거나 그 양자 사이의 대조는 흔히 두 개의 항을 서로 짝지어 대립시킨다. 프레데릭이 로자네트 곁에 차지하고 있던 자리에는 드 시지 자작이 들어앉고, 마찬가지로 소설의 끝에 가면 로크 양 곁에서 그가 차지했던 자리는 델로리에게로 넘어간다. 아르누 부인이 트롱셰 가街로 오기로 되어 있었는데 정작 온 것은 로자네트였다. 손쉬운 사랑은 1848년 혁명에 대한 대위법의 구실을 한다. 아르누 부인과의 저 비장한 최후의 면담에 대하여 델로리에와의 비장한 마지막 면담이 화답한다. 이 책의 구조는 '소설적 romanesque'인 요소의 부재와 관련이 있다. 플로베르에게는 "순환적 사고pensée circulaire"라고 할 만한 것이 있다.[31] 시간은 흘러가지만 상황은 대체로 변함이 없는 채 그대로다. 유일하게 실현된 사랑이 있다면 그것은 손쉬운 사랑뿐이다. 여행과 산책과 이동으로 가득찬 이 소설은 사람들이 변화없이 제자리에서 맴돌고 있다는 인상을 준다. 도시의 미로는 프레데릭을 항상 똑같은 장소로 인도하며 그의 여행은 기껏해야 갔다가 되돌아오는 행위에 불과하다.

---

30) 레옹 셀리에Léon Cellier의 『구조에 관한 연구Études de Structures』, Archives des Lettres modernes, 1958 참조.
31) 조르주 풀레Georges Poulet의 「플로베르의 순환적 사고La pensée circulaire de Flaubert」, 《N. R. F》지, 1955. 7. 1.

'겉으로 나타나 보임paraître'의 세계

『감정교육』에서는 대개의 경우 우리가 주인공 프레데릭의 시점에 서서 만사를 바라보게 된다는 점이 특히 인상적이다. 물론 무감동한 태도를 유지한 채 소설가가 객관적인 묘사를 통해서 주인공의 시선을 부가적으로 거들기도 한다. 프레데릭이 정원을 바라본다면 플로베르는 그 정원을 묘사한다. 그러나 다른 인물들과 마찬가지로 아르누 부인은 항상 프레데릭의 눈을 통해서 바라보여진다. 주관적 사실주의의 전형적인 예들을 찾고자 한다면 얼마든지 있다. 파리에서 노장에 이르기까지 "강둑이 (…) 시원하게 풀어 놓은 넓은 리본들처럼 달려 지나갔다." 프레데릭을 파리로 실어다주는 마차여행은 어떤 지각적인 경험의 보고서와도 같다. 소설 속에서라기보다는 오히려 여행기에서 볼 수 있는 바와 같이 현장에서 즉각적으로 포착하여 본 것들이라는 인상을 주는 것이다. 프레데릭의 눈에 보이는 것은 "끌채에 매인 말들의 엉덩이 저 너머", "다른 말들의 갈기들"뿐이었다. 이따금씩 어둠 속에서 빵 굽는 집 화덕의 불빛이 "화재라도 난 것 같이 벌건 빛을 던지곤 했고, 말들의 괴물 같은 실루엣이 맞은편에 있는 다른 집을 배경으로 달려갔다." 프레데릭은 크레이유로 가는 기차 속에서 "정거장의 작은 집들이 마치 무대장치처럼 미끄러져 지나가는 것"을 바라보았다. 기차, 배, 마차의 규칙적인 운동 속에서 움직이는 것은 바로 세계 그 자체다. 이처럼 무대장치가 미끄러지듯이 변화해가는 모습은 이 작품의 라이트모티프 중 하나다. 파리에의 도착, 변두리 지역의 통과는 무대장치의 점진적인 변화로써 인지되고 느껴진다. 프레데릭은 파리 시내를 끝없이 돌아다니거나 아니면 어느 한순간 아르누 부인의 주소를 찾아서 열에 들뜬 사람처럼 헤맨다. 『감정교육』은 도시의 거리거리로 헤매는 이야기로 된 최초의 위대한 '방황' 소설이다. 그리하여 거기서는 "집들이 회색빛 정면들이나 닫혀진 창문들과 더불어 이어지며 지나간다". "샹젤리제 대로에는 굴러가는 승합마차들, 사륜마차들, 이륜마차들의 행렬이 느릿느릿한 물결과도 같았다". 그 큰길은 "말의 갈기와 의상과 인간의 머리들이 소용돌이치는 대하의 줄기와도 같았다". 몇몇 특별한 장면들은 온갖 영상들이 그렇게 소용돌이치는 모습을 상징적으로 보여준다. 알함브라에서의 야회, 경마장에서의 소란스러운 광경, 로자네트의 집에서 열린 무도회 등은 이러한 법석과 혼잡의 인상을 극도에 달하게 한다. 가장무도회가 끝난 후에도 모든 것이 "첫잠들 때와 같은 착란상태" 속에서 계속하여 빙글빙글 돌아갔다. 프레데릭에겐 "생선장수로 가장한 여자의 두 어깨, 하역 인부로 차린 여자의 궁둥이, 폴란드 여자로 차려 입은 이의 발목, 야만인 모습을 한 여자의 머리털이 계속하여 지나가고 또 지나가는 것이 보였다. 그리고 나서는 무도회에 참석하지도 않은 두 개의 커다란 검은 눈이 나비처럼 가볍게, 횃불처럼 불타오르는 모습으로 나타나서는 왔다갔다 했고 떨리면서 솟아오르기도 하는 것이었다 (…)". 엠마의 경우 꿈은 현실과 반대되는 세계였다. 그런데 여기서는 꿈이 현실의 연장이며 심지어는 현실이 어떤 꿈의 모습을 띠고 있다는 인상을 주기까지 한다. 프레데릭이 산책을 하는 동안 파리의 갖가지 영상들이 아르누 부인을 중심으로 하여 맴돌기 시작한다. 그녀를 정복하자면 "운명을 뒤집어 엎어 놓아야 하는 것인지도 몰랐다". 그런데 프레데릭은 기껏 그런 영상들이 소용돌이치는 모습을 바라보고만 있는 것이 고작이었다. 이렇게 만화경 속처럼 변모하며 지나가는 영상의 행렬들 속에서는 모든 것이 겉모습일 뿐이며 겉모습의 미끄러짐일 뿐이다. 아르누 부인은 다른 사람들보다는 좀더 진하고 좀더 마음을 흔드는 것이긴 하지만 그래도 한갓 영상에 불과하다. 프레데릭은 이미 마음의 간헐적인 흔들림이라는 것을 체험한다. 그녀에 대한 그의 비전 하나하나는 사랑의 한 줄기 바람결이나 무관심의 한 가닥 물결을 그의 마음속에 불러일으킨다. 그녀와의 마지막 만남의 장면이 지닌 비극성은 바로 아르누 부인의 현재의 이미지가 옛날과 같은 전율을 더 이상 그의 마음속에 불러 일으키지 못한다는 데 있다. 프레데릭은 인생의 표면 위에서 미끄러지듯이 움직이고 있는 것이다. 그는 언제나 자기 자신에게서 멀리 떨어져 있다. 그의 몽상들은 "그의 인생의 머나먼 지평선에" 솟아오르는 섬광들 같은 것이었다. 근본적으로 중요한 일이라곤 전혀 일어나지 않았다. 『감정교육』은 진정성이 결여된 삶을 그린 최초의 위대한 소설이었다.

우리가 실제로 살 수 있는 삶이나 우리가 실제로 겪을 수 있는 극적인 사건이 미치지 못하는 곳, 다시 말해서 오직 '겉으로 나타나 보이는le paraître' 미덕의 세계 속에만 진정으로 중요한 것이 있는 것이라면 또 모를 일이다. '겉으로 나타나 보임'이란 플로베르에게 있어서 단지 무無를 가리는 가면만이 아니다. 그것은 바로 어떤 '나타남apparition'의 전개를 의미한다. 좀더 부연 설명을 하자면 이렇다. 사실 우리는 이 소설 속에서 지각작용을 의미하는 어휘들이 대거 동원되고 있다는 사실에 깊은 인상을 받게 된다. '나타나다paraître'라는 동사 하나만 두고 보더라도 얼마나 높은 빈도로 사용되고 있는가? 배 위에서 프레데릭이 아르누 부인을 처음 보았을 때만 해도 '그것은 마치 홀연한 나타남과도 같은 것이었다. 그는 그 여자를 바라보았다'. 그 여자는 이 소설 전체에 걸쳐서 '나타나기'를 그치지 않는다. 다른 인물들도 마찬가지다. 또 미끄러지듯 지나가는 풍경들, 불쑥불쑥 나타나는 야산들, 지나가는 건물 정면의 행렬 등 모두가 그렇다. 플로베르의 세계는 바로 눈앞에서 펼쳐진다. 『감정교육』에서의 묘사는, 인물이 지각하는 현실에 부여하는 갖가지 색깔들을 통한 심리적 가치만을 지니는 것이 아니다. 묘사는 세계를 '말해준다' 묘사는 눈앞에 불쑥불쑥 솟아오르는 일련의 나타남들의 연속을 말해주는 것이다. 묘사는 소설 속에 극적인 사건이 없다는 사실과 관련이 있다. 주인공은 행동을 하지 않으므로 그냥 바라보기만 한다. 눈앞에 현전하는 세계를, 인물의 의지나 대상에 대한 탐욕을 제거해버리기 좋도록 만들면서 펼쳐진다. 프레데릭은 이미 획득된 재산을 유산으로 물려받은 인물이다. 그는 새삼스레 획득하기 위하여 애쓸 필요가 없다. 그는 그저 그 주어진 세계를 바라보기만 하면 충분한 것이다. 라스티냐크는 으리으리한 보세앙 저택을 바라보면서 욕망으로 정신이 나갈 지경이 되고 황금에 대한 목마름으로 목이 메인다. 그를 사로잡는 것이 '욕심' 뿐이라 현실을 제대로 '보지' 못한다. 탐내기 때문에 보지 못하는 것이다. 눈으로 보는 것마다 욕심을 자극할 뿐이므로 그 욕심 속에 빠진 지각은 제 기능을 발휘하지 못한다. 그런데 플로베르는 오색영롱한 물건들, 목걸이들, 보석들, 도자기들을 '실감나게 그려 보인다'. 이런 물건들이 모든 실내 장면들 속에서 은은한 화려함을 자랑하며 빛나고 있다. 이 작가는 도시의 머리 위에 비단의 하늘을 드리워 놓는다. 프레데릭은 인생을 거쳐가듯이 이 아름다운 무대장치를 거쳐 지나간다. 그는 거의 무관심하다 싶을 정도의 눈길로 그 무대장치를 바라본다. 프루스트의 주인공은 후일 바로 이러한 겉모습의 의미에 대하여 자문하게 된다. 『감정교육』의 독자는 덧없이 지나가는 영상들에 대한 향수를 간직하게 된다. 이 실패의 소설은 독자로 하여금 감각적인 세계의 갖가지 아름다움을 음미하도록 만드는 데 성공하고 있는 것이다.

소설을 넘어서

『부바르와 페퀴셰*Bouvard et Pécuchet*』의 발생과정은 1870년에서 1880년 플로베르의 사망에 이르는 시기 전체를 다 차지한다. 그렇지만 이 십 년 동안에 플로베르는 수많은 작업들을 해냈다. 그는 1849년, 그리고 1856년에 손을 놓아버렸던 『성 앙투안느의 유혹』에 다시 손을 댔다. 그는 『순박한 마음*Un Coeur Simple*』의 심리분석, 『에로디아스

Hérodias』의 역사적 비전, 그리고 『생-쥘리앵*Saint-Julien*』의 서사적 이야기를 내놓았다. 『부바르와 페퀴셰』는 이처럼 지적 격앙과 엄청난 의기소침이 뒤섞인 환경 속에서 구성되었다. 이 책은 어느 모로 보나 작자의 실제 삶과 결부시킬 성질의 것이 아니다. 이 책은 객관적인 작품이었다. 그리고 플로베르로서는 전무후무한 노력을 바쳐 이룩한 작품이었다. 가히 그의 지적 드라마의 거대하고도 가소로운 귀결이라 할 만한 것이었다.

이 작품은 소설 같아 보이는 구석이 전혀 없었다. 퀴르티우스Curtius는 소설이라는 장르의 위기는 바로 이 작품에까지 거슬러 올라간다고 지적했다. 제1장은 두 친구의 만남, 그들이 받게 되는 유산, 그들의 시골 정착 등을 그려 보인다. 제7장은 그들이 체험한 사랑을 이야기한다. 자세한 이야기가 개입되고 전통적인 소설을 상기시키는 대목은 오직 이 두 개의 장뿐이다. 비평가들이 이 소설을 읽고는 어쩔 줄 몰라 당황했다가 결국은 빈정대면서 욕을 퍼부은 것도 놀라운 일이 아니다. 또 레미 드 구르몽이, 이 작품이야말로 플로베르의 걸작이며 문학 전체의 걸작이라고 여긴 것도 놀라운 일이 아니다. 부바르와 페퀴셰가 열심히 주워섬기는 각종 과학지식들이 행동의 발전을 대신하고 있었다. 이야기체의 스토리 대신 거기에는 어떤 술어집의 나열, 프로그램의 열거가 있을 뿐이었다.

『성 앙투안느의 유혹』에서부터 플로베르는 소설을 초월하는 시각에서서 보기 시작했다. 그는 브르겔Breughel의 어떤 그림에서 출발하여 방대한 양의 독서를 거친 끝에 '하나의 철학적인 드라마, 단 한 사람의 인물이 여러 차례에 걸쳐 등장하는 환상적인 시'를 썼던 것이다. 이리하여 우리는 시간과 공간 속에 자리잡은 어떤 개연성이 있는 모험이 아니라 형이상학적인 극을 만나게 되었던 것이다. 생애의 끝에 가서 플로베르는 『성 앙투안느의 유혹』에서 '대자연과 인생의 위대한 신비 앞에서 인간이 느끼는 두려움'을 노래했듯이 인생을 마감할 무렵 『부바르와 페퀴셰』에서는 '자신이 느꼈던 분노를 토해내고자' 했다. 성 앙투안느의 눈앞으로 온갖 유혹들이 줄지어 지나가게 만들었듯이 그는 이 두 어리석은 인물들 앞으로 갖가지 과학지식들이 줄지어 지나가도록 만들었다. 작품은 다시 한 번 더 '발전progression'이 아니라 '축적accumulation'의 방식에 따라 구성되었다. 실제로 겪은 어떤 경험의 결말에로 인도한다기보다는 대차대조의 부채항목을 제시하는 듯한 작품이었다. 작가는 전에 이 세계와 맞붙어 대결하는 영혼을 그려 보였듯이 여기서는 과학에 사로잡힌 인간 정신의 모습을 보여주었다. 그런 것은 소설의 주제도 아니었고 또 될 수도 없었다. 플로베르의 이 두 인물들에게서는 심리적인 발전 같은 것을 찾아볼 수 있으며, 그들이 연구를 열심히 한 나머지 처음보다는 덜 어리석게 되었다고 주장하는 사람들도 있었다. 그들은 더 이상 어리석음을 견딜 수가 없었으므로 끝에 가서는 그들을 창조해 낸 작자와 닮아가기 시작한 것도 사실이다. 그러나 그것은 그들이 발전했기 때문이라기보다는, 그들 속에 인식에 대한 목마름과 어리석음의 포만상태를 동시에 육화시키고자 했던 플로베르의 의도가 지닌 애매성에 기인하는 것이었다. 그것은 파우스트의 신화를 슬픈 그로테스크의 테두리 속에서 변주시킨 한 형태였다. 부바르와 페퀴셰는 남에게서 얻어 들은 생각들Idées reçues의 총화를 몸으로 구현함으로써 출발했으며 플로베르가 시작했었던 지점에서 끝을 맺고 있다. 다시 말해서 그들은 남에게서 얻어 들은 생각의 대조표를 작성해 놓은 것이다. 이 바보들은 애초에는 미개간 상태인 정신의 소유자들이었다. 그러나 끝에 가서 그들은 인간 정신을 카드화하여 작성·정리해 놓고 있었다. 극단적인 지식은 인식의 헐벗음과 일치했다. 왜냐하면 언제나 지식이 문제였을 뿐 단 한 번도 지성을 목표로 하지 못했기 때문이다. 플로베르는 정신의 승리가 아니라 그 승리의 찌꺼기들에 관하여 환기시켜주고 있다. 이 초보적인 두 늙은이는, 이십 년 후 테스트 씨가 모든 인간 정신의 꿈인 천재의 상징적 형상을 육화시켜 보이듯이, 저마다의 인간이 그 내면 속에 가지고 있는 어리석음을 상징적으로 나타내 보여주는 것이었다. "어리석음은 내 장기가 아니다"라는 말이 『테스트 씨와의 저녁 *La Soirée avec M. Teste*』의 첫 문장이다. 이 말은 곧 발레리의 작품이 『부바르와 페퀴셰』와 정반대되는 곳에 서 있음을 의미하는 것이었다. 이처럼 서로 상반되는 두 가지 시도로 인하여 플로베르와 발레리가 다 같이 소설이란 장르를 기피하기에 이르렀다는 사실은 놀라운 일이다. 한쪽은 작품의 제1장을 쓰는 것으로 그쳤을 뿐이고 다른 한쪽은 소설을 포기하고서 어리석음의 백과사전을 만들었으니 말이다.

　『성 앙투안느의 유혹』에는 낭만적인 서정성을 넘어서, 랭보의 품격인 어떤 계시illumination가 엿보인다. 『부바르와 페퀴셰』에는 무감동한 관찰과 건조한 기록을 넘어서는 어떤 정신의 드라마가 담겨 있다. 분출하다가 다시 가라앉고마는 충동, 결국은 편집벽으로 변하고 마는 열정, 남에게서 주워 들은 생각을 수집하는 수준에 머물고 마는 앎에의 갈구 따위가 보여주는 정신의 드라마 말이다. 플로베르는 그의 만년에 문학의 실패를 스스로 맛보았다. 이 책은 어떤 최종적인 파산의 마지막 결산서였다. 이 책은 문학과 언어가 이미 근원적인 회의의 대상이 되는 차원의 어떤 경험을 증언하는 것이었다. 플로베르는 말라르메와 같은 지점에 이르렀다. 말라르메가 볼 때, 세계는 한 권의 아름다운 책이라는 결말에 이르기 위하여 만들어진 것이었다. 플로베르에게 있어서 이 세계는 오직 사전 속의 몇 항목들로 낙착되기 위하여 존재하는 것이라고 여겨졌다.

3. 공쿠르 형제와 생리적 · 사회적 연구

현재의 역사를 쓰는 역사가들

"우리가 쓰는 소설의 특수한 성격들 중 한 가지는 (…) 이 시대에 대한 가장 역사적인 소설이라는 점일 것이다. 우리들 세기의 정신사에 가장 많은 사건들과 실화들을 공급해주게 될 소설이란 말이다"라고 공쿠르 형제는 1861년에 썼다. 이리하여 그들은 발자크의 유산을 물려받은 작가들로 기록된다. 발자크는 1842년 『인간 희극』의 유명한 「서문」에서 프랑스 사회의 비서가 되고 '그토록 많은 역사가들이 망각한 역사, 즉 풍속의 역사'를 쓰겠다는 복안을 피력했던 것이다. 발자크는 역사소설에서 풍속소설로 옮겨갔다. 그런데 공쿠르 형제는 역사에서 소설로 옮겨갔다.[32] "이건 전혀 흔히 볼 수 있는 일이 아니다. 그렇지만 우리들의 행동은 매우 논리적인 것이었다. 무엇을 바탕으로 역사가 쓰여지는가? 문헌을 바탕으로 쓰여진다. 그런데 소설의 문헌은 곧 삶이다"라고 1860년에 그들 형제는 덧붙여 말했다. 같은 시대의 텐느에게서와 마찬가지로 그들에게 있어서 소설은 일종의 '연구étude', 특히 동시대 풍속의 연구로 변했다. 그들이 제시한 공식은 유명하다. "발자크 이후 소설은 우리 아버지 세대들이 소설이란 말로 의미했던 것과는 아무런 공통점이 없다. 역사가 글로 쓰여진 문헌으로 만들어지듯이 오늘날의 소설은 이야기로 듣거나 직접 현실에서 채취한 '문헌documents'으로 만들어진다. 역사

---

32) 소설가로서의 공쿠르 형제에 대해서는 로베르 리카트Robert Ricatte의 『공쿠르 형제에 있어서의 소설창조La Création romanesque chez les Goncourt』, (Armand Colin) 우리는 주로 이 저서에 의존하여 설명했다.

가들은 과거에 대하여 말하는 이야기꾼들이고 소설가들은 현재에 대하여 말하는 이야기꾼들이다". 사실 역사에서 소설로 옮아갔다고 해서 공쿠르 형제가 방법상 변한 것은 아무것도 없다. 그들은 한 시대에 빛을 던져 주는 문헌들이나 일화들을 일종의 몽타주 수법으로 짜 맞추어 놓은 것으로 그들의 역사적 연구를 이해했었다. 『필로멘느 수녀*Soeur Philomène*』건 『제르베제 부인*Madame Gervaisais*』이건 간에 그들은 책으로 된 문헌이나 '인간 문헌'에 힌트를 받아서 소설을 구성했다. 그들은 후일 대다수의 사실주의 및 자연주의 소설가들에게 공통적으로 드러나게 될 어떤 구성원칙을 이미 60년대에 채택하고 있었다.

"우리는 이 사회의 여러 계층들에 대한 연구를 통해서 이 시대의 사회사를 쓰려고 노력한다. 예술가, 부르주아, 서민 등 커다란 범주들을 연구하겠다"라고 그들은 어떤 노트에서 지적한 바 있다. 예술가들에 관계된 것으로 말해보자면, 그들은 우선 문단의 상황을 그려 보인 『문인들*Les Hommes de lettres*』이라는 작품을 1860년에 써서 내놓았는데 거의 실명소설에 가까운 것이었다. 1867년 『마네트 살로몽*Manette Salomon*』을 통해서 그들은 화가들의 아틀리에를 그려 보였고 당시 유행하던 미학이론을 환기시키는 동시에 화가들 세계의 분위기를 묘사했다. 1870년 쥘 드 공쿠르가 죽고 난 뒤 에드몽은 또다시 『라 포스텡*La Faustin*』을 통해서 예술의 세계를 다루었는데 이 작품은 한 여배우와 그가 몸담아 활동하는 세계를 그린 것이었다. 또 공쿠르 형제는 『르네 모프렝*Renée Mauperin*』에서 부르주아 계층의 모습을 그려 보인 바 있는데 이 작품의 원래 제목은 '부르주아*La Bourgeoisie*' 였다. 에드몽은 새로 붙인 제목이 소설의 사회적 의미폭을 제한하게 되지나 않을까 우려했다. 이는 곧 자신들이 쓴 작품의 사회적인 국면에 매우 큰 비중을 두고 있었다는 뜻이다. 『르네 모프렝』은 후일 폴 부르제가 "정신적 해부도"라고 부르게될 그 무엇을 담고 있었다. 거기에서는 의상, 가구, 무대장치의 묘사를 찾아볼 수가 없다. 공쿠르 형제는 발자크에 대해서도, 플로베르에 대해서도 반대였다. 그들은 『마담 보바리』에서 플로베르가 자질구레한 물건들에 인물들 못지않을 만큼의 중요성을 부여했다는 것에 대하여 비판적이었고, 한편 발자크는 심리학자라기보다는 실내 풍경을 그리는 화가에 가까웠으며 성격보다는 가구에 신경을 더 많이 쓰는 소설가였다고 보았다. 이는 분명 편파적이고 너무 개략적인 판단이라고 해야겠다. 하여간 그들은 '대화'에 더 많은 중요성을 부여했다. 그들이 쓴 프랑스 부르주아 계층의 풍속소설은 흥미진진한 일화와 표현들이 많아서 흔히 독자의 호기심을 자극하지만 어떤 사회계급의 비전을 독자에게 강하게 제시하는 데는 성공하지 못했다.

서민 계층의 풍속을 그리고 있는 『필로멘느 수녀』와 『제르미니 라세르퇴』를 내놓자 성공은 보다 더 확실한 것이 되었다. 『필로멘느 수녀』의 주제는 부이예Bouilhet가 그들 형제에게 들려준 어떤 일화에서 힌트를 얻은 것이었다. 그들은 병원생활에 대한 자료를 수집하기로 결심하고서 플로베르가 써준 소개장 덕분에 1860년 12월 18일 자선 병원에 들어갈 수 있었다. 그들은 1861년 2월 생트 앙투안느 병원 인턴들의 회식에 참석한다는 조건으로 자선 병원에서는 사실 일주일 남짓밖에 머물러 있지 않았다. 『필로멘느 수녀』는 병원에서의 일상생활이 보여 주는 비통한 슬픔으로 인하여, 또 병원에 치료를 받으러 오는 서민 계층 사람들의 몇몇 아연실색할 실루엣들로 인하여 『제르미니 라세르퇴』의 서곡과 같은 구실을 했다고 할 수 있다.

『제르미니 라세르퇴』는 문학사에 남을 작품이다. 이 책은 소설 속에 처음으로 서민을 등장시킨다. "처음으로 차양 달린 모자를 쓴 남자와 무명 본네트 모자를 쓴 여자가 이 소설에서 관찰력과 스타일을 갖춘 작가들에 의하여 연구의 대상이 되고 있는 것이다"라고 졸라는 말했다.[33] 뮈르제Murger는 『방랑생활자의 장면Scènes de la vie de Bohème』에서 기껏 틀에 박힌 바람둥이 여자들을 그리는 것이 고작이었다. 위고는 『레미제라블』에서 파리의 변두리에서 전개되는 삶의 모습을 그려 보였다. 그러나 그는 노동자들의 삶이라기보다는 오히려 범죄자들의 거동을 묘사했고 거기에 등장하는 가브로슈는 파리 거리를 돌아다니는 꼬마의 동화적이고 상징적인 모습 같은 것이었다. 그런데 『제르미니 라세르퇴』에는 서민들의 파리가 생생하게 그려져 있다. 등장인물이 '검은 공'으로 들어가면 소설가는 서민들의 무도회에서 춤추는 사람들을 묘사했다. 거리를 지나가면서 제르미니는 일하러 가는 노동자들과 마주친다. 쥐피용은 장갑제조공이고 고트뤼슈는 페인트공이었다. 그들은 노동자 신분인 채로 소설문학 속에 등장하여 여자를 '사랑'하게 되는 최초의 인물들이었다. 또 파리 서민의 '말투'가 첨가되어 여러 가지 묘사들의 효과가 더욱 강화되었다.

『필로멘느 수녀』에서 『제르미니 라세르퇴』에 이르기까지, 그리고 『제르미니』에서 두 형제가 같이 구상했지만 에드몽 혼자서 쓰게 된 『미혼녀 엘리자La Fille Élisa』에 이르기까지 공쿠르 형제의 리얼리즘은 자기들 시대의 프랑스 사회를 그리는 데 바친 노력에서 잘 나타나고 있다. 그러나 『제르미니 라세르퇴』가 성공적인 작품이었다는 사실을 제외한다면, 여러 가지 일화들과 풍속의 특징들을 병치시키는 방식으로 일관된 단편적이고 연속성이 없는 그들의 창작기법은 하나의 세계를 떠오르게 하는 데는 성공하지 못했다.

---

33) 리카트에서 재인용, 위의 책 p.268.

하나의 병례에 대한 모노그래피

공쿠르 형제는 흔히 한 계층보다는 하나의 병례를 집중적으로 연구하고자 했다. 예를 들어서, 부이예가 인턴을 사모하게 된 루앙 병원의 어떤 수녀의 이야기를 알려주었을 때, 혹은 그들의 집에서 일하던 하녀가 처음에는 육체적으로 타락해가다가 마침내는 도덕적인 파렴치에 이르렀다는 사실을 발견했을 때, 그들은 아주 자연스럽게 한 권의 모노그래피를 쓰기에 이르렀다. 놀라운 것은 그들이 흔히 한 개인의 특성을 그리는 것을 강조한 나머지 자기들이 하는 작업의 사회적 중요성을 축소시키곤 했다는 사실이다. 그들이 쓴 소설의 제목들은 벌써 특별한 관심의 대상이 된 인물들의 이름으로 되어 있는 것이다. 여러 번이나 공쿠르 형제는 본래 훨씬 더 보편적인 의미를 가졌던 제목을 고유명사로 바꾸곤 했다. 1860년에는 『문인들』이었던 작품이 1868년에는 『샤를르 드마이*Charles Demailly*』로 바뀌었다. 『(젊은) 부르주아 여인*La(Jeune) Bourgeoisie*』은 『르네 모프렝』을 위해 애초에 예정되어 있었던 제목이었고, 『마네트 살로몽*Manette Salomon*』은 원래 『앙지부 아틀리에*L'Atelier Langibout*』라고 제목을 붙이기로 되어 있었다. 이런 제목의 변화를 보면 원래는 풍속 묘사에서 출발한 작품일지라도 어떤 한 케이스에 대한 모노그래피를 써 보이고자 하는 것이 그들의 일관된 경향이었던 사실을 분명히 알 수 있다.

『샤를르 드마이』에는 문단의 분위기가 그려져 있지만, 그 소설은 또한 탁월한 재능을 가진 한 남자가 어떤 여자에 의하여 파멸하는 과정의 이야기였다. 이 주제를 공쿠르 형제는 『마네트 살로몽』에서 또다시 다루게 된다. 『샤를르 드마이』의 경우 이 작가들은, 부부생활의 연대기 형식을 통해서 광기로 발전해가는 과정을 그렸다. 『필로멘느 수녀』는 병원 분위기를 잘 살려내면서 한 여자의 은밀한 변화를 추적했다. 그들은 필로멘느의 어린 시절을 이야기했다. 그들은 또한 그녀에게 나타난 사춘기 장애를 분석하여 거기에서 신비스런 흥분상태의 원인을 찾아냈다. 그들은 그녀의 개성을 이루는 구성요소들을 밝혀냈고 성격 형성의 단계들을 짚어 보였다. 그리하여 그녀의 내면에서 수녀, 간호원, 사랑에 빠진 여자의 성향을 하나로 묶어놓고 있는 자질을 밝혀냈다. 그들은 심지어 그녀가 꾼 꿈들 속에서, 무의식적인 욕망의 상징적 표현들을 찾으려고 했다.[34]

『제르미니 라세르퇴』의 경우 그들은 책을 통한 자료조사로 만족하지 않았다. 그들은 사후에 로즈의 삶 전체를 재구성했다. 그들은 자신들이 아꼈던 그 여자의 타락에 연민을 느꼈다. 바로 곁에 살면서도 그들은 모르게 이중생활을 영위해온 그 하녀의 경우는, 확실히 인간의 복잡성을 매우 놀라울 정도로 증언해주는 것이었다. 낮에는 시간 한 번 어기지 않을 만큼 꼼꼼하고, 헌신적으로 주인을 보살피는 그녀가, 밤이면 가장 상스러운 방탕 속에 빠졌던 것이다. 히스테리 증세는 그 같은 행동의 이율배반을 이해시켜주며, 제르미니의 삶에 대한 설명인 동시에 그 변명이 될 수 있는 것이었다. 그 여주인공은 '환자'였다.

그들은 자신들이 다루는 케이스에 있어서 특히 병에 대하여 폭넓은 관심을 나타냈다. 공쿠르 형제와 더불어 생리학이 소설 속으로 들어오게 되었다.[35] 『마네트 살로몽』과 『젬가노 형제Les Frères Zemganno』는 이처럼 의학적 사실들이 범람하는 판국에서 용케 모면한 드문 작품들이다. 공쿠르 형제는 인물들의 신체적인 외양은 전혀 묘사하지 않고, 그들의 기관들을 진찰했고 징후의 출현을 적어냈으며 기관의 심층에 이르기까지 병의 과정을 추적했다. 그들은 인물들로 하여금 일련의 질병으로 죽게 만들었다. 『샤를르 드마이』는 과학적으로 분석된 발광상태의 케이스

---

34) 이런 모든 문제들에 대해서는 R. 리카트의 위의 책 참조.
35) R. 리카트의 「공쿠르 형제의 소설들과 의학Les romans des Goncourt et la médecine」, in 《Revue des Sciences Humaines》지 참조.

를 보여주었다. 노이로제 증상에 대한 이같은 임상적 묘사는 1860년대 프랑스 소설에서는 대단히 새로운 것이었다. 공쿠르 형제는 어떤 학술적인 논저에서 힌트를 얻은 것이었다. 그들은 여러 가지 오류도 범했다. 그들이 참고한 학술서적에서는 다른 병들의 징후였으며 동일한 환자에게서는 동시에 나타날 수 없는 장애를 샤를르라는 인물에게 뒤집어씌워 놓았다. 그렇긴 해도 그들의 소설이 과학적인 사실들로부터 도움을 얻은 것은 부정할 수 없다. 『제르미니 라세르퇴』를 쓰기 위하여 그들은 '히스테리'에 관한 어떤 학술서적에서 여러 가지 지적들을 빌려 쓰기도 했지만, 자기들 스스로 자기 집 하녀의 병세가 발전해가는 과정을 면밀하게 지켜보았고, 소설 속에서 늑막염, 폐의 궤양 형성, 결핵, 각혈 등 서로 다른 여러 가지 진전단계들을 차례로 그려 보였다. 그들은 특히 현장 관찰을 극도로 빈틈 없이 한 나머지, 이미 1864년에 늑막염과 결핵 사이에 관련이 있다는 것을 지적함으로써 실제 의학적 발견보다 이십여 년을 앞질러 갔다.

『필로멘느 수녀』에서 소설가들은 독자들로 하여금 유방암수술 장면을 목격하게 한다. 르네 모프렝은 심장비대증으로 죽는다. 그것은 또한 제르베제가 앓는 병이기도 했다. 소설가들에 의하면 폐병환자는, 그리고 그의 정신적 역정은 그가 앓는 병세의 발전과 은밀한 관계가 있다는 것이었다. 그 여자 환자를 통해서 작가들은 신비로운 흥분상태에 결핵이 끼치는 영향을 연구하겠다는 것이었다. 마니에서의 만찬 때 그들은 그들 친구들 중 어느 의사에게 결핵의 심리학적 효과에 대한 즉흥 진찰을 요구했었다. 그리하여 거기서 받은 대답에서 힌트를 얻긴 했지만, 그들이 그것을 너무나 마음대로 해석한 나머지 의사 자신도 그들이 환자를 다루는 방식에서 자신의 생각을 알아볼 수가 없을 정도였다. 책에 의한 것이건 귀로 들은 것이건, 아니면 '생생한' 방식을 통한 것이건 그들의 자료 조사는 오랫동안 주장되어온 것 만큼이나 항상 세심한 것은 못되었다.

그러나 그들이 접근한 분야에 있어서 그런 자료조사 덕분에 그들의 소설이 진실의 악센트를 갖게 된 것은 장점이라 할 수 있다. 혼자 살아남은 에드몽은 또다시 자료조사를 계속할 용기가 없었다. 그래서 그는 『미혼녀 엘리자』 및 『그대*Chérie*』를 쓰기 위하여 옛날의 독서노트들을 활용했다. 그러나 그는 생리학에 계속적으로 폭넓은 관심을 할애했다.

소설의 구조

소설의 구조에 대하여 올바르게 이해하자면 그들이 쓴 소설들 하나하나를 차례로 검토해보아야 할 것이다. 이 방면에 있어서는 경우에 따라 그 성격이 다르기 때문이다. 공쿠르 형제는 그들이 처음에 채택했던 방식을 포기했다가 또다시 사용하기도 했다. 그렇지만 대체로 말해서 그들의 경우에는 스토리의 짜임새나 극적 구성에 대해서 점점 더 무관심해지는 경향이 있다고 할 수 있을 것이다. '이야기 지어내기affabulation' 대신 '문헌'적 성격이 두드러지게 나타나는 경향을 보이는 것이다.

『필로멘느 수녀』나 『르네 모프렝』에서와 마찬가지로 『샤를르 드마이』에서는 '행동'이 책의 끝에 가서야 비로소 숨차게 전개된다. 발자크가 쓴 『인간 희극』의 많은 소설들 속에서는 이 같은 사건들의 돌연한 가속화 현상은 '준비부préparation' 전체에 걸쳐서 축적되어온 어떤 에너지의 압력을 받으면서 초래되는 것이었다. 그런데 공쿠르 형제에 있어서 극적인 계기는 느닷없이 생겨나며 그것이 나타나서 전개될 때의 급격함은 그 이전의 밋밋한 고요와 강한 대조를 보인다. 『샤를르 드마이』는 4부로 구성되어 있고 그 각 부는 일정한 독자성을 지니고 있다. 신문기자들 및 작가들에 대한 소개, 샤를르와 마르트의 결혼생활 연대기, 샤를르의 이성에 타격을 가하게 될 음모의 이야기, 그의 정신착란에 대한 임상

적 묘사인 에필로그가 그것이다.[36]

『필로멘느 수녀』에는 은밀하게 계획된 음모 같은 것은 없었지만 여러 가지 사정들이 결합된 결과 바니에는 어떤 여인을 수술하다가 그녀가 자신의 옛 정부라는 사실을 알게 된다. 이 같은 '위기'는 완만한 준비과정 끝에야 비로소 생겨나게 된다. 소설은 발자크에게서 자주 볼 수 있는 것과 같이 매우 활기를 띤 예비적 장면으로서의 광경묘사로부터 시작된다. 즉 어떤 병원 입원실에서 수녀 한 사람이 어느 인턴에게 매몰찬 푸대접을 받는 장면이 그것이다. 그리고 나서 이 소설의 삼분의 일을 차지하는 긴 플래시백을 통해서 필로멘느의 과거가 소개된다. 그 과거는 점차로 현재에로 근접하면서 위기의 시기로 이어지는데 이 위기의 끝에 이르러 소설가는, 샤를르 드마이의 착란상태를 보여주었던 것과 마찬가지로, 인턴이 타락하는 과정을 우리들로 하여금 목도하게 만든다.[37] 『르네 모프렝』의 경우에도 마찬가지의 예비적 장면의 기법이 사용되고 있다. 그리고 여기에서도 과거로 회귀하는 장면이 모프렝의 지난날을 소개하는데, 이 과거에 대하여 현재의 장면묘사는 서로 대립적인 관계를 이룬다. 그리고 나서 『샤를르 드마이』에서와 마찬가지로 어떤 알 수 없는 음모의 열띤 이야기와 르네의 육체적 타락이 이어진다. 여기서도 행동은 환경과 인물들의 완만한 제시와 대조를 보인다.

반면 『제르미니 라세르퇴』에서는 행동이 규칙적인 발전을 나타낸다.[38] 제르미니의 완만한 타락은 그의 삶의 연이어지는 에피소드들 속에 나타난다. 소녀 시절의 극적인 경험, 불행한 임신, 쥐피용과의 불화, 화해, 결별, 코트뤼슈와 맺은 관계, 우연히 만난 사랑, 병, 그리고 죽음. 진짜 자연주의가 등장하기 이전의 자연주의 소설이라 할 수 있을 이 작품 속

---

36) R. 리카트의 『공쿠르 형제에 있어서의 소설창조』, p.109 이후 참조.
37) 위의 책, p.155 이후 참조.
38) 위의 책, p.255 이후 참조.

에서 공쿠르 형제는 행동을 개시하기 위해서 구태여 어떤 인위적인 장치를 할 필요가 전혀 없었다. 행동은 인물의 변화과정 그 자체로부터 생겨날 수 있기 때문이었다. 그는 이야기의 끝에 이르러 급격하게 사건들이 폭주하는 발자크 특유의 폭탄식 수법을 일찌감치 포기했다. 극적인 배치는 뒷전으로 밀려났다. '소설'보다는 오히려 '연구'로서의 책을 쓰고자 한 작가들이고 보면 자연스러운 일이었을 것이다. 심지어는 이야기 장르가 어떤 위기를 맞고 있다는 징후 같은 것마저 엿보였다. 왜냐하면 『제르미니 라세르퇴』에서나 『제르베제 부인』에서나 다같이 이야기가 계속적으로 서술되고 있다기보다는 일련의 '그림들tableaux'이 나열되어 있을 뿐이었기 때문이다. 이야기는 여러 '조각들'로 파열하는 경향을 보였다. 공쿠르 형제에게는, 이야기를 지어내고 그들이 현실에서 빌려온 여러 가지 요소들을 상상력의 용광로 속에서 용해시키며 인물들을 어떤 모험의 물결 속으로 던져 넣을 수 있는 데 필요한 능력의 결핍현상 같은 것이 느껴졌다. 그들의 주인공들은 연필로 스케치한 초상화들일 뿐 소설적인 '유형type'으로 생생하게 살아 있는 데까지는 이르지 못한다. 그들이 쓴 소설의 조각들 하나하나만 놓고 보면 주옥같이 빛나는 모습으로 만들어져 있었지만 그 이질적인 '콜라주들'에 생명을 불어넣을 만한 숨결이 결핍되어 있었던 것이다. 부르제는, 발자크 이래 그 어느 누구도 소설 기술을 이 정도에까지 변화시켜 놓은 사람은 없다는 사실을 깨달았다. 공쿠르 형제는 소설 기술에서 조금씩 조금씩 '소설적'인 일체의 요소를 제거시켜버렸다. 1884년에 에드몽은 이렇게 잘라 말했다.

내 생각으로는 이제 모험이니 책 속에서 벌어지는 갖가지 음모 같은 것은 술리에Soulié나 쉬Sue에 의해서, 그리고 세기 초의 위대한 고안자들에 의해서 완전히 바닥난 것 같다. 소설이 현대의 위대한 책으로 완전히 변해버릴 수 있기 위하여 거칠 필요가 있는 진화의 마지막 단계는 다름이 아니라 소설이 순수한 분석의 책이 되는 일이라고 나는 생각한다. 그런 책은 무엇이라고 이름 붙여야 할지 나는 모르지만 거기에 새로운 명칭을 붙일 젊은이가 나올 것이다.[39]

그리고 그의 마지막 소설을 준비하고 있던, 그보다 일 년 전에 그는 『일기』에다가 이렇게 적어 놓았었다.

『원수元帥의 손녀La Petite Fille du maréchal』에서 나는 더 이상 소설과 비슷하지도 않은 그 무엇을 모색하고 있다. 스토리가 없다는 정도로는 충분하지 못하다. 나는 구성, 형식 자체가 다르기를 바란다. 그리하여 이 책은 어떤 처녀가 자신의 여자친구를 위하여 쓴 회고록의 성격을 갖추기를 바란다. 아무리 생각해도 '소설roman'이라는 말은 더 이상 우리가 만드는 책들의 이름이 아닌 것 같다.[40]

인상주의적 사실주의

공쿠르 형제는 고티에의, 그리고 외부세계가 존재한다고 믿는 사람들의 상속자들이었다. 그러나 그들에게는 예술이란 예술가의 의식을 통해서 '반영된' 현실이다라는 생각이 있었다. 그들은 사실주의와 이상주의의 한계점에 위치한다. 『일기』에서 우리는 이런 말을 읽을 수 있다.

아무도 아직까지 소설가로서 우리의 재능이 어떤 특성을 지니고 있는지를 지적하지 않았다. 그 특성은 괴상하고 거의 유례가 없는 혼합

---

39) 『그대chérie』의 「서문」.
40) 『일기Journal』, 1883년 3월 4일, R. 리카트 편집, 제13권, p.16.

으로 이루어져 있는데 그 때문에 우리는 심리학자들인 동시에 시인들
인 것이다.

그들은 말하기를, 한 권의 소설을 쓴다는 것은 별로 어려울 것이 없다,
힘든 것은 바로 "현대 소설을 구성하는 참다운 진실을 수집하기 위하여
해야 하는 경찰과 끄나풀의 일"이라고 했다. 그들은 "여러 차례에 걸쳐
서 자신들이 쓴 소설은 관찰로 이루어진 작품이며 소설의 이상은 어떤
것이건 간에 참으로 인간적인 것이다라는 가장 생생한 느낌을 기술적으
로 느낄 수 있게 해주는 것이다"라고 말했다. 그리하여 사실주의적인 그
들의 미학에 입각하여 매우 혐오감을 자아내는 광경도 서슴지 않고 그렸
다. 그들은 서민적인 거리, 불결한 변두리 지역, 병원의 참혹한 광경들을
그리는 가운데 아름다움을 찾고자 했다. 그들은 『제르미니 라세르퇴』를
'실화 소설roman vrai'이라고 소개했으며 바로 이 소설의 서문에서 소
설은 "문학적 연구와 사회적 조사의 진지하고 정열에 찬, 그리고 생생하
게 살아 있는 형식"이라고 규정했다. 그들은 1865년 클라르티Claretie에
게 보낸 편지에서 말하기를 자기들도 그와 마찬가지로 "정밀 과학의 정
확성과 역사의 진실을 향하여 나아가는 소설의 위대한 전진"을 굳게 믿
는다고 했다.

그러나 그들은 "사물들의 영혼을, 그 본질"을 표현하고자 하며 "소설
가의 슬기로움은 무엇이나 다 글로 써놓는 데 있는 것이 아니라 모든 것
이 다 선택에 의한 표현이 되게 하는 데 있는 것"이라고 말했다.[41] 그들
은 끊임없이 "사진술의 어리석음이라는 테두리 밖에서 모색하는" 사실
주의를 내세웠다.[42] 심지어 그들은 "문학에 있어서 아름다운 것들은 그

---

41) 『일기』, 제8권, p.154.
42) 사바티에Sabatier의 『공쿠르 형제의 미학 L'Esthétique des Goncourt』, Hachette, 1920,
pp.216 이후 참조.

것들이 말로 표현하는 것을 초월하여 꿈꾸게 하는 것들"이라고까지 말했다.[43] 에드몽은 만년에 가서 술회하기를, 자기는 옛날에는 상상을 통해서 얻은 것을 편애했다가 다음에는 실제 현실에 애착을 보였는데 결국 끝에 가서는 "현실을 변화시키고 시적으로 만들며 환상을 가미시키게 되는 어떤 투사과정을 거친" 현실에 더욱 마음이 끌린다고 했다.[44]

이와 같은 것이 『제르미니 라세르퇴』에서 『라 포스텡』에 이르는 동안 그의 변화였다. 전자가 가난과 타락을 그린 최초의 자연주의적인 그림이라면 후자는 시와 환상이 가득한 작품이다. 『목로주점』에서 서민 풍속의 방대한 변화를 제시한 졸라와 맞서서 에드몽은 젊은 작가들에게 '교육 받고 품위가 있는 계층'을 그리는 쪽으로 나아가라고 충고했다. 그는 자연주의가 『제르미니』를 출발점으로 하여 형성될 수 있었듯이 『라 포스텡』은 '우아한 현실réalité élégante'의 유파를 만들어 낼 수도 있을 것이라고 암시했다.

환상적 인상주의는 단순히 모든 진화가 귀착하는 끝만이 아니었다. 그것은 이미 그들의 초기 작품들 속에도 나타나 있었다. 그들에게 있어서 묘사란 항상 사물들과 장소들로부터 분출하게 되어 있는 '정신적 감동을 조장해줄' 어떤 환경 속으로 독자를 데려다 놓고자 하는 데 그 기능이 있는 것이었다. 그들은 독자에게 정보를 제공하는 쪽보다는 그의 감수성에 작용하는 쪽을 원했다. 그들이 표방한 거침없는 태도가 어느 정도였는가 하면, 예컨대 샤를르 드마이가 살던 집을 떠나게 되는 순간에 가서야 비로소 그 집을 묘사하는 경우도 있었다. 그들의 묘사들은 고의적으로 일종의 회화적인 시각을 채택하고 있었다. 그들은 사람들이 드마이의 희곡작품을 연습하고 있는 극장 안에서, 혹은 필로멘느 수녀가 살고 있는 병원에서 '명암clair-obscur' 효과를 산출하려고 많은 공을 들

---

43) 『일기』, 제7권, p.242.
44) 같은 책, 제14권, p.23.

였다.[45]

어두운 배경을 바탕으로 하여 물건들과 사람들의 얼굴을 부각시켜주는 광선은 때때로 묘사에 비현실적인 놀라운 모습을 부여하도록 해주는 것이었다. 『마네트 살로몽』에서 코리올리스가 본 유대교회는 "저 꼭대기에서 내려오는 황혼녘 어둠"이며, "어둑신하고 물에 빠진 듯한 벽들의 바래고 스러져가는 대채색의 빛"이며, "암흑의 바퀴 속 여기저기에 빛나는 촛불의 핑크빛 반사광"이며 렘브란트의 그림을 연상시키는 것이었다.

『제르미니 라세르퇴』의 몇몇 대목들에서 그들은 여주인공이 파리와 그 교외를 산책하면서 본 자질구레한 것들을 단순히 열거하기만 함으로써 기묘한 효과를 얻어내고 있다. 그들은 그녀의 시각적인 인상들이 질서도 없이 연속되는 모습을 살려내려고 노력했다. "일곱시의 황금을 뿌려 놓은 것 같은 공간 속에 파묻힌" 저 들판의 분위기, "동터오는 빛으로 인하여 지워지는 초목들과 장밋빛으로 물 드는 집들 위로 흩뿌려져 남은 빛의 가루", "철책의 살대들 위에다가 불의 줄무늬를 만들어 놓는 석양에 구멍 뚫린 나뭇잎새들의 다발" 같은 대목들에는 얼마나 많은 인상주의적인 터치가 엿보이는 것인가. 공쿠르 형제는 로베르 리카르가 분석한 바 있는 '이동식 묘사description ambulatoire'를 통해서, 제르미니가 고트뤼슈를 기다리면서 큰길로 헤매고 다니는 저녁 장면에서 환상적인 효과를 얻고 있다. 제르미니는 기진맥진한 나머지 일종의 마비상태에 빠지게 되는데 그 때문에 눈에 띄는 작은 것들의 구석구석이 놀라운 모습으로 비쳐진다. '타오르는 불빛처럼 빛나는 진열창들'을 앞에 두고 이런 저런 물건을 닥치는 대로 덥석덥석 무는 그의 시선은 현실을 변형시키고 그 현실에 환상적인 외양을 부여하는 기이한 기계로 변하는 것이었다.

---

45) 이런 모든 점에 대해서는 리카르의 위의 책 참조.

가장 세밀한 사실주의가 일련의 종잡을 수 없을 만큼 이질적인 물건들을 어둠 속에서 분출하듯이 솟아나오게 만드는 데 적용될 경우 환상적인 세계에 가서 닿게 된다.

공쿠르 형제는 『마네트 살로몽』에서 코리올리스의 작업장과 무도장을 묘사하는 데 있어서 압권인 대목을 보여주었다. "무도장에서나 작업장에서나 다같이 동일한 모자이크 방식을 사용하여 단순히 조사한 자료를 재구성하는 수준을 넘어설 만큼 풍부한 모습의 다채롭고 관능적인 전체를 구성하고 있다"라고 로베르 리카트는 썼다. 이 회화에 대한 소설에서 그들은 그들 문장력의 모든 자원을 다 동원하여 회화작품을 '실감나게 살려냈다'. 가령 '흰색의 솜을 넣고 창공으로 단단하게 다진 위에 장밋빛 명주망사가 떨리고 있는 듯한 하늘의 띠'가 보인다고 한 〈터키탕〉이라는 그림의 경우가 그렇다. 어떤 미술작품을 '눈으로 보는 듯하게 만들고' 그 작품이 불러일으키는 여러 가지 인상들을 암시하는 데 주력하는 사실주의야말로 미학적 사실주의며 인상주의적 사실주의라 하겠다. 화가가 자신이 지각한 일차적 현실성에만 충실하려 할 뿐 현실에서 그것이 지닌 낯선 한 면을 배제해버린 지적인 구성에는 관심이 없을 경우, 그 화가가 캔버스 위에서 이룩해 놓게 되는 놀랍고도 별난 접근 작업에 대해서 공쿠르 형제는 프루스트에 앞서 매우 민감하게 반응했었다. 그들은 심지어 『마네트 살로몽』에서 회화기법의 전문용어들을 사용해가며 실제로 풍경화들을 그리기까지 했다. 그것이야말로 한 차원 건너서 실현시킨 일종의 미적 전이轉移라고 하겠다. 그들은 화가가 풍경을 보고서 그렸을 '그림'을 낱말들을 가지고 그려냈으니 말이다. 식물원에서 본 가을날 파리의 "실제 모습"은 없어지고 "붉은색 연필로 칠한 바탕 위에 먹물로 칠한 것 같은 거대한 그늘의 자락"이나 "강렬한 아스팔트 길의 색조가 깔린 부분" 같은 것이 대신 나타난다.

공쿠르 형제는 『제르베제 부인』에서 그들의 묘사기법을 새로운 모습으로 보여주었다. 그들은 여전히 어떤 기구나 건축물의 목록을 작성하듯이 기술하는 경우도 있다. 때로는 그 목록에 무질서하고 가짓수가 많은 그 무엇의 느낌을 부여하기도 했다. 로마의 파노라마가 제르베제 부인의 눈에는 어떤 '건축물의 숲'으로 보인다. 공쿠르 형제는 심지어 그 뒤죽박죽인 모습을 환기시켜주는 상호 이질적인 지시 내용들을 잔뜩 늘어놓은 다음에야 비로소 그것이 로마의 티베르 강 오른쪽 기슭 지역이라고 그 이름을 지적하여 밝히는 기교까지 구사했다. 이 '소용돌이치는 총체들'의 기법은 그들의 인상주의의 가장 모범생다운 형태였다. 그들은 그보다 더 미묘한 방식으로 어떠어떠한 장소에다가 기이한 모습을 부여할 줄도 알았다. 예를 들어서 피사체를 잡을 때 흔히 취하지 않는 각도를 택함으로써 어떤 예배당의 내부가 기이한 인상을 주게 만들 수가 있다. 특히 그들은 분위기의 뉘앙스를 '살리려고rendre' 노력했다. 『제르베제 부인』은 그들의 기교의 귀결점들 중 하나였다. 그것은 이제 더 이상 로마를 그린 일련의 그림에다가 그 그림들이 여주인공의 영혼 속에 불러일으킨 인상들을 한데 섞어 놓은 것이 아니었다. 이야기는 전체가 다 묘사와 분석의 중간 지점에 위치해 있었다. 그들의 사실주의는 인상주의적인 것이었다. 왜냐하면 로베르 리카르가 말했듯이 인물의 내면적인 삶은 자잘한 감각들로 분쇄되어 가루가 된 다음 외부세계와 심층적 자아 사이에 떠 있는 구름을 형성하기 때문이었다. 소설은 '모자이크'로 변해가는 경향이 있었다. 그것은 수많은 조각조각들로 이루어져 있었고 그 조각 하나하나는 어떤 광경의 질과 어떤 인상의 특수성을 살려내보려고 애쓰는 것이었다. 이런 점에서 그들은 사실주의적인 소설가들이었다기보다는 화가였고 시인이었다. 알랭-푸르니에Alain-Fournier가 이런 면에서 그들의 재능에 경의를 표한 것은 이해할 수 있는 일이다. 그들은 '보편성'에다 '특수성'을 대치시켰다든가 순간적인 진실을 추구했다든가 하는 평 또한 이런 의미에서였다. '화가식 스타일'의 섬세함이 순간적인 '스냅'을 움직이는 상태 속에서 포착하는 데 십분 활용되었을 터이다. 그들은 '글쓰기로 인하여 식어버리지 않은' 삶의 뜨거운 악센트를 사랑했다. "예술이란 어떤 피조물이나 인간적인 것의 지나가 버리는 덧없음fugitivité을 지극하고 절대적이며 결정적인 어떤 형태로 영원하게 만드는 것이다"라는 말을 우리는 그들의 『일기』에서 읽을 수 있다.

4. 에밀 졸라의 서사적 사실주의

몇 가지 초기 원칙들

1865년경에 에밀 졸라는 그의 최초의 문학적 원칙들을 설명했다. 그에 따르면 문학작품이란 바로 예술가의 비전을 통해서 전치轉置된 현실이다. 그 전치는 이성과 진실을 바탕으로 해야 한다. 그 작업은 특히 창조자의 강력한 기질에서 유래하는 것이어야 한다. 졸라는 공쿠르 형제의 『제르미니 라세르퇴』에서 '강한 개성의 표현'을 높이 평가했다. 심지어 그는 진실보다도 '개성과 생명'에 더 신경을 쓴다고 토로하기도 했다. 그는 작품이란 어떤 개인성의 산물이라는 점을 역설했다. 그는 마네를 지지했는데 그것은 마네의 예술에서 유파의 규칙들을 뒤흔들어 놓는 독창적인 어떤 기질의 표출을 찾아볼 수 있기 때문이었다. 졸라의 미학은 이미 그것이 싹트는 시기부터 그가 후일 소설 속에 나타난 '개인적 인상'이라고 칭하게 될 그 무엇에 특히 역점을 두고 있었다. 그의 미학이 오직 현실의 세심한 모사에만 있다고 생각하면 그 미학을 손상하는 결과가 될 것이다.

졸라는 젊은 시절에 뮈세를 가장 열광적으로 찬양했다. 그러나 1861년부터 그는 낭만주의를 초월해야 할 필요가 있음을 알아차렸다. 그는 과학을 바탕으로 한 문학에 쏠리는 편향을 나타냈다. 그는 매우 일찍부터, 예술가의 독창성은 오로지 자기 시대의 큰 흐름들과 만남으로써만 충분히 그 격을 보여줄 수 있다는 느낌을 갖게 되었다. 그는 텐느에게서 예술이란 문명이 이르게 된 어떤 단계, 혹은 상태의 표현임을 배웠다. 그의 초기의 문학적 에세이, 『니농의 콩트Contes à Ninon』(1864)와 『클로드의 고백*La Confession de Claude*』(1865)이 보여주는 서툰 면은 진실보다는 개연성의 부족을 더 많이 노출시키고 있다. 그러나 그가 1865년에 『제르미니 라세르퇴』를 지지했다는 사실은 의미심장하다.

그 이듬해 엑스 회의에 보낸 『소설의 두 가지 정의』에서 그는 소설가의 방법과 과학자의 방법을 비슷한 것으로 보고 서로 비교했다. 소설가의 역할은 진실을 찾고 여러 가지 정념들의 작용을 발견하며 그럴싸한 사건들을 이야기하는 것이지 복잡한 이야기들을 들려주자는 것은 아니다. 졸라가 나아가고자 하는 방향이 그 윤곽을 나타내는 것이었다. 그는 『레 미제라블』에서 재능의 번뜩임을 높이 평가했지만 작자가 "실제의 사실들, 실제의 인간들, 그 주위를 에워싸고 있는 현실"을 제대로 포착하지 못한 것을 아쉽게 생각했다. 그러니 그가 어떻게 『바다의 노동자들 *Les Travailleurs de la mer*』을 좋아할 수 있겠는가? "우리는 현실에 대한 가차 없는 탐구, 심리적이고 생태학적인 분석의 단계에 와 있다"고 그는 1866년 3월에 말했다.[46] 그는 위고나 낭만주의의 모든 몽상적인 작가들과 맞서서 점점 더 발자크의 "현대성modernité"을 지지하고 나섰다. 발자크는 그의 책들 속에서 "우리 사회의 이미지"를 제시했고 오직 "모든 것을 관찰하고 모든 것을 다 말하겠다"는 단 하나의 관심사에 골몰했다는 것이다.

졸라가 "경험 그 자체를 바탕으로 한 관찰의 방법"을 주장한 것은 1866년이었다.[47] 그는 곧 『테레즈 라켕*Thérèse Raquin*』(1867)의 모범을 역설했다. 그는 그 책의 중판 서문에서 "나는 성격이 아니라 기질을 연구하고자 했다"고 썼다. 그리고 테레즈와 로랑은 "인위적으로 꾸미지 않는 있는 그대로의 인간들"이며 작가의 목적은 "무엇보다도 과학적"인

---

46) 기 로베르의 『에밀 졸라, 그의 작품의 일반원칙과 특성*Emile Zola, Principes et caractères généraux de son oeuvre*』, Les Belles Lettres, 1952에서 재인용, p.18.
47) 위의 책.

것이었다고 했다. 그리고 각 장은 "기이한 생리학적 케이스에 대한 연구"였으며 그 작품을 평가하기 위해서는 "관찰 및 과학적 분석의 측면에서" 보아야 한다고 역설했다. 그리고 마침내 그는 플로베르가 1848년에 이미 사용한 바 있는 '자연주의적naturaliste' 이라는 말을 사용하기에 이르렀다. '자연주의' 작가는 우리가 동물의 종을 연구하듯이 인간의 종을 연구하는 것이었다.

《루공 마카르Rougon Macquart》 총서의 계획

졸라가 《루공 마카르》 총서의 계획을 세운 것은 1868년 겨울에서 1869년에 이르는 무렵이었다. 그는 자신의 소설들 속에서 새로운 과학 정신을 보여주고자 했다. 『테라즈 라켕』에서는 기질의 반응을 연구하는 정도에 그쳤지만 여기서는 그 작품보다도 더 뚜렷하게 환경이 인물들에게 미치는 영향을 드러내 보이고자 했다. 그는 우선 그 당시 생리학이 거둔 성과에 깊은 관심을 보였다. 그가 클로드 베르나르Claude Bernard의 『실험의학 연구 입문』을 그때에 이미 알고 있었던 것 같지는 않다. 그러나 그는 르투르노Letourneau의 『정념의 생리』와 뤼카Lucas 박사의 『자연적 유전의 이론』은 읽은 바 있었다. '발자크와 나의 다른 점'[48]이라고 제목을 붙인 어떤 텍스트에서 졸라는 『인간 희극』과 비교하여 자신의 의도가 지닌 독특한 점은 '사회적' 소설의 연작보다는 '과학적' 소설의 연작을 쓰고자 한다는 데 있다고 잘라 말했다. 그의 경우 톱니바퀴처럼 맞물려 돌아가는 사회의 구조보다도 생리학이 더 큰 역할을 담당하도록 되어 있었다. 단 하나의 가족만 가지고도 그는 충분히 "환경에 의하

---

48) 이 텍스트는 『작품 진전에 관한 노트Notes sur la marche de l'oeuvre』와 라크로아 Lacroix출판사에 낸 계획서와 더불어 베르누아르Bernouard판 제8권에 실려 있었다.

여 변하는 종족의 구조"를 보여줄 수 있다는 것이었다. 엄밀한 의미에서 과학적인 이런 구상은 곧 다른 여러 가지 야심들을 동반하게 되었다. 발자크에 대한 텐느의 연구, 진실한 소설이라는 공쿠르적인 이상, 실증주의의 발전 등은 졸라로 하여금 소설에 대한 보다 광범한 개념 쪽으로 방향을 잡도록 만들었다. 즉 자연과 인간에 대한 방대한 조사를 실천에 옮기겠다는 것이 바로 그러한 개념이다. 1870년 이전에 출판업자 라크로아에게 제출한 계획서에서 졸라는 그의 기획을 두 가지 필요성에 따라 설정했다. 즉 그는 "단 하나의 가계를 통해서 혈통과 환경의 문제를 연구하고자" 했으며 다른 한편 "제2 제정기 전체를 연구하며 (…) 그렇게 함으로써 그 사회적 시대상을 송두리째 다 그려 보이고자" 했다. 그 같은 방식으로 "지난 세기에는 아무것도 가진 것이 없는 사람들이라고 불리워지던 자들이 사회적 상층부를 공략하는 모습"을 보여주게 될 것이었다. 그는 "발자크가 루이-필립 시대에 대하여 했던 것을 보다 더 조직적인 관점에서" 실천해보겠다는 것이었다. 『작품의 진행에 관한 노트 *Notes sur la marche de l'oeuvre*』에서 그는 발자크식의 철학자는 되지 않겠다고 말했다. 그는 "오로지 소설가이고자 할 뿐"이라고 했으며 "단순히 잠재적 힘으로서의 인간들을 연구하고 그들 사이의 충돌을 확인"하고 싶다고 말했다. 그는 바로 그 같은 과학적 객관성, 그리고 플로베르와 공쿠르 형제에게서 물려받은 예술적 냉정함으로 해서 발자크와는 분명히 구별되는 작가가 되고자 했다. 『루공 가의 재산*La Fortune des Rougon*』에 붙인 1871년 7월 1일의 서문에서도 그는 이러한 의도를 재확인했다. '기질과 환경이라는 두 가지 문제'를 해결하겠다는 의지가 발전하여 그는 마침내 자기 작품 전체에다가 『제2 제정기에 있어서 한 가문의 선천적, 사회적 역사*Histoire naturelle et sociale d'une famille sous le Second Empire*』라는 제목을 붙이기에 이르렀다.

《루공 마카르》 총서의 건설

『루공 가의 재산』(1871)은 1893년 『의사 파스칼Le Docteur Pascal』과 더불어 완결되는 대연작의 첫째 권이었다. 졸라는 그 유례를 찾아보기 어려운 집념을 불태우면서 그의 생애의 기념비적 작품을 건축했다. 그는 자신의 기획의 바탕으로 삼았던 원칙에 항상 충실했다. 그는 자신의 방법을 조금도 수정하지 않았다. 그는 지나치게 조직적인 방식으로 작업을 추진했다고 비판도 받았다. 사람들은 작품 집필 이전에 미리 청사진을 만들어 놓은 적이 없었던 발자크에 대비시켜 그를 평가했다. 온갖 것들이 넘쳐나도록 가득한 발자크 특유의 풍부성은 아닌게 아니라 세심한 구조보다는 자유분방한 영감에서 샘솟은 것이었다. 그러나 하다못해 선전의 목적을 위해서라도 자신의 청사진의 엄격함을 강조하기에 여념이 없는 졸라의 그 같은 선언에 대해서는 경계할 필요가 있다. 그는 1878년에 루공 마카르 가문의 족보를 발표했다. 그는 그 족보가 이미 1868년에 작성되었으며, 그 이후 자신은 그 족보에 일치시켜 작품을 써왔을 뿐이라고 태연하게 공언했다. 그런데 사실상 1869년 라크로아 출판사에 제출한 계획서에는 열 권 정도의 소설만이 예정되어 있었을 뿐이다. 1871년 이후의 것인 〈소설들의 목록liste des romans〉은 20여 권을 예상하고 있었다. 철도에 관한 소설 한 권, "고급품 장사"에 관한 다른 한 권, 제국의 패주에 관한 다른 한 권 등등. 종신 연금에 대해서도 한 권의 소설을 쓰기로 되어 있었다. 그러나 그 소설은 끝내 집필되지 않았다. 반면 『꿈Le Rêve』, 『대지La Terre』, 『돈L'Argent』 같은 소설에 대한 예고는 어디에서도 찾아볼 수 없다. 졸라는 자신이 이따금씩 언급하곤 했던 애초의 계획과는 상관없이 매우 융통성 있게 작품을 썼던 것이다. 그는 자신의 저서들 전체를 다양하게 만드는 데 신경을 썼고 어두운 소설들과 보다 명랑한 소설들을 번갈아 선보이도록 배려했다. 그는 언젠가, 자신은 독자들을 어리둥절하게 만들기를 좋아한다고 실토한 적이 있다. 그는 『목로 주점L'Assommoir』과 『나나Nana』 사이에다가 『사랑의 한 페이지Une Page d'amour』를 끼워 넣었다. 『포 부이유Pot Bouille』 다음에는 『부인 들의 상점Au Bonheur des Dames』이 뒤따른다. "고급품 장사"에 관한 그 소설의 초안에서 이미 그는 "철학과 우울로 결론을 내리지 말 것"을 다짐했다. 『대지』에 이어서 『꿈』이 나왔다. 『제르미날Germinal』의 착상 은 뒤늦게야 나타났다. 그렇다고는 해도 역시 그가 작성한 족보는 그에 게 기본 노선을 제공했고 실제로 집필된 작품 하나하나는 애초의 전체적 구상 속에 포함된다는 점을 인정할 필요가 있다.

『한 가문의 박물지』

졸라는 원칙에 있어서 "혈통과 환경의 문제"를 연구한다는 생각을 한 번도 포기한 적이 없다. "유전은 중력과 마찬가지로 그것 나름의 법칙을 지니고 있다"고 그는 『루공 가의 재산』에 붙인 서문에서 지적했다. 그는 작중인물들을 통해서 "최초의 기관 질환의 결과로 한 집안에 나타나는 신경 및 혈액상의 여러 가지 사고들이 완만하면서도 연속적으로 일어나 는 현상"을 보여 주고자 했다. 1878년에 간행된 루공 마카르 가문의 족 보는 그 집안 사람들 하나하나에게 있어서 나타나는 유전 법칙의 작용을 보다 더 명확히 하게 되었다. 졸라는 1893년 『의사 파스칼』의 주인공을 통해서 다시 한 번 그 문제를 다루었다. 그는 실제의 구체적 현실이 흔히 이론들과는 다르게 나타난다는 사실을 인정했다. 그렇다고는 하지만 이 론들은 《루공 마카르》의 처음부터 끝까지 작품의 과학적 장치로서 건재 한다. 졸라는 과연 그 이론들을 심각하게 믿고 있었던 것일까? 그것을 다만 자기가 하는 작업에 이목을 집중시키기 위한 수단으로 생각한 것일까? 아마도 그는 그 이론들에서 소설 쓰기 작업의 가설을 구하고 있었던 것 같다.

한 사회적 시대의 그림

플로베르처럼, 공쿠르 형제처럼, 특히 발자크처럼 졸라는 그의 소설들에서 자기 세기의 풍속의 이미지를 제시했다. 제2 제정시대는 그 틀을 제공했다. 쿠데타 때 남프랑스의 여러 지방들을 피로 물들였던 사건들에서부터 1870년 체제의 붕괴에 이르기까지 여러 가지 역사적 사건들이 언급되었다. 졸라는 『위젠 루공 각하Son Excellence Eugène Rougon』의 플롯을 오르시니 사건을 중심으로 짰다. 그는 『돈』에서 1867년 박람회의 분위기를 암시했고, 또 여러 소설들에서, 1870년 이전 몇 해 동안 그 자신이 느꼈던 임박해오는 대재난의 예감을 표현했다. 그는 황제를 등장시켰다. 『위젠 루공 각하』와 『패주La Débâcle』에서는 그 황제의 모습을 목격할 수 있다. 그는 제2 제정의 '역사'를 쓰려고 한 것은 아니지만 그 시대의 사건들이나 실제 인물들에 대한 단편적 암시들을 통해서 그의 소설이 현실감을 얻도록 만들었고 그리하여 풍속도를 역사적 틀 속에 위치시킴으로써 밀도를 얻도록 했다.

졸라는 프랑스의 부르주아 계층을 다양한 모습으로 보여주었다. 『제르미날』의 그레그와르 가나 『삶의 기쁨La Joie de Vivre』의 샹토 가는 연금을 타먹으면서 이기적으로 살아가는 한 계층의 화신이다. 『포 부이유』에서 그는 파리 부르주아 계층의 풍속에 대한 그다지 호의적이지 못한 초상을 그려 보였다. 그는 『쟁탈전La Curée』에서 오스만Haussmann이 주관한 도시계획 대공사와 관련된 투기를 묘사했다. 『돈』에서는 사업계의 풍속도를 다시 한 번 보여 주었다. 여기서는 토지 투기 대신에 주식 투기가 극성을 부린다. 사카르는 자신의 부를 증식하기 위해서는 어떠한 위험도 무릅쓰는 자본주의의 충동 바로 그것이다. 또 졸라는 『부인들의 상점Au Bonheur des Dames』에서, 발자크 때에는 목격할 수 없었던 현대적 경제 발전상을 포착했다. 즉 대 백화점에 의해서 작은 상점들이 도태되는 현상이 그것이다. 패기만만한 자본주의는 원가를 줄이고 광고를 통해서 고객들에게 새로운 욕구를 자극하지만 작가는 그처럼 영향력을 확장해가는 자본주의를 공격하지 않았다. 오히려 거기에서 그는 지난날의 밝은 구조를 뒤흔들어 놓는 삶의 충동을 보았다. 《루공 마카르》의 부르주아 계층은 자신의 수입을 느긋하게 만끽하건, 모험적인 투기로 위험부담을 무릅쓰건, 새로운 분배형태 속에서 성공의 기회를 찾건 한결같이, 발자크가 이미 부각시킨 바 있었던 그 어떤 충동에 가담하고 있다. 그 충동이 바로 이 계층을 권력과 부와 쾌락으로 안내해 준다. 졸라의 경우에 부르주아 계층은 발자크의 경우에서 보았던 것보다 가일층의 혹독함과 광란을 보여준다. 그 계층은 『인간 희극』에서보다 훨씬 더 그들을 짓누르는 위협들에 노출되어 있다. 그 위협은 바로 풍속의 부패, 경제 위기, 새로운 세력, 즉 민중의 힘의 부상 등을 말한다.

졸라는 『대지』에서 프랑스의 한 농민의 모습을 그려 보였다. 그는 그 풍속을 보여주었고 두드러진 윤곽을 지닌 몇몇 인물들에다가 농민의 특징적 면모들을 한데 무리지어 표현했다. 그는 증오와 범죄가 태어날 수 있는 온상인 토지에 대한 모진 탐욕을 지적해 보였다. 발자크는 대지주에 대항하는 시골의 소지주의 투쟁을 염두에 두었다. 그 방면에 있어서 발자크의 관심은 인간에보다는 문제성 쪽에 쏠려 있었다. 조르주 상드는 전원의 목가를 그린 글 속에서 거의 부르주아적인 모습을 띤 농민들을 소개했었다. 반면에 졸라는 농민들의 묘사에 보다 더 큰 진실과 힘을 부여했다.

노동자의 세계가 소설문학 속에 처음으로 들어오게 된 것은 다름 아닌 졸라에서부터였다. 『제르미니 라세르퇴』나 『레 미제라블』에 서민들의 실루엣이 다소 나타나 있는 것은 사실이다. 그러나 졸라의 작품에서 노동자들은 처음으로 하나의 '사회계급classe sociale'으로 등장하게 된다. 주어진 '조건'의 희생자인 저주받은 계급으로서 말이다. 『목로주점』에서 졸라는 어떻게 하여 "환경"이 피폐와 타락의 원인이 될 수 있는가를 보여주었다. 또한 그는 『제르미날』에서 어떻게 하여 자본주의 사회구조가 무산대중을 피비린내 나는 반항으로 몰고 가게 되며 그리하여 마침내는 부르주아 사회의 대대적인 붕괴를 예고하게 되는가를 보여주었다.

우리는 《루공 마카르》 총서에서 그러한 다양한 계급의 일상생활, 즉 급료, 생활필수품의 가격, 집세, 금전대출의 체제 등에 관하여 대체로 정확한 정보들을 얻을 수 있다. 졸라는 그 나름대로의 색채와 눈요깃거리들을 갖춘 한 시대의 생생한 모습을 그려 보이는 동시에 사회학적인 진단을 내려보인다. 그는 비록 간략한 대로나마 자본과 노동, 작은 상인들과 대상들 사이의 갈등을 분석해 보였다. 그 어느 경우에도 그는 환경이 개인들에게 끼치는 영향을 증명해 보이기를 잊지 않았다. 그가 볼 때 개인이란 사회를 이끌고 있는 큰 세력들의 노리갯감에 지나지 않는 것으로 생각되었다.

『목로주점Assommoir』의 성공

1877년 『목로주점』은 엄청난 성공을 거두었다. 우선 떠들썩한 스캔들로 인하여 얻은 성공이었다. 그렇다고 해서 졸라가 겁을 먹은 것은 아니었다. 서른여섯 살에 그는 그토록 오랫동안 염원해 마지않았던 바를 마침내 획득한 것이었다. 책상 앞에 앉아서 종이에 먹칠을 하면서 허리가 휠 지경으로 보내온 수년의 세월 끝에, 1874년에 발표한 작품이 아무런 반향도 불러일으키지 못하는 것을 보자 그는 실의에 빠진 채 괴로운 시기를 지내고 있는 터였던 것이다. 그는 고통스러운 노력을 아끼지 않았었다. 그는 1865년 이래 리옹의《공안公安Salut Public》지,《라 트리뷘La Tribune》,《라 클로슈La Cloche》,《레벤느망L'Événement》,《피가로Figaro》 등의 신문에 기고한 기사와 서평들을 통해서 이름이 알려져 있었다. 그는『테레즈 라켕』과 더불어 어느 정도 세인의 입에 오르내리는데 성공했었다. 그러나 마침내 명예와 돈을 얻게 된 것은『목로주점』을 통해서였다.

그 책의 판매부수는 당시의 기록으로 볼 때 놀라운 숫자였다. 샤르팡티에 출판사는 그 해에만도 35,000부에 달하는『목로주점』을 판매했다. 그 출판사는『나나』의 출판 때 5만 부를 인쇄하면서 그야말로 대대적인 광고 작전을 전개했다. 그때부터 졸라의 작품은 서점에서 엄청난 성공을 거두게 되었다. 1891년에 나온 작품『돈』은 며칠 동안에 5만 부가 팔렸다. 그때는 신문과 잡지에서 모두들 입을 모아 자연주의 소설의 멸망을 외치던 무렵이었다. 1902년『나나』는 193,000부가 인쇄되었다.『패주』는 20만 부,『목로주점』은 142,000부,『제르미날』과『꿈』은 11만 부, 언젠가 소설사회학에 대한 책을 쓰게 된다면 반드시 이 숫자에 대하여 깊이 음미해볼 필요가 있을 것이다.[49]

졸라를 미워하는 사람들은 때를 놓치지 않겠다는 듯이 졸라의 상업주의를 매도했다. 바레스는 그가 가장 바람직하지 못한 대중들에게 책을 팔고 있다고 꼬집었다. 사실 일반 대중은 매우 노골적인 장면들에 끌리고 있는 터이고, 졸라의 단단하고 억센 기법, 독자를 숨가쁘게 몰아치는 재주 등은 대중들에게 인기를 끌기에 알맞은 것이었다. 그러나 그가 성공을 거두게 된 데는 그밖에 다른 이유도 있었다. 그는 자기 시대의 많은

---

49) 랑콩트르Rencontre판《루공 마카르》총서에 붙인 서문 속에서 앙리 기유맹이 제시한 자료.

사람들에게 그들과 관계가 있는 말을 사용하여 이야기했다. 그 재치 있는 작가는 동시에 마음이 통하는 작가이기도 했다. 그는 적극적이고 설득력 있는 방식으로 그 시대의 근본적인 몇 가지 문제들을 정면으로 다루었다. 그가 지닌 결점까지도 도움을 주는 것이 되었다. 그는 문제를 깊이 추적하기보다는 그 문제들을 생생하게 살아 있는 것으로 느껴지도록 노력했다. 『목로주점』에는 진실의 악센트가 담겨 있었다. 대중은 그 점을 간과하지 않고 보았다.

엄청난 대중이었다. 그 사실 하나만으로도 주목할 만한 일이었다. 그는 프랑스 사회사와 동시에 문학사에 빛을 던져주었다. 졸라 덕분으로 자연주의는 군중을 얻었다. 군중은 졸라 덕분에 소설이란 예술작품인 동시에 이 세상이 주는 교훈임을 알게 되었다. 졸라 이전에도 으젠 쉬나 알렉상드르 뒤마의 소설들이 서점에서 엄청난 성공을 거둔 바 있어, 제2제정시대에는 그러한 로마네스크하고 사교계 냄새가 물씬나는 소설에 매료된 독자층이 형성되어 있었다. 그런 소설은 인생을 달콤하게 그려 보이는 부르주아적 오락물이었다. 『목로주점』이 나올 무렵에 『마담 보바리』 초판은 사주는 사람이 없어서 아직도 헌 책방에 굴러다니고 있었다. 『감정교육』과 『제르미니 라세르퇴』를 읽는 독자들의 수는 제한되어 있었다. 그 당시 인기 작가는 옥타브 퇴이에Octave Feuillet였다. 큰 책방에서 사람들은 에드몽 아부Edmond About, 쥘 상도Jules Sandeau, 빅토르 셰르뷜리에Victor Cherbuliez를 찾았다. 『목로주점』은 기 드 모파상이 통렬하게 공격하는 "발뒤꿈치가 예쁜 문학"에 대한 다행스러운 반동이었다. 『제르미니 라세르퇴』에서 공쿠르 형제는 도시 변두리 사람들의 생활을 그렸다. 그러나 변두리 사람들은 『제르미니』를 읽지 않았다.

자연주의 독트린

자연주의를 옹호하는 운동이 전개되기 시작한 것은 『목로주점』으로 인한 논쟁에서부터였다. 1876년에서 1881년 사이에 졸라는 그의 독트린을 전파하고 여론 속으로 뚫고 들어가기 위하여 수많은 글을 쓰고 선언을 했다. 그의 주변에는 위스망스, 세아르, 에니크, 알렉시스, 미르보, 모파상 등 젊은 작가들이 모여들었다. 그들은 졸라가 플로베르와 공쿠르 형제의 계승자라고 여겼다. 1880년 《메당의 야회 *Soirées de Médan*》라는 동인지가 나왔는데 이것은 졸라를 중심으로 하여 모인 에콜의 요란스러운 선언서였다. 졸라는 연거푸 『실험소설론』, 『자연주의 소설가』, 『캠페인』 등을 써냈다. 이런 이론적인 책들은 그가 쓴 대부분의 핵심적인 평문들을 한데 모아 놓은 것이었다. 그는 자신의 초기 원칙들을 구성하고 있던 생각들을 어느 정도 강도를 높여 다시 표명한 것이었다. 논쟁을 할 필요성과 또 광범위한 대중을 상대하고자 하는 의욕으로 인하여 그의 태도는 한결 과격해졌다. 그가 1879년 《볼테르》지에 발표했다가 같은 제목의 책 속에 재수록한 「실험소설론 *Roman expérimental*」이란 글을 읽어보면 그 점을 잘 느낄 수가 있다. 앙리 세아르가 그에게 클로드 베르나르의 『실험의학 연구 입문』을 빌려주었었던 것으로 전해진다. 졸라는 그의 친구의 경고에도 불구하고 클로드 베르나르가 1865년에 발표한 바 있는 과학적 원칙들을 무분별하게 소설 창작에 적용했다. 그는 특히 베르나르에게서 실험이론을 차용해왔다. 이 이론은 실험의 조건들을 변화시켜가며 적용하는 데 세심한 주의를 기울이는 학자에게 있어서는 충분한 가치를 갖는 것이지만 상상력을 발휘하여 작업하는 소설가의 경우에는 얼토당토 않은 논리에 불과한 것이다. 졸라는 이런 이론적인 텍스트는 전혀 중요시하지 않았던 것일까? 그런 글은 다만 자신의 이름을 널리 알리고 자기 작품을 중심으로 하여 떠들썩한 소리가 나도록 하는 데 좋은 기회라고만 여겼던 것일까? 하여간 그는 주장하는 이론과 실제 작품들 사이의 편차가 가장 큰 작가들 중 하나이다. 그는 자신의 소설들 속에서 일련의 조서調書들을 작성해 보이겠다고 자처했는데 매우 탄탄한 짜임새를 갖춘 작품들을 만들어 냈다. 그는 학자와도 같은 객관적 태연함을 유지하겠다고 공언했는데 실제 작품들 속에다가는 자기가 지닌 서정적이고 투시적인 자질을 가득 쏟아부었다. 그가 끊임없이 등에 업고 나왔던 과학적 이론들은 어쨌든 그의 천재를 충동하는 한갓 자극제에 불과했다. 기 로베르Guy Robert가 지적했듯이 "졸라의 자연주의는 클로드 베르나르, 뤼카 박사, 그리고 유전법칙에서 생겨났다기보다는 오히려 발자크, 텐느, 환경영향설에서 생겨났다"고 할 수 있다.[50] 실제로 졸라가 볼 때 발자크는 세기에 대한 생각, 관찰 및 분석을 도입한 선구적 작가였다. 졸라는 텐느와 실증주의에서 그의 소설 개념의 기초가 된 '철학적 토양'을 빌려왔다. 상상력을 동원하는 문학은 그에게 와서 조사의 도구가 되었고 진실을 찾아내는 수단으로 변했다. 졸라는 자연주의를 고안해 냈다는 세인들의 지적을 부인했다. 자신은 다만 퓌르티에르에서 디드로에 이르는, 레스티브 드 라 브르톤느에서 발자크에 이르는 어떤 광대한 운동의 겸허한 역사가에 지나지 않는다는 것이었다. 그는 '진실le vrai'을 '현실le réel' 속에서 구하고자 하는 현 시대의 문학이 바로 그 같은 전통의 유산 속에 있다고 보았다. 그는 여전히 창조적인 개성이야말로 가장 중요한 몫이라고 믿고 있었다. "작가가 호기심을 불러일으킬 수 있도록 현실을 잘 다듬어서 보여주고 자신의 개성이 가득 담긴 모습으로 전달해주기만 한다면 그 현실을 변형시키고 거기에 자신의 손자국을 찍어 놓는다 해도 별로 탓할 게 못 된다"고 그는 썼다.[51] 우리는 그가 제시한 그 유명한 공식을 알고 있다. "하나의 예술작품은 기질을 통해서 본

---

50) 위에 인용한 책, p.41.
51) 위의 책, p.45.

자연의 한 구석이다."

『목로주점』, 진실의 작품

『목로주점』의 서문에서 졸라는 "우리네 도시 변두리 지역의 악취가 풍기는 환경 속에서 한 노동자 가족이 타락해가는 모습을 그리고자" 했다고 말했다. 그리고 그는 이렇게 덧붙여 말했다. "이것은 진실을 말한 최초의 작품이요 거짓말을 하지 않는, 서민의 냄새가 나는, 서민에 관한 최초의 소설이다. (…)" 『목로주점』을 쓰기 위하여 적어둔 노트에서도 그는 같은 주제를 더욱 강조해가며 거론하고 있다.

> 노동자에게 환심을 사려고 하지 말 것, 그렇다고 지나치게 어두운
> 모습만을 보이지도 말 것. 절대적으로 정확한 현실을 그릴 것.
> 서민 계층의 풍속을 설명할 것. 그리하여 파리에서는 술주정, 풍지
> 박산되는 가정, 매질, 온갖 수치와 온갖 비참을 다 용인하게 되는 참담
> 한 지경이 노동자들의 생존조건 그 자체에서 오는 것임을 설명할 것
> (…)요컨대 서민 생활의 정확한 그림을 보여줄 것.

졸라는 사진이 결론을 내리거나 배척하여 비판하거나 '설교'를 하는 것을 삼갔다. "나의 인물들은 나쁜 사람들이 아니다. 그들은 다만 무지몽매하고 자기들이 몸담아 살고 있는 그 거친 노동과 가난의 환경으로 인하여 망쳐졌을 뿐이다."

서민들을 묘사하기 위하여 졸라는 흔히 치밀한 사전 조사를 했다. 그는 생 자크 가나 생 빅토르 가의 다락방에서 기거하던 젊은 시절 동안 가난한 환경을 실제로 겪어 알고 있는 경험에서 특히 많은 도움을 얻었다.

그런 점에서 그가 제시하는 세세한 내용들은 진실의 악센트를 지닌다. "나의 제르베즈 마카르는 여주인공이 되어야 한다. 그러니까 나는 서민의 아내, 노동자의 아내를 만들어 내는 것이다. 내가 들려주는 것은 그의 이야기다." 그의 노트에는 이렇게 쓰여 있다. 실제로 그는 맨 처음에는 〈제르베즈 마카르의 단순한 삶La Simple Vie de Gervaise Macquart〉이라는 제목을 붙인 어떤 작품을 써볼 생각을 했었다. 한 여자의 단순한 삶은 이미 『마담 보바리』에서 플로베르가 쓰고자 한 것이었으며 『제르미니 라세르퇴』에서 공쿠르 형제가 그리고자 한 것이었고, 『목로주점』 이후에는 모파상의 『여자의 일생Une Vie』이 지향하게 되는 바 또한 그것이었다. 아마도 당대의 소설가들이 가장 감동적인 그들의 이야기들의 핵심을 발견하게 되는 곳은 바로 거기였던 것 같다. 『목로주점』에서 본다면 '당당하게 벌거벗은 모습'으로 드러나고 있는 그 핵심, 그날 그날의 현실일 뿐 어느 한구석 로마네스크하게 과장하거나 부자연스럽게 꾸민 데가 없는 그런 핵심 말이다. 1875년 9월 17일에 졸라는 알렉시Alexis에게 이런 편지를 썼다. "나는 매우 폭넓고 매우 단순한 그림을 그리기로 마음을 정했소. 나는 예외적인 사실들이 갖는 평범성을 원하오". 그는 하루하루 흘러가는 일상적 시간을 따라 제르베즈가 서서히 타락해가는 과정을 기록했다. 제르베즈는 그녀의 두 아이와 함께 애인으로부터 버림받았다. 함석지붕을 놓는 기술자인 노동자 쿠포가 그녀와 결혼하여 행복하게 해주었다. 그러던 중 그가 사고를 당했다. 그것이 쿠포에게는 기나긴 회복기인 동시에 나태와 알콜의 유혹을 의미하는 것이었다. 차츰차츰 제르베즈도 자신의 행복을 건설하고자 하는 노력을 포기하게 되고 모든 유혹에 몸을 맡겼다. 그녀의 삶은 주위 환경의 압력을 받아 허물어져갔다. 물론 그 환경이란 것도 소설가에 의하여 다소 꾸며진 환경이었다. 졸라는 로마네스크한 것과 억지로 극적으로 꾸미는 것을 피하려고 신경을 썼다. 그랬는데도 역시 그는 제르베즈의 애인이 그녀에게로 되돌아와서 삼각

관계의 가정을 이루는 모습을 그리겠다는 착상을 하고 나서야 비로소 자신의 소설이 "제대로 되었다"고 판단할 수 있었던 것이다.

『목로주점』에 진실의 악센트를 부여하는 것은 단순히 이야기 줄거리의 소박함만은 아니었다. 진실성을 느끼게 하는 것은 바로 어떤 스타일의 창조였다. 졸라는 소설을 집필하기 전부터 이미 거기에는 매우 어려운 한판 승부가 걸려 있다는 것을 깨달았다. 그는 강건하고 맛이 나며 속어로 점철된 언어로 말하는 데 성공했다. 앙리 기유맹Henri Guillemin이 적절하게 지적했듯이, 그의 천재성은 플로베르가 소설 속에 도입했던 자유간접화법의 문체를 매우 효과적으로 사용함으로써 발휘될 수 있었다. 이 수법을 통해서 졸라는 인물들의 생각을 특히 제르베즈의 생각을 그때 그때의 편린들로 재생시켜 드러낼 수가 있었다. 그녀가 타락해가는 과정, 그리고 그 타락에 익숙해져가는 모습은 오직 그런 종류의 내적 독백 수법만이 실감나게 표현해줄 수 있는 것이었다.[52] 그런데 그러한 독백 대목들을 이야기의 자연스러운 짜임새 속에 잘 혼합시켜 놓았다는 데서 졸라의 솜씨가 돋보였다. 작가는 놀라울 정도로 정확한 톤을 구사하면서 자신의 인물들과 역할 교대를 하고 있어서 작가가 주인공의 억양으로 이야기를 하는 것인지 아니면 인물들의 생각이 곧바로 표현되고 있는 것인지 분간하기가 어려울 때가 있다. "문학자의 마력"이 "속어의 신비한 힘"과 결합하고 있다고 기유맹은 지적했다.

---

52) 예를 들어서 Rencontre판 p.328 : "그 여자는 자신에 대해서건 다른 사람들에 대해서건 아무 걱정이 없었고 그저 일을 적당히 해결하려고 애쓸 뿐이었다. (…) 남편과 애인이 만족하고, 집안 살림을 전같이 그럭저럭 꾸려가고, 아침부터 저녁까지 낄낄대며 웃고 지낼 수만 있다면 정말이지 불평할 건덕지는 아무것도 없는 것 아닌가 말이다" 같은 대목이 좋은 예다.

『제르미날Germinal』의 발생과 소설가의 방법

1884년초, 이제 막 『삶의 기쁨』을 발표한 졸라는 "어떤 광산촌에서 일어난 파업과 관계된 그 무엇"을 써보겠다는 생각을 하게 되었다. 엑토르 말로Hector Malot도 이미 『집 없는 사람Sans Famille』에서 젊은 주인공 레미Rémi를 탄광 깊숙히 내려보내서 갱내 가스 폭발과 침수의 희생자가 되도록 한 바 있었다. 모리스 탈메르Maurice Talmeyr는 『갱내 가스 폭발Le Grisou』에서, 이브 귀요Yves Guyot는 『사회적 지옥L'Enfer Social』에서 광산을 무대로 하는 소설을 썼다. 이 계획을 일단 확정하자 졸라는 탄광 개발, 광부들의 파업, 그리고 사회적인 문제 등에 대하여 폭넓은 자료들을 축적했다. 그는 로랑 시모넹의 기술적인 저작을 읽었고 오벵과 라 리카마리의 비극적 사건에 뒤따른 소송에 관한 『1869~1870년의 판결록』을 조사했다. 우리는 또 그가 1884년 2월 파업이 발생한 앙젱에 갔었다는 사실을 알고 있다. 졸라는 갱내 깊숙이 내려가보았고 광부들을 만나 의문나는 점들에 대하여 물어보기도 했으며 광부촌을 찾아가보았다. 『제르미날』의 첫 줄은 1884년 4월에 쓰여졌고 책은 1885년 1월에 완성되었다.

졸라 자신이 한 말에 따라 사람들은 오랫동안 그의 작업이 순차적인 여러 단계에 걸쳐 완성된 것이라고 생각해왔다. 자료조사, 초안 작성, 줄거리를 이루는 제반사항 및 인물들의 성격 조정, 그리고 이처럼 머릿속으로 구성한 내용에 생명을 부여하는 최종적 집필 등의 순서로 말이다. 그런데 『제르미날』, 그리고 『대지』 및 그 밖의 다른 소설들의 원고를 검토해본 결과 그와 같은 도식이 부정확하다는 사실이 드러났다. 한 편의 소설은 어떤 장기간의 객관적이고 치밀한 조사의 결과가 아니라 창조 행위의 결실인 것이다. 우리는 『고리오 영감』을 배태하게 된 최초의 세포가 어떤 것이었는지를 기억한다. "한 충실한 사내—소시민적인 하숙에서 600프랑의 연금으로 살아가는—가 각기 5만 프랑씩의 연금을 받는 자신의 두 딸들을 위하여 재산을 탕진 무일푼이 되어 개처럼 죽어간다." 발자크는 커다란 효과를 불러일으킬 가능성이 있는 어떤 상황의 '비전'에서 출발했었다. 졸라는 그의 대부분의 소설들의 경우가 그러했듯이 『제르미날』을 쓰기 위하여 한 가지 '생각idée'에서 출발했다. 그의 창작 방법을 조명하는 데는 『제르미날』의 '초안'을 읽어보는 것보다 더 나은 방법은 없다. 아래 몇 줄의 글은 소설의 근본적인 생각을 적절하게 요약하고 있다.

소설은 봉급생활자들의 봉기, 한순간에 붕괴하는 사회에 힘을 빌려주는 운동, 요컨대 노동과 자본의 투쟁을 그리고 있다. 이 책의 중요성은 바로 여기에 있다. 나는 이 책이 미래를 예언하고 20세기의 가장 중요한 관심거리가 될 문제를 제기하게 되기를 원한다.

졸라는 "나는 원한다"고 말한다. 우리는 그의 창조방식에서 볼 수 있는 고의적이고 논리적인 성격에서 강한 인상을 받았다. 지배적인 생각이 항상 그의 머리를 떠나지 않고 있는 것이다. 그는 "노동자 주민 전체를 짓밟고 있는 끔찍하면서도 정체를 알 수 없는 어떤 힘"을 드러내 보여주기를 "원한다". 그는 힘의 대립관계가 가능한 한 최고의 긴장도에까지 이르게 되기를 "원한다".

그러나 이 같은 결단이 제멋대로 발동되는 상상력의 어떤 터무니없는 연습이라고 생각해서는 안 된다. 졸라는 소설의 주제가 될 어떤 생각을 착상하게 되면 처음에는 전체를 개략적이지만 정확하게 본다. 그 다음으로 그는 현실이 제시해 보이는 것이 무엇인지를 고려에 넣는다. 그의 경우 창조행위와 자료조사는 밀접한 관계를 맺고 있다. 그 두 가지 작업은 동시에 이루어지고 끊임없이 서로 서로에 반향한다. 일종의 자장화磁場

化 현상에 의하여 최초의 의미작용은 그것에 생명과 구체적 근거를 부여하게 될 디테일들을 끌어당겨 모아들이게 된다. 이다-마리 프랑동 Ida-Marie Frandon은 이렇게 지적한다.

> 졸라는 여과하고 선택하고 각색한다. 인간적인 이해관계와 줄거리
> 의 진전이 재료의 선택과 적응을 유도한다. 그런데 우선은 그 재료들
> 을 입수해야 한다.[53]

조사자의 입장에서 어떤 디테일을 한 가지 수집하게 될 때 대개의 경우 그는 벌써 자신의 책 속에서 그것에다가 어떤 '기능'을 부여하게 될지를 알고 있는 것이다. 그와 반대로 조사 작업이 애초의 의미를 수정하게 만들거나 그 의미를 보다 확실하게 드러나도록 도와주게 될 수도 있다. 아마도 『제르미날』은 처음에는 부르주아 사회를 위협하는 어떤 세력의 암시로서 구상되었던 것 같다. 그 후 이 작품은 점차 미래의 시대의 예고라는 의미 '또한' 아울러 지니게 되었다.

『제르미날』의 구조

처음 대할 때 『제르미날』의 구조는 졸라가 쓴 많은 다른 소설들의 구조와 같다. 한 인물, 즉 여기서는 에티엔느 랑티에가 자신도 알지 못하는, 그리고 우리 독자도 그 인물과 동시에 점차로 발견해나가게 되는 어떤 환경을 소개해 보인다는 식이다. 소설이 다큐멘터리식의 성격을 지니게 되고 또 광산에서의 작업과 광부들의 풍속을 그리게 되다보니 자연히

---

53) 프랑동I.-M. Frandon의 「『제르미날』의 주변Autour de 『Germinal』」, Droz, Giard, 1955, p.79.

많은 '장면Tableaux' 묘사가 활용된다. 졸라는 이 장면 그림들을 변함 없는 대립의 원칙에 따라 조직한다. 그레그와르 집안 사람들이 누리고 있는 풍요는 마외 집안이 고통스럽게 겪고 있는 헐벗음과 대립된다. 세실은 끝도 없이 누워 잠만 자는데 비하여 카트린느는 한밤중에도 침대에서 힘겹게 몸을 빼내어 일어나지 않을 수 없는 처지다. 노동자들과 회사의 주인들은 이웃에 살면서도 서로를 이해하지 못한다. 그들은 차츰차츰 대결상태로 접어든다. 다큐멘터리 소설을 구성하는 제반 요소들의 교훈이 서로 대결하는 두 가지 세력간의 갈등으로 변해버렸다. 『제르미날』은 극적인 방식으로 구축된 소설이었다.

파업이 이 소설의 통일성을 이루어주고 있었다. 광산과 광부촌의 소개, 반항적 분위기의 고조, 작업 중지, 봉기, 발포는 소설적 흥미의 진전을 보장해주었다. 파업의 이야기에 에티엔느와 카트린느라는 한 남자와 여자의 이야기, 그리고 에티엔느와 샤발이라는 두 남자 사이의 경쟁관계가 추가되었다. 이렇게 서로 교차하는 행동들이 통일성을 강화했다. 카트린느의 사랑은 탄광촌에서의 삶과 파업의 발전과 박자를 맞추었다. 『제르미날』의 비장함에는 때때로 상당히 '로마네스크'한 요소가 없지 않았다. 독자들로 하여금 '그 다음la suite'을 기다리게 만드는 재간이라든가, 피에르 모로가 지적했듯이[54] "미리부터 예감했던 상황들을 향하여 분위기를 점진적으로 고조시켜가는 방식"은 연재소설의 수법을 상기시키는 바 없지 않았다. 그러나 소설가의 재능이란 우선 독자로 하여금 가슴 조이며 따라오게 하는 것 아니겠는가? 이 같은 극적 구조에 겹쳐지는 또 하나의 구조가 '시적' 구조다. 졸라는 몇 가지의 주제들을 반복하여 다룸으로써 어떤 분위기를 창출하는 데 성공했다. 헐떡거리며 돌아가는 기계소리, 파리라는 성전 속에 모셔진 자본이라는 낯선 신神, 배고픔

---

54) 『제르미날』, 서사시와 소설『Germinal』, épopée et roman」, C. D. U., 1954.

과 섹스의 고정관념 등은 강력한 라이트모티프처럼 되살아나곤 하는 주제들이다. 졸라는 반복법, 과장법과 같은 서사시의 초보적인 기법들을 마다하지 않았다. 문장들의 스타일 그 자체와 리듬에는 서사시적인 울림이 깃들어 있었다. 쥘 르메트르Jules Lemaître는 이 점을 놓치지 않고 주목했다. 그는 "『제르미날』의 흐름 속에는 힘차고도 느린 속도, 폭넓은 물줄기, 디테일들의 덤덤한 축적, 이야기꾼 특유의 재능이 보여주는 솔직 대담함 등에서 오는 고대 서사시의 흐름 같은 것"이 느껴진다고 말했다. 『파르므 수도원』의 경쾌한 리듬과는 얼마나 거리가 먼가! 졸라는 그가 다루는 주제의 성격으로 인해서 서사시에 닿고 있었다. 그는 어둠 속에 묻힌 민중의 분노를 노래하는 것이었다. 보뢰Voreux라는 탄광의 저 위협적인 삶 속에는 현대적인 '초자연성merveilleux' 같은 것이 있었다. 미슐레와 위고의 상속자인 졸라는 최초의 위대한 군중소설가였다. 『제르미날』에서 그는 전진하는 민중을 그렸다. 파업의 실패는 다시 소생하는 봄빛 속에서 노래하는 내일의 발아를 예고하고 있었다. 이 책 전체를 관류하고 있는 '희망'의 신화는 하나의 잡보기사와도 같은 사건에다가 서사시적으로 확장된 격을 부여하면서 비극적 숙명의 고리를 깨뜨리는 것이었다. 졸라는 서사시인으로서 기이한 투쟁 이야기를 들려주면서 서로 대치하는 양쪽 무리의 충돌을 그려 보았다. 그 모든 것을 당당하고 태연한 시선으로 위에서 부감하며 그렸다. 때로는 성스러운 것에 대한 센스도 나타내 보였다. 예컨대 숲속에 운집한 노동자들의 회합은 싸늘한 밤의 투명한 빛에 젖은 채 일종의 전설적이고 종교적인 가치를 드러내 보이는 것이었다.

『제르미날』의 세계

『제르미날』은 그것이 지닌 문헌적 가치나 극적 구성, 그리고 서사시적인 흐름을 넘어서서 졸라가 그 속에서 하나의 세계관을 표현하고 있기 때문에 위대한 책이다.[55] 밀폐되고 어둡고 황량한 한 세계에 대한 비전인 것이다.

『제르미날』의 세계는 우선 벌거벗은 모습의 광대한 공간이다. "별도 없는 밤 하늘 아래 훤히 트인 벌판" 이것이 바로 이 책의 첫 줄이며 책 전체의 밑바탕에 깔린 두 가지 색조다. 광막한 들녘의 황량한 모습은 헐벗음과 권태를 상징하고 있으며 암흑은 불행의 얼굴과도 같은 것이다. 어둠의 검은색을 배경으로 하여 여기저기에 피와 폭력의 붉은색 반점들이 찍혀 있다. 또 다른 곳에서는 "마외의 핏기 없는 창백함"에서부터 "수의에 덮인 채 죽어 있는 어느 마을"의 눈 덮인 정경에 이르기까지 희미한 흰색, 창백한 빛, 납빛, 해쓱한 모습, 어슴푸레한 빛 등 각종 백색의 변주들이 나타난다. 이 백색은 헐벗음과 부재와 공허의 백색이다. 뿌옇고 침묵에 잠긴 그 들녘은 이 세상 종말의 분위기다. 백색이 허무의 신호라면 검은색은 고통과 공포와 범죄의 색깔이다. 『제르미날』을 구성하는 전체 40개 장 중에서 오직 10개 장만이 대낮의 빛을 보여줄 뿐이다. 밤의 검은색, '일종의 물질적 어둠'이라고 할 수 있는 광산과 석탄의 검은색이 전편을 뒤덮는다. 여기에는 어두운 공간의 짓누르는 억압이 느껴진다. 『제르미날』에서 '무거움pesanteur'은 손으로 만질 수 있는 저주의 형식이다. 질식과 매몰은 가장 지배적인 강박관념이다. 물 자체도 떨어지는 그 무엇이요, 공간을 다 차지해버리는 그 무엇이요, 질식밖에 약속해주

---

55) 마르셀 지라르Marcel Girard의 「제르미날의 세계L'Univers de Germinal」, 《Revue des Sciences humaines》, 1953년 1~3월호.

는 것이 없는 그 무엇이다. 어두운 밤의 고뇌와 텅 빈 들녘의 헐벗음 속에 던져진 광부들은 어마어마한 유기체와도 같고 인간의 살을 제물로 요구하는 미노토르와도 같은 저 괴물, 즉 보뢰광산으로부터 위협받고 있다. 소설의 끝에 가서 어둠에 파묻힌 채 억눌리고 차오르는 물에 위협받는 에티엔트와 카트린느는 『제르미날』의 세계를 송두리째 요약해 보인다. 샤발의 시체가 떠다니고 있는 그 물을 카트린느가 마시는 장면은 사실 흑색소설 냄새가 물씬 난다. 그러나 연재소설류의 에피소드 속에다가 인간 조건의 비전을 담는 데 성공했다는 것 자체가 벌써 위대한 소설가의 천재를 증명해 보이는 것이다.

현실과 신화

졸라는 『파리의 배腹 Ventre de Paris』에서 알시장에 부여한 생명력을 통해서, 『목로주점』에서 등장시킨 콜롱브 영감의 증류기를 통해서, 『인간이라는 짐승』에서 그려 보인 기관차를 통해서 비전을 갖춘 시인으로서의 자질을 충분히 발휘해 보였다. 대개의 경우 그는 현실에서 눈을 떼지 않지만 그 현실을 있는 그대로가 아니라 변모시켜 보여준다. 소설가로서의 그의 천재성은 동시에 두 가지 차원에서 활동하는 그 재능에서 오는 것이다. 그는 자신의 소설들은 현실 속에 굳건히 뿌리 박도록 하고 동시에 그 소설들을 서사시적 차원으로 확대 승격시킨다. 그의 '혼을 부르는 듯한 천재성'은 바로 여기에 있다. 나나는 한 여자로서 살고 있다. 말라르메가 말했듯이 우리는 모두 다 그녀의 피부의 촉감을 만져본 듯이 느낀다. 그러나 그 여자는 또한 '악취나는 검은 천사요 부패의 효소요 만족을 모르는 대재난'이기도 하다. 가장 성공한 경우를 놓고 볼 때 졸라의 예술은 소설과 서사시, 자료조사와 시, 현실과 신화의 적절한 결합에서 생겨나는 것이었다.

졸라는 때때로 사회적 시대상의 묘사를 외면하는 경우도 없지 않았다. 『무레 신부의 잘못La Faute de l'abbé Mouret』, 『사랑의 한 페이지』, 『삶의 기쁨』, 『꿈』과 같은 작품에서 그는 서정적인 소설을 썼다. 『꿈』이 '동화conte bleu'이고 『사랑의 한 페이지』가 '애틋한 이야기 책'이라고 한다면 『무레 신부의 잘못』은 그야말로 한 편의 산문시라고 할 수 있다. 졸라는 '자연과 종교의 거창한 싸움'을 연구해볼 생각이었다. 르 파라두는 관능의 화려한 무대였다. 졸라는 상징적인 이름인 르 파라두에서 아담과 이브의 사랑 이야기를 그려 보이고자 했다. 그가 타고난 재능의 성격상 그는 현실의 충실한 영상을 제시하기보다는 여러 가지 신화들에 생명을 부여하는 쪽으로 기울게 되었다. 정확하게 관찰하고 충실한 자료 조사를 하고자 하는 배려를 통해서 창조자가 다듬어 만들고자 하는 신화에다가 단단한 토대를 마련해줄 수 있을 때 비로소 그는 자신의 온 역량을 발휘할 수가 있었다.

졸라에게 있어서 현실의 탈바꿈은 어떤 개인적 신화의 역선力線에 따라 이루어진다. 소설가의 직관은 심지어 그것이 현실에 의지하고 있는 경우에조차도 작품 속에 편입되는 요소들을 그것들을 초월하는 어떤 의미 쪽으로 연장 확대하기에 이른다. 졸라는 일단 자기가 의도하는 바를 분명히 하고자 할 때면 '초안들' 속에서 '시'라는 말을 자주 사용하곤 한다. 그는 『파리의 배』에서는 '배의 시'를, 『대지』에서는 '대지의 살아 있는 시'를 쓰고자 했다.

전체적으로 따져볼 때 그가 자신의 작품 속에서 스스로 주장하고 있는 유전법칙의 과학적 개념에 할애한 몫은 극히 미미한 것에 불과하다. 반면에 본래의 유전적 결함을 우리는 가족 전체를 압박하는 일종의 '숙명' 같은 것으로 해석해볼 수는 있을 것이다. 그가 깊은 관심을 기울이는 대상인 그 가족이란 것은 기 로베르가 지적하듯이 두 가지의 서로 적대적인, 그러면서도 서로 내밀하게 뒤섞여 있는 원칙의 상호관계를 반영한다. 그중 한 가지는 상승운동에 의하여 그 가족에게 활력을 부여하고 다른 하나는 추락과 와해를 불러일으킨 나머지 결국은 그 가족을 파멸로 이끌게 된다"[56]

『루공 가의 재산』과『쟁탈전』에서는 상승하는 기운이 우선한다. 『파리의 배』는 돼지고기 장사꾼인 살찐 부르주아의 승리를 기록했다. 이미 이곳 저곳에서 숱한 사회적, 도덕적 붕괴의 조짐들이 나타나면서 장래의 타락을 예고하고 있었다.『무레 신부의 잘못』은 이 작품의 가장 중요한 핵심 중의 하나인 풍요의 신화를 노래했다. 반면『목로주점』에서부터 소설가는 와해되어가는 한 사회와 타락해가는 인간들의 범례들을 서슴지 않고 제시했다. 작품을 더해갈수록, 이야기의 장들을 더해갈수록 승리하는 힘의 신화는 피할 수 없는 대재난의 신화와 서로 뒤얽힐 수밖에 없었다. 『제르미날』과『대지』는 풍요와 희망의 신화와 대재난의 신화를 동시에 노래했다.『패주』에서까지도 우리는 경련하는 불행의 몸부림 저 너머로 보다 나은 어떤 세상의 탄생을 어렴풋이나마 예감할 수 있다.

이 같은 조건 속에서 졸라가 어떻게 인물들의 '심리'에까지 신경을 쓸 수 있었을까? 그는 기회가 있을 경우 인물들의 감정을 분석함으로써 작가적 자상함과 섬세함을 보여줄 수가 있었다. 그는 인물들을 사로잡으면서 내면에 소용돌이치는, 그래서 인물들 스스로도 어떻게 다스려야 할지 모르는 저 엄청난 힘의 위력을 그려 보였다. 그가 그린 가장 강한 인상의 인물들 중 하나인 농부 뷔토는 땅에 대한 정념을 육화해 보였다. 그의 경우 성적 본능은 지주로서의 탐욕과 한 덩어리를 이루는 것이었다. 그는 자신이 주인인 그 땅덩어리에 단단히 비끌어 매여 있다. 졸라는 개인들

56) 기 로베르Guy Robert, 『에밀졸라, 그의 작품의 일반원칙과 특성』, Les 「Belles Lettres」, 1952.

에게 생명을 불어넣으려고 노력하는 것이 아니라 여러 가지 신화들을 육화하려고 노력했다. "인간의 동물성에 대한 비관론적인 서사시"라고 쥘르메트르는 지적했었다. 졸라는 '동물성'이라는 말에 대해서는 다소 유보적이었지만 대체로 그런 지적을 시인했다. 그는 자기 시대의 현실 속에서 대지의 어머니, 희망, 그리고 대재난이라는 해묵은 인간적 신화들을 찾아낼 줄 알았던 소설가였다.

자연주의에서 메시아 신앙messianisme으로

졸라는《루공 마카르》총서를 1893년에 완성했다. 그는 그 방대한 작품에서 마침내 손을 뗄 수 있게 된 것을 다행스럽게 여겼다. 그리하여 그는 만년에『세 도시Trois villes』와『네 복음서Quatre Évangiles』연작에 착수했다. 따지고 보면 그는 동일한 방법론을 여전히 그대로 간직하고 있었다. 그는 여전히 어떤 한 가지 의미에서 출발하여 그 의미를 확충시켜나갔다. 그것은 다음과 같은 노트에 잘 나타나 있었다.

『루르드Lourdes』에서 나는 인류가 지닌 환상과 믿음에의 필요성을 보여줄 수 있을 것이다. (…)『로마Rome』에서는 낡은 가톨릭교가 붕괴하고 세계의 방향을 새로이 잡기 위하여 새로운 가톨릭교가 발흥하는 모습을 보여줄 수 있을 것이다. 과학이 회의의 대상이 되고 정신주의적인 반동이 일어나는 세기의 결산이라고 하겠다. 그러나 어쩌면 실패의 모습일지도 모르겠다. 끝으로『파리Paris』에서는 개선하는 사회주의, 여명에 바치는 찬가, 찾아내어야 할 인간적인 종교, 행복의 실현을, 그것도 현재의 파리라는 테두리 속에서 보여줄 것이다. 그러나 현실에 너무 얽매이지 말 것. 꿈을 그려 보일 것.

또한 기 로베르는 이렇게 지적했다.

이 새로운 연작은 여러 가지 면에서 《루공 마카르》 총서와 비길 만
하다. 여기에서도 마찬가지로 자료조사에 세심한 배려를 하고 있고 마
찬가지 설명방식을 채택하고 있으며 마찬가지 세계관을 표현하고 있
다는 것을 알 수 있다. 인류의 보잘것없는 노력을 초월하여 보다 더 엄
청난 힘들과 서로 적대적인 원칙들 사이의 갈등이 전개되고 있는 것이
다.[57]

졸라는 『루르드』와 『로마』에서 가톨릭교와 과학 사이의 갈등을 추적
했고 『파리』에서는 과거의 주된 세력들에 대항하여 싸우는 이성의 모습
을 그려 보였다. 그는 여전히 현실에 한 몫을 할애했다. 세 도시에 관한
작품을 쓰기 위하여 적어놓은 초기 노트에서 마음먹었듯이 그가 '현실
에 너무 얽매이지 말고 꿈을 그려 보일 것'이라는 태도에 참으로 충실하
게 된 것은 『네 복음서』에서였다. 졸라는 미르보Mirbeau에게 보낸 한
편지에서 『풍요Fécondité』에 대하여 이렇게 썼다. "이 모든 것은 어지간
히도 유토피아적이지요. 그러나 어쩌겠습니까? 쪼개어 해부하는 일에
골몰해온 지 어언 40년입니다. 이 늙은이의 여생 동안에는 꿈에 잠기는
일도 좀 있어야 겠어요."

57) 위의 책, p.141.

5. 자연주의 소설가들

도데Daudet는 졸라와 동시대 사람이다. 그러나 그는 항상 자연주의의 주변부에 머물러 있었다. 그는 우선 『풍찻간에서 보낸 편지Lettres de mon moulin』와 『월요 이야기Contes du lundi』를 통해서 이야기꾼으로서의 커다란 성공을 거두었다. 그는 1874년에서야 비로소 풍속소설에 손을 대게 되었다. 1868년에 낸 『꼬마Le Petit Chose』는 그가 알렉스의 중학교에서 복습교사로 지내던 시절의 추억들에 약간 소설적 요소를 가미하여 쓴 것일 뿐이었으니 말이다. 그리고 1872년의 『타라스콩의 타르타랭Tartarin de Tarascon』은 영웅적인 동시에 희극적인 소설이었다. 이야기꾼으로서의 입담, 상황의 우스꽝스러움, 회화적인 유형의 창조 등은 사실주의적인 정확성 쪽으로 기울어져가는 프랑스 소설의 발전방향과는 기이한 대조를 나타내 보이는 것이었다.

1874년의 『동생 프로몽과 형 리슬러Fromont jeune et Risler aîné』 이후 현대 풍속을 다룬 다른 소설들이 뒤따랐다. 『자크Jack』(1876), 『부호Le Nabab』(1877), 『추방당한 왕들Les Rois en exil』(1879), 『누마 루메스탕Numa Roumestan』(1881), 『복음주의자L'Évangéliste』(1883), 『사포Sapho』(1884), 『불멸L'Immortel』(1888)이 그것이다. 이 작품들은 여러 가지 다른 환경들을 그리고 있다. 『동생 프로몽』에서는 장사꾼의 세계와 사업계를, 『자크』에서는 노동자들의 세계를, 『누마』에서는 정계를, 『사포』에서는 학생사회를 그린다. 그는 플로베르와 공쿠르 형제에게서 그 모범을 발견한 이후 정확한 관찰의 방법에 충실했다. 그 역시 어떤 소설의 아이디어가 머릿속에 싹트는 즉시 이야기의 핵심을 구성하게 될 디테일들을 수첩에 기록해두곤 했다. 그러나 도데는 그저 '인상들'을 적

어두는 정도에 그쳤다. 그는 세심한 자료조사에 얽매이지 않았다. 또 그의 관찰은 플로베르나 공쿠르 형제의 그것이 갖는 엄격성을 전혀 갖추지 못하고 있다.

입담을 타고난 이야기꾼인 도데를 과연 위대한 소설가라고 할 수 있을까? 의심의 여지가 많다. 그는 흔히 남들이 이미 쓴 적이 있는 소설들을 다시 쓰곤 했다. 그가 어떤 주제를 가장 먼저 다루고 난 뒤에 동시대의 어떤 다른 사람이 그 주제에 다시 손대는 경우도 서로 비교하여 보면 도데 쪽이 더 낫다고 할 수가 없다. 도데의 작품을 읽노라면 우리는 소설이라는 장르가 쇠퇴해가고 있다는 느낌을 받는다. 『사포』는 자기보다 연상인 한 여인과 사랑하는 사이가 되는 한 청년 학생의 이야기다. 그는 여자와 그만 헤어져버릴 용기가 없어 괴로워한다. 그는 그 결단을 나중으로 미루기만 한다. 어느 날 중대한 결단을 내리기로 마음먹지만 오래가지 못한다. 이것은 『아돌프』의 주제이지만 여기에서는 그 주제가 안이한 풍속소설 속에 담겨 희석되어버렸다. 몇 년 후에 미르보는 『고난의 길*Un Calvaire*』이라는 소설에서 바로 그 주제를 새로이 다룸으로써 그 이야기에 감동적인 치열성을 부여했다. 그 결과 그는 도데의 이야기가 얼마나 김빠진 것인가를 헤아릴 수 있는 계기를 제공했고 한걸음 더 나아가서 명철한 판단과 정념의 유혹 사이에서 고민하는 한 인간의 복잡한 내면과 고통을 실감나게 표현할 수 있었다. 도데는 프랑스의 디킨즈라는 말을 종종 듣곤 한다. 그렇다면 그는 신경과민이 유머를 대신하고 있다는 게 특징인 한심한 디킨즈일 터이다. 『자크』에서 보여주는 노동자의 가난한 삶의 묘사는 『레 미제라블』이나 『제르미니 라세르퇴』를 염두에 두고 생각해본다면 상당히 사탕발림식 묘사라고 보아야 한다. 더군다나 그보다 일 년 뒤에 나온 『목로주점』의 그것과 비교해본다면 그냥 보아 넘기기 어려울 정도로 김빠진 것이라고 할 수 있다. 도데의 노동자 소설은 감상적인 소설 수준에 머물고 있다. 『자크』도 불행한 어린 시절의 소설이라고 할 수 있지만 그것을 『레 미제라블』과 발레스Vallès의 소설들에서부터 『홍당무*Poil de Carotte*』에 이르는 계보 속에 놓고 평가해봐야 득이 될 것이 전혀 없는 형편이다. 『복음주의자』는 종교가 한 여자의 영혼에 끼칠 수 있는 폐해라는 『제르베제 부인』의 그것과 유사한 주제를 다룬 작품이었다. 그러나 공쿠르 형제의 소설에는 여주인공의 신비주의적 황홀경의 환기와 동시에 임상적인 연구내용이 담겨 있었다. 그런데 도데의 경우에는 현실을 환상적인 색채로 물들이고 있는 의식의 내밀한 세계 속을 결코 들여다볼 수가 없다. 그의 소설은 마음씨 나쁜 한 여인의 술책과 참혹한 시련을 겪는 한 가족의 고통을 그린 이야기에 불과하다. 『동생 프로몽과 형 리슬러』는 연극의 느낌이 풍기는 소설이다. 지불기일 만기에 대한 강박관념이라든가 한 영업체의 내리막에 대한 묘사에는 발자크의 추억이 깃들어 있다. 그러나 발자크의 『세자르 비로토』는 그와 다른 위대함을 갖춘 작품이었다. 시도니와 그녀의 남편의 동업자인 프로몽 사이의 파렴치한 관계는 보드빌 류의 상황이었다. 이 음모꾼 여자의 심리는 빅토르 셰르뷜리에Victor Cherbuliez의 여주인공들을 연상시킨다. 1879년에 『추방당한 왕들』을 쓰면서 도데는 아마도 자신의 인물들에게 긍지를 부여한다고 생각했을 것이다. 그러나 불행하게도 그보다 몇 년 후에 엘레미르 부르주Élémir Bourges가 똑같은 주제를 가지고 『제신들의 황혼*Le Crépuscule des dieux*』이라는 바그너풍의 제목을 붙인 소설을 썼는데 거기에는 도데에게서 찾아볼 수 없었던 서사시적인 방대한 규모와 신비에 대한 센스가 갖추어져 있었다. 도데의 성공은 그가 빠져든 안이한 태도에 의해서 설명이 가능해진다. 그는 선량한 감정들을 작품 속에 담아 놓았다. 그는 독자들의 연민의 정에 호소했고 그의 달변은 간단없이 작자의 개입을 불가피하게 만들었는데, 그 입담의 생기 있는 맛은 매력이 없지 않았다. 그렇다고는 해도 도데의 소설들에는 역시 섬세함과 위대함이 결여되어 있다.

상속자 모파상[58]

기 드 모파상Guy de Maupassant의 어머니는 알프렛 르 프와트벵 Alfred Le Poittevin의 누이인 로르 르 프와트벵Laure le Poittevin이었는데 그녀의 대부는 소설가 플로베르의 아버지인 의사 플로베르 박사였다. 어린 시절부터 귀스타브 플로베르, 알프렛 르 프와트벵과 그의 누이 로르는 끊을 수 없는 우정으로 맺어져 있었다. 플로베르와 모파상이 서로 친척간이라는 소문은 바로 거기서 생겨난 것이었다. 1867년 신학기에 모파상이 루앙 중학교의 기숙생이 되었을 때 그의 감독 책임을 맡은 보호자는 그 도시의 도서관 사서인 동시에 플로베르의 친구인 루이 부이예Louis Bouilhet였다. 바로 그와 함께 어린 모파상은 가끔 크로아세로 찾아가곤 했던 것이다. 후일 전쟁이 끝나고 나자 그는 행정부에 자리를 얻었다. 1873년에서 1880년 사이에 모파상은 아직 아무런 작품도 발표는 하지 않았지만 관리로서의 직무 이외에, 플로베르의 가차없는 감독을 받으면서 수많은 백지들을 메워가고 있었다. 제자의 술회에 따르면 당시 플로베르는 모파상에게 더할 수 없이 귀중한 문학적 개념들을 차근차근 설명해주었다고 한다. 플로베르는 그의 데뷔에 있어 후견인으로서 그를 보살펴주었다. 그는 신문과 잡지에 그를 소개해주었고 모파상은 거기에서 익명으로 초년기의 수업시대를 거쳤다. 플로베르는 그에게 투르게네프Tourguéniev, 졸라, 도데, 공쿠르 형제 등을 소개해주었다. 그는 초기 연극작품을 연습삼아 쓰도록 격려해주었다. 에니크Hennique, 세아르 Céard, 알렉시스Alexis, 미르보Mirbeau와 더불어 모파상은 트라프 식당에서 저녁식사가 끝난 후 졸라의 진영으로 들어가서, 그의 친구들이 걸

---

58) 모파상에 대해서는 앙드레 비알André Vial의 『모파상과 소설 기술Maupassant et 1'art du roman』, Nizet, 1954.을 참조할 것.

작으로 칭찬해 마지않는 『비곗덩어리Boule de Suif』를 가지고 '메당의 저녁Soirée de Médan' 모임에 화려하게 참가했다.

　모파상은 자기의 친구이기도 한 스승의 귀중한 충고의 혜택만을 본 것이 아니었다. 그는 또한 가장 열렬히 찬미해 마지않는 발자크로부터도 유산받은 바 컸다. 심지어 그는 발자크의 작품이 보여주는 풍부함과 위대함을 대하면서 가끔씩 낙담의 한숨을 쉬기도 했다. "이 위대한 통찰력을 가진 작가는 그의 작품을 읽는 소설가들로 하여금 자기 직업에 대하여 자신을 잃게 만드는 경향이 있는 것 같거든" 하고 어느 날 그는 말했다. 1876년 「문학 공화국La République des Letters」이라는 제목의 글에서 모파상은 19세기에 있어서 소설의 발전과정을 크게 요약 설명했는데 졸라라도 그에 대하여 별로 의의를 달지 않았을 터이다. 발자크 이전에는 '이상주의적 소설들'이 있었는데 모파상에 의하면 이런 소설들은 "개연성이 없고, 현실적이며 물질적인 것들과는 엄청난 거리가 있는" 것들이었다. 모파상은 말을 잇는다.

　　마침내 발자크가 등장했다. 처음에는 사람들이 그에게 주의를 기울이는 둥 마는 둥했다. 그러나 그는 이상스러울 만큼 강력하고 풍요로운 개혁자였다 (…) 불완전한 작가일지는 모르지만 (…) 불멸의 인물들을 창조한 뒤 시각적으로 확대시킨 것 같은 세계 속에서 그들을 살아 움직이게 만들었다.

　『마담 보바리』의 출현은 모파상에게는 엄청난 사건이었다. 플로베르에 의하여 작가로서 훈련받았고 그를 숭배해 마지않는 모파상은 무엇보다도 그 위대한 작가의 무감동한 태도를 중요시했다. 플로베르는 발자크와 마찬가지로 적확하게 보는 눈을 가졌지만 발자크 이상으로 그것을 글로 적확하게 '살려내는' 능력을 가지고 있었다. 모파상은 19세기 소설의 이 위대한 두 스승에 대하여 끊임없이 품고 있는 존경의 마음 덕분에 자연주의 유파가 지닌 어떤 지나친 면으로부터 거리를 유지할 수가 있었다. 물론 그는 앙드레 퇴리에Audré Theuriet의 "발뒤꿈치가 예쁜 문학"을 통렬히 공박했다. 『비곗덩어리』에서부터 그는 결단코 리얼리스트였다. 그는 이야기의 주제와 디테일들을 가깝고 살아 있는 현실로부터 얻어왔다. 그는 세심한 관찰을 중시함으로써 벌써부터 '겸허한 진실'의 예찬 쪽으로 방향을 잡았고 이러한 태도는 그의 미학의 핵심을 이루게 된다. 그러나 이 자연주의자는 그 유파의 이론들에 대해서는 별로 애착을 느끼지 못했다. 그리하여 그는 끊임없이 선택과 의식적인 구성의 필요성을 강조했다. 그의 리얼리즘은 미학적 리얼리즘이었고, 많은 경우 아이러니와 연민의 감정이 깃들어 있는 리얼리즘이었다.

1880년부터 벌써 『비곗덩어리』는 그의 예술적 이상의 훌륭한 범례를 제시해 보여주는 것이었다. 자연주의의 도그마에 별로 찬성하지 않는 플로베르가 이 처녀작 단편소설을 걸작이라고 칭찬한 것은 의미심장한 일이다. 이 작품의 주제는 익히 잘 알려져 있다. 1870년 전쟁 중에 어떤 역마차 한 대가 적군에게 점령당한 루앙에서 디에프로 떠난다. 토트에서 어느 프러시아 장교가 그 마차를 정지시킨다. 마차에 타고 있는 '비곗덩어리'란 별명의 여자는 평소에는 기꺼이 사내들에게 베풀어주던 호의를 일종의 애국적인 양심의 가책 때문에 점령군에게는 거절하겠다고 고집을 부린다. 프러시아 장교는 그녀의 서비스를 받기 전에는 역마차를 보내주지 않겠다는 것이다. 각자 자신의 이해관계에 급급한 역마차의 승객들은 그 청을 받아들이라고 종용했는데 막상 그녀가 응락을 하자 모두들 그녀를 외면해버린다. 주제, 일화, 인물들, 무대는 모두가 실제 삶에서 빌려온 것이었다. 그러나 예술가는 제반 수단들을 선별하여 사용하고 무용한 것은 버리며 자잘한 디테일들은 한데 묶고 조화 있는 전체를 구성하는 지혜를 발휘한 것이었다.

콩트와 소설

『비곗덩어리』의 성공 후 모파상은 《질 블라스*Gii Blas*》와 《르 골르와 *Le Gaulois*》지를 위하여 많은 양의 콩트들을 발표했다. 그의 콩트작가로서의 명성이 흔히 소설가로서의 재능을 가려버리곤 했다. 그러나 모파상은 그토록 다른 그 두 가지 장르에서 다같이 성공할 수 있었다.[59] 소설가는 어떤 복합적인 현실의 시간적 구체성을 암시해보이려고 노력해야 하는 데 비해 콩트작가는 독자로 하여금 단순한 감동을 느끼도록 하려고 노력한다. 그러기 위해서 그는 그가 진술하는 모든 사항들 전체를 그 단일한 감동에로 집중시킨다. 이야기 전체는 그가 얻어내고자 하는 효과를 향하여 쏠려 있는 것이다. 모파상의 콩트가 지닌 두 번째 특징은 '이야기récit'라는 사실이다. 즉 어떤 내레이터가 이야기를 들려달라는 요청을 받는다. 이 내레이터가 이야기 속에 실존하고 있다는 사실이 항상 강하게 전달되고 있는 것이다. 그는 증명하고 지시하고 판단한다. 그는 사건에 인간적인 해석을 가하며 그것의 흥미를 유발하는 동시에 거기서 의미를 얻어내며 놀라움의 순간을 안배하고 이야기에 귀를 기울이는 사람의 마음을 조마조마하게 만든다. 모파상으로 하여금 의식적인 구성에 깊이 유의하도록 만드는 것은 바로 콩트라는 장르 그 자체다. 그의 수많은 콩트들은 그것이 노르망디 계열에 속하는 것이건, 파리 계열, 혹은 환상적 계열에 속하는 것이건, 한결같이 놀라운 기교와 서술방식에 있어서 대단한 숙련미를 자랑하는 작품들이다. 사실 앙드레 비알André Vial이 지적했듯이 모파상의 작품들이 탄생하는 과정을 눈여겨보면 흔히 콩트가 소설로 변하기도 하고 소설이 콩트로 변하기도 한다. 『여자의 일생

---

59) 콩트와 소설에 대해서는 앙드레 비알의 위의 책, p.435 이후 참조.

Une Vie』의 몇몇 에피소드들은 일단 다시 손질하고 나면 콩트의 주제들이 되는 것이었다. 반대로 이 처녀작 소설의 단선적인 성격은 짧은 이야기의 미학과 관련이 있다. 모파상은 차츰차츰 콩트와 소설이 미학적으로 서로 다르다는 것을 의식하게 되었다. 그의 소설들은 점점 더 인물과 상황의 복잡성에 의하여, 구성의 유기적인 성격에 의하여 참다운 소설로 변해갔다. 『피에르와 장Pierre et Jean』은 이런 점에서 그의 발전을 마감하는 표시가 되었다. 여기서 구체적 시간 경험은 이를테면 '계속적'인 성격을 띠게 되었다. 즉 작품은 그 하나하나가 그것 자체로 따로 다루어질 수도 있을 그림들이 한데 이어진 결과 만들어지는 식은 아니게 된 것이다.

모파상의 소설 기술

앙드레 비알에 의하건대 우리는 모파상의 소설 기술이 발전해가는 과정에 있어서 네 가지 단계를 구분해볼 수가 있다. 『여자의 일생』, 『벨아미Bel-Ami』와 『몽토리올Mant-Oriol』, 『피에르와 장』, 『죽음처럼 강한 Fort comme la mort』 그리고 끝으로 『우리들의 마음Notre Coeur』이 그 것이다. 『여자의 일생』이 오로지 한 인물만을 깊이 다루고 있는데 비하여 『벨아미』와 『몽토리올』은 역사적 사회적 변화에 큰 몫을 할애하고 있으며 행동이 전개되는 시간을 짧게 잡는 동시에 소재를 넓게 확대하여 다루고 있다. 심리분석에 큰 몫을 부여하고 있는 충격적이고 결정적인 어떤 위기의 이야기인 『피에르와 장』에 오면 그런 압축시킨 처리방식은 더욱 두드러진다. 마지막 두 편의 소설이 그려 보이는 것도 역시 비장한 위기 국면이다. 이와 같은 변화 과정은 모파상을 노르망디 지방의 시골에서 파리의 사교계로, 풍속소설에서 심리소설로, 일생의 소설에서 위기의 소설로 옮아가게 만든다.

『여자의 일생』은 『피에르와 장』과 더불어 소설가 모파상의 걸작을 이룬다. 삶은 작가에게 소재를 제공했다. 그의 예술가적 기교는 그 소재들을 배열하고 '작품의 결정적인 의미가 추출되어 나오게 될 저 자질구레하고 한결같은 사실들의 능란한 무리짓기'를 성사시키는 일을 맡는다. 줄거리의 변화도 행동의 급전도 없다. 다만 있는 것은 매일매일의 몸짓과 사실들뿐이다. 잔느가 수도원에서 나와서 처녀다운 꿈을 꾸는 데서부터 아내로서 어머니로서 맛보는 실망에 이르는 이 플로베르풍의 환멸의 소설은 하루하루 흘러가는 시간을 따라 해체되어가는 한 일생의 소설이다. 작품은 그 같은 해체의 서로 다른 순간들을 환기시켜주는 일련의 그림들로 이루어져 있다. 에피소드들은 서로서로에게 빛을 던져주고 있으며 서로서로에 화답하고 있다. 체험적 시간의 흐름을 파악할 수 있게 하고 인물들의 변화과정을 보다 분명하게 표시하기 위하여 모파상은 발자크와 플로베르 같은 그의 스승들에게서 발견한 방법들을 활용했다. 즉 그는 균형 잡힌 두 부분으로 쌍을 이루게 하는 수법을 사용하여 전체의 응집성을 돋보이게 할 수 있었다. 잔느가 푀플의 영지로 돌아오는 것도 두 번이며, 똑같은 마차여행을 두 번 하게 되며, 이포르에서의 산책도 두 번, 어느 작은 숲을 찾아가는 것도 두 번, 바다에 면한 창문 뒤에서 보낸 밤도 두 번, 이렇게 많은 것이 쌍을 이루고 있다. 그리고 언제나 두 번째 에피소드에서는 여주인공이 첫 번째 것의 추억을 떠올리고 있으며, 독자도 그녀와 동시에 과거의 그 순간을 다시 상기하게 된다. 모파상의 묘사들은 그것이 유사한, 그러나 여주인공의 삶의 다른 순간들에 위치하는 광경들을 상기시키게 됨에 따라 구체적인 시간의 흐름과 인생의 완만한 실패과정을 느낄 수 있도록 만드는 데 성공하는 것이다.

『여자의 일생』이 플로베르식의 울림으로 가득한 소설인 만큼이나 『벨아미』는 역사적인 그림이라는 특성으로 인해서, 젊은 야심가의 초상이라는 점에서, 또 개인을 '유형화' 하고 유형을 개개의 인간으로 생동하게 하는 기법의 면에서 발자크적인 요체를 드러내 보이는 작품이라고 하겠다. 『벨아미』의 뒤르와는 외양의 격이 좀 떨어지고 저속한 면이 더 눈에 뜨이긴 하지만 제3 공화국 시대의 라스티냐크라 할 만하다. 그 역시 황금, 권력, 명예, 그리고 사랑이라는 네 가지 성공의 목표를 노린다. "나는 우리가 매일같이 스치고 만나게 되는 모든 인간 틀을 닮은 한 모험가의 삶을 이야기하고자 했다. (…) 어떤 악당의 인간됨을 분석하고자 나는 그를 그의 됨됨이에 어울리는 환경 속에 놓고 발전시켜보았다"고 모파상은 말했다. 과연 그는 주저없이 신문계와 정계의 풍속을 아주 무자비하게 그려 보였다. 풍속소설의 차원을 넘어서서 모파상은 부르제가 "인간 행동의 명암"이라고 이름 붙인 국면과 "양심의 추악한 타협"을 노출시켜 보이려고 노력했다. 그는 양심에 철저하지 못한 나머지 지조를 헌신짝처럼 더럽히고서도 궤변으로 호도하는 태도를 상세히 기록했다.

『몽토리올』은 연애소설인 동시에 풍속소설이다. 개인의 에피소드와 온천도시의 운명이 서로 얽히게 만드는 수법이 여기서는 매우 성공적으로 나타났다.

그 서문으로 특히 유명한 『피에르와 장』은 상업에 종사하는 소시민계층의 무미건조한 생활을 다룬 풍속소설이다. 그러나 다른 한편 이 소설은 핵심적인 인물들로 제한되어 있다. 작품 전체가 심리분석으로 일관되고 있다. 장이 어떤 죄 많은 관계로 인하여 태어났는지 어떤지를 알고 싶어 하는 피에르의 의혹이 차츰차츰 확신으로 변해간다. 〈이야기 histoire〉는 송두리째 작중화자의 의식 속에서 벌어지고 있다. 행동은 주관적이 된다. 모파상이 증인으로서의 인물을 활용하는 테크닉을 이처럼 극단에까지 밀고 나간 적은 한 번도 없었다.

『죽음처럼 강한』은 어떤 유명한 화가의 이야기로 앙드레 비알에 의하면 특이한 장점이 많으면서도 그 진가를 충분히 인정받지 못한 작품이다. 작자의 의식과 심층의식 사이의 저 어렴풋한 지대에서 사랑이 진전되어가는 양상을 추적하면서 보여주는 섬세한 감각에서 그러한 장점이 여실히 드러난다.

끝으로 『우리들의 마음』은 옥타브 푀이에까지는 안 가더라도 부르제를 연상시키는 취향에 따라 쓰여진 사교계 소설이다. 한 현대적인 셀리멘느의 묘사를 통해서 모파상은 전에 자신이 통렬히 공격했던 "발뒤꿈치가 예쁜" 바로 그 문학에 이르게 되었다.

그는 자연주의의 한계들을 의식했던 것일까? 그는 애초부터 메당 그룹의 도그마에 대해서는 스스로 거리를 두고자 했다. 그는 예술가로서의 자신의 요구에 계속 충실하고자 했다. 그는 졸라보다는 발자크와 플로베르에 더 가까웠다. 그러나 부족한 것을 모르는 상속자인 그는 기존의 틀만을 이용하는 것으로 만족했다. 어떤 새로운 미학을 탄생시킬 수 있는 사조들이 자리를 굳히게 되는 바로 그 시점에 무대에서 사라져야 하는 것이 그의 운명이었다. 1938년 지드가 지적했듯이….

우리가 모파상을 진정한 거장이라고 간주하는 데 주저하게 되는 것은 아마도 그 자신의 개성이 거의 아무런 흥미를 끌지 못하기 때문인 듯하다. 특별히 이렇다 할 만한 이야깃거리가 있는 것도 아니고, 스스로 전달할 아무런 메시지도 지니고 있지 못하다고 생각하면서 세상을 바라보고 그 세상을 우리에게 다소간 어둡게 소개해 보이는 그는 우리가 볼 때 (자기 스스로 자처하듯이) 그저 탁월하고 빈틈없는 문학 기능공일 뿐이다. 그는 그의 독자들 어느 누구의 눈에나 똑같은 존재일 뿐 그중 어느 사람에게 비밀스럽게 말을 건네주지는 못한다.

자연주의 소설가들

상상력을 멸시하고, 과학을 원용하고, 많은 경우 심리학을 생리학으로 대체하며 줄거리의 교묘한 배열이라는 면을 별로 중요시하지 않는다고 하는 것이 졸라의 기치 아래 모인 젊은 작가들이 내세우는 원칙들이었다. 그들은 모파상, 위스망스, 미르보, 세아르, 알렉시스, 에니크 등이다. 그러나 자연주의는 그 수명이 짧았다. 그것이 1877년에서 1880년 사이에 자리를 굳혔다가 '메당의 저녁' 직후 각자 스스로의 길로 흩어졌다. 자연주의의 유파는 없었지만 자연주의 소설가들은 있었다.

『거꾸로*A Rebours*』와 더불어 1884년부터 메당의 도그마에서 멀어져 가기 이전에 위스망스는 이 독트린의 가장 탁월한 대표 중 하나였다. 이 독트린을 가장 훌륭하게 실현시킨 예는 바로 그에게서 찾아볼 수 있을 것이다. 그는 자연주의의 원칙들을 매우 극명하게 주장했다.

> 우리는 현대성에 목마른 예술가들이다. 우리는 망토를 뒤집어쓰고 칼을 휘두르는 따위의 이야기인 소설들을 땅에 파묻어버리고자 한다. 우리는 거리로, 인파가 들끓는 살아 있는 거리로, 호텔방이나 궁전으로, 공지로 혹은 귀신이 출몰하는 숲으로 가려고 한다. 우리는 낭만주의자들처럼 실제보다 더 멋진, (⋯) 시각적 착시현상에 의하여 불분명해지고 확대된 허수아비들을 만들어내는 것을 원치 않는다. 우리는 살과 뼈로 된 인간들을 (⋯) 펄떡거리며 살아 움직이는 (⋯) 존재들을 그들의 두 다리로 버티고 서게 하려고 노력하고자 한다.

위스망스는 이런 이론들을 『바타르 자매들*Les Sœurs Vatard*』, 『결혼생활*En Ménage*』, 『실패*A vau-l'eau*』에서 실제로 적용했다. 그는 화려하고도 정확한, 그리고 탐색적인 문체로 어떤 비속한 세계를 환기시켰다. 그는 벌써부터 그런 세계에 대하여 구토를 느끼고 있다는 느낌을 주었다. 『실패』에서 폴랑텡은 먹을 만한 비프스테이크 한 덩어리를 구하려고 헤매고 다닌다. 그러나 위스망스는 곧 엄격한 의미의 그런 자연주의는 진퇴유곡에 다다르고 말 것임을 예감했다. 교양 있고 호기심 많은 앙리 세아르Henry Céard는 『감정교육』을 애독서로 즐겨 읽었던 작가다. 그는 1881년 『화창한 날Une Belle Journée』을 통해서 자연주의 소설의 가장 탁월한 예를 제공했다. 줄거리도, 사건도, 극적 구성도 없는 자연주의 소설의 독트린을 이만큼 극단적으로 적용한 작품은 없을 것이다. 한 여자가 자기의 마음을 끄는 어떤 남자와 함께 카페에서 어느 일요일을 보냈는데 날씨가 사나워져서 그들은 거기서 나갈 수가 없다. 그리고 그 여자는 자기 집으로 돌아온다. 아무 일도 일어난 것은 없다. 1906년에 발표한 장장 775페이지에 달하는 『바닷가의 팔려고 내 놓은 땅Terrains à vendre au bord de la mer』은 세아르가 오랜 동안에 걸쳐 정성을 다하여 쓴 역작이다. 그의 명철한 정신 덕분에 완성된 줄거리도 극적 전이도, 두드러진 사건도 없이 밋밋하기만 한 이 소설은 이 같은 원칙을 내세웠던 졸라 자신도 결코 실천에 옮기지 못했던 작품이었다.

아마도 그의 소설가적 천재성 때문에 그렇게 할 수가 없었던 것 같다. 아무런 할 이야기가 없는 사람들의 이야기를 들려주고, 이렇다 할 흥미거리도 없는 날들의 자질구레한 사정들을 편집광적인 방식으로 기록하는 것이 고작인 그런 시도가 어떤 성과를 거둘 수 있겠는가? 그리하여 몇몇 자연주의자들의 경우에는 끔찍한 장면일수록 즐겨 그리는 경향이 있다. 이는 내세우는 원칙보다 한술 더 떠서 인물들과 상황을 과장하여 한결 더 어둡게 그림으로써 그들의 작품이 보다 더 두드러진 인상을 갖도록 하는 한 방식이었다. 레옹 에니크Léon Hennique 는 처음에는 그 새로운 유파의 가장 대담한 작가들 중의 하나였다. 그런데 나중에 1932년에 셀린Céline의 『밤의 끝으로의 여행Voyage au bout de la nuit』을 보고 충격을 받았다고 하는 것을 보면 그의 대담성이란 것은 자신이 보기에도 그리 대단한 것이 못되었던 것 같다. 불손함으로 가득 찬 『헌신적인 여자La Dévouée』에는 죽음의 그림자가 감도는 여러 페이지들이 포함되어 있었고 『에베르 씨의 사고L'Accident de M. Hébert』에는 유산과정에 대한 혐오감 넘치는 정밀묘사가 담겨 있고 『뱅자맹 로즈Benjamin Rozes』는 항상 배고픔에 시달리는 전직 공증인의 비참한 사정을 이야기하는 짧은 소설이다. 에니크도 그 나름대로 원칙보다 한술 더 뜨는 식이었다. 나중에 그는 그 원칙들을 멀리하게 되었다. 1889년 에드몽드 공쿠르에게 바친 『성격Un Caractère』은 심리적 관찰력과 예술가다운 문체가 평가될 수 있는 작품인데 그로 인하여 레옹 에니크는 때때로 데카당 작가들 속에 분류되곤 한다. 『미니 브랑동Minnie Brandon』은 알코올중독에 대한 소설이었지만 『목로주점』과는 비교도 되지 못했다.

옥타브 미르보Octave Mirbeau의 초기 소설들은 메당 그룹의 원리들을 증명해 보인다기보다는 맵고 거친 어떤 기질을 드러내 보여주는 작품이었다. 『고난의 길Le Calvaire』에서는 미르보의 역정이 전쟁과 군대를 향하여 거침없이 퍼부어진다. 『쥘 신부L'abbé Jules』에서는 그 역정이 한결 더 거세어진 힘이 되어 교회를 향하여 돌격한다. 이 소설은 그 역시 병역기피자요 지독한 사내인 어느 신부의 이야기다. 여기서 미르보는 자연주의의 한 광맥인 신부소설, 즉 억압된 욕망으로 인하여 온갖 무질서한 짓을 다 저지르는 사악한 신부소설에 합류하고 있다. 1890년의 『세바스티앵 로크Sébastien Roch』는 자연주의의 틀에 맞추어서 만든 작품이다. 그것은 어떤 신부의 영향으로 타락한 한 어린아이의 이야기인 일련의 에피소드들로 되어 있다. 이것으로 일인칭 소설들의 주기는 마감되었다. 미르보는 데뷔 시절의 이들 작품들이 보여주던 단호함이나 아름다움을 다시는 소설 속에서 회복하지 못하고 만다. 그 후에 그가 쓴 『어떤 신경쇠약환자의 스무하루Vingt et Un Jours d'un neurasthénique』나

『La 628E8』 같은 소설들에서 주역을 맡은 인물은 미쳐 날뛰는 신문기자의 대변인에 불과했다. 여기서는 사실주의 소설은 선전 책자에 자리를 내주고 만다. 『형벌의 정원Jardin des supplices』이라는 너무도 유명한 소설은 일단 따로 놓고 다룰 필요가 있다. 이 작품이 가치가 있다고 한다면 그것은 오로지 세기말 정신이 도달한 귀결점을 여실히 보여주기 때문일 것이다. 에로티즘과 바르베 도르비이 전통에 속하는 피비린내나는 장면을 애호하는 취미는 이미 프러시아 보이스카우트의 살해장면이 유난히도 무시무시한 『고난의 길』에서부터 나타나기 시작했었다. 『형벌의 정원』은 화려한 자연의 무대장치 속에서 고통과 죽음의 스펙터클이 제공할 수 있는 동양적 천재와 지옥같이 끔찍한 쾌락의 가장 세련된 형벌들을 암시해 보이는 것이었다. 이 싸구려 이국 취향과 에로티즘은 인간적 진실을 숭상하는 태도와는 거리가 먼 것이었다.

쥘 발레스Jules Vallès

인간의 문헌들은 세심한 관찰의 결과일 수가 있다. 그러나 그것이 정열에 넘치는 천성을 가진 한 인간의 증언일 경우에는 충분한 가치를 지닌다. 발레스보다 더 사적인 작가는 없을 것이다. 그의 문학보다도 더 주관적인 문학은 없을 것이다. 그러나 그 문학은 비길 데 없는 악센트를 지니고 있다. 그는 1865년에 『반항아들Les Réfractaires』을 발표했었으며 신문에서 매서운 논쟁가로서의 천재성을 드러내 보였다. 1873년경 그는 자신이 머릿속에 구상하고 있는 책들에다가 어떤 형태를 부여할 지 몰라 망설였다. 회고록이 될 것인가, 소설이 될 것인가, 역사적 증언이 될 것인가? 그는 자신의 분노와 원한들을 말하고 싶었다. 1875년에 그는 자신의 의도를 엑토르 말로Hector Malot에게 이렇게 말했다.

내가 쓰고 싶은 것은 모든 사람입니다. 심지어 적들의 세계에서도 읽을 수 있는, 그러면서도 사회적인 영향력이 있는, 순진한 감동과 젊은 정열의 내밀한 책입니다. 나는 거기에다가 자크 벵트라Jacques Vingtras라는 사람 이름을 제목으로 붙이겠어요. 그건 어떤 어린아이의 이야기가 될 것입니다. 도데는 내가 이제 막 읽은 자크Jack에서 그런 걸 시도해보았더군요. 나는 학교생활에 더 가까이 밀착된 이야기를 쓰겠습니다. 나는 아주 어렸을 때 아버지로부터 학대를 받아 마음 깊은 곳에 상처를 입은 아들의 고통에 국한시킬 생각입니다. 내 이야기지요. 아니 거의 내 것에 가까운 이야기지요. (…)

그것은 장차 『자크 벵트라』의 3부작 중 그 첫 권 『어린아이L'Enfant』가 된다. 그것에 이어 『고교 졸업생Le Bachelier』과 『반란자L'Insurgé』가 뒤따른다. 발레스는 1848년 혁명에서 패배하고 1872년의 시련에서 완전히 짓밟히고 만 세대인 주인공의 이야기를 통해서 방대한 사회적 벽화를 그려 보이고자 했는데 『어린아이』는 그 벽화에 대한 매우 사적인 서론에 불과한 것이라고 생각하고 쓴 작품이었다. 그는 본래 스스로 "나의 『인간 희극』이 될 것이라"고 자처했던 여섯 권의 작품을 쓸 생각을 했었다. 또 한때는 "『레 미제라블』과 같은 책을 쓰겠다"는 꿈을 가지고 있었다. 그러나 그는 그 모든 계획들을 다 포기하고 실제 경험의 내용을 약간 손질했을 뿐인 단순한 자서전을 쓰게 되었다. 일단 완성되고 나자 (『반란자』는 작자의 사후에야 발간되었다) 3부작 『자크 벵트라Jacques Vingtras』는 "폭력적인 삶에 대하여 끊임없이 반항하는 (…) 극도로 예민한 천성을 타고난 한 인간의 고통스러운 서사시"가 되었다. 발레스는 오랫동안 자신의 대담성 때문에 오히려 손해를 보아왔다. 대중들은 자신의 어머니도 가족도 가리지 않는 그 반항적 태도에 충격을 받았던 것이다. 그러나 그의 책들에 유별난 역동성을 부여하는 것은 다름 아닌 바로 그 반항인 것이다. 비천한 사람들에 대한 그의 공감에는 격하고 뜨거운 그 무엇이 담겨 있었다. 발레스는 문학에서 참으로 새로운 어떤 악센트를 들을 수 있게 만든 작가였다. 그는 불행한 어린 시절을 그린 위대한 작가들의 계보 속에서 선두를 장식한다. 『어린아이』에서 『홍당무』로, 『홍당무』에서 『독사를 손에 쥐고 *Vipère au poing*』(에르베 바젱의 작품)에 이르는 전통 속에는 간과할 수 없는 어떤 악센트가 담겨 있다. 졸라는 발레스의 3부작에 대하여 이렇게 말했다. "내가 볼 때 그것은 무엇보다도 진실한 책이다. 가장 정확하고 폐부를 찌르는 인간적 문헌들로 이루어진 책이다."

제4장
탈바꿈의 시기

1. 소설 장르의 일반적 진화

자연주의 소설의 위기

오인五人 선언

1887년 8월 18일, 그때까지 졸라의 제자들로 여겨져왔던 다섯 사람의 작가들이 《피가로》지에 실린 공개장을 통해서 『대지*La Terre*』의 작가가 자연주의 운동에 해를 끼칠 만큼 과도한 방향으로 나아가고 있다는 사실을 지적하며 비판하고 나서는 사태가 발생했다. 이것은 졸라에 반대하는 책동이었을까? 이 선언문에 서명한 폴 본느텡Paul Bonnetain, 형 로니 Rosny, 뤼시앵 데카브Lucien Descaves, 폴 마르그리트Paul Margueritte, 그리고 귀스타브 기슈Gustave Guiches 등 다섯 사람은 나중에 그와 같은 행동을 한 것을 후회하게 된다. 그 사태는 사실 자연주의 소설이 위기를 맞고 있다는 첫 번째 신호들 중 하나에 불과했다. 아나톨 프랑스의 졸라에 대한 혹평, 『자연주의의 파산*La Banqueroute du naturalisme*』에 대한 브륀티에르Brunetière의 글, 문학의 진화에 관한 쥘 위레Jules Huret의 『앙케이트*L'Enquête*』, 「자연주의의 장례식*Les Funérailles du Naturalisme*」에 대한 레옹 블르와Léon Bloy의 강연 등은 졸라가 10여 년 전부터 자신의 주변에 집결시켜온 유파의 지적, 미학적 위상이 흔들리고 있음을 보여주는 수많은 징조들 중 몇 가지라고 볼 수 있다. 이 유파는 한 번도 통일된 결속을 강하게 과시한 적이 없다. 에드몽 드 공쿠르는 이 유파를 '교양 있고 품위 있는 계층들'을 그려 보이는 쪽으로 끌어가려 했었다. 또 모파상은 항상 자신의 독자성을 분명히 밝혔었다. 『거꾸로』를 발표할 때부터(1884년) 위스망스는 메당 그룹의 미학이 막다른 골목으로 가고 있다는 느낌을 갖고 있었다. 1891년에 발표한 『저곳Là-bas』의 처음 몇 페이지에서 그는 자신이 피하고자 하는 어떤 기법을 통렬히 공격했다. 자연주의의 미학적, 정신적, 윤리적으로 불충분한 면을 공격한 사람은 그 한 사람만이 아니었다. 브륀티에르는 1875년 이후부터 고전적인 가치를 옹호한다는 의미에서 자연주의의 공격에 발벗고 나섰다. 드 보귀에De Vogüe는 1886년 『러시아 소설 Roman russe』의 서문에서 프랑스의 리얼리즘을 도스토예프스키나 톨스토이 같은 소설가들의 리얼리즘과 비교하면서 전자를 깎아내렸다. 그에 의하면 러시아 리얼리즘은 삶의 관찰만이 아니라 그에 덧붙여 어떤 복음서적인 연민의 교훈을, 아니 적어도 어떤 폭넓은 인간적 공감의 교훈을 표현할 줄 알았다는 것이었다. 으젠 멜쉬오르 드 보귀에의 윤리주의에 이어 머지않아 상징주의와 이상주의의 온갖 새로운 가치들이 거기에 가세하기에 이르렀다. 작가의 역할은 겉모습 뒤에 숨겨져 있는 의미를 판독하는 데 있다고 굳게 믿는 사람들이 생각하기에는 대상의 묘사라든가 풍속의 그림 따위는 하잘것없는 것으로 보였다. 프랑스에서 발자크로부터 졸라에 이르기까지 주도적인 가치로 행세해온 소설개념, 즉 자연과 인간에 대한 방대한 조사연구라는 개념이 도마 위에 올라 비판의 대상이 되었다. 1888년 바레스는 인간들의 공동생활에 대한 최대한의 정보들을 수집하고자 하는 공쿠르 형제의 작업을 조롱거리로 취급했다. 사실주의 소설은 '편협하고 개별적인 것' 속에만 틀어박혀서 '우발적인 겉모습'에만 집착한다는 비난을 받았다. 사실주의적, 혹은 심리적 소설가들이 천박한 일화의 별것 아닌 자질구레한 디테일에 매달려 있다고 비난받는다면 머지않아 소설이라는 장르 그 자체마저도 공격받게 되리라는 것은 충분히 예상할 수 있는 일이다. 호적부와 경쟁한다는 것은 헛된 짓이라고 여겨지는 때가 온 것이다.

리얼리즘의 진화

1887년에서 1914년 사이에 우선 자연주의 작가 자신들, 혹은 그들의 제자들에서부터 시작해서 많은 작가들이 메당 그룹의 도그마를 극복하는 데 각기 그 나름의 역할을 했다. 이미 그들이 내세우는 이론과 실제 작품들 사이에는 서로 일치하지 않는 면이 많았다. 졸라는 현실을 고발하는 조서를 작성하겠노라고 공언했지만 그의 실제 소설들은 강력한 건축적 재능을 갖춘 장인과 위대한 시인의 솜씨를 드러내 보였다. 모파상은 시작부터 사건들의 짜임새에서 산출되는 감동에 큰 의미를 부여했다. '메당의 저녁'에 참가한 작가들은 심리적 연구 쪽으로, 정신주의적이고 시적이거나 초자연적인 리얼리즘 쪽으로 나아갔다. 졸라도『루르드』와 『로마』에서부터 그 나름대로 초자연적인 것에로 접근해갔다. 모파상은 풍속소설에서 심리소설 쪽으로 옮아갔다. 위스망스는『저곳』의 처음 몇 페이지에서 '정신주의적 자연주의'를 제안했다. 미르보의『고난의 길』, 『세바스티앵 로크』,『쥘 신부』같은 작품에는 '고야풍의 악몽과 스위프트풍의 잔혹한 열기'가 담겨 있다. 레옹 에니크는『성격』에 텔레파시 현상을 끌어들여 다루었다. 1890년『세 가지 마음*Trois Coeurs*』의 서문에서 자기 세대의 많은 사람들이 그러했듯이 자신도 자연주의를 외면하게 된 이유들을 설명했다. 형 로니는 메당의 미학에 염증을 느낀 나머지 '다른 그 무엇', '보다 넓고 보다 높은 문학'의 필요성을 느꼈다. 형 로니는 의미심장한 한 예이다. 그는 처음에는 자연주의 미학을 신봉하는 착실한 생도로서 예컨대『넬 호른*Nell Horn*』이나 혹은『양면*Le Bilatéral*』같은 작품에서 환경을 묘사했고 현실을 관찰했다. 그리고 그 후에도 기회가 있을 때는, 가령『붉은 파도*La Vague rouge*』를 통해서, 사회소설로 복귀하기를 서슴지 않았다. 그러나 그는 자신이 말하고 있는 '다른 그 무엇'을 과학적 가설에 바탕을 둔 소설 속에서 찾으려고 해보았다. 이런 류의 소설에 손을 댄 것으로 말하자면 그가 웰즈Wells보다 먼저였다. 그는 "과학과 철학이 거두어들인 성과들 속에서 보다 더 복합적이며 드높은 문명 발전과 보다 더 깊은 연관이 있는 아름다움의 요소들"을 발견해내겠다고 마음먹었다. 『신비한 힘La Force mystérieuse』, 『지페위즈Les Xipébuz』, 『대지의 죽음La Mort de la terre』은 다원주의적인 세계를 실감나게 그려 보여주고자 한 작품들이었다. 게다가 형 로니는 그의 선사적先史的인 여러 소설들에서 자신이 습득한 고생물학 지식들을 폭넓게 활용했다. 『바미레Vamireb』, 『에이리마Eyrimah』, 『기원Les Origines』, 『불의 전쟁La Guerre du feu』, 『거대한 고양이Le Félin géant』 등은 견실한 현학에 힘입어 쓴 작품들로서 흔해빠진 스토리를 전개하면서도, 사라져버린 시대들을 재생시킬 줄 알며, 절묘한 대목들에서는 독자들에게 으스스한 공포감을 불러일으킬 수 있는 상상력으로 인하여 한결 더 흥미를 돋우곤 했다.

이상주의적 반동의 소설가들

리얼리즘이 한창 개가를 올리고 있던 몇 십 년 동안에도 '이상주의적' 소설문학의 무시 못할 흐름이 그 속을 관류하고 있었다. 낭만주의 시대에 조르주 상드는 발자크와 으젠 쉬와 맞섰었다. 그 후 옥타브 푀이에, 조르주 오네, 빅토르 쉐르빌리에는 소시민 대중의 자기만족적인 몽상에 영합하는 사탕발림의 세계를 제시해 보였다. 그리고 '로마네스크한 소설'의 작자들은 제2 제정기 동안 이상주의의 하찮은 대표격이었다. 서점에서 대단히 잘 팔렸던 이런 '삼류작가들보다는 훨씬 격이 높은 고비노Gobineau', 바르베 도르비이, 그리고 특히 빌리에 드 릴−아당Villiers de Isle-Adam의 작품들은 현대 세계에 대한 보기 좋은 멸시를 노골적으로 드러냈다. 사실 그들은 오히려 콩트 쪽을 선호했다. 광범한 대중을 상대로 하면서 대개 당대의 풍속을 그려 보이는 데 골몰하는 장르를 그들은 전혀 높이 평가하려고 들지를 않았다. 『아시아 이야기Nouvelles asia-

tiques』 이외에도 고비노는 『칠성파*Les Pléiades*』라는 대작 소설을 남겼다. 거기서는 자신들 스스로도 예외적인 존재임을 의식하고 있는 예외적 주인공들이 갖가지 모험들을 통해서 삶의 어떤 이상을 추구하는데, 그 이상이야말로 그들의 특수성을 확인시켜주며 대다수 사람들의 풍속으로부터 그들을 멀리 떨어져 있게 해주는 힘인 것이다. 졸라와 공쿠르 형제가 자기 시대의 풍속을 그려 보이는 일에 골몰하고 있던 바로 그때에 고비노는 귀족적이면서도 감정적인 어떤 꿈에 자신을 맡기고 있었다. 빌리에 드 릴-아당은 『잔혹한 콩트*Contes cruels*』로 큰 성공을 거두었다. 그러나 그는 또한 『미래의 이브*L'Ève future*』를 쓴 소설가였다. 그는 '과학적 사실들을 논리적으로 활용한다'는 점에서는 웰즈를 앞질렀다. 그 작품은 기이한 소설이었다. 빌리에는 에디슨을 기묘한 발명가로 만들어 소설에 등장시켰다. 작품의 제5부는 과하다 싶을 정도로 소상하게 '생체生體', '조형적 매개물질', '혈색' 등을 설명하고 있는데 간단히 말해서 그 모든 원판, 실린더, 전자 모터, 육체 따위는 과학자가 이상적인 여자를 조립하는 데 사용하는 재료들인 것이다. 구원의 여인상을 창조해내기 위한 천재적 조합방식이라 하겠다. 그러나 소설 속의 아달리는 그냥 움직이는 관절을 갖춘 인형만은 아니다. 그 여자는 가끔 신식 무당 견습생쯤 되는 그녀의 창조자의 허를 찔러 놀라게 하기도 한다. 실증주의적 과학 만능주의에 추가하여 신비 신앙이 가세하기 때문이다. 즉 인간의 몸을 형성하는 이 기계장치에 어떤 영혼이 깃들게 되는 것이다. 비물질적인 원칙과 기관이 하나로 합쳐짐으로써만 비로소 한 인격체를 낳을 수가 있는 것이다. 빌리에 드 릴-아당은 이 괴상한 우화 속에서 자신의 정신주의적인 입장을 내세우고자 한 것이었다. 그는 또한 이를 통해서 인간 개성의 신비에 대한 명상에 잠겨본 것이었고 대다수 인간 행위들이 보여주는 자동인형 같은 면에 대하여 재치가 넘치는 야유를 퍼부은 것이었다.

『미래의 이브』가 발표된 해인 바로 1886년에 레옹 블르와는 그의 걸작인 『절망한 사람Le Désespéré』을 출간했다. 그것은 은총의 계시를 받은 어떤 생애의 비장한 증언이었다. 레옹 블르와 자신을 많이 닮은 주인공 마르슈느와르는 결국 인간들이 그에게 불어넣어준 멸시를 이번에는 바로 그 인간들에게 퍼부어댄다. 레옹 블르와는 그의 여러 소설들에서 자신을 잊은 채 현대 세계에 대하여 신랄한 독설을 쏟아놓는다. 풍속을 묘사하기는커녕 풍속을 통렬히 공격한다. 그의 책들에는 쉽사리 만족하지 않는 어떤 정신성의 악센트가 담겨 있는데, 이것은 폴 부르제의 사회적이고 이성적인 가톨릭 정신을 초월하여, 그리고 위스망스의 미학적 기독교 정신 이상으로, 베르나노스의 여러 걸작들을 예고하는 것이라 해석할 수 있다. 이상주의적 반동을 보이는 이런 소설가들의 예를 우리는 얼마든지 들어보일 수 있을 것이다. 우선은 자연주의의 영향을 받으면서 시작되었던 몇몇 작가들의 진화과정은 매우 의미심장하다. 우선 폴 아당Paul Adam은 『연한 살Chair molle』이라는 자연주의 소설로 데뷔했는데 그는 이 대담한 소설로 인하여 송사를 치르기도 했다. 그러나 그는 곧 상징주의적이랄까, 아니면 심리적이라고 할 수 있는 소설로 옮아갔다. 그가 써낸 엄청난 양의 작품들 가운데는 버릴 것이 많다. 그러나 불랑제 장군 옹립파의 활동권 속에서 어떤 선거운동 과정을 연대기적으로 기록한 1895년의 『군중들의 신비Le Mystère des foules』는 독자들 마음속에 '사상에서 오는 감동'을 불러일으키고자 노력한 작품이었다. 폴 아당은 '사실에서 오는 감동' 대신, 그런 새로운 감동을 자아내고자 했다는 것이었다. 『군중들의 신비』는 폴 부르제의 『제자』가 나온 지 6년 후에 과학주의와 자연주의에 반기를 들고 나선 반동에 있어서 한 획을 긋는 작품이었다. 에두아르 로드Édouard Rod 역시 1881년에 『팔미르 뵐라르Palmyre Veulard』라는, 에밀 졸라에게 바친 자연주의 소설로 데뷔했었다. 그것은 어떤 창녀의 이야기였다. 그의 이상주의로의 이행은 몇 가지 단계를 거쳤다. 1885년의 『죽음을 향한 질주La Course à la mort』, 1889년의 『삶의 의미Le sens de la vie』, 1890년의 『세 가지 마음』이 그것이었다. 1890년 이후 로드는 철학적 구도의 소설을 버리고 심리적 연구에 골몰했다. 많은 다른 사람들과 마찬가지로 그도 감화력을 지닌 도덕주의에 마음이 끌렸다. 주지하다시피 드 보귀에는 『러시아 소설』을 발표하면서 자연주의에 사나운 일격을 가했다. 자신이 소설에 손을 대게 되자 그는 우선 『장 다그레브Jean d'Agrève』에서 보듯이 정념에 찬 서정성에 파묻힐 수 있는 기회를 찾고자 했다. 그 다음에 그는 로마네스크한 우화의 인물들 속에다가 그의 마음 깊이 담고 있던 사상들을 구체적으로 육화시키려고 노력했다. 그 역시 두 세기가 분기하는 그 시점에서 소설을 심리적, 도덕적, 사회적, 철학적 연구로 만드는 데 기여했다.

이국 풍정과 시적인 소설

또 다른 소설가들은 자연주의 작품들이 독자들에게 줄 수 없었던 꿈과 정서의 몫을 가져다주었다. 피에르 로티Pierre Loti는 바로 그런 작가들 중 한 사람이었다. 이국 풍정에 쏠리는 그의 취향 때문에 그는 시대의 풍속 묘사와는 거리가 멀었다. 단순한 사람들이 대부분인 방대한 대중이 그의 산문에서 감동적 정서를 맛보고자 했다. 그에게서 발견할 수 있는 세기말적인 요소도 또한 세련된 사람들을 매혹시킬 수 있었다. 그는 상상력이 결핍되어 있다는 비판을 받았다. 그의 책들은 자신의 일기에서 이끌어낸 내용들로서 그의 개인적인 모험들을 옮겨 쓴 것이었다. 심지어 자신의 추억들을 직접 털어놓거나 여행노트를 모아 놓은 것이 고작인 경우도 있었다. 실제 경험을 얼마나 변화시켜서 이야기 속에 옮겨 놓았느냐와는 상관없이 그의 많은 소설들은 비록 무대가 달라진다 해도 늘 같은 도식의 이야기였다. 즉 어떤 해군장교가 먼 나라의 어떤 항구에 기항하여 현지 토착민 처녀를 유혹하게 되나 끝내 그녀와 헤어지지 않을 수 없다는 식의 이야기였다. 『아지야데*Aziyadé*』에 대하여 말하는 가운데 로티는, 그 책이 소설이 아니며, 소설이라는 명칭 따위를 그는 그다지 중요시하지 않는데, 작품이 반드시 갖추어야 할 것이 단 한 가지 있다면 그건 바로 "생명을 지니고, 매력을 지니는 것"이라고 잘라 말하기를 잊지 않았다. 그의 몇 안 되는, 구성을 제대로 갖춘 소설들인 『토인 기병의 이야기*Le Roman d'un spahi*』, 『아이슬란드 호의 어부*Pêcheurs d'Is-lande*』, 『라문초*Ramuntcho*』 같은 작품에서는 때때로 타고난 소설가다운 목표에 도달해보려고 노력한 흔적이 보이기도 했다. 그러나 그의 기질상의 편향 때문에 이야기를 지어내어 작품을 만드는 일은 거의 결정적으로 포기하기에 이르렀다. 『동방의 유령*Fantôme d'Orient*』의 고백이 체험 소설인 『아지야데』의 속편을 이루게 되었다는 사실은 의미심장한 것이라 하겠다.

『아이슬란드 호의 어부』와 더불어 브르타뉴 연작을 이루는 『내 동생 이브*Mon Frère Yves*』는 로티가 이룩한 최초의 대성공작이었다. 그가 이 작품 속에 담아 놓은 선원의 한 유형은 마음씨가 너그럽고 꼼꼼한 뱃사람이긴 하지만 일단 술에 취하면 못된 본능이 걷잡을 수 없이 튀어나오는 유형의 인물이었다. 결혼을 하고, 행복한 아버지가 되고, 정성스러운 우정의 도움을 받아 그는 마침내 치유되기에 이른다. 이 작품을 그보다 몇 년 전에 나온 『목로주점』과 한번 비교해보라. 로티에게는 그가 장차 아카데미 프랑세즈의 입회연설에서 맹렬하게 비판하게 될 저 '자연주의풍의 천박함'이 전혀 없었다. 그와 동시에 그는 『내 동생 이브』에서보다 그의 걸작인 『아이슬란드 호의 어부』에서는 더욱 일화의 차원을 넘어서서 그것을 인간 조건의 한 상징으로 만들려고 노력했다. 『아이슬란드 호의 어부』에서 우리는 위협에 처한 연약한 모습 속의 인간 생존이 전개되는 드라마를 볼 수 있었다.

쥘 르나르의 상징주의적 리얼리즘

쥘 르나르의 첫 소설인 『쥐며느리Les Cloportes』는 1889년에 완성되었지만 1919년에야 크레 출판사에서 출간되었다. 자연주의 미학에 충실한 그는 어떤 계층의 환경을 소개했고, 남자에게 유혹당한 젊은 하녀가 겪는 갖가지 모험들을 이야기했다. 르나르가 자신의 독창성을 깨닫게 된 것은 1890년 이후부터였다. 진실을 표현하기 위하여 그는 상투적인 형식들을 거부했다. 『쥐며느리』 이후 그는 일체의 극적인 꾸밈을 피하려고 노력했다. 『식객L'Écornifleur』은 소설과 일체의 줄거리를 배제한 책의 중간쯤에 위치하는 작품이었다. 『식객』은 1952년에 19세기의 가장 탁월한 프랑스 소설 12권 중 하나로 뽑혔었다. 여기서는 모든 것이 사실을 통해서, 생생하고 직접적인 장면들로만 나타나 있다. 도덕적인 논리를 편다거나 분석과 장광설을 늘어놓는 것을 일체 삼가는 작자는 인물의 실루엣, 몸짓, 그리고 그가 하는 말을 동시에 적고 있다. 모든 것은 쥘 르나르 자신과 무관하지 않은 그 앙리라는 인물의 의식을 통해서 보이는 것이다. 이 소설의 주된 독창성은 "나는 남에게 속임수를 당하는 것을 좋아하지 않는다"고 못박아 말하는 주인공의 아이러니에 있다. 레옹 기샤르Léon Guichard는 르나르에게서 부정확, 과장, 미화를 거부하는 태도가 끊임없이 나타나고 있다는 것을 지적한 바 있다. 르나르는 어떤 상투적인 태도를 매우 강조하여 보여주면서 그것을 조롱하는 데 탁월한 솜씨를 발휘한다. 그는 즐겨 허황된 생각에다가 그것과 어긋나는 현실을 맞세워 보이곤 한다. 시인도 처녀도 여자도 사랑도 바다도 실상에 있어서는 언어의 갖가지 편견들이 그들에 부여하는 수준에 머물 뿐이다. 그가 『홍당무Poil de Carotte』에서 주로 보이고자 한 것은 자신의 실제 어린 시절의 모습이다. 그리하여 그는 위고, 상드, 혹은 도데가 그려 보였던 상투적인 어린이가 아니라 실제의 있는 그대로의 어린이를 그려 보이려고 했던 것이다. 그는 무엇보다도 가족, 하녀, 이웃사람들, 학교, 자연,

동물 등 자신의 어린 시절의 세계를 통해서 가장 값진 영감을 얻었다. 이
것은 애정에 굶주린 나머지 일찍부터 자신만의 세계 속에 움츠러들었던
한 어린아이의 세계를 그린 책이다. 그것은 빈번히 엄청난 절망에 빠질
뻔한 한 어린아이의 작은 비참함들로 이루어진 책이다. 그러나 홍당무에
게는 애정 결핍의 일면도 있지만 별로 천사 같다고만 볼 수 없는 조숙한
관능, 그리고 이따금씩 짐승들에 대하여 노출되는 어떤 걱정스러울 정도
의 잔혹성 같은 것도 그의 간과할 수 없는 일면이다. 르나르는 이미『홍
당무』에서, 그리고 『박물지*Histoires naturelles*』에서는 그보다도 더욱,
자연주의가 퇴조하는 바로 그 무렵에 어떤 새로운 미학의 길로 접어들고
있었던 것이다. 이 미학은 현실과 이상, 진지한 것과 아이러니, 실제와
꿈의 혼합으로서 1914년 이전에 프랑시스 드 미오망드르Francis de
Miomandre, 지로두Giraudoux, 콜레트Colette에 와서 개화하게 된다.
어린 시절의 경험으로 인하여 발육이 정지되어버린 작가라고 볼 것인
가? 마음을 고갈시키는 관찰 때문에 상상력이 불모의 것으로 변해버린
작가라고 볼 것인가? 텐느적 사고의 틀에서 벗어나지 못한 채, 발자크와
졸라, 모파상, 혹은 도데가 거쳐 지나가고 난 뒤에 남겨진 그 얼마 안 되
는 묘사의 대상만으로 만족할 수밖에 없는 작가라고 볼 것인가? "우리
는 여전히 계속해서 글을 쓸 것이다. 그러나 우리의 붓은 구역질을 느끼
는 벌처럼 꽃들 위로 날아다닌다"라고 1896년에 르나르는 말했다. 날이
가면 갈수록 이 '침묵의 리얼리스트'는 '최상의 것은 말로 표현할 수 없
다'는 것을 굳게 믿게 된 나머지 점점 더 입을 다물어버리지 않을 수 없
게 되었고 결국은 이상적인 고갈상태에 이르고 말았다. 그는 이렇게 자
신의 마음을 털어놓았다. "나는 한 그루의 나무를 묘사할 필요가 없다.
그저 그 나무의 이름을 쓰기만 하면 되는 것이다".

심리소설

졸라에게는 물질적 현실에다가 생명을 부여하는 재간이 있다고 사람들은 기꺼이 인정하지만, 초보적인 심리학 정도로 만족했다는 데 대해서는 흔히들 비판적이다. 즉 그의 인물들은 오직 본능을 통해서만 인간다워 보일 뿐이고 기껏 자신들이 속한 사회적 집단을 엉성하게 대표하는 게 고작이라는 것이었다. 이미 1883년 《의회*Parlement*》지에 실린 「이상을 향하여」라는 기사에서 폴 부르제는 자연주의를 공격했다. 『돌이킬 수 없는 일*L'Irréparable*』, 『잔혹한 수수께끼*Cruelle Enigme*』, 『앙드레 코르넬리스*André Cornélis*』, 『거짓말*Mensonges*』 등 그의 초기 소설들에서 그는 심리적, 윤리적 연구를 자신의 전문으로 삼았다. 『제자*Le Disciple*』는 커다란 성공을 거두었다. 폴 부르제는 현대 심리학의 성과를 소상히 접하고 있었다. 그는 텐느와 리보Ribot의 책을 읽었고, 자신의 소설들 속에서 인간 의식의 복잡성을 조명하려고 노력했다. 그러나 그는 분석을 남용했다. 그는 자신의 인물들을 살아 움직이게 하는 데 성공하지 못했다. 게다가 의식의 근원적인 양가성兩價性 ambivalence을 드러내 보이기는커녕 그는 영혼의 상태를 지나치게 중시했다. 결국 그는 자신도 모르게 이상주의 소설의 어떤 전통들을 물려받고 있었던 것이다. 그의 로마네스크한 플롯, 그가 제시하는 상투적인 환경 및 계층들은 여러 군데에서 세르빌리에나 옥타브 푀이예를 연상시킨다. 그래도 그가 큰 성공을 거두었다는 것과 프랑스 소설의 진화에 있어서 중요한 역할을 했다는 사실은 남는다. 그는 풍속소설의 성공을 넘어서 분석소설의 계보에 합류했다. 그는 『제자』를 통해서 매우 큰 윤리적 문제를 제기함으로써 소설 속에 사상을 도입하는 데 많은 공헌을 했다.

소설의 갖가지 전신轉身

메당의 도그마를 근본부터 문제삼는다는 것은 결국 소설의 어떤 위기에로 귀결되었다. 자연주의는 소설의 마지막 유파를 이루는 것이었다. 자연주의 이후에는 기껏해야 각기 분산된 노력들이 있었을 뿐이다. 소설 장르의 갖가지 전신 형태는 이루 헤아릴 수도 없을 지경이었다. 가령 레옹 블르와의 『가난한 여자La Femme pauvre』와 엘레미르 브르주Elémir Bourges의 바그너적 소설 『새들은 날아가고 꽃은 떨어진다Les oiseaux s'envolent et les fleurs tombent』 사이에 무슨 공통점이 있단 말인가? 바레스가 『자아 예찬Culte de Moi』에서 제시한 '형이상학적 수법'과 장 로랭Jean Lorrain이 『드 포카 씨Monsieur de Phocas』에서 보여준 세기 말적 자기 만족 사이에 무슨 관계가 있단 말인가? 해마다 새로운 시도들이, 혹은 새로운 슬로건들이 이 장르의 혁신을 제안했다. 졸라와 부르제의 심리적 사회적 『연구』들에다가 마르셀 프레보Marcel Prévost는 1888년 로마네스크한 소설을 대치시키겠다고 나섰다. 많은 사람들이 미래의 소설은 개인과 대중을, '자아'와 '세계'를 동시에 그리고자 노력하게 될 것이라고 보았다. 그 소설은 이리하여 자연주의를 심리주의와 풍속 묘사를 감정분석과 서로 타협시키게 될 것이라고 했다.

공식적인 스승들의 군림

소비 소설Le roman de consommation

20세기 초엽에 소설은 우선 서점의 진열장을 독차지하고 대여 도서실에서 주인처럼 군림하기 시작했다. 이 장르는 모든 곳을 휩쓸었다. 작가들의 수도 증가했다. 마치 수많은 사람들이 텐느의 다음과 같은 말을 애써 강조하려고 나선 것만 같았다. "교양 있고 총명한 사람은 누구나 자신의 경험을 한데 모아 한두 권의 소설을 쓸 수 있다는 것이 내 생각이다. 결국 소설은 여러 가지 경험들을 쌓아 놓는 것에 불과하니까 말이다."아마추어들의 한편에서는 흔히 직업적인 작가들이 그야말로 문학적인 중노동에 재능을 낭비하고 있었다. 레미 드 구르몽Rémy de Gourmont은 어느 날 그토록 많은 작가들로 하여금 일 년에 한두 권씩의 소설을 쓰지 않을 수 없게끔 부추기고 있는 그런 식의 이단적 풍조에 대하여 항변했다. 마르그리트, 로니, 혹은 폴 아당 같은 작가들은 무서울 정도로 많은 양의 작품들을 생산해냈다. 소설은 산업과 상업으로 변했다. 1903년의 공쿠르, 몇 년 뒤의 페미나Fémina처럼 유독 소설에만 주어지는 각종 문학상들의 출현은 이런 경향을 강화시켰다. 이런 속성 생산 경향은 엄청난 쓰레기들을 양산했다. 그렇지만 질이 좋은 작품들도 없지 않았다. 심각한 일은, 수많은 소설들이 한결같이 똑같은 틀에 박아놓은 것 같다는 사실이었다. 프랑스, 바레스, 로티, 부르제 같은 공식적 대가들이 일종의 교황 행세를 하고 있는 바로 그때에 소시민 대중의 수준에 어울리는 소설문학이 한창 개가를 올리고 있는 현상을 볼 수 있었다. 1895년에서 1914년에 이르는 시기 동안 소설계에서는 창조적 문학의 쇠약 현상 같은 기미가 엿보인다. 발레리, 지드, 프루스트처럼 1890년경에 화려하게 데뷔한 젊은 거장들은 아직 이름이 잘 알려지지 않은 상태다. 1909년 《누벨 르뷔 프랑세즈Nouvelle Revue Française》의 창간은 문학이 어리석은 묘사나 저속한 교훈으로 전락해가면서 대중의 취향과 타협하는 현상에 항의하는 운동의 성격을 띤 것이었다.

다양한 꼬리표들

생산되는 작품들을 분류하기가 점점 어려워지는 시대로 접어들고 있다. 비평가들은 몇 가지 기준점을 마련하고자 때때로 분류를 시도해보기도 했다. 그러나 그들의 분류는 대체로 피상적인 만큼이나 자의적인 것이었다. 사실주의 미학의 잔존 현상을 구별해냈다고 해서 과연 더 나아진 것이 있는가? 심리소설과 풍속소설을 구별하고 진보적 이데올로기소설(형 로니)이나 인간적 연민의 소설(필립Ch. L. Philippe과 르네 바젱 René Bazin)이나 앙리 보르도Henry Bordeaux의 반동적 소설을 구별 해내었다고 해서 더 나아진 것이 있는가? 객관적 소설과 사소설 혹은 자 전적 소설을 서로 대립시켜본다고 해서 더 나아진 것이 있는가? 감정 분 석과 풍속 연구는 여전히 가장 핵심적인 두 가지 줄기라고 할 수 있다. 그렇지만 새로운 복안들이 두드러져 보이는 작품들까지도 분류, 배치하 자면 또다시 새로운 범주들을 생각해내지 않으면 안 된다. 사회소설, 집 단소설은 군중심리의 존재에 생각이 미치게 된 시대에 군중들의 모습을 그려 보이고자 하는 소설이다. 역사소설의 범주에는 선사소설의 범주를 추가시켜 형 로니의 소설들을 그 범주로 분류할 필요가 있다. 분석을 통 해서 인간에게 유익한 교훈을 주는 쪽보다는 여러 가지 우여곡절의 이야 기를 통해서 흥미를 불러일으키고자 하는 작품들은 여전히 '로마네스크 한 소설roman romanesque'이란 표현으로 지칭된다. 피에르 루이스 Pierre Louÿs나 앙리 드 레니에Henri de Régnier의 것과 같은 소설들을 가리킬 때는 '예술적 소설roman artiste'이라는 표현을 쓴다. 도피의 여 러 가지 도정들을 뒤밟아가는 루이 베르트랑Louis Bertrand이나 제롬과 장 타로Jérome et Jean Taraud 형제의 소설들은 어떤 범주에 넣어 분류 하면 적당할까? 풍속화가인 동시에 그에 못지않게 모럴리스트요 심리학 자들인 마르셀 프레보Marcel Prévost, 아벨 에르망Abel Hermant, 에두 아르 에스토니에Édouard Estaunié, 르네 브왈레브René Boylesve 같은 작가들의 작품은 어느 항목에 분류하면 좋을까? 여성들이 작자인 소설 들을 '여성소설'이라 이름 붙이는 따위는 어찌할 바를 몰라 당황해하는 사람들의 특징인, 너무나 안이한 해결책에 불과했다.

항구적인 구조들

1905년 르 카르도벨Le Cardonnel과 벨레Vellay의 설문조사에서 에드몽 잘루Edmond Jaloux는 프랑스 소설가들이 그들의 기법을 새롭게 바꿀 필요가 있다고 역설했다. 한편에서 지드는 새로운 성격의 출현으로 인하여 소설이 변화를 겪는 시대로 진입하고 있다고 평가했다. 그렇지만 1914년 이전에는 성격과 기법이 혁신될 기미는 전혀 보이지 않았다. 소설은 여전히 묘사와 분석과 이야기와 대화를 교차시켜가며 구성하는 것으로 되어 있었다. 오직 이런 각 요소들을 어느 정도씩으로 배분하여 섞느냐 하는 것만이 이 작가 저 작가에 따라서 다를 뿐이었다. 한동안은 송두리째 대화로만 이루어진 소설을 선호하는 경향이 크게 유행했다. 지프 혹은 아벨 에르망 같은 작가들이 쓴 대화체 소설이 거둔 성공은 오래가지 못했다. 그렇지만 로제 마르탱 뒤 가르Roger Martin du Gard는 1913년『장 바르와Jean Barois』에서 그 방법을 다시 사용했다. 한편 소설의 구성방식은 일반적으로 19세기 동안 줄곧 통용되던 구조들에 바탕을 둔 것들이었다. 초장의 느린 준비단계가 지나면 위기가 닥치고 마침내 대단원에 이르는 그런 과정을 그려 보이는 것이었다. 여러 가지 에피소드들이 느리게 이어지는 과정을 통해 한 일생을 추적해 보였다. 그렇지 않으면 서로 다른 분야들을 한 장 한 장 차례대로 답사 탐험함으로써 어떤 계층과 환경을 제시해 보였다. 소설가들은 전 세기의 대부분의 선배들을 사로잡았던 두 가지 야심들을 그대로 물려받고 있었는데, 하나는 자기 시대의 풍속화를 그려 보이는 것이었고, 다른 하나는 이야기를 들려주는 것이었다. 다른 한편 로마네스크한 줄거리와 사회적 관찰이라는 이중의 요구는 소설 창작의 근본적 특성을 이루고 있었다. 차이가 있다면 그것은 그 두 가지 중 어느 국면에 더 큰 역점을 두느냐에 달려 있었다. 마르그리트는 4권으로 이루어진『대재난Désastre』에서 허구적인 이야기를 들려주기보다는 1870년 보불전쟁의 역사가가 되고자 했다. 반대로 앙리 보르도의 어떤 플롯에서는 앙드레 퇴리에나 빅토르 셰르빌리에를 연상시키는 줄거리가 등장했는데 이 경우 상투적인 이야기 소재가 풍속 묘사를 대신하고 있었다. 그러나 소설의 전통적인 제조방식을 뿌리부터 뒤흔들어 놓고자 한 몇 가지 드문 시도들에도 그 나름대로의 자리를 할애할 필요가 있다. 바로 『되살아난 마을Le Bourg régénéré』(1906)과 『그 누구의 죽음Mort de quelqu'un』(1911)[1]에서 줄거리와 인물의 상투적 관습을 포기해버린 쥘 로맹Jules Romains의 시도가 그런 것이었다. 그는 새로운 소설 구조를 채택하였고 서술은 동시적인 여러 가지 장면들을 연속적으로 배열함으로써 짜나갔다. 1911년 『트러스트Trust』에서 폴 아당은 단일한 행동을 배제하고 현실의 풍부하면서도 복합적인 성격을 암시하려고 많은 노력을 기울였다.

이데올로기의 범람

소설의 범주가 다양하면서도 구조는 언제나 한결같은 가운데 새로이 나타난 현상이 한 가지 있다면 그것은 허구적 작품이 이데올로기에 의하여 온통 차지당하게 되었다는 점이었다. 소설은 보수적이건 진보적이건 간에 주의 주장의 개진에 큰 몫을 할애했다. 사상의 표현이 소설적 이야기에 중첩되거나 때로는 이야기를 대신했다. 작가는 거기에 전개된 사상의 내용에 대해 책임을 떠맡았다. 또 어떤 것은 작중인물의 생각으로서 피력되었다. 대화가 토론으로 변하여 서로 반대되는 견해들이 대결했다. 이른바 테제소설Roman à thèse이라고 하는 것에서는 이야기의 배열을 통하여 현장에서 어떠어떠한 관점의 근거를 증명해 보여주고자 했다.

소설은 둔한 기계장치로 변했다. 그것은 거기에 기생하는 내용들이 비대해져서 발전함에 따라 본래의 모습과는 많이 달라져버렸다. 소설이라는 장르는 쓰레기 버리는 곳 같은, "아무것이나 다 갖다 넣는" 장르로 변

---

1) 소설이 시작하면서 주인공이 죽는다. 이 소설은 죽은 사람이 그를 알고 있는 사람들에게 불러일으키는 모든 생각들과 모든 행위들로 이루어져 있다.

했다. 거기에 담겨지는 것은 흔히 여러 가지 의견들의 더미였다.

폴 부르제가 심리소설에서 테제소설로 옮겨간 것은, 그리고 그가 '임상진단la clinique'에 이어 '치료la thérapeutique'를 등장시킨 것은 1900년경이었다. 『단계L'Étape』, 『이혼Un Divorce』, 『망명자L'Émigré』, 『정오의 악마Le Démon de midi』에서 그는 자신이 발자크, 텐느, 르 플레Le Play에게서 발견한 장치적 사회적 독트린의 구체적인 실례를 보여주고자 했다. 그러나 부르제는 테제소설을 쓰는 것을 거부했다. 그는 자신이 쓰는 소설은 '사상소설roman à idées'이라고 주장했다. 자기의 '주의 주장thèse'은 인간의 광경들을 바라보는 한 관점에 불과하며 그 관점은 진술된 여러 가지 사건들로부터 추출되는 것이라고 그는 주장했다. 그러나 여러 가지 사건들은 작가가 주장하고자 하는 관점과의 관련 하에서 선택되어진 것이며 상상만으로 지어낸 상황들의 배열로 무엇을 증명한다는 것은 불가능하다고 그를 반박하기란 쉬운 일이다. 테제소설에 대해서는 이미 수많은 공격이 있었으므로 새삼스럽게 그것을 반복할 필요는 없다. 그것은 소설로서도 가치가 없고 주의 주장으로도 가치가 없는 것이라고 규정해놓고 나면 더 이상 할 말이 없어진다. 소설 속에 사상을 도입하는 것은 좋은 일이었다. 그러나 어떤 해결책을 강요하기 위하여 이야기를 꾸며본다는 것은 유감스러운 일이었다. 훌륭한 소설은 그 안에 사상의 세계를 담고 있다. 그러나 미리 구상한 어떤 사상을 증명함으로써 소설이 얻을 것은 아무것도 없다.

미적 범주들의 해체

소설 속에 사상이 개입되면서 이야기의 습관에 단절이 생겼다. 소설가들이 독자로 하여금 깊이 생각하도록 만들겠다는 야심을 품은 것은 좋은 일이었다. 그러나 소설가들은 그렇게 하다가 길을 잘못 들 위험을 부담하게 되었다. 왜냐하면 이야기를 들려주는 대신에 어떤 문제를 설명하게 되었으니 말이다. 언젠가 한 비평가는 소설가들이 이제는 이야기를 들려주는 취미와 독자의 흥미를 끄는 기술을 잃어버리고 만 것이 아닌지 모르겠다고 불평을 했다. 발자크도 행동의 주변에다가 각종의 논평들을 장황하게 달아 놓기를 서슴지 않았었다. 그러나 그의 많은 소설들의 구조는 여전히 강한 극적 성격을 갖추고 있었다. 작자가 늘어놓는 설명들이 오히려 이야기의 신빙성을 높이고 흥미를 배가시키는 데 도움을 준다는 점이야말로 발자크 예술이 지닌 역설들 중의 하나였다. 이 점에 있어서 폴 부르제는 그의 스승과 비슷했다. 더 유기적인 짜임새를 갖추지 못한 이야기를 그보다 더 경계한 사람은 없다. 그의 테제소설들에서 사건들의 배열은 플롯의 필연성과 이데올로기적 야망을 동시에 고려한 것이었다. 그는 19세기 거장들의 상속자로서 그들의 교훈을 끊임없이 마음속에 되새겼던 것이 사실이다. 그러나 부르제 이후의 소설가들은 자신들의 예술이 갖추어야 할 기법을 제대로 잘 알지 못하는 잘못을 범했다. 모리스 바레스는 1907년에 그 점을 이렇게 지적했다.

내가 처음 파리에 왔을 때 졸라, 도데, 공쿠르 형제, 셰르빌리에, 페르디낭 파브르 같은 사람들은 소설 기술을 숙지하고 있었고 탁월한 방식으로 그것을 실천에 옮겼으며 그들의 뒤에서는 로티, 모파상, 부르제 같은 사람들이 그 기술을 익히면서 수업을 쌓고 있었다. 그러나 오늘날 그 수를 헤아려보라! 하나의 소설이 될 수 있는 세계를 창조할 줄 알며 어떤 계획을 수립할 수 있고 인물들을 소설 속에 등장시켜 그들을 살아 움직이게 할 수 있는 작가가 도대체 몇이나 된다고 생각하는가?

소설의 작가들은 어떤 비평가의 말대로 "소설 속에다가 소설 그 자체가 아닌 다른 것을 담는" 결과에 이르고 마는 경우가 흔한 것이 사실이다. 아나톨 프랑스는 소설가였는가? 그의『오늘의 역사*Histoire contem-poraine*』는 무엇이라고 지칭해야 마땅할까? 그것은 이야기였는가? 에세이였는가? 팸플릿이었는가? 프랑스는 진정한 소설가라기보다는 길을 잃은 끝에 어쩌다가 그만 소설에 발을 들여놓은 에세이스트였다. 모리스 바레스Maurice Barrès의『뿌리 뽑힌 사람들*Les Déracinés*』은 소설로 소개되었다. 그러나『그들의 모습*Leurs Figures*』이라는 3부작의 둘째 권은 일련의 소묘들을 보여주는 것이 고작이었다. 거기서 우리가 찾아볼 수 있는 것은 의회의 연대기뿐이었다. '연대기Chronique'라는 말은 우리가 흔히 소설에 대하여 요구하는 종류의 재미를 전혀 맛보게 해주지 못하는 작품들을 가리키는 것이었다. 그렇게 되고 보면 1913년 자크 리비에르Jacques Rivière가 '모험소설'에 관해서 쓴 글에서 언급한 말의 뜻이 이해가 된다. 그는 항상 '구체적인 행동을 통해서 보여줄' 필요성을 역설했다. 소설가는 자신의 인상을 직접적으로 털어놓을 것이 아니라 그 것을 사건들로 변형시켜서 이야기해야 한다는 것이었다.

전후의 타오르는 불길

산업문학Une littérature industrielle

이것은 1839년 생트-뵈브가 쓴 적이 있는 옛 표현이다. 그때부터 이 말은 그야말로 방대한 연작소설들을 써내서『인간 희극』의 작자와 경쟁을 해보겠다는 소설 생산자들이 이따금씩 자신에게 강요하는 문학적 중 노동을 가리켰다. 1차대전 직후에 오면 그 표현은 좀 다른 뜻을 지니게 된다. 즉 이 말은 문학상과 광고의 발달, 날이 갈수록 상업화되어 가는 출판사들의 조직, 문학전문 매스컴의 출현과 성공, 요컨대 어떤 새로운 풍토를 자극하는 데 기여하는 모든 것을 의미했다. 대전 직후《누벨 리테레르*Nouvelles Littéraires*》지의 성공은 괄목할 만한 현상이었다. 프레데릭 르페브르Frédéric Lefèvre의 인터뷰 「(…)와 한 시간Une heure avec (…)」은 작자들로 하여금 자신이 소설을 창작한 경위를 설명하게 하는 란이었는데 그 덕분에 대중들은 문학창작이라는 직업의 제 문제와 보다 더 친숙해졌고 새로운 작자들을 알게 되었다. 이런 '인쇄된' 여론의 남용은 그야말로 문학의 인플레로, 그리고 때로는 매우 유감스러운 가치의 혼란으로 인도되었다. 그것은 격앙된 토론들과 논쟁들을 유도했고, 이런 현상은 이 시기에다가 다소 과열된 성격을 부여했다. 상과 광고와 매스컴은 어떤 작자를 하루아침에 어둠으로부터 끌어내어 각광받게 만드는 데 기여했다. 유행은 계절 따라 바뀌었다. 출판사마다 요령을 달리해가면서 행운을 걸었다. 소설을 써낼 때마다 그 소설을 가지고, 그것으로 안 되면 그 소설에 대하여 쓴 글을 가지고 떠들썩한 소리가 나도록 만들려고 애를 썼다. 소설이 시끄러운 존재가 된 이 시기처럼 소설 장르의 위기에 대한 논란이 많았던 적도 없었다.

문학의 여러 세대들

휴전 직후 전전의 공식적 대가들은 하나씩 하나씩 자취를 감춘다. 바레스, 프랑스, 로티, 그리고 나중에는 부르제가 그랬다. 그중 부르제는 사후에도 명성이 살아남아 여러 해 동안 명예를 누렸다. 전쟁의 대살육의 여파가 느껴졌다. 작가들의 한 세대가 송두리째 전쟁에 희생되었다. 페기Péguy, 에밀 클레르몽Émile Clermont, 알랭-푸르니에Alain-Fournier가 살아 있었더라면 전후의 모습은 필경 달랐을 것이었다. 대가들의 교대는 특수한 조건 속에서 이루어졌으니 1890년에 데뷔한 클로델, 프루스트, 지드, 발레리는 전후의 이 수년을 기다려서 마침내 명성과 영예를 얻게 되었다. 그들은 이 시기의 새로운 선두주자들이었다. 젊은 사람들의 눈에 그들은 대가들이라기보다는 공모자들이었다. 브르통Breton과 발레리는 그들을 갈라놓고 있는 모든 차이점들에도 불구하고 문학, 특히 소설문학에 대하여 공통적으로 던지고 있는 수상쩍은 눈초리에 있어서 보조를 같이했다. 『법왕청의 지하도Caves du Vatican』의 주인공인 라프카디오는 무상적 행위와 시니컬하고 거침없는 태도가 특징인 수많은 다른 인물들의 선배사촌 격이었다. 초현실주의자들도 그를 부인하지 않았다. 자크 리비에르는 『잃어버린 시간을 찾아서』의 저자를 자신의 마지막 스승으로 인정했다. 그는 『다다에 감사Merci à Dada』하면서도 한편으로는 마르셀 프루스트에게 존경을 바쳤다. 1890년경에 스무 살이었던 지드, 프루스트, 에스토니에, 브왈레브 등의 다른 한편에서는, 다음 세대 중 살아남은 사람들이 그들의 위치를 굳히고 있다. 예컨대 지로두와 콜레트처럼 전후의 대가들이라기보다는 오히려 스타들이라고 할 수 있는 사람들로서 전쟁 전에 데뷔했던 작가들이다. 끝으로, 전후 10년 동안에는 수많은 새로운 재능들이 태어났다. 마르셀 아를랑Marcel Arland, 드리외 라 로셀Drieu la Rochelle, 앙리 드 몽테를랑Henry de Montherlant, 쥘리앵 그린Julien Green, 조르주 베르나노스Georges Bernanos, 그리고 그 밖의 수많은 사람들이 있다. 이때는 여러 세대들이 서로 놀라운 만남을 갖게 되는 시절로서, 이 무렵에 『아침 교대La Relève du matin』, 『보니파스Bonifas』, 『위폐 제조자들Les Faux Monnayeurs』, 『악마의 태양 아래서Sous le soleil de Satan』, 『파리의 농부Le Paysan de Paris』, 『테레즈 데스케루Thérèse Desqueyroux』, 『나자Nadja』, 『질서L'Ordre』, 『이해하기 어려운 영혼L'Ame obscure』, 『정복자Les Conquérants』 등이 나왔다.

문학적 세계주의Le cosmopolitisme littéraire

이 운동은 1886년 『러시아 소설』의 출간과 함께 시작되었었다. 그러나 1918년 이후에는 세계주의의 시대로 접어들었다. 소설은 이 운동의 혜택을 가장 먼저 입은 분야였다. 소설은 번역을 통해서 손상을 가장 적게 입는 장르이기 때문이다. 외국작품들이 프랑스로 물밀듯이 밀려들게 되면서 새로운 매혹의 구심점들이 생겨났고, 프랑스 소설이 새로운 운명을 향하여 진로를 돌리게 되었다. 사람들은 도스토예프스키, 메레디트Meredith, 조지 엘리엇George Eliot, 토머스 하디Thomas Hardy, 콘라드Conrad를 읽었다. 발레리 라르보Valery Larbaud는 사람들이 제임스 조이스James Joyce의 『율리시즈』에 주목하도록 만들었다. 버지니아 울프Virginia Woolf, 모리스 바링Maurice Barning, 포스터Forster의 소설들은 거의 출간 즉시 프랑스에서 번역되고 그것을 해설하는 글들이 나왔다. 피란델로Pirandello와 릴케Rilke는 수많은 독자들에게서 인기를 얻었다. 영미소설의 풍부한 창의성은 프랑스에서 많은 새로운 시도들을 싹트게 만들었다. '내적 독백'과 '시점Point de Vue'같은 기법들은 조이스, 콘라드, 헨리 제임스에게서 비롯되었다. 무의식의 심연을 환기하는 작업은 도스토예프스키의 소설들로부터 곧바로 나온 것이었다.

새로운 매혹의 구심점들

지금까지 살아온 삶의 바탕인 지적 구조가 비판의 대상이 되었다. 오랫동안 지각의 저 깊은 곳에서 표면에 나타나지 않은 채 이어져온 베르그송의 사상이 1925년경부터 수많은 젊은 소설가들에게 영향을 끼쳤다. 청소년기 소설이 풍성한 수확을 거두게 된 것은 아마도 베르그송 철학의 폭넓은 이해 덕분인 것 같다. 그리고 1922년부터는 프로이드주의가 베르그송의 영향에 추가되어 나타났다. 프로이드의 정신분석은 소설가들로 하여금 다양한 충동들이 상호 모순관계를 이루는 가운데서, 그리고 감정들의 양립성 속에서, 복합적인 인물들을 제시해 보이고자 하는 취향을 길러주었다. 많은 사람들이 너무 성급하게, 그리고 좀 지나치게 단순화시켜서 이해하긴 했지만 상대성 이론도 지적인 자극제 역할을 했다.

시점이라는 소설상의 기법은 그 같은 이론 속에서 어떤 지적 지평을 발견했다. 즉 이 세상 어디에도 특권적인 지위를 누리는 시점이란 없으므로 저마다의 관찰자는 각기 개별적이고 제한된 시각을 갖는 것일 뿐이며 소설가의 전지전능함이란 저마다의 시점이 갖게 마련인 편중성과는 서로 상치되는 것으로 여겨지게 되었다. 그리고 끝으로, 전쟁을 겪고 난 뒤부터 사람들은 인간 문명이란 것이 치명적인 결과를 가져온다는 사실을 깨달았다. 많은 젊은 사람들이 이 같은 어이없는 문화에로 귀결되고 말았던 한 사회의 제반 가치들을 웃음거리로 취급했다. 이런 모든 근본적 제반성은 어떤 불안감을 불러일으켰다. 이런 낭패한 분위기로부터 새로운 세기말이 생겨났다. 전후의 소설 기술은 이러한 불안으로부터 벗어나고 이 불안을 파악하기 위한 노력이었다라고 볼 수 있다. 그 소설 기술을 특징짓는 요소는 도피에의 욕구와 고통의 표현이라는 이중의 표시로 나타났다.

도피의 소설들

휴전 직후에는 기분전환을 하고 싶어하는 강한 욕구가 생겨났다. 물론 이 무렵에 나온 전쟁소설들은 끔찍했던 시절의 기억들을 되살리는 데 도움이 되었다. 그러나 그와 같은 시기에 『쾨니그스마르크Koenigsmark』나 『아틀란티스L'Atlantide』 같은 피에르 브느와Pierre Benoit의 소설들이 거두어들이는 그 엄청난 성공은 놀라운 것이었다. 그런 소설들은 모험, 신비, 로마네스크한 줄거리 등을 요령 있게 짜맞춘 이야기들을 제공했다. 그것들은 1913년 자크 리비에르가 예고했었던 모험소설과는 아무 관계가 없었다. 루이 샤두른느Louis Chadourne는 『선박의 주인Le Maître du navire』(1919)을 가지고, 마르크 샤두른느Marc Chadourne는 『바스코Vasco』(1927)를 가지고 역사 모험소설들을 선보였는데, 이 소설들은 때때로 모험 그 자체를 조롱거리로 삼기도 했다. 『안개 낀 부

두『Quai des Brumes』(1927)의 분위기 속에서 이상함의 세계를 발견해내기 이전에 피에르 마크-오를랑Pierre Mac-Orlan은 『승무원들의 노래 *Le Chant de L'éqipage*』(1918)를 썼고 『여자 기수 엘자*La Cavalière Elsa*』나 『국제적 비너스*La Vénus internationale*』의 알레고리를 통해서 현실에 상상을 대치시켰다. 타로 형제Les Tharaud는 이국적인 풍경들을 소개했고 우리들의 것과는 다른 여러 가지 풍속들을 보여주었다. 『떠나다*Partir*』라는 도르즐레스Dorgelès의 작품 제목은 모든 도피에의 욕구를 요약시켜 놓고 있다. 『밤에 열리다*Ouvert la nuit*』(1922)나 『밤에 닫히다*Fermé la nuit*』(1923)에서 폴 모랑Paul Morand의 세계주의는 발레리 라르보의 그것을 계승했다. 그의 인물들은 바르나부트의 마지막 변형들이었다. 유행의 첨단을 가는 바, 밤의 기차, 그리고 네온사인들이 특징인 이런 세계주의는 프랑시스 카르코Francis Carco가 『메추라기 예수*Jésus la Caille*』에서부터 전문으로 삼은 홍등가의 이국 풍정과는 정반대되는 것이었다. 『거꾸로』의 주인공인 데제생트는 벌써부터 파리에 그대로 머물러 있으면서도 도피가 가능하다는 것을 깨달았다.

이런 지리적 형태의 도피 이외에 시적 도피라는 보다 미묘한 양식도 있었다. 알랭-푸르니에Alain-Fournier가 대전 직전에 『대장 몬느*Le Grand Meaulnes*』에서 환기시켜준 '신비스러운 영지'는 많은 사람들의 머릿속에서 잊혀지지 않는 한 부분이 되었다. 그것은 머나먼 곳에 있는 엘도라도가 아니라 낯익은 현실 한가운데로 밀려들어온 꿈의 세계다. '신비스러운 세계le merveilleux' 야말로 아직도 상상력을 발휘한 작품들에 풍성한 자양분을 공급할 수 있는 유일한 요소라고 브르통은 말했지만 사실 많은 소설가들이 알랭-푸르니에처럼 현실 속에다가 그 '신비스러운 세계'를 삽입시켜보려고 애썼다. '신비스러운 세계'는 장 콕토Jean Cocteau의 『무서운 아이들*Enfants terribles*』의 그것처럼 그저 어떤 방일 수도 있고 아라공Aragon의 『파리의 농부*Le Paysan de Paris*』에서처럼 오페라좌의 아케이드나 뷔트 쇼몽일 수도 있지만 또한 지오노Giono, 푸라Pourrat, 그리고 특히 라뮈즈Ramuz와 더불어 이 세계를 시적으로 변형시키고자 할 때마다 단골로 애용되는 장소가 된 시골의 자연일 수도 있었다.

장 지로두Jean Giraudoux에게서 폭발하는 언어의 폭죽은 어떤 다시 찾은 에덴의 문을 열어 놓았다. 그의 불꽃놀이는 다양한 범주의 현실들 사이에 새롭고 놀랍고 가급적이면 익살맞은 관계를 맺어 놓았다. 사실 문체의 변덕스러움은 논리의 사슬을 깨버리고 싶어하는 의지의 반영에 지나지 않는 것이었다. 장 지로두의 노력은 리얼리즘에 대항하는, 그리고 범속한 것에 대한 관심, 삶의 물질적 조건의 재구성 따위의 모든 둔하고 무거운 것에 대항하는 방대한 반동에 집중되었다. 불연속, 예기치 않은 놀라움, 환상 등을 즐겨 동원하는 그의 예술은 레몽 라디게Raymond Radiguet의 소설심리학과 더불어 도피의 미묘한 한 형태였다고 볼 수 있다. 이제는 한 장에서 다른 장으로 옮아가는 동안에 로마네스크한 요소가 발전되는 것이었다. 인물의 반응에 있어서나 소설가의 비유들에 있어서나 예기치 않은 놀라움에 대한 취향이 바로 로마네스크한 요소가 되었다.

탈리얼리즘L'irréalisme은 전후 소설문학의 가장 본질적인 특징이었다. 소설가들이 들려주는 모험들은 전혀 어떤 시대나 환경 속에 뿌리박고 있는 것이 아니었다. 1936년 『14년 여름L'Été 14』이 나온 뒤에야 비로소 로제 마르탱 뒤 가르의 『티보 가의 사람들Les Thibault』은 19세기 여러 소설가들의 격에 걸맞는 정치적 사회적 벽화로서 나타나게 되었다. 모리악Mauriac의 소설들은 어떤 환경보다는 풍토를 환기시켜주는 작품이었다. 오직 영혼의 차원에서 영위되는 삶만이 암시되어 있을 뿐 외부 세계는 오로지 불지짐 같은 정념과 내면적 삶의 고뇌 사이의 상징적 조응을 제공하는 정도에 그칠 뿐이었다. 『인간 희극』에서 그렇게도 중요한 역할을 맡고 있었던 돈의 문제는 대부분의 경우 전후의 소설들에서는 찾아볼 수가 없었다. "발자크 시대로부터 1세기가 지난 후, 자연주의로부터 40년이 지난 후, 인물들이 실제 생활에서처럼 노동의 걱정에 시달리는 소설이 도대체 몇 권이나 나왔는지 헤아려보라"고 앙드레 테리브 André Thérive는 썼다. 이제 소설문학은 리얼리즘과 자연주의시대 때처럼 심각한, 거의 과학적인 작업은 아니게 되었다. 그것은 이제 뛰어난 솜씨자랑으로 변했다. 소설의 주인공은 발레리 라르보의 인물처럼 '그의 모든 것을 변화시켜 놓는 내면적 꿈으로 가득 찬' 존재였다. 이 세계 속에서 그는 오직 재미있어 하거나 실망한, 아니면 신기해하는 방관자로서 나타날 뿐이었다. 지로두의 소설 『인간들의 나라에 온 쥘리엣Juliette au pays des hommes』에서 여주인공이 가능의 장을 다 실험해보고 난 후에 평범한 삶으로 돌아가 제라르와 결혼하는 것으로서 이야기가 마무리되고 있다는 점은 의미심장하다. 전후의 소설가들은 내면성의 묘사 속에서, 세계를 황홀한 눈길로 응시하는 것에서, 그들의 꿈이 제공하는 환상 속에서 은신처를 찾고자 했다. 그것은 도피의 여러 가지 방식들에 불과한 것으로 현실을 떠맡아 책임지기를 거부하는 태도를 반영한다고 볼 수 있다. 그들은 자기들 시대의 심저에서 일어나는 움직임이나 그 시대가 해결해야 할 문제들을 파악할 능력이 없었다. 발자크나 졸라 같은 작가들은 개인적 삶을 훨씬 초과하는 한 세계의 복합적인 현실을 껴안아 들이는 데 성공했었다. 그들은 현실에다가 환상적인, 혹은 서사적인 격을 부여했었다. 그러나 그들은 세계를 단순한 무대장치나 장식으로서가 아니라 개인들의 의지에 저항하는 힘으로서 환기시키는 데 성공했었다. 그들의 작품들 속에서는 숱한 꿈들이 실제 세계의 가혹한 현실 앞에서 무산되는 것이었다. 그러나 1925년대 소설은 『인간 희극』 속에 항구적으로 엄존하고 있던 경제적 사회적 현실들과는 거리가 멀었다. 앙드레 살몽André Salmon은 그의 책들 중 하나를 『일루미네이션의 청부업자

L'Entrepreneur d'illuminations』라고 이름 붙였다. 프랑시스 미오망드르에서 질베르트 드 브와젱Gilbert de Voisins에 이르기까지, 앙드레 뵈클레André Beucler에서 장 지로두에 이르기까지, 장 콕토에서 알렉상드르 아르누Alexandre Arnoux에 이르기까지 그 시대의 수많은 작가들은 나라 전체의 삶 속에 밀어닥친 그 참극을 겪고 난 직후 '일루미네이션의 청부업자'가 되어보려고 노력했다. 1929년 민중주의populisme 의 출현은 도피의 소설문학에 맞서는 최초의 반작용의 신호였다.

불안의 소설들

전쟁으로 뒤흔들리고 숱한 비판으로 동요된 한 세계에서 도피의 소설들 한편에서 불안의 소설들이 그 모습을 드러내는 것은 당연한 일이었다. 사실 그런 유형의 책은 숱하고 다양한 형태들로 나타날 수 있는 것이었다. 불안은 『회색 노트*Le Cahier gris*』, 『라 소렐리나*La Sorellina*』, 『위폐 제조자들』, 『에메*Aimée*』, 『알 수 없는 영혼』, 『테레즈 데스케루*Thérèse Desqueyroux*』, 『사기*L'Imposture*』 등 서로 다른 여러 가지 작품들에 나타났다. 30년대가 가까워져갈수록 불안은 성격이 달라지거나 아니면 재건의 시도 앞에서 차츰 지워져가는 경향을 보였다. 자서전적 유형의 소설들 속에서 불안은 그 절정에 달했지만 풍속소설 속에서는 객관적인 묘사에 밀려서 그 존재가 미약해지는 것이 어쩔 수 없는 일이었다. 분석소설의 경우에는 작자가 가하는 논평이 작품 속에 그려진 고뇌의 특수성보다는 도덕적 고찰의 일반성에 더 많은 중요성을 부여하는 경향을 보였다. 표현의 소박함과 분석의 통찰력으로 인하여 자크 샤르돈느의 『결혼축가*L'Épithalame*』나 라크르텔Lacretelle의 『라 보니파스*La Bonifas*』 같은 작품들은 프랑스 심리소설의 위대한 전통 속에 자리할 수 있는 것이었다. 그러나 명증한 정신의 조심성 그 자체 때문에 자크 리비에르의 『에메』에서처럼 어떤 불안의 전율이 더 잘 느껴지는 경우도 있었다. 마르셀 아를랑의 『질서』나 다니엘 롭스Daniel Rops의 『알 수 없는 영혼』은 풍속화 같은 소설들이면서 동시에 젊은 시절의 고뇌를 그려 보이고 있었다. 그 당시에는 '불안'이란 말 자체가 대단히 유행이었다는 사실도 지적해둘 필요가 있겠다. 세기말적인 비관주의 속에서 너무나 손쉽게 안주하던 시기를 지난 뒤인 동시에 부조리한 분위기의 절망, 혹은 비웃음이 출현하기 전인 20년대에 나타난 것이 그 불안의 세대였다. 그 세대는 해소할 곳을 찾지 못한 충동 때문에 괴로워하고 있었다. 그 세대는 여러 가지 가치들을 목마르게 찾고 있으면서도 아직 그 규모를 헤아리지 못한 터인 모든 가치들에 대한 의혹 또한 떨쳐버리지 못하고 있었다.

불안의 소설은 무엇보다도 먼저 사춘기의 소설이었다. 그 시기는 모든 불안들이 가득 차 있는 나이이다. 젊은이들의 스승들 중 한 사람인 앙드레 지드는 『팔뤼드Paludes』에서부터 『위폐 제조자들』에 이르는 작품들에서 자신의 역할은 안도감을 주는 일이 아니라 불안하게 하는 일이라고 거듭 강조했다. 그는 해답을 제공하기보다는 질문을 던지겠다는 것이었다. 그는 일생 동안 줄곧 불안을 배양했다. 불안은 혼란의 시대에 부족함이 없을 만큼 꽃을 피웠다. 그것은 『육체의 악마Le Diable au Corps』, 『장 에르믈랭의 불안한 일생La Vie inquiète de Jean Hermelin』, 『실베르만Silbermann』, 『에티엔느Étienne』, 『장 다리엥Jean Darien』, 『불확실L'Incertain』 등의 작품들 속에 모습을 드러냈다. 전후시대는 살라뱅이라는 뒤늦게까지 연장된 청소년기 속에서 전형적인 주인공을 발견해냈다. 그는 성년의 나이가 지나서까지도 사춘기의 유독성 냄새와 환상을 버리지 못한 채 그대로 지니고 있었다. 그는 이따금 자신의 내면에서 불안한 기상奇想들을 발견하곤 했고, 자기 자신의 감정을 집요하게 엿보고 있었으며 자신에 대하여 실망하는 동시에 계속 자신의 모습에 찬탄을 아끼지 않았다. 그는 어리석은 짓으로 자신을 낭비했다. 그는 범속하기가 보기에 딱할 지경이었지만 노할래야 노할 수 없게 만드는 선의로 해서 구원되었다. 위스망스는 삶의 진부함에 구역질을 내는 폴랑텡이란 인물을 그려 보인 적이 있다. 사르트르는 장차 구역질에 사로잡힌 로캉텡을 보여주게 될 것이다. 뒤아멜Duhamel은 양차대전 중기의 초장 무렵에 살라뱅이라는 미미한 인간의 이미지와 그의 고뇌를 제시해 보였다.

부르제의 세계와 프랑수아 모리악의 그것은 얼마나 판이한가! 모리악의 초기 소설들에서 볼 수 있는 산문의 어떤 진동은 열기의 표현이었다. 즉 육체의 고뇌가 자비로워지고 싶은 충동에 장애물이 되었다. 아니 어쩌면 그것은 잃어버린 순수성에 대한 비웃음을 강조하는 것인지도 모른다. 불안의 살아 있는 이미지라고도 할 수 있는 테레즈 데스케루는 자신이 저지른 행동은 남편의 시선 속에 마침내 어떤 불안의 빛이 나타나는 것을 보고 싶은 욕망에서 비롯된 것인지도 모른다고 베르나르에게 술회하기에 이른다. 모리악의 여주인공들에게서는 숱한 여러 가지 혼탁한 감정들을 찾아볼 수가 있다. 놀라운 것은 흔히 죄 그 자체의 갈피에서 구원의 새벽빛이 솟아오르는 것을 발견할 수 있다는 사실이다. 구원은 올바른 삶의 보상으로서 온다고, 요컨대 덕을 쌓은 값으로서 온다고 믿는 폴부르제와는 거리가 멀다.

그리고 이번에는 소설 주인공으로서의 신부神父는 어떻게 되었던가도 생각해보라! 아마도 베르나노스Bernanos는 때때로 착하고 건실한 신부들, 속세에 편안히 발 딛고서 자신들의 교구사업을 유효적절하게 운영하는 데 성공하는 그런 신부들을 그려 보이는 데 열심이었던 것도 사실이다. 그러나 저 도니상 신부는 어떠한가? 그의 내면 속에 일어나는 고뇌! 그의 돌연한 흥분, 현기증 등은 "가까이 다가가 파악할 수 없는 어떤 폭풍"의 반영에 지나지 않는 것이겠지만 거기에는 도스토예프스키적인 그 무엇이 있다.

수많은 소설들이 한 세대의 여러 가지 불안들에 대한 보고서를 제시해 보였다. 모리스 베츠Maurice Betz의 소설들, 드리외 라 로셸Drieu La Rochelle의 소설들, 『여자들에 휩싸인 남자*L'Homme couvert de femmes*』, 『빈 가방*La Valise vide*』 등이 그러했다. 때때로 에너지에 대한 예찬 속에는 삶의 규율 같은 것이 담겨 있었지만 그것은 실상 억제된 불안의 고백에 불과했다. 『꿈*Le Songe*』 이후 『올림피아*Olympiques*』에 이르기까지 전쟁과 스포츠를 주제로 많이 다룬 작가가 몽테를랑Henry de Montherlant이었지만 그 역시 『뒤쫓기는 여행자들*Voyageurs traqués*』의 위기를 체험했다. 그것은 그에게 있어서는 청소년기의 위기보다도 훨씬 심각한 서른 살의 위기였다.

30년대에 나타난 최초의 혁명가들은 아직은 그저 반항아들에 불과하다는 것을 우리는 이해할 수 있다. 이 새로운 행동의 낭만주의와 더불어 모험가들은 역사를 추진하는 힘이 되었다. 앙드레 지드는 『위폐 제조자들』에서 탈선한 사람들, 방향을 잃은 사람들, 절망한 사람들의 심히 걱정스러운 벽화를 그려 보였다. 초장부터 프랑스 사회를 그린 방대한 그림이 되고자 한 『티보 가의 사람들』은 『회색 노트』에서 모험을 해보고 싶은 욕구에 몸부림치는 두 청소년의 가출로부터 시작된다. 자크 티보는 분명 그의 세대의 대표격이다. 그는 『지상의 양식*Les Nourritures ter-restres*』을 미친 듯이 탐독했다. 그는 우선 모든 속박에서 벗어나고자 했다. 그에게 이 세계는 정복해야 할 재화라기보다는 오히려 변혁시켜야할 현실로 보였다. 그러나 그의 내면에서는 미칠 듯한 파괴의 욕구가 끓어오르고 있었다. 거기서 그는 최소한 자신의 구원의 기회를 찾을 수 있게 되기를 기대했다.

2. 로맹 롤랑Romain Rolland과 대하소설

극적 구성은 없어지고

발자크 이후 소설이 변화해가는 경향을 살펴보면 인생을 극적이고 소설적인 모습으로 애써 꾸며 독자에게 제시하는 방식을 소설가들이 점점 더 분명하게 외면해가고 있다는 것을 알 수 있다. 사실주의자들, 그리고 나중에 자연주의자들은 소설 속에서 줄거리를 짜맞추는 일에 바치는 노력의 몫을 줄이는 데 한 역할을 했다. 플로베르의 『감정교육』은 많은 사람들이 보기에 아무 사건도 일어나는 것이 없는 소설의 한 전형으로 여겨지고 있다. 그것은 그야말로 우여곡절이 많은 모험소설의 '역逆 l'envers'이라고 할 수 있는 것이었다. 이런 면에서는 공쿠르 형제가 절대적으로 중요한 역할을 했었다. 그들은 일련의 에피소드들을 연속적으로 늘어놓는 플로베르식의 기법을 이어받았었다. 그들에게 와서 에피소드들은 작자가 나름대로 실력을 발휘해 보이는 대목들로 변했다. 그 토막토막의 에피소드들은 플롯을 구성하는 연결끈에 의하여 이어져 있었지만 독자들은 그것들을 하나하나 분리하여 음미할 수도 있었다. 그것들은 현실이 제시하는 광경들이 격한 감수성 속에 불러일으키는 '인상들'을 묘사하거나 암시하는 내용들이었다. 위스망스는 『거꾸로』에서(뒤르탈 연작에서도 그렇지만) 그가 지적 호기심에 이끌려 목도하게 된 모든 것들을 남김없이 부연설명해 보였다. 이 같은 부연설명은 소설 속의 이야기 줄거리와는 아무 관계가 없다. 아니 적어도 그같이 부연되는 내용은 이야기를 이데올로기 쪽으로 쏠리게 만든다고 할 수 있겠다. 『거꾸로』에는 문학비평에 바쳐진 여러 개의 장들이 포함되어 있다. 『저곳』이나 『출발』에서는 그런 설명의 내용이 악마주의, 질 드 레, 고딕 예술, 종교 등에 대한 것이었다. 위스망스는 하다못해 주인공의 자전적인 이야기를 들려주려고 하는 것도 아니다. 그는 다른 인간들과 맺고 있는 관계 속에 놓고서 주인공을 그려 보이는 것도 아니다. 그는 그 인물의 거동에 많은 관심을 보이지 않는다. 그는 인물의 정신사를 쓰는 것이다. 그는 어떤 정신적 초상을 그려 보이고 어떤 감성의 총목록을 작성해 보인다. 그는 어렴풋한 허구의 형식을 빌어서 자신의 마음이 가장 쏠리고 있는 화제들을 독자에게 털어 놓고 있는 것이다.

소설사에 있어서 작품이 철학적 문학적 분석이나 비판에 큰 몫을 할애하는 경우는 이것이 처음이 아니다. 루소는 『신 엘로이즈』에서 작중인물들을 매개로 하여 자신의 생각을 표현할 수 있는 기회가 생기면 그 기회를 유감없이 활용했다. 낭만주의 시대에 소설가는 이야기를 들려주는 것 못지않게 자신의 속마음을 표현하는 데 힘을 기울였다. 작가의 개입을 피하면서, 잘 꾸며지고 빈틈없이 짜여진 객관적 소설을 만들어 내는 것을 이상으로 삼는 태도는 플로베르에서 모파상에 이르는 사실주의 독트린이 가져온 귀결이었다. 1890년경 그와 같은 이상이 맹렬한 도전을 받게 되자 소설가들이 또다시 허구라는 테두리 속에서 구속감을 덜 느끼면서 내키는 대로 작품을 쓰게 되는 현상이 나타난다. 피에르 로티Pierre Loti는 주어진 주제를 여러 가지로 변주시키는 작업에 골몰했고 아나톨 프랑스는 이데올로기적인 콩트에 다시 맛을 들였으며 바레스는 자신의 이야기에 작자 나름의 주석을 마음껏 달아 놓았다. 소설은 인간 본성에 대한 숱한 문헌들을 집적해 놓은 창고의 역할을 수행한 다음 내면적 성찰들을 모아 놓은 책으로 변했다. 소설은 시와 에세이라는 두 가지 유혹을 맛보았다. 시적, 혹은 철학적 전개가 때로는 작중인물의 행동의 발전과 변화를 대신했다. 『장 크리스토프Jean Christophe』는 소설의 그와 같은 이중적 탈바꿈의 좋은 예를 보여준다.

일생의 소설 『장 크리스토프』

로맹 롤랑은 1888년부터 이 소설을 구상했는데 1912년에 가서야 완성을 보게 된다. 그는 이렇게 말했다.

> 장 크리스토프에 대한 생각은 내 생애의 근 이십 년 이상을 차지한다. 이 작품을 처음으로 착상한 것은 1890년 봄 로마에서였다. 마지막 단어는 1912년 6월에야 쓰여졌다. 작품은 이들 시간적 한계를 넘쳐나고 있다. 나는 내가 아직 파리 고등사범학교 학생이었던 1888년의 초고들을 다시 찾아냈다.

그 20년 동안 어느 하루도 로맹 롤랑이 그의 주인공에 관하여 깊이 생각해보지 않은 날이 없었다. 또 『장 크리스토프』 속에서 자전적인 요소가 개입되어 있지 않은 곳은 단 한 페이지도 없다. 작자는 그의 책 속에다가 그의 사상, 추억, 심지어는 자신이 겪은 연애의 극적인 체험까지 포함하여 자신에 관계되는 내용들을 많이 담아 놓았다. 서한집과 『일기』는 실제 삶과 작품 사이에 많은 관련이 있다는 것을 밝힐 수 있도록 해주었으며, 그 양자 사이의 관련성은 미발표 노트들의 출간에 힘입어 더욱 구체화될 수 있을 것이다. 소설가는 자신이 겪은 경험에서 작품을 풍부하게 만들 수 있는 여러 가지 요소들을 얻어냈다. 그는 또한 혼선이 생기도록 함으로써 독자의 추적을 따돌리려고 노력하기도 했다. 그는 자기 자신의 개성을 구성하고 있는 서로 다른 면모들을 크리스토프와 올리비에의 특징으로 분산시켜 그려 보였다. "내 주인공의 기질은 나의 그것이 아니다. 나는 주인공에게 나 자신의 지능만을 부여했을 뿐이고 나의 고유한 개인적 특징은 다른 부차적인 인물들 속에 분산되어 있다는 것을 알 수 있을 터이다"라고 그는 말했다. 장 크리스토프는 베토벤을 많이 닮았다. 1931년에 쓴 서문에서 로맹 롤랑은, "베토벤 타입의 이 주인공은 전적으로 1870년에서 1914년에 이르는 두 번의 전쟁 사이에 걸쳐 있는 세대의 영웅적인 대표로서 우리들 가운데 한 사람을 골라 그린 것"이었다고 밝힌 바 있다.

1902년 9월 13일자로 말비다Malwida에게 보낸 로맹 롤랑의 편지에는 다음과 같이 쓰여 있다.

> 나의 소설은 탄생에서 죽음에 이르기까지의 한 일생의 이야기요, 나의 주인공은 피치 못할 사정으로 인하여 18세에 자기 나라 독일을 떠나 파리, 스위스 등지에서 살게 되었던 어떤 위대한 독일 음악가라오. 환경은 오늘날의 유럽이요 (…) 요컨대 주인공은 오늘날의 세계에 살고 있는 베토벤이지요.

이처럼 소설의 한복판에 영웅적이고도 천재적인 인물을 설정함으로써 소설가는 20세기 초엽의 유럽에서 그 인물이 택할 수 있었던 영상을 보여주고자 했다. 그는 호적부와 경쟁하고자 하기보다는 오히려 현대 세계에 대하여 어떤 비판을 가하고자 했다. '정신적으로, 사회적으로 와해되어가는' 한 시대에 로맹 롤랑은 잿더미 속에서 꺼지지 않고 잠들어 있는 영혼의 불을 다시 당겨 살려내고자 했다.

이렇게 하여 그는 소설가의 전통적인 야심들에 새로운 활기를 불어넣었다. 그는 소설에 새로운 조망과 장래성을 부여했다. 그는 소설을 한 일생의 이야기로 만들었다. 이 열 권의 작품은 한 권 한 권 한 일생의 순차적인 단계들을 그려 보였던 것이다. 어린 시절, 청년 시절, 성년의 투쟁, 승리와 만년의 정일감이 그것이었다. 소설가는 흘러가는 한 일생의 이러한 체험적 시간을 강물의 주제와 결부시켰다. 한 일생의 연대기 속에서 증거해 보인 이 기나긴 참을성을 통해서 그는 프랑스에서는 전혀 널리 퍼져 있지 않았지만 영국과 독일에서는 거의 하나의 장르를 형성하다시 피한 한 소설 유형, 즉 인생소설life novel 혹은 교양소설bildungsro-man을 되살려 내게 되었다. 프랑스의 소설가는 흔히 한 인생에 있어서 맞게 되는 위기의 순간들에 주목하는 편이었다. 그는 어떤 갈등의 에피소드를 소개하거나 어떤 정념의 이야기를 들려주기를 즐겨했다. 그는 논리적인 짜임새와 뚜렷한 윤곽이 눈에 보일 만큼 엄격한 구성을 선호했다. 모파상은 물론 『여자의 일생』의 이야기를 흥미있게 들려주었다. 그러나 그것은 그 충동과 소용돌이와 발전과정을 골고루 참작하여 포착한 일생이라기보다는 환멸의 모범적인 궤적을 그려 보이는 일생이었다. 『장 크리스토프』는 프랑스식의 이야기 습관과는 무관한 것이었다. 이 소설은 이런 장르의 전통적 틀에서 벗어나 있는 것이었다. 인생의 그 같은 흐름 속에는 서사시적인 그 무엇이 있었다. 반항, 열광, 분노, 절망, 그런 모든 것들은 항상 극복되는 것이었고 물결의 표면에 일어나는 약간의 거품에 불과한 것이었다. 그것이 지나가고 나면 곧 새로운 얼굴들, 새로운 시련들이 나타나는 것이었다.

1909년 『집에서Dans la maison』의 서문에서 로맹 롤랑은 이렇게 썼다.

이 작품의 나머지 부분에서도 마찬가지지만 이 마지막 몇 권에서 내가 어떤 소설을 쓴다고 자처해본 적이 한 번도 없다는 것은 분명한 사실이다. 그렇다면 이 작품은 무엇인가? 왜 구태여 어떤 이름이 필요하단 말인가? 당신이 어떤 사람을 만나면 그가 소설가인지 시인인지 물어보는가? 내가 창조한 것은 한 인간이다. 한 인간의 삶은 어떤 문학적 형태라는 틀 속에 갇혀지는 것이 아니다. (…) 내 눈에 『장 크리스토프』는 어떤 대하大河와도 같아 보였다. 나는 책의 첫 페이지에서 이미 그렇게 말했다.

어떤 다른 글, 즉 1890년 8월 10일자로 말비다에게 보낸 편지는 그의 소설관을 분명히 밝히고 있다. 그 소설관은 그 시대로 볼 때 혁명적인 것이었다. 로맹 롤랑이 그 소설관을 작품 속에서 실현하는 데 성공했는지는 확실치 않다. 그러나 그 야심 자체는 놀라울 만큼 높고도 독창적이었다.

내가 구상하고 있는 소설 혹은 음악적 시의 예술적 형식에 대해서 이미 당신에게 말했던가요? (…) 흔히 대하는 소설의 재료는 근본적으로 여러 가지 사실들입니다. 다시 말해서 '행동'(고전극에서 현대 소설에 이르는 프랑스 예술에서처럼)이나 혹은 하나의 일생, 아니면 서로 서로 관계를 맺고 있는 여러 일생들을 이루는 일련의 행동들입니다. (…) 음악적 소설의 재료는 감정이어야 합니다. 특히 가장 보편적이고 가장 인간적인 형태의, 그리고 가능한 한의 밀도를 지닌 감정이어야 합니다.

소설의 음악적 구성이라는 이 같은 이상은 순수하게 로맹 롤랑만의 것은 아니었다. 바그너의 예술은 그의 세대 전체에 막강한 영향을 끼친 바 있다. 마르셀 프루스트는 로맹 롤랑 이상으로 그의 작품 속에서 이러한 음악적 유형의 구성을 실천에 옮겼다. 오늘날 우리가 『장 크리스토프』를 다시 읽어보면 그 전체의 무모하고 산만한 흐름에 놀라게 된다. 자크 로비세는 그 점을 지적한 바 있다.[2] "지배적인 인상은 어떤 교향악의 인상이 아니라 단편적인 구성의 그것이다." 아마도 문제는 저자의 '방법'에 있는 것인지도 모른다. 즉 그는 여러 해 동안 각종의 노트들을 축적해 집필할 때에 그것들을 자신의 소설 속에 담았던 것이다. 그 많은 관찰들은

---

2) 『로맹 롤랑』, 아티에Hatier사, p.149.

물론 장 크리스토프의 것으로 되어 있었다. 그러나 그것들은 일반적인 지적에 그쳤으며 추상적인 방식으로 표현되었다. 그 관찰들은 '행동화' 되지 못했다. 그저 독자에게 직접적으로 털어놓는 방식을 취한 것이다.

그것들은 한 번도 작가가 제시하는 사건들에 대한 독자 자신의 성찰로부터 생겨나는 것이 되지 못했다.

한 덩어리의 대전서大全書

『장 크리스토프』는 금세기 초기에 독자들이 흔히 읽어 버릇했던 글들 가운데서 우뚝 솟아 있는 작품이었다. 그것이 1931년의 서문에서 로맹 롤랑 자신이 말했듯이 "프랑스 문단에서 받아들여지고 있던 모든 관습들을 고의적으로 깨는 (…) 방대한 한 편의 산문시"였다. 소설은 단순히 한 편의 '이야기'만이 아니었다. 서정적인 고양과 온갖 종류의 주석을 위한 자리도 충분히 마련되어 있었다. 소설가는 사회의 어떠어떠한 분야의 총점검만을 해 보이는 것이 아니었다. 그는 자연주의 작가들이 그랬듯이 여러 가지 문헌들을 제공해 보이고자 한 것이 아니었다. 그의 작품은 하나의 대전서였다. 한 위대한 정신의 소유자가 자기 시대의 문명에 대하여 제시할 수 있는 관찰과 반성과 판단의 총체였다. 한 천재적인 인간을 주인공으로 내세움으로써 그는 예컨대 금세기 초엽 파리 사회가 보여주는 광경을 높은 곳에서 굽어보며 판단할 수 있는 여유를 가졌다. 그는 호적부와 경쟁하겠다고 자처하지도 않았고 자신의 머릿속에 한 사회를 송두리째 다 담아가지고 하겠다고 하지도 않았다. 그는 사회를 비판했다. 사회는 오로지 주인공에게 불러일으키는 혐오감, 아니면 보다 드문 경우이지만 그의 마음속에 불러일으키는 열광을 통해서만 파악되는 대상이었다. 로맹 롤랑은 자신이 지어낸 허구의 신빙성을 확보하려 하기보다는 오히려 독자들의 신뢰와 동조를 얻고자 노력했다. 들려주는 이야기에 대한 동조가 아니라 제시된 이상에 대한 동조를 말이다. 그는 『작자와 그의 그림자와의 대화*Dialogue de l'auteur avec son ombre*』에서 이렇게 썼다. "그렇지만 그(프랑스)에게 진실을 말하지 않으면 안 되겠다. 그를 사랑하기 때문에 더욱 그렇다. 내가 아니면, 그리고 저 광적인 페기Péguy가 아니면 누가 그것을 말하겠는가?" 그러나 《격주간 신문 *Cahiers de la Quinzaine*》이 소설이던가? 그리고 소설가는 진실을 선언하기 이전에 우선 자신의 말을 믿을 수 있도록 만들어야 하지 않겠는가? 로맹 롤랑은 특히 서양문명의 위기를 경고하고자 하는 생각을 하고 있었다. 그는 국가적인 가치들을 초월하는 어떤 폭넓은 인간적 이상을 제안했다. 그는 우정과 헌신과 감동적인 스펙터클을 찬미했다. 그는 보편적 휴머니즘의 이상을 역설했다. 그는 '설교'를 하고 있는 것이었다. 그리하여 소설 속의 이야기는 서정적인 고양이나 보편적인 부연설명을 위한 버팀틀로 쓰였다.

시의 유혹

우리는 로맹 롤랑의 글에서 '시poème', '산문시poème en prose'라는 말을 자주 만난다. 그때 그는 자신의 소설에 대하여 말하고 있는 것이다. 그것은 물론 그리 새로울 것이 없는 말하는 방식에 불과하다. 한편, '산문시'라는 표현은 보들레르 이래 매우 고심하여 다듬어진 짧은 텍스트를 가리키는 것이었다. 『장 크리스토프』같은 산문의 경우는 거기에 해당되지 않는다. 그 작품의 가당치 않은 방만함은 이미 충분히 지적된 바 있으니 말이다. 로맹 롤랑은 섬세한 감수성을 갖춘 집단으로부터가 아니라 수많은 단순한 사람들로부터 이해받기 위하여 '바르게 말하고'

'꾸밈없이, 보탬 없이 말하고자' 했다는 것을 우리는 알고 있다. 그러나 '단순성'이 '방만함'을 허용해야 하는 것은 아니다.

그러나 우리는 그 작품 전체에 깔려 있는 어렴풋한 시적 분위기를 느낄 수는 있다. 사실주의 소설가들은 작중인물들을 일상적인 세계 속에 놓고 보려고 노력할 때 자질구레한 디테일들을 많이 동원했는데 시적 분위기는 그런 것들이 없어짐으로서 생겨날 수 있는 것이었다. 『장 크리스토프』에는 '사실fait'들보다는 '감정sentiment'들이 더 많이 담겨 있고 '디테일'들보다는 '감동émotion'이 더 많이 실려 있다. 인물들은 오로지 작자가 그들에게 부여하는 감동들을 느끼기 위하여 거기에 등장해 있는 것 같아 보였다. 서술은 현실의 두꺼운 층 속에 뿌리를 내리지 못하고 있다. 이 허구적 세계는 전혀 구체적 실감을 자아내지 못한다. 반면에 이같이 손쉽게 흘러가는 언어 구사에서 어떤 매력이 생겨나고 있다. 이제 막 일어난 모든 일을 시간이 매순간 과거 속으로 던져넣듯이 말들이 매순간 이제 막 입 밖에 낸 모든 것을 뒤덮어버리는 것이다. "시간의 흐름에 따라 지나가는 어떤 서사시적 운동에 의하여, 그것 자체에 앞서서 즉각적으로 지나가버리고 즉각적으로 뒤덮여버리는 어떤 종류의 추억에 의하여 이 책은 송두리째 음악인 것이다 (…)"[3]라고 알랭은 말했다.

『장 크리스토프』의 전체가 한결같이 시적인 것은 아니다. 『광장에 선 장터La Foire sur la place』에서 볼 수 있는 다양한 계층의 파리 사람들 소개를 대하면서 시적이라고 말할 수는 없다. 반면에, 특히 이 연작의 처음 몇 권에서 독자는 가끔 '시적인 대목들'과 마주칠 수 있다. 알랭은 이런 대목들을 "절묘한 결정結晶"이라고 불렀다. 그는 장 크리스토프가 늙은 슐츠를 방문하는 장면 ("그는 새들의 노랫소리가 진동하는 해묵은 숲과도 같았다"), 어린 크리스토프가 "창백하고 때묻은, 그러나 행복에 빛

3) 위의 책, p.151.

나는 얼굴로 항상 채광창 가에 얼굴을 내밀고 있는"『새벽L'Aube』의 몇 페이지, 고트프리드 아저씨가 노래를 부르는 저녁 나절의 산책("은빛 안개가 땅에 나직하게 깔려 떠 있었고, 번뜩이는 물 위에도 떠 있었다. 개구리들이 두런거렸고, 풀밭에서는 두꺼비들이 구성진 피리소리처럼 울어댔다") 등을 기억했다. 또 우리는 『새벽』에서 울리는 종소리, 풍금 소리가 불러일으키는 희열, 강물 소리를 들으며 젖어드는 몽상, 혹은 『친구들Les Amies』에서 사랑의 초년기에 맛보는 도취감에 대하여 쓴 몇몇 대목들을 기억할 수도 있을 것이다. 이런 종류의 대목들에서는 인물들은 거의 뒷전으로 물러나 보이지 않는다. 이야기의 줄거리는 잠시 정지되어 있다. 말을 하는 사람은 작자 자신이다. "사람과 사람은 서로 어울려 오직 서로서로의 내면 속으로 빨려들어 가고자 하는 생각뿐인 그 첫 순간들의 황홀감 (…)" 흥분과 도취를 이기지 못하는 작자는 자신의 붓이 도처에 같은 말을 되풀이하여 뿌려 놓고 있다는 것을 도무지 자각하지 못한다. 그는 이를테면 작중인물들의 감동을 자신의 감동으로 연장하면서 그걸 독자로 하여금 직접적으로 느끼도록 만들겠다는 것이다. 그 순간 그는 자신이 소설가라는 사실을 잊어버리고 만다. 그는 시인이 될 여유를 스스로 얻어 가진다. 그런데 이 시인에게서는 문자 그대로 시가 샘물처럼 흘러나온다. 이렇게 흘러나오는 시의 샘물은 물론 그 단순함 때문에 신선하기도 하지만 그 안이함 때문에 성가시기도 한 것이다.

에세이의 유혹

『장 크리스토프』에서는 흔히 에세이스트가 소설가를 제치고 그 자리를 차지해버리곤 한다. "얼마나 많은 페이지들이 순수한 문학적, 미학적, 정치적 분석으로 변질해버리는가!" 이런 글들에는 마땅히 「수상록,

새로운 수상록, 윤리와 비평의 마지막 수상록」 같은 제목을 붙여야 할 것이며 '1900년대 독일 음악', '제3 공화국 시대의 프랑스 예술', '현대의 여성', '20세기 초 프랑스에 있어서의 사회적 문제', '1912년의 유럽' 등의 부제를 붙이는 것이 좋을 것이다. 특히 『반항La Révolte』, 『광장에 선 장터』, 『집에서』에서 그런 종류의 부연 전개가 장황하게 나타나서 이야기를 대신하고 소설가를 비평가로 탈바꿈시켜 놓는 것을 자주 보게 된다. 그는 자신의 견해를 직접 표현하기도 하지만 그의 대다수의 의견들은 주인공의 그것으로서 표현되고 있다. 그는 주인공을 온 세상 곳곳으로 마치 '단역배우utilité'인 양 끌고 다닌다.

서정성과 분석

많은 경우 작자는 분석과 서정성의 경계선을 넘나든다. 그가 "기쁨, 미칠 듯한 기쁨, 지금 존재하는 모든 것을, 미래에 존재할 모든 것을 비추는 태양, 거룩한 창조의 기쁨! 창조가 있는 곳에만 기쁨이 있다! 창조하는 사람만이 참다운 인간이다 (…)"라고 쓸 때 그는 자신의 주인공의 열광을 자기 자신의 그것으로 수용한다. 그는 동시에 한심할 정도로 진부한 보편적 진리를 표현한 것이다. 『장 크리스토프』에서 이야기는 흔히 표현의 서정성이 분석의 일반성과 맞물려 있는 부연설명의 문장들로 짜여져 있다.

교훈적 서술

로맹 롤랑은 자연주의 소설가들이 사용하던 방법을 기꺼이 활용하고 있다. 즉 졸라에서 마르그리트, 위스망스에서 미르보에 이르는 자연주의 작가들은 그들의 주인공을 일련의 다양한 그림들을 차례로 소개해 보여주는 사회자 역으로 사용했던 것이다. 『집에서』나 『광장에 선 장터』에서 작자는 장 크리스토프를 이 계층 저 계층으로 데리고 다니면서 우리들에게 20세기 초엽의 프랑스 현실을 보여준다. 이 방법은 좀 심하게 교훈적이다. 이리하여 논술에 논술이 거듭된다. 각각의 논술은 또 여러 개의 항목으로 세분된다. 심지어 작자는 자신이 학교 교단에 섰을 때 사용했음직한 노트들을 끼워넣기까지 한다. 이리하여 우리는 그가 "레시타티프에서 가사와 노래를 한데 묶어 놓는 것은 넌센스인가 아닌가" 하는 문제에 대하여 장황하게 따지고 있는 모습을 목격하기도 한다. 그가 중지했던 이야기를 다시 계속할 때도 그것은 오로지 잠시 전에 보여준 분석이 근거 있다는 것을 구체적인 예를 통해서 보여주기 위한 수단에 불과하다. 『광장에 선 장터』에서 그가 비평, 소설, 연극, 정치, 신문 등을 차례로 거론하는 것은 그렇다치자. 그러나 정직하고 근면한 프랑스를 보여주겠다는 생각에서 그가 어떤 건물을(장 크리스토프가 들어 살고 있는) 한 층 한 층, 아파트 하나 하나를 시시콜콜 다 답사하는 대목에 이르면 한숨이 저절로 나온다.

논쟁가의 개입

가장 어처구니없는 것은 바로 그가 적어 놓고 있는 몇 가지 견해들의 취약함이다. "자신이 비판에 노출되어 있는 상황에서 다른 사람들을 비판한다는 것은 분별없는 짓이다"라고 그는 말하고 있다. 또 그는 때때로 독자가 이미 오래전에 다 이해한 것을 새삼 장황하게 설명하고 있다. 그러나 논쟁가다운 치열한 입담이 다행스럽게도 그의 생각의 형성에 새로운 활력을 부여하는 경우도 있다. 그는 사생활에서는 회의주의자이며 행동에 있어서는 광적인 제3 공화국의 정치인들에게 조롱을 퍼붓는다. "그들 중 가장 호사가인 사람들도 일단 권좌에만 오르면 왜소한 동방의 폭군같이 변해버린다"고 그는 공격한다. 혹 그는 몇몇 독일 이론가들을 이렇게 통박한다. "남에게 당할 때에는 독일은 인류를 이상으로 삼는다고 말하더니, 남들을 공격할 때에는 독일은 인류의 이상이라고 말하는 것이었다."

3. 마르셀 프루스트와 소설의 탈바꿈

'일종의 소설une espèce de roman'

어떤 편지에서 마르셀 프루스트는 "고전적인 소설과는 전혀 닮은 데가 없는 한 권의 책을 독자들이 받아들여주도록 해줄 의향이 있는 출판사를 찾는다"고 썼다. 또 다른 데서는 '길이가 긴 작품'에 대하여 이야기하면서 그 책은 '기억의 우발성'을 지니지 않았으므로, 그리고 '매우 엄격한 구성'을 갖추었으므로 '소설roman'이라고 칭하기는 하지만 자신도 정확하게 그 장르를 규정할 능력은 없다고 말했다.[4] 1913년에 그는 새로 나올 그의 책에 대하여 말하면서 "그 중요한 저작은 이를테면 소설이라고 할 수 있다. 그것은 일종의 소설이니까 말이다"라고 했다.[5] 프루스트는 자기가 하고 있는 작업이 특이한 것임을 충분히 의식하고 있었다. 즉 그는 어떤 이야기를 들려주겠다거나 어떤 일정한 주제를 다루겠다는 것이 아니었다. 그는 자신의 마음을 사로잡고 있는 중요한 것을 모두 다 말하고 싶어했다. 그의 책은 삶의 총결산이었다. 그는 경험의 총체를 보고하듯이 쓰려는 것이었다. 그것은 어느 모로 보나 전통적인 소설의 테두리 속에 집어넣을 수 없는 것이었다. 프루스트의 새로움은 1인칭을 사용했다는 데 있는 것이 아니라 그 1인칭을 사용하는 방식에 있었다. 벵자맹 콩스탕에서 프로망탱에 이르기까지 사소설의 '나'는 작품에 어떤 증언의 악센트를 부여하기는 했지만 이야기의 서술이라는 기능을

---

4) 로베르L. de Robert의 『프루스트는 어떻게 등단했는가Comment débuta M. Proust』, pp.23~24.
5) 『블룸에게 보낸 편지Lettres à R. Blum』, p.29.

포기하지는 않았다. 1인칭의 형식을 빌려서 작가는 극적으로 조직된 사건들이 아니라 감정들의 연속을 제시해 보여주었다. 그는 어떤 운명의 궤적을 그려 보였고, 어떤 지적 윤리적 진실을 부각시켰다. 사실 1인칭으로 쓰건 3인칭으로 쓰건 전통적인 소설가는 사실들을 엮어서 그 사실들이 돋보이게 만들고, 어떤 지배적인 정념을 따로 분리시켜 그것이 변화, 발전하는 과정을 추적하려고 애썼다. 그는 극적인 구성에 큰 몫을 할애했다. 하여간 그는 그가 하는 이야기가 발전하면서 전개되는 특성을 중요시했다. 그런데 프루스트는 자체의 짜여진 줄거리가 없는 소설을 썼다. 그는 브왈레브가 말하는 이른바 "발단exposition, 매듭noeud, 그리고 대단원dénouement을 갖춘 그 누구나 다 아는 바의 극적 상황"이라는 것을 무시했다.[6] 그는 독자에게 우여곡절의 줄거리를 따라가는 기회를 제공하지 않았다. 전통적인 소설의 인물들은 이야기에 종속되어 있는 상태였다. 그들은 줄거리를 진전시키는 데 기여했다. 그런데 『잃어버린 시간을 찾아서』에서 인물들은 그냥 등장해 있는 것이 고작이었다. 그 어떤 행동의 필연성 때문에 그들이 등장한 것은 결코 아니다. 『회고록 Mémoires』의 미학은 내레이터로 하여금 머릿속에서 상상해낸 일련의 사건들을 흥미롭게 짜맞추는 대신 그의 눈에 보이는 것을 그리고, 만나는 사람들의 모습을 소개하도록 만든다. 프루스트의 인물들은, 장-프랑수아 르벨Jean-François Revel이 탁월하게 지적했듯이, 그들이 "중요하기 때문에 자주 등장하는 것이 아니라 자주 독자의 눈앞에 등장하기 때문에 중요하다".[7] 그 인물들은 서로 뒤얽혀 갈등하는 것이 아니라 차례차례로 내레이터의 시야 속으로 들어온다. 어떤 이야기가 그들을 한데 모으게 되는 것이 아니고 실제 삶에서와 마찬가지로 우리는 그들과 마주

---

6) 『프루스트에게 바침Hommage à M. Proust』, Cahier Marcel Proust, 제1권, pp.99~100.
7) 『소설적인 데가 없는 소설Un roman sans romanesque』, p.80.

치게 되고, 그들에 대하여 남들이 하는 말을 듣게 되고, 또 그들을 다시 만나게 된다. '마주침rencontres'이 여기에서는 그 말의 극적인 어감을 갖지 않는다. 스완은 콩브레의 이웃에 사는 사람일 뿐이다. 내레이터는 들판을 산책하다가 질베르트와 샤를뤼스를 처음 보게 된다. 그는 바닷가에서 휴가를 보내는 중에 생 루, 알베르틴느, 샤를뤼스를 알게 된다. 콩브레에서 그는 일요일 미사 때 게르망트 부인을 본다. 그리고 파리에서 그녀의 개인 저택 한쪽 날개에 들어 산다. 행동의 관계에다가 마르셀 프루스트는 인접의 관계를 대치시켰다. [8]

프루스트 작품의 양면

라몽 페르낭데즈Ramon Fernandez는 이렇게 썼다.

> 『읽어버린 시간을 찾아서』는 한 시대의 역사인 동시에 한 의식의 역사다. 이와 같은 이중성과 그 양면의 결합이 바로 이 작품의 깊고도 경탄할 만한 독창성을 이루고 있다.

한편으로는 한 사회의 비뚤어진 모습에 대한 풍자적이고 야유적인 비평이 있는가 하면, 다른 한편으로는 의식의 가장 미묘한 인상들과 생각의 가장 섬세한 뉘앙스들의 기막히게 예민한 분석이 있다. 작자는 샤토브리앙, 보들레르, 혹은 네르발에게서 정서적 기억이 최초의 그리고 순간적인 표현들로 나타난 것을 발견한 바 있는데 『잃어버린 시간을 찾아서』의 매우 큰 몫은 바로 그 정서적 기억이라는 기적을 문학적으로 종합

---

8) 위의 책, p.82.

함으로써 얻어낸 것이었다. 이 작품의 다른 한 부분은 한 사회의 묘사에 큰 몫을 할애했다. 시간의 소설가는 한 시대의 연대기를 쓰는 역할도 맡았다. 프루스트가 애초에 뜻한 바는 순전히 시적인 것이었는데 작품을 써나가는 과정에서 환경과 인물들의 묘사에 점점 더 많은 자리를 할애하게 되었다는 것, 방대한 역사적 사회적 벽화를 그려 나가는 데 골몰하게 됨에 따라 그는 발자크와 생-시몽의 기치 아래 자신의 자리를 발견하기에 이르렀다는 것 등은 일찍부터 지적된 바 있다. 사실 가장 시적인 대목들은 특히 소년 시절과 청년 시절의 추억에 바쳐진 처음 몇 권 속에 나타나고 있다. 『잃어버린 시간을 찾아서』에는 극도로 다듬어진 문장의 시적 아름다움과, 다른 한편 『게르망트 편*Côté de Guermantes*』에서부터 작품의 가장 많은 부분을 차지하는 추상적인 분석 사이에 톤의 단절이 나타난다. 프루스트가 자기 시대의 발자크가 되고 생-시몽이 되고자 하는 야심에 사로잡혀 있었다는 것은 의심할 여지가 없다. 그러나 그가 『인간 희극』이나 『회고록』을 읽고 나자 최초의 의도에 변화가 생겼다고 주장하는 것은 가능한 일일까? 어떤 감수성의 뉘앙스들과 인간의 마음을 관장하는 법칙에 대한 설명 사이의 괴리는 작자가 최초의 의도에 추가하여 생각을 정리해가는 가운데 더욱 커졌을 것이다. 그러나 그 같은 괴리는 구상 시작부터 이미 고려에 넣었던 것이 아니겠는가? 프루스트는 우선 유년시절의 시적 열광과 청소년기의 환상을 그려 보임으로써 그 다음에 명증한 의식과 환멸을 동반하는 장년기의 발전을 더욱 뚜렷하게 보여주고자 한 것이 아니겠는가? 『생트-뵈브에 반대함*Contre Sainte-Beuve*』을 잘 이해하고 미발표 노트들을 면밀히 읽어보고 나면 첫째 권 『스완*Swann*』을 발표하기 이전에 일찍부터 프루스트는 자신의 머릿속에서 작품의 두 가지 방향이 그 윤곽을 드러내고 있음을 느꼈다는 것을 알 수 있다. 즉 한 의식의 인상들과 다른 한편 한 사회의 연대기라는 두 가지 방향, 나아가서는 한 영혼의 상태의 뉘앙스들과 다른 한편 인간의 여러 가지 정념들의 일반적 법칙이라는 두 가지 방향 말이다. 1908년의 미발표 노트에서 우리는 다음과 같은 지극히 중요한 한 마디 말을 읽을 수 있다.

나무들이여, 그대들은 더 이상 내게 아무 말도 할 필요가 없다. 식어 버린 내 가슴에는 더 이상 아무 소리도 들리지 않는다. 내 눈은 그대들을 어둠의 부분과 빛의 부분으로 갈라 놓고 있는 선을 냉정하게 확인한다. 이제 내게 자극을 주는 것은 인간들이다. 내가 그대들을 노래했던 내 인생의 다른 한쪽은 다시는 돌아오지 않을 것이다.

베르나르 드 팔루와Bernard de Fallois가 『생트-뵈브에 반대함』을 '몽타주montage' 하기 위하여 기초로 삼았던 노트들 속에서 우리는 프루스트의 작품의 양면이라고 부를 수 있는 제라르 드 네르발적 측면과 발자크적 측면을 드러내 보여주는 여러 가지 시도들과 암중모색의 흔적을 찾아볼 수 있다.

기억의 모험

프루스트의 많은 주제들과 인물들은 이미 『장 상퇴이유Jean Santeuil』에 윤곽이 그려져 있었다. 그러나 거기에는 아직 『잃어버린 시간을 찾아서』의 매력인 그 내적 담화 특유의 톤이 담겨 있지 않았다. '그il'에서 '나je'로의 변화는 내밀한 경험을 소설의 토대로 삼고자 하는 욕구와 보조를 같이한다. 『장 상퇴이유』는 미래를 향하고 있다. 반면에 『잃어버린 시간을 찾아서』의 내레이터는 과거를 재구성하려고 노력한다. 그가 발 딛고 있는 불특정의 현재는 그의 삶의 절대적인 조건이다.

그에게 미래란 존재하지 않는다. 그의 야심은 이미 겪은 자신의 경험의 총체를 다시 찾아내자는 데 있다. 『잃어버린 시간을 찾아서』는 내레이터가 자신의 과거 전체를 완전히 파악하는 일을 완료했을 때 종결된다. 내레이터가 그의 책을 쓰기 시작할 때 작자는 그의 책을 완성한다. 양자가 서로 만나는 그 정점으로부터 단 하나뿐인 각각의 조망이 이미 만료된 시절들 위를 굽어보게 된다. 그들은 문학에서 오직 자신들의 구원의 기회를 얻고자 할 뿐이다. 인생의 차원에서 예술의 차원으로 옮아가야 한다. 가에탕 피콩Gaetan Picon의 말처럼 "현실이란 것은 정신을 만족시킬 수 없는 양식樣式에 따라 존재할 뿐"이기 때문이다.[9] 사물의 표피 위에서 미끄러져 지나가버리는 현재는 손으로 잡을 수 없는 안타까운 대상이고 우리들에게서 비극적으로 멀어져 가버린 과거는 그만큼의 매혹적인 것인데 그 양자 사이에서 추억은, 특히 정서적 기억의 유별난 경험들은 삶의 우연성으로부터 해방된, 그리고 그 본질의 순수성 그대로 포착된 어떤 참다운 삶의 재료를 제공해준다. 예술은 오락이 아니라 자아에로의 회귀이다. 예술은 먼지와도 같은 세월들을 초월하여 근원적인 것을 만난다. 현실은 오로지 기억 속에서만 그것의 참다운 모습을 갖춘다. 소설가는 이제 여러 장소들을 묘사하고 인물들에게 생명을 부여하고 어떤 허구적인 세계를 만들어낸다고 자처하지 않는다. 그는 이제 자신의 과거의 저 깊은 곳에서 작품의 새로운 재료를 찾아낸다. 그는 내면적 공간을 탐사한다. 그 공간 속에서 얼굴들이, 풍경의 조각조각들이, 발소리가, 혹은 산사나무 꽃향기가 솟아오른다. 프루스트는 콩브레에서부터 이미 생트-뵈브, 공쿠르 형제, 그리고 바레스의 마음을 스쳐간 적이 있는 어떤 오랜 꿈을 실천해 보인다. 즉 인간들의 거동을 이야기하는 것이 아니라 인간의 정신 속에 어떤 일이 일어나고 있는가를 말하는 데 온갖 힘을

---

9) 플레이아드 백과사전Encyclopédie de la Pléiade, 『세계문학사Histoire des littératures』, 제3권, p.1269.

다 기울이는 소설을 써보겠다는 꿈을 말이다. 프루스트 이전까지 소설의 주인공들은 그저 행동하고 위험을 무릅쓰면서 자신의 미래를 거는 것이 고작이었다. 별 대단한 일이 일어나지 않는 소설의 주인공들, 즉 『감정교육』의 프레데릭 모로 같은 인물도 끊임없이 걸어다니고 남의 집을 찾아가고 제자리를 맴돌고 있기는 마찬가지다. 그러나 콩브레에서는 자리에 가만히 누워서 잠자는 사람의 소설이 선보여지는 것이다. 모든 것이 '그의 주변의 어둠 속에서' 빙글빙글 돌고 있다. '사물들도, 고장들도, 세월도'. 글을 쓰고 있는 그 사람의 현재 저 너머에, 한밤중에 잠을 깬 그의 과거가 떠 있다. 한밤중에 깨어난 그의 과거를 통해서 더욱 아득한 옛날의 추억들이, 어린 시절의 추억들이 떠오른다. 콩브레를 읽노라면, 프루스트가 실제로는 대충 시간적 순서를 따라서 이야기를 전개해 나가고 있는 데도 불구하고 그게 아니라 옛 추억들을 무질서하게 뒤죽박죽으로 섞어서 소개하는 소설을 쓰고 있다는 느낌을 받게 된다. 그러나 실제로는 회고록의 전통, 초상화와 분석 쪽에 쏠리는 취향, 어떤 소명의식의 역사를 써보겠다는 의도, 이런 모든 것이 더 우선적으로 작용했다. 그리하여 '콩브레'의 구조 자체는 추억들의 자연발생적인 분출 쪽보다는 건축적인 구성 쪽을 더욱 염두에 두고 이루어진다.

의식의 내용

자신의 과거를 소생시키는 데 열중하고 있는 이 소설가는 심층적인 삶의 풍부함과 그 어렴풋함을 암시해 보이는 특기를 갖추고 있었다. 그의 유연한 문장은 내면적인 생각을 포착하고 또렷한 의식의 저쪽 기슭에 어리는 순간적 의식 상태들과 자잘한 인상들을 기록하기에 신기할 정도로 적합한 것이었다. 마르탱빌의 종루를 앞에 두고 우리는 마르셀의 생각을 밀착된 거리에서 따라갈 수 있다. 즉 그의 시야를 가득 채우는 행복감, 보기에도 즐거운 겉모습, 그 겉모습이 비밀을 드러내 보이는 동시에 감추고 있다는 느낌, 그 비밀을 추적해보고만 싶은 욕구, 정신의 움직임, 그 우회와 비약 등 모두가 우리에게도 감지된다. 프루스트는 일종의 내면적 독백에 이른다. 그러나 제임스 조이스의 방법을 엄격하게 활용하는 것과는 거리가 멀다. 『율리시스』의 작자는 정신의 현재의 움직임들을 그 것 본래의 무질서와 혼란된 상태 그대로 즉각 즉각 기록하고자 한 데 비하여 프루스트는 그의 생각을 정돈하여 표현하려고 노력했다. 자신의 과거를 재생시킴으로써 『잃어버린 시간을 찾아서』의 내레이터는 자신의 의식의 체험적 시간을 그대로 따라가려고 애쓰는 것이 아니다. 에티앙블 Etiemble이 적절히 지적했듯이 여기서는 빈번한 미래의 앞지르기와 과거로 돌아가기가 체험적 시간을 변질시켜 놓고 있는 것이다.[10] 예를 들어서 『포로가 된 여자La Prisonniére』의 처음 몇 페이지에서 내레이터가 자기 생애의 어느 시기에 아침 일찍 깬 이야기를 할 때 그는 마르셀의 생각이 연쇄되어 가는 과정을 그대로 따라가는 것이 아니다. 그가 생생하게 짚어 보이는 것은 어떠어떠한 날 아침에 그가 느낀 인상들이 아니라 옛날의 그 아침들에 대하여 지금 그가 느끼는 인상들이다. 그는 그 인상들의 여러 가지 종류를 구별하고 있는데 각각은 그것 나름의 특징들을 지니고 있다. 알베르틴느의 잠에 관한 저 유명한 대목을 다시 한 번 읽어 보라. 그것은 오히려 알베르틴느의 여러 가지 잠들에 대한 것임을 알 수 있을 것이다. 그 각각의 잠은 작자가 그것마다의 독특한 뉘앙스를 지적하고 있는 어떤 범주에 속해 있다. 다른 많은 텍스트에서 그렇지만 여기서도, 그리고 예컨대 메제글리즈 편과 게르망트 편의 산책을 언급하는 곳에서, 설명의 발전은 가끔quelquefois, 때때로parfois, 흔히souvent

10) 에티앙블R. Etiemble의 『프루스트와 지성의 위기Proust et la crise de l'intelligence』, Ed. du Scarabée, 1945.

같은 낱말들을 중심으로 이루어지고 있다. 이 단어들은 그것만으로도 프루스트의 작업이 어떤 성질의 것인가를 드러내 보여주기에 충분하다. 프루스트는 과거의 체험적 시간을 세심하게 따르려고 애쓰지 않는다. 그는 흔히들 말하는 것보다는 훨씬 덜 베르그송적이다. 그는 그의 경험의 차원에서 오직 주목할 가치가 있다고 여겨지는 것만을 취한다. 게다가 내면적인 삶의 다채로운 색채들을 표현하게 된다 하더라도 그는 분석을 가하고 법칙들을 이끌어내는 일도 포기하지 않는다. 그의 어린 시절의 가장 아름다운 인상들은, 그것이 레오니 아주머니의 방에 관한 것이든, 『프랑수아 르 샹피』 읽기나 생 앙드레 데 샹 교회에 관한 것이든, 기막힌 문학적 부연설명의 기회가 되고 있다. 프루스트는 의식의 직접적인 여건을 미학적으로 활용하여 다듬어내는 특기를 가지고 있다. 탄탄한 구조를 갖추고 있는 그의 문장 자체가 그의 추억들에다가 작가가 부여하는 질서를 반영해 보이고 있다. 그 문장은 이질적인 여러 가지 요소들을 뒤죽박죽으로 실어나르는 내면의 체험적 시간보다는 오히려 창조 행위의 회전 방식과 한덩어리를 이루기에 적합한 것이다.

"분석의 서정성"

겉모습의 숨겨진 의미를 해독한다는 것이야말로 프루스트의 눈에는 예술이 떠맡은 가장 드높은 임무라고 여겨졌다. 그는 이렇게 쓰고 있다.

　　이미 콩브레에 있을 때 나는 나로 하여금 그것을 바라보지 않을 수
　　없게 만드는 어떤 영상, 즉 구름, 삼각형, 종, 꽃, 조약돌 등을 내 머릿
　　속에 주의깊게 고정시키면서 그러한 '기호들' 속에는 아마도 이제부
　　터 내가 발견해내려고 노력하는 전혀 다른 그 무엇이, 즉 오로지 물질

적인 대상들을 표현하는 것이라고만 여기기 쉬운 상형문자처럼 그것들이 번역해 보여주는 어떤 생각이 숨어 있을 것이라고 느꼈다.

유디메닐의 나무들의 경험과 같은 어떤 예외적인 경험들에서는 기묘한 광채에 의하여 돌연 비추어지는 한 조각 풍경이 내레이터의 영혼 속에 진하고 신비스러운 쾌감을 불러일으키는 동시에 내레이터로 하여금 많은 어려움에도 불구하고 그가 느낀 '인상들'의 본질이 무엇인지를 규명해보도록 자극한다. 정서적 기억이라는 현상도 그와 비슷한 작용을 촉발한다. 찻잔에 적셔서 먹은 마들레느 과자의 맛, 접시에 부딪는 숟가락소리, 풀먹인 수건의 감촉, 울퉁불퉁한 포석에 걸려 잠시 몸이 기우뚱하는 순간, 이런 모든 것은 하나하나가 다 "추억의 거대한 건축물을 끄떡도 하지 않고" 지탱하고 있는 감각들이다. 그것들은 단번에 한줄기 행복감을 함께 맛보게 해주며 인간의 정신에게 처음에는 모호하지만 어떤 경우에는 눈부신 빛의 인상을, 또 어떤 경우에는 해맑고 소금기 먹은 푸른 하늘의 인상을 제시해 보인다. 그리고 그것들은 우리들로 하여금 자신의 내면 깊숙이 내려가서 그 눈부심의 비밀을 꿰뚫고 보도록, 그리고 과거의 깊은 심연 속에서 돌연 이제 막 닻을 올리고서 바야흐로 의식의 표면으로 다시 떠오르려고 하는 추억들을 다시 찾아내도록 권유한다. 이러한 추억의 소생은 현재와 과거의 이미지들을 서로 충돌하게 만든다. 그로 인하여 내레이터는 생생한 쾌감을 맛보게 된다. 그가 지금 막 다시 떠올린 과거의 삶의 순간은 이제 외면적 지각 속에서 볼 수 있는 불완전한 점을 떨쳐버렸기 때문이다. 그 순간은 "순수하고 육체에서 분리된" 것이고 "시간에서 해방된 삶의 한 조각"이다. 그것은 우연성의 세계에서 해방된 하나의 빛나는 이미지인 것이다.

이런 종류의 경험들에 대하여 길게 발전시킨 글에서 소설가는 이 경험들을 '가장 깊숙한 구석구석까지 분명하게 밝혀 내려고' 노력하면서 한편으로는 그 인상들의 수만 가지 뉘앙스들을 표현하여 전달하려고 애쓴다. 내레이터는 어느 날 "햇빛을 받아 다시금 반사하는 웅덩이 속에서 기와지붕이 장밋빛 대리석 무늬를 만들고 있는 광경"을 보고 가슴이 뭉클해진다. 그때 벌써 그는 자기가 마땅히 해야 할 일은 "내가 느낀 그 황홀감을 보다 분명히 해명하려고 노력하는 것"이라는 생각을 했다. 또렷한 내면 성찰과 시적 충동의 내밀한 혼합은 의식의 변경에 위치하는 어느 영역에서 실현될 수 있는 그 무엇인가를 찾아냈다. 프루스트에 의하여 소설은 지극히 중요한 궤도수정을 하기에 이른다. 즉 소설은 이제 이야기를 들려주고자 하는 것이 아니라 의식의 내용을 해명하고자 하는 것이다. 여러 가지 사건들의 연쇄 대신 영혼의 상태들을 소생시키는 일이 소설의 관심사가 되었다. 공간과 시간이라는 감지 가능한 세계의 지각이 작품의 주제 자체가 되었다. 외부세계—외부세계라는 바로 그 말 자체가 의미를 상실했지만—가 이제 더 이상 어떤 행동의 무대장치가 아니게 되었다. 그것은 의식에 의하여 지각되었다. 프루스트는 어떤 삶의 갖가지 감각들을 기록했다. 이제는 더 이상 한편에 사람이 있고 다른 한편에는 사물들이 있다는 식으로 가르지는 못하게 되었다. 우리는 인간 영혼과 세계 사이의 합일을 목격했다. 그의 작품의 재료 자체는, 극단적으로 예민한 영혼 속에서 외부세계가 출현할 때 일어나는 복잡한 반향들로 이루어져 있으므로 프루스트는 소설의 혁명을 일으키고 있는 것이었다. 소설가는 허구적 세계를 독자에게 강요하기보다는 그가 식별하는 기호들을 해석하려고 노력했다. 기억의 모험은 진실에 대한 열정으로 이어졌다. 스스로의 내용을 송두리째 다 건져내려고 애쓰는 어떤 의식의 반성적 운동에 이중의 발전이 겹쳐졌다. 즉 차근차근 진실을 향하여 나아가는 한 존재의 발전과 겉모습의 비밀을 꿰뚫어 보고 기억과 사랑과 세계의 기호들을 해독하려고 노력하는 인간 정신의 발전이 바로 그것이다. 그렇게 함으로써 그는 상징주의 시인의 야심이었던, 다시 말해서 이 세계가 말하는 '어렴풋한 말'을 해독하고자 하는 야심을 다시 찾아내었다. 그 말은 곧 그의 소설 쓰기 작업이 시인, 철학자, 혹은 신비주의자의 기획과 일치한다는 뜻이 되겠다.

『잃어버린 시간을 찾아서』의 시적 요소

1932년에 에드몽 잘루Edmond Jaloux는 이렇게 썼다.

> (…) 프루스트의 여러 가지 면모들 가운데서 지금 내가 가장 좋아하는 것은 시인으로서의 일면이다. 즉 그는 세계와 삶을 서정적으로 변모시키는 능력을 지니고 있어서 그야말로 그 어떤 총체적 정신세계를 창조했으며 셰익스피어와 괴테의 작품 속에서 볼 수 있는 것 못지않은 시를 그 속에 담아 놓았던 것이다.

프루스트는 "아름다운 스타일의 필연성을 지닌 사슬 고리들" 속에 풍부하고 독창적인 은유들을 끼워넣음으로써 이야기나 분석의 짜임새가 시적인 광채를 갖도록 만드는 데 성공하고 있다. 그러나 시는 특히 유별난 몇몇 대목들에서 그 진면목을 드러낸다. 그는 산문가가 지닌 모든 자질들을 한껏 발휘하여 가령 산사나무(오베핀느) 울타리 앞에서, 엘스티르의 그림 앞에서, 혹은 뱅퇴이유의 칠중창을 들으며 주인공이 느꼈던 열광을 독자의 영혼 속에 전염시키고 있다. 프루스트는 또한 이 우주를 바라보는 은유적 비전을 제시해 보인다는 점에서도 시인이다. 로베르 브라지야크Robert Brasillach는 예외적일 만큼 빈번히 출현하는 갖가지 비유들이야말로 프루스트의 시적 예술의 요체라고 보았다. 기억이나 감수성보다는 상상력에 힘입어 『잃어버린 시간을 찾아서』의 수많은 페이지들에는 시가 넘쳐흐르게 된다. "우리들의 삶은 현실의 먼지에 마술의 모래가 섞이게 되는 날들에야 비로소 흥미있는 것이 된다"라고 프루스트는 썼다. 프루스트는 수많은 페이지들에다가 그 마술의 모래를 뿌려 놓았다. 평범한 현실을 신기한 세계로 탈바꿈시키는 것이 바로 은유의 역할이었던 것이다. 시인이 지닌 유추적인 센스는 매순간 현실의 서로 다른 두 가지 질서를 서로 비유하여 보여준다. 이리하여 그는 상징주의와 인상주의의 경계선 근처에서 그의 '참다운 인상들'을 포착하는 데 성공한다. 다시 말해서 이 세계에 저 환상의 나라가 지닌 신선함을 회복시켜 주는 것이다. "상상하는 재능은 깨어 있으면서 꾸는 꿈과 같은 분위기 속에다가 어떤 기이한 세계를 끊임없이 창조해내는 것 같다. (…) 극장 안이 어떤 빛을 발하는 수족관으로 변하고, 바다는 그 끔찍한 파도들로 온갖 산들과 골짜기들을 펼쳐 보이며 꽃무우 꽃들은 향기로운 장밋빛의 신선한 꽃잎을 벌리고 물 뿌리는 호스는 온갖 색깔의 물방울들로 수직의 프리즘 부채를 펼쳐 보이고 마노 구슬들은 처녀들처럼 금발을 빛내면서 미소를 머금은 채 반짝거린다"라고 마들렌느 르마클은 썼다.[11]

최상의 순간에 이르면 프루스트는 뿌리칠 수 없는 매혹으로 우리를 사로잡는다. 여러 가지 고유명사들의 마력에 바탕을 두고 발전시킨 대목들의 맛은—가령 "맨드라밋빛을 띤 전설적 이름", "너무나도 감미로운 접시꽃빛의", "게르망트Guermantes" 같은 말—어떤 언어 효과들의 현상학적 묘사에서 시가 생겨난다는 사실과 관련이 있다. 그리하여 프루스트는 메제글리즈나 탕송빌의 풍경을 이야기할 때면 비길 데 없는 시적 어조를 띠게 된다. 왜냐하면 그는 그때 그 스스로의 표현을 빌리건대 "그의 마음의 땅속 깊숙이 묻혀 있는 광맥들"과 마주치기 때문이다. 그러나 솔직히 말해서 시적으로 발전시킨 그의 글의 어떤 대목들에서는 어딘가 부자연스러운 그 무엇, 어딘가 억지로 꾸민 것 같은 아름다움이 없지 않다. 비평가들은 흔히 오페라의 홀 안이 바다 속과도 같은 투명하면서도

---

11) 『잃어버린 시간을 찾아서』에 있어서의 시적 요소L'élément poétique dans A la recherche du temps perdu』, 브뤼셀, 1954.

어둑어둑한 액체의 모습을 띠는 저 압권 부분을 인용하곤 한다. 그러나 그 '바다 속의 동굴들', 그 '물의 정령들이 사는 신화적 왕국', 그 '하얀 여신들', 그 '빛나는 바다의 딸들', 그 '박명의 광채 어린 딸들'은 그저 재미로 재주를 부려보이는 작자의 뛰어난 솜씨와 유머를 드러내 보여 준다. 그런데 그런 것들이 과연 이 세계를 새로운 눈으로 보도록 해준다고 할 수 있을까?

사회적 연대기

사람들은 지난날에 『인간 희극』에 등장하는 모든 인물들을 총망라한 목록을 만들었듯이 『잃어버린 시간을 찾아서』의 경우에도 등장인물 사전을 만들었다. 프루스트는 그의 소설 속에서 한 사회 전체를 생동하는 모습으로 그려 보였다고해서 흔히 발자크와 비교되곤 했다. 그는 '극적 행동'에 별로 관심을 보이지 않는다는 점에서 오히려 생 시몽과 비교되기도 했다. 그의 소설은 '연대기'였으며 작자는 잊을 수 없는 여러 인물들의 모습을 초상화로 그려 보이는 데 그의 탁월한 말솜씨를 활용했다. 물론 그 초상화들은 발자크의 그것에 비한다면 그 수가 적고, 그려진 계층들 또한 보다 더 제한되어 있었다. 그의 시대의 사회에 대하여 프루스트는 부르주아 계층과 귀족 계층의 극히 일부를 그렸을 뿐이다. 이 시인은 관찰력의 재능을 보여주었다. 묘사의 리얼리즘이 해학적 작가 특유의 익살스러운 말솜씨와 결합되었다. 작자는 그의 인물들로 하여금 놀라울 만큼 적절한 어조로 말을 하도록 만들었다. 노르프와의 섬세하고 신중한 말투, 스완의 미묘한 표현력, 샤를뤼스의 전율하는 장광설 등은 작품의 시적, 혹은 철학적 의도와 관련을 맺고 있는 것이 아니다. 작자는 자신의 말재간에 이끌려서 위대한 소설가로 변신하고 있다. 소설가의 기술이란 우리들에게 재미있는 이야기를 들려주는 쪽보다는 인물들을 살아서 생동하게 만드는 데 있다는 사실을 인정한다면 말이다.

프루스트는 인물들을 몇 가지 풍자적인 국면에 제한하여 그려 보이기를 서슴지 않는다. 그는 그들의 말투 속으로 들어갈 줄 안다. 그에게는 흉내내는 재능과 관련이 있는 어떤 말솜씨가 있다. 풍자, 아이러니, 유머, 희극성 등이 『잃어버린 시간을 찾아서』 속에서 유감없이 펼쳐지고 있다. 이 작품은 마티외 갈레Matthieu Galey의 말을 빌리면 "하나의 진정한 인간 희극"이다.[12] 모럴리스트가 사회풍자에 착수한 것이다. 인간들과 그들의 버릇, 편집벽에 대한 관찰이 그에게는 열광적 관심거리로 변했다. 허영과 스노비즘이 연출하는 광경 앞에서 그는 신랄한 해학의 센스를 유감없이 발휘한다. 그는 때때로 위대한 희극의 경지에 도달한다. 자신이 불치의 병에 걸렸다고 찾아와서 알려주는 스완 앞에서 이제 막 만찬석상으로 가려고 준비하고 있던 게르망트 공작부인은 사교계에서의 의무와 인간적 의무 사이에서 갈등을 겪지만 이제 죽음을 맞게 되는 스완을 버려둔 채 만찬 장소로 간다. 상류사회에 대한 풍자는 때때로 익살극의 경지에 이른다. 가령 발베크에서 뤽상부르 공작부인은 마르셀과 그의 조모를 소개받게 된다. 자신의 아랫사람이라고 여기는 이 사람들에게 친절을 보여주고자 하는 욕심에서 "그 여자는 눈길 속에 어찌나 인자한 마음을 담아 보였는지 그들은 마치 동물원의 철책 사이로 머리를 내미는 두 마리의 호의적인 동물이기라도 하다는 듯이 공작부인이 손으로 그들을 쓰다듬어줄 순간이 가까워오고 있음을 알았다". 프루스트는 얄궂은 비유들을 서슴지 않고 동원한다. 늙은 캉브르메르 백작부인은 목걸이들이며 각종 보석들을 주렁주렁 달고 있는 모습이 꼭 교구 순시 중인 주교를 연상시킨다. 드 팔랑시 씨는 "똥그란 눈이 달린 커다란 잉어 대가리" 때문에 물고기를 닮았다. 그는 "순간순간 그의 큰 턱을 짝짝 벌리면서 축제가 벌어지고 있는 곳의 인파를 뚫고 천천히 돌아다니는 것이

---

12) 『프루스트Proust』, 아셰트, 「천재와 현실Génies et Réalités」 총서, 제5장.

었다". 또 어떤 때는 그가 "목을 뻣뻣이 쳐들고 얼굴은 삐딱하게 기울인 채 똥그랗고 큰 눈은 외알 안경의 유리에 딱 들어붙이고 투명한 그늘 속을 천천히 돌아다니는가 하면 (…) 또 이따금씩은 존경할 만한 모습으로 숨을 헐떡이며 거품을 일구면서 걸음을 멈추고 있는 것을 볼 수 있는데, 그를 바라보는 사람들은 그가 괴로워하고 있는 것인지 자고 있는 것인지, 헤엄을 치고 있는 것인지, 알을 낳고 있는 것인지, 아니면 그냥 숨을 쉬고 있을 뿐인지 분간키가 어려웠을 것이다".

"프루스트의 희극적 재능은 바로 아무런 설명을 달지 않은 채 오로지 미시적인 분석만을 통해서 이 거대한 희극의 몸짓과 연기와 대사들을 포착하여 고정시켜 놓는 데 있다"고 마티외 갈레는 지적했다.[13] 베르뒤랭 부인은 단골손님 중 하나가 뭐라고 한마디 하기만 하면 정말로 웃는 것이 아니라 웃는 시늉을 한다. "그 여자는 각막에 삼이 끼여 흐릿해지기 시작하는 그녀의 새 눈 같은 눈을 완전히 감으면서 작은 비명을 내지르고 갑자기 어떤 추잡한 광경을 감추거나 무슨 치명적인 폭행을 막지 않으면 안 된다는 듯이 얼굴을 두 손바닥에 파묻어 가리면서 (…) 그냥 터져나오는 대로 가만 있었다가는 그 때문에 질식해 죽고 말 어떤 웃음을 억제하여 지우려고 애를 쓰는 표정을 짓는 것이었다". 프루스트는 그의 유쾌한 입담을 마음껏 발휘하여 그 여자의 어리석음과 속물근성을 설명한다. 그녀는 자신에게 감동을 주는 음악은 단 한 토막도 듣지 않으려고 한다. 그 감동에 저항할 길이 없을 터이기 때문이라는 것이었다. 프루스트는 또 저 거구의 라 로슈푸코 공작부인도 조롱하기를 서슴지 않는다. 그는 특히 바보들을 그려 보이는 데 탁월한 능력을 발휘한다. 터무니없을 만큼 지독한 바보를 행간에 살아서 움직이도록 만드는 능력이야말로 어쩌면 위대한 소설가의 변별적 표시일지도 모르겠다. 코타르라는 인물

13) 위의 책.

을 그려 보이는 대목의 말솜씨는 얼마나 대단한가! 그는 자신과 이야기를 나누고 있는 상대방이 진지한지 아닌지를 알지 못하고 그냥 되는대로 얼굴 표정에다가 "조건부의 잠정적인 미소를 띠어 보이는데 그 미소라는 것의 때에 적응해가며 달라지는 섬세함은 어리석다는 비난을 면하게 해주기에 알맞는 그러한 것이었다". 그는 남에게서 주워들은 재담을 던지는가 하면 모든 것을 액면 그대로의 의미로 해석한다. 그는 무슨 구경을 하고 나면 남들이 그 가치에 대해 알려줘야 비로소 자신의 의견을 내놓는다. 프루스트의 경우 인물들을, 이를테면 X-레이로 투시할 수 있도록 해주는 것은 바로 정확한 관찰이다. 르그랑뎅은 친절하고 화려하며 정중하다. 그러나 그의 거동을 날카롭게 관찰하는 내레이터는 그에게서 스노비즘이 끼친 참해를 놓치지 않고 알아차린다. 프루스트의 사회적 연대기 속에는 희극적 장면들이 담겨 있다. 그는 때때로 좀 도가 지나치다 싶기까지 한 익살스러운 말솜씨에서 신랄한 아이러니나 고도의 희극이 갖는 미묘한 웃음으로 옮아갈 줄 안다.

『잃어버린 시간을 찾아서』에는 발자크의 그것처럼 매우 강력한 개성적 특징을 갖춘 인간 유형들인 여러 인물들의 초상화가 잔뜩 그려져서 한 무리를 이루고있다. 거기에는 또한 부르주아 계층과 상류 귀족 계층의 풍속화도 찾아볼 수 있다. 베르뒤랭의 무리는 게르망트 가문의 계층과 상호 대립적이다. 딴에는 지성적이라고 자처하고 있는 부르주아 계층과 다른 한편 유식한 티를 낸다는 것은 저속한 취미라고 믿고 있는 포부르 생 제르맹의 귀족 계층을 서로 대비시키는 것이야말로 『잃어버린 시간』의 근본적인 조망들 중 하나를 이루는 것이었다. 부르주아가 가장 두려워하는 것은 모멸감이다. 귀족은 스스로의 칭호와 우월성을 굳게 믿고 있기 때문에 오히려 친밀감을 가질 수 있다. 프루스트는 파벌정신에 대한 분석에 있어서 깊이가 있다. 각각의 계층은 공동의 가치들에 대한 암암리의 인식에 의하여 규정되고 있다. 『잃어버린 시간을 찾아서』는 시간

324

이 흐름에 따라 인간들이 변모하듯이 사교계의 '상황들' 또한 모습이 달라진다는 면에서 볼 때 어떤 사회학적인 면모도 지닌다. 샤를뤼스는 전에는 자신이 벼락치듯 멸시로만 일관하여 대했던 생트 외베트 부인에게 자진하여 다가가 인사를 하게 된다. 포부르 생 제르맹의 살롱들에는 단한번도 접근할 수 없었던 '베르뒤랭 아줌마'가 게르망트 공작부인이 되었다. 귀족들이 결코 인정하려 들지 않았던 질베르트 스완이 로베르 드생 루의 아내가 되고 게르망트 공작부인의 질녀가 되었다. 샤를뤼스의 몰락과 라셀이나 베르뒤랭 가의 상승은 지난날 서로 무시하고 멸시했던 두 계층의 뒤섞임을 강조하는 것이었다. 프루스트의 작품은 발자크의 그것이 지닌 심오한 사회학적 가치를 가지고 있는 것이었을까? 그렇다고 말하기는 어려울 것이다. 프루스트는 제반 사회적 가치들의 변화야말로 상대주의의 교훈을 줄 수 있는 또 하나의 기회라고 생각한 것 같다. 그는 어떤 깊은 변혁을 기록한 역사가라기보다는 몰락해가는 한 사회를 미망에서 깨어난 시선으로 바라보는 연대기 기술자였다고 할 수 있다.

『잃어버린 시간을 찾아서』의 구조

자크 블랑제Jacques Boulenger는 1919년에 이렇게 썼다. "프루스트의 작품은 일부러 구성을 갖추려고 의식해서 쓴 구석이 조금도 없다". 프루스트에게는 '주제sujet'라는 것이 없었고, 사정이 그러했던 만큼 "어떤 복안에 비추어보아 그 중요성의 정도에 따라 사실들과 그 사실들에 대한 설명들을 배열"할 수가 없었으니 어떻게 구성이라는 것을 생각이라도 할 수 있었겠는가라는 것이 그 비평가의 주장이었다. 이 같은 성급한 주장들에 맞서서 프루스트 자신은 그의 모든 작품이 다 완성되어 발표될 때까지 기다려본 다음에 그 전체에 대한 판단을 내려줄 것을 끊임없이 요구했다. 그는 자신의 큰 관심거리는 바로 작품을 어떻게 구성하느냐 하는 문제였었다고 여러 차례에 걸쳐서 분명히 말했다. 그는 그

구성이 "거대한 척도에 따라 전개되어가는" 것이며 "복합적"이며 "비록 은폐되어 있긴 하지만 거역할 수 없는 엄격성을 지닌" 구성임을 강조했는데 그것으로서 그는 자신의 구성방식이 어떤 모험적 이야기의 전개나 어떤 성격의 강조와는 다른 그 무엇과 상호관련을 맺고 있다는 사실을 충분히 말한 것이라고 볼 수 있다. 『잃어버린 시간을 찾아서』와 더불어 소설의 구성이라는 개념은 근본적인 변화를 겪는다. 이제부터 소설 구성의 개념은 이야기의 진전보다는 오히려 여러 가지 테마들의 반복과 교향악적 상관관계에 바탕을 두게 된다고 하겠다. 프루스트는 음악예술에서 여러 가지 유추적 개념들을 빌려왔다. 아니면 그는 자신의 작품을 대사원에 비교했다. 그의 모범에 따라 그의 작품을 해설하는 사람들은 '장미창 모양으로 된' 구성이니 오케스트라 형식, 심포니 형식, 바그너풍 구성이니, 역동적, 건축적 구성이니 하는 말을 즐겨 사용했다.

작품의 구성이 지니는 엄밀하고 엄격한 성격에 관한 한 물론 프루스트가 했던 말을 우리는 다소 조심스럽게 받아들일 필요가 있다. 그의 말들은 때때로 그가 애초에 품었던 의도를 뜻하는 것이었지만 작품의 규모가 놀라울 만큼 커지는 바람에 여기저기에서 최초의 의도로는 감당할 수 없는 상황이 생겨났던 것이다. 더군다나 때로 발생과정에서 돋아난 온갖 혹들에 가려진 그 구조는 애초에 세워놓은 어떤 청사진을 조직적으로 따른 결과라기보다는 일종의 유기적인 구성에서 생겨난 것이다.

'콩브레'는 이 작품의 음악적 서곡과도 같다. 여기서 모든 주된 테마들과 모든 중요 인물들의 윤곽이 그려지고 있기 때문이다. 기억의 테마, 예술의 테마, 사랑의 테마, 속물근성(스노비즘)의 테마 등 모두가 여기에서 나타난다. '콩브레'는 『되찾은 시간』의 끝과 맞붙여 생각해야 한다. 이 두 대목은 작품의 나머지 모든 부분들을 쓰기 전에 동시에 쓰여졌던 것이다. 어느 날 프루스트는 『되찾은 시간 Temps retrouvé』의 마지막 페이지—작품의 다른 권들보다 먼저 쓰여진—가 정확하게 『스완 Swann』

의 첫 페이지로 향하여 마감되고 나면 자신의 책에서 구성이 눈에 띄지 않는다고 부정할 수는 없게 될 것이라고 말했다. 사실『되찾은 시간』의 마지막 페이지들은『프랑수아 르 샹피*François le Champi*』를 상기시킨다. 특히 스완이 콩브레의 집 정원에 있는 초인종 방울을 흔들어 소리를 내는 대목이 그렇다. 서로서로 화답하고 있는 이런 모티프들을 넘어서 '콩브레'의 구조와 게르망트 공작부인 댁에서 보낸 아침나절의 구조는 놀라울 정도의 유추관계를 드러내 보이는데 장 루세Jean Rousset는 이 점을 명쾌하게 밝힌 바 있다.[14] '콩브레'에는 두 가지 기억현상이 '지렛대' 역할을 하고 있는데 이 장의 구성은 이 지렛대에 떠받쳐져 있다고 볼 수 있다. 각종 영상이 주변에서 떠올라 빙글빙글 도는 가운데 선잠을 깨는, 저 첫번째 경험은 불연속성과 간헐성의 경험이다. 탕약을 다린 차에 마들레느 과자를 적셔 먹는 두 번째 경험은 공허하고 따분하기만 한 어느 한나절에 내레이터로 하여금 문득 자신이 더 이상 '평범하기 짝이 없는 우발적이고 필연적으로 죽게 마련인 존재'라고 느끼지 않게 되는 황홀한 한순간을 맛보게 해준다. 이 경험은 시간의 한계를 벗어난 비시간성의 경험이다. 그런데『되찾은 시간』에는 그와 똑같은 경험들이 그 순서가 뒤바뀌어 나타난다. 높이가 고르지 않은 포석들에 걸려 몸이 기우뚱하게 되는 순간 맛보게 되는 눈부신 한순간이 있는가 하면 흘러가는 시간이 끼치는 폐해를 여실히 보여주는 가면무도회가 있다. 이렇게 본다면 장 루세가 적절하게 지적했듯이 형식은 그 자체 속에 이미 의미를 지니고 있다 할 수 있다. 프루스트의 전 작품은 '시간과 비시간성 사이의 어떤 변증법'을 보여준다. 이것은 시간 속에 몸담고 있으면서 시간의 손아귀에서 벗어나는 그 무엇을 찾고 있는 한 존재의 소설이다. 이것은 조르주 풀레Georges Poulet가 말했듯이 "자체의 본질을 찾고 있는 한 실

---

14)『형식과 의미*Forme et Signification*』, José Corti. 1964. pp.135 이후 참조.

존의 소설"이다.

이 작품 전체에는 한결같이 서로 조응하는 관계를 맺고 있는 대목들이 배치되어 있다. 스완의 여러 가지 경험들은 내레이터의 그것들을 예고한다. 오데트에 대한 그의 사랑은 질베르트에 대한, 게르망트 공작부인에 대한, 그리고 알베르틴느에 대한 마르셀의 사랑을 예시해 보여준다. 예술과 아름다움을 예찬하는 그의 태도로 인하여 그는 선도자의 역할을 맡게 된다. 클로드-에드몽 마니Claude-Edmonde Magny의 말대로 그는 "세례 스완Swann le baptiste"인 것이다. 그러나 그는 아마추어에 머물고 말았으며 아무런 작품도 남기지 못한 채 사라졌다. 그와 마찬가지로 샤를뤼스도 삶과 사랑과 사교계를 선택했다. 오직 『잃어버린 시간을 찾아서』에서 세 사람의 위대한 예술가인 베르고트, 뱅퇴이유, 엘스티르만이 참다운 삶에 접할 수 있었다. 프루스트는 끊임없이 사랑받는 여자와 찬양받는 예술가를 서로 연결지어 생각했다. 그 점에 대해서 장 르바이앙Jean Levaillant은 통찰력 있는 지적을 한 바 있다. "필시 의도적인 것이라고 짐작되는 상호조응 관계에 의하여 어떤 미적 대위주제가 주된 사랑의 관계를 동반하고 있다. 뱅퇴이유-오데트, 베르고트-질베르트, 엘스티르-알베르틴느의 쌍이 그것이다"라고 그는 썼다.[15] 사랑은 시간에 예속되어 있지만 예술은 시간을 예속시킨다. 오케스트라식 조화를 갖춘 섬세한 대목들을 열거하자면 끝이 없을 것이다. 뱅퇴이유의 소나타는 오히려 인생파라고 할 수 있는 스완에게는 사랑의 '국가國歌l'air national'이다. 뱅퇴이유의 칠중주는 내레이터에게는 희망의 노래요, '초현세적인 희열을 향한 부름'이요, '쾌락이나 심지어는 사랑 그 자체의 허무와는 또 다른 방식으로 존재하는 약속'이다. 그 부름을 그는 결코 잊어버리지 않을 것이다. 그 역시 온갖 경험들을 거치고 나면 참다운 예술가가

---

15) 장 루세에서 재인용, 위의 책, p.164.

될 것이다. 딜레탕티즘에서 창조 쪽으로 옮아가지 않으면 안 되는 것이다. 흘러 지나가는 날들의 덧없는 먼지와 시간을 정복할 수 있는 힘을 가진 미美의 기쁨 두 가지 중에서 선택하지 않으면 안 된다. 내레이터는 그의 책을 쓰기로 결심하기 전에 오랫동안 사교계의 갖가지 실망들과 사랑의 고통을 두루 경험하며 머나먼 길을 거쳐왔다. 마르탱빌의 종탑들을 앞에 두고 경험한 소명의식에서부터 게르망트 공작 저택에서 계시받은 소명의식에 이르기까지 주인공은 사교계의 갖가지 유혹들과 사랑을 경험했다. 그리고 나서 그는 '문학작품의 모든 재료들은 바로 (자신의) 지나간 과거의 삶'이라는 사실을 깨달았다. 그는 어떤 정신적 도정의 여러 단계들을 거쳤다. 프루스트의 작품 속에는 한편으로는 고통하는 삶이—시간의 차원 속에—있고 다른 한편으로는 엘스티르의 그림들 속에, 베르고트의 문장들 속에, 그리고 뱅퇴이유의 음악 속에 승리의 개가를 올리는 삶이 또한 있다.

내레이터의 시각

『잃어버린 시간을 찾아서』에서는 풍경이건 인물이건, 혹은 어떤 계층의 환경이건 모든 것이 내레이터와의 관계하에서 정돈되고 있다. 모든 것이 그를 중심으로 돌아가고, 그와 더불어 독자는 세계를 차례로 발견해나간다. 프루스트에 있어서 그림은 언제나 어떤 중심적 의식으로부터 투사된 빛에 의하여 조명된다. 이 중심적 의식은 라몽 페르낭데즈의 표현을 빌리자면, "소설의 포커스 중심을 정상적인 중심의 저 안쪽으로 후퇴시킨다". 발자크에서 프루스트로 옮아오는 동안 사회적 의식에서 심리적 지각으로 악센트가 이동했다. 프루스트는 연속성을 지닌 여러 가지 삶을 펼쳐 보이는 것이 아니라 삶 중에서도 내레이터가 인식할 수 있었던 토막토막들만을 제시해 보인다. 대부분의 등장인물들은 '이해'되기 이전에 먼저 '지각'되고 있다. 마르셀은 그 인물들 하나하나를 제한되고 어떤 관점 속에 놓여진 상태로만 경험한다. 생 루는 그에게 있어서 처음에는 순수하고 빛나는 출현에 불과했다. 즉 경쾌하고 세련된 모습으로 발베크의 호텔 식당을 의젓하게 건너 질러가는 한 청년의 모습으로 출현한 것이었다. 내레이터에게 있어서 게르망트 공작부인은 오랫동안 일종의 멀리 있는 신과 같은 존재였다가 나중에서야 비로소 그의 정신적 특징들과 메마른 심성을 드러내게 된다. 또 샤를뤼스는 그의 눈에 여러 차례에 걸쳐 가차없는 시선과 이상한 거동들로 인하여 신비스러우면서도 불안감을 자아내는 인물로 비쳐졌다. 샤를뤼스의 시선에 비쳐지는 대상이 아니라 마르셀 자신이 이번에는 샤를뤼스를 쥐피엥과의 여러 가지 관계하에서 살펴볼 수 있게 되자 궁금증이 풀리면서 지금까지 자신의 눈에 그렇게도 놀랍게만 여겨졌던 모든 것의 까닭을 알아차릴 수가 있었다. 마찬가지 방식으로, 내레이터가 보기에는 모순되는 점이 너무나 많다고 생각되었던 르그랑댕의 태도는 그가 자신의 마음속에 도사리고 있는 속물근성의 피해자라는 사실을 알게 되는 즉시 그 수수께끼가 풀린다. 여러 인간들에 대하여 품게 되는 생각은 그들에 대하여 눈으로 보고 알고 이해해감에 따라 점차로 진실에 가까워진다. 프루스트에 있어서 진실이 처음부터 소설가에 의하여 곧바로 제시되는 법은 없다. 진실은 차츰차츰 내레이터에 의하여 획득된다.

인물들이 늙어가면서 변모하는 것은 사실이다. 프루스트는 말하기를, 자신은 "평면적인 심리학"은 포기하고 "시간 속에 뿌리를 내린 심리학"에 도달하고자 한다고 했다. 어떤 주석가는 지적하기를, 프루스트는 시간을 다룬 작품 속에서 "시간이 초래하는 여러 가지 변모의 풍부함"을 부각시키고 있다고 했는데 그 말은 옳다. 알베르틴느, 샤를뤼스, 생 루의 여러 가지 변화를 지적하기는 쉬운 일이다. 『되찾은 시간』 끝에 나오는 게르망트 공작의 아침나절은 그 같은 변신들의 사육제와도 같은 것이다. 프루스트는 시간이 인간들을 닮게 한다는 것을 보여준다. 그러나 그는 무엇보다도 시간이 우리들에게 인간들을 다르게 볼 수 있는 가능성을 제공한다는 사실을 강조해 보인다. 어떤 인물들은 내레이터가 그들에 대하여 새로운 점을 알게 되었기 때문에 변화하고 성숙했다는 인상을 준다. 프루스트는 '인간의 여러 가지 성격들은 계속성을 지닌다'는 것을 잘 알고 있었다.

샤를뤼스는 과연 변했는가? 그의 머리는 하얗게 되었지만 그의 악습은 점점 더 심해졌을 뿐이다. 참으로 변한 것은 그와 관련하여 마르셀이 점하고 있던 자리다. 그는 처음에는 영문도 모르는 채로 남작의 시선을 받기만 했었다. 그러다가 나중에는 사정이 완전히 뒤집혀서 그가 남작의 외도를 몰래 구경하는 입장이 된다. 내레이터는 때때로 알베르틴느의 성격의 여러 가지 변화에 민감해진다. 그러나 그는 또한 알베르틴느의 이미지가 자신이 그녀를 보는 방식에 따라 여러 가지로 달라진다는 사실을 확인한다. 알베르틴느의 이미지가 여러 가지인 만큼 실제의 알베르틴느도 그만큼 여럿이 있는 셈이다. 알베르틴느의 인격은 시간 속에서 마르셀과의 관계에 의하여 서로 다른 각도에 위치한다. 그 여자가 파리에 있는 그의 방으로 찾아갔을 때 마르셀은 이렇게 쓰고 있다.

나는 우선 해변에 서 있던 알베르틴느를 상기했다. 그리고 그 여자는 내게로 왔다. 그러나 그 여자의 몸에 손을 대거나 그녀를 껴안는 것이 불가능하다는 것을 알게 되었다. 그런데 이제, 세 번째 시각 속으로 그 여자는 현실의 모습으로 내게 나타났다. 마치 제2의 인식 속에서인 양, 그러나 첫 번째 시각 속에서처럼 손쉬운 대상이 되어서.

입장의 제한성을 지닌 관찰자의 상대성은 어떤 대상, 어떤 존재, 혹은 어떤 풍경에 대한 시각을 다양하게 변화시켜보기만 하면 긍정적인 측면을 드러낸다. 시각을 다양하게 변화시키는 것은 단 하나만의 시점에 제한되는 입장을 초월하고자 하는 의지의 결과이다. 공간과 시간은 사물의 본질을 깨닫지 못하도록 방해하지만 반면에 그 사물들의 주위를 두루 한 바퀴 돌며 볼 수 있도록 허용해준다. 프루스트의 풍경들은 관찰자가 자리를 바꾸어 옮겨감에 따라, 그리고 같은 장소를 여러 가지 다른 각도에서 보게 됨에 따라 새로운 모습으로 나타나 보이는데 인물들도 그 풍경들과 마찬가지다. 프루스트는 우리 독자들에게 어떤 허구적 세계를 설득력 있게 보여주는 데 성공하고 있다. 그러나 이런 친절은 이를테면 덤으로 제공하는 것이라고 볼 수 있다. 왜냐하면 그는 무엇보다도 내레이터가 겪은 경험을 진술함으로써 우리들에게 어떤 진정한 세계를 '발견'하고 있다는 감정을 불러일으키는 데 모든 힘을 기울이고 있기 때문이다. 그가 소설에 커다란 변혁을 가져오게 된 것은 그가 소설을 기억과 접근시켜 놓고 있다는 사실과 관련이 있을 것이다.

진실의 탐구

그는 또한 소설을 진실의 탐구 과정으로 삼았다. 처음에는 유아론唯我論이 철저했다. 프루스트에게는 우선 감각적인 것 속에서의 어떤 완전한 고독 같은 것이 있었다. 프루스트는 "여러 가지 환상들이나 믿음들에서 출발해 도스토예프스키가 어떤 일생을 이야기하듯이 차츰차츰 그 환상과 믿음들을 수정해 나가는" 방식에 대해서 말하고 있다.[16]

나는 진리를 찾아서 출발하는 것이라고 미리부터 예고하지는 않는 편이 옳다고 생각했다. 내게 지적인 믿음이 없었다면, 내가 그저 추억을 되씹고 지금까지 살아온 날들을 추억을 통해서 두 번 경험하는 데만 급급했다면 나는 구태여 글을 쓰지는 않았을 것이다.[17]

16) 플레이아드판, 제3권, p.983.
17) 『자크 리비에르에게 보낸 편지Lettres à Jacques Rivière』, pp.1~3.

라고 프루스트는 말했다.

　회고록은 사상을 담은 저작이었지만 『잃어버린 시간을 찾아서』는 진실의 탐구였다. 그의 사상의 발전이라는 것에 대해서 말하자면, 프루스트는 '그것을 추상적으로 분석하고자' 했던 것이 아니라 '그것을 재창조하고 살아 움직이는 것으로 만들고자' 했던 것이라고 분명히 밝혔다. 그의 작품은 시적인 인상들에서 담론적 인식으로, 감각에서 지능으로, 환상에서 진실로 옮아가는 정신의 오딧세이를 이야기해주는 것이었다. 그는 자기 나름대로 상징주의 세대의 『사라진 환상』을 쓴 것이다. 발자크의 경우, 환상의 상실은 실망스러운 경험들의 결과였었다. 프루스트의 경우, 그것은 인식의 발전과 관련이 있다. 모험은 지적인 것으로 변했다. 발자크의 주인공은 삶의 어지러운 소용돌이 속에 던져져 있었고, 그 속에서 무서운 상처를 입었다. 그런데 프루스트의 주인공은 새로운 시각에 접근하게 되었다. 그에게 있어서 세계는 더 이상 정복해야 할 대상이 아니라 해명해야 할 겉모습이었다. 이미 획득된 진리들을 표현해야 하는 것이 아니라 기호들을 해석해야만 했다. 진리를 표명할 능력을 지닌 전지전능의 차원 같은 것은 더 이상 존재하지 않았다.

우리 시대의 몽테뉴

　『잃어버린 시간을 찾아서』의 내레이터가 서술을 할 때의 시점은 여러 해 동안에 걸쳐 한결같이 변함없는 자신의 시점이었다. 그러나 그는 성숙한 어른으로서, 그리고 그 후 자신이 알게 된 모든 것에 비추어서, 어린 시절의 추억을 이야기했다. 그리하여 프루스트는 마르셀의 여러 가지 인상들에다가 작자로서의 주석을 점점 더 많이 섞어 넣고 있다. 독자는 어떤 허구적인 세계 못지않게 사상의 세계로 발을 들여놓는 셈이다. '가필ajoutage'을 할 당시에 끼워넣은 전체적 부연의 비중이 커진 나머지 소설은 큰 변화를 입었다. 소설가의 바통을 받아 에세이스트의 역할이

크게 추가된 것이었다. 우리는 『잃어버린 시간을 찾아서』에 등장하는 인물들의 목록을 작성할 수 있듯이 '주제thème'들의 목록도 만들려면 만들 수 있을 것이다. 마르셀 프루스트는 샤를 뒤 보Charles Du Bos의 말처럼 "우리 시대의 몽테뉴"였다. 그는 독자들에게 잠, 꿈, 기억, 망각, 질투, 사랑, 욕망, 고통에 대한 성찰을 제시해 보였다. 소설가란 무엇보다도 어떤 이야기를 들려주는 데 관심을 많이 기울이는 작가를 가리키는 말이라고 한다면 프루스트는 소설가라고 하기 어렵다. 발자크도 이야기에 곁들여 장황한 주석들을 끼워넣곤 했다. 그러나 그는 자신의 책이 강력한 극적 구조를 갖추도록 만드는 일을 게을리하지 않았다. 그는 이야기의 플롯을 짜맞추는 데 탁월한 재능을 발휘했다. 그의 주석들은 행동의 발전에 그 나름으로 기여했다. 그것은 행동의 전말을 설명해주는 것이었다. 또 사태의 무게를 가늠할 수 있게 해줌으로써 극적 긴장을 유지하는 데 도움이 되었다. 그런데 프루스트의 주석은 어떤 행동에 종속되어 있는 것이 아니었다. 그것은 어떤 허구적 세계에 실체감을 부여하려는 데 목표를 둔 것이 아니었다. 그것은 일상생활의 구체적 조직, 즉 지각, 추억, 꿈 등에 가해지는 성찰로부터 생겨나는 것이었다.

프루스트의 인물

프루스트는 단순히 모럴리스트만이 아니었다. 그는 밀도를 지니고 생생하게 살아 있는 인물들을 창조해낼 수 있는 소설가였다. 그런 점에서 그는 발자크와 자주 비교되었다. 샤를뤼스는 프랑스 소설사에 등장하는 가장 강력한 작중인물들 중 하나다. 그는 보트랭에 버금가는 거물이다. 그러나 그는 프루스트의 많은 다른 인물들과 마찬가지로, 강한 유형성을 지니고 있으며 대개의 경우 어떤 주된 정념에만 제한적으로 사로잡혀 있는 발자크의 주인공들에게서 찾아볼 수 있는 것보다 훨씬 많은 모순들을 내면에 지니고 있다. 프루스트의 인물에는 어떤 신비가 깃들어 있는데 그것은 우리가 그 인물을 포착하는 양태들에 기인한다. 우리 독자는 단한 번도 그 인물의 중심에 자리잡고 그를 이해하게 되는 일이 없다. 우리들이 그에 대해서 갖고 있는 것은 제한된 정보들뿐이고 또 내레이터는 자신이 아는 것만을 우리들에게 전달한다. 인물이 해체된 것 같은 인상을 주는 것은 우선 그 인물에 대한 증언이 주관적이고 부분적인 성격을 지니고 있다는 데서 기인한다. 그것은 또 의식의 복합성에 대한 매우 현대적인 센스와도 관련이 있다. 프루스트는 비논리적 인물들이 더 진실하다고 말했다. 인물들을 생생하게 살아 움직이게 만드는 것이야말로 대다수 소설가들의 숨김 없는 목표다. 그 목표에 도달하는 방법은 바로 그 인물들의 복합성과 수미일관하지 못한 실재를 암시해 보이는 것이 아니고 무엇이겠는가. 우리가 끊임없이 의문을 제기하는 대상이 되고 항상 예기치 않았던 그 무엇으로 우리를 놀라게 하는 존재들만이 참으로 우리들의 내면 속에 살아 움직일 수 있으니까 말이다. 수미일관하게 꽉 짜여진 성격의 인물들을 비판하고, 의식의 갖가지 운동들을 일종의 공통분모로 환원하려고 고심하는 초보적인 심리학을 비판하는 것이 20세기 초엽의 가장 중요한 경향들 중 하나이다. 뱅퇴이유의 소나타를 듣고 있을 때 스완에게서는 여러 개의 층에서 복합적으로 서로 얼크러져 있는 의식의 모습을 관찰해볼 수 있다. 의식상태의 수많은 다양한 국면들을 프루스트는 차례차례로 이어져 나타나는 서로 다른 인격들이라고 해석하고 있기에 더욱 그러하다. 마르셀은 그의 내면 속에서 자신의 성격이 지닌 유동성을 관찰한 다음 그는 자신이 "단일한 한 사람이 아니라 혼합된 무리들의 행진으로서 그 속에는 정열적인 자, 무심한 자, 질투심에 불타는 자가 섞여 있다"[18]고 말한다. 『잃어버린 시간을 찾아서』에 등장하는 인물치고 의식의 모순성을 노출시키지 않는 인물은 없다. 이처럼 사랑과 증오, 선

---

18) 플레이아드판, 제3권, p.489.

의와 배신, 수줍음과 방자함 등이 똑같은 충동의 서로 대립되는 '형태'에 불과하다는 사실을 증명해 보이려고 애쓸 때의 프루스트 자신은 도스토예프스키를 상기시켰다. 샤를뤼스는 이날에서 저날로, 이 순간에서 저 순간으로, 분노에서 부드러움으로 옮아간다. 마르셀은 갖가지 모순들로 반죽을 해놓은 것 같은 인물이다. 앙드레에게서 내레이터는 세 사람의 서로 다른 인물을 알아본다. 대체로 개방적이며 착한 로베르 드 생루는 돌연 음험하고 시니컬한 악의를 드러내 보일 수 있는 인물이다. 이럴 경우에 내레이터는 "그의 자아가 순간적으로 깜빡하고 불 꺼지는 소등현상"이라고 말한다. 시간이 흘러감에 따라 일어나는 인물의 변모는 인물 본래의 복합성을 더욱 증대시킨다. 세월이 흘러감에 따라 어떤 특징들이 두드러지게 드러나기도 하지만, 또한 지금까지 감추어져 있던 다른 특징들이 노출되기도 하니 말이다. 인간 존재들은 오직 점진적으로만 구체화되는 것이다. 어느 순간 내레이터는 알베르틴느에게서 '이 사람의 삶에 뭔가 새로운 일이 일어난 것이 분명하다고 가르쳐주는 듯한' 신호들을 알아차린다. 생 루 역시 흘러가는 세월과 더불어 많이 변했다. 그는 수많은 것을 겪어왔다. 그는 이제 더 이상 드레퓌스파가 아니다. 그는 문학과 예술에 대한 그 열광적인 정열을 잃고 말았다.

마르셀 프루스트의 인물들은 그들의 복합적인 면 때문에 실제 삶에 가깝지만 또한 뚜렷한 성격을 갖춘 강력한 모습의 존재들이다. 소설의 등장인물로서 그들은 자신들의 복잡성 때문에 피해를 입지는 않는다. 그들은 로봇과 같은 뻣뻣함을 초월하는 곳에, 그러면서도 지리멸렬함의 저 안쪽에 위치한다.

상징주의 세대의 소설

리얼리즘 비판 『잃어버린 시간을 찾아서』는 그 중요성으로 인해 그 앞 세기에 있어서 『인간 희극』이, 그리고 그보다 한층 더 《루공 마카르》가

차지하고 있었던 비중과 맞먹는 소설적 대집성을 이룬다. 그러나 이 작품은 발자크와 졸라가 마음속에 품었던 그것과는 매우 다른 야심에 부응하고 있다. 이 작품에 스며 있는 것은 전혀 다른 정신이다. 이 작품은 리얼리스트 문학에 맞선 거대한 반작용적 운동에 그 맥이 닿아 있다. 『되찾은 시간』에는 다큐멘터리적인 목표를 가진 소설에 대한 통렬한 비판이 담겨 있다.

> (…) 사물들을 묘사하고 기껏해야 그것들의 선이나 표면 따위의 한
> 심한 명세서를 제공하는 것으로 만족하는 문학은 스스로 리얼리스트
> 라고 자처하면서도 실제 현실과는 거리가 가장 먼 문학이다.[19]

발자크에서 졸라에 이르기까지 소설은 '인간의 본성에 대한 문헌들을 쌓아둔 창고'였다. 그러나 상징주의 정신에 깊은 영향을 받은 한 인간에게 있어서 호적부와 경쟁을 해보겠다는 야심은 헛된 것으로 보였다. 『기쁨과 나날들Les Plaisirs et les Jours』(1896)에 한데 모아놓은 그 초기 '산문'들은 리얼리스트 소설들과는 정반대되는 것이었다. 작자는 누구나 사는 평범한 삶에 대한 지식들을 제공하려는 것이 아니라 다소 희귀한 어떤 인상의 질을 포착하려고 노력했다. 그는 문헌을 보여주려는 것이 아니라 아름다운 몇 페이지의 글을 쓰려고 한 것이다. 그는 '계층 milieu'이라든가 돌아가는 세상 형편이라든가, 돈이라든가, 삶의 물질적이고 범속한 조건 따위에는 거의 중요성을 부여하지 않았다. 『잃어버린 시간을 찾아서』는 『인간 희극』의 돈 걱정이나 『제르미날』 속에 그려진 사회적 투쟁들과는 거리가 멀다.

---

19) 플레이아드판, 제3권, p.885.

이데올로기에 대한 비판 "나는 한동안 내 마음속에 혼란을 불러일으켰던 각종의 문학 이론들, (…) 예술가를 그의 상아탑으로부터 밖으로 나오게 만들고, 경박하지도 감상적이지도 않으면서 위대한 노동자운동들을, 군중들이 못 되거든 적어도 하릴없이 빈둥거리는 무지렁이들이 아닌 고귀한 지성인들, 혹은 영웅들을 그리는 주제들을 다루라고 설득하는 문학이론들에 연연할 필요가 없다는 것을 느꼈다"고 내레이터는 말한다.[20] 이것은 단순히 참여예술에 대한 배격만이 아니라 소설 작품 속에 담겨 있는 이데올로기의 배격이다. 프루스트가 생각할 때 '지적'인 작품들을 쓴다는 것은 '상스러운 유혹'인 동시에 '대단히 야비한 짓'이라고 여겨졌다. '이론이 담겨 있는 작품이란 마치 가격표를 떼어내지 않은 채 그대로 붙여둔 물건과도 같은 것'이기 때문이다. 소설은 현실의 사진이어도 안되고 어떤 이상의 표현이어도 안 되는 것이었다. 프루스트의 독창성과 위대함은 개별성과 일반성, 현실성과 사상성을 통합하고자 한 데 있다. 작품은 미리부터 구상한 어떤 사상으로부터 생겨나서는 안되는 것이었다. 작품은 지드가 말했듯이 "생각에 의한 사실의 수태"에서 생겨나는 산물이어야 하는 것이었다. 프루스트는 리얼리즘과 상징주의를 동시에 배격했다. 1896년에 쓴 「난해성을 반대한다 *Contre l'obscurité*」라는 글에서 그는 상징주의적인 추상화를 통렬히 공격했는데, 후일에는 사상의 표현에 대해서도 마찬가지로 공격의 화살을 퍼붓게 된다. 그는 생명이 깃들어 있는 것이기에 더욱 심오한 예술을 향해 나아갔다. 그는 이렇게 썼다.

다시 한 번 더 상징주의에 대하여 언급하고자 한다. '시간과 공간의 우발성'을 무시함으로써 우리들에게 영원한 진실들만을 보여주겠다

---

20) 위의 책, p.881.

고 자처하면서 상징주의는 또 다른 한 가지 생명법칙을 등한시하는 것
이다. 보편적인 것, 혹은 영원한 것을 실현하되 그것을 개인들의 삶 속
에서 구현해야 한다는 법칙을 말이다. 순전히 상징적이기만 한 작품들
은 그러므로 생명이 결여되고, 그리하여 깊이가 결여될 위험이 있다.

그는 이미 구체적인 것에서 출발하겠다는 생각이었고 참을성 있고 힘
겨운 심화작업을 통해서 진실에 도달하고 감각의 어둠 그 자체로부터 지
성의 빛이 솟아나오도록 할 작정이었다.

4. 새로운 소설 기법들

내적 독백의 출현

'내적 독백le monologue intérieur'은 영국에서, 아니 아일랜드에서 온 것이다. 즉 제임스 조이스James Joyce가 그의 소설 『율리시즈』에서 그것을 사용했는데, 그는 1918년 뉴욕의 어떤 전위잡지에 그 소설을 발췌하여 실었다. 그러나 『율리시즈』의 영어판이 실제로 발간된 것은 1922년 파리에서의 일이다. 발레리 라르보는 1921년 12월 '책의 친구들Les Amis du Livre' 모임에서 가진 강연에서 조이스의 이 걸작에 대하여 식자 대중들의 주목을 촉구했다. 『율리시즈』의 프랑스어 번역은 오귀스트 모렐Auguste Morel에 의하여 1929년에 나왔다.

조이스 자신은, 1887년에 발표되었으나 그 당시에는 아무런 성공도 거두지 못했었던 프랑스 소설 『월계수들은 베어졌다Les Lauriers sont coupés』를 매우 중요시했다. 그 작품의 저자인 에두아르 뒤자르뎅 Édouard Dujardin은 누구보다도 먼저 내적 독백의 형식을 활용했었다. 그 방법은 피에르 리에브르Pierre Lièvre가 말했듯이 "어떤 생각을 전달하고자 하는 사람의 머릿속에서 그 생각이 만들어지는 바로 그 순간에 그 생각"을 독자에게 알려주는 데 있다. 이 경우 독자는 이를테면 독백을 하고 있는 인물의 바로 그 내면 속에 자리잡는 셈이다. 따라서 그는 오직 인물의 의식상태가 순간순간 전개되는 과정에 입회함으로써만 그 인물이 하고 있는 일과 그 인물에게 일어나는 일을 이해할 수 있는 것이다. 이리하여 의식의 흐름의 직접성이 이야기의 통상적인 형태를 대신하게 된 것이다. 따라서 독자가 '인물의 생각 속을 들여다본다lit dans la pensée'라고 하는 정도로는 충분하지 못하다. '독자는 인물의 생각을 곧바로 읽는lit sa pensée' 것이다. 그리고 아직은 모호하며 몽상에 가깝고 삶의 기간 중 서로 다른 순간들로부터 차용해온 갖가지 영상들을 뒤죽박죽으로 실어 나르고 있는, 즉 아직은 그것 자체의 참모습을 찾고 있는 중인 생각을 독자가 직접 읽게 되는 것이다. 문장은 그것의 논리적 구조를 잃어버리게 되었다. 우리는 어떤 정신 속에서 생각이 자연발생적으로 솟아나오는 순간의 모습을 포착하게 되었다. 정신분석학이 자유연상에 바탕을 둔 방법론을 개발하던 시기에, 그리고 초현실주의가 사고의 기능을 연구하고자 하던 그 시기에, 사람들은 내적 독백으로 하여금 과학적 탐구의 기능을 떠맡도록 했던 것이다. 그렇지만 상상으로 지어낸 어떤 인물이 보여주는 '말로 된 생각'을 기록함으로써 그 인물의 무의식을 탐사한다고 주장하는 것은 하나의 속임수이거나 아니면 말장난이라고 해야 할 것이다.

발레리 라르보Valery Larbaud의 내적 독백

발레리 라르보는 새로운 것을 너무나도 좋아하는 사람이었으므로 자신이 그 장점을 극구 찬양하는 터인 그 기법을 직접 채용해보지 않고 가만히 있을 리 없었다. 그는 『연인들, 행복한 연인들Amants, heureux amants』과 『나의 가장 은밀한 충고Mon plus secret conseil』라는 두 작품에서 조이스의 그 기법이 제공하는 힌트를 활용했다. 조이스의 그 두툼한 소설에 비하면 그것들은 짤막한 작품들에 불과했다. 그것들은 각기 하나의 단편 분량 정도였다. 그들 각 작품에서 주인공의 생각은 제멋대로 펼쳐지는 몽상과 변덕스런 자유연상에 따라 이 문장에서 저 문장으로 비약하면서 전개된다. 그 생각은 필요할 경우에는 현실과 상상을 뒤섞는다. 이제 거기에는 더 이상 이야기 같은 것은 없다. 어떤 인물이 그 속에 들어앉아서 하나의 상황이나 변화나 심리 같은 것을 유유히 이야기하고 묘사하고 요약하는 것이 아니다. 일반적으로 내적 독백의 작자는 독자가 스스로 짐작하도록 내버려두는 경우가 많다. 그러나 라르보의 경우 이 새로운 기법은 매우 조심스럽고 사려 깊은 방식으로 활용되었다. 라르보는 그의 독자들에게 수수께끼를 내는 것이 아니었다. 거기에 관련된 상황의 단순성, 문장의 통사적 구조, 작자가 삽입해 넣은 설명적 지시들, 모럴리스트로서 거두어들인 보편적 성찰 등은 그 독백이 완벽하게 이해 가능한 것이 되도록 보장해주고 있었던 것이다. 라르보는 거의 고전적 작가라고 할 수 있었다. 『연인들, 행복한 연인들』에서 펠리스 프랑시아의 독백은 자유롭고 천태만상인 방식으로 연인들의 초상을 완벽하게 그려 보였다. 『나의 가장 은밀한 충고』의 뤼카 르테이유는 이자벨에 대하여 매우 명석한 진단을 내리고 있다. 생각은 흔히 암시적이지만 혼란스러운 것은 결코 아니다. 심지어 이 경우에 있어서 내적 독백은 서술의 단순한 기교에 불과하지 않은가 하는 생각이 들 정도이다. 실제로 그것은 벵자맹 크레미외Benjamin Crémieux의 표현을 빌리건대 "스무 살 난 어떤 청년의 영혼이라는 이름 데 없이 뒤죽박죽으로 얽힌 실타래의 모습을 보여주도록" 해주는 것이었다. 그것은 인간 의식의 복잡성을 드러내 보이고 정신이 몽상에 빠져 있을 때 그 정신이 움직이는 모습을 그 모든 변덕스러운 뉘앙스 속에서 포착할 수 있도록 해주는 탁월한 한 방법이었던 것이다. 서로 뒤얽히는 여러 가지 주제들을 혼합함으로써 그것은 음악적인 형태의 구성에 가까워졌다. 여러 가지 영상들의 물결, 그 영상들이 전개되는 자유스러운 외양, 추억과 현재의 감각의 융합 등은 소설적 이야기라기보다는 시적 창조와 유사한 것이었다.

소설에 있어서 내적 독백의 활용

1차대전 후 약 10년간 프랑스에서는 내적 독백에 대한 논란이 많았다. 그 기법의 기원, 가치, 그리고 의미 규정에 관한 폭넓은 이론적 토론이 시작되었다. 장 지로두는 『인간들의 나라의 쥘리에트*Juliette au pays des hommes*』에서 그 새로운 기법에 쏠리는 열광적 관심을 조롱했다. 솔직히 말해서 내적 독백은 소설가들의 작품 속에서보다는 비평가들의 글 속에서 더 큰 자리를 차지하고 있었다. 30년대가 될 때까지 소설가들은 내적 독백의 사용에 대하여 매우 조심스러운 태도를 보였다. 장 슐룅베르제Jean Schlumberger는 「열여덟 살의 눈*Les Yeux de dix-huit ans*」이나 「잠자는 몸과의 대화*Dialogues avec le corps endormi*」와 같은 단편소설에서 짤막한 독백들을 썼다. 엠마누엘 베를Emmanuel Berl이 1927년에 《르뷔 드 파리*Revue de Paris*》에 발표한 「토성*Saturne*」의 내적 독백은 약 30페이지 정도에 불과했다. 그것은 어떤 새로 나온 표현수단을 소극적으로 테스트해보는 작가들의 짧은 연습에 불과한 것이었다. 소설가들은 또한 그들의 소설의 흐름 속에다가 몇몇 내적 독백의 토막들을 재미로 끼워 넣기도 했다. 알베르 코엔Albert Cohen의 『솔랄*Solal*』, 레옹 보프Léon Bopp의 『장 다리엥*Jean Darien*』, 장 슐룅베르제의 『생-샤튀르넹*Saint-Saturnin*』의 경우가 그러했다. 피에르-장 주브Pierre-Jean Jouve는 『황량한 세계*Le Monde désert*』나 『폴리나 1880*Paulina 1880*』에서 그 기법을 훨씬 더 대담하게 사용했다.

이야기 줄거리 속에다가 독백의 토막들을 삽입함으로써 소설가들이 노리는 것은 여러 가지다. 상세한 보고가 지니는 무거움을 덜어버림으로써 얻을 수 있는 이 형식의 자유스러움은 때때로 산문시가 갖는 광채를 획득하고자 하는 희망을 가능하게 해주는 것이었다. 피에르-장 주브의 몇몇 내적 독백의 경우가 그러했다. 『황량한 세계』에서 열에 들뜬 자크

드 토디가 꾸는 꿈은 그 속에 무궁무진하게 나타나는 기이한 영상들 때문에 몇몇 초현실주의 텍스트들과 많이 닮은 데가 있는 내적 독백이었다. 『폴리나 1880』에서 내적 독백은 그 용법에 있어서 대단히 큰 다양성을 보여주고 있었다. 경우에 따라서 내적 독백은 몽상, 기도, 명상 혹은 어떤 결정적인 순간에 있어서의 내면적 반성과 같은 은밀한 영역 속으로 들어가볼 수 있게 해주었다. 일반적으로 그것은 고전적 분석으로는 좀처럼 조명하기 어려운 영혼의 구석진 곳들에 접근하는 것을 가능하게 만들었다. 그것은 오로지 추리에 의한 방식으로만 도달할 수 있었던 삶을 직접적으로 포착했다. 그것은 '의식의 직접적인 여건들données immédiates de la conscience'을 제시해 보였다.

내적 독백은 또 다른 장점도 지니고 있었다. 그것은 전지성의 영역이 개입하는 것을 불가능하게 만들었다. 그것은 현실을 중심적인 어떤 의식으로부터 저만큼 멀리 놓고 조망할 수 있게 했다. 우리들 각자가 현실에 대하여 얼마나 서로 다른 이미지를 만들어 가지고 있는가를 보여주고 싶을 때는 다양한 인물들의 내적 독백들을 병치시켜 놓기만 하면 되는 것이었다. 『육체는 모두 그러하나니Ainsi va toute chair』의 한 장에서 사무엘 버틀러Samuel Butler는 그 기법에 의존했고 그에 앞서 플로베르는 엠마와 샤를르의 두 가지 꿈들을 나란히 소개함으로써 그 기법이 엄격함을 갖도록 만들었다. 피에르-장 주브는 흔히 폴리나의 독백들과 미셸 백작의 독백들을 소개함으로써 하나의 시각에서 또 다른 시각으로 건너뛰곤 했다. 장 슐룅베르제는 『생-샤튀르넹』의 처음과 끝부분에서 네 가지의 독백을 보여줌으로써 여러 가지 관점들의 상극성을 드러내 보였다. 처음에는 그저 형성과정에 있는 내밀한 생각을 탐색하는 방법이라고 여겼던 그것에서 사람들은 머지않아 서로 다른 여러 가지 시각들을 나타내 보이는 탁월한 한 방법을 발견해낸 것이다. 내적 독백은 항상 어떤 의식의 내밀한 세계에 접근할 수 있도록 해주었다. 그러나 사람들은 어둠침침하고 깊은 내면을 드러내는 기능을 강조하는 대신 그 기법이 지닌 굴절지수를 결정하려고 시도했다.

'시점'의 여러 가지 양상들

19세기 소설가들은 가끔 그들의 어떤 인물들이 허구적인 현실에 대하여 실제로 지각하는 내용만을 드러내 보이려고 노력했다. 일반적으로 발자크는 더할 나위 없는 전지적 작가로 간주되는 반면 스탕달은 흔히 주인공의 시각에만 국한하고자 하는 신중함을 보여주었기 때문에 드물게 보는 현대성을 지닌다. 플로베르와 모파상은 시점의 여러 가지 양상들에 어떤 새롭고 흥미로운 점이 있음을 예감했었다. 그러나 이 새로운 서술 기법들이 보다 자주 활용되기 이전에 이론적 토론의 대상이 된 것은 자연주의 운동의 직후였다. 졸라는 그의 유명한 글에서 『적과 흑』의 주인공 쥘리앵이 마치 무슨 의무를 수행하듯이 레날 부인의 손을 잡는 널리 알려진 한 장면을 비판했다. 자신의 의지를 실현해야겠다는 생각으로 긴장한 나머지 쥘리앵이 외부세계에 별로 주의를 기울이지 못했다는 점은 인정하지만 레날 부인의 편에서까지 자신이 처한 외적 환경에 생각이 미치지 못하도록 만들어 놓은 것에 대해서는 유감스러운 일이라고 지적했다. 여기서 우리는 졸라의 분석이 어떤 점에서 이론의 여지가 있는지를 말하려는 것이 아니다. 다만 그때부터 논란이 시작되었다는 점을 염두해 두기로 하자. 당시의 소설론에는 두 가지 서로 다른 기본적 소설 기법이 대립하고 있었다. 그중 하나가 현실 속에서 오로지 주인공이 지각하는 내용만을 취하는 반면 다른 하나는 인물에게 영향을 끼치는 환경을 객관적으로 묘사하는 데서부터 시작했다. 후자는 주인공과 환경 사이의 상호작용을 포착할 수 있는 기회를 제공했다. 반면에 전자는 처해진 위치가 분명한 어떤 의식의 내용을 독자가 '체험'할 수 있게 해주었다. '객관적 사실주의'는 일반적으로 자연주의 소설가들에 의하여 채택되었었다. 그들의 복안은 한 인물이 세계에 대하여 포착하는 이미지가 아니라 세계 그 자체를 그려 보이자는 데 있었다. 그러나 1890년에서 1914년에 이르는 동안 프랑스 소설은 '주관적 사실주의'의 몇몇 드물고 조심스러운 예들을 제공했다. 에스토니에Estaunié의 『본느 담Bonne Dame』, 루이 뒤뮈르Louis Dumur의 『폴린느Pauline』, 옥타브 미르보나 폴 아당의 소설들, C. F. 라뮈즈Ramuz의 『알린느Aline』와 『사뮈엘 블레의 생애La Vie de Samuel Belet』, 에드몽 잘루Edmond Jaloux의 『나머지는 침묵Le Reste est silence』에서 그 예들을 찾아볼 수 있을 것이다. 1911년 지드는 그의 『이자벨Isabelle』에서 내레이터의 시점을 엄격하게 따르게 되면 한심하고 진부한 이야기도 돋보이게 만들 수 있다는 증거를 보여주었다. 1차대진 직전 『대장 몬느Le Grand Meaulnes』에 등장하는 신비스러운 영지領地는 그것이 어떤 어린아이의 시점으로부터 얻어낸 결실이라는 점에서 친숙하면서도 변형된 어떤 현실이었다.

　시점에 대한 토론들은 1차대전 직후 새로운 규모로 확대되었다. 여러 가지 요소들이 그쪽으로 매우 유리하게 작용했다. 당시 유행했던 과학적 이론들, 영화의 기술적 개가, 제임스, 골즈워디Galsworthy, 콘라드Conrad, 버지니아 울프Virginia Woolf 같은 영미 작가들에 대한 인식 등이 그것이었다. 프랑스 작가들은 소설적 서술의 새로운 방법들을 머뭇거리면서 채택하기 시작했다. 그 중 한 방식은 시점을 현실화하는 일이었다. 다시 말해서 우리들이 어떤 중심적인 인물의 의식을 통해서 이야기를 발견해나갈 수 있도록 만드는 방식이다. 예를 들어서 프랑수아 모리악은 『테레즈 데스케루』에서 대부분의 경우 테레즈의 시각에만 국한하여 이야기를 서술하는 것으로 만족했다. 그 여주인공은 법원으로부터 마차를 타고 돌아오는 동안에 자기의 모든 과거를 다시 체험하는 것이었다. 그는 앞날의 계획을 세우고 미래의 모습을 떠올려보려고 노력했다. 이 모든 추억들과 계획들은 그 여자가 위치하고 있는 상황들로부터 나오는 것이었다. 그리고 또 다른 하나의 기법은 서로 다른 여러 사람들의 의식들을 통하여 동일한 인물을 소개하고 동일한 사건을 조명하려고 노력하는 기법이다. 이것은 에두아르 에스토니에의 『길의 부름L'Appel de la route』과 토마 로카Thomas Raucat의 『훌륭한 들놀이L'Honorable Partie de campagne』와 앙리 드베를리Henry Deberly의 『뻔뻔스러운 여자 L'Impudente』, 자크 불랑제Jacques Boulenger의 『양면의 거울Le Miroir à deux faces』, 마르셀 푸레보Marcel Prévost의 『순결한 남자 L'Homme vierge』 등에서 구체화되어 나타났다. 그 작품들은 물론 의식 상호간의 소통 불가능성을 생생하게 보여주려고 애썼다. 그래서 벤자맹 크레미외는 이 모든 기도들에서 어떤 새로운 '고립의 낭만주의roman-tisme de l'isolement'를 발견할 수 있다고 했다. 그러나 대부분의 경우 그들은 모럴리스트들이어서 보편성을 지닌 금언들을 주저없이 발설함으로써 독자가 거기에 제시된 각각의 시점들이 갖게 마련인 편파성에서 벗어나오게 만드는 것이었다. 자크 불랑제의 『양면의 거울』은 어떤 여자와 그의 남편의 시각들을 제시해 보임으로써 '사랑이라고 하는 오해를 이중의 빛으로' 조명해 보이고자 했다. 그러나 실제로 불랑제는 남자의 심리와 여자의 심리가 지닌 대립을 보여주는 데 그쳤고 어떤 제한된 경험의 특수성과 개별성을 재구성해 보이기보다는 심리적 분석을 해 보였을 뿐이다.

소설가의 전지성과 겸손

그렇지만 시점을 이와 같이 세심하게 사용하는 태도가 하나의 체계로 조직화되고 그리하여 수많은 소설들에 어떤 새로운 표현 양식을 제공하게 되기까지에는 2차 세계대전 직후까지 기다리지 않으면 안 되었다. 왜 냐하면 프랑수아 모리악, 쥘리앵 그린, 조르주 베르나노스는 객관적 이 야기와 주관적 사실주의의 중간 지점에 머물러 있었기 때문이다. 베르나 노스는 전지적인 명철성을 가지고 인물들의 비밀들을 드러내 보였지만 가끔 우리들 독자를 인물들의 시각에다가 위치시켜 놓는 일도 있었다. 가령 『악마의 태양Soleil de Satan』에서 저 유명한 브로커—악마의 화 신—와의 만남은 송두리째 도니상Donissan의 시점에서 보고 경험한 것 이었다. 그러나 『사기L'Imposture』에서는 세나브르의 성격의 핵심인 거 의 절대적인 위선을 우리에게 드러내 보이는 것은 바로 소설가 자신이 다. 프랑수아 모리악은 때때로 그의 인물의 시각에 따를 줄 알았다. 그러 나 어떤 심리, 나아가서는 어떤 운명 전체를 적절한 표현들로 요약하고 자 할 때 그는 시점의 원칙을 명백하게 위반하는 것이었다. 그것은 1939 년 사르트르가 그를 비난하며 말했듯이 소설 기술의 법칙을 거스르는 오 류였을까? 사르트르는 20여 년이 지난 뒤 자신도 소설의 방법론에 관해 서는 전보다 덜 까다롭게 되었으며 모든 기법들은 속임수라는 것, 그리 고 소설가의 으뜸가는 사명은 인물들을 살아 움직이게 하고 독자들의 흥 미를 끄는 것임을 인정하게 된다. 그런데 엄격하게 시점의 법칙에 따르 려고만 애쓰는 소설가는 결과적으로 소설 기술이 제공하는 많은 수단들 을 포기하게 된다. "소설가는 그의 인물들에게는 하느님 아버지가 되지 않으면 안 된다"라고 1930년에 쥘리앵 그린은 지적했다. 실제로 작가는 그리하여 인물들의 동기를 파악하고 그들의 정신분석을 실시하는 여유 를 가질 수 있는 것이다. 소설을 읽는 재미는(소설을 쓰는 재미가 그러하 듯이) 어떤 내면적인 이중의 운동에 그 바탕을 두고 있다. 즉 어떤 인물 의 시각과 일치하고 싶어하는 공감이 그 하나요, 인물을 보다 더 잘 이해 하고 보다 더 잘 판단하기 위하여 거리를 유지하고자 하는 명철성이 그 다른 하나이다.

음악적 구성

프랑스 소설가들은 흔히 소설의 구성에 대하여 다소 고지식한 생각을 품고 있었다. 즉 어떤 정념의 모험에 대한 상세한 이야기가 상당히 많은 소설들의 틀이 되고 있었던 것이다. 그러나 작가들은 톨스토이나 도스토예프스키, 메레디드나 조지 엘리어트에게서 차츰차츰 사건들과 감정들의 방대한 총체를 포괄적으로 부감할 수 있도록 해주는 보다 유연한 구성의 예들을 발견했다. 로맹 롤랑은 『장 크리스토프』를 쓰기 위하여 매우 일찍부터 어떤 갈등을 진술하는 대신에 한 일생의 연대기를 이루는 일련의 방대한 에피소드들을 연속시키겠다는 생각을 했었다. 그의 '음악적 소설'은 단순한 이야기 법칙들보다는 여러 가지 주제들의 관현악적 편성에 그 바탕을 둘 예정이었다. 그러나 실제로 로맹 롤랑이 그처럼 새로운 구성을 실천해 옮기는 데는 성공하지 못했다는 것을 우리는 알고 있다. 프루스트가 그 점에서는 로맹 롤랑보다 더 성공했다. 작품을 집필하고 수정하는 과정에서 생긴 여러 가지 혹들이 애초에 예정한 균형을 파괴하기는 했지만 구성은 여러 가지 주제들의 출현과 발전에 그 바탕을 두고 있다. 스완의 연애감정의 고통은 내레이터의 그것을 미리 예시해준다. 질베르트에 대한 사랑은 장차 알베르틴느에 대한 사랑의 한 스케치를 보여주는 것이다. 마찬가지로 뱅퇴이유의 소나타는 칠중창의 예고이다. 『되찾은 시간』의 끝에서 내레이터의 소명적 적성을 결정하는 감정적 기억의 세 가지 경험들은 찻잔에 적셔 먹은 마들레느 과자의 맛에 의하여 생겨난 저 기적적 현상과 더불어 나타난 어떤 테마의 완성이라고 할 수 있다.

소설가들이 예사로운 작품 창작에서 벗어나 서정적, 철학적 혹은 미학적 발전에 손대게 되면서부터 그냥 단순한 이야기 법칙만을 따르는 것이 아닌 어떤 구성방식을 택하게 되는 것은 당연한 일이었다. 그때는 헉슬리Huxley가 『대위법Contrepoint』에서 소설의 '음악화'에 관하여 이야기하던 무렵이었다. 『위폐 제조자들』에 등장하는 소설가인 에두아르는 '둔주곡 기법'의 법칙들에서 힌트를 얻고자 했었다. 지드는 그의 「위폐 제조자들의 일기」에서 자신은 안단테의 모티프와 알레그로의 모티프를 서로서로 비늘 모양의 배열로 짜맞추어놓고 싶다고 털어놓았다. 장 지로두는 소설가의 기법을 음악가의 그것과 비교했다.

새로운 소설심리학

프랑스 소설가들은 현대심리학의 성과들에서 뚜렷한 영향을 입었다. 그들은 우선 그보다 40년 후에 프로이트 심리학에 요구하게 될 가르침들을 리보Ribot의 병리심리학에 요구하면서부터 시작했다. 그들은 이 독트린들에 대하여 다분히 개요에 그친 윤곽만을 터득하고 있었다. 그런 상태로나마 그 심리학은 의식의 복잡성과 제반 반대 감정들의 양립상태를 암시하도록 부추겼다. 부르제에서 프루스트에 이르기까지, 브왈레브에서 모리악에 이르기까지, 에스토니에에서 뒤아멜에 이르기까지 작가들은 발자크적 인물이 갖는 지나친 경직성을 곧잘 비난했다. 여러 가지 유형들을 구별하는 것이 장기인 심리학에 뒤이어 "인간 존재라는 저 복잡한 실타래를 일목요연하게 판별하는 것"은 이제 그만두겠다는 의지가 나타났다. 자크 리비에르Jacques Rivière는 주인공들의 심리 속에 여러 가지 밝혀지지 않은 채 어둠에 싸여 있는 부분들을 적당히 남겨두는 도스토예프스키와, 다른 한편 인물의 행동과 그 동기에 대한 분명하고 논리적인 분석을 가함으로써 인물의 완벽한 일관성을 확보하려고 노력해온 지금까지의 프랑스 소설가들을 서로 대립적인 것으로 놓고 보았다. 뒤아멜과 브왈레브는 어떤 인물을 일관성 있는 존재로 만든다는 것은 그 인물 속에 지나치게 개입하는 것이라고 생각했으며 따라서 어둠에 묻혀 있는 부분들을 존중하는 쪽이 더 낫다고 판단했다. 『어느 허물어진 공원의 추억Souvenirs d'un jardin détruit』에서 브왈레브는 분명하고 논리적인 해석과는 상관없는 인물들을 소개했다. 뒤아멜은 살라뱅의 마음의 움직임들을 그 다양하고 복잡한 양상 속에서 기록했다. 이런 경우에 있어서 소설가의 기법이란 바로 분석을 포기하는 데 있는 것이다. 왜냐하면 대개 분석이란 결과적으로 행동들을 그 동기들과 결부시키고 여러 가지 감정들 사이에 존재하는 중계장치를 보여주게 되기 때문이다. 행동들이나 감정들간의 상호 모순되는 관계를 실감나게 보여주기 위하여 작가는 그것들이 나타나는 순간의 모습을 기록하는 것으로 만족하고 그 해석에 골몰하는 일은 독자에게 맡겨 놓을 수 있는 것이었다. 인격의 심오한 동기들을 탐색하기 위하여 소설가는 주인공의 정신분석에 착수해볼 수도 있었다. 그렇게 할 경우 그는 개요에 그친 설명들로 만족할 위험이 있었다. 어찌되었건 그는 바로 자신이 암시해 보이고자 그토록 애썼던 그 어둠에 묻힌 부분들을 지워버리게 되는 것이다. 쥘리앵이 충동적인 마음의 움직임을 이기지 못하여 레날 부인을 향하여 권총을 쏘게 될 때 스탕달은 다만 우리들에게 그의 행동을 보여주는 것으로 만족한다. 마찬가지 방식으로 현대 소설가들은 한 인물을 조종하는 저 이해할 수 없는 힘들을 독자가 느낄 수 있도록 하기 위하여 생략적인 방식들에 호소했다. 브왈레브나 모리악이나 지드나 프루스트의 기교는 바로 사실들을 제시하고 실제로 주고받은 말들을 전달하고 어떤 행동을 지시해 보이는 데 있는 것이었다. 행동들을 해석하는 것은 독자의 몫이었다. 오직 설명을 삼가함으로써만 인간의 영혼 속에 존재하는 저 깊은 심연들을 느끼게 해줄 수 있는 것이다. 『위폐 제조자들』에서 지드는 예를 들어서 올리비에의 자살을 소개했다. 그러나 그는 그 자살 행위의 자초지종을 지적하는 것을 삼갔다. 그는 다만 독자들에게 몇 가지 표시들을 알려주었을 뿐이고 모든 해석은 여전히 불확실한 상태로 남아 있었다. 『사랑의 사막Le Désert de l'Amour』에서 마리아 크로스의 자살기도 역시 그와 못지않은 의문상태로 남아 있었다. 여주인공이 착란상태에서 중얼거리는 앞뒤가 맞지 않는 말들은 이렇다 할 해명이 되지 못하는 것이었다. 작가의 말에 의하면 그처럼 총명하고 명철하다는 테레즈 데스케루가 나중에까지도 자기가 어떻게 하여 그런 범죄를 저지르게 되었었던가를 이해할 수 없다는 것은 흥미로운 일이다.

결산과 평가

1905년 르 카르도넬Le Cardonnel과 벨레Vellay의 조사에 대답하면서 지드는 프랑스 소설에 새로운 유형의 인물이 출현하는 것을 보고 싶다고 말했었다. 그 희망은 이제 막 우리가 본 것처럼 차츰차츰 실현되었다. 같은 조사에서 에드몽 잘루는 프랑스 소설가들이 결국은 소설 기법을 개선하고 나아가서는 쇄신하기를 바란다고 말했다. 지금 우리가 검토하고 있는 시기가 끝나갈 무렵에는 프랑스 소설이 과연 완전히 새로운 표현양식을 제시해 보였다고 말할 수 있을까? 그 무렵에 기법적인 혁신들은 같은 시기에 콘라드에서 조이스에 이르기까지 영국소설을 뒤흔들어 놓았던 그것들과 비교해본다면 그 예가 드물고 소극적인 상태에 머물고 있었다고 말할 수 있으리라. 이른바 '미국 소설의 시대l'âge du roman américain' 라고 하는 것이 개막된 것은 1930년 이후, 특히 1945년 이후라 하겠다. 1930년 자연주의 운동이 막을 내린 직후, 프랑스 소설은 어떤 위기의 시대를 맞게 되는데 그동안에는 여러 가지 기존의 구조들에 대한 이론적인 토론과 재검토의 움직임들이 무수히 나타났다. 그러나 흔히 원리들과 실제 작품들 사이에는 큰 거리가 있었다. 물론 『장 크리스토프』와, 특히『잃어버린 시간을 찾아서』와 더불어 새로운 야심들이 소설을 변모시켜 놓은 것은 사실이다. 이리하여 소설은 현실의 백과사전적 묘사이기를 그치고 정신적 경험의 끈기 있는 보고로 변했다. 그러나 이 경우는 예외적인 두 작품에 불과했다. 더군다나 이들 작품들이 소설에 가한 변모는 공식적인 혁명이라고 하기는 어려웠다. 그 변모들은 소설가의 기교보다는 장르의 '성질'과 더욱 관련이 깊은 것이었다. 이리하여 1930년경 프랑스 소설의 중요한 몫은 여전히 쥘리앵 그린이 말했듯이 '여러 가지 대화들로 군데군데 잘린 산문으로 된 이야기'를 소개하는 정도였다. 내적 독백이나 시점과 같은 새로운 기법들의 사용은 예외적인 것으로 머물러 있었다. 크레미외와 보그트Vogt는 1930년 어떤 토론에서 여러 가지 소설의 형식들은 아무것도 달라진 것이 없다고 평가했다. 그렇지만 그들은 앙드레 지드의『위폐 제조자들』에 대해서는 아주 별도의 위치를 인정했다. 왜냐하면 그들의 말에 따르건대 그 소설은 그때까지 알려진 모든 형식들의 조화로운 종합이었기 때문이다. 그 책은 그렇다면 어떤 과정들의 결과에 불과한 것이었을까? 그것은 장차 나타나게 될 많은 탐구들을 미리부터 예시해주는 어떤 새로운 의도들을 그 속에 담고 있는 것이 아니었을까? 그 작품은 어쩌면 하나의 위대한 실패작이었는지도 모른다. 그러나 여러 가지 점에서 보기 드물 만큼 풍부한 작품이었고 의의제기와 탐구들의 시대를 특징지어 주는 작품이었다.

소설에 대한 소설

『위폐 제조자들』의 독창성은 바로 지금『위폐 제조자들』을 집필하고 있는 중인, 그 직업이 소설가인 한 인물을 제시해 보였다는 점이다. 상황을 설명하는 두세 페이지를 제외하고는 소설가인 그 인물이 자신의 경험들로부터 이끌어내어서 쓴 소설 내용을 독자는 한번도 읽어보지 못하는 것이 사실이다. 에두아르는 글을 쓰지 못하는 대신 말을 많이 한다. 물론 자기의 소설에 대하여 말이다. 아니 소설 일반에 대하여 말이다. 『위폐 제조자들』은 하나의 소설이었고 또한 지금 만들어지고 있는 중인 소설에 대한 소설이었다. 아니 지금 만들어지지 않고 있는 소설에 대한 소설이라고 말하는 편이 옳을지도 모른다. 왜냐하면 에두아르는 자기가 쓸 책의 발생에 대하여 너무나 관심이 많은 까닭에 실제로 그 소설을 써낼 가능성은 지극히 희박해 보이기 때문이다. 앙드레 지드는 『위폐 제조자들』에다가 「위폐 제조자들의 일기」라는 것을 부록으로 딸려 붙여 놓았다. 지드 역시 자기 책의 진전과정을 그때그때 적고 있었고 '(자기)의 소설에 대한, 아니 소설 일반에 대한 지속적인 비평'에 골몰했다. 이런 부질없는 장난들의 의미와 중요성은 과연 어떤 것이었을까? 소설 속에서 소설에 대하여 토론함으로써 지드는 자신의 작품에다가 이를테면 어떤 미학적 근거를 확보하는 것이었다. 이미 『법왕청의 지하도』에서 그는 자신의 특이한 의도들을 설명하고 있는 한 소설가를 등장시킨 적이 있었다. 1895년 그는 『팔뤼드 *Paludes*』에 대하여 이렇게 말했었다.

> 나는 또한 각각의 책들이 비록 감추어진 상태로나마 그것 자체에 대한 반박을 담고 있을 때가 좋다. (…) 나는 그 책이 그것 속에 그것 자체를 부정하고 말살하는 그 무엇을 지니고 있는 것을 좋아한다.[21]

작품을 제작하는 과정 속에 개입하는 비판정신의 존재는 포우에서 말라르메에 이르기까지 끊임없이 발전되어온 어떤 흐름의 귀결이었다. 프루스트의 경우에도 우리는 작품 한가운데 삽입된 그 작품의 미학을 발견

---

21) 앙드레 지드, 『소설 *Romans*』, 플레이아드판, p.1479.

할 수 있었다. 「위폐 제조자들의 일기」는 앙드레 지드처럼 의식 있고 명철한 한 예술가가 자기 예술의 제반 문제들에 대해 접근하는 방식에 관하여 말해주는 흥미로운 문헌이었다. 그는 예컨대 허구적인 현실을 어떤 각도에서 제시해야만 할 것인가를 자문했다. 「일기」는 '기교의 문제에 깊은 관심을 가진 모든 사람들에게' 바쳐진 것이었다. 그 사람들은 부분적으로는 지드 때문에 프랑스에서 점점 그 숫자가 늘어났다. 순수시에 대한 논란이 전개되고 있던 바로 그 시기에 지드는 "순수소설"이라는 개념을 세상에 내놓았다. 그는 이렇게 썼다.

소설에서 특별히 소설에만 속하는 것이 아닌 모든 요소들을 여과할 것. 이질적인 것들을 서로 혼합하면 제대로 된 것은 아무것도 얻어낼 수가 없다. (…) 그런데 그보다 나중에도 그 순수소설이라는 것을 제시해 보인 사람은 아무도 없었다. 모든 소설가들 중에서 아마도 순수소설에 가장 가까이 접근하고 있는 사람인 저 탁월한 스탕달까지도 그것에 성공하지는 못했다. 그러나 발자크가 우리 소설가들 중에서 가장 위대한 소설가일지는 모르지만 소설이 소화하기에는 그야말로 불가능하고 이질적인 요소들을 소설에다가 가장 많이 섞어 놓고 병합시키고 혼합한 사람임에 틀림없다는 것은 주목할 만한 사실이 아닌가(…)[22]

그러나 지드는 "그 모든 것을 에두아르의 입을 통해서 말하겠다"고 마음먹었다. 따라서 그는 에두아르에게 이런 모든 점들을 인정해주지 않는다고 덧붙여 말할 수가 있었던 것이다.

『위폐 제조자들』 속에서조차도 순수소설의 이상이란 결코 도달할 수

---

[22] 「위폐 제조자들의 일기*Journal des Faux-Monnayeurs*」, 갈리마르, 1927, pp.62~64.

없는 것임을 잘 알고 있는 터인 하나의 공상과도 같은 것이었다. 지드는 그의 작품 속에다가 그 작품이 그렇게 되어 마땅한 모습, 그 작품이 그렇게 될 가능성이 있는 모습의 허상을 그려 넣었던 것이다. 순수소설이 무엇인지를 말하는 것보다는 무엇이 순수소설이 아닌가를 분명히 지적하기가 더 쉽다. 그것은 "존재의 본질에 대한 소설"일 것이다. 그것은 묘사, 옮겨 놓은 대화, 사건, 모험 등 예컨대 영화 속에서도 있을 자리를 찾아낼 수 있는 모든 것은 다 배제해버린 소설일 것이다.[23] 그러나 그 본질로 환원되고 거의 순전하게 마음속의 세계에서 변화, 발전되어가는 그러한 순수소설이란 추상 속에 빠지고 독자들을 극도로 권태롭게 만들 가능성이 있지 않을까? 순수소설의 이상이 지드의 그것이라기보다는 차라리 에두아르의 그것이라 할지라도 『위폐 제조자들』은 하나의 실패한 걸작 소설이라고 주장할 수 있다. 지드가 말했듯이 발자크의 작품은 "이질적인 요소들", "조악한 요소들"로 가득하며 거기에는 공연한 묘사들과 디테일들이 잔뜩 담겨 있는 것이 사실이다. 그러나 발자크의 작품을 읽노라면 바로 그러한 모든 디테일들 덕분에 하나의 세계가 떠오르게 되는 것이다. 순수소설은 하나의 공상이었다. 그 공상을 쫓다가 작가는 소설을 놓쳐버릴 위험이 있었다. 소설은 생각들을 가지고 쓰는 것이 아니라 사실들을 가지고 쓰는 것이다. 어쩌면 명철성이란 소설가의 가장 좋은 무기가 아닐지도 모른다. 『위폐 제조자들』은 따지고 보면 진정한 소설이라기보다는 있을 수 있는 수많은 소설들의 밑그림이었다. 그것은 비단 에두아르의 소설만이 아니라, 예컨대 "한 인물의 이야기가 아니라 한 장소의 이야기", 이 경우에는 뤽상부르 공원의 어느 오솔길에 대한 이야기를 들려주겠노라고 제안했던 뤼시앵의 소설이기도 했다. 그러므로 그 공원은 어떤 장면의 현실적 무대장치일 뿐만 아니라 어떤 잠재적 소설의

---

23) 『소설』, 플레이아드판, p.990.

이상적이고 신화적인 장소이기도 한 것이다.

이야기를 넘어서

지드는 로제 마르탱 뒤 가르Roger Martin du Gard에게 그의 『위폐 제조자들』을 자신의 '첫 소설'로 바쳤다. 그는 이로써 자기가 아직까지는 한번도 참다운 소설을 쓴 적이 없다는 것을 분명히 하고자 했다. 지금까지 자기는 '이야기récit'들이나 '소티(중세 풍자 희극, sotie)'들밖에는 발표한 것이 없다는 것이었다. 지드가 소설에 대한 자기 나름의 개념을 분명히 밝히고 '소설roman'을 '이야기récit'와 대립시켜서 비교한 것은 1911년 『이자벨Isabelle』을 위하여 쓴 서문의 초안에서였다. '이야기'는 비교적 짧은 작품으로서 단순한 상황, 한둘의 핵심적인 인물들을 소개하는 것이었다. 그것은 어떤 사랑이나 정념의 드라마, 내면적인 삶의 위기 등을 그려 보였다. 이야기는 한 운명의 궤적을 그려 보이고자 할 때도 그것을 빠르고 간결한 방식으로 다룬다. 『배덕자L'Immoraliste』, 『좁은 문La Porte étroite』, 『이자벨』, 『전원교향곡La Symphonie pastorale』 등은 1905년에서 1918년 사이에 쓰여졌는데 분석소설이라는 너무나도 프랑스적인 그 전통에 가까운 이야기들이었다. 그러나 지드는 동시에 영국과 러시아의 위대한 소설가들의 작품들을 읽고 나서 상황의 복잡성 못지않게 등장하는 인물들의 수가 많은 것이 특징인 모험소설의 이상을 마음속에 품어 지니게 되었다. '소설'과 '이야기'의 대립적인 관계는 '복잡한 것'과 '단순한 것' 사이의 대립적인 관계나 『전쟁과 평화』와 『아돌프』의 대립적 관계와 같다. 『법왕청의 지하도』는 현실의 풍부함과 복잡함을 암시하는 것을 주안점으로 삼게 될 그 위대한 소설을 풍자적인 방식으로나마 처음으로 구체화하여 선보인 형태였다. 1920년에 지드는 장차 「위폐 제조자들의 일기」의 모체가 될 수첩에 대하여 이렇게 적었다.

> 내가 보고 내가 배우는 모든 것, 몇 달 전부터 나에게 일어나는 모든 것을 다 이 소설 속에 담고자 한다. 그리고 이 소설의 우거진 숲을 풍부하게 하기 위하여 나는 그것들을 사용하고 싶다.

실제로 『위폐 제조자들』은 대여섯 가지나 되는 이야기들의 소재들을 담고 있다. 거기에는 로라의 이야기, 베르나르의 이야기, 아르망의 이야기, 뱅상의 이야기, 라 페루즈 노인의 이야기 등이 한데 섞여 있는 것이다. 처음 몇 개의 장들은 미리부터 귀띔받지 못한 독자들을 어리둥절하게 할 만한 것이다. 작자는 우리들에게 베르나르를, 다음에는 올리비에를, 그리고는 올리비에의 형인 뱅상을, 그리고는 뱅상의 친구인 파사방을, 다음에는 파사방의 정부인 릴리앙을 소개한다. 그러나 작자는 자기가 이렇게 만들어 내놓은 인물들과 상황들을 결코 '활용'하지 않는다. 그는 인물들이나 상황들을 일단 스케치해 놓고 나면 곧 그것들을 버리고 또 다른 것들로 옮아간다. 이런 점에서 그의 소설은 여러 가지 소설들의 시작 부분들을 이어 놓은 것 같은 모습을 갖추고 있다. 거기에는 아직 이야기로 꾸며지지 않은 수많은 이야기의 실마리들, 그러나 독자 쪽에서 (사실 독자는 소설에 적극적으로 참가해 달라는 요청을 받고 있다) 충분히 상상할 수 있는 이야기의 실마리들이 담겨 있는 것이다. 에두아르는 인생의 단면이라는 자연주의적 미학을 야유했다. "이 유파의 가장 큰 결점은 그 단면을 항상 같은 쪽으로, 시간 쪽으로, 길이로, 자른다는 데 있다. 왜 폭으로는 자르지 않는가? 아니면 깊이로는?"하고 그는 말했다.[24] 사실 그의 이상은 전혀 아무것도 자르지 말고 인생이 그에게 제시하는 것을 모두 다 맞아들이는 데 있는 것인지도 모른다. 그리하여 그가 계획하는 소설은 설계도도 결론도 용납하지 않는 그 무엇이었으리라. 그 소설은 오직 흩어져버리고 해체될 수밖에 없는 것이었다. 앙드레 지드가 적어도 부분적으로나마 독자에게 세상사의 복잡성에 대한 느낌을 전달하는 데 성공했다면 그것은 그가 수많은 인물들과 상황들을 다루었기 때문이기도 하지만 동시에 실제 삶에 있어서 모든 것이 상호 연관성을 맺고 있듯이 그 모든 것들을 어느 면으로든 서로 연결시켜 놓았기 때문이다. 베르나르는 어느 날 옷장을 덮은 대리석판을 떠들어 보았다. 그러자 거기서는 폭포처럼 많은 사건들이 쏟아져 나왔고 그중 소설 속에서 마지막으로 진술된 사건이 바로 어린 보리스의 자살이었다. 지드가 지적했듯이 행동 하나하나의 뒤에는 무한한 동기들이 숨어 있으며 행동은 이를테면 연쇄적인 반응들을 불러일으키게 된다. 『위폐 제조자들』은 클로드 에드몽 마니Claude Edmonde Magny가 말했듯이 소설들의 소설이며 로마네스크한 것이 인과율의 시詩라고 한다면 이 소설은 '로마네스크의 불꽃놀이'이다. 여기서 말하는 인과율은 선적인 인과율이 아니라 갖가지 상호간섭을 내포한 인과율, 오직 한 가지 이야기 속에서 수직적으로만 작용하는 것이 아니라 한 이야기에서 또 다른 이야기로 비스듬히 작용하는 상호간섭의 인과율을 말한다. 모든 것은 어느 면으로든 서로 연관성을 맺고 있다. 일단 자기 책의 첫 문장을 쓴 소설가는 얽히고 설킨 연동장치에 말려든다. '이야기'는 이미 지나간 과거의 사건들을 양식화하고 삶이 변화해온 곡선을 그려 보이고자 하는데, 반면에 지드는 그의 '소설' 속에 지금 눈앞에서 이루어지고 있는 어떤 현실의 넘칠 듯이 풍부한 모습을 제시해 보인다.

"내가 인정하거나 상상하는 바의 소설은 거기에 등장하는 다양한 인물들과 그 인물들 만큼이나 다양한 시점들을 내포한다. 그것은 본질적으

---

24) 위의 책, p.1081.

로 중심이 여러 곳으로 분산되어 있는 작품이다"라고 대전 직전에 지드
는 쓴 적이 있다. 어떤 특정인에게만 해당되는 것이 아닌 비개성적인 이
야기의 수다한 에피소드들을 단 하나만의 조명에 의하여 소개하는 것(로
제 마르탱 뒤 가르도 『티보 가의 사람들Les Thibault』에서 그렇게 했었
고 로맹 롤랑도 『집Maison』에서, 마르그리트 형제도 『파브르세 가의 사
람들Les Fabrecé』에서 그렇게 했으며 복잡한 현실을 환기시켜 보이고자
했던 모든 자연주의 소설가들도 그렇게 했다)이 아니라 그는 『위폐 제조
자들』에서 여러 개의 초점들을 중심으로 하여 조직, 구성하였다. 따라서
거기에서는 수많은 대상들이 취급되고 있으며, 거기에 추가하여 수많은
관점들이 또한 그 대상들을 바라보게 되는 것이었다. 지드는 1917년 샤
를르 뒤 보에게, 로버트 브라우닝Robert Browning의 『반지와 책
L'Anneau et le Livre』에서처럼 여러 가지 관점들이 각기 분산되어 있는
것을 볼 수 있는 어떤 책을 쓰고 싶다고 털어놓은 바 있다. 실제로 『위폐
제조자들』에서 우리는 복잡한 어떤 현실을 단일한 관점에서 바라보는
것이 아니라 동일한 사건을 서로 다른 관점에서 발견하게 된다. "여러
가지 사건들을 작자가 직접 이야기로 들려주는 것이 아니라 오히려 그
사건들로부터 어떤 영향을 입게 되는 행위자들이 다양한 여러 가지 각도
에서, 여러 차례에 걸쳐서, 그 사건들을 진술하게 되기를 바란다"라고
지드는 「위폐 제조자들의 일기」에서 적고 있다. 그는 또한 '기질과 성격
들과의 밀접한 관련 속에서만 생각들을 진술하고자 하는' 자신의 의지
를 밝힌 바 있다. 소설가는 직접 개입하여 자기 자신의 관점을 드러내 보
일 수 있는 권리를 유보하는 한편 또한 자신의 무지를 기꺼이 강조했다.
작자의 관점도 인물들의 관점 못지않게 제한된 것이다.

자아의 소설

『위폐 제조자들』의 문학적 경험이 흥미 있고 의미심장하게 느껴지는 것은 바로 에두아르와 마찬가지로 지드 자신의 머릿속에 두 가지의 서로 타협할 수 없는 요구가 도사리고 있기 때문이다. 그는 단 하나의 소설을 통해서 한편으로는 현실의 복잡성을 포착하고자 하면서도 다른 한편으로는 본래부터 얼키고 설켜 장황하게 마련인 그 전체를 지극히 고전적인 규칙에 따라 정돈하고자 하는 것이다. 그는 잡보기사들에 대한 열광적인 취향을 보이지만 또한 사상이 담긴 소설을 쓰고 싶어한다. 그는 세계에서 출발하고자 하는 동시에 자기 자신에게서 출발하고자 한다. 그는 신문스크랩에서 출발하고자 하는 동시에 해소해야 할 해묵은 강박관념들에서 출발하고자 한다. 그는 삶을 그리기 위하여, 현실이 그에게 가르쳐 주는 바를 기록하기 위하여 글을 쓴다. 그러나 그는 무엇보다도 가장 다양한 음역音域에 걸쳐서 현실의 가장 완벽한 이미지를 제시하기 위하여 글을 쓴다. 호적부와 경쟁하는 것은 그의 꿈이 아닌 것이다.

> 호적부와 경쟁이라! 이 세상엔 이미 많은 추남들과 버릇없는 놈들이 충분할 만큼 가득 들어차 있는데 말이다! 내가 호적부와 무슨 상관이 람! 신분état은 예술가인 나다. 시민적civil인 것이든 아니든 간에 나의 작품은 그 무엇과도 경쟁할 생각이 없다.[25]

그렇다고 자기 시대의 어느 한 시점에 있어서 프랑스 사회의 판도를 그려 보이는 것이 그의 관심사인 것도 아니다.

---

25) 위의 책, p.1080.

전쟁 전의 정신상태를 정확하게 그려 보이는 것—필요 없다. 내가 그런 일을 성공적으로 할 수 있다 해도 그것은 나의 할 일이 아니다. 과거보다는 미래가 내게는 더 관심이 있다. 그리고 어제의 것이나 내일의 것보다는 오늘의 것이라고 할 수 있는 것이 더더욱 흥미롭다.[26]

소설적 의도의 이와 같은 특이성을 인정할 필요가 있다 『위폐 제조자들』에 대하여 가해진 많은 비판들은 실제로 지드가 발자크나 톨스토이가 되지 않은 것에 대한 비난이었던 것이다.

장 들레Jean Delay가 제시한 구분에 따르건대, 발자크와 톨스토이가 밖으로 시선을 돌리고 있는 소설가들이라면 지드는 자기 자신 쪽으로 향하고 있는 작가이다. 물론 그는 상징주의적인 추상성들로부터 차츰차츰 벗어난 것이 사실이다. 그는 현실의 무게를 되찾고 잡다한 사실들의 무상성과 우발성을 되찾아내고자 했다. 그는 중죄재판들에도 호기심을 보였다. 그는 신문스크랩을 수집하였고 '자기 자신의 밖으로 나가고자' 노력했다. "타인, 그의 삶의 중요성"이라는 말을 우리는 이미 『지상의 양식 Les Nourritures terrestres』에서 읽을 수 있었다. 그리고 『앙드레 발테르의 수기Les Cahiers d'André Walter』에는 이렇게 적혀 있다.

감정들의 폭을 증대시킬 것, 자기만의 삶 속에 죽치고 들어앉아 있지 말 것, 자기만의 몸속에 갇혀 있지 말 것, 자신의 영혼을 여러 사람들의 숙주宿主로 만들 것 (…).

지드는 자기가 그려 보이는 상황들이나 인물들에게 대리로 살아주는 기회가 되어줄 것을 요구했다. 『위폐 제조자들』을 구상하는 동안 티보데

---

26) 「위폐 제조자들의 일기」, p.16.

의 한 공식이 그에게는 그야말로 어떤 진정한 계시가 되었었다. "진정한 소설가는 자신의 가능태로서의 삶의 무수히 많은 방향들을 가지고 자신의 인물들을 창조한다. 거짓 소설가들은 외줄기로 흘러갈 뿐인 자신의 실제 삶을 가지고 그들을 창조한다." 『위폐 제조자들』은 그 다른 어떤 소설보다도 '가능의 자서전'이라고 할 수 있다. 그 무엇보다도 작자와 거리가 떨어진 상황들과 인물들 속에다가 그의 가장 깊은 고정관념들을 투사한 것이 그 작품이었다. 그때까지 그는 '이야기'라는 틀 속에다가 자기 자신의 서로 상반되는 면들을 차례로 한 가지씩 그려 보였지만 이번에는 이 위대한 소설 덕분에 그 모든 면들을 동시에 다 표현하는 기회를 갖게 된 것이었다. 그것은 '독주'가 아니라 '교향악'이었다. 여기서 소설의 구성은 극적인 배열에 바탕을 둔 것이 아니었다. 그것은 강한 대조를 보이는 여러 가지 가치들의 조화로운 균형에 의하여 이루어진 것이었다. 상황들과 인물들은 '가치들'을 육화해 보이고 있었다. 그래서 자크 레비Jacques Lévy는 그 책에 대한 상징적인 해석을 시도해볼 수 있었다. 『위폐 제조자들』은 '일종의 정신적 신화의 산물'이었다.

제5장
비판과 논쟁의 시대

1. 양차대전 사이의 프랑스 소설

과잉생산

양차대전 사이의 프랑스 소설 창작을 일별해볼 때 우리는 우선 그 풍부함과 다양함에 놀라게 된다. 1930년경에는 많은 소설들이 나왔고 온갖 소설들이 다 있었다. 다소 골똘하고 미묘하며 조금은 점잖을 빼는 N.R.F.풍의 소설이 있는가 하면 대량 보급을 목표로 하는 알뱅 미셸 Albin Michel 출판사 스타일의 소설이 있었고, 그라세Grasset 출판사의 짧고 우아한 이야기들이 있는가 하면 플롱 누리Plon-Nourrit사의 심각하고 진지한 소설이 있었다. 모두가 독자적인 것들이었다. 문학상들을 수여함으로써 문단이 활기를 띠었다. 이렇게 발표된 많은 소설들은 머지않아 망각의 늪으로 사라질 운명이었다. 그러나 그 작품들은 대부분이 정성들여 구상하고 집필한 것들이었다. 그 작품들이 비평가들이나 일반 대중을 따분하게 만들었다면 그것은 어처구니없는 약점 때문이라기보다는 그런 작품들에서 흔히 발견할 수 있는 '어디선가 이미 읽은 듯한' 성격 때문이었다. 사실 그렇게도 여러 차례에 걸쳐서 쇄신되어온 한 장르를 어떻게 또다시 새로운 것으로 탈바꿈시킬 수 있단 말인가. 평균하여 한두 권의 아름다운 책들을 생산해내는 그와 같은 문학적 소설도 있지만 그 옆에서는 방대한 소설산업이 성행하고 있었다. '산업문학'이라는 해묵은 표현이 이보다 더 적절하게 적용될 수 있는 경우는 없을 것이다. 일련의 소비문학이 정거장의 매점들에 진열된다. 어린이들을 상대로 하는 소설들이 있는가 하면 그 옆에는 연재소설과 탐정소설과 연애소설이 있다. 여러 가지 총서들은 그럭저럭 이 방대한 시리즈 상품들을 분배, 할당한다. 이러한 상업문학의 대부분이 비평적 판단과는 아무런 상관이 없다는 것은 말할 필요도 없다. 그것들은 문학사가들과는 더더욱 관련이 없다. 그렇지만 그런 문학을 경솔하게 다루는 것은 잘못이다. 집단적인 작업을 통하여 이들 문학의 주제와 방법들을 분류, 정리하고 그것이 지닌 사회학적 내포성을 규정하고 그것이 사회심리의 변화 속에서 맡고 있는 역할과 지적 내용을 분석하려고 노력해보면 유익한 결과를 얻을 수 있을 것이다. 다른 한편 '문학적 소설'과 '소비 소설' 사이의 경계가 가끔은 불분명해지는 것을 볼 수 있다. 무엇 때문에 가장 아름다운 작품들이라고 해서 반드시 가장 적게 읽히겠는가? 무엇 때문에 상업적인 성공이 무조건 경계의 대상이 되어야 하겠는가? 이 분야에 있어서는 오직 특수한 케이스들만이 있는 것이다. 예를 들어서 심농Simenon 같은 작가는 어디에다가 분류하는 것이 좋을까? 처음부터 그는 소설가들 중에서도 가장 놀라운 재능을 가진 작가로 등장했다. 그의 기성품적인 작품들을 통하여 무수하게 거두어들인 상업적 성공들은 이 시대 소설의 정상이 되었을 수도 있었을 그 무엇인가에 따르게 마련인 솔깃하고도 안이한 이면일까? 그의 가장 탁월한 작품들은 그 자체로서 이미 문학적 성공의 수준에 올라가 있다. 그것들은 조사, 연구할 가치가 있는 기법들의 전 종류를 제시하여 보여주고 있다. 모리스 나도Maurice Nadeau가 암시했듯이 "파노라마식 역사를 기술하고자 하는 안이한 유혹에 빠져 그 파노라마 속에다가 갖가지 경향들, 운동들, 장르들, 세대들, 기질들 따위를 질서정연하게 배열하는 짓 (…)"은 그만두는 것이 좋다.[1] 소설의 무모한 번식에 관해서라면 이미 할 만한 말은 다 했다. 소설이라는 장르는 시와 에세이를 다 흡수해버렸을 뿐만 아니라 직접적인 르포르타주, 어떤 열광적 취미에 대한 전공 논문, 풍속 묘사, 특이한 성격들에 대한 환기, 모럴리스

---

1) 『전후 프랑스 소설Le Roman français depuis la guerre』, Idées 문고, N.R.F., p.12.

트와 철학자의 성찰, 변덕스러운 시적 윤색 등 그 무엇 하나 마다하지 않기 때문에 제국주의적이고 문어발이라는 비난을 받아왔다. 우리는 어떤 소설이 매우 다양한 관점들의 교차점에 위치하게 되는 것을 목격한다. 그럴진대 독단에 빠지지 않고 어떻게 소설들을 몇몇 범주로 분류하겠다고 자처할 수 있겠는가? 속속 발표되는 작품들을 분류하기 위하여 분석소설, 성격소설, 그리고 풍속소설로 나누는 폴 부르제식의 구분방식을 여전히 만족스럽게 적용하기란 불가능한 노릇이다. 게다가 자연주의가 막을 내린 이래 공통된 소설의 틀을 강요할 만한 운동은 한 번도 나타나지 않았다. 1930년경 민중주의le populisme는 한 세대를 무리짓는 데 성공하지 못했다. 독창성만의 존중, 여러 가지 경향들의 증가, 영향 및 친화력의 복잡성 등 모든 것으로 미루어볼 때 과잉생산도 그렇지만 그 다양성 또한 대단하다는 것을 인정하지 않을 수 없다. 데스노스Desnos는 이렇게 썼다.

심리소설, 내면 성찰의 소설, 사실주의 소설, 자연주의 소설, 풍속소설, 이념소설, 지방주의 소설, 알레고리 소설, 환상적 소설, 흑색소설, 낭만적 소설, 통속소설, 연재소설, 유머소설, 분위기 소설, 시적 소설, 미래 예측 소설, 해양소설, 탐정소설, 공상과학 소설, 역사소설, 아이구! 그리고도 잊어버린 것이 있겠지! 온갖 잡동사니가 다 있구나! 온갖 혼합이 다 있구나![2]

---

2) 「소설에 관한 노트Notes sur le roman」, in 『소설의 제문제 Les Problèmes du roman』, 장 프레보Jean Prévost 책임 편집.

공식들의 항구성과 이력들의 계속성

얼른 보기에 양차대전 사이 시기의 한가운데를 끊어서 구분하는 것은 이상하다고 여겨질 수도 있을 것이다. 휴전 직후 첫 성공을 거둔 소설가들은 대부분 그들에게 소중한 주제들을 자기들 나름으로 계속 다룬다. 그리고 갓 등단한 신인들이면서도 옛날의 표현방식에 따라 글쓰기를 마다하지 않는 경우도 자주 볼 수 있다. 우리는 30년대에 장 블랑자Jean Blanzat, 샤를 모방Charles Mauban, 그리고 많은 다른 작가들이 연애 감정을 분석하는 섬세한 소설들을 써내는 것을 목격했다. 로베르 프랑시스Robert Francis는 여러 권의 소설들에다가 '제3 공화국 시절의 한 가족의 역사*Histoire d'une famille sous la Troisième République*'라는 속기 쉬운 제목을 붙였지만 풍속 연구는 전혀 보여주지 않았다. 그는 졸라의 상속자라기보다는 오히려 알랭-푸르니에Alain-Fournier의 상속자였다. 『세 사람의 미녀가 있는 헛간*La Grange aux trois belles*』에서 그는 『대장 몬느』를 연상시키는 어떤 시적 매력에 도달하고 있다. 기 드 푸르탈레스Guy de Pourtalès는 1937년 『기적의 낚시질*La Pêche miraculeuse*』을 통해서 옛날식 표현방식에 따라 구상한 풍속 연구를 보여주었다. 어린 시절을 그린 소설은 그것대로 같은 작업을 계속하고 있었다. 1919년에 나온 앙드레 오베André Obey의 『불안한 어린이 *L'Enfant inquiet*』에서 1932년에 나온 시몬 라텔Simone Ratel의 『보리의 집*La Maison des Bories*』에 이르기까지 그 계보는 놀라울 정도로 풍부했다. 공상소설도 여전히 대단한 성공을 거두고 있었다. 전에 『대지의 죽음*Mort de la terre*』을 쓴 적이 있는 형 로니Rosny aîné에 뒤이어 자크 스피츠Jacques Spitz는 1935년에 『지구의 종말*L'Agonie du globe*』을 발표했다. 앙드레 모르와는 30년대에 『영혼의 무게를 다는 사람*Le Peseur d'âmes*』(1931), 『생각을 읽는 기계*La Machine à lire les* *pensées*』(1936) 등을 통하여 로니와 웰즈Wells가 이미 그 격을 부여한 바 있는 괴기 환상소설의 테마들과 기법들을 다시 다루었다. 여전히 시비의 대상이 되고 있는 역사소설 역시 끊임없는 성공을 거두고 있었다. 1937년에 나온 장 드 라 바랑드Jean de la Varende의 『가죽코*Nez de cuir*』가 그런 경우였다. 일련의 모험소설 계보도 1936년 이후까지 살아남아 있다. 상드라르Cendrars, 마크 오를랑Mac Orlan, 혹은 질베르트 드 브와젱Gilbert de Voisins을 넘어서 이런 류의 소설은 키플링 Kipling, 스티븐슨Stevenson, 잭 런던Jack London, 콘라드Conrad 등의 영미소설들에까지 소급한다. 포코니에Fauconnier는 1931년에 『말레이지아*Malaisie*』로 큰 성공을 거둔다. 뤽 뒤르탱Luc Durtain이 미국 문명의 연구에 바친 『제41층*Quarantième Étage*』(1927), 『시대에 뒤떨어진 할리우드*Hollywood dépassé*』(1928), 『프랑스와 마르조리아*France et Marjorie*』(1934)와 같은 소설에는 다소 교훈적인 냄새가 나는 르포르타주들이 담겨 있었다. 조셉 페레Joseph Peyré에게 스페인은 1935년에 『피와 빛*Sang et Lumière*』의 배경이 되어 주었다. 1931년에 그는 아마도 가장 대표작이라고 할 수 있는 『백색 기병대*L'Escadron blanc*』를 통하여 아프리카를 그려 보였다. 1930년대에도 사람들은 청소년 시절의 불안감, 종교적 양심의 혼란, 개인과 가족 사이의 갈등을 계속하여 이야기한다. 물론 1930년경 민중주의 소설은 1차대전 후 첫 10년 동안을 윤색했던 내면성과 불안의 문학에 맞서서 일어난 하나의 건전한 반응을 나타내고 있었다. 그러나 『죄 없는 여자*La Femme sans péché*』의 레옹 르모니에Léon Lemonnier, 『정신없이*Sans Ame*』나 『안나*Anna*』의 앙드레 테리브André Thérive는 새로운 시대의 선구자가 되기는커녕 졸라에서 으젠 다비Eugène Dabit에 이르기까지, 혹은 막상스 반 데어 메르슈 Maxence Van der Meersch에 이르기까지, 그리고 1905년의 『수련생 *L'Apprentie*』과 1923년의 『세실 포미에*Cécile Pommier*』를 통하여 어린

여직공의 단순하고 아름다운 소설을 쓴 적이 있는 귀스타브 제프루아 Gustave Geffroy를 거쳐 지나간 확장되고 단정해진 하나의 자연주의의 평가할 만한 전통을 다시 찾아내었다.

20년대에서 30년대에 이르기까지 잔존하고 있는 것은 단순히 옛날식의 표현형태들만이 아니다. 그전부터 명성을 누려온 같은 작가들의 같은 이력들도 여전히 계속되고 있는 것이다. 지드와 발레리는 대가들이 되었다. 한 사람은 『지상의 양식』에서 지난 시대의 예지를 다듬어내고 있고, 다른 한 사람은 성공한 문인의 경력이 전개됨에 따라 그때그때 생각해낸 미학적 가르침들을 나누어 주고 있다. 콜레트와 지로두는 여전히 같은 주제들을 조바꿈 한다. 물론 1930년경 지로두는 주베Jouvet가 『지크프리트와 리모주 사람Siegfried et le Limousin』으로 성공을 거둔 이후 연극으로 옮아간다. 그러나 그는 아직도 1934년의 『천사와의 싸움Combat avec l'ange』과 1939년의 『당선자들의 선택Choix des élues』의 소설가이기도 하다. 콜레트는 아마도 그의 가장 감동적인 소설이라고 할 수 있을 『님의 종말La Fin de Chéri』(1926)과, 다른 한편 1933년의 『암코양이La Chatte』나 『카르넬랑의 쥘리Julie de Carneilhan』와 『지지Gigi』를 통하여 거두어들인 성공을 비교해볼 때 과연 변한 것이 있는가? 그 여자는 여전히 좀 빈약한 여러 개의 장들 사이사이에다가 사화집풍의 아름다운 페이지들을 끼워 넣는다. 프랑수아 모리악은 1935년에 『밤의 종말La Fin de la nuit』로서 그의 아름다운 소설 『테레즈 데스케루』(1927)의 속편을 제공했다. 그는 『프롱트낙의 신비Le Mystère Frontenac』에서 이야기의 틀을 다소 확대함으로써 그 시대의 유행을 따르는가 하면 1932년에는 『독사떼Le Noeud de vipères』라는 가장 드높은 성공작들 중 하나를 선보였다. 거기에서는 무성한 증오의 수풀 속에 깊숙이 감추어진 자애와 사랑의 강인한 뿌리들을 포착하고자 하는 어떤 비길 데 없는 악센트를 발견할 수 있다. 모리악은 등단 이래 자신의 고유한 악센트를 찾아내기 위하여 끊임없이 발전을 거듭했다. 이미 『제니트릭스Génitrix』, 『문둥이들에게의 키스Le Baiser au lépreux』, 『사랑의 사막』 등에서 알아볼 수 있었던 악센트가 그것이다. 그러나 그는 『테레즈 데스케루』와 『독사떼』에 와서 비로소 그의 전율하는 순수성을 획득하게 된다. 앙드레 모르와는 1928년의 『풍토Climats』에서 성공을 거둔 이후 1932년에 『가족 모임Le Cercle de famille』, 1934년에 『행복의 본능L'Instinct du bonheur』을 썼다. 그런데 라뮈즈Ramuz에게서 우리는 『산에서 경험한 엄청난 공포La Grande Peur dans la montagne』(1925)나 『땅 위의 아름다움La Beauté sur la terre』(1927)과 예컨대 1934년의 『데보랑Derborence』 사이에 얼마나 근본적인 차이를 발견할 수 있을까? 여전히 똑같은 까닭 모를 불안이었고 여전히 똑같은 소설 기법이었지만 그 시대에 있어서 가장 탁월하고 가장 독창적인 소설 기법들 중 하나였다.

카르코Carco는 여전히 계속하여 도둑의 집단들을 그리고 있었고 라크르텔Lacretelle은 부르주아 계층을 그렸다. 1921년에 『결혼축가 L'Épithalame』에서 결혼 이야기를 쓴 샤르돈느Chardonne는 30년대에도 『클레르Claire』(1931), 『바레 사람들Les Varais』(1932), 『에바Eva』(1935) 등에서 여전히 부부에 대한 미묘한 연구를 계속하고 있었다. 『악마의 태양 아래서Sous le soleil de Satan』(1926), 『사기L'Imposture』(1927), 『기쁨La Joie』(1929) 이후 베르나노스는 1936년에 다시 한 번 더 『어떤 시골 사제의 일기Le Journal d'un curé de campagne』를 통하여 같은 모험 이야기를 들려주었다. 어떤 가난한 사제의 영혼 속에 나타난 하느님의 부름, 비극적인 완전 고독을 문득 엄습하는 신의 은총이 그 내용이었다. 또한 20년대에 등단한 주앙도Jouhandeau는 1934년 『샤미나두르Chaminadour』와 더불어 그의 고유한 악센트를 발견했다. 1929년의 『언덕Colline』을 내놓은 바 있는 지오노Giono는 1930년의 『소생 Regain』, 1931년의 『큰 무리 양떼들Le Grand Troupeau』, 1934년의

『세상의 노래*Le Chant du monde*』, 1935년의 『나의 기쁨은 머무르리 *Que ma joie demeure*』를 차례로 발표했다. 그가 까닭 모를 기쁨이라는 주제에 이어 스탕달적인 로마네스크한 양식으로 옮아감으로써 그의 표현방식을 쇄신하게 되는 것은 1950년경에 이르러서였다. 한편 쥘리앵 그린Julien Green은 어떠한가? 그의 천재가 발전해가는 과정에는 단절이 없다. 1936년에 쓴 『한밤*Minuit*』 속에는 1926년의 『몽 시네르 *Mont-Cinère*』나 1927년의 『아드리엔느 므쥐라*Adrienne Mesurat*』에서 볼 수 있었던 것과 같은 신빙성의 힘과 관련된 광란하는 상상력이 발휘되고 있지 않은가?

부르주아 소설

대부분의 소설가들은 자기들의 세계와 자기들의 대중에 여전히 충실하고 있다. 그들이 어떻게 변할 수 있었겠는가? 20년대에서 30년대까지 문단생활의 여러 가지 조건들은 여전히 변함이 없다. 새로운 사람들에 대하여 주목을 집중시키고자 하는 문학잡지들 역시 여러 가지 기성의 가치들을 보라는 듯이 과시하고 있다. 그들이 만들어내는 대중 역시 마찬가지다. 예컨대 장 지로두의 지적인 유연성에 다소 어리둥절해지기는 했어도 그의 재주부림에 기꺼이 박수를 치고, 심지어는 거기에 열중하여 즐거움까지 맛보는 평균적 교양을 갖춘 부르주아 대중들인 것이다. 한편 콜레트의 경우에는 이른바 그의 '세계'와 1930년대 대중의 취향 사이에는 기이한 조화가 이루어지고 있다. 그 대중은 그가 만들어내는 불량배들과 모성애와 만족에 도달한 정념의 슬픔과 여러 가지 감각의 신선함, 그리고 동물들에 대한 사랑 등에 대하여 공감을 느끼고 있는 것이다. 기독교 신자 대중은 베르나노스의 종교적인 드라마들을 존경심을 가지고 평가하고 있긴 했지만 그들은 무엇보다도 증오와 자비, 육체의 고뇌와 순수함에 대한 향수 사이에서 벌어지는 보다 이해하기가 용이한 모리악의 갈등들을 더없는 즐거움으로 삼는다. 불안의 주제라면 다소 따분해하고 여전히 도피를 갈구하는가 하면 자신들이 아직 관광객으로서 탐사해볼 여유를 갖지 못했던 어떤 세계를 알고자 하는 호기심에 불타는 양차대전 사이의 이 부르주아 대중은 그들을 아메리카로, 아프리카로, 아시아로 데려다주는 소설들을 탐독한다. 그들은 일반적으로 거기에서 내일의 혁명이나 보다 먼 미래의 독립전쟁을 싹 틔우고 있는 여러 가지 긴장들의 묘사를 찾고 있는 것이 아니다. 그들이 원하는 것은 그저 경치좋은 세계이다. 소설가들이 바쁜 여행자로서 이리저리 누비고 다니는 그 세계 속에는 그들이 결코 굴레를 벗길 수 없는 상처들이 도사리고 있다. 사실 지리적인 모험에 대한 취향은 시적, 혹은 환상적 도피의 취향과 마찬가지로 현실을 수용하지 못하는 일종의 무력감과 관련이 있다. 30년대 대중이 특히 좋아하는 주제는 개인과 가족, 자유스러운 삶에 대한 취향과 전통의 무게 사이에서 생기는 갈등의 문제다. 슐룅베르제의 『생 샤튜르넹』에서부터 라크르텔의 『높은 다리Les Hauts-Ponts』에 이르기까지 얼마나 많은 소설들이 가정적 영역을 다룬 이야기인가! 얼마나 많은 소설들이 분열과 유산 싸움에 휘말려든 채 자신의 미래와 자기 재산의 미래에 대해서 불안해하고 질투에 사로잡혀 있는 부르주아 가정의 이야기인가! 『독사떼』에서 보여준 모리악의 천재는 그와 같은 갈등을 이제 죽어가고 있는 사람—사후의 광명 속에서—의 의식을 통해서 보여주었다는 점이다. 1932년에 나온 기 마즈렌느Guy Mazeline의 『늑대들Les Loups』 역시 붕괴되어 가는 어느 가정의 이야기였다. 모르와는 『가족모임』에서 전통적인 가치들에다가 새로운 시대의 여주인공이 펼쳐보이는 자유스러운 삶을 대립시켜 보여주었다. 그 여주인공은 그 자신의 눈에 이제는 타락이라고도 여겨지지 않는 그 삶에 잘도 적응하고 있다. 개인과 가족 사이의 관계에 대한 이 주제는 필립 에리아Philippe Hériat의 『응석받이 아이들Les Enfants gâtés』에서 다시 나타나고 있다. 이런 모든 것들 속에는 앙드레 지드의 『가정이여 나는 그대를 증오한다 Familles, je vous hais』의 머나먼 메아리가 담겨 있다. 특히 그것은 어떤 품속의 변화를 더 깊이 반영하고 있다고 할 수 있다. 다만 그 변화가 흔히 너무나도 편협한 틀 속에서 환기되고 있다는 점은 유감스러운 일이다. 수많은 작가들은 흔히 내놓는 작품들 속에서 피에르 주르다Pierre Jourda가 20여 년 전에 그 시기에 대하여 제시한 가차없는 결산 속에서 지적했듯이[3] 여전히 엘베프의 제사공들, 보르도의 포도밭 주인들, 파리의 은행가들 따위를 그려 보이고 있었다. 더군다나 그들은 그런 인물들을 지배하는 뿌리깊은 힘들을 통해서가 아니라 편협하기 그지없는 그들의 일상생활을 통하여 그런 인물들을 그려 보이는 데 만족하고 있는 것이었다. 발자크나 졸라의 방대한 사회학적 비전들 대신에 그들은 피상적인 갈등들에 주의를 기울이고 있었다. "간통, 집안 싸움, 인색함, 시골생활의 틀에 박힌 되풀이, 어둠침침하거나 복잡하게 얽힌 정신상태의 분석, 바로 이런 것이 작가들이 우리들에게 내놓는 것이다"라고 피에르 주르다는 썼다.

어쩌면 좀 지나치게 가혹하다고도 볼 수 있는 이런 비판은 대전 직후의 어떤 불안한 심정의 요구가 반영된 것이라고도 볼 수 있다. 그런데 과연 소설은 어느 시대에 있어서나 19세기의 발자크나 졸라에게 그러했던 것과 같은 것이어야 하는가? 소설가들이 지닌 유일한 야심이란 것이 자기 생각의 색깔로 된 하나의 세계를 다듬어 만드는 데 있을진대 사회의 이와 같은 깊은 움직임들을 그려 보이지 않는다고 어찌 그들을 나무라기

---

3)「프랑스 소설의 여러 가지 경향들, 1919~1939*Les Tendances du roman français, 1919 ~1939*」in 『몽펠리에 대학교 논문집*Annales de l'Université de Montpellier*』, 1944, 제2권.

만 할 수 있겠는가? 끝으로 1930년대부터는 로제 마르탱 뒤 가르나 쥘로맹과 같이, 조르주 베르나노스나 앙드레 말로와 같이, 자기 시대의 여러 가지 문제들을 포괄적으로 다룰 수 있을 만큼 용기와 배짱을 지녔던 사람들의 노력도 분명 있었던 것이다. 30년대의 부르주아 소설이라는 것이 존재하는 것은 사실이지만 그 소설이 부르주아 계층에 대한 신랄한 비판들을 담고 있는 것도 사실이며, 가장 훌륭한 경우에는 '한 고통스러운 사회의 속내 이야기와 열망'을 표현한 것도 사실이다.

여러 가지 혁신의 힘들

1931년 여름 브라지야크Brasillach는 스스로 "전후의 종말"[4] 이라고 이름 붙인 조사를 실시했다. 그것은 30년대에 나타난 풍토의 변화를 말해주는 여러 가지 징후들 중의 하나였다.

> 1930년 이후 프랑스 문학은 그 톤이 바뀐다. 비록 정확하게 그것이 무엇이라고 규정하기는 어려우나 어떤 사회적 변화와 관련이 있다는 것을 눈치챌 수 있는 진화의 현상인 것이다. 단순히 경제적인 것만은 아니었던 어떤 위기를 틈타서 초현실주의자들의 빈정거림이 현실로 나타나기 시작한다.[5]

라고 르네 포모René Pomeau는 지적했다. 그 정신적 진로가 그 앞세대와는 판이하게 다른 한 세대가 1930년경에 출현한다. 그 세대는 초현실

---

4) 《캉디드Candide》지, 1931년 9월호.
5) 「양차대전 사이의 전쟁과 소설Guerre et roman dans L'entre-deux-guerres」, 《인문과학Revue des Sciences humaines》지, 1963년 1~3월호, pp.83~84.

주의자들의 "당신은 무엇 때문에 글을 씁니까Pourquoi écrivez-vous?"에 의하여 뚜렷한 영향을 받았다. 그 세대는 발레리의 다음과 같은 말에 충격을 입었다. "우리들 다른 문명들은 이제 우리가 죽어야 하는 존재임을 알고 있다." 벌써부터 사람들은 머지않아 대부분의 사람들을 동원하게 될 사건들이 준비되고 있음을 느끼고 있다. 가장 우수한 사람들의 경우, 이제는 도피나 묘사만을 일삼는 저 무상의 문학은 끝장난 것임을 알고 있다. 철학자들과 에세이스트들이 시인들과 소설가들과 교대한다. 베르나노스는 행동과 허구 사이에서 망설인다. 그에게 있어서는 팸플릿 작가가 소설가와 자리 교대를 한다. 그 표현이 바로 『정통파의 대공포La Grande Peur des bien-pensants』나 『달빛 아래서의 큰 공동묘지Les Grands Cimetières sous la lune』이다. 셀린Céline은 그 시대의 용렬함을 통렬히 공격하고 삶의 부조리를 말하며 위선의 고발에 만족을 느낀다. 르모니에Lemonnier의 민중주의에서 무니에Mounier의 개성주의에 이르기까지 작가들은 새로운 가치들을 찾아나선다. 사람들은 페기Péguy를 재발견한다. 이제 그의 공헌을 더 잘 이해할 수 있게 되었다. 즉 물질세계 속에 정신적인 것이 육화되어 있다는 심오한 직관이 그것이다. 엠마뉘엘 베를Emmanuel Berl은 거짓 가치들을 붕괴시키는 데 기여했다. 칼리방Caliban은 장 게노Jean Guéhenno의 입을 통하여 말한다. 슐룅베르제는 코르네이유에게서 힘찬 가르침을 구한다. 새로운 행동의 낭만주의가 발견된다. 영웅 숭배의 감정을 촉진시키려는 분위기가 생긴다. 사람들은 이제 막 태어나려고 하는 어떤 세계의 드라마들을 소설문학이 반영해줄 것을 요구한다. 소설은 프롤레타리아 혁명의 영웅주의나 혹은 완전한 고독의 종교적 고통 속에서 인간 조건의 비극성을 발견하여 그것을 그리는 데 노력해야 한다는 것이다. 셀린과 말로의 초기 소설들은 바로 이와 같은 새로운 풍토 속에서 나타난다. 다른 영향들도 느낄 수 있다. 조이스와 버지니아 울프는 벌써 10여 년 전부터 프랑스에서 알려져 왔는데 그들은 소설가들에게 점점 더 의식의 직접적인 여건들을 포착하도록 권유한다. 소설 속에 자리잡은 비가공의 사실주의le réalisme brut는 내적 독백으로부터 유래하는 것인 동시에 지금 막 태동하고 있는 행동주의behaviorisme에서 생겨난 것이다. 우리는 이제 이른바 "미국 소설의 시대"로 접어들고 있다. 행동의 건조하고 냉혹한 표현은 "잃어버린 세대"의 미국 소설가들에게서 온 것이다. 그것은 또한 영화에서 온 것이기도 하다. 말로는 전중 시대에 포크너Faulkner를 세상에 알렸고 그보다 몇 년 후에 사르트르는 더스 패서스Dos Passos가 그의 시대의 가장 위대한 소설가들 중 한 사람이라고 공언한다.

이 새로운 지적 분위기 속에서 두 세대가 소설을 혁신시키는 데 공헌한다. 라크르텔, 뒤아멜, 마르탱 뒤 가르, 쥘 로맹이 포함되는 1885년 세대는 사회생활의 복잡성을 포괄적으로 드러내며 앞선 세기의 발자크와 졸라가 시도해 보인 바를 상기시키는 방대한 연작소설들을 계획한다. 그다음 세대에 속하는 셀린, 몽테를랑, 아라공, 생텍쥐페리, 앙드레 말로 등의 작가들은 오히려 기존 가치들을 비판하거나 새로운 가치들을 촉진시키는 데 노력한다. 이 두 세대들 간에는 필시 아무런 공통점이 없을 것이다. 어떻게 셀린을 라크르텔에, 말로를 뒤아멜에, 생텍쥐페리를 마르탱 뒤 가르에게 비교할 생각을 할 수 있겠는가? 그렇지만 그들은 모두가 다 이제 막 역사성을 재발견한 한 시대에 속하고 있다. 1차 세계대전의 중요성을 이해하기까지 10여 년 이상의 세월이 필요했다. 지드와 프루스트의 세대에게는 1차대전이란 그저 하나의 시련에 불과했다. 그것은 그들의 지적 세계를 위태롭게 한 것은 아니었다. 그러나 마르탱 뒤 가르나 뒤아멜, 혹은 쥘 로맹에게는 서양문명을 압박하는 어떤 위협의 감정이 느껴지고 있다. 베르됭 전투를 이야기하는 쥘 로맹이나 전 세계를 뒤흔드는 여러 가지 혁명들에 참가하는 말로는 그들의 허구 속에서 '역사'가 요청하는 한 인간 유형을 제시해 보인다. 1930년경에 프랑스 문학은

1890년 세대의 거장들이 지배했던 한 시대로부터 벗어나게 된다. 즉 프루스트, 지드, 발레리, 클로델 등의 세대가 끝난 것이다. 그중 소설의 측면에서 볼 때 가장 드높은 성취는 마르셀 프루스트의 그것이었다. 전체를 포괄적으로 요약하여 설명한다는 것은 너무 주제넘거나 너무 모험적인 것이 되겠지만 그 거장들은 소설이 정신적 오디세이나 지적 신화로 여겨지던 한 시대에 속해 있었다고 말하는 것은 가능한 일이다. 소설은 자신의 비밀을 탐구하는 특권을 부여받은 어떤 영혼의 표현이었다. 그것은 정신이 현실을 서서히 소화함으로써 거두어들일 수 있는 결실이었다. 즉 어떤 영혼의 고향을 창조하는 일이고, 정신적 도정을 환기하고 내면적 가능성들을 상징적으로 형상화하는 것이 바로 소설이었다. 부르주아적인 안정과 논리적 휴가에는 일종의 지적 평온이 따르게 마련이었다. 그러나 내면적 시간 경험, 그리고 영혼의 깊이를 발견하게 되면서 소설은 자아의 총체적 표현 쪽으로 나아갔다. 1930년에 이르자 자기들 내면 속으로 시선을 돌렸던 소설가들에 뒤이어 세계를 향하여 시선을 돌리는 소설가들이 등장한다. 그들은 어쩌면 이미 '역사'의 부름을 받은 것인지도 모른다. 그들이 개인들을 통하여 품에 안고자 하는 것은 사회 전체다. 마르탱 뒤 가르도 쥘 로맹도, 심지어 뒤아멜도 단순히 사회를 묘사한다든가 그 사회를 조직하는 기계장치를 보여준다든가 그것을 이끄는 힘들을 분석하는 것에 만족하지는 않는다. 그들에게서는 이미 다음 세대에 오면 보다 고통스러운 것이 될, 서구세계의 제반 가치가 지닌 견실성에 대한 의문이 나타나고 있는 것을 볼 수 있다. 마찬가지로 불안이라는 것도 지켜야 할, 혹은 변형시켜야 할 한 세계와 관련이 있다. 위협받는 세계의 고뇌와 더불어 도전받는 휴머니즘의 고민들이 나타난다. 프루스트의 작품 속에서는 특전을 부여받은 어떤 영혼이 외관의 세계들이 지닌 의미에 대하여 질문을 던지는 것을 볼 수 있었다. 그런데 이제 문제가 되는 것은 사회 전체의 삶이며 한 문명의 살아남기인 것이다. 19세기는

1930년에야 막을 내린다. 우리는 '자아'로부터 나와서 '역사'의 흐름 속으로 들어간다. 개인의 한계를 훨씬 넘어서는 엄청난 힘들에 의하여 흔들리고 있는 어떤 무수한 삶의 흐름 속으로 들어가는 것이다. 아마도 이런 것이 한편으로 보면 매우 다양한 여러 가지 시도들의 공통분모일 것 같다. 베르나노스의 사제들과 말로의 모험가들 사이에는 보기보다 훨씬 더 많은 관계가 있다. 그들은 다같이 혼돈과 어둠 속에 던져져 있다. 사건의 폭풍이 돌연 그들을 싣고 갔다. 아니 어쩌면 은총의 소용돌이일 지도 모른다. 우리가 단순히 내면성으로부터 외면성으로 옮아온 것만은 아니다. 자아의 풍부함의 표현으로부터 암흑의 세계 앞에서 경험하는 고뇌의 파악으로 옮아온 것이다. 이제 삶은 성취가 아니라 가슴을 찢는 듯한 비통함이다. 그것은 이제 진실의 획득이 아니라 비극적인 위험이다. 인간 조건의 이 새로운 비극성은 '역사'의 시대 속에서 맛보는 완전고독과 관련이 있다. 여러 가지 문명의 취약성은 기이하게도 은총의 변덕스러움을 연상시킨다. 어떤 비밀을 향한 끈질긴 접근 대신에 미래의 어둠을 앞에 둔 불안이 자리잡는다. 시간 경험은 이제 더 이상 성숙의 과정이 아니라 현재라는 근시안적 지표에 따라 체험해가야 할 불안한 선택이다. 프루스트의 경우 우발성의 세계로부터 벗어난 순간이란 스스로 받아들인 시간성이라기보다는 오히려 빛을 발하는 신기루다. 쥘 로맹에게 있어서 그것은 세계가 기울어지며 붕괴하는 운명적 순간이며 우리가 아직도 삶의 부드러움을 맛볼 수 있는 은총의 순간이다. 베르나노스에 있어서 그것은 구원과 저주 사이의 선택이라는 절박한 순간이다. 말로에 었어서 그것은 살인이나 희생의 앙양된 경험이다. 정신이 현실을 서서히 소화하여 자기의 것으로 만들던 시대는 지나가고 재촉받는 난폭함이 그 자리에 대신 나타났다. 고발자들이 상속자들의 자리를 차지했고 모험가들이 시인들의 자리를 대신 차지했다.

2. 사회사의 벽화들

"1930년은 소설의 운명을 위하여 전환적인 해다. 바로 이때에 대하소설이라는 이름을 가진 소설의 거대한 변종이 출현하여 번식하기 시작한다"라고 클로드 에드몽 마니는 지적했다.[6] 자크 드 라크르텔은 여러 세대에 걸친 어떤 가문의 역사를 이야기하는『높은 다리*Les Hauts-Ponts*』(1932~1936)를 발표했다. 젊은 시절 이래 추진해온 어떤 노력을 여전히 계속하고 있는 르네 베엔느René Béhaine는 1939년에 그의『한 사회의 역사*Histoire d'une société*』를 제12권째까지 발표했다. 로베르 프랑시스Robert Francis는『제3 공화국 시대의 어떤 가족의 역사』를 내놓았지만 제목이 담고 있는 약속들을 전혀 지키지 못하고 있다. 로제 마르탱 뒤 가르는『1914년 여름*L'Eté 1914*』으로 대작『티보 가의 사람들*Les Thibault*』을 완결지었다. 조르주 뒤아멜은『파스키에*Pasquier*』의 기나긴 연대기를 시도했다. 쥘 로맹은 1932년에서 1947년 사이에『선의의 사람들*Hommes de bonne volonté*』 27권을 내놓았다.『파스키에』에서『티보 가의 사람들』에 이르기까지,『티보 가의 사람들』에서『선의의 사람들』에 이르기까지 현대 소설의 거대한 토대들 중 하나가 마련된 것이었다. 물론 우리는 이 작품들 상호간에 의도와 질과 표현양식에 있어서 많은 다른 점들을 발견할 수 있다. 라크르텔은 그의 가족 연대기를 한 영지領地의 역사와 결부시켰다.『파스키에』는 선적인 순서에 따라 한 가문의 서로 다른 여러 구성원들의 이야기를 차례로 들려주고 있다. 반면 마르탱 뒤 가르는『아름다운 계절*La Belle Saison*』에서 이미 성과를 거둔

---

6)『1918년 이후의 프랑스 소설사*Histoire du roman français depuis 1918*』, Seuil, 1950, p.305.

바 있듯이 『1914년 여름』에서도 개인적인 운명을 넘어서는 집단적 시간 경험의 소용돌이를 암시하는 데 성공했다. 사회생활의 복잡성을 암시할 수 있는 여러 가지 줄거리들을 동시에 나란히 진행시키자는 것이 쥘 로 맹의 야심이었다. 소설의 폭을 넓히고 인물과 사건들의 수를 증가시키고 개인적 운명들이 서로 얽키고 설키는 소용돌이를 그려 보임으로써 한 사 회 전체의 삶을 그려 보려고 노력한다는 것, 이런 것이 1930년경 1885 년 세대의 소설가들에게 활력을 불어넣어 주는 야심이었다. 이리하여 그 들은 새로운 양식을 통해서 발자크와 졸라의 위대한 구상을 다시 찾아낸 것이었다. 즉 일련의 기나긴 소설들을 통하여 한 세계를 생생하게 살려 내자는 구상 말이다. 그들은 또한 로맹 롤랑에게서도 유산을 받은 바 있 다. 대전 전의 『장 크리스토프』는 일종의 대하소설이었다. 20년대에 있 어서 『매혹된 영혼L'Ame enchantée』의 작자는 개인들의 운명을 '역사' 의 사건들과 한 시대의 여러 가지 문제들에 계속하여 연결시켰던 것이 다. 프루스트의 『잃어버린 시간』은 한 의식의 역사를 통해서 본 어떤 사 회적 연대기를 포함하고 있었다. 사실 소설가들로서는 지난 한 세기 동 안의 수많은 소설들에 눈길을 던져보기만 해도 그런 경향을 이해하기에 충분한 것이었다. 『인간 희극』, 『레 미제라블』, 『감정교육』, 《루공 마카 르》 총서, 『전쟁과 평화』, 『악령Les Possédés』, 『부덴브로크 일가Les Buddenbrooks』, 『포사이트 사가Forsyte Saga』 등은 모두가 다 사회적 벽화들이었다. 그리고 우리는 소설이 여기에서 그 걸작들을 생산할 기회 를 찾았다는 것을 느낄 수 있다. 사실 알베르 티보데는 비평적인 면에서 1910년 이래 프랑스 사람들이 전통적으로 소설에 대하여 품고 있었던 이상을 확대하는 데 큰 영향을 끼쳤다. 심리적이고 도덕적인 모험을 대 강 간추려서 그려 보이는 순수하고 완벽한 이야기들(『클레브 공작부인』, 『아돌프』, 『좁은 문』)에 맞서서 그는 러시아와 영미 작가들의 저 방대한 소설대전서들의 미학을 권유했던 것이다. 지드가 1910년경 지금까지 자신이 써왔던 '이야기들'에 대하여 수많은 사건들과 인물들이 착잡하게 뒤얽힘으로써 만들어지는 어떤 소설의 이상을 대립시켜 생각하게 된 것은 『악령』과 『카라마조프 형제들Karamazov』을 읽고 나서였다. 그는 『위폐 제조자들』에서 그와 같은 이상을 실현하려고 노력했다. 그 작품은 한 사회의 벽화가 아니라 여러 가지 개인적 운명들을, 어떤 한 줄거리의 끈으로 이어 놓지 않은 여러 가지 이야기들을 나란히 진행시키며 소개하는 작품이었다. 그것은 프랑스에서 헉슬리의 『대위법』에 맞먹는 종류의 작품이었다.

『티보 가의 사람들』

마르탱 뒤 가르는 1920년에 『티보 가의 사람들』이라는 연작을 시작했다. 『회색 노트Cahier gris』(1922)에서 『아버지의 죽음La Mort du père』(1929)에 이르기까지 그 작품은 티보 가와 퐁타넹 가Les Fontanin라는 두 가문의 역사를 담고 있었다. 그것은 여러 인물들의 모습을 강하게 부각시켰고 대표성을 지닌 인물들에게 생명을 부여했다. 권위적인 대 부르주아, 반항적인 소년, 정력적이고 야망에 찬 의사 등이 그 예였다. 그는 밀도 짙은 초상화의 기교, 상상으로 지어낸 인물의 저 삼차원적 암시 등에 있어서 톨스토이로부터 물려받은 바 크다. 그의 경우 공연한 스타일의 효과라든가 미적인 선동 따위는 전혀 없다. 그는 어느 날 이렇게 털어놓았다.

우리는 톨스토이의 작품을 번역으로 읽는다. 그러나 번역이라고 해서 그의 위대성은 하나도 손상되지 않는다. 여기에 바로 교훈이 있다. 우리의 인물들을 정성스럽게 다루자. 그러면 형식은 저절로 생겨날 것

이다.[7]

앙드레 지드가 그를 비판한 이후, 이 견실하고 성실한 예술에는 어딘가 광채가 결여되어 있다든가 도스토예프스키에 비교해본다면 이 '톨스토이식' 파노라마에는 그림자와 빛의 대조가 결여되어 있다고 개탄하는 의견이 많이 있었다. 알베르 카뮈Albert Camus는 이러한 비판들을 반박했다.

> 우리 작가들의 실질적인 야심은 『악령』을 이해하고 소화한 다음 언젠가는 『전쟁과 평화』를 써보자는 데 있다고 점치는 것은 충분히 가능한 일이다. 숱한 전쟁들과 부정들을 거쳐 오랫동안 질주하여온 다음 작가들은 솔직히 털어 놓지는 않지만 겸양과 억제력에 힘입어 마침내는 인물들을 그들의 삶과 구체적 경험 속에서 소생시켜줄 수 있을 어떤 범세계적인 예술의 요체들을 다시 찾겠다는 희망을 지니게 된 것이다.[8]

『티보 가의 사람들』의 처음 몇 권들 속에서 그러한 삼차원적 실감의 혜택을 입고 있는 것은 단지 인물들만이 아니다. 이야기 그 자체가 줄거리의 단단한 짜임새를 통하여 독자의 마음속에 어떤 '믿을 수 있는' 세계를 설득시키고 있는 것이다. 마르탱 뒤 가르는 주관성의 내밀한 경험에 바탕을 둔 그 모든 소설문학과 맞서서 객관적인 문헌들과 냉정을 잃지 않는 서술을 통하여 19세기 거장들이 고심했던 바를 다시 찾아내었다. 그에게 있어서 소설은 프루스트 이전의 모습, 즉 구체적인 어려움투

7) 앙드레 모르와, 「마르탱 뒤 가르의 세계L'Univers de Martin du Gard」, 『로제 마르탱 뒤 가르 기념논문집Hommage à Roger Martin du Gard』, N.R.F., 1958년 12월 1일.
8) 『전집Oeuvres complètes』에 붙인 탁월한 서문, 플레이아드판, 제1권 참조.

성이인 어떤 세계와 맞붙어 싸우는 인간 존재들을 그려 보인다는 옛 모습을 다시 찾았다. 마르탱 뒤 가르는 인간과 사물들의 생생한 상호작용을 보여주려고 노력했다. 톨스토이의 상속자인 그는 삶을 극적으로 묘사하지는 않았다. 그는 냉정하고 당당한 태도로 삶의 흐름을 재생시켜 보였다. 그는 자크 티보Jacques Thibault라는 인물을 통하여 아름다운 청소년기의 초상을 그렸다. 그는 친화력을 가지고 그 소년의 반항 속으로 들어가 보았다. 그러나 또한 그는 그 반항의 이유를 지적하기를 잊지 않았다. 그는 삶의 생기를 부여할 수 있을 만큼 충분히 그의 인물과 가까이 있었고 그의 태도들의 어렴풋한 동기들을 인식할 수 있을 만큼 충분히 그 인물로부터 거리를 유지하고 있었다. 주관성의 격정이나 환영에 사로잡힌 듯한 착란에 대하여 사태의 추이를 침착하게 관조하는 태도를 대립시켜 놓는 것이야말로 리얼리즘의 미덕들 중 하나이다. "그린Green은 매우 훌륭하다. 그렇지만 그는 자기가 꾼 꿈 이야기를 하고 있다. 그런데 나는 현실에 대하여 이야기하는 것이다"라고 마르탱 뒤 가르는 말했다.[9] 이 세심한 예술의 빈틈 없음과 절도 속에는 일종의 자기 감춤 같은 것이 엿보인다. 마르탱 뒤 가르는 때때로 자신이 실패한 것만 같은 느낌을 갖는 것 같다. "내가 객관성, 현실에 대한 충실함, 구성과 표현양식의 당위성이라고 부르는 것은 어쩌면 한갓 빈곤의 표시일지도 모른다"라고 그는 말했다.[10] 그러나 그것은 또한 너무나 자주 잊혀지곤 하는 미덕일 수도 있을 것이다.

---

9) 자크 브레너Jacques Brenner의 「1939년 여름」, in 『기념논문집Hommage』, p.1057에서 재인용.
10) 로베르 말레Robert Mallet, 「기념비적 고문서학자Un Archiviste monumental」, 위의 책, p.1049.

『1914년 여름』

1929년의 『아버지의 죽음』과 1936년의 『1914년 여름』의 첫 권 사이에는 7년이라는 세월이 흘렀다. 이 긴 기간 동안 마르탱 뒤 가르는 그가 현재 구축하고 있는 세계에 대하여 의문을 던지면서 원래 예정했었던 계획을 포기하고 『아버지의 죽음』에 이어서 나오게 될 책의 원고를 파기해 버린 다음 새로운 관점에 따라 그의 창작 방향을 바꾼다. 『에필로그 L'Épilogue』에서와 마찬가지로 『1914년 여름』을 구성하는 두꺼운 3권 속에서 소설가는 그의 기법을 수정하고 새로운 주제들을 종합 조직하며 이념적인 토론에 우선적인 자리를 할애한다. 『티보 가의 사람들』의 처음 몇 권들과 『1914년 여름』의 묘사 사이에는 일종의 단절 같은 것이 느껴진다.

『티보 가의 사람들』의 처음 몇 권들 속에서 마르탱 뒤 가르는 상당히 짧은 일련의 개인 연구들을 통하여 하나의 세계를 살아 움직이게 하는 데 성공했다. 두 청소년의 도망, 어떤 감옥에서 경험한 정신적 침체, 어느 의사의 하루, 대 부르주아의 마지막 고통… 이러한 것들이 이 벽화의 눈에 띄는 에피소드들이었다. 오직 『아름다운 계절』만이 이야기의 선적인 성격과 단절을 보이는 작품이었다. 여기서는 여러 가지 사건들이 꾸며지고 허구가 밀도를 얻게 되는 것이었다. 이 소설들은 매우 짧은 며칠과 몇 시간을 차지할 뿐인 여러 장면들로 절단되어 있다. 『회색 노트』의 행동은 기껏해야 닷새간에 걸쳐서 펼쳐지고 있다. 그것도 소설가는 기꺼이 생략법을 사용하기 때문에 오직 특별한 몇몇 순간들에만 그의 시선이 머문다. 『형무소Le Pénitencier』의 이야기는 몇 주일 동안에 걸친 것인데 가령 몇 시간으로 제한된 앙투안느의 방문이 매우 긴 여러 페이지들을 점하고 있다. 『아름다운 계절』은 다섯 달에 걸쳐져 있는데 핵심적인 장면들은 어느 날 저녁, 어느 날 밤, 어느 한나절 등 매우 짧은 시간 속에 위치하고 있다. 『진찰La Consultation』은 24시간 동안의 이야기이고

『라 소렐리나La Sorellina』는 이삼 일 걸리는 이야기이며, 『아버지의 죽음』은 일 주일간에 걸쳐서 진행된다. 마르탱 뒤 가르에 있어서 이와 같은 세분된 상태가 오히려 시간적 지속의 느낌을 준다는 것은 소설 기교의 역설들 중 하나라 하겠다. 몇몇 시간 동안의 일을 상세하게 보고함으로써 소설가는 독자에게 허구적 존재들의 실재성과 그들의 존재의 계속성, 그리고 그들이 살아 움직이고 있는 세계의 진실성을 받아들일 수밖에 없도록 만드는 것이다.

『1914년 여름』을 통해서 소설가는 전쟁이 일어나기 전 몇 달 동안의 이야기를 소상하게 들려주고자 했다. 그는 차츰차츰 '역사'의 폭풍들을 환기하기에 이르렀다. 지금까지 그가 끈기 있게 그 연대기를 기술해 왔던 여러 개인들의 운명은 이리하여 전 유럽의 규모에 걸친 대재난을 향해서 나아가고 있었다. 부르주아 사회의 이와 같은 위기가 계속되는 동안 사람들은 국제주의적인 사회 계층들을 매개로 하여 지구 전체를 뒤덮는 어떤 혁명의 준비과정을 눈여겨볼 수 있었다. 자크 티보는 아나키스트적인 반항으로부터 혁명에 봉사하는 길로 접어들었다. 그의 삶의 실패는 그가 몸 바친 대의의 실패와 대응한다. 즉 국제사회주의 운동이 전쟁을 막지는 못했던 것이다. 이제 그에게 남은 길은 여러 가지 갈등을 초월하여 모범적인 방식으로 혼자 외로이 죽는 일이다. 자크의 죽음은 『티보가의 사람들』의 최종적인 결론은 아니다. 앙투안느는 새로운 시대의 참다운 주인공이다. 사람들은 너무나 자주 그를 편협한 실증주의자로 간주했고 그가 너무 자신을 갖고 있다고 개탄했다. 『티보 가의 사람들』의 마지막 몇 권들 속에서 그가 만족한 상속자로 나타나는 것은 사실이다. 그는 지성, 건강, 정력, 돈 등 모든 것을 다 자기 몫으로 물려받았다. 그가 타인의 존재를 발견하는 것은 라켈을 만남으로서였다. 그 여자는 그의 첫번째 스승이었다. 그 여자 덕분에 그는 자기 스스로를 헤아릴 척도를 가질 수가 있었다. 그 여자는 그에게 참다운 겸손을 가르쳐주었다. 겸손

이야말로 그 자신의 한계에 대한 내밀한 느낌인 것이다. 지평선 저쪽에 소나기의 규모가 커져감에 따라 앙투안느는 자기 세대의 모든 인간들과 유대감을 느끼게 된다. 그는 열광도 느끼지 못한 채 다가오는 그 전쟁을 치를 것이다. 그가 의지와 노력을 통하여 구축한 운명을 이제 격동하는 사건들이 위태롭게 만들어 놓는다. 그의 아버지는 죽음을 맞는 순간 자기가 모든 것을 잃어버리게 된다는 것을 깨달았다. 『아버지의 죽음』에서 『1914년 여름』으로 옮겨옴으로써 우리는 형이상학적 차원에서 사회적 차원으로 접어들게 된다. 인간의 조건은 늙어감에 따라서 초래되는 피폐만이 아니다. 그것은 '역사'의 소용돌이에 복종하는 것이기도 하다. 가스에 중독되고 병 들어 죽음을 선고받은 앙투안느는 그의 젊음의 자신만만함을 잃어버렸다. 그는 자기가 자기 스스로에 대해서 별로 깨달은 것 없이 죽게 되리라는 것을 알고 있었다. 그는 다만 한 세계가 무너지고 있다는 것, 개인주의는 이제 더 이상 불가능하다는 것을 알 뿐이다. 이 실증주의자는 인간의 모험이 계속된다는 것에 대한 그의 믿음을 긍정하면서 죽는다. 그에게는 이제 아무런 희망도 남아 있지 않지만 자크와 제니 사이의 사랑으로부터 태어나는 소년 장 폴은 미래에 남은 기회를 예고해 주는 것이다.

마르탱 뒤 가르는 이 반항아와 맞서서 격동하는 시대의 새로운 주인공을 우뚝 세워 놓았다. 인간들의 고통을 최선을 다하여 진정시켜주는 데 자신의 생애를 바치는 의사가 바로 그 주인공이다. 『라 페스트*La Peste*』에서 리외Rieux 박사가 등장하기 이전에 이미 앙투안느 티보는 삶의 한 스타일을 구체화시켜 보이고 있다. 마르탱 뒤 가르는 우선 파리의 부르주아 사회를 묘사하는 것으로 시작했었다. 그는 혼란스러운 시대의 한복판에서 희망을 갖겠다는 용기를 간직한 한 주인공을 제시함으로써 끝을 맺는다. 19세기의 견실한 전통에 의지하여 글을 썼고 이미 테스트를 거친 기법을 사용했던 이 소설가는 그 누구보다도 자기 시대의 척도를 헤아릴 줄 알았다. 『장 바르와*Jean Barois*』와 더불어 그의 작품은 단번에 신의 죽음이라는 기치 아래 자리잡는다. 『1914년 여름』 속에서 그는 어떤 문명의 파산을 보고했다. 유럽이 대재난을 향하여 달리고 있던 그 몇 주간 속에는 어떤 비극적 밀도가 담겨 있었다. 그의 작품 속에 너무나도 자주 나타난다고 사람들이 개탄한 바 있는 이념적인 토론들은 사건들에다가 불안의 밀도를 부여하는 것이었다. 그것들은 '역사'의 온갖 불행을 운명처럼 감당할 수밖에 없었던 한 세대가 더듬거리며 내뱉는 눌변이었다.

『파스키에』

조르주 뒤아멜Georges Duhamel은 전쟁 직후 살라뱅Salavin 연작을 계획했다. 다섯 권에 걸친 소설에서 그는 주인공의 환멸을 이야기했다. 전체 열 권에 달하는 『파스키에 가의 연대기*Chronique des Pasquier*』(1932-1945)와 더불어 그 역시 개인적인 삶의 조망을 포기하고 한 가족사를 이야기하게 된다. 그는 "1880년과 1930년 사이에 걸친 프랑스인의 삶의 한순간"을 그리겠다고 했다. 그의 가족 연대기는 이리하여 사회적 연대기로 이어졌다. 한 가족의 생의 도약은 프랑스에서의 구체적인 삶의 한순간과 일치했다. 뒤아멜은 어느 날 다음과 같이 그가 계획하는 바의 정신을 요약했다.

파스키에 가의 이야기는 그러므로 1880년과 1930년 사이에 어떤 서민 가정이 엘리트 계층으로 부상하는 과정을 그 중심 주제로 삼고 있다. 일 드 프랑스의 한 정원사의 아들인 레몽 파스키에Raymond Pasquier는 부단히 노력한 결과 그의 아내 뤼시 엘레노르Lucie Eléonore의 끈기 있고 정열적인 도움에 힘입어 의학박사 학위를 받기에 이른다. 이 아내에게서 그는 일곱 자녀를 얻었다. 그중 다섯 명이 살아남는다. 그 아이들 중 하나인 로랑Laurent은 갖가지 노력과 모험을 거쳐 자기 시대의 가장 탁월한 생물학자들 중 하나가 될 것이다. 맏딸인 세실Cécile은 예외적일 만큼 천재적인 소질을 갖춘 음악가로서 일찍부터 위대한 예술가가 될 것이다. 딸 중 가장 어린 쉬잔Suzanne은 그 미모가 뛰어나 배우가 될 것이다. 세속적 재산에 대하여 걷잡을 수 없는 욕심을 지닌 맏아들은 장차 사업가로서 이름을 빛낼 것이다. (조셉Joseph)(…) 끝으로 한 아들(페르디낭Ferdinand)은 별로 빛날 것이 없는 평범한 쪽으로 서서히 주저앉을 것이다.[11]

이만하면 이야기의 방식이 짐작이 간다. 식구가 많은 한 가족을 창조함으로써 소설가는 자기의 이야기를 편하게 꾸려갈 수 있었다. 아이들에게 갖가지 자질을 부여함으로써, 또 그들을 서로 다른 여러 가지 천직에 종사하게 함으로써 그는 매우 폭넓고 다양한 에피소드들과 인간적 유형들을 여유 있게 그릴 수 있었다. 그는 프랑스 사회의 다양한 방면들을 골고루 답사할 수 있는 가능성을 확보했다. 약간 초보적이라고 할 수 있을 이 기법은 자연주의 소설의 해묵은 한 관습이었다. 폴 마그리트Paul Margueritte는 『레 파브르세』에서 이 기법을 사용했었고 졸라는 원칙적으로 족보의 틀에 의거함으로써 그의 《루공 마카르》 총서를 구성했었다.

뒤아멜은 이야기의 기법들을 다양하게 변화시키려고 노력했다. 즉 그 작품의 처음 세 권은 로랑 파스키에의 추억들로 구성되었고 제4권은 쥐스텡 베일이 자기가 쓰기로 결심한 책을 위하여 수집한 일련의 노트들이었다. 또 어떤 한 권은 로랑의 편지들을 담고 있었다. 소설가는 여기저기에서 3인칭의 전통적인 이야기 방식에 의존하거나 아니면 대화에 중요한 몫을 할애하기도 했다. 작품에서 사용된 기법들이 다양하다고 해서

---

11) 아날 대학교에서의 강연.

『파스키에』를 읽을 때 느끼게 되는 단조로움의 인상이 지워지는 것은 아니다. 극적 구성은 작가의 의도를 빗나가게 할 우려가 있으므로 그것을 피하고자 했다는 것은 이해가 간다. 한 인생의 점진적인 발전을 이야기하고 그날그날의 무미건조한 삶을 묘사하며 로마네스크한 면이 가장 적은 일상성을 통하여 삶을 포착하자는 것이었다. 그러나 거기에는 힘찬 숨결을 찾아볼 수가 없었다. 오직 그런 숨결만이 허구적 세계에 생명을 줄 수 있는 데도 말이다. 연작소설은 여기서 느릿느릿한 연대기처럼 전개되고 있다. 이야기의 흐름 자체가 비록 전통적인 줄거리로부터 벗어난 것이라고는 하나 활기가 결핍되어 있다. 이야기는 나른하게 질질 끌리듯 흘러가고 무의미한 에피소드들 속에서 그 필연성을 상실하고 있다. 그것은 한번도 유기적인 통일성의 인상을 주지 못한다. 뒤아멜은 공쿠르에 이어 소설가는 현재를 기록하는 역사가라고 주장했다. 그러나 그 자신은 몇몇 개인들의 운명을 기술하는 연대기 작자에 지나지 않았다. 그는 기껏 점잖은 자유주의의 가치들에 빠져들어 갔다. 중간 계층들을 그리고 그들의 존중할 만한 출세를 노래하는 이 작가는 절도와 예지와 양식을 보여주었지만 그런 것들은 소설가에게 불리하게 작용하는 것들이었다. 그의 인물들은 감동적이고 인간성으로 가득 차 있지만 뚜렷한 기복이 없다. 그들은 자신들의 전문 분야에서 두각을 나타내고 직업적인 성공도 거두지만 평범성을 면치 못하고 있다.

『선의의 사람들 Les Hommes de Bonne Volonté』

위대한 복안

27권에 달하는 『선의의 사람들』은 1932년과 1946년 사이에 나왔다. 쥘 로맹은 20대 때부터 이미 그 거대한 건축물의 초대를 닦아 놓았다.

『되살아난 마을*Bourg régénéré*』에서 『육체의 하느님*Dieu des corps*』에 이르기까지 그전에 쓴 그의 작품들은 모두 이 일생일대의 대작을 위한 예행연습과도 같은 것이었다. "나는 『만인일치의 삶*La Vie unanime*』이 그 첫 흥분을 노래했던 현대 세계에 대한 이와 같은 비전을 동적이고 다양하게, 자세하고 변화무쌍한 모습으로 표현하여줄 어떤 방대한 산문으로 된 허구적 작품을 언젠가는 착수해야겠다고 생각하고 있었다"라고 그는 말했다.

『선의의 사람들』에 붙인 서문에서[12] 쥘 로맹은 1세기 전부터 자기 시대의 세계상을 그리는 것을 목표로 삼겠다고 생각한 소설가들이 흔히 사용해온 두 가지의 기법을 분석하고 있다. 그 첫 번째 기법은 발자크와 졸라의 그것이다. 그것은 "각기 분리된 소설들에서 적당하게 선택된 몇 가지의 주제들을 다루고 끝에 가서 이 각각 다른 그림들을 서로 병치시켜 놓음으로써 하나의 전체적 그림에 해당하는 그 무엇을 얻어내는 방법"이다. 두 번째 기법은 첫 번째 것에 비하여 유기적인 통일성을 갖출 수 있다는 장점을 가지고 있다. 여러 개의 소설들을 한데 모으는 대신 이 경우에는 여러 권으로 된 단일한 하나의 소설이다. 사회상을 그린 그림은 한 개인을 중심으로 하여 원근법적으로 배열된다. 『장 크리스토프』, 『잃어버린 시간을 찾아서』, 그리고 『빌헬름 마이스터*Wilhelm Meister*』에서 『마의 산*La Montagne magique*』에 이르기까지 지적 감정적 교육의 발전과정을 보여주는 모든 '성장소설'들이 여기에 속한다. 이것은 소설의 가장 훌륭한 양식들 중 하나이다. 그러나 이것은 사회를 그려 보이려고 한다기보다는 어떤 의식 속에 그 사회가 비쳐진 모습을 보여주려고 노력한다고 볼 수 있다. 아니면 이 기법은 중심인물을 오직 일종의 '조역'으로만 이용한다. 이렇게 되면 그는 묘사를 위한 한갓 구실에 지나지 않는

---

12) 『10월 6일*Le 6 octobre*』의 제1권에서 볼 수 있다. 텍스트 39 참조.

다. 『장 크리스토프』의 실패는 부분적으로 프랑스 사회의 서로 다른 여러 분야들을 이처럼 교육적인 방식으로 소개하려고 한 데서 기인한다.

위나니미스트 소설가는 개인적인 것이 아니라 집단적이고 사회적인 것에서 출발한다. 그의 참다운 주제는 사회다. "그는 무수한 서로 다른 소설들을 서로 병치시켜 놓기"를 거부한다. 그는 "중심적인 인물의 이야기에만 국한시키기"를 원치 않는다. 그의 작업은 "단일하지만 충분히 방대한 어떤 소설, (…) 그리고 개인들, 가족들, 그룹들 등의 수많은 인물들이 마치 음악극이나 거대한 교향곡의 테마들처럼 차례로 나타났다가 사라지는 소설"을 요구한다. 시리즈의 첫째 권인 『10월 6일 *Le 6 octobre*』에서부터 이미 아무런 '이야기'도, '줄거리intrigue'도, '주제'도, '중심인물'도 볼 수가 없다. 즉 전통적인 소설을 닮은 데가 조금도 없다. 우리는 이 삶에서 저 삶으로 미끄러져가고 한 도시의 공간을 차츰차츰 답사해간다. 여기 직장을 향하여 내려가는 파리 사람들 걸음걸음 속에, 여배우의 잠 깨어 일어나는 아침 속에, 어떤 초등학교 교실의 분위기 속에, 수도를 향하여 일제히 달려가고 있는 급행열차들의 질주 속에, 바로 여기에 삶이 있는 것이다. 그 뒤에 이어지는 속편들에서 우리는 매순간 이 인물을 버리고 또 다른 인물을 만나게 된다. 이와 같은 장면들의 연속이 보여주는 활기를 통하여 쥘 로맹은 "삶 속에 가득한 분산과 소멸의 비장함"을 표현하고자 했다. 그는 흔히 성공을 거두었다. 그러나 그는 과연 발자크가 도달했던 것보다도 더 훌륭하게 한 사회를 살려내는 데 성공했는가? 의심의 여지가 많다. 쥘 로맹은 소설의 첫째 권을 집필하기도 전에 이미 자기가 무엇을 쓰려는 것인지를 알고 있었다. 발자크는 글을 써가는 동안 자기 마음속에 품은 복안의 중요성을 차츰 의식하게 되었다. 그것은 자연발생적인 성숙 과정이요, 고삐 풀린 영감의 발현이었다. 그런데 로맹의 경우는 빈틈 없는 기법의 정리 과정이 바로 소설이다. 발자크의 세계는 우리를 압도하며 쥘 로맹이 비판하여 마지않았던 방법상의 결함에도 불구하고 『인간 희극』 전체 속에서는 한 사회가 송두리째 살아 움직이고 있는 것이다.

현대 세계의 소설

사회적 계층들 우리는 쥘 로맹이 소개해 보인 사회 계층들이 매우 다양하다는 점에 놀라게 된다. 그는 각 사회적 범주 내에서 그 '유형들'을 서로 구별하려고 노력했다. 바스티드 집안은 파리의 서민 계층에 속한다. 그들은 자신들의 긍지를 지키려고 애쓰고 실추하지 않으려고 고심한다. 미로와 로켓은 기능공의 유형을 구체화시켜 보인다. "잘 만들어진 물건 l'ouvrage bien fait"에 대한 존중은 그들에게 있어서 독립성에 대한 지향과 일치하는 것이다. 반대로 큰 공장에서 선반공으로 일하는 에드몽 마이유코탱은 이제 대중문명의 세계로 변해가고 있는 산업사회에 속한다.

『선의의 사람들』 속에서 지식인들은 중요한 역할을 한다. 고등사범학교 출신인 잘레와 제르파니옹, 그리고 오퇴이유의 사범학교에서 역사선생이었고 자신의 주위에 마틸드 카잘리스, 롤레르크, 클랑리카르 등 옛날 제자들과 친구들을 끌어 모으고 있는 상페르 등이 여기에 속한다. 이들 대학인들 옆에는 배우인 제르멘느 바데르, 좌파 국회의원인 구로, 비평가 조르주 알로리가 있다. 이 비평가는 기만하기 위하여, 호화로운 거리에 있는 저택이라면 자신의 재정적 빈곤을 은폐할 수 있지 않을까 해서 미로메닐 가에 있는 방 세 칸짜리 집에 들어 산다. 『선의의 사람들』에는 사회적 성층구조가 확연히 갖추어져 있다. 그 꼭대기에는 마이월 가문, 뒤카틀레 교수, 혹은 브와 대로에 있는 호화로운 아파트로 정객들과 전위예술가들을 초대하곤 하는 고도르프 부인 등의 부자들이 자리잡고 있다.

어떤 소설가든 마찬가지이지만 쥘 로맹은 자신이 개인적인 경험을 통하여 잘 알고 있는 것만을 이야기한다고들 한다. 즉 고등사범학교 출신들, 교수들, 작가들, 예술가들이 그들이다. 그래서 그가 성직자나 사업가, 사교계 인사들을 소개할 경우에는 그의 묘사에 허위성이 드러난다고 하여 비난의 대상이 되곤 했다. 우리는 발자크에 대해서도 그 시대에 그와 비슷한 비판이 있었다는 사실을 지적할 수 있다. 그리고 사실상 쥘 로맹의 관찰 범위는 매우 광범위하다. 그의 경우에 있어서는 개인적인 경험에 직관이 추가되는 것이다. 그 직관은 그러나 발자크의 그것만큼 강한 힘을 지닌 것일까? 그렇지 않을 가능성이 많다. 쥘 로맹에게는 곧장 핵심적인 것을 찾아내고 수많은 문헌들 속에서 의미심장하며 인상적인 사실을 가려낼 수 있는 감식력이 없지 않다. 그러나 그는 발자크가 『인간 희극』의 세계를 다듬어낼 때 동원하였던 저 환각을 동반한 광란의 상상력을 알지 못한다. 그에게는 격정보다 체계가, 창조적 직관보다 분석적 건조함이 앞선다.

돈 하여간 그도 발자크와 마찬가지로 돈의 소설가였다. 그는 돈의 위력을 암시했다. 또 때로는 사업가들에게서 르네상스 시대 정복자들의 후계자들의 모습을 발견하기도 했다. 아베르캉은 현대 세계의 영웅이다. 석유 카르텔은 도처에서 그 세력을 뻗친다. 언론은 돈 가진 사람들의 수중에서 놀아난다. 귀로는 그들의 음모 앞에서 힘을 쓰지 못한다. 그는 기껏해야 몇 가지를 양보함으로써 자기 신문의 독립성을 지키는 것이 고작이다. 쥘 피쉐르는 자기의 기업을 국제적인 규모로 키운다. 이 겁나는 인물은 아베르캉이 실패한 곳에서 성공을 거둔다. 아베르캉의 경력을 추적함으로써 쥘 로맹은 그의 독자를 부동산 사업의 전개과정 속으로 이끌어들인다. 그는 제르파니옹과 부이통이 서슴지 않고 불량배라고 했던 그 인물에게 서사시적 중요성을 부여했다. 아베르캉에게는 행동의 희열과 건축가들이 갖는 열정과 기사도적인 우아함을 찾아볼 수가 있다. 아베르캉은 "인간 정신이 그의 필요한 수고를 아끼지 않을 때 나타나는 인간 정신의 위력이 자기의 인격 속에 있음을" 의식하고 있다.

역사 1830년경까지 소설은 허구적 모험들이 벌어지고 있는 바로 그 곳에서 실제로 전개되는 세계의 공적 사건들을 소개하기를 대단히 꺼려 했다. 그러나 『인간 희극』 속에서 발자크는 '역사'에 커다란 몫을 할애 했다. 즉 대혁명과 나폴레옹 제국은 그의 작품 속에서 간단없이 환기되 곤 했다. 주인공들은 지어낸 허구였고 사건들은 상상으로 꾸며낸 것이었 지만 그 양자는 다같이 역사적 여건들과 실재 세계의 여건이 서로 만나 는 세계 속에 자리잡고 있었다. 위고의 『레 미제라블』은 저 유명한 워털 루전투 장면을 포함하고 있으며 소설가는 스스로 혁명적인 날들을 실감 나게 재생시키는 역사가 노릇을 했다. 『감정교육』은 1848년의 그 피비 린내 나는 날들을 생생하게 재현해 보였고, 졸라는 『대 패주』에서 1870 년의 패전을 그려 보였다. 바레스는 『뿌리 뽑힌 사람들』에서 제3공화국 의 몇몇 에피소드들, 즉 불랑제 사건이나 파나마 운하 스캔들 같은 것에 상당한 몫을 할애했다.

쥘 로맹은 『선의의 사람들』에서 1908년을 출발점으로 삼았다. 그 해 는 그가 보기에 사회적 갈등과 외교상의 말썽들로 인하여 현대 세계의 변화에 있어서 의미심장한 시기로 보였다. 전쟁과 혁명이 이 세계를 짓 누르는 이중의 위험으로서 예고되고 있는 것이다. 1914년 전쟁과 그와 관련있는 1917년의 혁명은 이 작품의 심장부에 자리잡고 있다. 작가는 그 원인들과 현상들과 결과를 분간한다. 소설가가 채택한 소개방식 덕분 에 베르덩 전투건 전쟁이건 아니면 10월혁명이건 관계없이 역사적 사건 은 서로 다른 계층에 속하는 다양한 인간들에 의하여 서로 다른 각도에 서 보여지고 있다. 베르덩의 운명은 오랫동안 애매모호한 상태다. 10월 혁명의 앞날은 불확실할 뿐이다. 서로 상반된 수많은 질문들로 인하여 일어나는 사건은 그만큼 불확실성의 정도가 더하다. 인간의 모험은 위험에 직면하고 미래를 향하여 열려 있다.

현대사가 소설 속으로 들어옴으로써 제기되는 문제가 하나 있다. 즉 어떻게 하면 개연성에 손상을 입히지 않고, 또 신뢰성에 해를 끼치지 않은 채 실재 역사상의 인물들과 허구적인 인물들을 서로 병치시킬 수가 있는가? 하는 문제이다. 발자크는 마르세라는 총리대신과 다르테즈라는 위대한 작가와 뉘싱겐이라는 재벌을 상상으로 만들어내는 쪽을 택했었다. 바레스는 『뿌리 뽑힌 사람들』에서 불랑제의 실루엣을 보여주었었고 자기가 알고 있던 의회의원들을 생생하게 스케치해 보였었다. 쥘 로맹은 이와 같은 해결책과 관련된 여러 가지 위험부담을 안았다. 『선의의 사람들』에서 우리는 이리하여 브리앙, 조프르, 클레망소, 갈리에니, 조레스 같은 실재 인물들을 만나게 되는 것이다. 그들은 얼마만큼은 소설적 인물들로 변한다. 심지어 작가는 때때로 우리들이 그 인물들의 내밀한 성찰 속으로 파고 들어갈 수 있게 해주기도 한다.

집단적인 인물들 집단적인 인물들을 살아 움직이게 하는 것이야말로 위나니미즘全一主義의 근본적인 의도였다. 쥘 로맹은 개인적 운명들 사이사이에 방대한 전체적 그림들을 삽입할 줄 알았다. 소설의 첫째 권에서 '저녁 다섯시경의 파리의 소개'는 어마어마하게 큰 어떤 존재의 비전을 전달하는 데 성공하고 있다. 다른 장소들에서와 마찬가지로 여기서도 분석적이고 냉정한 소설가는 영감을 받은 시인으로 변한다. 그는 현대 세계의 시를 노래한다. 그는 눈앞에서 이루어지고 있는 거래와 교통과 각종 번잡을 암시해 보인다. 파리에 대한 이 파노라마식 묘사에 대하여 나중에 『선의의 사람들』의 주인공들이 도시 전체를 누비고 돌아다니는 여러 번의 산책들이 메아리처럼 응답한다. 발자크에게는 파리의 신화가 있었다. 로맹에게는 파리에 대한 인식, 파리의 시, 파리와의 친화력이 있다. 거리들과 광장들, 동네들과 기념물들은 친숙한 제 집에서만 맛볼 수 있는 감미로움을 지니고 있다.

파리 다음에는 프랑스다. 전쟁 직전 그의 작품의 절정에 이르게 된 쥘 로맹은 「1914년 7월의 프랑스 소개」를 내놓는다.

시리즈의 끝에 가서 나온 「1933년 10월의 유럽 소개」는 또 그보다 더 넉넉한 하나의 비전이다. 이제 전쟁이 다가오고 있음을 느낄 수 있다.

개인들의 소설

쥘 로맹의 인물들은 사실 프랑스 사회의 한 분야를 대표하곤 한다. 그들은 졸라와 발자크에까지 소급하는 기법에 따라 모두가 한 계급이나 한 직업의 근본적인 특징들을 육화하여 보여준다. 우리는 흔히 쥘 로맹이 자기가 연구하고자 하는 사회적 범주들에서 출발하여 그 범주를 구체적으로 보여주는 개인들을 다듬어 만들었다는 인상을 받는다. 창조적 힘이 그 능력을 미처 발휘하기도 전에 분석적 지능이 개입해버린다. 그렇지만 작품 속의 많은 개인들은 독자들의 흥미를 불러일으키고 그 주의를 사로잡는 데 성공하고 있다. 그들은 심지어 작자가 의도하고 있는 전체의 계획을 무시하고 독자가 속임수를 쓰도록 자극하기까지도 한다. 즉 독자는 자신이 좋아하기 시작한 인물들이 어떻게 되었는지를 알고 싶어서 여러 군데의 에피소드들을 건너뛰면서 읽게 되는 것이다. 독자는 그들의 내밀한 생각들과 비밀스런 삶을 속시원히 알게 된다. 그 수많은 이질적인 의식들 속으로 가까이 접근해볼 수 있다는 것이야말로 이 소설을 읽는 재미들 중 하나다. 독자는 키네트의 편집광적이고 조직적이며 꼼꼼한 의식에서 아베르캉의 환상을 보는 듯한 격정으로, 제르파니옹의 견실하고 고집 센 예지로 간단없이 옮아간다. 로맹은 키네트에게서 볼 수 있는 섹스와 범죄 사이의 관련성을 조명해 보였다. 그는 또한 창조적 정신의 비밀스러운 활동 과정을 탐험했다. 『루이 랑베르*Louis Lambert*』, 『절대의 탐구』, 『마네트 살로몽』, 『작품*l'OEuvre*』, 『위폐 제조자들』, 『자크 아르노와 소설대전*Jacques Arnaut et la somme romanesque*』 이후에 그는 스트리젤리우스를 통하여 한 작가가 언어와 씨름하는 모습을 보여주었다. 그는 마찬가지로 잠 못 이루는 어느 날 밤 영감에 사로잡힌 나머지 어떤 이상한 케이스를 관찰하고 나서 혁명적인 심리학 이론을 송두리째 다 수립하게 되는 비오르Viaur 박사의 지적 모험을 추적했다.

　『선의의 사람들』의 소설　선의라는 주제는 한 사회 전체를 소개하는 가운데서도, 개인적인 여러 운명들의 한복판으로 관류하고 있다. 정신의 빛이 때때로 이지러지기도 하지만 그러나 계속하여 한 혼란스러운 세계 속에서 광채를 발한다. 선의는 분산과 허무주의와 파괴의 힘에 대립한다. 마니교식 발상일까? 아마 그렇지는 않을 것이다. 왜냐하면 여기서 문제는 선의 힘들이 악의 위력과 균형을 이룰 수 있는지를 알아내자는 데 있는 것이 아니기 때문이다. 세계는 하나의 '상태état'가 아니라 하나의 '생성과 변화의 과정devenir'이다. 『선의의 사람들』은 쥘 로맹의 머릿속에서는 선의를 향한 어떤 부름이었다. 1948년에 《선의의 사람들의 노트*Cahiers des Hommes de bonne volonté*》를 창간함으로써 그는 비록 장기적인 안목에서나마 어떤 대집합의 싹을 준비하고자 했던 것이었다. 그 대집합을 묘사하기 위하여 현실에서 출발했던 소설가는 그것을 다듬어 만들기 위하여 그 현실로 되돌아왔다. 그는 성공했을까? 그런 것 같지는 않다. 첫째, 실제로 일어난 사건들이 어찌나 엄청난 혼란을 보여주었는지 선의 같은 것은 오히려 한갓 고식적 수단이라고 여겨질 지경이었다. 그보다는 오히려 위험과 투쟁과 영웅주의가 필요했다. 다음으로, 소설의 마지막 여러 권들이 지닌 점점 두드러져가는 취약점은 그 작품에 대하여 불신감을 갖도록 하는 데 한몫을 했다. 끝으로, 쥘 로맹의 인물들은 19세기에 발자크의 주인공들이 지니고 있던 그 찬란한 광휘의 힘을

결코 갖지 못했다. 그 인물들은 가장 진부한 풍모를 지닌 인물들이었기 때문이다. 또한 선의는 댄디즘이나 시니시즘, 야망, 혹은 인색 같은 것만큼 매력을 행사하지 못하기 때문이다. 이 방면에서는 이성이 정념들을 능가하지는 못한다.

3. 인간 조건의 소설들

소설의 다양한 변신

1930년경에 주도적 역할을 하는 세대는 셀린, 말로, 생텍쥐페리, 그리고 또한 베르나노스, 아라공 등의 세대로서 그 앞의 중진들과 교대한다. 이 작가들은 독자 대중에게 오락을 제공하는 일에는 별로 관심이 없다. 그들은 독자들의 정신에 영향을 끼치고자 한다. 그들은 자신들의 책 속에서 어떤 삶의 스타일을 제시해 보인다. 그들의 소설에서는 지적, 윤리적 내용이 으뜸가는 자리를 차지한다. 그들이 그려 보이는 인물들은 여러 가지 사회적 유형들을 보여준다기보다는 가치를 구체화시켜 보이고 있다. 이제 소설은 '그림'보다는 '행동'이고자 한다. 호적부와 경쟁을 한다든가, 삶을 모방한다든가, 자신을 만들어낸 창조자에게서 떨어져 나가 독립적으로 살아 움직이는 인물들을 태어나게 하는 등등의 일은 이제 점점 더 소설가의 관심 밖으로 밀려나버린다. 이런 점에서 말로의 어떤 지적은 의미심장하다. 그는 소설이라는 장르가 지닌 특수성의 개념 자체를 부인한다. 그는 이른바 제 스스로 살아 움직이면서 창조자의 손아귀에서 벗어나 있다는 "인물들을 창조하는 것이 소설가의 임무"라고 생각하지 않는다. 그는 "수미일관하고 특수한 하나의 세계를 창조하는 것"만이 자신이 의도하는 바라고 여긴다.[13] 우리는 말로가 도스토예프스키에 대해서 했던 다음과 같은 말을 현대 작가에 대해서도 그대로 적용할 수 있을 것 같다. "그는 자신의 피조물들을 통해서 질문으로 가득 찬

---

13) 가에탕 피콩Gaötan Picon, 『그 자신을 통해 본 말로Malraux par lui-même』, Seuil, p.38.

명상을 구상화해 보이고 있다" 이 말에 따르면 도스토예프스키는 "그의 두뇌의 갈피갈피가 서로 대화를 나누게 만들었다는 점에서 천재였다"는 것이다.[14] 바로 이런 점에서 현대의 작가는 가장 탁월한 경우 도스토예프스키 그리고 나아가서는 앙드레 지드나 디드로의 상속자라고 할 수 있다.

소설이 증언으로 변하다.

무상성의 거부, 개인주의적인 도락성에 대한 혐오, 위험을 마다하지 않는 취향, 역사 참여에 대한 숭상 태도, 세계와의 거친 한판 승부를 통해서 자아를 확인하고자 하는 의지, 이런 모든 새로운 가치들로 인하여 이 세대의 소설가들은 소설 작품을 일종의 '증언'으로 간주하기에 이른다. 이리하여 우리는 소설이 실제 사실을 약간 손질하여 바꾸었을 뿐인 '자서전' 형태와 난폭하고 복잡한 현실을 직접 그대로 옮겨담은 '르포르타주' 형태, 그 양자 사이를 오락가락하는 것을 볼 수 있다. 자서전이라고 하지만 그것은 결코 자신에 대한 자족적인 분석이 아니며, 잘 정돈된 어떤 이야기 속에다가 옛적에 체험한 정열의 곡선을 그려 놓으려고 애쓴 것도 아니다. 여기서의 자서전은 이 세계와 거칠게 접촉하는 사람의 직접적인 경험을 그대로 전달하고 있다. 그리고 말로의 작품처럼 미학적으로 짜여진 작품을 두고 말하기에는 '르포르타주'라는 표현 또한 잘못 선택된 것이라고 볼 수 있다. 그 양자 중 어느 경우건 작자는 일어나고 있는 사건들을 냉정하게 증언만 하는 것이 아니다. 그는 그 사건에 몸소 참가하고 있는 것이다. 사태의 추이를 객관적으로 묘사하는 것이

---

14) 같은 책, p.41.

아니라 어떤 구체적이고 제한된 상황의 어둠 속에서 이루어진 체험을 보고하고 있는 것이다. 소설가는 사건에다가 삶의 비극적인 색채를 부여한다. 그런데 자서전과 르포르타주는 동일한 문학적 현실의 양면이다. 어떤 직접적 경험의 증언이 삶의 스타일로 승격되어 나타났다는 점에서는 같다는 말이다. 생텍쥐페리는 그의 '소설'들 속에서 자신의 직업적인 경험들을 이야기했다. 그는 그의 '직업métier' 속에서 책의 주제들과 예술의 테마들을 찾아냈다. 사실 작품이 거듭될수록 우리는 그에게서 '허구'의 몫이 줄어드는 것을 볼 수 있다. 그의 첫 이야기인 『남방 우편기Courrier Sud』는 그나마 아직 어떤 소설적 구성을 갖추고 있었다. 그러나 1931년에 페미나상을 받은 『야간 비행Vol de nuit』에는 오직 수신기 앞에서의 저 초조한 기다림이 전부였다. 아무도 직접 목격한 이가 없는 어떤 비행사의 실종사건에 대한 보고가 그 내용을 이루고 있었다. 한편 『인간의 대지Terre des hommes』는 이야기들과 에세이들을 단순히 연속시켜 놓은 것이었다. 작자는 그의 친구들의 영웅적인 행동을 이야기했고 비행사로서의 직업이 갖는 기쁨과 어려움과 위험들을 말했다. 『전시 조종사Pilote de guerre』에서 작가는 주인공이었다. 그는 가망없는 필사적 사명을 띠고 출격했던 일을 이야기했다. 그의 의도는 어떤 허구적인 세계를 지어내는 데 있는 것이 아니라 독자로 하여금 직접 겪은 경험에 참여하도록 하며 삶의 고귀함 속으로 뛰어들어가 보도록 만드는 데 있었다.

셀린Céline의 격류와도 같은 이야기들인 1931년의 『밤의 끝으로의 여행Voyage au bout de la nuit』, 1936년의 『외상 죽음Mort à crédit』은 작가의 다양한 경험들을 반영하고 있다. 그는 물론 자신이 경험한 현실들을 마음내키는 대로 해석하여 활용하기를 서슴지 않는다. 그는 자신의 달변에 말려들어 실제 경험을 머릿속에서 연장하기도 하고 거기에 억양을 매기고 열기를 더하는가 하면 걷잡을 수 없이 소용돌이치는, 익살스럽거나 비극적인 밀도를 부여한다. 그러나 결국에 가서는 경험이 상상보다 우세한 몫을 차지한다. 그는 말을 가지고 어떤 상상의 세계를 창조하려고 마음먹은 것이 아니다. 그는 삶 자체만 가지고도, 자신의 삶만 가지고도 충분히 할 말이 많다. 『밤의 끝으로의 여행』에서 작자는 그 잊을 수 없는 인물 페르디낭 바르다뮈Ferdinand Bardamu를 통하여 전쟁, 여러 곳의 병원들, 아프리카, 미국, 변두리 동네에서의 개업의 생활 등 자기 스스로 겪은 경험들을 이야기한다. 『외상 죽음』에서 이야기의 흐름은 시간 순서를 따르지 않고 여러 가지 다양한 범주의 추억들 속을 훨씬 더 복잡하게 왕래한다. 이야기는 변화무쌍한 기억의 흐름을 따라간다. 주인공은 작자 자신과 동일화되어 있다. 독자는 어떤 과거 경험만을 발견하는 것이 아니라 즉흥적인 증언의 분주한 왕래 속으로 발을 들여 놓게 된다.

말로는 자기 동시대 사람들에게 여러 가지 이야기를 들려주는 재미만을 위해서 소설을 썼다고 볼 수 있을까? 그는 과연 어떤 허구적 세계를, 현실세계라고 착각할 정도로 현실과 닮은 어떤 착시화로서의 세계를 창조하기로 마음먹었던 것일까? 그에게 있어서 문학이란 자신이 겪은 삶의 경험을 토대로 한 것이었다. 그가 『정복자Les Conquérants』나 『인간의 조건La Condition humaine』을 쓴 것은 아시아에서의 여러 가지 혁명운동에 가담하고 난 뒤였다. 『왕도La Voie royale』는 캄보디아의 밀림을 뚫고 가서 그 속에 매몰된 사원들을 찾아내는 경험을 그려 보인다. 그가 쓴 책들 중에서 가장 영감에 차 있고 가장 아름다운 『희망L'Espoir』은 스페인 전쟁에 참가했던 자신의 직접적 경험을 반영하고 있다. 그는 자신의 삶 속에서 소설의 주제들을 찾아냈다. "스페인 혁명이 나에게 계시해준 바를 표현하려고 노력한 결과 『희망』을 쓰게 되었다"고 그는 털어놓았다. 그에게 있어서 '허구'란 자기 자신의 천성이 그 모습을 드러내고 또한 그 천성이 완성되어 가는 상상의 공간이 아니다. 그렇다고 그것은 오락이나 단순한 묘사도 아니다. "내가 생각할 때 현대 소설은 개인에 대한 해명이 아니라 인간의 비극성을 표현하는 특별한 수단이다"라고 그는 지적한다.[15]

가치의 탐색과 영웅 숭배

가치의 위기

셀린식의 응징을 겸한 고발에 비해볼 때 생텍쥐페리의 교화적인 휴머니즘은 대조적이다. 그러나 셀린에서 말로까지, 아라공에서 베르나노스까지 작가들은 한결같이 부르주아 사회 풍속과 서구의 개인주의를 비판했다. 셀린의 그 요란스러운 거부 속에서는 상처받은 영혼의 절규가 담겨 있는 것일까? 아니면 신성모독에 영합하는 어떤 메아리가 담겨 있는 것인가? 그에게 있어서는 모든 것이 다 비판의 대상이다. 그는 부르주아 가정, 프랑스의 식민, 미국의 창녀들, 소련 사회의 경찰들 모두에게 야유를 퍼부었다. 그러나 또한 그는 일반적으로 사람들이 가장 존중하는 가치들과 가족관계 같은 것에 대해서도 맹렬하게 욕을 퍼부었다.

베르나노스는 그의 소책자들을 통해서 정통파적인 생각을 갖고 있는 부르주아를 격렬하게 공박했다. 아라공은 『현실세계』 연작에서 소유계급의 음모를 고발했다. 말로는 서구문화의 위기가 어느 정도에 이르렀는가를 지적했고 유럽의 멸망을 예감했으며 현대의 지적 발전이 도달한 모순을 고발했다. "자신에 대한 탐구를 극단에까지 밀고 나가보면 부조리에 닿게 된다"고 그는 말했다. 기독교의 질서도 세속 도시의 질서도 문명의 기초가 되어주지 못하며 문화를 증진시켜주지 못하는 것이다.

---

15) 같은 책, p.66.

행동의 영웅주의

말로는 그의 소설들에서 격변하는 세계를 앞질러 예상한 것 같은 모습으로 보여주었다. 그는 『인간의 조건』에서, 『희망』에서 "교양과 명철성과 행동에의 적성이 합쳐진" 새로운 유형의 영웅을 생생하게 살아 움직이게 했다. 그는 1930년 이전에 20년대의 낭만적 불안이 다분히 느껴지는 일종의 절망의 딜레탕티즘으로부터 시작했다. 그러나 그의 작품은 곧 뿌리칠 길 없는 고통에 물들게 되었다. 죽음의 고정관념으로부터 벗어나는 길은 행동뿐이었다. 위험에 정면대결하는 것이 곧 공포에서 벗어나는 방법이었다. 죽음에 스스로를 노출시키는 것이 곧 운명을 지배하는 길이었다. 우선 그가 생각할 때 영웅적 행동이란 "절망한 영혼이 선택하는 오락"에 불과했다.[16] 그러나 『희망』에서부터는 영웅적 모험으로부터 혁명에 대한 봉사로 옮아갔다. 그때부터 말로는 전사들의 사나이다운 연대성을 찬양했다. 그가 혁명적 참여에서 얻고자 하는 바를 생텍쥐페리는 의무의 완수에서, 그리고 불안과 고통을 멈추게 해줄 수 있을 것 같아 보이는 자기 초극에서 발견했다.

현대의 영웅들

아라공은 초현실주의를 포기했다. 그는 '구름'을 떠나 『현실세계』의 소설들로 내려왔다. 이 소설의 연작은 1934년 『바젤의 종탑』과 더불어 시작되었다. 『사회주의 리얼리즘Le Réalisme socialiste』에서 그는 "현실로의 복귀"를 부르짖었다. 이 새로운 미학은 새로운 윤리학과 연결되어 있었다. 『바젤의 종탑』에서 『호화로운 구역Les Beaux Quartiers』과 『임페리얼 호의 여행자들Les Voyageurs de l'Impériale』을 거쳐 『오렐리엥』에 이르기까지의 소설들에서 그는 쥘 로맹처럼 사회에 대한 세밀한 조사

---

16) 가브리엘 마르셀Gabriel Marcel의 표현.

를 하는 것만으로 만족하지 않았다. 그는 자신의 진단이 '경향성을 띤' 것이라는 사실을 감추지 않았다. 그는 제반 가치들의 위계질서에 의거하여 사회적 세계를 그려 보이는 능력을 보여주지 못한 자연주의를 비판했다. 그 자신은 낡은 세계 곁에서 새로운 세계의 약속을 엿볼 수 있도록 하겠노라고 장담했다. 마찬가지 방식으로 그는 낡은 시대의 '여자'와 새로운 시대의 반려를 대립시켰다. 디안느에 대하여 카트린느가, 특히 클라라 제트킨이 대립했다. "보라, 여기에 내일의 여성이 있다. 감히 말해 보자면 그는 오늘의 여성이다. 동등한 여성, 이 책이 지향하는 여성, 여성의 사회적 문제가 해결되고 지양되는 여성".[17] 50년대에 『공산주의자들Communistes』의 연작소설은 그보다도 더욱 분명하게 어떤 새로운 윤리를, 공산주의적 인간의 출현을 지향하고 있었다. 공산주의적 인간이란 "사실과 역사의 힘에 의거하여 만인이 접근할 수 있고 만인에 의하여 통제될 수 있는 현대의 새로운 영웅"을 의미하는 것이었다. 그러나 30년대부터 아라공의 생각엔 소설문학은 이를테면 랭보가 열망했던 바를 달성하지 않으면 안 된다고 여겼다. 즉 소설은 "행동에 리듬을 부여하는" 역할을 담당해야 한다는 생각이었다. 아닌 게 아니라 이리하여 아라공은 (특히 『공산주의자들』로 해서)안이한 테제소설로 전락했다는 비판을 받았다. 사람들은 그가 재능을—이 시대의 가장 위대한 재능들 중 하나인—어떤 이념에의 봉사를 위하여 낭비하고 있음을 개탄했다. 그렇지만 분명 우리는 그 같은 그의 충고를 활용할 권리가 있고 또한 작자의 의도가 미치는 범위를 이해하고, 현대 세계의 영웅들을 통해서 새로운 가치들을 구현함으로써 문화의 토대를 구축한다는 그의 문학 개념을 존중할 의무가 있다.

---

17) 피에르 드 레스퀴르Pierre de Lescure, 『소설가 아라공Aragon romancier』, Gallimard, 1960, p.24에서 재인용.

다른 시대의 영웅들

아라공이 내일의 여성들에 대한 신화적 모습을 그렸다면 몽테를랑은 그의 『처녀들Les Jeunes Filles』에서 어제, 혹은 그보다 앞선 과거의 여성 상을 그려 보였다고 할 수 있을까? 과연 사람들은 그 작품 속에 담겨 있는 '계산된 야비함'을 여러 차례에 걸쳐서 비판하기를 주저하지 않았다. 그리고 확대 해석하여 코스탈을 작자와 동일시했다. 『처녀들』(그리고 몽테를랑의 다른 작품들에 대해서도 그랬지만)에 대해서 비평계는 흔히 윤리적 판단에만 관심을 돌린 결과 미학적인 검토를 게을리하게 되었다. 몽테를랑은 끊임없이 그처럼 전혀 다른 측면들을 서로 혼동하는 태도에 대하여 개탄했고 "그가 무엇이라고 썼는지에 대하여 좀더" 주목해주기를, 또 "글 내용이 마땅히 어떤 것이 되어야 하는 것인지에 대하여 좀 덜" 생각해주기를 요구했다.[18]

그의 소설 작품은 송두리째 윤리적 반성으로 점철되어 있다. 그 작품은 부르주아 세계 속에다가 지난 시대의 영웅들을 등장시키고 있다. 그 작품은 서구 민주주의 사회 속에서 어떤 궁정 귀족이 내뱉는 항변의 결실이다. 몽테를랑의 예술은 바로 그러한 불일치에 바탕을 두고 있다. 1922년의 『꿈Le Songe』은 청년다운 방식으로 남성적 가치의 열에 들뜬 탐색을 뚜렷하게 보여주었다. 우리는 거기에서 장래 말로의 그것을 예고해 주는 악센트를 감지할 수 있다. 『독신자들Les Célibataires』(1934), 『처녀들』(1936~1939), 그리고 나중에 『혼돈과 밤Le Chaos et la Nuit』(1964)은 각기 어떤 한 가지 유형의 영웅들을 살아 움직이게 한다. 『독신자들』의 두 남자 주인공들이 남성적인 모습의 이상인 것은 부바르와 페퀴셰가 지적인 삶의 이상인 것과 같다. 『독신자들』은 『꿈』의 윤리의 멋진 '네거티브'라고 할 수 있다. 드 코앙트레 씨와 그의 아저씨는 영웅적

---

18) 『작가노트Carnets』, p.156.

귀족의 비장한 이면이다. 자신들에게 마지막 남은 긍지의 꿈틀거림마저 무의미해져버린 세계 속에서 살고 있는 한심한 방랑 기사가 그들인 것이다. 몽테를랑이 작자로서의 주석을 달 때 우리는 그것을 한심한 그로테스크 계통으로 여겨서는 안 된다. 우리는 그가 자신의 인물들 앞에서 상반된 두 가지 감정에 사로잡히는 것을 볼 수 있다. 그는 그들을 조롱하는가 하면 또한 그들을 사랑한다. 그는 그들에게 멸시의 눈길을 던지지만 또한 비길 데 없는 억양으로 드 코앙트레 씨의 죽음의 위대함을 말한다. 그에게 지배적인 감정은 인물들에게 '있는 그대로의 현실을 직시하는' 능력과 거기에 적절하게 대처하는 적응력이 결여되어 있음을 보고서 그 인물에 대하여 느끼는 답답함인지, 아니면 낡은 옛 가치들에 어리석을 정도로 충실한 그들에 대하여 느끼는 친근함인지 우리로서는 잘라 말하기 어렵다. 그들은 모두 다같이 조롱의 주인공들이며 동시에 주인공에 대한 조롱 그 자체라고 하겠다.

그들에 비해볼 때 『처녀들』의 코스탈은 두드러진 모습을 보여준다. 그는 거의 도전적이라 할 만큼 무례하다. 그러나 사람들이 흔히 말하는 것보다는 더 복잡한 인물이다. 그의 너그러움, 연민, 심각한 면, 인간들에 대한 주의력, 나아가서 그의 섬세함 따위는 그의 이기심, 모진 성격, 오만방자함, 야비함과 대립적이다. 그는 스스로 자신을 "온갖 모습을 다 갖춘 사람"으로 규정한다.[19] "정직함과 교활함, 엄숙함과 장난기가 교차하는 파동"[20]이 그의 표정을 스쳐간다. 그는 동시에 "정다우며 간악하다". 그 양자가 똑같다. 그는 의식의 유동성 때문에 자신의 마음속에 솟아오르는 선량한 기미를 후회하게 된다. 그는 서로 상반된 동기들로 해서 마음의 동요를 느낀다. 그는 같은 한순간에 솔랑주와 결혼하기를 꿈

---

19) 몽테를랑, 『소설Romans』, 플레이아드, p.949.
20) 위와 같은 책, p.981.

꾸는 동시에 그녀를 죽이고 싶어한다.[21] 이와 같이 도스토예프스키적인 의식의 복합성으로 인하여 이 인물은 현대성을 획득한다. 물론 그는 "있는 그대로의 현실을 본다"는 것을 자랑스럽게 생각한다. 그리고 그 인물을 통해서 몽테를랑은 아마도 기독교적 가치와 반대되는 가치들을 높이 추켜올리고자 했을 것이다. 그러나 코스탈의 심오한 의미는 작자가 그에게 부여하고자 했던 그것을 넘어서는 것이 아니라고 누가 장담할 수 있겠는가? 코스탈은 어느 면 자신의 시대를 잘못 알고 태어난 돈주앙 같아 보이는 데가 있다. 그에게는 다소 '상궤를 벗어난' 어처구니없는 그 무엇이 있다. 그가 하는 어떤 개구쟁이 짓은 깊은 의미가 없지 않다. 트리플 파트인 그가 당디요 부인댁에서 빠져나와 바야흐로 "채플린 흉내를 내어 양쪽 발을 밖으로 뻗치면서 대로를 따라 나타나시는" 것이다.[22] 그는 일생 동안 자신이 시저, 돈키호테, 예수 그리스도, 혹은 질 드 레라고 생각해왔었는데 이번에는 또 채플린이 된 것이다. 바로크적 주인공인 그는 성서적인 색채를 발견하는가 하면 여자들에게 쫓기는 돈주앙의 모습을 띤다. 그는 아무 여자나 만나는 대로 결혼을 하기로 결심한다. 그는 우스꽝스럽게도 장래의 장모를 겁낸다. 그는 부엌에서 여자에게 구애를 하면서 그녀와 함께 스타일 연습에 골몰한다. 『선의 악마*Le Démon du bien*』에는 익살광대의 유머가 담겨 있다. 거기에는 서사시의 몫과 동시에 서사시에 대한 패러디가 유감없이 발휘되어 있다. 소시민 여성인 솔랑주는 거기서 "태양을 정지시키는 여자"가 되고 코스탈은 "그녀가 두 손을 무릎에 얹고 앉은 채 화강암으로 조각된 모습!"인 것으로 본다.[23] 거창한 비전이다. 그의 언사도 그에 못지않게 거창하다. "대지의 온 얼굴 위로 눈길이 닿는 한 가장 멀리, 아니 그 이상으로까지 나의 백성들이

---

21) 위와 같은 책, p.1131.
22) 위와 같은 책, p.1292.
23) 위와 같은 책, p.1331.

널리 퍼져 있다. (…) 나는 그 이름이 땅의 저쪽 편에까지 살아 숨쉬는 그런 사람이로다". 이 주인공의 요구는 그가 하는 말 못지않게 성서적이다. "그대의 살의 살이 잠들어 있는 저 방으로 나를 인도하라. 그리하여 나로 하여금 알게 하라. (…) 나는 그녀를 내 재화로 뒤덮으리니, 하여 그녀는 재화 밑에서 꽃피어나리니, 그녀는 내 비와 내 여름의 재화들 아래서 꽃피어나리니"[24) 성서적인 어조, 신화, 제우스, 미노타우로스, 다나오스, 고대의 풍속 등에 대한 점점 더 거듭되는 암시는 이야기의 균형을 잃게 만들고 결국에는 「이블리스*Iblis*」의 대목 다음에 문학적인 생성의 창구唱句들이 한껏 자아내는 서사적 유머(위대한 맛이 없지도 않은)의 끝마무리로 이야기를 이끌고 간다.

코스탈을 통해서 몽테를랑은 아마도 남성다운 승리가 드러내 보이는 어릿광대 같으면서 가소로운 모습을 구상화하고자 한 것 같다. 『혼돈과 밤』에서의 셀레스티노는 돈키호테의 한 새로운 변신이다. 그의 드라마는 환상으로 기울어지는 자질 바로 그것이다. 흔들리는 천 조각을 보고 미친 듯 내닫는 바람에 죽게 되는 투우는 일종의 비극적인 품격을 갖는다. 헛된 꿈에 사로잡힌 인간도 그와 마찬가지인 것이다. 셀레스티노의 경우 그가 아직 자신이 살해당한다는 것을 알지 못하고 있을 때 찾아오는 죽음의 계시 (…) 인생은 맹목이요, 정열은 그것이 비록 정의와 명예에 대한 정열이라 할지라도 한갖 거대한 속임수의 힘과도 같은 것이다.

---

24) 위와 같은 책, p.1334.

모럴리스트 소설가 몽테를랑

"이것을 읽어보시오. 소설 이상의 그 무엇이랍니다"라고 『처녀들』을 읽고 난 로맹 롤랑은 말했다. 과연 그것은 하나의 '대전大全'이다. 여기서는 빈번히 모럴리스트가 나타나서 소설가의 바통을 이어받곤 한다. 몽테를랑은 비록 "인간의 영혼 속에 담긴 그 무엇인가를 글로 바꾸어 놓는 일이라면 나는 아무 관심이 없다"라고 말했지만 그의 소설은(오로지 "스스로의 마음속에 담긴 것을 후련히 털어놓기 위해서" 썼다지만) 그것 자체의 재생산적 가치만으로 자족할 수 있는 하나의 폐쇄된 세계를 이룬다고 보기는 어렵다. 그 소설은 삶을 모델로 하여 그것을 그리고 있는 것이 아니다. 삶은 다듬어 만들어야 할 질료일 뿐이다. 모럴리스트가 간단없이 이야기의 빈틈을 헤집고 나타나서 끼어들면서 소설을 에세이 쪽으로 유도해간다. 우리는 소설 속에서 그런 지루한 논설을 많이 찾아볼 수 있다. 몇몇 까다로운 비평가들은 그 점에 대해서 소설가에게 비판을 퍼붓기도 했지만 몽테를랑은 말로의 『희망』에서 그런 논설적 부분을 매우 높이 평가했다("사람들은 그의 논설들을 비판했지만 그들은 총명하고 심오한 것이면 모두 다 논설이라고 부르는 것이다"라고 그는 지적했다). 말을 하는 사람이 작자이건 코스탈이건, 우리는 그들의 말 속에서 몇 가지 철학적 조망들을 발견할 수 있다. 장 발Jean Wahl은 1940년에 그 작품 속에서 그런 철학적 조망들을 가려냈다. 여자와 사랑에 대항하는, 그리고 "인간의 암"인 자선에 대항하는 투쟁, 고통의 숭배에 대항하는 투쟁, 그리하여 마침내는 우리들 문명에 대항하는 투쟁이 그것이다. "이 모든 투쟁들 뒤에서 우리가 발견하게 되는 것은 결국 기독교에 대한 투쟁이다".[25] "괴로워한다는 것은 언제나 어리석은 일인" 이 세상에서, 혹

---

25) 《누벨 르뷔 프랑세즈*La Nouvelle Revue Française*》지, 1940년 4월호.

은, 아무것도, 착해지거나 악해지는 것조차도, 전혀 중요할 것이 없는 이 세상에서, "죽은 시체에서 격렬한 꽃이 솟아나오는 것이기에, 모든 죽음은 어떤 혁신의 계기인" 이 세상에서, "스스로 자제한다는 것은 미친 짓인" 이 세상에서, 존중의 대상인 사람들에 대해서 보다 욕망의 대상인 사람들에 대해서 관심이 더 많아지는 이 세상에서, "정말로 맛있는 식사"로 위로할 수 없는 정신적 고통이란 하나도 없는 이 세상에서, 발전시켜야 할 가치라고는 오로지 개인적 행복에 대한 숭배밖에는 없다. 그 행복은 "만들어지는 것"에 따라서가 아니라 "있는 것"에 따라 행동함으로써 얻어지는 것이다.

사실상 이러한 윤리적 조망들은 소설을 에세이 쪽으로 기울게는 하지만 결코 소설을 완전히 추상 속에 빠지게 만들지는 않는다. 마치 몽테를랑은 지드가 소설가에게 준 충고를 잘 기억해두기라도 한 것 같다. 즉 어떤 인물로 하여금 그의 기질과 맞지 않는 말을 하게 만들어서는 절대로 안 된다고 지드는 말했었다. 이리하여 모럴리스트가 제시하는 명제를 소설가가 매번 구체적 행동으로 실천해 보이는 것이다. 몽테를랑이 결혼통지에 대한 주석을 통해서 설명한 결혼의 문제는 코스탈의 말 속에 여러 차례에 걸쳐 다시 거론된다. 그런데 그 말들은 여전히 그 인물의 됨됨이와 직결된 것이다. 그러나 소설의 내용이 진전함에 따라 그는 자신이 설명하기 시작했던 문제들을 실제로 체험한다. 코스탈은 주저와 혼란 속에서, 어떻게 생각해야 옳은지 알지도 못한 채, 이데아의 하늘로부터 그 문제들을 개별적 경험의 구체성 속으로 끌어내려서 그것들을 몸으로 살게 된다.

그러나 실천에 옮기는 것이 소설가라면 그를 안내하는 쪽은 모럴리스트다. 소설가가 각각의 개인을 그의 진실 속으로 돌아가게 만들려고 노력하는 것이라면, 모럴리스트는 그의 인물들을 가치들로서 다룬다. 그 결과 그는 인물들의 서로 다른 차이 속에서 그들을 다 같이 한데 묶어주는 닮은 점을 가려내기도 한다. 코스탈은 옛날에 앙드레Andrée였었다. 브뤼네 앞에서의 코스탈은 솔랑주 앞에서의 당디요 부인이다. 코스탈이 솔랑주에게 그의 비밀의 열쇠를 던져주었듯이 당디요 씨는 코스탈에게 그의 비밀의 열쇠를 던져준다. 자신은 스스로의 인생을 실패하고 말았으면서도 당디요 씨는 코스탈이 성공한 비결이었던 가치들을 대위법에서처럼 거두어 제시하면서 코스탈에게 "이기주의자가 되시오"라고 말한다. 코스탈은 또 그에게 털어놓는다. "나는 내가 왜 당신을 좋아하는지를 생각해보았어요. 당신은 나와 닮았기 때문이에요."[26] 한편 세 사람의 '처녀들'로 말하자면, 그들은 일종의 발전의 주기에 있어서 세 가지의 서로 다른 순간들을 육화하여 보여준다. 환상과 몽상 속으로 도피할 때의 앙드레는 그녀보다 앞서 신비주의에 빠져 길을 잃었던 테레즈의 모습이다. 또 결혼을 했으나 만족하지 못하는 솔랑주는 앙드레 아크보로 변한다. 한편 소설가가 그녀에게 부여했던 개별성을 상실한 앙드레 아크보는 모럴리스트가 연구 대상으로 삼은 '여성'으로 변한다.

코스탈이 과연 개연성을 지닌 인물인가에 대해서는 논란이 많았다. 그것은 그에게 어울리지 않는 기준을 그 인물에게 적용하는 짓이다. 왜냐하면 그는 어떤 태도의 육화로서 만들어진 인물이기 때문이다. 또『동물우화집Les Bestiaires』은 한 인물과 그 인물이 환경을 인식하는 과정을 담아 자연주의적 소설로 구성한 것이라는 지적이 있었다. 또『꿈』의 주인공은 평균적인 프랑스 병정과는 닮지 않았다는 비판도 있었다. 이야말로 '인생의 단면'을 제시할 기회를 마련해주는 인물과 인생의 스타일을 제시하는 인물을 혼동하는 것이 아니고 무엇이겠는가? 우리를 어떤 환경으로 인도해가는 자연주의적 주인공과는 거리가 먼 코스탈은 그가 환경과 맺는 '관계'로부터 그의 현존성의 밀도를 얻어낸다. 환경에 대한

---

26) Pléiade, p.1209.

그의 비전은 너무나도 종합적인 것이어서 시간 축 위의 서로 다른 지점에 분산되어 있는 요소들을 한데 결합시킨다. 이때 그의 추억을 촉발하는 것은 두 가지 감각 사이의 동일성이라기보다는 내면적인 기분의 항구성이라 하겠는데 이 항구적인 기분은 동시에 어떤 정신적 윤리적 태도이기도 하다. 모럴리스트가 소설가보다 월등한 능력을 발휘하는 곳은 어쩌면 이 대목일 것이다. 즉 그는 하나의 세계를 살려내기보다는 한 인물을 생생하게 살아 움직이게 하는 것이다.

소설 기법의 사용

소설 기법들의 결산

1930년대 세대에게 있어서 소설 장르의 변화는 우리가 이제 살펴본 바와 같이 사람들이 소설에 부여하는 '기능'의 변화라고 할 수 있다. 소설 속에 새로운 풍토가 침투함에 따라 소설은 '묘사' 쪽으로부터 '반성' 쪽으로 기울어가는 것을 우리는 눈여겨볼 수 있다. 우리는 또한 이와 같은 변화를 소설 기법의 차원에서 포착해보려고 노력할 수도 있다. 1930년경에 이르면 소설에 관한 토론은 '소설 장르의 가치' 쪽보다는 '서술의 양식' 쪽으로 방향을 돌리고 소설을 '왜' 쓰는가보다는 '어떻게' 쓰는가 쪽으로 관심을 갖기 시작한다. 영화의 영향, 미국 소설 혹은 탐정소설의 영향으로 인하여 작가들은 점점 더 생략적인 방법을 택하도록 종용받는다. 예를 들어서 말로의 경우를 보면, 서술의 리듬 그 자체에 어딘가 열광적이고 혼란스러운 그 무엇이 나타난다. 그렇지만 기꺼이 모럴리스트가 되고자 하는 1930년 세대는 가치에 관하여 질문을 던지고 영웅들을 제시해 보이면서 소설의 '형식'보다는 '내용'에 더 큰 애착을 나타내 보이는 편이다. 셀린의 경우 영감의 걷잡을 수 없는 물결에 가려서 순전히 기술적인 고려는 뒷전으로 밀려난다. 생텍쥐페리의 경우 기법적으로 돋보이는 구석은 거의 없다. 그들보다는 말로가 대담한 서술방식을 통해서 자신이 환기시켜 보이는 복잡한 현실을 조직하고 교향악적으로 통합하는 기량을 보이지만 그의 경우 역시 인간적 경험에 압도되어 미적 경험은 뒷전으로 밀리는 경향을 보인다고 할 수 있다. 1930년 이후의 많은 소설가들은 여전히 그들의 선배들과 다를 바 없는 방식으로 자신들의 이야기를 들려주는 것이다. 새로운 서술양식이 '출현'한다기보다는 그것이 확고하게 뿌리를 내리고 발전해간다고 하는 편이 옳다. 그 양식들은 그에 앞선 시기 동안에 생겨난 것들이다. 더구나 그것들은 흔히 19세기 전체를 특징지웠던 완만한 진화의 귀결이었다. 어떤 입문서들은 때때로 무슨 절대적인 시작이라도 있었던 것 같은 느낌을 독자에게 심어주곤 하지만 그것은 시각적인 오류에서 생긴 결과다. 예를 들어서, 어떤 비평가는 말로의 이야기가 갖춘 새로운 면을 이해시키기 위하여 『인간의 조건』 첫머리를 모파상의 콩트의 시작 부분과 서로 대조해 보이면서 설명한다.[27] 그렇게 하여 비평가는 의미심장한 몽타주에 의하여 두 가지 기법 사이의 커다란 차이를 느끼게 만들고, 장면의 상황을 설명하고 인물을 소개하는, 요컨대 이야기의 자초지종을 제시하면서 소설을 시작하는 대신에 1930년대의 소설가는 그의 독자를 한창 진행 중인 행동의 한복판으로 몰아넣고 그로 하여금 상황 속에 던져져 있는 인물의 의식과 단번에 하나가 되도록 만든다는 사실을 증명하는 데 성공한다. 이와 같은 충격적 대조를 통한 설명방식은 출발점과 도착점을 가리켜 보일 수는 있다. 그러나 그렇게 함으로써 완만한 진화라는 진실을 은폐하게 된다. 두 점 사이의 거리와 다른 한편 그 도정을 점진적으로 거쳐온 과정과 단계들은 전혀 별개의 것이다. 이런 시각에서는 말로의 기법과 1925년에

---

27) 알베레스R. M. Albérès, 『20세기의 문학적 결산Bilan littéraire du XXe siècle』, Aubier, 1956, pp.12 이하.

『맨해튼 트랜스퍼*Manhattan Transfer*』를 썼던 더스 패서스Dos Passos 의 그것을 비교해보는 편이 더 흥미로울 것이다. 아니면 그보다 더, 1933년에 프랑스에서 그의 탁월한 소설들이 번역된 바 있는 콘라드 Conrad의 작품과 비교해보는 편이 더 흥미로울 것이다.

소설의 구조와 구성방식은 어떤 일정한 시기에 있어서 일종의 공통된 질료의 구실을 한다. 그 역할은 진화의 어떤 시기에 있어서 '언어 langue'가 맡게 되는 역할과도 유사한 것이다. 위대한 소설가라고 해서 '반드시' 그가 여러 가지 기법을 창안해내는 사람인 것은 아니다. 그는 당시에 널리 통용되고 있는 방식들을 활용하는 것으로 만족할 수도 있다. 위대한 작가가 공동 영역의 어휘와 표현들을 사용하면서도 자기의 고유한 목소리로 말하는 데 성공할 수 있듯이 위대한 소설가도 그의 앞에 이미 마련되어 있는 기법들을 활용하면서도 거기에다가 독자적인 힘을 부여할 수가 있는 것이다. 소설 기술의 진화는 급격하고 단속적인 방식으로 이루어질 수 있다. 그러나 오랫동안의 정체 과정을 통해서 이루어지기도 한다. 조이스의 내적 독백은 1921년에는 혁명적인 기법이었고 그 영향력은 여전히 계속되었다. 그러나 그것은 또한 소설가들을 의식 내용의 직접적이고 전격적인 표현 쪽으로 인도해간 어떤 완만한 진화의 귀결이기도 했다. 말로가 기꺼이 실천에 옮겼던, 혹은 사르트르가 2차 세계대전 직전에 그 의미를 규정한 바 있었던 '주관적 사실주의'는 오로지 행동하는 인물의 시각을 통해서만 독자에게 허구적 현실을 제시해 보이기 위한 한층 더 조직적이고 엄격한 노력의 일환이었다. 그러나 스탕달에서 플로베르에 이르기까지, 플로베르에서 지드에 이르기까지 자세히 살펴보면 그 같은 기법의 흔적은 수없이 찾아볼 수 있다. 서술의 흐름 속에다가 행동을 표시하는 단서들과 내적 독백의 토막토막들을 용해시켜 섞어 넣고, 주인공이 눈앞에 보고 있는 풍경과 그의 마음속에서 그 풍경이 불러일으키는 인상을 동시에 제시하는 숙련된 솜씨는 아라공의 경우 『현실세계』 연작 속에서 백분 발휘되고 있다. 우리를 '안'과 '밖'에 동시에 위치시켜 놓음으로써, 또 우리가 몸짓에도 생각에도 지각에도, 그리고 여러 가지 인상들에도 한결같이 다 접근할 수 있도록 해주는 그 정묘한 '이어주기lié' 형식은 이미 『위폐 제조자들』에서 앙드레 지드가 발휘한 바 있는 장기였다. 『목로주점』에서 졸라는 자유간접화법을 능숙하게 사용했다. 그보다 앞서 플로베르는 그 화법을 통해서 인물의 행동은 행동대로 그려 보이면서도 그와 동시에 그의 의식 속에 나타나는 내용을 전달하는 데 성공할 수 있었다. 그런데 스탕달이 워털루전투 이야기 속에서 파브리스의 생각과 그가 느낀 인상들을 독자에게 알려주면서도 그와 동시에 파브리스의 모습을 직접 '보여준' 것은 또한 무엇이었던가? 샤를 페르디낭 라뮈즈는 1905년에 그의 첫 소설을 발표한 이래 조금씩 조금씩 자신의 소설 기법을 완성해갔다. 20년대에 이미 그의 소설 기법은 장차 셀린이나 생텍쥐페리, 베르나노스나 말로에서 찾아보게 될 그것 이상의 대담성과 새로움을 갖추고 있었다. 벌써부터 라뮈즈는 시시콜콜한 사정 '이야기récit'를 들려주는 것을 포기해버렸다. 그 대신에 그는 직접 눈으로 볼 수 있게 했다. 그의 경우 현실이란 오로지 어떤 하나의 시각, 혹은 여러 가지의 동시적 시각들의 산물에 불과한 것이었다. 때로는 그는 행동을 가리켜 보이는 몇 가지 지적들에 그치기도 했고, 또 때로는 개인적 혹은 집단적 의식의 내용에 접할 수 있도록 하기도 했다. 1934년 『데르보랑스Derborence』에 이르면 그의 기법은 더욱 대담해져서 1930년도 채 되기 이전에 이미, 그보다 훨씬 나중에 누보 로망으로 인도하게 될 모든 대로들이 서로 교차하는 교차점에 놓이게 되었다. 즉 주관적 사실주의, 시점의 분산, 내적 독백, 행동주의behaviorisme, 그리고 더욱 미묘한 방식으로는 그의 아름다운 소설들을 농부들의 느릿느릿한 연도 같게 만드는 저 '후렴'의 고정관념적 성격—이런 모든 대로들이 그에게 와서 서로 교차하는 것이었다. 어떤 한 시점에 있어서 가장 자그

마한 물리학 실험 속에는 물리학의 역사 전체가 투영될 수 있다는 말을 들은 적이 있었지만, 그와 마찬가지로 그런 소설 속에는 소설의 역사 전체가 담겨 있다고 말하고 싶어질 때가 있다. 충분히 이해받은 새로움이란 전반적인 개혁의 새로움과는 다르다. 그것은 그 이전 작품들 속에서는 함축적이고 우연적인 수준에 머물러 있었던 요소들을 개발하고 발전시킨 데서 오는 새로움인 것이다. 샤토브리앙이나 네르발이 정서적 기억의 기적에 대하여 썼던 몇 페이지들을 깊이 생각하는 마르셀 프루스트를 상기해보라! 천재적인 작가들의 경우 내일의 걸작의 씨앗은 바로 어제의 작품들 속에 이미 담겨 있는 것인지도 모른다.

다양한 기법들

1세기 동안의 현대 소설사를 거치고 난 후 1930년대에 이르면 이야기하는 방법의 대부분이 이미 다 발견 완료되어버린 시기로 접어든다. 물론 생략과 암시를 보다 대담하게 활용함으로써 그 방법들을 더욱 완벽한 것으로 개량하고 더욱 섬세하거나 더욱 엉뚱한 것으로 만들 수는 있을 것이다. 그러나 『위폐 제조자들』은 이미 일종의 소설의 페스티벌이라고 할 수 있었다. 작자는 그 속에서 그의 장기인 모든 기법들을 차례차례로 다 사용했다. 시점의 기법과 시각의 분산, 대위법적 구성, 삼인칭 이야기의 계속적인 흐름 속에 삽입한 내적 독백의 토막들, 에두아르의 일기 속에 담은 일인칭 이야기, 무수한 대화들, 그리고 심지어는 서한문 소설체로의 복귀 등 수많은 방법들이 골고루 동원되었다. 30년대에는 작가들이 이러한 유희에 재미를 붙여서 그 모든 기법들을 모두 다 사용하면서 일부러 재주를 과시하는 것을 볼 수 있다. 브라지야크Brasillach의 『일곱 색Les Sept Couleurs』은 『위폐 제조자들』처럼 기법 면에서 일종의 소설 스타일 연습이라고 할 수 있는 작품이었다. 레옹 보프Léon Bopp는 『자크 아르노와 소설대전』에서 서로 다른 여러 가지 '정신'과 기법들에 따라 그의 주인공의 서로 다른 소설들을 쓰는 데 골몰했다.

　마르탱 뒤 가르가 『형성!*Devenir!*』의 주인공의 입을 통하여 제시했던 소설적 이상을 상기해보라! 그것도 때는 1908년이었다. "에 또, 가령 나는 어떤 사실의 이야기를 묘사로 시작해보겠어. 독백, 일기의 한 토막, 독백, 편지 한 토막, 그리고 또 다른 사실들, 또 다른 분석들, 또 다른 대화들, 문헌들, 요컨대, 내 말 이해하겠어? 장황한 이야기, 책 한 권은 족히 될 토막들이 유난히 눈에 띄는 장황한 이야기 따위는 이제 집어치워 버렸다고!"[28] 소설가들이 그들의 이야기에다가 이처럼 느닷없이 어조가 단절되는 경쾌하고도 발랄한 형태를 갖추어주게 되기까지는 20년을 더 기다려야만 했었다. 말로의 『인간의 조건』은 '장황한 이야기'를 피하고 일련의 핵심적인 순간들만을 단순히 병치시켜 늘어놓은 구성 면에서 대표적인 작품이었다. 『희망』의 벽두에 도착하는 전보들은, 그리고 모든 지역들로부터 아직 불확실한 뉴스들을 전해 오는 그 전보들은 독자의 정신 속에 밑도 끝도 없이 들이닥치는 일련의 자료들이다. 우리는 또한 몽테를랑의 『처녀들』 속에서도 전통적인 이야기의 획일성을 피하기 위하여 가장 다양한 기법들이 사용된 것을 볼 수 있다. 『처녀들』의 처음 부분을 읽는 독자들은 차례차례로, 그러면서도 숨차게 이어지는 편지들, 결혼 청첩, 삼단논법의 논설들, 그리고 또다시 편지들, 코스탈이 쓴 글의 발췌, 또 편지들, 어떤 이야기, 개혁 센터에 대한 '르포르타주' 등과 접하게 된다. 몽테를랑은 『생성!』의 주인공이 피력한 바 있었던 프로그램을 자기 나름대로 실천에 옮긴 것이다. 『처녀들』에서 지배적인 것은 거의 영화적이라고 할 수 있는 기법에 따라 뚝뚝 끊어 놓은 직접적 장면들이다. 이것은 말로가 행동을 단번에 위치시키는 그 돌연한 서두 부분에서처럼 그의 소설들을 재단하는 방식과 다소 흡사하다. 가령 "생 레오나

---

28) 『생성!*Devenir!*』, Pléiade, Ⅰ, p.25.

르, 영하 7도(…)", "개혁센터의 대합실(…)", "앙드레, 캉텡 보샤르 거리의 포도 위, 5시 25분", "장면은 숲속의 어느 식당에서", "6시간 후 생트 오귀스트 광장"—이처럼 토막토막 병치시켜 놓음으로써 소설가가 얻는 이점은 '장황한 이야기'를 피할 수 있다는 것이다. 그 결과 소설가는 더할 나위 없이 자유로운 행보를 보장받게 되며 엉뚱한 폭을 지닌 세계로 문을 열 수 있게 되는 것이다.

직업적 숙련미와 소탈함

이 세대 소설가들의 또 다른 특징 이들은 이야기와 '신빙성'의 법칙에 충실한 소설, 모험의 이야기를 들려주며 여러 인물들을 소개하는 소설을 쓰는 데 열중하지만 이따금씩은 직업적 규칙을 어느 정도 무시해버리는 소탈함을 보여주기도 한다. 아라공은 타고난 소설가다. 기막힌 흥과 다할 줄 모르는 입담으로 이야기를 들려주는 재능이 뛰어난 작자라는 뜻에서 말이다. 그는 우선 『현실세계』에서 독자의 흥미를 끌고 그의 주의를 사로잡겠다고 나선다. 그러나 여기저기에서 소설가 자신이 끼어들면서 독자에게 직접 말을 걸고 이런저런 방식으로 이야기를 처리한 데 대하여 사과도 한다. 요컨대 그는 이야기의 계속적인 흐름을 끊어버림으로써 태연자약해야 한다는 플로베르식 도그마를 넘어서서 스탕달이나 디드로나 17, 18세기의 수많은 소설가들에게서 볼 수 있는 소탈한 태도로 되돌아가버린다. "여기서 이 엄숙한 인물에 대하여 몇 년을 앞질러 한 가지 사소한 사실을 제시한다는 것은 아마도 소설의 규칙에 어긋나고 독자들에 대해서 불성실한 짓이 되겠지만 하는 수 없는 일이 아닌가!"라고 아라공은 쓰고 있다.[29] 우리는 『처녀들』을 쓴 소설가에게서도 이런 식으로 작자

---

29) 피에르 드 레스퀴르, 위의 책, p.73에서 재인용.

가 개입하는 경우를 많이 발견할 수 있을 것이다. 몽테를랑은 이야기하는 것을 좋아하고 자신이 하는 이야기를 믿도록 만들 줄도 알지만 이따금씩 이 모든 것은 자기가 지금 쓰고 있는 소설에 불과하다는 사실을 독자에게 상기시키는 것도 싫어하지는 않는다. 그는 자신이 하고 있는 이야기의 신빙성을 확보하면서도 독자를 당황하게 하는 것을 즐긴다. 아마도 이 같은 소탈한 태도를 통해서, 자기 스스로도 지어낸 거짓임을 확실히 알고 있는 터인 이야기를 진짜인 양 믿는 척하는—하여간 진짜인 양 제시하는—사람 특유의 '자기 기만'에서 벗어날 수 있는 듯하다. 또 작자의 개입으로 인하여 결과적으로 신빙성이 강화되는 경우도 없지 않아 있다. 즉 당디요 양의 모습을 변형시키고 싶지 않았던 작자가 독자에게 그 여자는 "실제 있는 그대로의 모습"이라고 보증하는 경우가 그러하다. 그러나 대부분의 경우 소설가는 그런 식으로 장난을 침으로써 명백한 쾌감을 맛본다. 지드나 스탕달의 예에서처럼, 매우 적절한 미학적 고려에 근거하여 묘사하는 것을 거부하는 경우가 있는데 거기에는 어떤 시니시즘 같은 것이 다소 깃들어 있다. "우리는 서재를 길게 묘사하지는 않겠다. 독자들은 소설을 읽을 때 언제나 묘사 같은 것은 건너뛰어버리고 읽지 않으니까 말이다"하고 그는 말한다.[30] 이런 재담들은 사실주의적인 속박과 소설의 합목적성을 견디지 못하는 조바심의 표출로서 역설적이게도 이야기의 신빙성을 오히려 강화하는 데 도움이 된다.

그는 또한 즐겨 윤곽만 그려 보이는 실루엣이라든가 캐리커처 같은 것의 날카로운 리얼리즘을 통해서도 신빙성을 획득한다. 그가 졸라나 말로에게서 그토록이나 감탄해 마지않는 바인 디테일, 사소한 작은 일들이 갖는 사실성은 철저한 주의력에서 생겨나는 것인데, 그가 보기에 이것은 이미지의 천재와 아울러 "글쓰는 예술의 기본적 재능"이라고 믿어진다.

---

30) Pléiade, p.1172.

소설가 몽테를랑이 지닌 탁월한 솜씨들 중 한 가지는 인물들이 소설을 추상적인 것 속으로 빠져들게 만들 위험이 있다 싶은 바로 그 순간에 주위 환경의 어떠한 요소를 상기시킴으로써 독자를 구체적인 세계로 되돌아오게 만드는 능력이다. 이것은 도스토예프스키처럼 형이상학적인 소설가나 몽테를랑처럼 모럴리스트의 경향이 농후한 작가에게 있어서는 매우 필요한 솜씨라고 하겠다. 몽테를랑이 그려 보이는 호텔방에서 코스탈이 천상의 세계로 높이 떠올라 영감을 받은 나머지 테레즈의 영혼이 위험에 처한 것을 보는 순간 작자는 한편으로 남자 주인공의 내면적 움직임을 보여주는 동시에 주변 환경의 구체적인 모습을 되살려 놓는다. 이제 오케스트라가 잠잠해지자 "비 오는 소리같이 계속하여 희미한 소리를 내는" 것은 무더운 밤 위로 반쯤 열린 창문을 통하여 흔들리는 검은 잎새들이다.[31] 소탈한 소설가가 때때로 장난을 칠 수야 있는 일이지만 그는 자신의 직업적 기교를 잘 알고 있고 나아가서는 그 방면으로 비길 데 없는 솜씨를 발휘하는 것이다.

그런 기법의 극치는, 가령 작자가 처음에 어떤 디테일을 배치해 놓고 난 다음 그 뒤에 인물들 중 어느 한 사람이 그것을 인지하게 만드는 경우이다. 독자들은 코스탈이 당디요 씨 옆에 가 있는 긴 장면을 상기할 것이다. 몽테를랑은 이렇게 적고 있다. "종달새들의 울음소리가 대로변의 가로수들에서 들려오고 있었다".[32] 그리고 약간 뒤에서는 당디요 씨가 그 새 울음소리를 절망적인 기분으로 듣는다. 그리고 그 장면이 마감될 때 소설가는 고리를 채우듯이 '미친 듯 울어대는' 종달새 소리를 마지막으로 다시 한 번 환기시키기를 잊지 않는다. 작자가 배치하고 이어 인물이 체험하는 어떤 현실을 이와 같이 입체시각적으로 부각시키는 것은 신빙성을 획득하기 위한 가장 확실한 기교들 중의 하나이다. 우리는 코스탈

31) 같은 책, p.1067.
32) 같은 책, p.1204.

과 솔랑주가 부엌에 가 있는 장면에서 마찬가지 종류의 예를 발견할 수 있을 것이다. 작자는 그의 남자 주인공이 정신없이 이야기를 늘어만 놓고 있다는 사실에 신경이 쓰이는 듯 솔랑주로 하여금 마실 차를 준비하도록 만들어 놓는다(마치 『위폐 제조자들』의 경우, 사이스 페에서 에두아르가 소설에 관한 의견 개진을 하는 동안 차를 대접하듯이). 좀더 뒤에 가면 그 역시 주의를 집중하는 재능을 갖추고 있는 터인 솔랑주가 그냥 재미로 그 마술에 걸린 듯한 부엌의 가장 작은 소리들을 하나하나 열거해 보이고 그 다음에는 작자가 아름다운 산문시 형태로 그 장소의 정령을 환기시켜 보인다.

서술의 유연성

인간 조건을 표현하는 소설가들은 전통적 이야기가 요구하는 조건들을 문제시하거나 비판하지 않는다. 그들은 수십 년 전부터 개량되어온 모든 기법들을 거리낌없이 그대로 사용한다. 그들은 흔히 서술적 짜임새에 한결 더 넉넉한 유연성을 부여하는 데 성공한다. 그들은 작중인물에 대하여 판단을 내리고 인물들의 행동이나 말 뒤에 숨겨진 동기를 간파하기 위하여 직접 개입하기를 마다하지 않는다. 그러나 쥘리앵 그린Julien Green이나 조르주 베르나노스처럼 그들은 동시에 주인공들 중 이러저러한 인물의 시각 속으로 들어갈 줄도 안다. 그들은 이 문장에서 저 문장으로, 이 단어에서 저 단어로 옮아가는 동안 주인공의 시각, 소설가의 분석, 주위 환경의 환기, 행동의 표시 등을 서로 교차시킴으로써 이야기에 억양을 붙이는 기술을 더욱 완벽하게 개선하는 데 이바지한다. 아라공은 이 방면에 있어서 대가다. 예컨대 『현실세계』에서 객관적 시각을 통하여 본 정경으로부터 언어의 일반 논리로 옮아가는 기량을 자랑하거나 아니면 독자를 차례로 '안'과 '밖'에 위치시키는 데 있어서 탁월한 솜씨를 발휘해 보인다. 다음과 같은 텍스트를 예로 들어보자. "아침에는 날씨가 그리 맑지도 그리 따뜻하지도 않았다. 하늘은 흐렸고 바람기가 있었다. 섬의 북쪽 강변 길은 싸늘했고 또한 인적이 없이 텅 비어 있었으며 한껏 을씨년스러웠다. 베레니스는 헐벗은 나무들을 바라보았다. 나무들은 난간에서 솟아올라서 물에 잠긴 강둑에서는 무슨 큰 재난의 비극적인 증거들인 것만 같아 보였다. 그 여자는 이스 시市 생각을 했다. 섬 전체가 홍수의 마지막 축받이가 되는 것 같은 모습이었다. 그 여자는 자신의 털외투 깃을 잡아당겨 꼭 여몄다. 다람쥐빛 나는 회색. 뤼시앵이 공연히 큰돈을 들여 사준 것. 옷을 고쳐서 입을 걸 그랬다. 재단이 잘못되었었다".[33]
엄밀하게 말해서 여기에 새로운 기법이라곤 아무것도 없다. 그러나 한 면에서 다른 면으로 전환하는 방식이 매우 유연하다. 주변 광경의 묘사는 내레이터의 것으로 되어 있다. 그것은 또한 주인공의 시각에서 유래한 결과일 수도 있다. "아침에는 날씨가 그리 맑지도 그리 따뜻하지도 않았다. 하늘은 흐렸고 바람기가 있었다" 그러나 그 다음에 온 "인적이 없이 텅 빈"과 "을씨년스러운"이란 표현은 풍경을 앞에 두고 주인공이 느낀 '인상들'을 가리키는 것이라고 보는 것이 옳겠다. "솟아오른 나무들"에 대한 베레니스의 '지각'은 즉시 심화되고, 마치 어떤 메아리가 되받아 울리는 것만 같다. 즉 "무슨 큰 재난의 비극적인 증인들"이라는 것이 "물에 잠긴 강둑에서" 본 그 나무들의 모습인 것이다. 어떤 정신적인 분위기가 이렇게 하여 지각 내용을 연장 해석해 보이고 있다. 우리는 완전히 여주인공의 마음속에 있는 것도 아니고 완전히 정경묘사 속에 있는 것도 아니다. 우리는 어떤 의식을 통하여 지각된 세계가 왜곡되고 변형되고 기호와 신화로 변하여 마음속에 느낀 슬픔의 원인인 동시에 표현으로서 영혼 속에 울리는 그런 차원에 위치하고 있는 것이다. 베레니스의 몽상 속으로 깊숙이 잠겨들었다가 작자는 다시 그녀의 행동 표시 쪽으로

33) 피에르 드 레스퀴르, 위의 책, p.17에서 재인용.

복귀한다: "그 여자는 자신의 털외투 깃을 잡아당겨 꼭 여몄다." 그 다음에는 돌연 베레니스의 머릿속 생각이 표현된다. "다람쥐빛 나는 회색. 뤼시앵이 공연히 큰돈을 들여 사준 것. 옷을 고쳐서 입을 걸 그랬다." 간단히 말해서 묘사, 행동, 지각, 인상, 돌연 우리를 현재의 장면으로부터 멀리 이끌고 가는 상념의 전개, 그 모든 것이 차례차례로 아무런 마찰도 없는 듯 이어진다. 이야기의 짜임새는 이제 더 이상 수다스럽고 전지적인 내레이터의 손에서 이루어지는 것이 아니라 다양한 터치들의 억양을 달리하는 연속으로 이루어진다.

가공하지 않은 리얼리즘의 몫이 점점 증대된다

그린이나 베르나노스에서와 마찬가지로 우리는 앙드레 말로에게서 오로지 어떤 상상의 의식을 통해서만 사건을 소개하고자 하는 성향을 발견하게 된다. 그는 초장부터 극적 사건에 대한 정보들을 제공하려고 애를 쓰는 것이 아니라 독자를 단번에 행동의 한복판으로 던져 넣는다. 물론 발자크는 『세자르 비로토』에서, 혹은 플로베르는 『감정 교육』에서 어떤 구체적인 장면으로부터 소설을 시작하고자 했었다. 그러나 그들은 이야기나 대화들의 짜임 속으로 진행 중인 상황의 전말을 독자에게 알려주는 설명적 표시들을 끼워 넣으려고 고심했다. 그런데 말로는 『인간의 조건』 시작 부분에서 다짜고짜로 독자를 기이하고 영문을 알 수 없는 상황의 어둠 속으로 던져 넣는다. 그는 독자로 하여금 첸이라는 인물의 의식과 하나가 되도록 자극하는 것이다. 그러나 한껏 긴장해 있고 흥분의 절정에 달해 있는 관계로 그 의식이란 이제 완수해야 할 행동을 앞에 두고 느끼는 어렴풋한 초조감에 불과하며 오직 뚜렷한 경계라곤 자신이 이 캄캄하고 불안한 세계 속에 몸담고 있다는 존재의 직접적 자각이 전부인 일련의 시각적 청각적 감각들에 불과한 것이다. 물론 말로 자신이 몇 가지 표시들을 적당히 배치해 놓고 있긴 하다. 즉 첸은 혁명을 위하여 자신을 희생하는 것이라고 작자는 우리에게 알려준다. 또 그의 "살인적 행동은 중국의 병기창에서 오랫동안 작업한 결과에 해당하는 값어치를 지닌 것"임을 우리는 알게 된다. 그러나 작가가 슬쩍슬쩍 삽입하는 설명들은 우발적인 것에 지나지 않아서 여전히 생략이 심한 상태로 남아 있고 기껏해야 몇 가지 단서를 이룰 뿐이다. 대화, 시각적 청각적 감각들, 몸짓, 모두가 독자에게 느닷없이 제시되고 있다. 그것들을 가지고 연속성이 있는 이야기의 줄거리를 구성하는 일은 독자의 몫이다. 내적 독백의 한 토막이건 행동의 표시건 주변 정경의 지각이건 전신 감각적 지각 내용이건 간에 그 모든 요소들은 독자에게 즉각적으로, 느닷없이 전달된다. 즉 그것들은 허구적 현실의 전체적 이해에 그것들을 종속시키는 서술적 짜임 속에 편입되지 않고 있다는 말이다. 영화예술의 영향일까? 도스토예프스키에서 콘라드에 이르기까지 어떤 체험된 상황의 불투명함 속에 깊숙이 잠겨 있는 인간들의 모습을 그려 보이고자 노력하는 러시아나 영미 소설가들의 영향일까? 일련의 생각들, 행동들, 지각들을 제시하면서도 끝에 가서 밝혀지게 되어 있는 근본적인 사항들을 당장은 독자에게 알려주지 않는 것이 탐정소설의 기술적 요체라 하겠는데 이는 바로 그런 탐정소설의 영향일까? 하여간 우리는 지금 일련의 강한 빛과 어둠으로 구성된 어떤 수수께끼 소설로 가는 길 위에 서 있다. 작가는 현실을 '이야기하지' 않는다. 현실은 통일성이 없고 불안정한 상태인 채 토막토막 제시되어 지금 완성되어 가는 과정에 있는 것이다. 말로의 소설들은(그러나 때로는 그린이나 베르나노스의 소설 역시) 이를테면 인간이 차츰차츰 발을 들여 놓고 있는 중인 그 세계의 상징적 형상화였다고 할 수 있다. 정신의 법칙에 순응하고 지능의 지배를 받으며 수미일관한 담론의 발전 과정을 통하여 소개되는 현실이란 이미 끝장나 더 이상 존재하지 않는 상태였다. 인간은 어떤 몽환의 한가운데 던져진 채 꿈속에서 이끌려 다니는 것이나 다름없었다. 비가공의 리얼리듬 기법은 바로 어떤 고뇌와 절망의 철학을 손가락질해 보이고 있었던 것이다.

4. 실존주의 소설

실존주의 소설은 인간 조건의 소설들에 뒤이어 나타난다. 그것은 1938년 사르트르의 『구토La Nausée』와 1954년 시몬 드 보부아르 Simone de Beauvoir의 『레 망다랭Les Mandarins』 사이에 거두어들인 프랑스의 문학 생산에 있어서 지배적 경향을 이룬다. 사르트르와 카뮈는 제2차 세계대전 직전에 그들의 초기 작품들을 발표했다. 그들이 창조적 야심에 눈뜬 것은 1930년대였다.

1931년에 이미 셀린에게서는 실존주의의 예비적 징후가 나타나 있었다. 『외상죽음』과 『구토』 사이의 시간적 거리는 2년에 불과하다. 전쟁 전의 수년 간에 있어서는 제임스 조이스의 영향이 콘라드, 메레디드나 골즈워디의 그것의 자리를 대신했었다. 이 무렵에는 이른바 "잃어버린 세대"라고 하는 사람들의 초기 미국 소설들이 번역되어 나왔고 그들에 대한 주석들이 소개되었다. 대전 직후에는 클로드 에드몽드 마니가 "미국 소설의 시대"라고 부른 시대로 접어든다. 즉 사람들은 포크너Faulkner의 『소음과 분노Le Bruit et la Fureur』, 헤밍웨이Hemingway의 『무기여 잘 있거라L'Adieu aux armes』, 더스 패서스의 『뚱뚱한 갈레트La Grosse Galette』, 스타인벡Steinbeck의 『생쥐와 인간Des souris et des hommes』 그리고 그 밖의 미국에서 온 수많은 작품들을 읽었다. 물론 이런 독서를 통해서 사람들은 숱한 이질적 요소들을 발견할 수 있었다. 많은 경우 프로이트 심리학이 새로이 보여준 내용과도 유사한 포크너의 강박관념들에서 더스 패서스의 사회적 풍자에 이르기까지, 『맨해튼 트랜스퍼』의 위나니미스트적 기법에서 『소음과 분노』의 내적 독백까지의 거리는 멀다. 더스 패서스에게서는 여러 운명들이 서로 교차하는 모습, 집단의 문명이 강요하는 제약에 개인들이 속박당하는 모습을 그려 보일 수 있게 만드는 이야기의 기법이 돋보였다. 포크너에게서 독자들은 수수께 끼들에 부딪치는 데서 흥미를 느낄 수 있었고 '이야기'의 차원 이전에 의식의 내용과 항상 접할 수 있고 체험된 시간성을 포착할 수 있다는 점에서 애착을 느낄 수 있었다. 헤밍웨이는 건조하고 짧은 문장들을 선보였다. 그는 담담하고 장식이 없는 간결한 어조로 강렬한 감동을 자아내는 능력이 있었다. 미국 소설의 첫 번째 효과는, 프랑스에서 소설 기법의 문제들에 대하여 매우 강한 관심을 불러일으켜 놓았다는 점이다. 그 소설이 동원하고 있는 방법들은 아주 새로운 것은 아니었다. 보다 절도 있고 보다 소심한 형태로나마 드라이저나 모파상, 조이스나 콘라드, 지드나 헉슬리에게서 이미 그것들을 본 적이 있었다. 그렇다고는 해도 역시 프랑스의 일반 대중은 잃어버린 세대의 미국 소설을 통해서 그러한 새로운 기법들을 발견한 것이 사실이다.

그런데 곧 카프카Kafka의 영향이 더스 패서스나 포크너의 그것에 추가되었다. 《누벨 르뷔 프랑세즈Nouvelle Revue Française》지는 1928년에 벌써 『변신La Métamorphose』을 게재했었다. 또 『심판Le Procès』은 1933년에 번역되었으나 그 당장에는 주목을 받지 못했었다. 1938년에 『성Le Château』과 『변신』이 서점에 나왔다. 프랑스의 패전, 외국군에 의한 점령, 강제수용소의 현실에 대하여 머지않아 접하게 된 증언들, 히로시마의 원폭 투하, 그리고 냉전의 첫 조짐 등은 한결같이 부조리 철학의 발전을 부추겨주었던 제반 요소들이었다. 바야흐로 세계는 카프카의 소설들을 닮아가고 있었던 것이다. 『심판』과 『성』에서의 가장 면밀한 리얼리즘은 부조리의 신화로 이어졌다. 소설의 이야기를 이를테면 인간 조건의 형이상학으로 간주하는 습관은 카프카에서부터 비롯된 것이다. 순전히 소설 미학적인 면에서 볼 때 우연적인 디테일들에 큰 몫을 할애하는 장르에 대하여 비난의 화살을 퍼붓는 일은 더 이상 없어졌다. 카프카와 더불어 소설은 철학과 합류했다. 소설은 구체적인 형이상학이 가능해지는 선택받은 장소였다. 왜냐하면 의미가 노골적으로 '말을 통하여 표현되는' 일은 없고 우연적 디테일들을 감싸고 있는 어떤 불확실한 빛처럼 항상 거기에 서려 있었기 때문이다. 영웅들의 시대는 지나갔다. 이제 인간은 혼란의 시대로 접어들어 있었다. 주변의 사건에 영향을 끼치거나 역사에 능동적으로 참가할 수 있다는 느낌은 사라지고 없었다. 카뮈의 『페스트』에서 의사 리유는 불굴의 용기를 보여주고 있는 것이 사실이지만 그는 환상을 갖고 있지 않으며 재앙으로 인한 참화 앞에서 자신의 능력의 한계가 무엇인지를 잘 알고 있다. 사르트르에서 시몬 드 보부아르에 이르는, 콜레트 오드리Colette Audry에서 레몽 게랭Raymond Cuérin에 이르는 실존주의 소설은 낙담과 허탈을 표현한 소설이다. 이런 점에서 그것은 아라공이나 말로의 영웅적 소설들과는 상반된 양상을 띤다. 따지고 보면 몽테를랑, 말로, 아라공, 셀린, 생텍쥐페리의 세대는 낭만적 세대였다고 할 수 있다. 그들에게는 일종의 서정성 같은 것이 있었다. 그들의 강한 특색이 열광이나 분노에 있었건, 흥분이나 가벼운 시적 흥취에 있었건, 그것들은 한결같이 내면의 압력으로부터 솟아나오는 것이었다. 그들의 낭만적인 스타일에 비한다면 실존주의 소설의 건조하고 간결한 문장은 대조적이다. 말로 세대의 인물들은 항상 마음이 고양된 상태에 있다. 그 고양 상태는 살인이나 희생의 그것일 수도 있고 신성함이나 중상모략에 대하여 갖는 고양 상태일 수도 있다. 그들은 경험할 기회가 드문 순간들을 살며 그들의 삶의 절정에 도달한다. 그들에 비교해본다면 실존주의 소설의 인물은 또렷한 정신상태인 채 낙담 상태를 경험한다. 그가 환멸을 느낀다고 말하기는 어렵다. 그는 한 번도 환상을 가져보지 않았으니까 말이다. 사르트르, 시몬 드 보부아르, 그리고 그들의 아류들의 소설 속에는 일종의 슬픈 빛이 서려 있다. 섹스 그 자체도 침울하다. 이는 조르주 바타이유가 1935년에 썼으나 정작 1957년에야 발표한 소설『하늘의 푸르름*Le Bleu du Ciel*』속에서 그려 보인 에로틱한 열광과는 거리가 매우 멀다.『영혼 속의 죽음*La Mort dans l'âme*』이라는 사르트르 소설의 제목은 이미 실존주의 소설의 특이한 분위기를 잘 말해주고 있다. 이 책은 아마도 그의『자유의 길*Chemins de la liberté*』연작 중에서도 가장 훌륭한 작품일 것이다.『유예*Le Sursis*』의 기법적인 재주 부림에 뒤이어 나온 것이 이 패전의 차근차근한 연대기였다. 여기서 이미 우리는 공산당의 당원인 브뤼네의 초상을 통하여 어쩌면 사르트르 자신이 걸어가고자 했을 저 영웅적인 길을 예감할 수 있다. 그가 이 연작을 끝내 이어 마무리하지 않았다는 것은 의미심장하다. 마티유의 자유는 사나이다운 색조를 발견하는 데 성공하지 못하고 말았다. 그 자유는 매우 공허한 현기증에 머문다.

『영혼 속의 죽음』은 졸라의『패주*La Débâche*』와 비교해볼 필요가 있다. 이 작품들은 나라의 패전과 체제의 붕괴에 대한 두 가지 증언이다. 그런데 기이하게도 실존주의 소설은 자연주의 소설의 그것이었던 많은 주제들을 다시 다루었던 것이다. 일상생활의 치사스러운 광경들과 한심하고 슬픈 일들에 대한 취향이 그것이다. 유산流産에 대한 걱정이 사르트르의 소설 거의 전편에 깔려 있다. 그런데 자연주의 소설들에는 수많은 유산과 조산 장면들이 나온다. 레몽 게랭은 과거에 폴 본느탱Paul Bonnetain이『샤를로는 즐긴다*Charlot s'amuse*』를 통해서 보여준 것 같은 고독한 쾌락의 소설을 썼다. 그러나 여기에 덧붙여 지적해야 할 것은, 실존주의 소설가들이 그려 보인 세계는, 가장 성공한 작품들의 경우, 어떤 사회적 조사 쪽보다는 인간 조건의 형이상학적 위상 쪽을 겨냥하고 있다는 사실이다.『구토』의 로캉텡을 보면서 우리는 폴랑텡 드 위스망스를 상기할 수도 있다. 그러나 사르트르에게는 위스망스에게서 아무리 찾아볼래야 찾을 수 없는 어떤 형이상학적 차원이 있다.

『구토』, 형이상학적 일기

『구토』는 엄밀하게 말해서 소설이 아니다. 그것은 철학적 관심들이 가득 차 있는 이야기이지만 여러 군데에서 '에세이'와 많이 닮아 있다는 것이 특징이다. 모험도 없고 사건도 없다. 우리가 그 '일기' 속에서 읽을 수 있는 바의, 로캉텡이 취하는 단 한 가지 결단은 그가 드 롤르봉 씨에 대하여 쓰려고 준비해왔던 책의 집필을 포기하고서 그가 머물고 있던 도시를 떠나기로 한 것 뿐이다. 그는 한때, 옛날에 알았던 여자인 안니와 다시 관계를 맺어볼까 하는 생각을 해보기도 했지만 그것도 한순간 떠올렸던 꿈에 지나지 않는다. 요컨대, '사건'이라는 차원에서 본다면 책의 끝에 이르도록 아무 일도 일어난 것이 없다고 할 수 있다. 그러나 다른 면에서 본다면 주인공은 극도로 중요한 발견을 했다고 하겠다. 즉 그는 '실존'을 의식화하기에 이른 것이다. 그 실존은 우리가 그것에 대하여 말할 수 있는 바의 한계를 훨씬 넘어서는 것으로서 이유도 없이 불쑥 나타나서 단번에 위협적이 될 수도 있는 기묘한 것이다. 그것은 벌써 어떤 '범상치 않은 일'이기 때문이다. '이야기'는 어떤 철학적 경험의 보고서 같은 것으로 변해간다. 『구토』는 로캉텡의 형이상학적 일기이다. 다만 실존의 드러남은 개념적으로 처리해서 될 만한 대상이 아니라는 데 문제가 있다. 『르네』는 하나의 지적, 윤리적 전기였다. 『테스트 씨와의 하루 저녁 La Soirée avec M. Teste』은 머릿속의 사고가 만들어낸 한 주인공의 신화였다. 이 짧막한 이야기들의 인물들은 그들 시대의 꿈과 불안을 구상화시켜 보여주었다. 이번에는 『구토』가 바로 발레리가 1894년에 꿈꾸었던 그 현대 소설이 된 것이다 :

나는 조금 전에 『방법론 서설 Discours de la méthode』을 읽었다. 이것은 바로 오늘날에 쓰여질 수 있는 한 편의 현대 소설이다. 데카르트 이후의 철학은 자서전적인 몫을 버렸다. 그렇지만 그것이야말로 지금 다시 다루어볼 만한 점이다. 그러므로 지난날에 어떤 정열의 삶을 그렸듯이 지금은 어떤 이론의 삶을 글로 쓸 필요가 있을 것이다. (…) 그러나 그건 좀 덜 용이한 일이다.[34]

다만 『구토』는 어떤 이론의 삶을 소개하는 것이 아니라 의식과 세계 사이의 근원적 관계 속에 위치하는 실존의 드러남을 제시해 보인다는 사실을 짚고 넘어갈 필요가 있다. 따라서 그 실존의 드러남은 일체의 '이론'을 배제할 뿐만 아니라, 나아가 이론이 개입하게 되면 오히려 그 드러남을 그르치고 은폐하여 보이지 않게 만들 우려마저 있다.

『구토』의 예외적인 경험들

『구토』에는 『잃어버린 시간을 찾아서』에서와 같은 정신적 도정 같은 것은 그려져 있지 않지만 여러 차례에 걸쳐서 이야기에 악센트를 부여하는 예외적 경험들이 나타나고 있다. 조약돌의 경험, 내레이터가 탁자 위에 놓여 있는 자신의 손을 가만히 들여다보는 장면, 공원에서 마로니에 나무 뿌리를 바라볼 때의 느낌 등이 그런 것이다. 이 '경험'들은 실존을 어떤 '현전하는 사물'로서 드러내 보인다. 즉 그것이 의식 속으로 밀려드는 유일한 것이다. "사물들은 송두리째 겉으로 보이는 모습 바로 그것이다. 그 겉모습 저 뒤에는 아무것도 없다". 이 단 한마디 말만으로도 마르셀 프루스트에서 장 폴 사르트르에 이르는 프랑스 사상의 진화를 보여주기에 충분할 것이다. 프루스트에게 있어서 예외적인 경험은 기억의 경험이었다. 그것은 현재와 과거의 일치로부터 생겨나는 것이었다. 사르트르의 경우에는 그런 것은 전혀 없다. 여기서 인간은 현재의 감각 속에 갇혀 있는 것이다. 그뿐이 아니다. 프루스트는 시간의 융합(현재와 과거

---

34) 발레리, 『작품전집Oeuvres』, Pléiade Ⅱ, p.1381.

의) 덕분에 과거의 한순간이 빛을 받으며 떠올라 그 빛으로 인하여 감히 범접할 수 없는 한순간으로 변하는 것을 본다. 또는, 그에게 나타나 보이는 어떤 스펙터클 속에서 돌연 세계가 빛을 발하고 유별난 광채로 번쩍인다. 그것은 바로『구토』에서도 문제가 되고 있는 저 '완벽한 순간들' 중의 하나이다. 그러나 로캉탱은 한 번도 그런 순간을 체험하지 못한다. 프루스트에게 있어서 현실은 때로 인간 정신을 만족시킬 수 있는 방식으로 존재하기 시작한다. 우선 이런 의미에서 정신은 무기력하게 남아 있는 것이 아니라 저 돌연한 빛의 미묘한 특질을 탐사하고 그런 마법의 비밀 속으로 뚫고 들어가보고자 한다. 반면 사르트르에 있어서 예외적인 경험들은, 비록 독자들에게 있어서 그것이 고정관념적 은유들의 반복으로 인하여 시적인 분위기를 자아내는 것으로 여겨진다 할지라도, 고통스러운 것이다. 프루스트의 경험은 정신이 현실을 판독하는 경험이었다. 현실은 어떤 순간순간에 있어서 광채를 발하는 '기호'와도 같은 것이다. 『구토』의 경험은 실존이 정신의 테두리를 넘쳐나는 것 같은 경험이다. 그것은 실존과 사고 사이의 괴리를 강조해 보여준다. 사고는 오직 실존을 은폐하는 데나 쓰일 뿐이다. 프루스트에게는 판독해야 할 비밀이 있었고, 사르트르에게는 확인해야 할 부조리가 있다. 프루스트에게는 어떤 '추구quête'의 대상이었던 것이 사르트르에게는 맹목적인 자명함의 산물이다.

소설적인 것le romanesque의 종말

어떤 의미에서 우리는『구토』에서 소설적인 것이 완전히 사라져버리는 종말현상을 목격하는 것이 아닌가 하는 느낌을 받는다. 물론 스스로에 대하여 만족한 채 일요일이면 바닷가로 권태롭게 산책이나 하는 부빌의 저 부르주아 군상들에 비하면 내레이터는 그 모습이 뚜렷한 '주인공héros'인 것이 사실이다. 그러나 실존의 철학적 직관은 소설적 시도와는 전혀 다른 것의 소관사항이다. 위대한 소설은 어느 것이나 어떤 '기대'를 바탕으로 하고 있으며 독자의 앞으로 내닫는 마음의 충동을 전제로 하는 것이다. 그런데 여기서는 모든 것이 이미 다 주어져 있다. 만약 로캉탱이 안니와 떠나기라도 한다면 무슨 일인가 시작될 수도 있을 텐데…. 그러나 이것도 한갓 환상에 불과하다. 여기에서 '모험'이라 할 만한 것은 결코 찾아볼 수가 없다. 우리가 '모험'이라든가 '완벽한 순간'이라든가 하는 것을 만날 수 있다면 그것은 오로지 책 속에서, 즉 상상으로만 가능하다. "책 속에서 이야기하는 것은 무엇이나 다 진짜로 일어날 수가 있다. 그러나 같은 방식으로 일어나지는 않는다"라고 로캉탱은 말한다. 인생에는 소설에서와 같은 진짜 시작은 결코 없는 법이다. "실제 삶 속에서는 아무 일도 일어나지 않는다. 환경이 바뀌고 사람들이 들어오고 나가고 그게 전부다. (…) 날들이 까닭도 영문도 모르게 또 다른 날들에 보태어진다. 끝날 줄도 모르는 단조로운 덧셈일 뿐이다". 그와 반대로 이야기를 한다는 그 사실만으로도 벌써 시각적인 환상이 생겨난다. 즉 이야기의 시작부터 이미 차례로 쏟아져 나오는 사건들의 방향을 정해주는 끝이 거기에 담겨 있는 것이다. 『구토』가 감지해 보여주는 직관들 중의 하나는, 우리들의 삶이 결코 소설 속에 나오는 삶과 같은 양식으로 전개될 수는 없다는 사실이다. 삶이 어느 순간에 "드물고 귀중한 자질"을 갖게 될 수 있다거나, "증오, 사랑 혹은 죽음이 성 금요일날의 불의 언어들처럼 우리들 위로 내려온다"는 공연한 생각을 우리들의 머릿속에 넣어준 것은 책과 신화와 이야기들이다. 삶을 모방하겠다고 하는 소설가들은 그런 것들과는 아주 손을 끊었다. 서술의 양식과 상상의 구조는 언제나 이야기 내용이 되는 사건들을 그것의 진정하고 우연적인 본질로부터 억지로 떼어내어 가지고 이야기를 만드는 것이다. 소설가가 그 사건들을 아무리 평범하고 덤덤한 것으로 만들어 놓으려고 해도 일련의 단어들과 문장들이 이어져서 우리들로 하여금 접할 수 있게 해주는 저 상상의 공간 속에 일단 놓이고 보면 그 사건들은 어쩔 수 없이 빛을 발하며 번쩍거리는 것이다. 로캉탱은 『파르므 수도원』을 읽는다. 그는 말한다. "나는 독서에 열중하고 스탕달의 그 밝은 이탈리아에 마음을 붙이려고 애를 쓴다. 나는 가끔 한 번씩, 짧은 한순간씩의 환각을 통해서 성공한다. 그리고는 다시 그 위협적인 한나절 속으로 떨어진다". 이걸 『읽어버린 시간을 찾아서』의 내레이터의 독서와 비교해보라! 그 독서는 정신을 황홀하게 했다. 그것은 계시의 약속이었다. 그것은 삶 속에 '완벽한 순간들'이 있음을 알려주었다. 프루스트의 경우 삶은 처음에는 잊혀졌다가, 이윽고 그 광채가 부여하는 어떤 소설적 조명을 받으며 나타난 모습으로 상상 속에서 다시 찾아지는 것이었다. 그런데 로캉탱에게 있어서 독서는 황홀이 아니라 노력이다. 독서는 '소설적인 것'과 '체험le vécu'의 대조를 강조해 보여준다. 사르트르에 이르기 전까지는 상상과 삶 사이의 소통관계가 있어서 양자가 서로서로에게 빛을 던져주는 것이었다. 『구토』에 분명 어떤 미적 유혹 같은 것이 있기는 있지만 그것이 어떤 구원의 수단이 되지는 못한다. 미적 경험들은 삶을 예술에까지 고양시키기는커녕 삶과 예술 사이의 분열을 보여준다. 미적 경험들은—그것이 그림이건 음악이건 독서건—다만 필연적이고 엄격한 어떤 세계에 대한 그리움과 향수를 자아낼 뿐이다. "흑인 여자가 노래할 때 나는 행복을 느낀다. 나 자신의 삶이 선율의 재료가 될 수만 있다면 나는 얼마나 높은 절정에 다다른 기분이 될 것인가!" 하고 로캉탱은 적고 있다. 그러나 예술이라는 그 절대는 "가까이 다가가지는 못하고 멀리서 볼 수만 있는 삶의 저쪽 편에, 저 다른 세계에" 있다.

프랑스 소설사 속에서 『구토』는 발자크, 플로베르, 프루스트, 사르트르에 걸친 광대한 연봉의 마지막 봉우리와도 같은 것이다. 『인간 희극』에서는 상상이 삶에 직접 맞닿은 채 전개된다. 주인공들의 삶은 격동에 차 있고 그들은 열에 들뜬 정념에 시달린다. 바로 그 때문에 그 인물들이 우리들의 정신을 그토록이나 매혹하는 것이다. 사르트르보다 앞서 쥘 발레스는 이미 발자크의 소설적 요소가 지닌 거짓됨을——얼마나 비장한 어조로!——폭로했었다.

플로베르에 오면, 특히 『감정교육』에서는, 소설적 요소가 더 이상 '사건들' 속에 있는 것은 아니게 되었다. 사건은 아무것도 일어나지 않은 채 어떤 '가능성possible'만이 끊임없이 스쳐지나간다. 프레데릭 모로는 어떤 소설적인 삶을 끊임없이 꿈꾸고 있으면서도 그저 단조로운 삶을 흘려보내고만 있다. 그의 내면에는 잠자고 있는 라스티냐크가 들어앉아 있다. 아니, 행동은 하지 않고 꿈만 꾸는 라스티냐크가 들어앉아 있는 것이다. 우리는 플로베르에게서, '사건들이 억제된 소설 세계un romanesque rentré'를 만날 수 있다. 즉 그 속에는 어쩌면 일어날 수도 있을 사건들, 어쩌면 겪어볼 수도 있을 열광, 어쩌면 도달할 수도 있을 '완벽한 순간들'이 어른거리고 있는 것이다. 그런데 그런 모든 것이 실제로는 나타나지 않은 것이다.

프루스트에게 있어서는 소설적인 것이 이제 더 이상 현재의 삶과는 '다른' 어떤 삶에 대한 꿈속에 자리잡는 것이 아니다. 현실이 흔히 상상적인 것 속에서나 찾아볼 수 있는 어떤 특권적 상태에 도달하게 되면 소설적인 것은 '시적인 것'에 가 닿는 경우가 있다. 삶은 그것이 만들어내는 사건들이나 그것이 불러일으키는 꿈들로 인해서가 아니라 그것이 가져다주는 '감흥émotions'으로 인하여 소설적인 것으로 변해버리는 '순간들'이 있는 것이다. 프루스트에게 있어서 '진정한 삶vraie vie'이란 그 완벽한 순간들로만 이루어진 삶일 것이다. 사르트르의 경우, 예술의 어떤 절대 같은 것이 존재하기는 하지만 우리는 그것과 영원히 떨어져 있다. 실존은 우리를 매혹하는 것이 아니라 불쑥 나타나는 그 무엇이다. 그것은 우리를 감동시키는 것이 아니라 우리를 짓누르는 것이다. 우리는 실존과 일종의 엉큼한 공모관계를 맺고 있다. 그것은 우리들 속으로 슬

며시 미끄러져 들어오는 김빠진 그 무엇이다. 그것에다가 멋진 치장을—그것이 비록 가장 음울한 것일지라도—해주는 것이 소설이다.

사르트르와 소설

소설적인 것의 소멸은 실제 소설책들의 소멸을 뜻하는 것은 아니다. 사르트르 자신은 2차대전 직후 이른바 '주관성의 가공하지 않은 사실주의le réalisme brut de la subjectivité', 혹은 그냥 간단하게 '주관적 사실주의le réalisme subjectif'라고 부르는 것을 앞세워 강조하는 일에 큰 몫을 했다. 물론 그것은 전에 한 번도 본 일이 없는 전혀 새로운 것은 아니었다. 아직 그 의미가 대강 규정되어 있을 뿐이긴 하지만, 주관적 사실주의라는 기법은 어떤 사건을 장차 그 사건 뒤에 나타나게 될 다른 일들에 비추어 충분히 설명이 될 수 있는 것이라고 가정하고서 제시해서는 안 된다는 생각에 바탕을 둔 것이다. 즉 인물은 자기가 당장 눈으로 보게 되는 것의 의미를 조금씩 조금씩 점진적으로 알아가게 되어야 자연스러운 것이지 미리부터 그 자초지종을 단번에 기적적으로 다 알고 있는 입장이 되어서는 안 된다는 생각인 것이다. 인물들 자신의 목소리가 아닌 다른 목소리, 특히 그 인물들의 속마음을 살피거나 그들에 대하여 판단을 내리는 목소리는 배제해야 마땅하다는 것이 이 기법상의 기본 규칙이다. 인물의 성격은 행동을 하고 말을 해가는 동안에 차츰차츰 그 윤곽을 드러내 보여야 한다는 것이 또한 그 규칙이다. 이렇게 하여 야기되는 최종적 결과는 독자 자신이 작중인물로 변하게 되어 이따금씩 상상적인 방식으로 어떤 경험에 가담하도록 권유받게 된다는 점이다.

사르트르는 특히 주관적 사실주의가 시간성에 끼치게 되는 결과들을 잘 지적했다. 그런 소설적 기법을 동원할 때는 단순히 어떤 지각하는 의식의 시각에 따라 풍경이나 사건들을 눈앞에 펼쳐 놓는다고 해서 충분한 것은 아니다. 그 기법을 사용할 때는 특히 그 의식의 '현재'가 지각하는 것만을 보여주는 데 그쳐야 한다. '이야기'를 꾸민다는 것은 어떤 설명 체계에 의하여, 시간 속에 분리되어 있는 순간들을 서로 이어 놓는 것을 의미한다고 할 때 주관적 사실주의는 그런 '이야기 꾸미기'를 배제한다. 사실 『구토』 이후, 소설가 사르트르의 모든 노력은 '이야기récit'와 대립적인 의미에서의 '소설roman'의 정의를 내리는 데 바쳐지는 노력이다. 일이 일어나고 있는 중인 현재의 불확실성과 복잡성을 암시해 보이는 일이 무엇보다 필요했다. 그러므로 무슨 '이야기를 한다raconter'는 것은 불가능한 일이 된다. 왜냐하면 '이야기를 한다'는 것은 어떤 높은 꼭대기로 올라가서 자리잡는다는 것을 가정하기 때문이다. 즉 발아래로 내려다보면 이제 더 이상 '시간'은 의식의 깊숙한 속에서 체험된 현실이 아니라 논증적 지능에 의하여 조직된 어떤 '스토리histoire'를 위한 일종의 설명의 틀에 불과한 것으로 보이는, 따라서 그 이야기를 하는 '자아'와는 완전히 분리되어 있는 설명의 틀에 불과한 것으로 보이는 그런 꼭대기로 올라가서 자리잡는다는 뜻이다. 사르트르는 '소설roman'과 '이야기récit' 사이의 차이에 대한 라몽 페르낭데즈의 몇몇 탁월한 정의들[35]을 새로운 각도에서 발전시켜 설명했다. '소설'의 사건은 지금 '일어나고' 있고, 반면에 '이야기'의 사건은 이미 '일어났다'. 이야기는 과거를 중심으로 하여 정돈된다. 그런데 소설은 현재 속에 자리잡는다. 이야기는 우리들로 하여금 이미 일어난 사건들을 '이해하도록' 만든다. 반면에 소설은 사건들이 지금 '생겨나게' 만든다. 조이스의 소설에서 실존주의 소설에 이르기까지 소설 장르는 페르낭데즈가 밝혀낸 조망 속에서 변천되어 왔다. 즉 소설의 노력은 이야기의 개념적 시간을 실제 구체적으로 체험된 시간의 암시로 대체하는 쪽으로 기울어졌던 것이다. 이 '실제 구체적으로 체험된 시간durée vécue'은 변화 생성과 여러 가지 기획들로

---

35) 『메시지Messages』, 시리즈 1, pp.60 이하.

짜여진 시간이다. 포크너에서와 마찬가지로 프루스트에게서는 미래라는 것을 찾아볼 수 없다는 사실을 사르트르는 확인했다. 즉 시간성 속에서 한 가지 차원이 잘려져나간 것이다. 그 반면 사르트르 자신은, 주인공 자신이 조금씩 조금씩 발견해나가는 미래를 향하고 있기를 원했다. 그는 이렇게 말했다.

> 소설은 실제 삶에서와 마찬가지로 현재시제로 전개된다. (…) 소설 속에서는 이미 내기가 끝나 있는 것이 아니다. 왜냐하면 소설 속의 인간은 자유롭기 때문이다. 내기는 우리 눈앞에서 지금 벌어지고 있는 중이다. 우리의 조바심, 우리의 무지, 우리의 기대는 주인공의 그것들과 마찬가지인 것이다.[36]

사르트르의 여러 가지 분석들이 가장 큰 호소력을 지니는 것은 자유의 주제를 다룰 때이다. 『구토』에서 제시해 보였던 좀 막연하게 미학적인 결론을 거치고 나서 사르트르는 자유의 길을 가리켜 보이고자 했다. 이 때부터는 '소설'과 '실존주의' 사이에는 거의 미리 설정된 것이라고 볼 수 있는 일종의 공모관계가 맺어져 있었다. 일상의 장 속에서 실천의 기회를 찾을 수 있는 자유를 표현하는 데 소설 말고 또 어떤 장르가 더 적합하겠는가? 결국에 가서는 하나의 운명을 이루게 될 모든 것과 시시각각 마주쳐나가는 그 자유를 말이다. 사르트르에 의하면 "소설가는 그가 사용할 수 있는 기호들을 매개로 아직 미래가 결정되어 있지 않은, 나의 그것과 유사한 어떤 시간을 그의 책 속에서, 비어 있는 그 무엇으로" 윤곽을 그려 보여야 한다. 그는 이렇게 묻는다.

---

36) 『상황Situations』, Ⅰ, p.16.

당신의 작중인물이 살아 있는 존재가 되기를 원하는가? 그렇다면 그 인물들을 자유롭게 만들어 놓으라. 중요한 것은 규정하는 것이 아니고 설명하는 것은 더욱 아니며, 다만 정념과 예측할 수 없는 행동들을 보여주는 것뿐이다.[37]

적어도 이론적으로 생각해볼 때, 너무나 뻔하게 창조자의 손에 의하여 조립되어 가지고 이를테면 기계적으로 움직이는 인물에게 어떻게 우리가 진정으로 흥미를 느낄 수 있겠는가? 사실은 1939년 모리악에 대한 사르트르의 그 떠들썩한 비판의 글이 발표되기 전에 이미 모리악은 장차 자기의 화살이 거꾸로 자신에게 되돌아오게 될 줄은 예측하지 못한 채 소설가가 인물의 운명에 자의적으로 개입하는 것을 비판하면서 인물의 자유를 옹호했었다. 그러나 사르트르는 모리악이 『밤의 종말La Fin de la nuit』에서 여주인공 테레즈의 영혼에서 밖으로 나와 우리 독자들로 하여금 전지적 차원에서 바라보는 입장이 되게 만든다고 비난했다.[38] 그렇게 전지적 차원에서 바라본 결과 작가는 예컨대 그 여자가 "조심성을 잃지 않은 절망한 여인"이라는 '사실'을 단정함으로써 테레즈를 독자인 우리에게 '설명'한다는 것이다. 작자는 여기서 어떤 '선험적인 본질'을 명시한다. 사르트르에 의하면 이렇게 함으로써 작자는, 그 어느 것 하나 분명하거나 결정적인 것이 없는 상태로 망설임과 혼란 속에서 이루어져 나가게 마련인 어떤 삶을 한 걸음 한 걸음 따라가며 보여주어야 한다는 소설가의 참다운 기획을 배반하고 있다는 것이다. 소설가는 부득이한 경우 그의 소설 속의 이런저런 인물처럼 테레즈에 대한 '억측'을 할 수는 있다. 그렇지만 그 여주인공을 '고착시키고' 그녀를 생생한 실제 삶으로

---

37) 『상황Situations』, Ⅰ, p.37.
38) 위의 책, pp.36~37.

부터 유리시키는 어떤 본질을 그에게 뒤집어씌울 권리는 없는 것이다. 마르셀 아를랑Marcel Arland은 사르트르의 이 같은 지적에 애매성이 있다고 비판한 것을 우리는 알고 있다. 사실 소설가가 우선 살과 피로 된 존재로서 '설득력 있게 제시하는' 데 성공하지 못한 어떤 인물에게라면 설령 자유가 주어진다 한들 그 자유는 무용한 것이다. 아를랑은 사르트르의 비판을 그 자신에게 되돌려주었다.

> 사르트르 씨는 말하기를 한 인물은 그가 자유롭기 때문에 생생하게 살아 있는 인물이라고 한다. 그런데 지금 우리가 볼 때 그 인물은 생생하게 살아 있기 때문에 자유롭다는 생각이 든다.[39]

더군다나 사르트르 자신은 과연 인물들이 '자유롭고' 동시에 '생생하게 살아 있는' 소설들을 쓰는 데 성공하게 되는가? 그는 과연 독자에게 오로지 그때그때의 즉각적인 경험만을 전달하는 데 성공할 것인가? 장-루이 퀴르티스Jean-Louis Curtis는 『높은 학파Haute École』에서 『자유의 길』의 몇 페이지를 차근차근, 그러나 유머도 잊지 않은 채 분석하면서 사르트르가 때로는 자기 자신의 원칙들을 배반했다는 것을 증명했다.[40] 더군다나 그 후 1960년에 젊은이들과 가진 어떤 인터뷰에서 소설가 모리악에 대한 그의 태도에 관한 질문에 대답하면서 사르트르는 이렇게 말했다.

> 나는 소설의 가장 중요한 자질은 독자에게 흥미를 끌고 열정을 자아내는 것이라고 생각하는 만큼, 지금 같았으면 보다 더 유연한 입장이었을 것이고 방법론에 있어서 훨씬 덜 까다로웠을 것이다. 왜냐하면

---

39) 『산책자Le Promeneur』, 1944, p.198.
40) 『높은 학파』, Julliard, 1950, pp.165 이하.

모든 방법들은, 미국 소설의 방법까지 포함해서, 모두 다 속임수라는
것을 알아차렸기 때문이다.[41]

『자유의 길』

해방 직후에 나온 『자유의 길』 연작 세 권은 전쟁이 일어나기 전 수년
동안을 재생시켜 보여주는 것이었다. 『철들 무렵 *L'Age de raison*』은 30
년대를 그렸다. 『유예 *Le Sursis*』는 뮌헨협약 때 이야기였다(1938년). 『영
혼 속의 죽음 *La Mort dans l'âme*』은 40년 여름의 패전을 그려 보였다.
대체로 보아 사르트르는 미국 소설의 새로운 소설 기법에 충실했다. 그
는 객관적인 기록과 주관적 표현을 섞어놓는 데 탁월한 기량을 발휘했
다. 그는 끊임없이 어떤 상황에 처해진 의식의 내용을 독자가 접할 수 있
도록 한다. 이야기를 늘어놓다보면 자연히 시간의 흐름을 한 걸음 한 걸
음 따라가게 되고, 지각, 감각, 몽상 등이 나타나면 그때마다 조금씩 조
금씩 그것을 기록하게 된다. 이렇게 함으로써 그는 최상의 호의를 가지
고 그의 소설을 읽고자 하는 독자들에게 따분하다는 느낌을 줄 위험이
있다. 지난날 자연주의 소설이 그러했듯이 실존주의 소설의 딱한 점은
하찮고 무의미한 일들을 애써 기록해 놓음으로써 소상한 르포르타주 특
유의 지루하고 안이한 나열 속에 빠진 채 지리멸렬해져버린다는 점이다.

기술적인 재간이 가장 혁명적으로 발휘된 것은 『유예』에서였다. 그는
38년의 여름을 생생하게 되살려 놓고자 했다. 그리하여 그 사건—간신
히, 그러나 잠정적으로, 피할 수 있었던 유럽대륙 전쟁의 위협—을 그것
의 참다운 차원 속에서, 즉 여러 인물들의 의식이 제각각 인지한 다양한
현실들이 먼지처럼 산산조각나버리는 모습으로 재현시키고자 했다. 그
같은 목적으로 동원된 것이 하나의 시각에서 다른 시각으로 단숨에 옮겨

---

41) 《렉스프레스 *L'Express*》, 1960년 3월 3일.

가며 그려 보이는 '동시성 기법Simultanéisme'이다. 동시에 여러 개의 초점을 갖는 이런 이야기 서술 요령은 지금 이루어지고 있는 중인 어떤 현실의 증식현상을 암시해 보이자는 데 그 의도가 있었다. 그러나 독자를 제제트에게서 밀랑에게로, 조제프에게서 스테팡에게로, 마티유에게서 히틀러에게로 옮겨가게 만드는 이 갑작스러운 단절들은 어지럽고 피곤하다. 엄밀하게 말해서 삶의 복잡다단한 모습에 충실하겠다는 그 기법은 삶의 복잡다단함을 배반하는 것이었다. 실제에 있어서 우리들 각자는 비록 주변적인 의식의 한계 속에 머무른다 하더라도 세계 내에 처해진 자기 스스로의 상황에 대한 총체적인 비전을 갖고 있는 것이다. 따라서 그의 지각의 현재 속에 제한적으로 갇혀 있기 때문에 '부분적으로 잘려진tronquée' 것이라고 할 수 있는 어떤 의식과 독자가 소설 속에서 서로 일치하게 되리라고는 생각할 수가 없다. 사르트르에게 있어서 인물들은 전쟁이나 평화의 초조한 기다림을 구현하기 위한 현재의 매체들에 불과하다. 집단적 불안이 한 개인의 개별적인 생각들을 물들이고 그의 삶 전체에 일종의 새롭고도 쓰디쓴 맛을 부여하는 만큼 작가가 인간적 진실에 다가가지는 못하고 있다. 물론 사르트르는 몇몇 절묘한 순간들에 있어서 미친 듯이 주관성들을 거쳐 지나가는 가운데 어떤 서정성에 도달하는 것이 사실이다. 일체의 개인성을 항상 뛰어넘음으로써 보여주는 그 세계 속에는 어떤 서사시적인 풍모가 엿보인다. 또 『유예』에서는 주관적 사실주의가 여러 가지 관점들의 상대주의를 동반하고 있다. "만사를 다 알고 있는 내레이터가 지어내는 허구를 포기함으로써 우리는 독자와 작중인물들의 시점의 주관성 사이에 매개 역할을 하는 존재를 없애버릴 수밖에 없다는 사정을 받아들였다." 이렇게 하여 독자가 여러 가지 의식 속을 방앗간 드나들듯이 자유자재로 드나들 수 있도록 만들자는 것이다. 나아가서 독자가 그 의식들 하나하나와 차례로 돌아가며 일치되도록 만들어야 한다. 그러니까 우리는 조이스에게서 사실주의의 또 다른 종류 한 가지를 찾아내는 방법을 배운 것이다. 즉 "매개도 거리도 없는 주관성의 비가공 사실주의"가 그것이다. 이렇게 하여 사르트르는 그의 뜻한 바대로 "그의 소설 기법을 뉴턴의 역학에서 일반화된 상대성으로 옮겨 가도록 하는 데" 성공한다.[42]

주관적 사실주의, 관점의 상대주의, 이런 것이 조이스와 더스 패서스의 영향 아래 구현된 『자유의 길』의 기법적 새로움이다. 사르트르는 앙드레 지드가 『위폐 제조자들』을 쓰면서 제기하는 데 공헌한 바 있는 미학적 문제들을 자기 나름의 새로운 관심권 속에서 다시 만나게 되었다. 그러나 이 방법들이 아무리 매력적인 것이라 할지라도 그것만으로 위대한 소설가들을 만들어내기에 충분한 것은 못 된다. 사르트르가 최상의 효과를 얻게된 것은 그가 채택한 기법들 덕분이 아니라 그의 이야기 속에 뚜렷이 나타나고 있는 바와 같이 그의 천성의 뿌리 깊은 강박관념들을 통해서이다. 『자유의 길』에는 가에탕 피콩이 지적했듯이, "사르트르의 소설적 세계와 거기서 부각되는 의미" 사이에 일종의 은밀한 모순관계 같은 것마저 엿보인다.[43] 『구토』는 작자의 강박관념들이 그가 제안한 철학적 비전과 일치했다는 점에서 위대한 책이었다. 사르트르는 끈끈이에 사로잡힌 의식의 시인이었다. 자유의 소설가가 되고자 했을 때 그는 이데올로기에 빠져버렸다. 현대의 영웅인 브뤼네는 피와 살로 된 어떤 인물을 형상화한다기보다는 오히려 어떤 이론적 주장을 구체적으로 보여주었다. "마티유는 자유를 선고받았다"고 작자는 말했다. 소설가는 그런 선고를 환기시키는 데는 자유자재였다. 그러나 그 자유를 눈앞에 보여주고자 했을 때는 부자유스럽고 추상적이 되고 나아가서는 교화적이 된다.

---

42) 『상황』, pp.252~253.
43) 『프랑스 신문학의 파노라마 *Panorama de la nouvelle littérature française*』, N. R. F., p.109.

알베르 카뮈Albert Camus

부조리라는 주제

카뮈는 『이방인L'Etranger』을 통해서 현대의 감수성에 대한 '신화적 표현'을 선보였다. 샤토브리앙의 르네가 낭만적 인간의 표상이었듯이 뫼르소는 부조리의 인간의 구상화이다. 부조리의 인간은 물론 정신적 혼란에 빠진 시대의 표현이었다. 『이방인』은 저 집단적 불행 직전에 구상되고 집필되었는데 독일 점령 시대에 발표되자 예외적일 만큼 긍정적인 반응을 얻었다. 카뮈의 주인공은 단순히 한 시대의 감수성을 구상화해주고 있는 것만이 아니었다. 그는 작자의 '분신double'이었다. 『작가 수첩Carnets』의 많은 기록들은 『이방인』 속에서 활용되었다. 카뮈는 여러 차례에 걸쳐서 자신과 뫼르소와의 동일성에 대하여 의식하고 있음을 강조했다. 그는 1940년 『이방인』을 완성하기 두 달 전에 이렇게 적었다.

> 모든 것이 내게는 낯설다. (…) 내가 여기서 무엇을 하고 있는 것일까? 이 몸짓들은, 이 미소들은 도대체 무엇을 의미하는 것일까? 나는 여기에 있는 것이 아니다. 그렇다고 다른 곳에 있는 것도 아니다.[44]

『이방인』이라는 제목을 가진 보들레르의 산문시는 그에게 어떤 무의식적인 기억에 불과했다. 『이방인』의 끝과 『적과 흑』의 마지막 페이지들을 비슷한 것으로 보기는 어렵다. 도스토예프스키의 『백치L'Idiot』에서, 카뮈 자신의 말을 빌리건대, "미소와 무관심"의 뉘앙스가 깃들인 영원한 현재 속에서 살고 있는 미슈킨 대공을 연상하는 사람도 있었다. 카프카

---

44) 피에르 조르주 카스텍스, 『알베르 카뮈와 「이방인」Albert Camus et 「L'Étranger」』, José Corti, 1965, p.27에서 재인용.

의 『심판』의 영향은, 확실하다는 단정까지는 어렵다 해도 가능하다고 볼 수 있다. 그 주인공 요제프 K 역시 자신의 재판에 대하여 이방인인 것이다. 1938년 사르트르가 『구토』를 발표했을 때 이미 카뮈는 장차 그의 『이방인』으로 완성될 이야기를 마음에 담고 있었다. 물론 나타나엘의 상속자로서 지중해적인 세계의 찬란함을 노래했던 『결혼Noces』의 작자가 볼 때 장-폴 사르트르의 기꺼이 지저분한 것이 되기를 서슴지 않는 상상력보다 더 거리가 먼 것도 없을 것이다. 그러나 우리는 모든 차이점들에도 불구하고 그 두 가지 이야기 사이에서 많은 공통점들을 발견할 수 있다. 그렇지만 로캉텡의 고통스러운 경험들에 비하면 뫼르소의 관능, 억제되어 있지만 뜨겁게 달아오른 활력은 매우 대립적이다. 그리고 부빌에 내리는 비는 알제리의 숨막히는 태양과 대립적이다.[45]

부조리의 속임수 장치

뫼르소는 자신의 범용한 일을 이렇다할 열정도 느끼지 못한 채 꾸려 나가고 있는 사무실의 하급 직원이다. 그에게는 모든 것이 다 무관심하다. 그는 끊임없이 되풀이하여 그 말을 한다. 그는 별로 큰 감동도 느끼지 못한 채 그의 어머니의 장례식을 치른다. 그는 마리라는 여자친구를 영화관에 데리고 가고 그녀와 함께 수영을 하러 간다. 그는 현재의 순간 순간에 자신을 맡긴다. 그런데 우연히 어느 날, 비극적인 사건이 되지 않도록 피하려고 최선을 다했는데도 그만 너무나도 뜨겁게 쏟아지는 햇빛 속에서 현기증을 느낀 나머지, 그를 위협하는 아랍인 사내에게 권총을 쏜다. 이 어처구니없는 범죄를 카뮈는 자질구레한 여러 가지 상황들의 연속에 의하여 매우 납득할 수 있는 방식으로 이끌어 나가려고 애쓴다. 이야기의 제2부는 재판 내용을 소개한다. 뫼르소는 그 재판에 남의 일인

---

45) 이런 모든 문제들에 대해서는 카스텍스의 위의 책 pp.41~66 참조.

양 참석하고 있다. 그는 감옥에 들어가자 그전에는 자신이 구체적으로 의식하지 못한 채로 실천에 옮겼던 삶의 지혜를 발견해낸다. 즉 세계와의 일치감을 느끼며 사는 것이 그것이다. 독자가 그토록 생생한 현실감을 간직하게 되는 그토록 단순하고 그토록 믿음이 가는 이야기의 의미는 무엇이었을까? 하여간 그 소설은 그 안에 담겨 있는 그 풍부한 암시들로 인하여 가치를 지니는 작품이다.

> 책의 주인공은 유희를 하지 않기 때문에 유죄판결을 받은 것이다. (…) 그는 거짓말을 하기를 거부한다. (…) 거짓말을 한다는 것은 단순히 있지 않은 일을 말하는 것 뿐만 아니라, 무엇보다도 있는 것 이상을 말하는 것이고, 인간의 마음과 관련해서는 자기가 느끼는 것 이상을 말하는 것을 뜻한다. (…) 그러므로 『이방인』에서 아무런 영웅적인 태도를 취하지는 않으면서도 진실을 위하여 죽음을 받아들이는 한 사내의 이야기를 읽는다면 크게 틀리지 않는다.[46]

라고 카뮈는 말했다.

부조리란 부분적으로는 관습에 따르지 않는 것을 의미한다. 카뮈는 『시지프의 신화Le Mythe de Sisyphe』 속에서 추상적인 논리로 분석하게 되는 그 '부조리absurde'를 소설로 형상화하기 위하여 행태주의 소설의 기법을 동원했다.

> 미국 소설의 기법은 내가 보기에는 궁지에 다다른 것 같다. 나도 그 것을 『이방인』에서 사용한 것이 사실이다. 그러나 그것은 그 기법이 내가 하고자 하는 이야기에, 즉 겉으로 보기에는 아무런 의식을 갖지

---

46) 카스텍스의 위의 책 p.97에서 재인용.

않은 듯한 어떤 사내를 그려 보이고자 하는 내 의도에 적합한 것이었

기 때문이다.[47]

라고 대전 직후에 카뮈는 말했다. 사르트르는 『이방인』의 속임수 장치를
아주 잘 분석했다. 그것은 두 가지 층에 자리잡고 있다. 한편으로는 일련
의 행동들을 제시해 보이면서도 그것을 뒷받침하는 의미와 단절된 행동
으로서 보여주는 것이 그 하나의 층이다. 다른 한편으로는 소설의 제1부
에서 현실의 있는 그대로의 모습을 손질하지 않은 채로 제시하고 제2부
에서는 그 행동들을 합리적인 방식으로, 따라서 거짓된 모습으로 재구성
해 보여줌으로써 그 두 부분의 절묘한 대조를 활용하는 전체적 구성이
다른 하나의 층이다. 심문과 재판과정에서 사람들이 하는 말은 어느 것
하나 옳은 것이 없다. 그래서 마리는 증인석에 나서서 울음을 터뜨리고
만다. "그게 아니에요. 그것 말고 또 다른 것이 있었어요"하고 그녀는
소리친다. 카뮈는 헤밍웨이의 스타일을 채용한다. 즉 이곳저곳에서 넓
은 폭으로 그 모습을 드러내는 일종의 서정적 감흥을 그의 짤막짤막한
문장들이 가려버리는 데 성공하고 있는 것이다. 하나하나의 문장은 이를
테면 다른 문장과 이어지지 않은 채 고립되어 있는 것 같은 느낌을 준다.
그 문장은 나타나는 즉시 소멸되어버리는 현재 속에서 반짝 빛난다.

> 그 이방인은 자기 자신과의 관계에 있어서 마치 어떤 다른 사람이
> 그를 보고 그에 대하여 말하는 것 같은 그런 존재이다. (…) 그는 완전
> 히 밖에 있다. 그는 덜 생각하고 덜 느끼고, 자기 자신에 대하여 친밀
> 한 관계가 덜하면 덜할수록 그만큼 더 자기 자신답다.[48]

---

47) 위의 책, p.100.
48) 『상황』, 제1권, pp.99 이하, 「『이방인』 해설Explication de 「L'Étranger」」.

라고 모리스 블랑쇼는 썼다.

부조리를 넘어서

부조리를 넘어서 카뮈는 1947년에 엄청난 성공을 거둔 바 있는 『페스트*La Peste*』의 교화적인 휴머니즘에 이르게 되었다. 카뮈는 오랑에서 발생한 상상의 전염병 이야기를 소설 속에서 들려주었다. 전 주민에 대하여 가차없는 조처를 취하지 않을 수 없게 만들고 그들 머리 위에 끊임없는 위협으로 떠도는 그 '페스트'는 독일 점령 상황을 상기시키는 것이었다. 그것은 또한 인간 조건의 알레고리였다. 등장인물 자신들도 잔혹한 운명에 대면하여 각자가 취할 수 있는 다양한 태도들을 구체적으로 보여주었다. 아무런 환상도 품고 있지 않은 의사 리유는 그 재앙에 대항하여 싸우는 데 온 힘을 다 바친다. 부조리와 고통의 극한적 한계를 뒤로 물러나게 하기 위해서는 할 수 있는 한의 최선을 다하지 않으면 안 된다. 『페스트』에는 불행한 시대 속에서 다져지는 저 사나이다운 연대의식이 환기되어 있다. 카뮈의 금욕주의는 알프레드 드 비니의 그것을 연상시키는 바 없지 않다. 거기에도 마찬가지로 어두운 색채가 서려 있다. 그는 마찬가지 방식으로 잔혹한 운명에 대하여 인간 행동의 고결함을 맞세운다.

이야기의 전개가 아무리 순수하고 나타난 의도가 아무리 고귀한 것이라 할지라도 우리가 볼 때 『페스트』는 카뮈가 쓴 최상의 저서는 아닌 것 같다. 우리들의 눈에 그의 가장 드높은 성공이라고 여겨지는 작품은 1956년에 발표된 『전락*La Chute*』이다. 물론 그 책에서 만족스러운 도덕적 결론을 구해서는 안 될 것이다. 그러나 카뮈는 『전락』을 통해서 현대의 불안과 자기 자신의 고뇌의 표현에 있어서 그 어느 때보다도 더한 깊이를 드러내 보여주었다. 그는 암스테르담의 음울한 선술집을 드나드는 전직 파리 변호사 출신의 속내 이야기 속에다가 서구문명의 근원적 상황과 직결된 전락의 신화를 아로새겨 놓았다. 『페스트』에서는 알레고리가 너무 노골적으로 눈에 드러났었는데 비하여, 『이방인』에서는 기술적 속임수가 지나치게 가시적이었는데 비하여, 『전락』에는 비길 데 없는 악센트로 잃어버린 순수에 대한 고백, 세계와 타인들과—그리고 자기 자신과의 불일치의 증언을 담아 놓고 있는 것이다. 장—밥티스트 클라망스의 삶에 있어서 그것은 돌연히 찾아든 작은 파열이었다. 그리고 낙원의 종언이었다. 어쩌면 이 책의 가치는 카뮈가 여기서 그의 삶의 어떤 비밀에 가 닿았다는 사실에 연유하는지도 모른다. 양심에 거리낄 것 하나 없는 저 드높은 정상과 죄의식의 고뇌 사이에서 찢어지고 있는 한 영혼의 비밀 말이다. 그의 인물에게는 고백에 의해서뿐만 아니라 시니시즘에 의해서 상대의 마음을 끌어야겠다는 배려를 잊지 않은 채, 순진무구함 속에서 그랬듯이 죄의식 속에서도 마음 편해지고자 하는 속셈을 버리지 않은 채, 솔직해지기로 결심한 배우의 '어조ton'가 지배적이다.

5. 누보 로망Nouveau Roman

전통과 새로움

1950년부터 젊은 소설가들 쪽에서 실존주의 소설에 대한 공세가 시작되었다. 많은 사람들 가운데서도 자크 로랑Jacques Laurent, 로제 니미에Roger Nimier, 앙투안 블롱뎅Antoine Blondin 등이 주축이 되었다. 그들은 절망과 부조리의 문학이 보여주는 지나친 면에 항의했다. 다시한 번 더 음울한 한 시대가 끝나가는 가운데 로마네스크한 소설의 챔피언들이 출현한 것이었다. 지오노Giono는 파란만장의 모험이 지닌 가치를 되찾아보겠다고 별러댔다. 유행은 온통 '경기병' 일색이었다. 1950년 로제 니미에의 소설『푸른 경기병Le Hussard bleu』은 독일에 주둔하고 있는 어떤 프랑스 연대의 이야기였다. 지오노의『지붕 위의 경기병Le Hussard sur le toit』은 스탕달풍의 로마네스크가 지닌 신선함과 매력을 되찾아 보여주었다. 그러나 이런 신고전주의적 반동은 덧없이 끝나버렸다. 그것은 그저 한순간 타오른 불꽃일 뿐이었다.

도대체 지나간 십오 년간 소설계가 내놓은 그 많은 작품들의 전모를 어떻게 불과 몇 페이지에다가 설명한다고 할 수 있겠는가? 작가들의 이름과 작품들의 제목을 열거해 놓는다고 될 일도 아니다. 그렇다면 옛 소설과 새로운 소설의 경계를 초월하여 여러 가지 이념적 경향들을 가려내는 것은 가능한 것일까? 장 카이올Jean Cayrol에서 폴-앙드레 르소르Paul-André Lesort에 이르기까지 기독교적 영감에서 출발한, 더 정확하게 말해서 '인격주의personnaliste' 계통의 작가들이 있었던 것은 사실이다. 아라공에서부터 생각해볼 수 있는 공산주의 소설가들도 있었다. 그러나 그 시대는 맹렬한 개인주의가 판을 치는 때였다. 그러므로 이러이러한 사람이 내게는 스승이요, 하고 인정하는 경우가 별로 없었다. 여전히 심리적 소설도 쓰여지고 있었다. 그것이 미셸 모르Michel Mohrt의 『바다의 감옥La Prison maritime』에서 볼 수 있듯이 모험소설의 패러디에 불과한 것일지라도 말이다. 많은 소설가들이 자신의 뱃속에 들어 있는 것을 쏟아내놓는 기회로 소설을 활용하고 있었다. 그러나 저마다 상이한 기법과 스타일로 자기 시대의 풍속을 그려 보이고 그 비뚤어진 면을 고발하겠다는 소설들도 무수히 많이 나왔다. 자기 자신 쪽으로 시선을 돌리고, 모양만 바꾸어 놓은 자서전에 불과한 소설들 속에다가 자기 스스로가 살아온 삶의 내용을 잔뜩 담아내놓는 소설가들이 있는가 하면 그 옆에는 항상 바깥세상을 향하여 눈을 돌리고 있는 작가들이 있는 것이다. 그러나 이런 류의 분류방식에 따른다면 그 어느 쪽에도 해당되지 않는 소설들이—흔히 그런 작품일수록 매우 아름다운 작품들이다—얼마나 많은가! 쥘리앵 그라크Julien Gracq의 『시르트의 기슭Le Rivage des Syrtes』은 전후에 쓰여진 가장 아름다운 책들 중 하나이다. 『성 주일 La Semaine Sainte』은 소설가로서의 아라공의 최대 걸작이다. 피에르-앙리 시몽Pierre-Henri Simon의 『어떤 행복의 이야기L' Histoire d'un bonheur』는 모럴리스트 및 휴머니스트 전통에 있어서 우리 시대의 가장 아름다운 책들 중 하나이다. 몽테를랑의 『혼돈과 밤Le Chaos et La Nuit』은 『독신자들Les Célibataires』과 더불어 그의 가장 탁월한 소설이다. 그러나 이 같은 걸작들 말고도 또 얼마나 감동적이고 아름다운 작품들이 우리들의 관심을 끄는 것인가!

1955년 누보 로망의 출현 이래 대중들은 흔히 몇몇 이론가들의 의견에 따라 새로운 소설과 전통적 소설을 구별하여 생각하곤 한다. 새로운 소설이란 지금까지의 소설에 대한 거부라는 뜻으로 정의되는 까닭에 물론 그런 구분은 부분적으로 근거가 없지 않다. 그러나 누보 로망의 소설가들이 만들어내는 데 성공한 모든 신화들 가운데서도 전통소설이라는 신화야말로 가장 이상한 것들 중 하나이다. 사람들은 뉘앙스의 차이 같은 것에는 별로 신경을 쓰지 않은 채, 발자크에서 앙리 트루아야Henri Troyat에 이르기까지 어떤 새로운 소설 미학의 싹을 보이거나 성취한 것이 못되면 무엇이나 다 무조건 전통소설로 분류해버린다. 그리고 서슴지 않고 그런 전통소설은 제2 제정시대의 유물인 한심하고 철늦은, 그래서 감수성의 제반 변혁에는 이상하리만큼 무관심한 기법이 특징이라고 규정해버린다. 그리하여 '탐구'에 정열을 보이지 않은 채 미리 만들어진 판에다가 케케묵은 이야기들을 부어서 찍어내는 것으로 만족하는 저 지진아 소설가들을 동정해 마지않는다. 그러나 미학적 혁명이라는 것도 흔히 여러 가지 상투적인 작품들을 만들어낼 수 있다는 증거를 필요하다면 얼마든지 들어 보일 수 있다. 최신의 선언문을 무조건 추종하는 사람들에게서보다 전통적이라고 널리 알려진 몇몇 작가들에게서 우리는 더욱 탁월한 비판정신과 창의력을 찾아볼 수 있다. 창의의 분출은 무슨 독점적인 법칙에 따르는 것이 아니다. 장-루이 퀴르티스Jean-Louis Curtis 같은 '전통적' 작가는 물론 인물들을 살아 움직이게 하고 이야기를 들려주고자 한다. 그렇지만 그가 그 무슨 19세기적 미학에 의거하여 소설을 쓴다고 장담할 사람이 어디 있겠는가? 아라공의 『성 주일』에는 모든 서술방식의 어조가 두루 섞여 있다. 『시르트의 기슭』이 관습적인 틀에서 찍어낸 평범한 이야기를 들려주고 있다는 평가를 어찌 내릴 수 있겠는가?

소설을 넘어서

해방 이후 우리는 소설 장르의 주변에 자리잡게 되는 여러 가지 작품들이 나타나는 것을 보았다. 그 작품들은 시적, 철학적, 혹은 자서전적인 기획들로부터 얻은 결실이다. 60년대의 젊은 작가들 중 가장 탁월한 한 사람은 어떤 설문에 답하면서 "구체적인 그 어떤 형식과도 일치하지 않는 동시에 소설이며 시이며 비평인 더할 나위 없는 한 권의 책을 쓰는 것"이 꿈이라고 했다.[49] 이는 다시 말해서 시와 에세이에 대한 유혹이 소설가에게 있어서 생생하게 남아 있다는 의미가 된다. 20세기 문학 속에서 끊임없이 증대해가는 삶에의 강박관념은 이처럼 요구가 많은 까다로운 정신의 소유자들로 하여금 그들의 작품을 상상력의 영역이 아니라 '성찰'이 '체험'에 영향을 가하는 공간 속에다 위치시켜 생각하도록 유도한다. 체험의 심화라는 것은 넓은 의미에서 마르셀 프루스트가 거두어들인 성과였다. 『잃어버린 시간을 찾아서』의 '모방'이 전혀 아니면서도 (그 방면에서 모방이란 있을 수도 없으므로) 삶에 대한 끈질긴 해명으로부터 생겨나는 작품들이 얼마나 많은가! 미셸 레리스Michel Leiris의 『놀이의 규칙La Régle du jeu』은 방대한 규모의 고백이다. 작자는 용기 있게, 그리고 명증한 정신으로, 이를테면 자기 자신에 대한 정신분석을 시도하고 있는 것이다. 그는 이렇게 말한다. 이 글은 "관찰이나 경험들을 기록한 조서로서 나는 여기에서 그것들을 서로 대조해봄으로써 법칙들을 이끌어내고자 하는데 그 법칙들로부터 생겨나는 황금률을 나는 내놀이를 관장하는 규칙으로 선택해야(했어야) 마땅하리라."[50] 과거와 의식의 저 어둠침침한 깊이를 탐색하는 일은 여기서 은밀하게 미래 쪽으로 방향을 잡는다. 하여간 우리는 이미 소설의 세계를 넘어서버렸다. 그렇다면 피에르 클로소프스키Pierre Klossowski 작품들의 경우는 소설이

---

49) 그렇게 말한 사람은 필립 솔레르스Philippe Sollers다. 피에르 피송의 설문에 대한 답, 「소설은 어디로 가는가?Où va le roman?」, 《피가로 리테레르》지 1962년 9월 22일자.
50) 가에탕 피콩의 『새로운 프랑스문학의 파노라마Panorama de la nouvelle littérature française』, 앞의 책, p.152.

라고 할 수 있을까? 『오늘 저녁 로베르트는Roberte ce Soir』이나 『낭트 칙령의 폐지La Révocation de l'Édit de Nantes』[51]를 해석하여 이해하려면 철학자가 되어야 한다. 이런 이야기들 속에는 판독해야 할 비밀들이 담겨 있다. 마찬가지로 장 주네Jean Genet의 소설들 속에서는 어떤 타락의 시가 발하는 찬란한 빛을 음미할 줄 알아야 한다. 신을 갖지 못한 어떤 신비주의자의 일기라고 할 수 있는 『내적 경험L'Expérience intérieure』에서부터 "인간을 운명과 대면시켜주는 최면 상태 속에서 읽게 되는" 이야기인 『하늘의 푸르름Bleu du ciel』에 이르는 조르주 바타이유Georges Bataille의 "에세이essai"들은 철학과 신비주의와 삶이 만나는 경계에 위치한다. 조르주 바타이유가 볼 때 문학이란 어떤 '충동élan', 어떤 '광란rage'의 가소로운 잔류물에 불과한 것이다. 사실은 그 어떤 말로도 그 충동과 광란을 그려 보일 수가 없다. 모리스 블랑쇼Maurice Blanchot는 『알 수 없는 사람 토마Thomas l'obscur』, 『아미나다브 Aminadab』, 『저 높은 곳Le Très-Haut』 같은 소설들에서 언어에 대한 성찰의 결과를 표현했다. 그는 단어의 사용을 통하여 언어의 그 한복판에 숨어 있는 '허무le néant'를 체험하는 기회를 찾아내고자 한다. 언뜻 언뜻 엿본 풍경들, 언뜻언뜻 엿본 인물들 저 너머 그 한복판에다가 현기증 나는 부재를 들어앉혀 놓는 이런 이야기들도 과연 소설이라 부를 수 있을까? 언어에 대한 반성이라는 바로 이 국면을 통해서 서술(내레이션)의 위기는 그 가장 첨예한 성격을 드러내 보인다. 죽어가는 사람의 고통을 그려 보이는 『통과Passage』(1954)의 저자 장 르베르지Jean Reverzy의 경우 글쓰기는 죽음의 강박관념과 관련되어 있다. 그 후 같은 저자에게 있어서 글쓰기가 이번에는 어떤 가소로운 조물주의 천지창조의 출발점으로 변한다. 그와 비슷한 경우로 1952년 사무엘 베케트Samuel

---

51) 오늘까지 피에르 클로소프스키를 가장 탁월하게 해석해 보여준 사람은 질 들뢰즈Gilles Deleuze다(《비평Critique》지 비평문에서).

Beckett가 쓴 『말론느 죽다*Malone meurt*』가 있는데 여기서는 죽음의 고통에 몸부림치는 한 사내가 죽음을 기다리면서 이야기들을 지어내지만 자신이 내뱉은 말 속에서 갈피를 잡지 못한 채 어리둥절해 하고 있다. 한편 『이름 붙일 수 없는 것*L'Innommable*』에서는 오직 말할 가치가 있는 단 한 가지를 아무리 해도 말로 표현할 수 없다는 막연한 느낌만이 있을 뿐이다. 『어떻게*Comment c'est*』에는 언어에 대한 조롱이 담겨 있다. 근본적으로 중요한 것을 말로 할 수 없다는 무력감을 증언할 뿐인 끊이지 않는 잡음밖에는 아무것도 없는 것이다. 여기서 주인공이란 아무 할 말이 없으면 없을수록 그치지 않고 말을 하는 하나의 수다스러운 의식에 불과하다. 베케트의 경우 언어에 대한 이 같은 심판은 문학의 개념이 맞게 된 위기의식과 일치한다. 말은 공연한 잡음이다. 허구의 언어는 허무, 고독, 그리고 죽음의 벌거벗겨진 진실에 다가가는 한 수단으로 변한다.

누보 로망Le Nouveau Roman

이론과 작품

'누보 로망'이라는 표현은 사실상 매우 상이한 여러 가지 기획들을 한 꺼번에 다 지칭한다. 사람들은 우리가 이제 금방 설명한 사무엘 베케트의 내적 독백들도 흔히 이 명칭 속에 분류하여 넣는다. 그러나 우리가 '누보 로망'이라는 명칭과 결부시키고 싶은 소설가들은 언어와 허구를 조롱의 대상으로 삼기보다는 소설이라는 장르를 혁신시켜보려고 노력하는 사람들이다. 요컨대 과거의 형식들을 거부하는 것과 동시에 새로운 형식들을 찾아내고자 하는 조직적인 의지를 보여준다는 점에서 그 특징이 규정되는 작가들인 것이다. 누보 로망은 미래를 향하여 열려 있고자 하는 운동이다. 그것이 어떤 참다운 혁신의 조짐을 보여주고 있는지 어떤지에 대해서 단정하기는 좀 이르다. 하여간 그 이론가들은 소설 장르의 숙명에 대한 신념을 가지고 있는 것 같아 보인다.

우선 누보 로망은 신문 잡지들에서 소설의 제문제에 대한 수많은 이론적, 비판적 토론들을 불러일으켰다는 점을 공통된 특징으로 하는 몇몇 작품들을 일컫는 말이다. 나탈리 사로트Nathalie Sarraute의 『미지인의 초상Portrait d'un inconnu』은 1947년에 처음 나왔을 때 별로 주목받지 못한 것이 사실이다. 그러나 1956년 '앙티 로망anti roman' 이라는 표현을 처음으로 유행시키게 되는 장 폴 사르트르의 서문과 더불어 그 작품은 때를 만났다. 미셸 뷔토르Michel Butor는 1954년 『밀라노의 통과Passage de Milan』로 데뷔한다. 그리고 1956년의 『시간표L'Emploi du temps』, 1957년 르노도상을 탄 『라 모디피카시옹La Modification』의 대성공으로 이어진다. 알랭 로브-그리예Alain Robbe-Grillet는 1953년에 『고무지우개Les Gommes』, 1955년에 『샛꾼Le Voyeur』, 1957년에 『질투La Jalousie』, 1961년에 『미로Le Labyrinthe』를 발표했다. 장 카이올Jean Cayrol을 이 그룹의 소설가들 속에 넣고자 한다면 『하룻밤 사이L'Espace d'une nuit』가 1954년에, 『이사Le Déménagement』가 1956년에 나왔다는 것을 상기하자. 클로드 시몽Claude Simon은 1957년에 『바람Le Vent』을, 1961년에 『플랑드르의 길La Route des Flandres』을, 1962년에 『저택Le Palace』을 발표했다. 마르그리트 뒤라스Marguerite Duras는 1955년에 『길가의 공원Le Square』, 1958년에 『모데라토 칸타빌레Moderato Cantabile』를 발표했다. 이런 식으로 목록을 다 열거하자면 아직도 많이 남았다. 우리는 다만 의미 있는 몇몇 작품들만을 인용하고자 한다.

누보 로망은 또한 하나의 소설 이론이다. 아니, 선언문이나 인터뷰, 서평이나 주석을 통해서 표현된 소설에 관한 이론들의 총체다. 로브-그리예의 『고무지우개』에 대하여 롤랑 바르트는 어떤 중요한 평문[52]에서 "공간—시간, 시각적인 것의 승격, 고전적인 대상의 살해, 공간적이지만 유추적이지 않은 수식" 등을 말했다. 그는 세계를 순수한 외관으로 환원시키고 마침내 사물들로부터 낭만적인 심장을 제거해버리는 그 새로운 리얼리즘의 장점을 극구 찬양했다! 끝도 없는 해석과 주석을 유발시키는 정도가 극에 달했다. 이윽고 『샛꾼』을 에워싼 논쟁으로 이 미학적 소용돌이는 절정에 이르렀다. 로브-그리예 자신도 남에게 뒤질세라 자신의 작품들에 관한 이론적 주석을 줄기차게 내놓았다. 1953, 54년에 벌써 그는 《비평Critique》이나 《누벨 르뷔 프랑세즈(N. R. F.)》지의 평란에 자신의 생각들을 피력했다. 그리고 1955, 56년에는 《렉스프레스L'Expresse》지의 문예란에 상당수의 입장을 정리하여 발표했다. 그는 "옛날 형식의 장르"를, "발자크풍의 낡은 리얼리즘"을 공격했다. 1956년 《누벨 르뷔 프랑세즈》지의 7월호에 발표한 논문 「장래의 소설의 나아갈 길Une voie pour le roman futur」로 인하여 그는 누보 로망의 가장 탁월한 이론가로 자리를 굳혔다. 그는 나중에 그의 가장 중요한 이론적인 글들을 묶어 『누보 로망을 위하여Pour un nouveau roman』라는 책으로 냈다.[53] 1956년 《카이에 뒤 쉬드Cahiers du Sud》지는 「소설을 찾아서A la recherche du roman」라는 제목하의 특집호에서 상당수의 연구논문들, 특히 「탐구로서의 소설Le Roman comme recherche」이라는 제목의 미셸 뷔토르의 글을 소개했다. 그와 동시에 나탈리 사로트의 중요한 평론서 『의혹의 시대L'Ere du soupçon』도 나왔다. 《에스프리Esprit》지는 1958년 7, 8월에 누보 로망 특집호를 꾸몄다. 그 후에도 《피가로 리테레르Le Figaro littéraire》, 《누벨 리테레르Les Nouvelles

---

52) 「객관적 문학Littérature objective」, 《비평》지, 1954년 7, 8월호.
53) 갈리마르, 《이데Idées》 문고.

littéraires》, 그리고 보다 발전되고 깊이 있는 방식으로 《텔 켈*Tel Quel*》 지에는 누보 로망에 대하여 얼마나 많은 설문과 논의, 토론, 분석들이 실렸던가! 그와 동시에 수많은 저작들이 이 미학적 논의에 대하여 대중들에게 알기 쉽게 설명하고자 했다. 이론적 토론과 작품이 합류하는 곳에 위치한다는 점이야말로 바로 누보 로망의 유별난 특징들 중 하나라고 하겠다. 누보 로망은 몇몇 소설을 에워싸고 일어난 이론적 소용돌이이며 또한 그 이론적 소용돌이의 한가운데서 태어난 작품들을 의미한다. 소설과 소설이 야기하는 제문제에 대한 토론은 물론 어제 오늘의 일이 아니다. 그렇지만 그 토론은 약 10여 년 전부터 전에는 일찍이 보지 못했던 치열성을 드러내 보여온 것 또한 부정할 수 없다.

　'이론' 의 차원에서 보나 '작품' 의 차원에서 보나 서로 거리가 먼 소설가들을 동일한 기치 아래 무리지어 생각한다는 데에는 무리가 없지 않다. 그렇지만 그들에게는 소설의 전통적 형식에 반대한다는 공통점이 있다. 누보 로망은 베르나르 팽고Bernard Pingaud가 지적해 보였듯이 "거부의 에콜Ecole du Refus"이다.[54] 인물에 대한 거부, 이야기의 거부, 요컨대 이때까지 소설을 구성하고 있었던 모든 것에 대한 거부 태도를 두고 하는 말이다. 누보 로망은 또한 우리 시대의 감수성에 보다 적합한 새로운 형식들을 발견해내고자 하는 의지를 뜻한다. 누보 로망이 부르짖는 대부분의 주장들 밑바닥에는 문학이란 혁신과 근원적 제반성을 바탕으로 성립된다는, 따라서 새로운 길을 탐색해야 한다는 생각이, 적어도 조이스, 도스토예프스키, 혹은 카프카가 이미 열어 놓은 길로 더욱 멀리 나아가지 않으면 안 된다는 생각이 깔려 있다. 이런 면에서 볼 때 누보 로망은 미래의 소설의 실험실, 소설을 '거부' 로서, '탐색' 으로서 규정하기 위한 하나의 기도와도 같은 것이라 할 수 있다.

---

54) 《에스프리》지, 1958년 7, 8월호.

객관적 사실주의에서 주관적 사실주의로

롤랑 바르트는 『고무지우개』에 대하여 말하는 가운데 누보 로망의 열쇠말mots clefs을 유행시켰다. "로브-그리예에게 있어서 오브제는 더 이상 상호조응의 초점이거나 감각과 상징이 증식되는 계기가 아니다. 그것은 다만 '시각적 저항체résistance optique'에 지나지 않는다."[55] 로브-그리예의 소설은 어떤 사회적, 심리적, 혹은 '기억'의 깊이의 체험이 아니라 오직 그것의 외관이 전부인 어떤 세계의 액면 그대로의 묘사일 뿐이었다. 오래지 않아 로브-그리예 자신도 못박아 말했다. 그가 실천을 통해서 보여주고자 하는 바는 '깊이profondeur라는 낡은 신화의 폐지'에 있다는 것이었다.[56] 그는 라 파이예트 부인에서부터 발자크에 이르기까지 "어떤 주어진 환경 속에서 정념으로 인하여, 혹은 정념의 부재로 인하여 생기는 갈등"을 이야기하는 전통 소설 기술을 공격했다. 그역시 영화가 공간에 대한 이 새로운 비전에 끼쳤던 영향을 중시했다. 그리고 그는 영화의 기법을 본받아 개척할 수 있는 이 "미래의 소설 세계"를 주목했다. "인간의 행동과 오브제들은 그 무엇이기 이전에 그냥 '여기에' 있는 것"이라고 보아야 할 그런 새로운 세계 말이다.[57] 오브제에 대한 이 같은 현상학적 묘사는 로브-그리예가 발들여 놓은 최초의 길이었다. 그것은 또한 사람들이 그의 작품에 대하여 제시해 보인 최초의 해석이기도 했다. 그 이후 모든 비평은 그 의견을 추종하게 되었고 이리하여 로브-그리예는 '오브제'의 소설가로 통했다. 이런 견해는 그가 '이야기histoire'와 '인물personnage'을 제거해버리겠다고 공언했기 때문에 그만큼 더 근거를 가진 것으로 여겨졌다. 그러나 이렇게 함으로써 사람들은 그의 예술에 대하여 부분적인 일면만을 제시한 결과가 되었다.

---

55) 위에서 인용한 비평문.
56) 『누보 로망을 위하여』, p.26.
57) 위의 책, p.23.

그 후 로브-그리예는 오해를 없애기 위하여 많은 노력을 하지 않으면 안되었다. 그는 이 점에 대하여 1959년 10월 8일 《렉스프레스》지에서 더할 수 없을 만큼 분명하게 자신이 생각하는 바를 설명했다.

나의 몇몇 소설들 속에 많은 오브제들이 등장할 때조차도 그 오브제를 바라보는 것은 어떤 인간이었다. 중립적인 하나의 시선이 아니라 인간적 정념에 무서울 정도로 깊숙이 개입되어 있는 한 인간이었다는 말이다.

그와 대담하는 사람이 "그렇다면 당신이 소설을 위하여 그렇게도 절박하게 요구하는 그 객관성은 어떻게 되는 거죠?" 하고 묻자 로브-그리예는 이렇게 대답했다.

그 객관성이란 것은 비평가들이 나에게 갖다 붙여준 의도에 불과합니다. 나 자신은 이론적인 글 속에서 그 용어를 별로 사용하지 않았습니다. 혹시 그 용어를 사용하게 될 때에는 항상 어떠한 특수한 의미에서 사용한 것인지를 분명히 밝혔습니다. 즉 '오브제(대상) 쪽을 향하고 있는', 다시 말해서 외부의 물질적 세계를 향하고 있는, 이라는 의미에서 사용한 것이었습니다. (…) 나는 인간이 느끼는 모든 것은 매순간 이 세계의 물질적 형태들에 의하여 감당되고 있다고 생각합니다. 어떤 어린아이가 자전거를 갖고 싶은 욕구를 느낄 때 그 욕구는 이미 알루미늄으로 된 바퀴와 핸들의 영상인 것입니다. 자동차의 운전자가 교차로에서 느꼈던 공포감은 항상 아스팔트 위로 요란한 브레이크 소리를 내면서 문득 나타난 검은 차체의 모습과 거울 속에서처럼 기우뚱하는 풍경의 인상을 내포하고 있게 마련입니다.

요컨대 로브-그리예에게 있어서 오브제는 흔히 심리적 내용의 있는 그대로의 요소로서 제시되는 것이다. 어느 의미에서 보면 로브-그리예 역시 프루스트와 조이스에 뒤이어 인간의 정신 속에서 일어나고 있는 것에 대한 소설을 쓰는 것이라고 볼 수 있다. 그러나 그는 그의 선배들처럼 경험적 시간의 흐름에 따르면서 쓰는 것이 아니라 공간과 시간의 전통적인 틀을 깨뜨려버린다. 여기서는 이미지들이 끊임없이 반복하여 나타난다. 그것들이 전개되는 내면적 공간 속에서 입게 되는 갖가지 변형들을 수많은 '변용variantes'에 의하여 재생시켜 놓는 고정관념적인 이미지들 말이다. 『질투』에서는 모든 것이 정념에 사로잡힌 한 사내의 눈을 통하여 보여진다. 그리하여 벽에 문질러 죽인 지네의 장면이 강박적 모티프인 양 반복하여 나타난다. 로브-그리예의 소설은 오브제를 '시각적 저항'으로 취급한다는 점에서 객관적인 것이었다. 그 소설은 특히 심리적 내용의 구체적 요소들을 중시하는 반면 추상적 분석에는 관심이 없다는 점에서 객관적이라고 할 수 있었다. 이런 면에서 보면 로브-그리예의 의도는 복합적이라 하겠다. 오브제의 존재는 어떤 지각하는 의식의 주관성(그 주관성이 비록 구체적인 상황 속에 명시되어 있지는 않다 하더라도)을 전제로 하고 있으니까 말이다. 지각하는 의식이란, 즉 브뤼스 모리세트Bruce Morrissette[58]가 말하는 그런 '무無로서의 나je-néant'를 두고 하는 말이다. 그러나 감속된 상태로 존재하는 그 오브제는 또한 어떤 매혹의 기교와 관련이 있다. 소설은 이제 더 이상 현실에서 그것의 반영으로 가는 길 위에가 아니라 하나의 '창조'에서 하나의 '독서'로 가는 길 위에 자리한다. 이제 독자의 몫으로 돌아오는 것은 상상 속에서 받아들여야 할 어떤 운명이 아니라 전신으로 맞아야 할 매혹이다.

누보 로망과 더불어 소설의 매혹은 이제 더 이상 '있음직함la vraisemblance'을 바탕으로 하는 것이 아니라, 다시 말해서 현실과의

---

58) 『로브-그리예의 소설들Les Romans de Robbe-Grillet』, Minuit, 1963, pp.111 이후.

일치를 바탕으로 하는 것이 아니라 반복과 암시를 바탕으로 하게 된다. 강박적 가치들은 심리적 묘사와 관련된 것이 아니라 어떤 매혹의 시도와 관련된 것이다. 소설가는 독자에게 어떤 마음의 내용을 제시해 보이고자 하는데, 그럴 때에도 심지어 인물을 매개로 하지 않는 경우가 없지 않다.

『라 모디피카시옹』에서 미셸 뷔토르는 공간과 시간의 틀을 존중했다. 우리는 그 작품 속에서 의식의 여러 가지 상태들이 완만하게 전개되는 것을 목격한다. 『라 모디피카시옹』은 파리—로마 사이의 여행 동안에, 그가 애초에 세웠었던 계획, 즉 아내와 자식들을 버리고 로마에 가서 정부와 살겠다는 계획을 차츰차츰 포기해가는 어떤 사내의 혼잣말이다. 저 마음을 흐리는 기나긴 문장들의 강박적 리듬과 마찬가지로 여기에 사용된 2인칭 복수 '당신Vous'은 독자에게 이를 테면 어떤 상상의 의식 내용과 하나가 되도록 권하기 위한, 아니 오히려 독자에게 독서를 하는 동안 잠정적이고 허구적인 어떤 의식 내용을 강요하기 위한 노력이라고 해석된다. 이 노력은 누보 로망이 지향하는 하나의 방향을 드러내 보이는 것이지만 여기서는 상당히 소박한 문법적 형태로 표현되어 있다고 하겠다. 왜냐하면 우리는 소설을 읽을 때, 비록 인물의 시각에 매우 적극적으로 참여한다고 하더라도 우리의 내면의 스크린 위에서는 여전히 그를 우리 자신과는 분리되어 있는 어떤 사람, 우리에게 구경거리를 제공하는 어떤 사람으로서 바라보는 것이기 때문이다. 기껏해야 우리는 그가 보는 것을 보는 정도다. '주체sujet'로서의 우리는 과거 속에서나 꿈속에서 우리 자신을 어떤 '제삼자il'로서 지각하는 것과 마찬가지다. 로브—그리예의 그것이나 마찬가지로 미셸 뷔토르의 소설적 기획은 일종의 '주술incantation'과 같은 방식의 실천을 지향하는 것이었다. 때로는 신화적 가치를 지니게 되기도 하는 이미지들과 테마들을 지칠 줄 모르게 되씹고 있는 것은 우리 독자들이 바로 우리들 자신의 것으로 여기라고 권유받는 터인 바로 그 의식conscience이다. 이리하여 독서는 의도한 대로 일종의 자기암시 같은 것이 되어버린다. 누보 로망은 오랜 옛날부터 소설이 열망해 왔던 바, 즉 독자의 정신을 사로잡음으로써 적어도 독서하는 동안에는 독자가 자기 스스로에게서 벗어나 있도록 만들겠다는 야망을 순수한 상태에서 달성하려고 하는 것이다.

뷔토르의 기획과 로브-그리예의 그것의 차이는 단순히 '주관적인 것' 과 '객관적인 것'의 대립만이 아니었다. 뷔토르는 의식에서 출발하여 오브제들을 원상회복시키니까 말이다. 그는 거의 편집광적이라 할 만큼 무의미한 디테일들을, 최상의 선의를 가지고 읽는 독자마저도 염증을 느낄 무의미한 디테일들을 기록하는 데 온갖 정성을 쏟는 경우가 없지 않다. 그러나 로브-그리예는 일종의 마음의 기하학에 한껏 재미를 느끼고 있는 반면 뷔토르의 『라 모디피카시옹』에는 저 자신을 탐색하는 어떤 의식의 흐름이 느껴진다. 공간을 통과하여 지나가는 기차의 운동은 상징적으로 어떤 정신적 탐색을 그려 보인다. 뷔토르는 독자에게 어떤 탐색에 빠져들기를 권유한다. 그 탐색은 비록 실망스러운 것이라 할지라도 처음에는 어떤 희망의 충동을 담고 있는 것이었다. 로브-그리예의 소설들은 우선 독자를 어리둥절하게 만들려고 계획된 미묘한 장치의 모습을 띤다. 그 소설들은 독자들에게 어떤 탐색에 참여하기를 권유하기보다는 우선 여러 가지 수수께끼들을 제시한다. 시간성의 속임수와 관련 있는 수수께끼들이다. 즉 뷔토르는 『라 모디피카시옹』에서 의식의 시간적 지속을 '따르는' 반면(추억과 미래의 기획이 뒤섞이고 현실이 상상에 뒤섞이는 한이 있더라도 교묘한 방식으로 의식의 직접적인 여건들을 제시하는 클로드 시몽의 경우처럼)『질투』에서의 로브-그리예는 순차적이고 지속적인 시간의 틀 속에다가 마음속의 내용을 구성하는 요소들을 담아 놓는 일에는 별로 관심이 없다.

내적 독백에서 의미 없는 대화sous-conversation로

누보 로망은 또한 있는 그대로의 의식의 모습을 영화필름처럼 찍어 직접 보여줄 것인가(클로드 시몽의 경우처럼 이 영화필름은 어떤 '암시'의 효과를 산출하도록 미적으로 배열해 놓은 것일 수도 있겠지만) 아니면 진정성이 결핍된 채로나마 '말의 잔치 parlerie'가 될 것인가를 놓고 그 선택에 고민을 하기도 한다. 장-폴 사르트르는 말했다.

나탈리 사로트는 그의 인물들을 안쪽이나 바깥쪽 중 그 어느 한쪽으로 다루려는 것이 아니다. 왜냐하면 우리는 송두리째 안인 동시에 밖이요 즉자卽自인 동시에 대자對自이기 때문이다. (…) 밖은 중립적인 영역이다. 우리는 타자에게 대하여 우리들 자신의 안이고 싶어하고 타자는 우리들에게 우리 자신에 대하여 안이 되라고 고무한다. 그곳은 상투성이 지배하는 곳이다.[59]

이때의 말은 '진정하지 못함'inauthentique의 세계'를 드러내 보인다. 나탈리 사로트는 우리들로 하여금 어떤 인물의 의식 속을 들여다볼 수 있게 해준다. 가령 『플라네타리움Planétarium』의 시작 부분에서 자신의 아파트로 들어가는 그 여자의 의식 속을 말이다. 이 작가는 피상적으로 건네는 말들, 관습적인 언어와 문장들의 클리셰 저 속에 파묻힌 채 의식의 밑바닥에서 꿈틀거리는 어떤 삶의 모습을 송두리째 암시해 보이려고 노력한다. 이는 대화의 수준에도 미처 이르지 못한 불량품 언어의 세계다. 이러할진대 어찌 소설을 쓰며 이야기를 들려줄 수가 있겠는가? 매혹과 혐오와 감싸는 운동과 빨아들이는 운동이 이제 겨우 그 윤곽을 어렴풋이 드러내는 저 애벌레 상태의 삶을 어떤 하나의 '성격caractère'

---

59) 『미지인의 초상』에 붙인 서문.

으로 묶어 요약한다면 그것은 벌써 거짓말을 하는 결과가 된다. 작자가 유일하게 관심을 갖는 바는 저 거의 눈에 띄지 않는 움직임들을 정밀하게 관찰하는 일이다. 심리적 생활의 그 '무한히 작은 것infiniment petit'은 격동에 찬 드라마의 이야기 대신에 깊이 관심을 기울여볼 만한 대상인 것이다.

마르그리트 뒤라스Marguerite Duras의 소설들 속에도 역시 실제로 일어나는 사건은 아무것도 없다. 사실 이 작가 또한, 특히 『모데라토 칸타빌레』에서, 어떤 스펙터클을 구경시켜준다거나 이야기를 들려주는 쪽보다는 '암시'의 방법을 통하여 독자의 정신에 직접 가 닿고자 노력한다. 『길가의 공원Le Square』에서는 한 남자가 어떤 처녀를 만난다. 그들은 공원이라는 '중립적인neutre' 그 장소에 있다. 몇 시간 동안 그들은 말을 하는데 그들의 말은 무의미하다. 그 말들은 세계 속에 현전한다는 표시인 동시에 자기 자신에게서 부재한다는 표시다. 시간은 고정된 채 움직일 줄 모른다. 그것은 만남과 기다림의 시간이다. 나탈리 사로트가 쓰는 소설이 '앙티 로망(반소설)'이라고 한다면 마르그리트 뒤라스가 쓰는 소설은 '소설 이전의 소설préroman'이라고 할 수 있다. 이 작가가 뚜껑을 열어 놓았을 뿐인 시간과 공간 속에서는 아무 일도 일어나고 있지 않으니 말이다. 그는 완성되지 않은 어떤 이야기의 가능성의 조건을 중요시한다. 설혹 완성되었다 하더라도 세계 내의 현전의 드러남을 배반했을 그런 이야기 말이다. 실제로 일어난 그 얼마 되지 않는 일을 말하고 실제로 말해진 그 얼마 되지 않는 말을 전달하면서도 이 작가는 어떤 가슴을 에이는 듯한 비장함에 도달하는 데 성공했다. '존재être'에 가까이 다가가고 기쁨에서 멀어져가는 데서 유래하는 그 비장함 말이다.

리얼리즘과 신화

『라 모디피카시옹』에서 보여준 미셸 뷔토르의 리얼리즘은 '신화적 리얼리즘'이다.[60] 의식은 그것 내부에서 '원형archétype'들을 재발견한다. 이 점에 있어서도 역시 조이스의 영향은 결정적이다. 그는 아일랜드에서의 하루 동안에 그의 한심한 주인공들이 겪은 자질구레한 모험들 속에다가 어렴풋이 드러나 보이는 어떤 '오디세이'를 새겨 놓았었던 것이다. 카프카에게서도 우리는 어떤 초월성을 만날 수 있었다. 그의 우연적인 디테일들은 무의미한 것들이지만 '의미심장하게' 무의미한 것들이었다. 조이스가 그의 작품 속에 『오디세이』를 옮겨 놓았듯이 로브-그리예도 『고무지우개』에서 그 나름대로 오이디푸스의 이야기를 들려주었다. 아니 적어도 우리는 탐정소설적인 이야기의 짜임 속에 은밀하게 삽입해 놓은 그 이야기를 찾아낼 수가 있는 것이다. 발라스는 자신을 자식으로 인정하려 들지 않는 아버지를 찾아서 옛날 어린 시절에 어머니가 그를 데리고 온 적이 있었던 도시로 어떤 범죄에 대한 조사를 하러 온다. 그런데 결국 그는 자기가 조사하러 찾아온 범죄의 피살자인 사내를 죽인다. 그가 죽인 것은 그의 아버지일까? 상점에서 그가 여러 번씩이나 집요하게 쳐다보는 사람은 그의 어머니일까? 하여간 우리는 어떤 신화의 표현을 아주 가까이 스쳐가게 된다. 그런데 사실은—이 점이 누보 로망의 가장 흥미로운 탐구들 중 하나이지만—『고무지우개』에서 소설의 내용을 말해주고 있는 것은 소설의 구조 그 자체다. 동일한 장소들로 끊임없이 '되돌아오기retours'라든가, 도시의 거리를 끊임없이 맴돌기라든가 동일한 이미지들의 강박적 반복 같은 것 속에는 어떤 순환적 사고가 깃들어 있다. 한편 살인사건은 그 전날 사건이 저질러졌다고 믿었던 바로 그 장소에서 일어났다. 최초의 상황으로 되돌아간다는 그 심리적 틀을 우리는 얼마든지 찾아낼 수 있다. 이는 아버지를 살해함으로써 어머니의 품으로 되돌아간다는 오이디푸스적 신화를 어떤 '소설적 형식' 속에 구체

---

60) 《비평Critique》지 1958년 2월호에 실린 미셸 레리스의 중요한 평론 참조.

화시켜 놓은 새로운 표현일까?

하여간 우리는 누보 로망의 여러 작품들 속에서 신화적 구조들이 보다 정밀한 리얼리즘에 의지하여 전치되어 있는 것을 발견할 수 있을 것 같다. '미로'의 테마는 거기에 따르는 모든 신화적 의미들과 더불어 가장 빈번히 다루어지는 것들 중 하나이다. 어떤 사람이 도시의 거리를 '방황errance' 하는 것 또한 이런 류의 소설이 즐겨 다루는 주제다. 발라스는 도시의 거리를 헤맨다. 마티아스가 그의 섬 안에서 헤매듯이. 『시간표』의 주인공이 어떤 비밀을 찾아 맴돌면서 블레스통의 거리거리를 헤매듯이.

누보 로망의 난점들

누보 로망의 작자들은 그들의 책 속에 기꺼이 어떤 비밀을 숨겨둔다. 『시간표』에서는 어떤 그림색유리를 판독하고 어떤 탐정소설을 해독함으로써 한 도시의 비밀을 알아내는 것이 관건이다. 로브-그리예의 탐정소설적 줄거리의 짜임은 또 그 나름대로의 수수께끼를 담고 있다. 미셸 뷔토르는 어느 날 소설이란 "속임수를 쓴 허구fiction rusée"[61]라고 정의했다. 독자를 어리둥절하게 만들려고 술책을 쓴 허구라는 뜻이었다. 누보 로망에는 시공간적인 사항들이 빠져 있는 경우가 흔하다. 소설은 그 자초지종을 설명하기를 거부한다는 사실 하나만으로도 이미 '수수께끼' 인 것이다. 그 자초지종을 이해할 수 있게 하는 요소들을 재구성하여 풀이하는 일은 독자의 몫이다. 소설가는 몸짓, 오브제, 말—그리고 특히, '장면' 이 '현실' 이거나 '꿈' 이거나 '상상' 이거나 마음에 의한 '변형' 일 가능성이 있는 심리적 내용들을 독자에게 제시하는 것으로 만족한다. 그러나 도대체 소설 속의 어떤 순간이 현실이고 어떤 순간이 추억이고 어떤

---

61) 프랑스의 젊은 문학인들을 상대로 철학학교Collège philosophique에서 가진 토론회에서의 발언 : 1958년 4월 24일자 《누벨 리테레르》지에 그 기록이 실렸다.

순간이 몽상인가? 심리적 내용, 나아가서 내적 독백이 항상 구체적 상황 속에 있는 어떤 인물과 명백하게 관련되어 있는 것도 아니다. 누군가가 말을 한다. 누가 말을 하는 것일까? 적어도 소설의 초입에서는 이런 마음속 독백의 주체가 누구인지를 꼬집어 말하기가 어렵다. 어떤 목소리가 들린다. 하나가 아니라 여러 가지 목소리가 들린다. 클로드 모리악 Claude Mauriac은 『시내에서의 식사 *Le Dîner en ville*』에서 만만치 않게 어려운 소설을 선보인다. 자그마치 여덟 가지의 내적 독백이 서로 교차하고 한 걸음 더 나아가 그 식탁 주변에서 주고받는 다른 대화들과 뒤얽힌다. 이 내적 독백들은 이리하여 정다운 말과 신랄한 공격의 영역을 넘어서서 여러 가지 의식들 상호간의 소통 불가능성을 우리들로 하여금 느끼게 만든다.

불가능한 소설

1956년에 미셸 뷔토르는 '소설 roman'을 '탐구'로 규정했다. 그의 말은 우선 소설가란 이야기의 형식을 혁신하려는 자세를 갖추지 않으면 안 된다는 뜻이었다. 그리하여 뷔토르의 작품은 『밀라노의 통과』에서 『도수 度數*Degrés*』에 이르기까지 차례로 각기 다른 방향을 따라 나아가는 어떤 탐구의 모범을 실제로 보여주고 있다. 우리는 기꺼이 누보 로망이란 일련의 미학적 모험들을 의미한다고 소개할 수도 있을 것이다. 물론 그 모험에는 위험부담이 따른다. 왜냐하면 어떤 모험들은 막다른 골목에 이르기도 하니까 말이다. 그러나 우리는 또한 소설이란 소설 그 자체에 대한 탐구라는 뷔토르의 정의를 다른 의미에서 이해할 수도 있다. 이런 각도에서 볼 때 소설이란 『팔뤼드』나 『위폐 제조자들』과 더불어 지드에 의하여 시작된 어떤 위기의 최종적 귀결이라고 볼 수 있다. 사실 조이스의 『율리시즈』 역시 소설이 소설 자체의 모습을 탐구해나감에 따라 차츰차츰 그 모습이 형성되는 하나의 소설이었다. 포크너의 『압살롬! 압살롬!』

의 경우도 마찬가지다. 소설가는 이제 더 이상 이야기를 들려주는 사람이 아니다. 그는 오직 이야기의 몇몇 토막들을 제시할 뿐이다. 이야기의 전체를 재구성해보려고 노력하는 것은 독자의 할 일이다. 현대 소설은 하나의 '퍼즐' 같은 것이다. 우리가 그 퍼즐을 가지런히 짜맞추는 데 실패하는 경우도 많다. 소설은 소설의 완성 불가능성이라는 상황 속에서 그 전모를 드러낸다. 클로드 시몽의 『바람Le Vent』에서 내레이터는 이야기를 할 줄 모른다. 그는 자신의 마음속으로 이야기의 요소들을 찾아내려고 애쓴다. 이리하여 우리는 그가 어떤 이야기를 재구성해보려고 노력하는 과정을 직접 목격하게 되는데 정작 그 이야기라는 것 자체는 '들을' 수 없는 것이다. 소설가는 이야기를 향한 어떤 발전을 드러내 보이는 동시에 이야기다운 이야기에는 끝내 이르지 못한다는 불가능성을 또한 드러내 보인다. 그는 이제 더 이상 진실을 '손에 쥐고 있는 사람'이거나 비밀을 간직하고 있는 존재가 아니다. 그는 자신이 알고 있는 것만이라도 말해보려고 무진 애를 쓰지만 그의 말은 혼란스럽고 뒤죽박죽일 뿐이다. 소설은 쓰여지지 않을(쓰여질 수가 없으므로) 어떤 소설에 대한 소설이 된다. 미셸 뷔토르의 『시간표』는 지금 눈앞에 쓰여지고 있는 중인 하나의 소설이지만 그 내용이 진전되어감에 따라 우리는 이 소설이 그 목표를 달성하지 못하고 말 것 같다는 느낌을 갖는다. 시간성의 구조가 구조인지라 내레이터가 과거를(현재가 끊임없이 새로운 빛으로 조명하는 과거를) 따라잡는 것도 불가능하고 현재를(그가 빈틈없이 해명하고자 하는 그 과거로부터 끊임없이 멀어져 가는 현재를) 따라잡는 것도 불가능하다. 따지고 보면 누보 로망이 가장 즐겨 다루는 주제는 이야기를 들려주는 것의 불가능성이라고 할 수 있다. 팽제Pinget나 라그롤레Lagrolet의 어떤 소설들은 소설에 대한 패러디, 쓰여질 수 없는 소설에 대한 조롱과도 같은 것이다.

나탈리 사로트에게 있어서나 마르그리트 뒤라스에게 있어서나 소설은 불가능하다. 사르트르가 '앙티 로망' 얘기를 한 것은 『미지인의 초상』에 관해서였다. 그는 이렇게 말했다.

> 여기서의 목적은 소설을 만들고 있는 듯한 느낌을 주면서도 그와 동시에 소설에 의하여 소설을 부정하고 바로 우리가 보는 앞에서 소설을 해체하고 그리하여 쓰여지지 않는 소설에 대한 소설을 써보겠다는 데 있다.

결국 실존의 파악이 소설 쓰기를 막는 것이다. '존재하는 것을 말하기 dire ce qui est'와 '이야기를 들려 주기raconter une histoire'를 동시에 할 수는 없는 것이다. '여기 있음être-là'을 파악하는 양식이 어떤 것이건—나탈리 사로트의 경우인 '말의 잔치', 장 카이올의 경우인 길을 걷는 사람에게 주어진 공간의 개방, 과거를 말하기 위한 현재의 노력, 내적 독백 속으로의 빠져듦, 오브제에 대한 현상학적 묘사 등등—그 양식은 결국 소설의 불가능성으로 귀결된다. 누보로망은 소설이라는 장르의 순수성이나 그 가치와 관련된 피상적인 위기로부터 생겨난 것이 아니다. 그것은 이야기를 한다는 단 한 가지 사실이 전제로 하는 것이 무엇인가를 조금만 더 깊이 생각해본다면 마주치게 될, 이야기를 한다는 것의 불가능성으로부터 생겨난 것이다. 무슨 권리로, 무엇을 말하려고 이야기를 한단 말인가? 실제의 삶은 우리가 그것에 대해서 할 수 있는 모든 말들로도 다 커버할 수 없는 것이다. 현실을 바닥낼 만큼 다 말했다 싶은 경우란 없다. 아니 도대체 이야기를 하고 싶다고 할 경우 그 이야기를 우선 어디서부터 시작할 것인가?

누보 로망의 사회학

독자 대중은 이 같은 노력을 잘 따랐는가? 누보 로망은 국제적으로 주목받는 혜택을 누렸다. 프랑스 안에서 그것은 제한된 대중만을 상대로 하고 있는 것 같다. 누보 로망은 대화에 오르내리기 좋은 주제다. 아니 주제였다라고 하는 편이 더 어울리겠다. 앙드레 브랭쿠르가 말했듯이 한 편에는 사람들이 실제로 읽는 책들이 있고 다른 한편에는 사람들이 화제 거리로 삼는 책들이 있게 마련이다.[62] 그리고 또 그 책들에 대해서 남들이 쓴 글 내용만 되풀이할 뿐 실제로는 읽지도 않은 채 화젯거리로만 삼게 되는 책들도 있다! 쥘리앵 그라크는 이렇게 말했다.

> 문학의 독자대중이란 취미에 의해서거나 아니면 의견에 의해서, 라는 두 가지 방식으로 반응하는 것이 사실이라면 그 대중이 이토록 몰취미와 이토록 과다 의견을 드러내 보인 적은 한 번도 없었다고 말할 수 있으리라.[63]

누보 로망을 경제적 하부구조에 의하여 설명하는 방식은 어느 것이나 다소 의심스러운 데가 있다. 다만 우리는 누보 로망이란(적어도 작가들의 의식 속에서는) 역사의 비극성이 더 이상 존재하지 않는 한 시대의 소설이라고는 말할 수 있을 것 같다. 1930년대 40년대에 있어서 비판은 철학적, 윤리적, 정치적인 것이었다. 50년대에 와서 그것은 순전히 미학적인 것으로 변했다. 중점은 '내용'이 아니라 '형식'에 있었다. 로브-그리예에게서 볼 수 있는, 참여를 거부하는 태도는 한 시대의 종언과 어쩌면 새로운 시대에로의 진입을 말해주는 것이었다. 그것은 개인의 책임이 한계를 가질 수밖에 없는 어떤 세계의 반영일까? 누보 로망의 그 실험실들 속에는 기술지상주의technocratie 세계의 메아리가 느껴진다. 지금

---

62) 《피가로 리테레르》지, 1962년 9월 1일자, 「오늘의 문학에 대한 (추상적)조망Esquisse pour un tableau(abstrait) de la littérature d'aujourd'hui」.
63) 위의 글.

태어나고 있는 이 대중문명 속에서 '탐구'로 규정된 문학은 '소비' 문학과 점점 더 강한 대립을 보여준다. 누보 로망은 포켓북과 동시대의 산물이다. 사람들은 뷔토르를 화제로 삼지만 읽기는 발자크와 도스토예프스키를 읽는다. 그와 동시에 우리는 날이 갈수록 현대 세계의 문제들이 너무나도 복잡해진 나머지 아무도 그 문제들을 통제할 수가 없다는, 하여간 개인적인 참여 정도로는 도무지 먹혀들지를 않게 되었다는 느낌을 갖게 된다. 작가는 이제 더 이상 별로 할 말이 없다는 점에서 자연히 형식의 문제에 더 집착하게 된다. 이러한 형식에 관한 탐구들이 부질없는 토론에 빠져버릴 것인지, 아니면 어떤 새로운 문화로 향한 활로를 트게 될 것인지를 어떻게 알 수 있겠는가? 낡은 신화들을 적당히 재생시켜서 선보이는 경우들을 볼 때면 기진하여 숨이 턱끝에 찬 어떤 문화를 대하는 듯한 느낌도 없지 않다. 아니 어쩌면 우리는 이야기의 제로 포인트라는 극단점에 도달한 것인지도 모른다. 이것이야말로 만사에 대하여 최종적인 결론을 내리는 유일한 방식, 우리를 열려진 세계의 빛으로 초대하는 저 숨통 트인 공간의 드러남이 아니겠는가?

보유補遺

『인간 희극』의 서문Avant-Propos

발자크

착수한 지 어언 13년째가 되는 작품에다가 『인간 희극La Comédie humaine』[1]이라는 제목을 붙이고 나니, 이 작품의 사상을 말하고 그 연원을 소개하는 일과, 마치 별 대수롭지 않은 일이었다는 듯이 말하고자 애쓰면서 작품을 구상하며 품었던 나의 복안을 간략하게나마 설명하는 일이 불가피해졌다. 이것은 독자들이 짐작하는 것만큼 그렇게 어려운 일은 아니다. 자긍심을 드높여 주는 작품은 그리 많지 않은 반면, 많은 작업 끝에 얻는 것은 무한한 겸손함이다. 이러한 지적은 코르네이유, 몰리에르, 그리고 위대한 여타 작가들이 그들 작품에 대해 행해온 숱한 검토들을 설명해준다. 따라서, 탁월한 착상면에 있어서 그들에 필적하는 것이 불가능하다 하더라도, 그 겸손한 마음가짐에서는 그들을 닮고자 할 수도 있는 것이다.

『인간 희극』의 발상은 처음에 내게 있어선 일종의 꿈과 같았다. 그것은 마음속에 품고 어루만지기만 하다가 훌쩍 날려보내고 마는 저 불가능한 기획들 중의 하나와도 같은 것이었으며, 다시 말하자면 미소 지으며 그 여자다운 모습을 보여주는가 하면 어느새 날개를 펼쳐 환상의 하늘 속으로 날아가버리는 일종의 영물 같은 것이었다. 그러나 그것은, 수많

---

1) 『인간 희극』이라는 제목은 1840년 1월 발자크가 출판사 편집인에게 보낸 편지에서 처음 나타난다. 그 전에는 「사회연구Études sociales」라는 제목으로 정하고 있었다.

은 상상의 영물들이 그러하듯이 현실로 바뀌어서 거역할 길 없는 명령들을 내리고 독재를 행사한다. 작품의 착상은 '인간Humanité'과 '동물Animalité'을 비교하는 데서 생겨났다.

근래에 퀴비에와 조프르와 생 틸레르 사이에 벌어졌던 대논쟁[2]이 과학적인 일대 혁신 위에 근거를 두고 있다고 생각한다면 그것은 잘못된 생각이다. '구성의 단일성unité de composition'은 각기 다른 표현으로 이미 지난 두 세기의 가장 위대한 인물들의 정신을 사로잡고 있었다. 스베덴보리Swedenborg와 생 마르탱같이, 제반 학문들과 무한無限 사이의 관계를 연구하는 데 깊이 몰두했던 신비주의 작가들의 그토록 비범한 작품들과, 라이프니츠, 뷔퐁, 샤를 보네 등 자연사 분야에서 가장 걸출한 수재들의 저작들을 다시 읽어 보노라면, 우리는 라이프니츠의 단자monades 속에서, 뷔퐁의 유기분자molécules organiques 속에서, 니덤의 생장력(生長力, force végétatrice)[3] 속에서, 1760년 당시에 "동물도 식물처럼 생장한다"는 표현을 할 만큼 대담했던 샤를 보네의 상사相似기관의 접합emboîtement 속에서, 유사관계 법칙loi du soi pour soi[4]의 초보단계들을 발견하게 된다. '구성의 단일성'은 바로 이 법칙에 근거를 두고 있다. 이 지구상에는 하나의 동물이 있을 뿐이다. 조물주는 동일한 단 하나의 모형을 바탕으로 하여 모든 유기체들을 창조하였다. 즉, "동물은 외적 형태를 취하는 하나의 원리이다. 아니 더 정확히 말해서 그것은 행동을 전개해나갈 수밖에 없는 여러 환경들 속에서 차츰 다양한 형

---

2) 1830년 과학아카데미에서 발단되어 세계의 학자들을 양분시켰던 대논쟁을 말한다. 여기에서 종種들의 유사성을 주장한 생 틸레르가 종들의 차이점을 주장한 퀴비에에게 승리했다. 이후 생 틸레르의 주장은 '구성의 단일성'이라는 개념으로 발전했다.
3) 원래 니덤(John Turberville Needham : 1713~1781)의 용어로는 "force végétatrice"가 아니라 "force végétative".
4) "loi du soi pour soi"는 "affinité des espèces(종들의 유사관계)"를 의미하는 생 틸레르의 용어로서, '구성의 단일성'과 짝을 이루는 개념이다.

태들을 갖추게 되는 하나의 원리라는 말이다. 동물학적인 종種들은 이 다양한 외형들에서 나온다. 한편으로 우리가 신에 대하여 품고 있는 생각들과도 어긋나지 않는 이러한 체계système를 선포하고 그것을 지지하는 것은, 퀴비에에게서 승리를 거둔 조프르와 생 틸레르의 영원한 영예가 될 것이다. 무엇보다 고도의 학문이라는 점에서 개가를 올린 그의 업적은 저 위대한 괴테가 최근에 쓴 논문5)에 의해서 갈채를 받은 바 있다.

논쟁이 벌어지기 이전부터, 나는 논쟁의 씨앗이 된 위의 체계에 깊이 몰두해 있던 터였으므로, 이 관점에서 보면 '사회Société'도 '자연Nature'과 거의 흡사하다는 사실을 금방 알아보았다. 사회 또한 인간이 그 행동을 전개하는 환경들에 따라, 동물학에서 볼 수 있는 변종들만큼이나 서로 다른 인간들을 만들어내지 않는가? 병정·노동자·관리·한량·학자·정치인·상인·뱃사람·시인·가난한 자·성직자 간의 차이점들은 파악하기에 보다 까다롭긴 하지만, 늑대·사자·당나귀·까마귀·상어·바다표범·암양 등을 구별짓는 차이점들 만큼이나 현저한 것이다. 뷔퐁이 한 권의 책 속에다 동물학 전체를 반영하고자 함으로써 굉장한 작품을 만들어냈는데, 사회 쪽에서도 그러한 류의 작품을 만들려고 시도하는 게 당연하지 않았을까? 그러나 자연이 동물 변종들에 대한 각 경계들을 확고히 하였던 반면, 사회가 그 경계들 사이에서 현상 유지될 수는 없는 노릇이었다. 뷔퐁이 숫사자를 묘사하면서, 불과 몇 마디 말로써 암사자에 대한 모든 설명을 끝낼 수 있었던 반면, 사회 속에서의 여성은 언제나 수컷에 대한 암컷으로서 존재하는 것만은 아니다. 사회에서는 한 가정 안에 완전히 서로 다른 두 존재가 있을 수 있다. 상인의 아내가 때로는 왕후의 가치를 지니고 있기도 하고, 때론 왕후가 예술가의 아

---

5) 1832년에 출간된 『*Cent et un*』이라는 문집 속에 포함되어 있는 "Les Naturalistes français"에 관한 논문을 일컫는다.

내만 못할 경우도 있는 것이다. '사회적 신분'에는 자연이 용납하지 않는 우연들이 작용하는 법이다. 왜냐하면 이것은 자연에다 사회를 더해 놓은 상태이기 때문이다. '사회적 종種들'에 대한 묘사는 그러므로, 두 가지의 성性만을 고려한다 하더라도, '동물종들'을 묘사한 것의 두 배가 될 것이다. 요컨대, 동물들 사이에서는 극적인 사건이란 별로 없고, 혼란도 거의 없다. 동물들은 어떤 것들이 다른 것들에게 덤벼드는 것이 전부다. 인간들 역시 어떤 이들이 다른 이들에게 덤벼든다. 그러나 인간의 경우 지능이 더하고 덜한 정도 차이로 말미암아 동물과는 달리 그 투쟁이 유난히 복잡한 양상을 띤다. 거대한 생명의 흐름에 의해 '동물의 속성'이 '인성' 속으로 이입된다는 사실을 몇몇 학자들이 새삼 부인한다 해도, 식료품 장수들이 프랑스의 상원의원이 되고 있는 것은 분명한 사실이며, 때로는 귀족들이 사회의 최하층 신분으로 강등되기도 하는 실정이다. 한편, 뷔퐁은 동물들에 있어서 삶은 극히 단순한 것이라는 점을 발견했다. 동물들에게는 동산動産이랄 게 거의 없으며, 예술도 학문도 없다. 반면, 인간은 우리가 장차 밝혀내어야 할 어떤 법칙에 의해서, 필요하다면 그가 소유하는 모든 것 속에다 자신의 풍속과 사상과 삶을 구현하고자 한다. 레우븐훅, 스밤머담, 스팔란차니, 레오뮈르, 샤를 보네, 뮐러, 할러, 그리고 다른 인내심 있는 동물지動物誌 학자들zoographes이 동물들의 습성이 얼마나 흥미로운지를 보여주었음에도 불구하고, 적어도 우리들 눈에 그 습성들은 어느 시대에나 한결같이 서로 비슷해 보인다. 반면에, 한 사람의 왕자나 은행가, 예술가, 부르주아, 성직자, 가난한 자의 습관들과 의복들과 언어와 주거지들은 완전히 서로 다르며, 뿐만 아니라 문명의 변천에 따라 계속하여 그 모습을 달리한다.

이렇게 하여 만들어야 할 작품은 삼중의 형태를 갖추어야만 했다. 즉, 남자들, 여자들, 그리고 사물들, 다시 말해 인간과 그들이 산출하는 인간 사고의 물질적인 구현, 요컨대 인간과 그들의 삶이 바로 그것이다.

'역사histoires'라고 명명되는 사실들의 무미건조하고 따분한 목록들을 읽으면서, 이집트에서, 페르시아에서, 그리스에서, 로마에서, 그 모든 시대를 통하여 작가들이 우리에게 풍속의 역사를 제시하는 것을 잊었다는 사실을 그 누가 과연 알아차렸던가? 로마인들의 사생활에 대해 쓴 파트로니우스Pétrone의 글은 우리들의 호기심을 만족시켜준다기보다 호기심을 자극해 놓을 뿐이다. 역사의 영역에서 그 엄청난 공백을 주목하게 된 바르텔레미 사계l'abbé Barthélémy는 『젊은 철학자 아나카르시스의 그리스 여행*Anacharsis*』에서 그리스 풍속을 재구성하는 데 일생을 바쳤다.[6]

그렇지만 한 '사회'가 제시해 보이는 3, 4천 명씩이나 되는 인물들의 드라마를 어떻게 하면 흥미진진하게 만들 수 있을 것인가? 어떻게 하면 시와 철학이 가슴을 파고드는 강력한 이미지들로 표현되기를 원하는 시인과 철학자와 대다수 독자들을 동시에 만족시킬 수 있을 것인가? 나는 이 인간의 마음의 역사cette histoire du coeur humain가 갖는 시詩와 그 중요성을 깨달았지만 그것을 구체적으로 실행할 방도를 전혀 떠올리지 못했다. 왜냐하면, 우리 시대에 이르기까지 가장 이름 높은 이야기꾼들도 한두 사람의 전형적인 등장인물을 창조하거나 생의 한 단면을 그려내는 데 그 재능을 모두 소진하였기 때문이다. 나는 바로 이러한 생각을 하면서 월터 스코트의 작품들을 읽었다. 월터 스코트, 이 현대의 음유시인은 당시 부당하게도 부차적인 것으로 일컬어지고 있던 창작의 한 장르에 엄청난 생명감을 불어넣었다. 다프니와 클로에Daphnis et Cloë, 롤랑Roland, 아마디스Amadis, 파뉘르주Panurge, 돈키호테Don Quichotte, 마농 레스코Manon Lescault, 클라릿사Clarisse, 로블레스

---

6) 원제가 『*Le voyage du jeune Anacharsis en Grèce*』(1788)인 이 작품은 그가 30년 걸쳐 완성했다. 그는 이 작품에서 고대의 관습과 풍속, 그 특성을 다루었으며 여러 나라에서 번역이 되고 요약본이 나돌 정도로 대단한 성공을 거두었다.

Robelace, 로빈슨 크루소Robinson Crousoë, 질 블라스Gil Blas, 오시언Ossian, 쥘리 데탕주Julie d'Etanges, 토비 아저씨Mon oncle Tobie, 베르테르Werther, 르네René, 코린느Corinne, 아돌프Adolphe, 폴과 비르지니Paul et Virginie, 지니 딘즈Jeanie Deans, 클래버하우스Claver-house, 아이반호Ivanhoë, 만프레드Manfred, 미뇽Mignon을 가지고 〈호적부(État-Civil)〉와 경쟁하는 것이야말로 어느 나라에서나 거의 다를 바 없는 사실들을 정리하는 일이나, 폐지되진 않았지만 효력이 없어진 법의 정신을 규명하는 일, 대중들을 혼미하게 하는 이론들을 기안하는 일, 혹은 어떤 형이상학자들처럼 존재란 무엇인가를 설명하기보다 훨씬 더 어려운 일이 아니겠는가? 무엇보다도, 그러한 인물들은 거의 언제나 현재의 탁월한 이미지가 된다는 조건하에서만 생생하게 살아 움직이는 것인데, 그 인물들의 삶은 그들을 태어나게 했던 세대들의 삶보다 더 영속적이고 진실해지는 법이다. 그들 세기의 가장 깊숙한 곳에 배태된 인간의 마음이 송두리째 그들의 육체 밑에서 꿈틀거리며, 흔히 거기에는 온전한 하나의 철학이 감추어져 있다. 월터 스코트는 마침내 대대로 문예를 숭상해온 나라들의 시관詩冠에다 불멸의 금강석을 박아 넣는 문학인 소설을, 역사에 철학적 가치를 부여하는 차원으로 끌어올렸다. 그는 소설에다 옛시대들의 정신을 이입시켜 놓았고 드라마, 대화, 초상, 풍경, 묘사를 동시에 하나로 종합시켜 놓았다. 또한, 그는 서사시의 요소들인 경이로운 것과 진실된 것을 함께 소설 속으로 끌어들이고, 가장 보잘 것없는 언어들이 풍기는 친근한 느낌과 시詩가 서로 이웃하게 만든다. 그렇지만 하나의 체계를 상상해냈다기보다는 작업에 대한 열정 혹은 그 작업 자체의 논리에 의해서 자신의 방식을 발견했었던 그로서는, 완전한 하나의 역사—각각의 장이 하나의 소설이 되고, 그 각각의 소설은 다시 하나의 시대를 이루는[7]—가 될 수 있도록 조직적으로 배열해나가는 방식으로 그의 창작물들을 서로 연관지어 엮을 생각은 하지 못했었다. 이러한 연관상의 결핍이 그렇다고 그 스코틀랜드 사람의 위대성을 깎아내리는 것은 아니지만, 나로서는 이 결핍을 주목함으로써 내 작품을 완성하는 데 알맞는 체계와 그것을 실현할 수 있는 가능성을 동시에 알아차리게 되었다. 다시 말하자면, 나는 항상 그다우며 또 언제나 독창적인 월터 스코트의 놀라운 풍요성을 경탄해 마지않았지만 그렇다고 절망하지는 않았다는 뜻이다. 왜냐하면 나는 그러한 재능이 인간 본성의 무한한 다양성에 바탕을 두고 있다는 사실을 알고 있었기 때문이다. 우연은 이 세계의 가장 위대한 소설가다. 따라서, 풍부해지기 위해서 그 우연을 연구하기만 하면 된다. 프랑스 '사회'는 역사가가 되려고 하는 참이었고, 나는 오직 그의 비서가 되기만 하면 그만이었다.[8] 악덕과 미덕들의 목록을 작성함으로써, 정념들passions의 주된 현상들을 끌어모음으로써, 성격들을 묘사해나감으로써, 사회의 주요 사건들을 가려냄으로써, 여러 동질적인 성격의 특징들을 결합시켜 전형들을 만들어냄으로써, 아마도 나는 많은 역사가들에게 잊혀진 역사, 즉 풍속의 역사를 써낼 수 있을 것이었다. 많은 인내심과 용기를 가지고, 나는 19세기의 프랑스에 대하여, 우리 모두가 아쉬워하고 있는 터인 그 책을 실제로 쓸 수 있게 될 것이다. 로마·아테네·튀루스·멤피스·페르시아·인도가 불행하게도 그들의 문명에 대하여 우리에게 글로 남겨 놓지 못했던 것이자, 바르

---

7) 이것은 발자크 자신이 가지고 있던 계획이었다. 그는 『사라진 환상Illusions perdus』에서 주인공 뤼시앵Lucien에게 충고하는 다르테즈D'Arthez의 입을 통해, 다음과 같이 말한다. "chaque roman n'est qu'un chapitre du grand roman de la société"(각각의 소설은 거대한 사회소설을 이루는 하나하나의 장일 뿐이다).

8)여기에서 '비서'라는 단어는 진실과 객관성이라는 의미를 함축하고 있으며, 발자크 자신이 "Théorie de la démarche"에서 이 단어의 의미를 명백하게 밝힌 바 있다. "Il y a dans tous les temps un homme de génie qui se fait le secrétaire de son époque Homère, Aristote, Tacite, Shakespeare, L'Arétin, Machiavel, Rabelais, Bacon, Molière, Voltaire ont tenu la plume sous la dictée de leurs siècles."(어느 시대에나 그 시대의 비서가 되는 재능 있는 인간들이 있는 법이다. 즉, 호머·아리스토텔레스·타키투스·셰익스피어·아레탱·마키아벨리·라블레·베이컨·몰리에르·볼테르는 자신의 세기가 불러주는 대로 받아 적기 위하여 붓을 쥐었던 사람들이다.)

텔레미 사제를 본보기로 하여 용기 있고 참을성 있는 몽테이유Monteil[9] 가 별로 매력적이지 못한 형식으로나마 중세에 대해 시도했었던 그 책을 말이다.

하지만 이런 작업 정도는 아직 아무것도 아니었다. 그런 식으로 면밀하게 사회를 재생하는 것에 그치는 정도로도 작가는 인간 전형들을 다소간 충실하게, 다소간 적절하게, 끈기 있고 담대하게 그려내는 화가이자 내밀한 삶의 드라마를 소개하는 이야기꾼, 사회의 동산動産을 연구하는 고고학자, 각종 직업들을 골고루 조사하는 전문가에다 선과 악을 주목하는 기록자가 되었을 것이다. 그러나, 예술가들이 저마다 갈망하는 찬사를 들을 만한 자격을 갖추기 위해, 나는 이들 사회 현상들의 원인들 내지는 근본 원인을 연구하고 인물들과 정념들과 사건들을 모아 짠 그 거대한 모자이크 속에 숨겨져 있는 의미를 파악해 내야 만하지 않았던가? 결과적으로, 그 원인, 그 사회적 동인動因을 찾아냈다고는 말할 수 없지만 그것들을 찾으려고 노력하고 난 다음에도 내게는 자연계의 원리들에 관해 곰곰이 생각해보고, 또 제반 '사회들'이 어떤 점에서 진眞과 미美의 영원한 법칙에서 벗어나거나 그것에 다가가게 되는지를 확인하는 작업이 필요했던 게 아닐까? 그 자체로도 하나의 작품이 될 수 있을 정도로 전제들의 범위가 광대했음에도 불구하고, 그것이 온전한 것이 되기 위해서는 하나의 결론이 필요했다. 한편 이렇게 묘사가 완료된 '사회'는 결론과 아울러 그 운동의 원인을 그 속에 담고 있어야 했다.

작가의 계율, 곧 작가를 작가답게 하는 것이자 작가를 정치가와 동등

---

9) 발자크는 여기에서 역사가 몽테이유(1769~1850)의 독창적 시도를 과소평가하고 있는데, 몽테이유는 『Histoires des Français des divers états aux cinq derniers siècle』이라는 총 10권으로 되어 있는 그의 저서에서 왕이나 정치가에서 나무꾼과 목동에 이르기까지 다양한 신분의 역사를 그리려고 했다. 이 작품은 발자크 자신이 『인간 희극』의 첫 주춧돌로 소개했던 『Gars』의 머리말이 나오기 얼마 전인 1827년에 출간되기 시작했으므로 그가 작가에게 미친 영향력 여부는 따져볼 만한 문제일 것이다.

하게, 어쩌면 그보다 더 우월하게 만드는 것은, 인간적인 것들에 대한 결의와 원칙들에의 절대적인 헌신이다. 마키아벨리·홉스·보쉬에 라이프니츠·칸트·몽테스키외는 정치인들이 실행하는 학문이다. "작가는 도덕과 정치에 있어서 확고부동한 견해를 지녀야만 하며, 자기 자신을 뭇사람들의 교사라고 생각해야 한다. 사람들은 불신감을 느끼자고 스승을 필요로 하지는 않기 때문이다"라고 보날드Bonald는 말했다.[10] 나는 일찍이 민주주의 시대 작가의 계율인 동시에 왕정 작가의 계율이기도 한 그 위대한 말을 나의 철칙으로 삼았다. 그러므로 나를 모순된 존재로 보려 할 때면, 사람들이 다소간의 아이러니가 섞인 표현을 보고 곡해하는 경우도 생겨날 것이고, 아니면 까닭없이 내 작중인물들 가운데 한 사람이 하는 말을—중상하는 사람 특유의 술책이 담긴—엉뚱하게 내게다 돌려쳐서 반박하는 경우도 있을 것이다. 이 작품의 내적인 의미와 핵심에 대하여 말하자면, 그 바탕이 되는 원칙들은 다음과 같다.

인간은 선하지도 악하지도 않으며, 여러 가지 본능들과 소질들을 타고난다. 그리고 사회는 루소가 주장했던 것처럼 인간을 타락시키기는커녕, 인간을 완성시키고, 더 나아지도록 만든다. 그렇지만 이해타산이 인간의 나쁜 쪽 성향을 엄청나게 개발시킨다. 내가 『시골 의사Le Médecin de campagne』에서 말했던 바대로, 인간의 타락한 성벽을 제압하는 완벽한 체계인 기독교, 그것도 특히 가톨릭교는 '사회 질서'[11]에 가장 중

---

10) 철학자이자 정치가인 보날드(Louis de Bonald : 1754~1840)의 이론들은 발자크 「서문」의 정치적·사회적·종교적 고찰과의 분명한 유연관계를 드러내 보이고 있다. 그는 세계와 인간을 원인cause, 방법moyen, 결과effet의 세 요소로 설명하는데, 본문에 인용된 문장은 『Mélanges littéraires, politiques, et philosophiques』 중 "De la manière d'écrire histoire"에 나오는 것과 흡사하다.
11) 발자크는 이 「서문」을 쓰던 때와 같은 시기인 1842년 7월, 한스카 부인에게 보내는 편지에서 가톨릭교와 왕정에 대한 자신의 입장을 또렷이 밝혔다. "정치적으로 나는 가톨릭교의, 보쉬에와 보날드의 편에 들며, 결코 방향을 돌리지 않을 것이다. 신 앞에서라면 성 요한의 진정한 교리를 간직하고 있는 신비로운 '교회'의 편이다. 얼마 후 사람들은 내가 시도한 작품에 얼마나 속속들이 가톨릭과 왕정의 정신이 배어 있는지 알게 될 것이다." 한편, 위의

대한 요소다.

선과 악을 함께 지니고 있는 현실에 견주어 말하자면 직접 본을 떠낸 '사회'의 그림을 주의깊게 판독하다보면, 거기에서 사고思考, pensée라 하든 정념情念, passion이라 하든 생각과 함께 감정까지 포함한 것이 사회의 구성요소이면서 또한 사회를 파괴하는 요소이기도 하다는 교훈이 도출된다.[12] 이런 점에서 사회생활은 인간의 생명과 흡사하다. 일반인들은 오직 치명적인 행동을 절제함으로써만 장수할 수 있다. 가르침, 아니 그보다 '종교단체'에 의한 교육은 그러므로 일반 대중에 있어서 가장 중요한 삶의 원리이며, 사회 전체 속에서 악의 수효를 줄이고 선의 수효를 증가시키는 유일한 수단이다. 온갖 악과 선의 원칙인 사고는 오직 종교에 의해서만 준비되고 다스려지고 인도될 수 있는 것이다. 가능한 단 하나의 종교가 바로 '기독교Christianisme'이다(『루이 랑베르Louis Lambert』에 나오는 파리에서 써보낸 편지를 보라. 거기에서 젊은 신비주의 철학자는 스베덴보리의 주장에 대해 언급하면서, 어째서 태초부터 결국은 하나의 동일한 종교가 였었을 뿐인가를 설명하고 있다.)[13] 기독교는 현대의 국민peuples을 창출하였고, 또한 그들의 생명을 지켜갈 것이다. 그러한 점에서 아마도 왕정의 원리가 요구되는 것일 게다. '가톨릭교 Catholicisme'와 '왕정Royauté'은 쌍을 이루는 두 가지 원칙들이므로

Ordre Social이라는 말은 보날드의 "사회요강Cathéchisme social"에 보이는 생각, "질서의 초석은 종교에 있다"를 연상시킨다.

12) 발자크에게 있어 사고pensée라는 용어는 넓게 보아 직관과 열정, 혹은 욕망을 모두 포괄하는 의미로 쓰여진다.("Lectures de philosophes : 1818~1823"와 "Les Martyres ignorés"참조) 또한 작가는 인간은 태어날 때 저마다 일정량의 에너지를 타고 태어나며 지나친 정념이나 사고는 그 에너지를 급속히 소진시킴으로써 인간의 생명에 치명적인 타격을 입힌다고 본다.

13) 1835년에야 덧붙여진 이 편지 속에서, 루이 랑베르는 "조로아스터교 · 모세 · 부처 · 공자 · 예수 · 스베덴보리의 원리들은 매한가지였으며, 그 목적도 같은 것이었다"라든지 "스베덴보리는 모든 종교들을 요약한다, 아니 그보다는 '인류'의 유일한 종교다"라는 말을 남긴다.

이 두 원칙이 절대적인 것으로 발전하지 않도록 '법제들'에 의하여 그 원칙들의 한계를 정해 놓아야 하는데 그 한계들에 관해 말하려고 하면 누구든지 마땅히 간결해야만 할 이런 서문이 정치 논문처럼 되어서는 안 되겠다고 생각할 것이다. 그러므로 나는 종교 분쟁 속으로도, 이 시점의 정치 대립 속으로도 발을 들여 놓아서는 안 된다. 나는 영원한 두 '진리', 즉 현재의 사건들이 언명하고 있는 바이자 양식 있는 작가라면 누구든지 우리나라를 그쪽으로 귀착시키려 애쓰고 있는 게 분명한 두 가지 필연성인 '종교'와 '왕정'의 빛으로 글을 쓰고 있다. 법률을 구성하는 탁월한 원리로서의 '선거'에 반감을 품고 있지는 않으면서도 나는 "유일한 사회생활의 수단으로서 채택된" 선거, 그리고 특히 오늘날처럼 잘못 조직된 '선거'라면 거부하겠다. 왜냐하면 오늘날의 선거는 압도적인 소수를—군주제 정부는 바로 그들의 생각과 이해관계를 염두에 두고 있는 것이다—대변하지 못하기 때문이다. 온갖 것에 골고루 확대된 선거는 대중의 손을 통하여, 오직 하나 책임감이 전혀 없는 정부를 탄생시키는데, 여기에서는 독재가 '법'인지라 독재가 한계를 모른 채 판을 친다. 사정이 이러하므로 나는 '개인'이 아니라 '가족'을 진정한 사회적 단위로 간주하는 것이다. 그런 관계로 나는, 반동적인 인물로 간주될 위험을 무릅쓰고, 현대의 혁신적 사상가들과 함께하는 대신 보쉬에와 보날드의 편에 서는 바이다. 그러나 '선거'가 유일한 사회생활의 수단이 되었으므로 나 자신도 거기에 의존하지만, 그렇다 하더라도 내 행위와 생각 사이에 모순이 있다는 생각은 조금도 해서는 안 되겠다. 한 기술자가 이 다리는 곧 무너질 것이며 그 다리를 이용하는 건 누구에게나 다 위험하다고 경고한다. 그렇지만 그 다리가 도시에 이르는 유일한 길일 때, 그는 스스로 그 다리를 건너간다. 나폴레옹은 선거를 놀라우리만치 우리나라의 특성에 잘 맞추어 활용했다. 그리하여 그의 〈입법원Corps Législatif〉에서 가장 보잘것없었던 의원들도 왕정복고 시대에는 하원의 가장 유명한 웅

변가들이 되었던 것이다. 한 사람 한 사람씩 의원들을 비교해볼 때, 어떠한 하원도 〈입법원〉에 비견될 수 없었다. 제국의 선거체계는 따라서 이론의 여지없이 최상의 것이었다고 할 수 있겠다.

어떤 사람들은 나의 이러한 의사 표시가 일면 훌륭하면서도 건방지다고 여길 것이다. 어떤 이는 소설가에게, 그가 역사가가 되고자 한다고 해서 시비를 걸어올 것이며, 또 어떤 이는 그에게 그의 정치학의 근거를 대라고 요구하고 나설 것이다. 나는 여기에서 하나의 의무에 복종할 따름이다. 모든 답변이 거기에 있다. 내가 시도한 작품은 한 역사만큼이나 긴 것이 될 것이다. 나는 여전히 밝혀지지 않고 있는 원인과 원리들과 도덕을 역사에 신세진 것이었다.

주로 일시적인 비판들에 응답하기 위하여 발표했던 서문들을 삭제해 버리지 않을 수 없게 되었기에 나는 그 서문들 중에서 한 가지 소견만을 계속 견지하고자 한다.

원리들은 영원하다는 바로 그 점으로 인해 이미 과거 속에 있는 것이 되는 원리들로 되돌아가는 것이 목적이라 할지라도 어떤 목적하는 바가 있는 작가들이라면, 언제나 갈 길을 미리부터 말끔히 치워 놓지 않으면 안 된다. 그런데 사상의 영역에 나름대로의 돌을 날라다 놓는 이는 누구나, 오류를 지적하는 이는 누구나, 좋지 않은 것을 삭제시키기 위하여 어떤 표식을 하는 이는 누구나, 언제든지 부도덕한 사람으로 간주되게 마련이다. 용기 있는 작가에게 따르지 않았던 적이 없는 부도덕하다는 비난은 흔히 한 시인에 대해 할 말이 없을 때 할 수 있는 최후의 것이다. 당신이 당신의 묘사에 있어 진실하다면, 또한 불철주야의 작업 덕택에 세상에서 가장 어려운 언어로 글을 쓸 수 있는 경지에 이른다면, 그때 사람들은 당신 면전에 부도덕이라는 말을 들이댄다. 소크라테스도 패덕자였고, 예수 그리스도도 패덕자였다. 그 두 사람 모두 그들이 타도했거나 개혁했던 '사회들' 의 이름으로 기소되었다. 사람들은 어떤 이를 죽이고자 할 때, 그가 부도덕하다고 공격한다. 당파 싸움에서 흔히 볼 수 있는 그런 책략은 그것을 사용하는 모든 사람들의 수치다. 루터와 칼빈은 상처 입은 물질적 '이권利權'을 방패로 이용하면서 그 자신들이 하고 있는 것이 어떤 것인지를 잘 알고 있었던 것이다! 그리하여 그들은 내내 자신의 생각에 따라 살았다.

'사회'를 송두리째 전사轉寫하되, 엄청나게 동요하는 상태 속에서 '사회'를 포착하다보니, 어떤 부분은 선보다 악을 더 많이 제시하는 경우도 있었고, 대벽화의 또 어떤 부분은 죄를 지은 집단을 그려 보이는 경우도 생겨났다. 그리하여 비평가들은 또 어떤 완벽한 대조를 이루도록 되어 있는 다른 쪽 부분의 도덕성을 주목하게 만들지는 않은 채 부도덕성만 큰소리로 비난해댄다. 그러한 비난은 작품의 전반적인 계획을 전혀 모르고 하는 소리였으므로 어느 누가 시선과 언사와 판단이 가해지는 것을 막을 수 없듯이 비판도 막을 수 없는 것이기에 그만큼 더 나는 그 비난을 용서했다. 게다가 사람들이 공평무사하게 나를 판단할 시기는 아직 오지 않았던 것이다. 사실 빗발치는 비난을 견딜 각오를 다질 줄 모르는 저자는, 어떤 여행자가 늘 청명한 하늘만 기대하면서 길을 떠나서는 안 되는 것과 마찬가지로 글을 시작하면 안 되는 것이다. 그런 논점에서 보면, 내게 남아 있는 일이란, 아무리 양심적인 도덕가들이라 할지라도 '사회'가 악행 못지않게 많은 선행을 제공할 수도 있다고는 거의 믿지 않는다는 사실을 지적하고, 그런데도 내가 그 사회를 묘사한 그림 속에는 비난할 만한 사람들보다 덕성스러운 사람들이 더 많다는 점을 깨닫게 하는 일이다. 내가 그린 그림 속에는 가장 가벼운 것에서 가장 중重한 것에 이르기까지 비난받을 행동이나 과오나 범죄들은 언제든 인간이나 신에 의하여 눈에 보이거나 보이지 않는 벌을 받는다. 나는 역사가들보다 더 낫게 그렸다. 내가 그들보다 더 자유롭기 때문이다. 그 반면 크롬웰은 현세에서 사상가가 그에게 가하는 징벌 이외의 다른 벌은 받지 않았다. 그 벌에 대해서마저 유파에 따라 분분한 논쟁이 있었다. 보쉬에조차 그 대시역大弑逆사건(1649년, 크롬웰이 영국왕 찰스 1세를 반역죄로 처형—옮긴이주)에 대해 신중한 태도를 취했다. 찬탈자인 윌리엄 오렌지 3세와 또 다른 찬탈자 위그 카페는 앙리 4세나 찰스 1세보다 더 많은 불안이나 두려움을 가져보지 않은 채 명을 다했다. 한편 에카쩨리나 2세의 생애와 루이 16세의 생애는 거기에 견주어보면, 개인들의 삶을 관장하는 도덕의 관점에서 생각할 때 온갖 종류의 도덕에 반反하여 마감된 것이라 할 수 있다. 왕이나 정치인들에 있어서는 나폴레옹의 말대로 사소한 도덕과 중대한 도덕이 있기 때문이다. 『정치생활 정경Scènes de la vie politique』은 이러한 적절한 반성을 바탕으로 하고 있다. 역사의 법칙은 소설의 경우처럼 이상적인 아름다움을 지향하는 것이 아니다. 역사는 과거에 있었던 그대로의 것이며, 당연히 그래야만 할 것이다. 반면에, "소설은 보다 나은 세계이어야 한다"고 지난 세기의 가장 탁월한 인물들 가운데 하나인 스탈 부인이 말했다. 그런데, 그런 엄숙한 허구 속에서도 소설이 세부적인 것들에 있어서 진실되지 못한다면, 그것은 아무 가치가 없을 것이다. 본질적으로 위선적인 나라의 이념들에 순응하지 않을 수 없었던 월터 스코트는 여성을 묘사하는 데 있어서, 인성에 비추어보아 진실되지 못했는데, 그것은 그의 모델들이 이교자(schismatiques)들이었기 때문이었다. 신교를 믿는 여자는 이상理想이 없다. 그는 정숙하고 순수하며 덕스럽기는 하지만, 겉으로 토로할 줄 모르는 그의 사랑은 언제까지나 완료된 의무처럼 평온하고 틀에 박힌 것이다. 그녀를 하늘로부터 추방시켰던, 그리고 그녀의 끝없는 관용마저도 추방시켰던 궤변론자들의 열정을 성모 마리아가 식어버리게 했었나보다. 신교에서, 여자가 일단 과오를 저지르고 나면 아무것도 더 이상 가능한 게 없어진다. 반면 가톨릭 교회 안에서는 용서에의 희망이 여인을 숭고하게 만든다. 따라서 프로테스탄트 작가에 있어서는 단 하나의 여자가 존재할 뿐인 반면, 가톨릭 작가는 새로운 상황마다 매번 새로운 여자를 발견한다. 월터 스코트가 가톨릭 신자였더라면, 그리고 그가 스코틀랜드에서 잇달아 교체되어온 여러 '사회들'에 대해 진실되게 묘사하는 것을 자신의 임무로 삼았더라면, 아마도 에피Effie와 앨리스Alice의 작가는(그는 말년에 이 두 인물을 그렸던 것을 후회했다) 그 인물들의 과오와 징벌들과 그리고 참회를 통해서 깨달은 미덕들과 함께 정념들 또한 인정했었을 것이다. 정념은 인간 그 자체이다. 정념이 빠져버리면 종교, 역사, 소설, 예술은 무용해질 것이다.

내가 수많은 사실들을 수집하고 정념을 근본적인 구성 요소로 하는 그 사실들을 실제 있는 그대로 묘사해나가는 것을 보면서, 몇몇 사람들은 내가, 범신론panthéisme이라는 동일한 사실의 서로 다른 두 가지 양상인 감각주의 물질주의 유파에 속한다고 그릇된 짐작을 했다. 그러나 그들은 아마 착각했을 수 있다. 아니 착각했음에 틀림없다. 나는 '사회들'이 무한하게 진보한다는 생각에 찬동하지 않는다. 그렇지만, 나는 인간 그 자체로서의 인간의 진보를 믿는다. 따라서 나에게서 인간을 유한한 피조물로 간주하려는 의도를 발견하려는 사람들은 이상할 정도로 잘못 생각하고 있는 것이다. '기독교적인 부처Bouddha chrétien'라는 교리를 행동으로 보여주는 『세라피타Séraphita』는 이미 다른 데서 매우 가볍게 제기된 바 있는 이런 비난에 대한 충분한 답변이 되리라 믿는다.[14]

나는 이 긴 작품의 몇몇 토막들을 통하여, 놀랄만한 사실들을 일반인들에게 널리 알리고자 했다. 나는 전기電氣가 인간에게 있어서 막대한 위력으로 변용하는 경이로운 현상들을 말할 수 있다. 새로운 정신 세계가

---

14) 『세라피타』에 따르면, "인간은 '물질Matière'과 '정신Esprit', 이 두 양태에 대한 하나의 충분한 증거가 되고 있다. 그 속에서 가시적인 유한한 하나의 세계가 끝나고, 눈에 보이지 않는 또 다른 무한한 세계가 시작된다." 이러한 결론은 1835년에 나온 것인데, 이에 앞서 1832년에 루이 랑베르는 "인간이란 완성될 수 있는 능력을 부여받은 유한한 피조물"인가, 하는 문제에 대해 자문한 바 있다.

있음을 증명해주는 뇌신경의 현상들이 대체 어떤 점에서 세계와 신 사이의 확실하고 필연적 관계를 흐트러뜨리는가? 어떤 점에서 가톨릭의 교리들은 그로 인하여 뒤흔들리는가? 만일, 부인할 수 없는 사실들로 말미암아, 사고가 어느 날 유체(fluides)—오직 그 현상들만 드러나고 그 실체는 숱한 기계적 수단들에 의해 계속하여 확대된 우리의 감각들에도 잡히지 않는—로 분류된다면, 그것은 크리스토퍼 콜롬부스가 지구는 둥글다는 것을 알아낸 일이나 갈릴레이가 지구의 자전을 증명한 것과 비견할 만한 경우가 되리라. 하지만 우리의 미래는 지금과 다를 바 없을 것이다. 내가 1820년에서부터 그 기적적인 일들에 친숙해졌던 동물 자기설 magnétisme animal과, 라바테르Lavater의 계승자인 갈Gall의 훌륭한 연구, 그리고 50년 전부터, 광학기계 제조업자들이 빛을 연구했던 것처럼 사고를 연구했던—이 두 가지는 거의 유사하다—모든 사람들은 사도 성 요한의 제자들인 신비주의자들 쪽에서 볼 때나 영계靈界를 설정한 모든 대사상가들 쪽에서 볼 때나 인간과 신과의 관계를 드러내주는 저 영역sphère에 결론적으로 도달할 뿐이니 말이다.[15]

이러한 구성의 의미를 제대로 파악한다면, 내가 항구적이거나 일상적이거나 내밀하거나 혹은 명백한 사실들에, 개개인의 삶의 발현에, 그 원인들에, 그리고 근본 원리들에, 당시까지 역사가들이 국가적 공생활公生活의 대사건들에 부여했던 것 못지않은 중요성을 부여하고 있다는 것을 알게 될 것이다. 앵드르의 한 골짜기에서 드 모르소프 부인과 정념 사이에 벌어지는 이름없는 전투는 가장 널리 알려진 전투만큼이나 중요하다(『골짜기의 백합Le Lys dans la valée』). 후자에서는 정복자의 영광이 문제시되는 데 비하여, 이 작품에서는 천상의 세계가 걸려 있는 문제다. 사제이자 향수 상인인 비로토의 역경은 내게 인류 전체의 그것이라 여겨진

---

15) 여기서 말하는 "저 영역"이란 최고인最高因의 영역Sphère des causes을 의미한다.

다. 라 포쉐즈(『시골 의사*Le Médecin de campagne*』)와 그라슬랭 부인
(『마을의 사제*Le Curé de village*』)은 거의 전 여성을 대변한다. 여기에
서 보듯 우리는 매일같이 고통을 겪고 있다. 나는 리차드슨Richardson
이 단 한 번 했던 것을 수없이 다시 해야만 했다.[16] 사회적 부패란 그것이
전개되고 있는 모든 환경들의 색채를 띠는 까닭에, 로블레스Lovelace는
수천 가지의 모습을 드러낸다. 반면에, 열정에 찬 미덕의 아름다운 이미
지인, 클라릿사의 모습은 비할 데 없이 단순하기만 하다. 수많은 처녀들
을 창조하기 위해서는, 라파엘로가 되어야만 한다. 문학은 어쩌면, 그러
한 점에서 보면 회화보다 못한 것일 게다. 라파엘로 같은 존재가 되고자
함으로써 나 또한 이미 출간되어 나온 『인간 희극』의 일부 작품들 속에
나무랄 데 없는 인물들(미덕 자체나 다름없는)이 얼마나 많이 존재하는
지를 주목하라고 말할 수 있게 된 것이다. 피예레트 로랭 · 위르쉴 미루
에 · 콩스탕스 비로토 · 라 포쉐즈 · 위제니 그랑데 · 마르그리트 클라에
스 · 폴린느 드 비유느와 · 마담 쥘르 · 마담 드 라 샹트리 · 에브 샤르
동 · 마드므와젤 데스그리뇽 · 마담 피르미아니 · 아가트 루제 · 르네 드
모콩브, 그리고 마지막으로 앞서의 인물들보다 덜 부각되어 있기는 하나
그래도 역시 독자들에게 가정의 미덕들을 실천하는 모습을 보여주는 수
많은 부차적인 인물들이 바로 그들이다. 조제트 르바 · 제네스타스 · 브
나시스 · 보네 사제 · 의사 미노레 · 피유로 · 다비드 세자르 · 비로토 형
제 · 샤프롱 사제 · 포피노 재판관 · 부르자 · 소비아 및 타쉐롱 일가—家
와 다른 많은 사람들 또한, 도덕적인 인물도 역시 흥미 있는 인물이 되어
야 한다는 문학적 난제를 해결하고 있지 않은가?

　한 시대의 두드러지게 눈에 띄는 2, 3천 명의 인물들(『인간 희극』이 그

---

16) 발자크의 판단에 의하면, 『*Clarisse Harlowe*』는 약간 예외적인 리차드슨의 유일한 성공
작이며 그의 나머지 작품들은 따분하고 생기가 없다. 왜냐하면 이 영국의 소설가는 정념을
그릴 줄 모르기 때문이다.

려 보여주는, 그리고 각 세대가 제시하는 전형들을 전부 다 합하면 결국 이 정도가 된다)을 그리는 일은 간단한 작업이 아니었다. 그 많은 초상들, 성격들, 무수한 존재양식들은 액자들을, 그리고 이런 표현을 써도 좋다면, 화랑들을 필요로 했다. 그러한 연유로 나의 작품은 이미 잘 알려져 있는 터인『사생활의 정경』,『지방생활의 정경』,『파리생활 정경』,『정치생활 정경』,『군대생활 정경』,『전원생활 정경』으로 분할되었다. 우리 선조들이라면 모든 사실들과 행위들의 모음이라 했을, '사회'의 전반에 걸친 역사로서의 '풍속연구' 가, 이 여섯 책들 속에 분류되어져 있다. 그런데, 이 여섯 가지 책들은 일반적인 개념들과 부합된다. 그것들은 각각 제 나름의 의도와 뜻을 가지고 있으며 인간의 삶의 한 시기를 서술하고 있다. 나는 여기에서, 요절함으로써 문학계가 큰 상실감을 맛보게 만든 한 젊은 재사才士 펠릭스 다뱅Félix Davin이 나의 계획을 소상히 알아보고 난 후 글로 표현했던 것을 간결하게 되풀이하고자 한다.『사생활의 정경』은 어린 시절, 청소년 시절 및 그 시기의 과오들을 그려 보인다. 마찬가지로『시골생활의 정경』은 정념, 계산, 이해관계, 야망의 나이를 그려 보인다. 그리고『파리생활 정경』은 좋은 취미와 악취미들의 묘사, 그리고 극도의 선과 극도의 악이 서로 만나는 수도 특유의 풍속이 유발시키는 모든 격한 것들을 제시한다. 앞의 세 부분들은 각기 그 나름의 지역적인 색채를 띤다. 즉 파리와 지방이라는 사회적 안티테제는 엄청난 자원을 제공했다. 사람들뿐만 아니라 삶의 중요한 사건들까지도 여러 가지 전형들로 표현된다. 온갖 삶의 형태들 속에 구체적으로 나타나는 상황들과 전형적인 양상들이야말로 내가 가장 추구해 마지않았던 정확성을 갖춘 것들 가운데 하나다. 나는 멋진 이 나라의 각기 다른 고장들에 대하여 어떤 개념을 전달하고자 노력했다. 내 작품은 혈통과 가계, 장소와 사물들, 사람들과 사건들을 포함하고 있으며, 가문과 귀족과 부르주아들, 장인과 농부들, 정치가와 댄디들과 군대, 요컨대 그 모든 군상들을 포함하고 있듯이 그 나름의 지리학도 아울러 갖추고 있는 것이다.

이 세 가지 책 속에서 사회적인 생활을 묘사하고 나자, 어떻게 보면 일반적인 법에서 벗어나 있다고도 볼 수 있는, 여러 사람 혹은 만인의 이해관계를 요약해 보여주는 예외적인 삶들을 제시하는 일이 남아 있었다. 이에『정치생활 정경』이 나오게 되었다. 이처럼 더할 나위 없이 완전하게 사회를 그린 이 거대한 그림을, 방어하기 위해서든 정복하기 위해서든 간에 그 사회의 외부로 향하여 가장 격렬하게 힘을 분출하는 상태 속에서, 보여줄 필요가 있지 않았겠는가? 그래서『군대생활의 정경』이 나오게 되는데, 이것은 아직까지는 내 작품 중에서도 가장 덜 완성된 부분이지만, 내가 작품을 다 완성하게 되면 그것 역시 한 부분을 이룰 수 있도록 하기 위해서 이번 판版에 그 자리를 남겨 놓게 될 것이다. 마지막으로,『전원생활 정경』은 어떻게 보면 이 긴 하루—사회적 드라마를 내가 이렇게 일컬어 무방하다면—의 저녁 무렵이라고 하겠다. 이 책 속에는 질서, 정치, 도덕성의 대원칙들이 가지는 가장 순수한 특성들과 그 원칙들이 적용된 모습이 나타나 있다.

이상과 같은 것들이 장차 작품의 2부인 '철학연구' 가 구축될, 인물들과 희·비극들로 가득 메워진 토대다. '철학연구' 에서는 모든 현상들의 사회적 수단이 드러내 보여지고, 사고가 가져오는 폐해들이 빠짐없이 느껴지도록 묘사되는데, 이 연구의 첫 작품인『상어가죽La Peau de chagrin』은 말하자면, 거의 동양적인 변화무쌍한 상상의 고리에 의해, '풍속연구' 를 '철학연구' 와 연결하는 역할을 한다. 여기에서는 '생la Vie' 그 자체가 모든 '정념' 의 근원인 '욕망le Desir' 과 맞물려 있는 가운데 그려진다.

그 위에 또다시 '분석연구' 가 자리잡게 될 것인데, 이에 속하는 것으로『결혼의 생리학Physiologie du mariage』이라는 단 한 작품만이 출간되었을 뿐이므로, 나는 여기에 대해서는 아무 언급도 않겠다. 얼마 안 있으면 나는 이런 부류의 다른 작품 두 편을 더 내놓을 수 있게 될 것이다. 먼저 『사회생활의 병리학』을 내놓고, 이어 『교육기관의 해부학』과 『덕성의 특수연구』 순으로 발표할 생각이다.

이 모든 것이 앞으로 해야 할 일로 남아 있다는 것을 알면 아마 사람들은 나에 관해서 내 책의 편집자들이 이미 했던 말을 또 할지도 모르겠다. "제발 오래 살게 되기를!" 나는 다만 이 끔찍스러운 노동에 착수한 이래 지금까지 줄곧 그랬듯이 사람들과 사물들로 인해 앞으로도 계속 고통받게 되지는 않기를 바랄 뿐이다. 공적인 생활 못지않게 사생활에서도 훌륭한, 이 시대의 가장 걸출한 인재들과 가장 고결한 인물들과, 진실된 벗들이 내 손을 잡으면서 "용기를 내오!"라고 나를 위로했었는데, 나는 그 점 신에게 감사하고 있다. 그러할진대 그 같은 우정, 그리고 이름 모를 사람들이 여기저기 보여준 격려의 표시들은 내가 나 자신에 맞서서, 부당한 공격들에 맞서서, 툭하면 내게 던져지던 비방에 맞서서, 낙담에 맞서서, 지나치게 강렬한 희망(이런 희망의 말들은 지나친 자만심의 표현으로 오해되었다)에 맞서서 작가의 길을 갈 수 있도록 나를 밀어주었다는 사실을 어찌 고백하지 않을 수 있겠는가? 나는 이왕에 흔들리지 않는 냉정함으로 공격과 욕설들에 맞서기로 결심했던 바이나, 두 가지 경우에서만은 비열한 중상행위에 맞서서 나 자신을 방어하지 않을 수 없었다.[17] 남들이 욕을 해도 그것을 용서해주어야 한다고 생각하는 사람들은 내가 문학을 통한 칼싸움에서 실력을 보여준 것에 대하여 유감스럽게 생각하는 한편, 여러 기독교인들은 침묵함으로써 관대함을 보여주는 편이 현명한 태도인 시대에 우리들이 살고 있다고 생각한다.

---

17) 두 경우는 『고리오 영감』의 서문과 『골짜기의 백합』(초판) 속의 소송의 역사를 암시하는 것이다. 이 두 텍스트는 특히 더 많은 논쟁의 여지를 내포하고 있었는데, 발자크는 1837년 『사라진 환상』의 첫 서문에서, 자신에 대한 '부당한 공격들'로 인하여 다시금 자신의 생각을 공개하지 않을 수 없다는 뜻을 밝혔다.

그건 그렇고, 나는 내 이름이 서명된 책들만을 내 작품으로 인정한다는 점을 지적하지 않을 수 없다. 『인간 희극』 이외에 『익살스러운 백 가지 이야기Cent contes drolatiques』와 두 편의 희곡[18], 그리고 여기저기 흩어져 있지만 필자의 서명이 명시된 논문들만이 나의 작품에 속한다. 나는 이에 관한한 이론의 여지 없는 권리를 행사한다. 그러나 내가 그 합작에 참여했던 작품들에 관해서는 부인할 수밖에 없는데 그것은 내 자존심 때문이라기보다 진실의 요청 때문이다. 문학적인 견지에서 보아, 나 자신 내 것으로 전혀 인정할 수 없지만 그 저작권이 내게 위임된 책들을 가지고 만일 사람들이 끝끝내 나의 것이라고 주장한다면, 나는 나를 중상모략할 행동의 자유를 허용하는 것과 같은 이유로, 그렇게 말하거나 말거나 그냥 내버려둘 것이다.

'사회'의 역사와 그 사회에 대한 비판, 사회악들의 분석과 그 원리들에 대한 논의를 동시에 포함하는 계획의 규모가 방대한 만큼 나는 이 작품에다가 『인간 희극』이라는 제목을 붙여 발표할 권리가 있다고 믿는다. 이것은 야심만만한 제목일까? 아니면 꼭 들어맞는 이름일까? 그것은 작품이 끝나게 될 때, 독자들이 판단할 일이다. (1842년 7월, 파리.)

---

18) 『Vautrin』(1840)과 『Les sources de Quinola』(1842)가 바로 작가가 자신의 작품으로 인정하고 있는 두 편의 희곡이다.

　고전주의와 철학자들의 세기, 그리고 대혁명이라는 상징적인 관문을 거쳐, '현대'라는 미지의 영역으로 향하는 도정에서 우리는 여러 이정표들에 눈을 돌리게 된다. 그중에서도 발자크(1799~1850)는 『인간 희극』이라는 방대한 작품을 통해, 이 새로운 영역에 대해 우리에게 알려줄 것이 유달리 많은 안내자다. 그는 소설가로서의 타고난 재능과 끊임없이 밀고 나가는 글쓰기의 실천으로, 이제 막 자본주의라는 소용돌이에 휘말리기 시작한 자신의 시대를 놓치지 않고 뒤따르며, 『인간 희극』이라는 총체적이고도 역동적인 공간을 개척한다.

　『인간 희극』은 총 91편의 완성된 소설과 미완의 소설 46편을 포함한다. 현재의 사실들에서 출발하여 계속 상위의 원리로 거슬러 올라가는 귀납적 사고에 따라 이 소설대전小說大全에서는 2·3천 명의 전형화된 개인을 통해 사회를 반영하는 '풍속연구'에 가장 많은 비중이 두어져 있다. 여기에서 작가는 일찍이 어느 역사가도 이루지 못했던 '인간 마음의 역사'를 사실적으로 재현시키는 것을 소설가의 임무로 새로이 부과하고 소설이라는 문학 장르에 자양분 풍부한 현실의 수액을 무궁무진하게 공급하게 된다. 그 이후 소설사의 흐름을 우리가 발자크적인 객관적·사회적인 소설적 자아의 확산 운동과 이에 반발하는 주관적 내면적 자아의 움직임이라는 주요 리듬에 따라 변증법적인 종합을 거치면서 전개된다고 요약할 수 있을 정도로, 현대 소설사상 사실주의자로서 그가 차지하는 위치는 중요하다.

　이 사실주의 작가로서의 위상에는 단순히 엄밀한 사회 묘사를 행했다는 것 이상의 의미가 깃들어 있다. 엥겔스와 루카치가 극구 칭송하는 바대로, 『인간 희극』의 「서문」에서 작가 자신이 피력하고 있는 절대왕정과 가톨릭에 대한 개인적인 열광에도 불구하고 올바른 역사의 진행방향을 진실되게 작품에 투사했다는 의의 또한 간과될 수 없는 것이다. 이렇듯 사회와 역사에 대해 객관적인 관찰자와 묘사자의 태도를 견지하는 한편, 그는 모든 현상적인 것들 뒤에 도사리고 있는 근원을 밝혀내겠다는 투시자적인 시인의 의지도 끝끝내 간직했다. 그리하여 『인간 희극』의 '풍속연구'와 '철학연구', 그리고 '분석연구'는 겉으로 보아 정적이고 체계적인 형태를 띠면서도 내적으로 무한한 움직임을 생생하게 반영한다. 발자크는 19세기 인간들의 생기 넘치는 사회와 피라밋형의 꿈을 작품으로 구현해낸 것이다.

마침내, 1834년 이래 「사회연구*Études Sociales*」라는 제목을 고려해 오던 그가 단테의 『신곡*La Divine Comédie*』을 연상케 하는 이 제목으로 전집을 내놓기로 여러 출판사와 계약을 맺은 것은 1841년의 일이다. 이어 1842년 4월에 이를 알리는 광고가 나갔고 그로부터 불과 며칠 후 최초의 별책이 선보였으며, 1848년에 17권이 출간되어 전집의 마지막을 장식했다.

발자크 자신의 말대로, "사회의 '역사'와 그에 대한 비판, 사회악들의 분석과 그 원리들에 대한 논의"를 일시에 포괄하는 작품계획을 체계적으로 밝히고 있는 이 전집의 「서문*Avant-propos*」은, 1842년 7월에 에쩰Hetzel 출판사의 간곡한 권유를 받아 쓰여진 것으로 출판은 1846년에 가서야 이루어진다. 당시 대부분의 서문이나 이론서들이 소설의 윤리성이나 이야기의 꾸밈새를 거론하는 수준에 머물렀던 실정에 비추어, 미셸 레몽의 말대로 "소설의 기초를 세우기 위한 법칙"을 제시하고자 했다는 점에서, 그의 「서문」을 현대적인 의미에서의 첫 소설 이론으로 간주해도 좋으리라 생각한다.

이렇게 해서, 『인간 희극』이라는 작품과 함께 이를 이론적으로 뒷받침하고 있는 「서문」을 통하여, 현대 소설이 어떻게 그 골격을 갖추기 시작하는지를 엿볼 수 있게 된 것은 오늘의 독자들로서는 퍽 다행한 일이다. 아울러 위에 소개한 「서문」은 La Comédie humaine, t.I, coll. Pléiade, Gallimard, 1983년 판에 의거하여 완역한 것임을 밝혀둔다.

김혜신 번역

이 책은 원래 열음사에서 1991년에 펴냈던 것이다. 출판사 사정으로 상당 기간 동안 절판되어 있던 이 책을 전체적으로 다시 손보아 현대문학사에서 새로운 모습으로 선보이게 된 것을 매우 기쁘게 생각한다. 책의 귀중함을 먼저 생각하시는 양숙진 사장님과 오랜 동안 인내하며 편집과 교정에 성의를 다해주신 편집부의 유재혁 팀장, 마지막으로 교정을 보아준 고려대학교 대학원 박사과정의 박빈희 연구원에게 깊이 감사한다.

2007년 3월 김화영

『프랑스 현대 소설사』라는 제목으로 번역하여 펴내는 이 책은 원래 1967년에 아르망 콜렝Armand Colin 사에서 미셸 레몽Michel Raimond 교수가 『대혁명 이후의 소설Le Roman depuis La Révolution』이라는 제목으로 1967년에 처음 출판한 이래 지금까지 줄곧 판을 거듭하면서 그 명성을 누리고 있는 역작이다. 영미 쪽과는 달리 일반성보다는 체계성과 독창성을 중시하는 프랑스 특유의 비평계 풍토 탓인지 프랑스 문학에 관한 대학교 수준의 '교과서' 개념은 매우 찾아보기 어려운 것이 현실이다. 이런 가운데 오래전부터 아르망 콜렝 사가 펴내는 '대학총서Collection U.'에는 대학교육 수준에 적절한 저서들을 많이 포함하고 있어 특히 외국의 프랑스문학 전공 교수들 및 대학생들에게는 적지 않은 도움을 주고 있다. 그중에서도 특히 미셸 레몽의 이 소설사는 로제 파이욜Roger Fayolle의 『문학 비평La Critique』(김화영 편, 『프랑스 현대 비평의 이해』, 1984, 민음사 참조)과 더불어 매우 친절하며 소상한 동시에 탁월한 '교육적' 배려가 돋보이는 저서이다.

이른바 '현대' 프랑스 소설의 흐름을 개괄적으로 종합하면서도 매우 복합적인 시각에서 자상하고 섬세하게 소개하는 책으로 이 이상의 것을 찾기도 어려울 것으로 안다. 수년 동안 대학원에서 소설사 교재로 그 원서를 사용해오다가 이제 대학의 전공자는 물론 프랑스 현대 소설에 관심을 가진 일반 독자들에게 이 책을 번역 소개할 기회를 갖게 된 것을 매우 기쁘게 생각한다. 우리말로 역술한 『소설이란 무엇인가L'Univers du roman』(현대문학사, 『현대 소설론』으로 개제)와 아울러 이 책을 번역

정리하여 펴냄으로써 우선 프랑스 현대 소설에 관한 이론과 역사 양면의 기본적인 교재들을 우리말로 준비한 셈이 된다.

1989년으로 200주년을 맞은 프랑스 대혁명을 단순히 남의 나라의 일로 '기념'만 하는 것이 아니라 대혁명을 기점으로 한 우리들 자신의 '현대'의 정신적 뿌리와 그 풍토를 프랑스 소설사를 통해 구체적으로 되살펴보며 이해하고 음미해보는 것은 뜻 깊은 일이다.

원래 미셸 레몽의 『대혁명 이후의 프랑스 소설』 원서에는 여기에 번역한 본문에 이어 18세기 말 사드 백작의 「소설문학과 악」에서부터 발자크를 거쳐 루카치, 골드만에 이르는 수많은 소설가 및 비평가들이 소설에 관하여 쓴 경험적, 이론적 글들이 약 60편 가까이 발췌되어 실려 있으나 여기서는 편의상 그 번역을 생략하였다. 다만 우리나라에서는 초역인 『인간 희극』의 「서문」 전문을 번역하여 추가하였다. 그리고 책의 뒤에 붙인 작품색인에는 프랑스 소설 작품들 중 지금까지 우리나라 말로 번역 출판된 역본들의 역자, 제목, 출판사 등을 가급적 총망라하여 조사, 정리하려고 노력했다.

끝으로 『인간 희극』 서문을 번역한 고려대학교 대학원 불문과의 김혜신 양, 그리고 그를 도와 색인 작업에 많은 시간을 할애한 조성덕 군에게 감사한다. 또한, 까다롭고 분량이 많은 원고를 추스리느라 애쓴 편집부 여러분께도 감사드린다.

미셸 레몽 교수는 1928년생으로 1966년 대학교수 자격 및 박사학위를 획득한 이래 소르본느(현 파리 제4대학)에서 20세기 프랑스 문학을 가르치고 있으며 죠세 코르티사에서 펴낸 『자연주의 운동 직후부터 1920년대에 이르는 소설의 위기La Crise du roman des lendemains du Naturalisme aux années vingt』란 제목의 박사학위 논문으로 특히 알려져 있으며 『시대의 징후』 그리고 최근에는 또다시 『소설론Le Roman』(1989, Armand Colin)과 같은 탁월한 소설 이론서들을 발표하고 있다.

김화영

부록

1. 연보

프랑스 소설	이론서	외국작품의 프랑스어 번역
1795	Mme de Staël, *L'Essai sur les fictions*	
1797		*Les Mystéres d' Udolphe,* d'Ann Radcliffe *Ambrosio ou le moine,* de M.G. Lewis
1798 Ducray-Duminil, *Coelina ou l'enfant du mystère*		
1800 Donatien Sade, *Les Crimes de l'amour*		
1801 F.-R. de Chateaubriand, *Atala*		
1802 F.-R. de Chateaubriand, *René* Mme de Souza, *Charles et Marie* Mme de Staël, *Delphine*		*Wilhelm Meister*(1794-96) de W. von Goethe
1803	A.H. de Dampmartin, *Des Romans*	
1804 E.de Senancour, *Oberman*		
1807 Mme de Staël, *Corinne*		
1809 F.-R. de Chateaubriand, *Les Martyrs*		
1813		*La Dame du lac*(1810) de Walter Scott
1816 Benjamin Constant, *Adolphe*		
1818 Ch. Nodier, *Jean Sbogar*		*Waverley*(1814) de Walter Scott
1820		*Ivanhoe* de Walter Scott
1823 Victor Hugo, *Han d'Islande*		*Quentin Durward* de Walter Scott

---

* 괄호 속의 연대는 초판이 원어로 출간된 연대임

1825 V. Hugo, *Bug-Jargal*

1826 F.-R. de Chateaubriand,
Les Natchez;Les Aventures du
dernier Abencérage
A. de Vigny, *Cinq-Mars*

1827 Stendhal, *Armance*

1829 P. Mérimée, *Chronique du*
règne de Charles IX
Balzac, *Les Chouans*

1830 Stendhal,
Le Rouge et le Noir

1831 V. Hugo,
Notre-Dame de Paris
Balzac, *La Peau de chagrin*

1832 A. de Vigny, *Stello*
George Sand, *Indiana*

1833 Balzac, *Le Médecin de*
campagne; Eugénie Grandet
George Sand, *Lélia*
P. Mérimée,
La Double Méprise

1834 Sainte-Beuve, *Volupté*
Balzac,
La Recherche de 1'Absolu

1835 Balzac, *Le Père Goriot; Le*
Lys dans la vallée; Séraphita
A. de Vigny, *Servitude et*
grandeur militaires

1836 T, Gautier,
Mademoiselle de Maupin
A. de Musset, *La*
Confession d'un enfant du
siècle

1837 George Sand, *Mauprat*
A. de Vigny, *Daphné*
Balzac, *César*
Birotteau; Illusions
perdues(1837~1843)

1838 Eugéne Sue, *Arthur*

1839 Stendhal,
La Chartreuse de Parme
Balzac, *Le Curé de village*
(1839~1841); *Splendeurs et*
misères des courtisanes
(1839~1847)

1840 P. Mérimée, *Colomba*

Le Dernier des
Mohicans(1826)
de Fenimors Cooper

The Pickwick Papers
(1836~1837)
de Charles Dickens

George Sand, *Le Compagnon
du tour de France*

1841   Eugène Sue, *Mathilde ou
les mémoires d'une jeune femme*
Balzac. *Ursule Mirouët*
Frédéric Soulié,
Les Mémoires du diable

Oliver Twist(1837~1838)
de Ch. Dickens

1842   Balzac,
La Comédie humaine
Eugène Sue,
Les Mystères de Paris
George Sand,
Consuelo(1842~1843)

Balzac, *Avant-propos
à La Comédie humaine*
Philarète Chasles,
《Du roman et de ses sources
dans l'Europe moderne》
(Revue des Deux Mondes)

1844   Alexandre Dumas,
*Les Trois Mousquetaires;
Le Comte de Monte-Cristo*
(1844~1845)
Chateaubriand,
Vie de Rancé

1845   George Sand,
Le Meunier d'Angibault
P. Mérimée,
Carmen

A. Nettement,
Étude sur le feuilleton-roman,
2 vol, Perrodel,
1845~1846
A. de Valconseil,
*Revue analytique et critique
du roman contemporain*

1846   George Sand,
La Mare au diable
Balzac, *La Cousine Bette*

1847   Balzac, *Le Cousin Pons*
George Sand,
Le péché de M. Antoine

1848

Contes(1833)
d'Andersen

1849   George Sand,
La Petite Fadette
Lamartine, *Graziella*
Eugène Sue,
Les Mystères du peuple(1849~1856)

1850   George Sand,
François le Champi

1851   H. Murger,
Scènes de la vie de bohème
Lamartine, *Geneviève;
Le Tailleur de pierres de
Saint-Point*

David Copperfield
(1849~1850)
de Ch. Dickens

1853   George Sand,
Les Maîtres sonneurs
G. de Nerval, *Sylvie*

Tarass Boulba(1835)
de Nicolas Gogol
La Fille du capitaine
(1836) d'Alexandre

Pouchkine

1854   G. de Nerval, *Aurélia*   *Récits d'un chasseur*
       J. Barbey d'Aurevilly,   (1847~1852)
       L'Ensorcelée   d'Ivan Tourguéniev
       Champfleury,   *Jane Eyre* de Charlott
       Les Bourgeois de Molinchart   Brontë

1855   *La Foire aux Vanités*
                                                         (1847~1848)
                                                         de William Thackeray

1856   L. -E Duranty,
                              Le Réalisme(novembre
                              1856 á mai 1857)

1857   G. Flaubert,   Champfleury,   *Dombey et fils ;*
       Madame Bovary   *Le Réalisme*   *Les Temps diqiciles Les*
       Ed. About, *Le Roi des*   *Temps difficiles ; Vie*
       Montagnes   *etaventurse de Nicolas*
       O. Feuillet, *Le Roman d'un*   *Nickleby* de Ch. Dickens
       jeune homme pauvre

1858   Th. Gautier,   *Les Âmes mortes*(1842)
       Le Roman de la momie   de N. Gogol

1859   *Agnès Grey*(1847)
                                                         d'Ann Brontë

1860   George Sand,
       Le Marquis de Villemer
       L.-E. Duranty, *Le Malheur*
       d'Henriette Gérard
       Les Goncourt,
       Charles Demailly

1861   Les Goncourt,
       Sœur Philomène
       Th. Gautier,
       Le Capitaine Fracasse

1862   V. Hugo *Les Misérables*   *Dimitri Roudine* d'I.
       G. Flaubert, *Salammbô*   Tourguéniev
       E. Fromentin, *Dominique*   *Adam Bede* de George
       L.-E. Duranty,   Eliot
       La Cause du beau Guillaume

1863   V. Cherbuliez,   *Le Moulin sur la Floss*
       Le Comte Kostia   (1860) de G. Eliot
                                                         Les Grandes Espérances
                                                         de Ch. Dickens

1864   Les Goncourt,   A. Nettement,
       Renée Mauperin   *Le Roman contemporain,*
       J. Barbey d' Aurevilly, *ses vicissitudes, ses divers*
       Le Chevalier des Touches *aspects, son influence*
       Erckmann-Chatrian,
       L'Ami Fritz

1865   Les Goncourt,   H. Taine, *Nouveaux*

	Germinie Lacerteux J. Barbey d'Aurevilly, *Un Prêtre marié*	H. Taine *Essais de critique et* *d'histoire*	
1866	Maxime Du Camp, *Les Forces perdues* V. Hugo, *Les Travailleurs de la mer*		
1867	E. Zola, *Thérèse Raquin* Les Goncourt, *Manette Salomon* O. Feuillet, *M. de Camors*	E. Bonnemère, *Le Roman de l'avenir*	*Fumées* d'I. Tourguéniev
1868	A. Daudet, *Le Petit Chose*		
1869	V. Hugo, *L'Homme qui rit* G. Flaubert, *L'Éducation sentimentale* Les Goncourt, *Madame Gervaisais* J. Verne, *Vingt mille lieues* *sous les mers*		
1871	E. Zola, *La Fortune des Rougon*		
1872	A. Daudet, *Tartarin de Tarascon*		
1873		A.-M. de Pontmartin, *Le Roman contemporain*	
1874	Gobineau, *Les Pléiades* A. Daudet, *Fromont jeune* *et Risler aîné* E. Zola, *le Ventre de Paris*		
1875	E. Zola, *La Conquête de Plassans;* *La Faute de l'abbé Mouret*		
1876	E. Zola, *Son Excellence* *Eugène Rougon* A. Daudet, *Jack* J.-K. Huysmans, *Marthe*	M. Topin, *Romanciers* *contemporains*	
1877	E. Zola, *L'Assommoir* Éd. de Goncourt, *La Fille Élisa* A. Daudet, *Le Nabab*		*Terres vierges* d'I. Tourguéniev
1879	Ed. de Goncourt, *Les Frères Zemganno* A. Daudet, *Les Rois en exil* Jules Vallés, *L'Enfant* J.-K. Huysmans, *Les Sœurs Vatard* E. Zola, *Nana* P. Loti, *Aziyadé*		
1880	Maupassant, Zola, Hennique, etc., *Les Soirées de Médan*	E. Zola, *Le Roman expérimental*	

P. Loti, *Le Mariage de Loti*

1881	G. Flaubert, *Bouvard et* *Pécuchet*(posthume) J.-K. Huysmans, *En Ménage* H. Céard, *Une Belle Journée* A. Daudet, *Numa Roumestan* A. France, *Le Crime de* *Sylvestre Bonnard* J. Vallès, *Le Bachelier*	E. Zola, *Le Naturalisme au* *théâtre; Les Romanciers* *naturalistes ; Une* *Campagne ; Documents* *littéraires*	*Silas Marner*(1861) de George Eliot
1882	J.-K. Huysmans, *A vau l'eau* Ed. de Goncourt, *La Faustin* E. Zola, *Pot-Bouille*		
1883	G. de Maupassant, *Une Vie* A. Daudet, *l'Évangéliste* P Loti, *Mon Frère Yves*	F. Brunetière, *Le Roman naturaliste*	
1884	A. Daudet, *Sapho* J.-K. Huysmans, *A Rebours*	L. Arréat, *La Morale* *dans le drame, 1'épopée* *et le roman*	*Crime et châtiment* (1866)de Fiodor Dostoïevsky *La Guerre et la Paix* (1865-1869) de Léon Tolstoï *Humiliés et offensés* de F. Dostoïevsky
1885	E. Zola, *Germinal* G. de Maupassant, *Bel-Ami* P. Bourget, *Cruelle énigme*		*Anna Karénine* (1875-1877) de L. Tolstoï *L'Ile au trésor* de Robert Stevenson
1886	Léon Bloy, *Le Désespéré* A. Villiers de l'Isle-Adam, *L'Eve future* J.Vallès, *L'Insurgé* P. Loti, *Pêcheurs d'Islande* 0. Mirbeau, *Un Calvaire*	Melchior de Vogüe, *Le Roman russe*	*Souvenirs de la maison* *des morts ; L'Esprit* *souterrain* de F. Dostoïevsky
1887	E. Zola, *La Terre* G. de Maupassant, *Mont Oriol* A. Hermant, *Le Cavalier Miserey*	《Le Manifeste des Cinq》(*Le Figaro*, 18 *août* 1887)	*Romola* de G. Eliot *L'Idiot*(1868~1869) de F. Dostoïevsky
1888	E. Zola, *Le Rêve* G. de Maupassant, *Pierre et Jean* O. Mirbeau, *L'Abbé Jules* M. Barrès, *Sous l'œil des Barbares*	G. de Maupassant, *Préface de Pierre et* *Jean*	*Les Fréres* *karamazov*(1880), *Les Pauvres Gens* de F. Dostoïevsky

1889	P. Bourget, *Le Disciple*	P. Bourget, *Études et*	
	M. Barrès,	*Portraits*, 2 vol.	
	Un Homme libre		
1890	E. Zola, *La Bête humaine*	Ch. Le Goffic, *Les*	*Middlemarch* de G. Eliot
	A. Daudet, *L'Immortel*	*Romanciers*	*Le Cas étrange du Dr*
	G. de Maupassant,	*d'aujourd'hui*	*Jekyll* de R. Stevenson
	Notre Cœur		
	0. Mirbeau, *Sébastien Roch*		
1891	M. Barrès,	Jules Huret, *Enquête*	
	Le Jardin de Bérénice	*sur l'evolution littéraire*	
	A. Gide, *Les Cahiers*	J. Case, 《La Débâcle du	
	d'André Walter	réalisme》(*L'Événement*,	
	J.-K. Huysmans, *Là-Bas*	septembre-novembre 1891)	
	E. Zola, *L'Argent*		
	J. Renard, *L'Ecornifleur*		
1892	Rosny aîné, *Vamireh*		*Les Hauts de Hurle-Vent*
			(1847)d'E. Brontë,
			sous le titre ; *Un Amant*.
			(Trad. par T. de Wyzewa)
1893	E. Zola, *Le Docteur Pascal*		
	A. Gide, *Le Voyage d'Urien*		
1894	J. Renard, *Poil de Carotte*		
	M. prévost,		
	Les Demi-Vierges		
1895	A. Gide, *Paludes*	T. de Wyzewa,	*L'Entant de volupté*
	J.-K. Huysmans, *En route*	*Nos Maitres*	(1889) de Gabriele
		Albalat, *Le Mal*	D'Annunzio
		d'ecrire et le roman	
		contemporain	
1896	J. Renard,		*L'Eternel Mari* de
	Histoires naturelles		F. Dostoïevsky
	P. Valéry,		
	La Soirée avec M. Teste		
1897	M. Barrès, *Les Déracinés*		
	L. Bloy, *La Femme pauvre*		
1898	J.-K. Huysmans,		
	La Cathédrale		
	P. Margueritte, *Le Désastre*		
1899	O. Mirbeau,		*Le Livre de la Jungle*
	Le Jardin des supplices		(1894) de Rudyard
			Kipling
			Résurrection(1899) de
			Léon Tolstoï
1900	Ch.-L. Philippe,		*Quo vadis?*(1894) de
	La Mère et l'Enfant		Henryck Sienkievicz
	M. Barrès,		
	L'Appel au soldat		
1901	Ch.-L. Philippe,		*Jude l'Obscur* de
	Bubu de Montparnasse		Thomas Hardy

	A. Hermant, *Souvenirs du vicomte de Courpières*		*Tess d'Ubervilles* de Thomas Hardy *L'Homme invisible*(1897) de H. G. Wells
1902	A. Gide, *L'Immoraliste* M. Barrès, *Leurs Figures* P. Bourget, *L'Etape*		*Kim*(1901) de R. Kipling
1903	Ch.-L. Philippe, *Le Père Perdrix*		*Les Bas-fonds*(1902) de Maxime Gorki *Stalky et Cie*(1899); *Capitaines courageux* de R. Kipling
1904	Romain Rolland, *Jean-Christophe*(1904~1912)		
1905	Ch.-F. Ramuz, *Aline*	L. Bethléem, *Romans à lire et romans à proscrire* Le Cardonnel et Vellay, *La Littérature contemporaine* Joachim Merlant, *Le Roman Personnel de Rousseau à Fromentin*	
1906	Jules Romains, *Le Bourg régénéré* H. Céard, *Terrains à vendre au bord de la mer*		*Le Portrait de Monsieur W. H.*(1889) d'Oscar Wilde *Les Frères Karamazov* de F. Dostoïevsky (trad. complète chez Fasquelle)
1907	P. Loti, *Les Désenchantées* P. Bourget, *L'Émigré* L. Bertrand, *L'Invasion*		
1908	Colette, *Les Vrilles de la vigne* A. France, *L'Ile des pingouins*		*Henri d'Ofterdingen* (1799) de Novales
1909	A. Gide, *La Porte étroite* M. Barrès, *Colette Baudoche*		
1911	Colette, *La Vogabonde* A. de Chateaubriant, *Monsieur des Lourdines* J. Romains, *Mort de quelqu'un* Ch.-F. Ramuz, *La Vie de Samuel Belet* Rosny Aîné, *La Guerre du feu* J.-J. Tharaud, *La Maîtresse servante* V. Larbaud, *Fermina Marquez*	A. Billy, *L'Évolution actuelle du roman* G. Clouzet, *Le Roman français*	Traduction par Gide, dans la N.R.F., de deux fragments de *Les Cahiers de Malte Laurids Brigge* de Rainer Maria Rilke

1912	A. France,	J. Bertaut,
	Les Dieux ont soif	*Les Romanciers du*
	J.-J. Tharaud,	*nouveau siècle*
	La Fête arabe	P. Bourget, *Pages de*
		critique et de doctrine

1913	M. Barrès,	J. Muller, *Le Roman*
	La Colline inspirée	J. Rivière, 《Le Roman
	R. Martìn du Gard,	d'aventure》
	Jean Barois	(N. R. F., mai-juillet
	V. Larbaud, *Barnabooth*	1913)
	Alain-Fournier,	
	Le Grand Meaulnes	
	M. Proust,	
	Du côté de chez Swann ;	
	(A la recherche du temps	
	perdu publié de 1913 à 1927)	

1914 P. Bourget,
Le Démon de midi
A. Gide,
Les Caves du Vatican
F. Carco, *Jésus-la-Caille*

1916 H. Barbusse, *Le Feu*
L. Hémon,
Maria Chapdelaine

1918	J. Giraudoux,	*Typhon*(1903) de
	Simon le Pathétique	Joseph Conrad(Trad.
	V. Larbaud, *Enfantines*	par André Gide)
	P. Mac-Orlan,	
	Le chant de l'équipage	
	C.-F. Ramuz, *La Guérison*	
	des maladies ; Les Signes	
	parmi nous	

1919 A. Gide,
La Symphonie pastorale
M. Proust, *A l'ombre des
jeunes filles en fleurs*
R. Rolland, *Colas Breugnon*

1920	R.-L. Dorgelès,	*Le Maître de Ballantrae*
	Les Croix de bois	(1889) de R. Stevenson
	H. de Montherlant,	*Erewhon*(1872)
	La Relève du matin	de Samuel Butler(Trad.
	Colette, *Chéri*	par Valery Larbaud)
	M. Proust,	*Sous les yeux d'Occident*
	Du côté de Guermantes	de J.Conrad
	G. Duhamel,	
	La Confession de minuit	

1921	J. Giraudoux,	*Ma Vie d'enfant*(1913)
	Suzanne et le Pacifique	de Maxime Gorki
	J.-B. Chardonne,	*Lord Jim*(1900)
	L'Épithalame	de J. Conrad
	P. Morand, *Ouvert la nuit*	*Shagpat rasé*(1855)
	J. Schlumberger,	de G. Meredith

Un Homme heureux

1922   Colette,
La Maison de Claudine
J. Giraudoux,
Siegfried et le Limousin
M. Proust,
Sodome et Gomorrhe
R. Martin du Gard,
Le Cahier gris; Le Pénitencier
(*Les Thibault, publiés*
de 1922 à 1940)
M. Barrès,
Un Jardin sur l'Oronte
H. de Montherlant,
Le songe
R. Rolland, *L'Âme enchantée*
(7 volumes, de 1922 á 1933)

Le Village(1910)
de Ivan Bounine

1923   J. Cocteau,
Thomas l'imposteur
V. Larbaud,
Amants, heureux amants
R. Martin du Gard,
La Belle Saison
A. Hermant,
Le Cycle de Lord Chelsea
F. Mauriac, *Génitrix ;*
Le Fleuve de feu

Les Cahiers de Malte
Laurids Brigge(1910) de
R. M. Rilke(Trad. par
Maurice Betz)

1924   R. Radiguet,
Le Bal du comte d'Orgel
J. Giraudoux, *Juliette au*
pays des hommes
G. Duhamel, *Deux Hommes*
P. Morand, *Lewis et Irène*

Jeunesse, suivi du Cœur
des ténèbres(1902),
de H. Conrad
L'Égoïste(1879)
de G. Meredith
(Trad. par V. Canque)
Dedalus de James Joyce
La Mort à Venise(1913)
de Thomas Mann

1925   A. Gide,   G. Duhamel,
Les Faux-Monnayeurs   *Essai sur le roman*
F. Mauriac,
Le Désert de l'amour
J. de Lacretelle,
La Bonifas
Drieu la Rochelle,
L'Homme couvert de femmes

1926   C.-F. Ramuz, *La Grande* Ramon Fernandez,
Peur dans la montagne *Messages*
G. Bernanos,   A. Gide, *Journal des*
Sous le soleil de Satan *Faux Monnayeurs*
L. Aragon,
Le Paysan de Paris
J. Green, *Mont-Cinère*
J. Giraudoux, *Bella*

Gens de Dublin(1914)
de J. Joyce
Les Élixirs du diable
(1815) d'E. T. W.
Hoffmann
Nostromo de J. Conrad

1927	J. Green,	H. Massis, *Réflexions*	*Route des Indes*(1924)
	Adrienne Mesurat	*sur l'art du roman*	de E. M. Forster
	F. Mauriac,		
	Thérèse Desqueyroux		
	M. Proust,		
	Le Temps retrouvé		
	G. Duhamel,		
	Le Journal de Salavin		
	G. Bernanos, *L'Imposture*		
	C.-F. Ramuz,		
	La Beauté sur la terre		
1928	A. Breton, *Nadja*	J. Hytier, *Les Romans*	*La Flèche d'or*
	Colette,	*de l'individu*	de J. Conrad
	La Naissance du jour	F. Mauriac,	*Manhattan Transfer*
	A. Maurois, *Climats*	*Le Roman*	(1925) de
	A. de Saint-Exupéry,		John Dos Passos
	Courrier Sud		*La Carrière de*
	A. Malraux,		*Beauchamp*(1875)
	Les Conquérants		de G. Meredith
1929	J. Giono,	R. T. Boylesve,	*Ulysse*(1922)de J. Joyce
	Un de Baumugnes	*Opinions sur le roman*	(Trad. par Morel, Gilbert
	J. Cocteau,		et Larbaud)
	Les Enfants terribles		*Poussière*(1927)
	G. Bernanos, *La Joie*		de Rosamond Lehmann
	R. Martin du Gard,		*Le Tour d'écrou*(1898)
	La Mort du père		d'Henry James
	Daniel-Rops, *L'Âme obscure*		
	Marcel Prévost,		
	L'Homme vierge		
1930	A, Malraux,	L. Lemonnier,	*Contrepoint*(1928)
	La Voie royale	*Manifeste du roman*	de A. Huxley
	Jean Prévost, *Les Frères*	*populiste*	*Hesperus*(1795)
	Bouquinquant	P. Mille,	de Jean-Paul
	E. Dabit,	*Le Roman français*	(J. P. F. Richter).
	L'Hôtel du Nord		(Trad. A. Béguin)
1931	A. de Saint-Éxupery,	M. Barrière, *Essai*	*La Montagne magique*
	Vol de nuit	*sur l'art du roman*	(1924)de Thomas Mann
	J. Schlumberger,	E. Dujardin, Le	
	Saint-Saturnin	*Monologue intérieur*	
	J. Giono,		
	Le Grand Troupeau		
	J.-B. Chardonne, *Claire*		
1932	L.-F. D. Céline,		*Les Buddenbrooks*(1901)
	Voyage au bout de la nuit		de Th. Mann
	J.-B. Chardonne,		(Trad. par G. Bianquis)
	Les Varais		*L'Adieu aux armes*(1929)
	G. Duhamel,		de Ernest Hemingway
	Tel qu'en lui même		(Trad. par Coindreau)
	J. Romains, *Le 6 octobre*		*L'Amant de Lady*
	(*Les Hommes de bonne*		*Chatterley*(1928)
	volonté de 1932 à 1947)		de D. H. Lawrence
	F. Mauriac, *Le Nœud de vipères*		
	J. de Lacretelle,		

Les Hauts Ponts
(4 volumes de 1932 à 1936)

1933   A. Malraux,   C. Du Bos,   *Sanctuaire*(1931)
       La Condition humaine   *F. Mauriac et le problème* de William Faulkner
       G. Duhamel,   *du romancier catholique*   *Le Procès*(1925)
       La Chronique des   F. Mauriac,   de Franz Kafka
       Pasquier(lo vol, de   *Le Romancier et ses*   *Le Soleil se lève aussi*
       1933 à 1944)   *Personnages*   (1927) d'E. Hemingway
       Van der Meersch,
       Quand les sirènes se taisent

1934   H. de Montherlant,   *Tandis que j'agonise*
       Les Célibataires   (1930) de William
       Daniel-Rops,   Faulkner
       Mort, où est ta victoire?
       J. Giono, *Le chant du monde*
       L. Aragon, *Le Monde réel*
       (4 vol, de 1934 á 1944)
       M. Jouhandeau,
       Chaminadour
       C.-F. Ramuz, *Derborence*

1935   L. Guilloux, *Le Sang noir* Léon Bopp, *Esquisse*   *Lumière d'août*
       F. Mauriac,   *d'un traité du roman*   de W. Faulkner
       La Fin de la nuit

1936   J. Green, *Minuit*   *Les Sept Piliers de la*
       L.-F. D. Céline,   *Sagesse*(1926)
       Mort à crédit   de T.-E. Lawrence
       H. de Montherlant,   *Le Petit Arpent du Bon*
       Les Jeunes Filles   *Dieu*(1934) de Erskine
       (4 Vol., de 1936 á 1939)   cadwell
       G. Bernanos, *Journal d'un*   *La Grosse Galette* de
       curé de campagne   John Dos Passos
       R. Martin du Gard,
       L'Eté 14

1937   Julien Gracq,   *Les Vagues*(1931)
       Au Château d'Argol   de Virginia Woolf
       A. Malraux, *L'Espoir*   *La Route du tabac*
       L. Aragon, *Les Beaux*   de E. Caldwell
       Quartiers(Le Monde réel)

1938   J.-P. Sartre, *La Nausée*   Albert Thibaudet,   *Le Bruit et la Fureur*
                                 Réflexions sur le roman (1929) de W. Faulkner
                                                           La Métamorphose(1916)
                                                           ;*Le Château*(1926)
                                                           de F. Kafka
                                                           Sartoris, de W. Faulkner

1939   A. de Saint-Éxupéry.   Pierre ou les ambiguïtés
       Terre des hommes   (1852) de Herman
       J.-P. Sartre. *Le Mur*   Melville
       Michel Leiris, *L'Age*   *Des Souris et des Hommes,*
       d'homme   de John Steinbeck
                                                           Autant en emporte le vent
                                                           de Mary Mitchell

520

1940	Maurice Blanchot. *Thomas l'Obscur*		
1941	M. Blanchot, *Aminadab*	R. Caillois, *Puissance du roman*	*Moby Dick*(1851) de H. Melville
1942	A. de Saint-Éxupéry. *Pilote de guerre* A. Camus, *L'Etranger* L. Aragon, *Les Voyageurs de l'Impériale(Le Monde réel)* R. Queneau. *Pierrot, mon ami*		
1943	Simone de Beauvoir, *L'Invitée* G. Bataille, *L'Expérience intérieure*		
1944	J. Genet, *Notre-Dame des Fleurs ; Miracle de la rose ; Pompes funèbres*		
1945	J.-P. Sartre, *Les Chemins de la liberté*(3 vol. de 1945 á 1949)	R.-M. Albérès, *Portrait de notre héros* Jean Prévost, *Les Problèmes du roman*	*Tropique du Cancer* de Henry Miller *En avoir ou pas* d'E. Hemingway
1946	G. Bernanos, *Monsieur Ouine*	Jean Pouillon, *Temps et roman*	*Kaputt* de K. S. Malaparte *Tropique du Capricorne* de H Miller *Pas d'orchidées pour Miss Blandish* de J.H. Chase
1947	A. Camus, *La Peste* J. Cayrol, *Je vivrai l'amour des autres* J.-L. Curtis, *Les Forêts de la nuit*	Nelly Cormeau, *Physiologie du roman*	*Les Raisins de la colère* de J. Steinbeck *Ce que savait Maisie* (1897) de Henry James
1948	M. Leiris, *Biffures (La Règle du jeu, I)* M. Balanchot, *Le Trés-Haut*		*Pour qui sonne le glas* d'E. Hemingway
1949			*Le Fond du problème* de Graham Greene *La Belle Romaine* d'Alberto Moravia
1950	R. Nimier, *Le Hussard bleu* P. Klossowski, *Roberte ce soir*		*Les Ambassadeurs*(1903) de Henry James
1951	J. Giono, *Le Hussard sur le toit* J. Gracq, *Le Rivage des Syrtes*	H. Bonnet, *Roman et poésie*	

R. Queneau,
Le Dimanche de la vie
S. Beckett,
Molly ; Malone meurt

1952   *Le Conformiste* d'A. Moravia

1953   A. Robbe-Grillet, *Les Gommes*

Les Ailes de la Colombe (1902) d'H. James
L'Attrape-cœur de J. D. Salinger

1954   J. Cayrol,   Ch. Plisnier, *Roman,*   *Les Dépouilles de*
L'Espace d'une nuit   *papiers d'un romancier*   *Poynton*(1897)
J.-L. Curtis,   d'H. James
Les Justes Causes
J. Reverzy, *Le Passage*

1955   M. Leiris, *Fourbis*   *La Puissance et la Gloire*
(La Règle du jeu, I)   de Graham Greene
A. Dhôtel, *Le Pays où l'on
n'arrive jamais*
A. Robbe-Grillet.
Le Voyeur
M. Duras, *Le Square*

1956   A. Camus, *La Chute*   N. Sarraute,
J. Cayrol,   *L'Ère du soupçon*
Le Déménagement
Boris Vian, *L'Écume des
jours ; L'Automne á Pékin*
M. Butor,
L'Emploi du temps
N. Sarraute,
Portrait d'un inconnu

1957   J. Giono. *Le Bonheur fou*   *L'Homme sans qualités*
G. Bataille, *Le Bleu du ciel*   (1925~1931) ; *Les*
M. Butor, *La Modification*   *Désarrois de l'élève*
A. Robbe-Grillet,   *Törless* de Robert Musil
La Jalousie

1958   M. Gracq,   *Le Docteur Jivago*
Un Balcon en forêt   de Boris Pasternak
L. Aragon,   *La Ciociara*
La Semaine sainte   d'A. Moravia
M. Duras,   *Le Soleil est aveugle* de
Moderato Cantabile   Curzio Malaparte
Cl. Mauriac,
Le Dîner en ville

1959   R. Queneau,   *L'Anneau et le Livre*
Zazie dans le métro   (1868-1869)
P. Klossowski,   de Rovert Browning
*La Révocation de
l'Édit de Nantes*
A. Robbe-Grillet,
Dans le labyrinthe

N. Sarraute, *Le Planétarium*

1960	M. Butor, *Degrés*		
1961	S. Beckett, *Comment c'est* Cl. Simon, *La Route des Flandres*	R. Girard, *Mensonge* *romantique et vérité* *romanesque*	
1962	M. Butor, *Mobile* Cl. Simon, *Le Palace* R. Pinget, *L'Inquisitoire*	R.-M. Albèrés, *Histoire du roman* *moderne*	*Toute la vérité* de Morris West
1963	H. de Montherlant, *Le Chaos et la Nuit* A. Pieyre de Mandiargues, *La Motocyclette* J.-M.-G. Le Clézio, *Le Procés verbal*	A. Robbe-Grillet, *pour un nouveau roman*	*Le Quatuor d'Alexandrie* de L. Durrell *La Proie des flammes* de W. Styron
1964		L. Goldmann, *Pour une* *sociologie du roman* K. Haedens, *Paradoxe sur le roman*	
1965	J. Borel, *L'Adoration* P.-H. Simon, *Histoire d'un bonheur*		*Le Don Paisible* de Mikhaïl Cholokov
1966	J. Cabanis, *La Bataille de Toulouse*		*De Sang froid* de Truman Capote

2. 참고서적

19세기와 20세기에 관한 서적

ALBÉRÈS (R.-M.), *Histoire du roman moderne*, Albin Michel, 1962.

CLOUARD (Henri), *Histoire de la littérature française, du symbolisme à nos jours*, Albin Michel. 1947~1949, 2 vol.

GILBERT (Eugène), *Le Roman en France pendant le X I Xe siècle*, Paris. Plon-Nourrit, 1896.

LALOU (René), *Le Roman français depuis 1900*, P.U.F., 1957.

PICON (Gaëtan), *Le Roman et la prose lyrique au X I Xe siècle.-La Littérature au X Xe siècle in Encyclopédie de la Pléiade, Histoire des littératures, tome Ⅲ*.

SAINTSBURY (George), *A History of the French Novel, (to the close of the X I X th century)*, London. Macmillan, 1917~1919, 2 vol.

SIMON (P.-H.), *Histoire de la littérature française au XXe siècle*, Armand colin. 1957, 2 vol.

THIBAUDET (Albert), *Histoire de la littérature française, de 1889 à nos jours*, Stock, 1936.

일반적 문제

Sur les problèmes généraux que pose le roman. on consultera :

BARRIÈRE (Marcel), *Essai sur L'art du roman*, Paris, Durand, 1931.

BOPP (Léon), *Esquisse d'un traité du roman*, Gallimard. 1935.

BOYLESVE (René), *Opinions sur le roman*, Plon, 1929.

CAILLOIS (Roger), *Puissance du roman*, Sagitaire, 1941.

CORMEAU (Nelly), *Physiologie du roman*, La Renaissance du Livre, 1947.

DUHAMEL (Georges), *Essai sur le roman*, Marcelle Lesage, 1925.

FERNANDEZ (Ramon), *Messages, Ire série*, N.R.F., 1926.

GIRARD (René), *Mensonge romantique et vérité romanesque*, Grasset, 1961.

GOLDMANN (Lucien), *Pour une sociologie du roman*, Gallimard, 1961.

HAEDENS (Kleber), *Paradoxe sur le roman*, Grasset, 1964.

HYTIER (Jean), *Les Romans de l'individu*, Les Arts et le livre, 1928.

LUKACS (Georges), *La Théorie du roman*, Gonthier, 1963.

MASSIS (Henri), *Réflexions sur l'art du roman*, Plon, 1927.

MAURIAC (François), *Le Roman*, Artisan du livre, 1928.

- *Le Romancier et ses personnages*, Corrêa, 1933.
MILLE (Pierre), *Le Roman français*, Firmin-Didot, 1930.
PLISNIER (Charles), *Roman, papiers d'un romancier*, Grasset, 1954.
POUILLON (Jean), *Temps et roman*, Gallimard, 1946.
PRÉVOST (Jean), *Problèmes du roman*, Le Carrefour, 1945.
THIBAUDET (Albert), *Réflexions sur le roman*, Gallimard, 1938.

제1장 발자크 이전의 프랑스 소설

KILLEN (Alice M.), *Le Roman terrifiant ou roman noir, de Walpole à Ann Radcliffe, et son influence sur la littérature française jusqu'en 1840*, Champion, 1924.
LE BRETON (André), *Le Roman français au X I X^e siécle:avant Balzac*, Paris, Société française d'imprimerie et de librairie, 1901.
LUKACS (Georges), *Le Roman historique*, Payot, 1965.
MAIGRON (Louis), *Le Roman Historique à L'époque romantique, essai sur l'influence de Walter Scott*, Hachette, 1898.
MERLANT (J.), *Senancour*, 1907.
MOREAU (Pierre), *Chateaubriand*, Hatier, 1956.

제2장 현대소설의 탄생

특히 Pierre MOREAU, *Le Romantisme*, Éditions de Gigord, 1958을 참고할 것.

Stendhal :

ALAIN, *Stendhal*, P. U. F., 1948.
ARAGON (Louis), *La Lumière de Stendhal*, Denoël, 1954.
BARDÈCHE (Maurice), *Stendhal romancier*, Éditions de la Table Ronde, 1947.
BLIN (Georges), *Stendhal et les problèmes du roman*, José Corti, 1954.
CARACCIO (Armand), *Stendhal, l'homme et l'œuvre*, Hatier, 1951.
DEDEYAN (Charles), *Stendhal et les ≪Chroniques italiennes≫*, Didier, 1956.
MARTINEAU (Henri), *L'Œuvre de Stendhal*, Albin Michel, 1951.

Balzac :

ALAIN, *Avec Balzac*, Gallimard, 1937.
ALLEMAND (André), *Unité et structure de l'univers balzacien*, Plon, 1965.
BARDÈCHE (Maurice), *Balzac romancier, la formation de l'art du roman chez Balzac jusqu'à la publication du Père Goriot*(1820~1835), Plon, 1940.
- *Balzac romancier*, Plon, 1943.
- *Une Lecture de Balzac*, Les Sept Couleurs, 1964.

BÉGUIN (Albert), *Balzac lu et relu*, Seuil. 1965.

BÉRARD (Suzanne Jean). *La Genèse d'un roman de Balzac ; Illusions perdues*, A. Colin, 1961.

BERTAULT (Phillippe), *Balzac, l'homme et l'œuvre*, Hatier, 1955.

BOREL (Jacques), *Personnages et destins balzaciens*, José Corti, 1958.

BRUNETIÈRE (Ferdinand), *Honoré de Balzac*, Calmann-Lévy, 1906.

CURTIUS (E.-R.), *Balzac*

DONNARD (Jean-Hervé), *Balzac : les réalités économiques et sociales dans ⟨La Comédie humaine⟩*, Armand, Colin, 1961.

FERNANDEZ (Ramon), *Balzac*, Delamain et Boutelleau, 1943.

FOREST (H.-U.), *L'Esthétique du roman balzacien*, P. U. F., 1950.

GUYON (Bernard), *La Création Littéraire chez Balzac, Genèse du ≪Médecin de campagne≫*, Armand Colin, 1951.

LE BRETON (André), *Balzac, l'homme et l'œuvre*, 1905.

MARCEAU (Félicien), *Balzac et son monde*, Gallimard, 1955.

MAUROIS (André), *Prométhée ou la vie de Balzac*, Hachette, 1965.

WURMSER (André), *La Comedie inhumaine*, Gallimard, 1964.

George Sand :

KARÉNINE (W.), *George Sand, sa vie, son œuvre*, Plon 1899-1926, 4 vol.

MAUROIS (André), *Lélia ou la vie de George Sand*, Hachette, 1952.

SALOMON (Pierre), *Sand*, Hatier, 1933.

VINCENT (L.), I. *George Sand et le Berry.*

  II. *Le Berry dans l'œuvre de George Sand*, Champion, 1919.

Sur le roman-feuilleton :

ATKINSON (N.), *Eugène Sue et le roman-feuilleton*, Nizet et Bastard, 1930.

BLAZE DE BURY, *Dumas, sa vie, son temps, son œuvre*, 1885.

BORY (Jean-Louis), *Eugène Sue*, Hachette, 1963.

NETTEMENT (Alfred), *Études sur le feuilleton-roman*, Perrodel, 1845-1846, 2 vol.

Sur le roman social :

BRUN (Charles), *Le Roman social en France au X I Xe siècle*, Paris, Giard et Brière, 1910.

EVANS (David-Owen), *Le Roman social sous la monarchie de Juillet*, P. U. F., 1936.

Sur le roman personnel :

ALLEM (Maurice), *Sainte-Beuve et ≪Volupté≫*, S.F.E.L.T., 1935.

BÉGUIN (Albert), *Gérard de Nerval*, José Corti, 1945.

CASTEX (Pierre-Georges), *Vigny*, Hatier, 1957.

CELLIER (L.), *Gérard de Nerval*, Hatier, 1956.

DURRY (Marie-Jeanne), *Gérard de Nerval et le mythe*, Flammarion, 1956.

MERLANT (Joachim), *Le Roman personnel de Rousseau à Fromentin*, 1905.
REGARD (Maurice), *Sainte-Beuve*, Hatier, 1959.
VAN TIEGHEM (P.-H.), *Musset*, Hatier, 1945.

제 3장 사실주의 소설의 전성기

BEUCHAT (Charles), *Histoire du naturalisme français*, Corrêa, 1949, 2 vol
BRUNETIÈRE (Ferdinand), *Le Roman naturaliste*, Calmann-Lévy, 1883.
DEFFOUX (Léon), *Le Naturalisme, les œuvres représentatives*, 1929.
DEFFOUX et ZAVIE, *Le Groupe de Médon*, Payot. l920.
DESPREZ (Louis), *L'Évolution naturaliste*, Tresse, 1884.
DUMESNIL (René). *Le Réalisme et le naturalisme*, del Duca, 1962.
HENRIOT (Émile), *Réalistes et naturalistes*, Albin Michel, 1954.
JAKOB (Gustave), *L'Illusion et la désillusion dans le roman réaliste français*, 1851-1890, Jouve 1911.
MARTINO (Pierre), *Le Roman réaliste sous le Second Empire*, Hachette, 1913.
– *Le Naturalisme français*, Armand Colin, 1923.
ZOLA (Emile), *Le Roman expérimental*, Bibliothèque Charpentier, 1880.
– *Les Romanciers naturalistes*, Bibliothèque Charpentier, 1881.

Flaubert :
BOLLÈME (Geneviève), *La Lecon de Flaubert*, Julliard, 1964.
BOPP (Léon), *Commentaire sur ≪Madame Bovary≫*, La Baconnière, 1951.
BRUNEAU (Jean), *Les Débuts littéraires de Flaubert*, Armand Coline, 1962.
DUMESNIL (René), *La Vocation de Gustave Flaubert*, Gallimard, 1961.
– ≪*Madame Bovary*≫ *de Gustave Flaubert*, Mellotée, 1958.
– ≪*L'Éducation sentimentale*≫ *de Gustave Flaubert*, Nizet, 1950.
DURRY (Marie-Jeanne), *Flaubert et ses projets inédits*, Nizet, 1950.
MAYNIAL (Ed.) *Flaubert*, Nouvelle Revue Critique, 1943.
NAAMAN (Antoine), *Les Débuts de Gustave Flaubert et sa technique de la description*, Nizet, 1962.
RICHARD (Jean-Pierre), in *Littérature et sensation*, Seuil, 1954.
THIBAUDET (Albert), *Gustave Flaubert*, Gallimard, 1935.

les Goncourt :
RICATTE (Robert), *La Genèse de ≪La fille Élisa≫ d'après des notes inédites*, P.U.F., 1960.
– *La Création romanesque chez les Goncourt*, Armand Colin, 1953.
RICHARD (Jean-Pierre), in *Littérature et sensation*, Seuil, 1954.
SABATIER (P.), *L'Esthétique des Goncourt*, 1920.

Zola :

FRANDON (Ida-Marie), *Autour de Germinal*, Droz, 1955.

ROBERT (Guy), *Émile Zola, principes et caractères généraux de son œuvre*, Belles-Lettres, 1952.

ROMAINS (Jules), *Zola et son exemple*, 1936.

TERNOIS (R.) *Zola et son temps*, Belles-Lettres, 1961.

Maupassant :

DUMESNIL (René), *Guy de Maupassant*, Taillandier, 1946.

VIAL (André), *Guy de Maupassant et l'art du roman*. Nizet, 1954.

Daudet :

BORNECQUE (J.-H.), *Les Années d'apprentissage d'Alphonse Daudet*, Nizet, 1951.

Vallès :

GILLE(Gaston), *Jules Vallès*, Flammarion, 1941.

제4장 탈바꿈의 시기

Ouvrages généraux :

BALDENSPERGER (F.), *L'Avant-guerre dans la littérature française* 1900-1914, Payot, 1919.

– *La Littérature française entre les deux guerres* 1919-1939, Sagittaire, 1943.

BERTAUT (Jules), *Les Romanciers du nouveau, siècle*, Sansot, 1912.

– *Le Roman nouveau*, La Renaissance du Livre, 1920.

BILLY (André), *La Littérature française contemporaine*, Armand Colin, 1927.

– *L'Époque 1900 ; 1885-1905*, Taillandier, 1951.

– *L'Époque contemporaine, 1905-1950*, Taillandier, 1956.

BOURGET (Paul), *Essais de psychologie contemporaine*, Lemerre, 1883.

– *Nouveaux essais de psychologie contemporaine*, Lemerre, 1886.

– *Études et Portraits*, Lemerre, 1889, 2 vol.

– *Études et Portraits*, Plon-Nourrit, 1906, 3 vol.

– *Pages de critique et de doctrine*, Plon-Nourrit, 1912.

– *Nouvelles Pages de critique et de doctrine*, Plon-Nourrit. 1922.

BUENZOD (E.), *Une Époque littéraire, 1890-1910*, La Baconnière, 1941.

CREÉMIEUX (Benjamin), *XXe siècle*, Ire série. N.R.F., 1924.

CURTIUS (E.-R.), *Essai sur la littérature européenne*, Grasset, 1954.

EHRHARD (Jean-E.), *Le Roman français depuis Marcel Proust*, Nouvelle Revue Critique, 1933.

FRASER (Élisabeth), *Le Renouveau religieux d'après le roman français de 1886 à 1914*, Belles-Lettres, 1934.

GIRAUD (Victor), *Les Maîtres de l'heure*, Hachette, 1911 et 1914, 2 vol.

LE GOFFIC (Charles), *Les Romanciers d'aujourd'hui*, Vanier, 1890.

MAGNY (Claude-Edmonde), *Histoire du roman français depuis 1918*, Seuil, 1950.

MONTFORT (Eugène), *Vingt-cing ans de littérature française*, s.d., 2 vol.

MORROW (Christine), *Le Roman irréaliste dans les littératures contemporaines de langue française et anglaise*, Didier, 1941.

RAIMOND (Michel), *La Crise du roman des lendemains du naturalisme aux années vingt*, José Corti, 1966.

SENÉCHAL (Christian), *Les Grands Courants de la littérature française contemporaine*, Malfère, 1934.

SNEYERS (Germaine), *Romanciers d'entre-deux-guerres*, Desclée de Brouwer, 1941.

THIBAUDET (Albert), *Trente ans de vie française*, N.R.F., 1920-1924, 3 vel.

Anatole France :

LEVAILLANT (Jeen), *Les Aventures du scepticisme*, Armand Colin, 1966.

SUFFEL (J.), *Anatole France par lui-même*, 1954.

VANDEGANS (André), *Anatole France, les années de formation*, 1954.

Pierre Loti :

BRODIN (Pierre), *Loti*, Parizeau, Montréal, 1946.

TRAZ (Robert de), *Pierre Loti*, 1949.

Élémir Bourges :

SCHWAB (Raymond), *La Vie d'Elémir Bourges*, Stock, 1949.

Paul Bourget :

AUTIN (A.), «*Le Disciple*» *de Paul Bourget*, Malfère, 1930.

FEUILLERAT (A.), *Paul Bourget, histoire d'un esprit sous 1a Troisième République*, Plon, 1937.

MANSUY(Michel), *Un Moderne : Paul Bourget*, Les Belles-Lettres, 1961.

Abel Hermant :

THÉRIVE(André), *Essai sur Abel Hermant*, 1928.

Marcel Prévost:

Marcel Prévost et ses contemporains, Éditions de France, 1943, 2 vol.

Maurice Barrès :

BOISDEFFRE (Pierre de), *Barrès parmi nous*, Amiot-Dumont, 1952.

DOMENACH (Jean-Marie), *Barrès par lui-même*, Seuil, 1954.

FRANDON (Ida-Marie), *L'Orient de Maurice Barrès*, Droz, 1952.

MOREAU (Pierre), *Maurice Barrìs*, Sagittaire, 1946.

THIBAUDET (Albert), *La Vie de Maurice Barrès*, N.R.F., 1921.

Jules Renard :

GUICHARD (Léon), *L'Œuvre et l'âme de Jules Renard*, Paris, Nizet et Bastard, 1935.

Romain Rolland :

BARRÈRE (Jean-Bertrand), *Romain Rolland par lui-même*, Seuil. 1955.

BONNEROT (Jean), *Romain Rolland, son œuvre*, 1921.

JOUVE (Pierre-Jean), *Romain Rolland vivant, 1914-1919*, Ollendorf, l920.

ROBICHEZ (Jacques), *Romain Rolland*, Hatier, 1961.

SÉNÉCHAL (Christian), *Romain Rolland*, La Caravelle, 1933.

André Gide :

DELAY (Jean), *La Jeunesse d'André Gide*, Gallimard. 1956-1957, 2 tomes

HYTIER (Jean), *André Gide*, Charlot, 1945.

LAFILLE (Pierre), *André Gide romancier*, Hachette, 1954.

MARTIN DU GARD (Roger), *Notes sur André Gide*, Gallimard, 195l.

PIERRE-QUINT (Léon), *André Gide*, Stock, 1952.

Marcel Proust :

BRÉE (Germaine), *Du « Temps perdu» au « Temps retrouvé»*, *introduction à l'œuvre de Marcel Proust*, Les «Belles Lettres», 1951.

CATTAUI (Georges), *Marcel Proust*, Julliard, 1952.

CURTIUS (E.-R.), *Marcel Proust*, Éditions de la Revue Nouvelle, 1923.

DELEUZE (Gilles), *Marcel Proust et les signes*, P.U.F., 1964.

ETIEMBLE (René), *Proust et la crise de l'intelligence*, Éditions du Scarabée, 1945.

FERNANDEZ (Ramon), *Proust*, Nouvelle Revue critique, 1943.

GUICHARD (Léon), *Introduction à la lecture de Proust*, Nizet. 1956.

MAURIAC (Claude), *Proust par lui-même*, Seuil. 1953.

MAUROIS (André), *A la recherche de Marcel Proust*, Hachette, 1949.

PAINTER (George D.), *Marcel Proust*, Mercure de France, 1966, 2 vol.

POMMIER (Jean), *La Mystique de Marcel Proust*, Droz, 1939.

PICON (Gaétan), *Lecture de Proust*, Mercure de France, 1963.

PIERRE-QUINT (Léon), *Marcel Proust*, Sagittaire, 1944.

POULET (Georges), *L'Espace proustien*, Gallimard, 1963.

REVEL (Jean-François), *Sur Proust*, Julliard, 1960.

Colette :

BEAUMONT (Germaine) et PARINAUD (André), *Colette par elle-même*, Seuil, 1954.

TRAHARD (Pierre), *L'Art de Colette*, 1941.

Charles-Ferdinand Ramuz :
BÉGUIN (Albert), *Patience de Ramuz*, Neuchâtel, 1949.
KOHLER (Pierre), *L'ART de Ramuz*, Genève, 1929.

Valery Larbaud :
AUBRY (Jean), *Valery Larbaud, sa vie et son œuvre ; la jeunesse, 1881-1920*, Éditions du Rocher, 1949.

Jean Giraudoux :
ALBÉRÈS (R.-M.). *Esthétique et morale chez Jean Giraudoux*, Nizet, 1957.

Alain-Fournier :
BORGAL (Clément), *Alain-Fournier*, Éditions Universitaires, 1954.
JOHR (Walter), *Alain-Fournier, le paysage d'une âme*, Les Cahiers du Rhône, 1945.

제5장 비판과 논쟁의 시대

Ouvrages généraux :
ALBÉRÈS (R.-M.), *Portrait de notre héros, essai sur le roman actuel*, Le Portulan, 1945.
– *L'Aventure intellectuelle au XXᵉ siècle*, Albin Michel, 1950.
– *Histoire du roman moderne*, Albin Michel, 1962.
– *Métamorphoses du roman*, Albin Michel, 1966.
BOISDEFFRE (Pierre de), *Métamorphoses de la littérature*, Alsatia, Cinquième Édition 1962.
– *Où va le roman?*, Del Duca, 1962.
MAGNY (Claude-Edmonde), *Histoire du roman français depuis 1918*, Seuil, 1950.
MAURIAC (Claude), *L'Alittérature contemporaine*, Albin Michel, 1958.
NADEAU (Maurice), *Le Roman français depuis la guerre*, Idées, N.R.F., 1963.
PEYRE (Henri), *The Contemporary French Novel*, New York, 1955.
PICON (Caëtan), *Panorame de la nouvelle littérature française*, N.R.F., 1960.

Roger Martin du Gard :
BORGAL (Clément), *Martin du Gard*, Éditions Universitaires, 1957.
LALOU (René), *Roger Martin du Gard*, N.R.F. 1937.
Hommage à Martin du Gard, N.R.F., Iᵉʳ décembre 1958.

Georges Duhamel :
SIMON (Pierre-Henri), *Georges Duhamel*, Éditions du Temps Présent, 1947.

André Maurois :
FILLON (A.), *André Maurois romancier*, Malfère, 1937.

Jules Romains :

Hommage à Jules Romains, Flammarion, 1946.

CUISENIER (André), *Jules Romains et l'unanimisme*, Flammarion, 3 vol. tome I, *Jules Romains et l'unanimisme*, 1945 : tome II, *L'Art de Jules Romains*, 1946 : tome III. *Jules Romains et « Les Hommes de bonne volonté »*, 1954.

François Mauriac :

CORMEAU (Nelly), *L'Art de Francois Mauriac*, Grasset, 1951.

DU BOS (Charles), *Francois Mauriac et le problème du romancier catholique*, Corrêa, 1933.

SIMON (Pierre-Henri), *Mauriac par lui-même*, Seuil, 1950.

Georges Bernanos :

Estang (Luc), *Présence de Bernanos*, Plon, 1947.

ESTÈVE (M.), *Le Sens de l'amour dans les romans de Bernanos*, Lettres modernes, 1959.

GAUCHER (Guy), *La Mort dans les romans de Bernanos*, Lettres modernes, 1955.

PICON (Gaëtan), *Bernanos*, Robert Marin, 1948.

SCHEIDEGGER (Jean), *Bernanos romancier*, Attinger, 1956.

Henri de Montherlant :

SIMON (P.-H.). *Procès du Héros*, Seuil, 1950.

SIPRIOT (Pierre), *Montherlant par lui-même*, Seuil, 1953.

Numéro d'Hommage, La Table Ronde, novembre 1960.

Louis Aragon :

JUIN (Hubert), *Aragon*, Gallimard, 1960.

LESCURE (Pierre de), *Aragon romancier*, Gallimard, 1960.

ROY (Claude), *Aragon*, Seghers, 1945.

Saint-Exupéry :

CHEVRIER (Pierre), *Saint-Exupéry*, Gallimard, 1958.

André Malraux :

BOISDEFFRE (Pierre de), *André Malraux*, Éditions Universitaires, 1952.

Jean-Paul Sartre :

ALBÉRÈS (R.-M.), *Jean-Paul Sartre*, Éditions Universitaires, 1953.

JEANSON (F.), *Sartre par lui-même*, Seuil, 1953.

Albert Camus :

CASTEX (Pierre-Georges), *Albert Camus et « L'Étranger »*, José Corti, 1965.

Alain Robbe-Grillet :

MORRISSETTE (Bruce), *Les Romans de Robbe-Grillet*, Éditions de Minuit, 1963.

Le nouveau roman :

BARRÈRE (Jean-Bertrand), *La Cure d'amaigrissement du roman*, Albin Michel, 1964.

COGNY (Pierre), *Sept Romanciers au-delà du roman*, Nizet, 1963.

MATHEWS (J.-H.), *Un nouveau roman?*, Revue des Lettres modernes, 1964.

ROBBE-GRILLET (Alain), *Pour un nouveau roman*, Gallimard, ≪Idées≫, 1963.

SARRAUTE (Nathalie), *L'Ère du soupçon*, Gallimard, 1956.

VAM-ROSSUM GUYON (Françoise), *Critique du roman*, Gallimard, 1971.

3. 색인

저자 색인

ㅁ

ㅂ

바그너, 빌헬름 리하르트Wagner, Wilhelm Richard ; 248, 276, 300, 326

바레르, 장-베르트랑Barrère, Jean-Bertrand ;

바레스, 모리스Barrès, Maurice ; 42, 156

바르데슈, 모리스Bardèche, Maurice ; 16, 19, 69, 78, 83, 97, 102, 109

바르베 도르비이Barbey d'Aurevilly ; 153, 260, 268

바르트, 롤랑Barthes, Roland ; 461, 463

바젱, 르네Bazin, René ; 278

바타이유, 조르주Bataille, Georges ; 432, 458

반 데르 메르슈, 막상스Van Der Meersch, Maxence ; 371

발, 장Wahl, Jean ; 413

발레리, 폴Valéry, Paul ; 13, 14, 184, 201, 277, 284, 285, 372, 378, 380, 434

발레스, 쥘Vallès, Jules ; 248, 260, 261, 262, 439

발자크, 오노레 드Balzac, Honoré de ; 10, 12, 15, 16, 19, 21, 22, 28, 33, 34, 35, 36, 37,
38, 39, 40, 41, 42, 43, 46, 47, 62, 68, 72, 74, 76, 78, 80, 81, 83, 84, 85, 86, 87, 88, 89,
90, 91, 92, 93, 94, 95, 96, 97, 98, 99, 100, 101, 102, 103, 104, 105, 106, 107, 108, 109,
110, 111, 112, 113, 114, 115, 116, 117, 118, 120, 121, 122, 123, 124, 125, 126, 127,
128, 129, 130, 131, 132, 133, 134, 135, 138, 141, 142, 143, 144, 145, 147, 151, 152,
153, 154, 156, 161, 167, 169, 170, 171, 174, 175, 176, 177, 187, 189, 190, 191, 192,
202, 204, 209, 210, 211, 220, 221, 222, 223, 225, 226, 231, 236, 248, 250, 254, 255,
256, 266, 268, 274, 281, 282, 290, 295, 311, 312, 321, 324, 325, 329, 333, 334, 337,
345, 350, 355, 356, 362, 376, 379, 383, 393, 394, 396, 397, 398, 399, 400, 427, 438,
439, 456, 461, 463, 476, 479, 480, 504

버틀러, 사무엘Butler, Samuel ; 344

베갱, 알베르Béguin, Albert ; 111

베르그송, 앙리Bergson, Henri ; 286, 316

베르나노스, 조르주Bernanos, Georges ; 270, 285, 293, 348, 373, 374, 377, 378, 381,
402, 406, 419, 425, 427, 428

베르나르, 클로드Bernard, Claude ; 168, 221, 230, 231

베르트랑, 루이Bertrand, Louis ; 43, 156, 166, 278

베를, 엠마뉘엘Berl, Emmanuel ; 343, 378

베엔느, 르네Béhaine, René ; 382

베츠, 모리스Betz, Maurice ; 294

베케트, 사무엘Beckett, Samuel ; 458, 459

보귀에, 위젠 멜쉬오르 드Vogüe, Eugène Melchoir de ; 266, 271·

보그트, 닐스 콜레트Vogt, Nils Collett ; 353

보나, 레옹Bonnat, Léon ;

보들레르, 샤를Baudelaire, Charles ; 128, 147, 162, 163, 176, 302, 310, 448

보르도, 앙리Bordeaux, Henri ; 278, 279, 376

보마르셰, 피에르 오귀스탱 카롱 드Beaumarchais, Pierre-Augustin Caron de ; 52

보부아르, 시몬 드Beauvoir, Simone de ; 430, 432

보프, 레옹Bopp, Léon ; 343, 420

생트-뵈브, 샤를 오귀스탱Sainte-Beuve, Charles Augustin ; 10, 51, 117, 144, 145, 170, 189, 190, 283, 311, 312, 313
샤두른느, 루이Chadourne, Louis ; 287
샤두른느, 마르크Chadourne, Marc ; 287
샤르돈느, 자크Chardonne, Jacques ; 291, 373
샤리에르, 마담 드Charrière, Mme de ; 13
샤토브리앙Chateaubriand ; 10, 22, 23, 24, 25, 26, 27, 28, 72, 142, 148, 310, 420, 448
샹플뢰리Champfleury ; 89, 154
셀린, 루이-페르디낭Céline, Louis-Ferdinand ; 258, 378, 379, 402, 404, 406, 416, 419, 430, 432
세아르, 앙리Céard, Henry ; 230, 249, 257, 258
소렐, 조르주Sorel, Georges ; 186
쇼드세그Chaudesaigues ; 114
수자 부인Souza, Mme De ; 13, 23
술리에, 프레데릭Soulié, Frédéric ; 10, 118, 144, 211
쉐르뷜리에, 빅토르Cherbuliez, Victor ; 268
쉬, 으젠Sue, Eugène ; 10, 117, 118, 119, 137, 141, 144, 156, 163, 227, 268
슐룅베르제, 장Schlumberger, Jean ; 343, 344, 375, 378
스낭쿠르, 에티엔느 드Senancour, Étienne de ; 145
스카롱, 폴Scarron, Paul ; 74
스콧, 월터Scott, Walter ; 18, 22, 33, 34, 35, 36, 37, 38, 39, 40, 41, 42, 43, 44, 45, 46, 47, 55, 62, 68, 72, 74, 90, 98, 122, 123, 128, 157, 177, 185, 485, 486, 487, 494, 495
스타인벡, 존Steinbeck, John ; 430
스탈 부인Mme de Staël ; 10, 13, 15, 19, 20, 21, 22, 23, 24, 32, 134, 494
스탕달(앙리 벨)Stendhal(Henri BEYLE) ; 16, 22, 24, 28, 30, 51, 52, 54, 55, 56, 57, 58, 59, 60, 61, 62, 63, 64, 65, 66, 67, 68, 69, 70, 71, 72, 73, 74, 75, 76, 77, 78, 79, 80, 81, 82, 83, 84, 85, 86, 87, 121, 134, 135, 142, 144, 148, 151, 181, 345, 351, 355, 374, 418, 419, 422, 423, 438, 454
스티븐슨, 로버트 루이스 발포어Stevenson, Robert Louis Balfour ; 371
스포엘베르크 드 로방쥴Spoelberch de Lovenjoul ; 109
스피츠, 자크Spitz, Jacques ; 370
시모넹, 로랑Simomin, Laurent ; 235
시몽, 클로드Simon, Claude ; 460, 467, 468, 473
시몽, 피에르-앙리Simon, Pierre-Henri ; 455
심농, 조르주Simenon, Georges ; 368

ㅇ

아당, 앙투안Adam, Antoine ; 113,
아당, 폴Adam, Paul ; 270, 277, 280, 346
아라공, 루이Aragon, Louis ; 288, 379, 402, 406, 407, 408, 409, 418, 422, 425, 432, 454, 455, 456
아르누, 알렉상드르Arnoux, Alexandre ; 185, 188, 189, 192, 193, 291

지프Gyp ; 279

ㅋ

ㅌ

ㅍ

작품 색인

숫자 중 고딕체는 해당작품에 할애된 부분을 표시함.

프랑스 현대소설사

지은이 미셸 레몽
옮긴이 김화영
펴낸이 김영정

초판 1쇄 펴낸날 2007년 3월 21일
초판 2쇄 펴낸날 2020년 10월 5일

펴낸곳 (주)현대문학
등록번호 제1-452호
주소 06532 서울시 서초구 신반포로 321(잠원동, 미래엔)
전화 02-2017-0280
팩스 02-516-5433
홈페이지 www.hdmh.co.kr

ISBN 978-89-7275-386-5 03800

* 책값은 뒤표지에 있습니다.